落日珊瑚

2023
中国年度中篇小说 上

中国作协《小说选刊》· 选编

LUO
RI
SHAN
HU

漓江出版社
·桂林·

图书在版编目（CIP）数据

落日珊瑚：2023中国年度中篇小说：上下／中国作协《小说选刊》选编.－－桂林：漓江出版社，2024.1
ISBN 978-7-5407-9657-0

Ⅰ.①落… Ⅱ.①中… Ⅲ.①中篇小说－小说集－中国－当代 Ⅳ.①I247.5

中国国家版本馆CIP数据核字（2023）第238153号

LUORI SHANHU：2023 ZHONGGUO NIANDU ZHONGPIAN XIAOSHUO ［SHANG XIA］

落日珊瑚：2023中国年度中篇小说［上下］
中国作协《小说选刊》 选编

出版人：刘迪才
责任编辑：胡子博
书籍设计：石绍康
责任监印：张璐

出版发行：漓江出版社有限公司
社址：广西桂林市南环路22号 邮编：541002
发行电话：010-85891290 0773-2582200
邮购热线：0773-2582200
网址：www.lijiangbooks.com
微信公众号：lijiangpress
印制：香河县闻泰印刷包装有限公司
　　　［河北省廊坊市香河县安平镇二街 邮编：065402］
开本：690mm×1000mm 1/16
印张：43 字数：598千字
版次：2024年1月第1版
印次：2024年1月第1次印刷
书号：ISBN 978-7-5407-9657-0
定价：88.00元（全二册）

漓江版图书：版权所有，侵权必究
漓江版图书：如有印装问题，请与当地图书销售部门联系调换

目录
contents

[上]

001 / 季老六之梦　　　王　蒙

049 / 丛林笔记　　　　徐贵祥

122 / 九重葛　　　　　邵　丽

160 / 宇宙里的昆城　　钟求是

213 / 难言之隐　　　　尹学芸

270 / 两次别离　　　　田　耳

323 / 落日珊瑚　　　　孙　频

[下]

379 / 海边的向日葵　　肖　勤

431 / 人间世　　　　　古　宇

481 / 月光草原　　　　杨　方

514 / 穿越夜晚的宁静　刘建东

527 / 把自己折叠起来　杨　遥

546 / 我找绿豆子　　林那北

596 / 无名之地　　卢一萍

649 / 芳　邻　　张　者

673 / 编后记

675 / 附　录

季老六之梦

王 蒙*

写下的标题是《季老六之梦》，把文稿输给 ChatGPT 之后，得出来的结论是《艺术人季老六 A+ 狂想曲》，看来 AI 也听命于标题党了，可咋办呢？

1

二〇一九年九月七日，朋友们为 ×× 市文联老主席、画家季乐绿——昵称季老六先生，举行盛大聚餐，祝贺老六公八十八"米寿"，人们举着酒杯欢呼："得米望茶！"然后争论茶寿到底是多大，有说是九十八的，后来统一为对于季公一百零八岁的共同期许。

"您的第一阶段任务，一百单八岁！哈哈哈哈哈……"

二〇一九年九月十日，米寿宴后三日，农历八月十二，中秋节前三日，季公跳了一夜舞，另加唱了大半夜歌，圆润饱满，歌曲多样不仅限伴舞曲子。

他的罗圈腿变直变长，他的步伐潇洒老练，他的身躯摇曳自得，他的笑容

---

* 王蒙，男，1934 年生，河北省南皮县人。曾任中国作家协会副主席、文化部部长、全国政协文史和学习委员会主任、《人民文学》主编、中国艺术研究院院长等职。著有长篇小说《青春万岁》等十部，小说集二十余部，2014 年出版《王蒙文集》四十五卷。作品被译为二十余种文字，曾获茅盾文学奖等多种奖项。2019 年 9 月荣获"人民艺术家"国家荣誉称号。

典雅有致，他的声音温柔敦厚，他的音质音量音频经营得得心应手。他的舞伴，不知其名，不知其来历，不知其如何进入了他的怀抱，也轻轻淡淡地搂住了他。她的存在似乎只是一股春风、一道月光，是一支古琴曲、一幅书法，是一个任意的随想挂念。她挨着他跟着他随着他，无形无体无碍无阻如无存无物无形。他风她就风，他飘她就飘，他转她就转，他绊蒜拧麻花她就绊蒜拧麻花，他在地板上滑干冰她就干滑冰。她是诗，她是蓝色多瑙河，她是快乐的寡妇，她是彩云追月，她是娱乐升平，她是步步高，她更是西班牙情歌王子胡里奥·伊格莱西亚斯爱唱的歌曲《鸽子》：

天上飘着，金色的彩霞明亮，
亲爱的姑娘，你靠在我身旁。
我愿与你亲爱的，同去远方，
像鸽子在海上，自由地飞翔。

转瞬间老六公的大腿小腿腿肚子膝关节都优美如米开朗琪罗雕塑的《大卫》，舞步如拉美舞蹈大师，身姿如西班牙宫廷画。他好梦成真，焕然一新，惊人惊己，飘飘成神。

老六的舞伴眼睛大、眼窝深，眼睛像广东人；鼻子尖高，略略翘起，鼻子像新疆维吾尔同胞。不是美女，胜似美女，不是仙人，远逾仙神。如果在《论语》里，这些绝对无关"颜值"，而应该称之为"容色"。而五笔字型与"容色"一词重码的乃是"宝黛钗"三字，三人成妙趣，五笔信有神。现时舞伴如宝黛钗风姿不凡，自是如此。此伴一直处于微笑与带笑和未笑之间。她更神奇的是上善若水，与之共舞的感觉是满怀清泉，随心就范。

而他俩的跳舞，就是对于快乐、爱情、幸福、健康与生命的解证。老六在前所未有的舞步轻盈之中，他一面跳舞一面就着颔下的无线麦克风发出从"阉人男高音"到温柔"低音炮"的独唱、独奏，嗖嘹，甜妮尔，贝斯、奏鸣曲、室内乐、街头狂吼。

果然，连续五十五分钟的乐队伴奏停止了。他的麦克风也不再扩音。主持舞会的赵老厅长突然用中文与英语、法语宣布：已经有线上三百万网民参与投票，再经终审委员会评议，著名文艺家、画家、歌唱家、魔术家、舞蹈家委老七先生与他的舞伴——名媛花胜花娜娜夫人，得票数远胜其他尊敬的舞伴，成为本届最优国标舞蹈拉美舞蹈兼北美街舞绝顶无敌冠军。

鼓乐齐鸣，掌声如雷，欢声笑语，海啸山呼，好评如潮。欧盟式消费，中华式敬老，巴西式热情，韩国式的表演与争先，淋漓尽致。委老七？他本来大号季乐绿，昵称季老六呀，为什么在这个舞会上变成委老七了呢？他到底姓委还是姓季？老六还是老七老八老九一直到老一千零一？

他想着王蒙的一句新词儿："生活乃是谜面。"

老弟有两下子。

更精彩和动人的是，哈哈，他的仙姿舞伴名——花胜花娜娜，神了，绝了，妙了，季老六更名委老七，舞伴是著名的花胜花娜娜，格丽特豌豆腐，英语：伟大而且神奇！

于是鼓乐与欢呼的热浪把他们二位拥抬吹捧起来，闻听已斩获冠军头衔，他抱起花胜花娜娜，共同翩翩飞翔在舞场半空。他像一只大鸟，她像一只夜莺，二人像一对蝴蝶，他们像四川老成都六扇门一样般配。他也像一个安装了弹头的纸鸢，她像一个智能新产品空中舞蹈示范人形。花胜花娜娜又像一条鱼，像一只小鹿，享受着如醉如痴、如仙如梦的圆满幸运的无极与太极，冠军与新科技，艺术与体育竞技舞蹈，智能机器人与仙女。万岁！乌拉！哇塞！布拉娃同时布拉沃！喝彩的国际化西班牙语。

这时，全部灯光突然熄灭，他与花胜花娜娜同时砰的一声落在地板上，只觉全身粉碎性骨折，奇痛奇痒剧痛晕麻，掌声中泪如雨下。他与她坚忍不拔，没有出不美的声音响动。

舞厅门口发出了一百只老牛低闷的嘶吼，像是用二战期间德国制造口径六百毫米的巨型卡尔炮筒，做成了第三帝国铜号管乐器，用巨型吹风器，吹出了苍凉有力的历史性阶段性巨响，全体舞会嘉宾，通通失去一切感觉，陷入德国天文学家卡尔·史瓦西发现的引力强大的、无可逃逸的热力黑洞。

然后枪声大作，赤橙黄绿青蓝紫，火光纵横。斜刺旋转，交集摩擦撞击混合，于是一群恐怖鬼魂般的杀手黑影进入舞厅，95式、G36、S55、FN FNC，各种名牌枪支火力炸响成一片雷电。

委老七突然想起，自己本来已经被爱戴亲切地称为季老六，学名乐绿，延伸为老六，至于从姓季改成姓委，奥妙不详。自己一生走南闯北，杀敌锄奸，转战应对，进退咸宜，身手矫健，立场坚决；岂有瑟缩怯懦怕疼，窝囊毁灭于社交舞会上之理？风萧萧兮易水寒，壮士一去兮不复还（荆轲）！我自横刀向天笑，去留肝胆两昆仑（谭嗣同）！来日方长显身手，甘洒热血写春秋（杨子荣）。他大喊号召，挺身而出，虎啸龙吟，元气澎湃，骨节联结，骨质凝聚，屹立大厅正中，同时即刻全身中弹，打成筛子，血溅八方，骨碎成粉，扬洒六合，奋不顾身，英勇就义，四海翻腾，青松矗立，如塔里木盆地的千年不倒、万年不死、亿年不腐的张骞通西域时的上古胡杨，也如一座顶天立地的铜像，由荣膺法兰西艺术院通讯院士的雕塑艺术家、中国美术馆馆长吴为山先生创作完成。今晚舞会遇险后，铜雕被激活，获得了满腔生命。

此时，灯光恢复，渐趋明亮，鬼魅蒸发，音乐奏响，黑影淡逝，长号、小号、钢琴、双簧管、班卓琴、长笛、萨克斯、打击乐器，等等，奏出了一个他久违了的曲调。这曲调又温柔、又明亮、又真挚、又圆润、又伤感、又幼稚、又陌生、又热烈如火、又犀利如刀刃。

同时他大嚼潮州菜芋泥白果、炭烧海螺，佳肴抚心，美味冲顶，如歌如舞如扫尽一切恐怖恶魔分子。

这一切的一切，究竟是怎么回事？

2

不太规范，也不太合理，哪有老迈如此，还做这样热闹的小儿科萌萌嗲嗲之梦的？这是装嫩，这是自欺欺人，这是违反君子慎独自律，这是将计就计，请君兼牵己入瓮，这是编造，这是丢人现眼。这又是充实、充沛、充满能量、才思、灵感、想象、激情，还有沉醉与小说技巧满满。人生难满百，岂可无情思？大梦如焰火，熊熊亮翠微。花胜花娜娜，乌寻乌飞飞，枪林弹雨后，舍我牛吹谁？

季老六，你当真以为你是高龄少年吗？你当真以为你是越活越年轻的吗？你当真以为自己是艺坛的常青藤萝蔓、花盆儿中的"死不了""万年青"吗？

季老六嫉妒古今中外写梦境的文字，他其实喜欢写过梦境的意大利作家卡尔维诺。至于乐绿老六自己的梦，从前多半是破碎不全质量可疑的。他的梦不鲜明、不完整、不连贯、不合乎情理，缺少情节线性逻辑与悬念层次。

那么米寿三天后的今晚，难道是他发了功力、内力、气功，吃了高丽参，做了一个颇有火力的梦？在吃过盛大的生日晚餐之后，一直激动发烧到今。

昨晚第一个梦是从舞蹈冠军到反恐英豪，之后，他醒了，看看表，凌晨三点四十四分。

他在梦里仍然有相当的力量，这绝非坏事，他没有服老。干脆说，他没有老，并非偶然，能在梦里年轻化的人生，可贵，在生活里肯定不会急于老去。在老年人中，他的肌肉仅仅比不上钟南山院士。他的混乱的奇梦仍然有相当的格局、有相当的忠勇与献身，也仍然有少年的身段、荆轲的情怀、项羽的躁动、谭嗣同的献身激情，嗯，还有，甭客气，老爷子还有情种的天真烂漫自作多情。哗哩哗哩，哇啦哇啦，呼哧呼哧。

但是他的梦太文学了，受了作家卡尔维诺加歌唱家帕瓦罗蒂唱响了的拿波里民歌的影响。在生活里他首先是画家，在梦里他首先是舞蹈家、歌唱家，一不小心成了身无长技的散文家与诗人。他开始怀疑，自个儿是不是超越了某些分寸，他是不是夸张与过分地修饰了自己的创造性梦境，他是不是不自觉地膨胀了啴瑟了自己的、堪怜的老境。谁人长不老？谁人老不衰？三年两载后，照样病歪歪。加上艺术的虚构遐想、添油加醋、涂脂抹粉，硬是梦话梦化梦画了自己的生活意识下意识。一句话，他涉嫌轻薄、轻佻、轻浮。九十（年）一觉扬州梦，留得顽童幼稚名。

不可能让艺术人取得十成的公信力，艺术离不开虚构，艺术需要的不是信以为真，而是倾倒沉醉。虚构略略外溢，恶果自见——您就找倒霉吧，您！

这个想法出现，竟然立即使他添了堵，他噎得慌。

正像他的米寿派对聚会，两桌，吃了烤鸭鳜鱼对虾石榴鸡浮豆干……关键在于涉嫌奢靡的"佛跳墙"，还喝了装在细嘴小茶壶里的松露牛肝菌羊肚菌鸡汤。过了分，过分了。不好意思，广东话是"冇意稀"。

朋友们的颂扬话也说过分了。说说健康长寿、说说精神奕奕，也就差不多了，您哪。非打赌说他会比周有光活得更久，非联名要写信给一个能滔滔不绝地作报告的领导，建议次年为他举行书法展、画展、贡献展和歌舞朗诵独唱晚会……还有人用了"大师""才华""神人"等词，使他进入了不只涉嫌，而是现行狂躁不安癔症梦境。

这，这可以说是活活要他老家伙的命啊。近日发生的所有这一切歪曲了干扰了他的脑血管、脑神经、心脏与循环系统，脾胃肝胰系统，肾、膀胱、前列腺泌尿外科系统与血糖血脂内分泌系统，他才做出了自丧妻以来二十多年没有做过的惊世奇梦，这样的梦带有不正常感、不祥感、闹事感、劈叉、扭腰、拧巴与椎间盘突出压迫神经感。他有点慌乱。

艺术人，从来不会每临大事有静气，而是会每遇小节照样折腾。不安大发了，出诗，出画，出散文，不安三十年五十年了，该出长篇小说了。

艺术家成千上万，曹雪芹只此一位。

而且昨晚后半夜狂舞狂作飞翔就义吃潮州菜之后醒来或其实未醒来，边胡思乱想，边听到了真实住房中传来的从未有过的混乱噪音。天降神奇噪音，天惩噪音狂热，全室响起了上周做过的核磁共振神乐：呜呜呜、哎哎哎、乒乒乒、嗞儿嗞儿嗞儿、汪汪汪、喊喊喊、嗖嗖嗖……这是高龄性、科学性、机械性加听觉性元宇宙完全颠倒错乱的乱弹琴。他认定，在核磁共振与午夜噪音之中，他季乐绿主席可能变成烟花，爆炸，他的能量终将破躯而放，恰如俄制可控战术性核武器加英制贫铀弹。

我要炸？喀拉嘿！对，佛教大势至菩萨的心咒是"巴杂嘿"，藏语，惊叹词。

然而忽然，匪夷所思，石破天惊，柳暗花明，疑无路，又一村，忿极生喜，旱极甘霖，家贫出孝子，愤怒出诗人，老迈已极乃成赤子……而疯狂神经病，成就凡·高的向日葵和持刀弄棒割掉自己的耳朵。

噪音中，季老六即梦中的委老七的自我，人体特异功能，应运而生，熠熠发光，循循善诱，和风细雨，水到渠成。水潺潺，草青青。在各种呼啸击打爆裂切割的末日混声嚣张之际，靠艺术人保留住的耳朵，听出了出现了五笔字型中与"混声"二字百分百重码的"温馨"一词。他心知肚明，他想，哈哈，我又接续地做上TMD梦了，我做梦的本事惊天动地、出神入化、融解坚冰、暖和心肺，是温馨的老调儿，听着核磁共振的噪音，做上温馨天真的旧梦，想着温馨甜蜜的旧梦，应战核磁共振的钉脑门吸脑浆噪音。我享受着的是温馨的返魂草，我感到的是抚摸与滋润，我得闲得到了的是儿时抚慰入睡的妈妈的手。"妈妈的手最温柔"，这是三十年前央视的一个广告用语，不知道是你是谁为什么当年听起来有肉麻反应。

有阵子，听"毒蛇""披着羊皮的豺狼"太多了，忽然攻上来一只妈妈的软塌塌的手，也怪吓人的。

耄耋米寿的季老六，自然跟随，顺藤摸瓜，顺调显词，他明明白白，他听到的是少年时代的流行歌曲，是前一个梦中战胜了恐怖分子以后演奏了序曲的美丽的大众流行歌曲。是的，天塌地陷的杂乱混响之中隐藏着一曲小调、一条细线、一种哀柔、一种邀宠、一声讨好、一些爱恋、一丝笑意与自嘲……

我要接着睡了,我会遇到更亲切更美丽的梦,感到的是幸福,摸到的是温暖,碰到的是趣味,抱住的是昨天;噪音是浪涛,隐线是月光,梦是游船,年龄是美容扩容增值增税数据万万千。

美丽的姑娘见过万万千,

唯有你最可爱……

不好……太好……好极了……世人有几个人能活得我一样,幸福闪电,芙蓉塘外有轻雷(李商隐),一春梦雨常飘瓦(李商隐),柳絮池塘淡淡风(晏殊)?

3

欣赏完噪音中的小曲以后,于是老六或老七开始跑马拉松,过去叫作11号(大腿)车比赛,没有跑出速度,一跃上了F1赛车法拉利。飞驰的汽车停在进口博览会金字牌坊前,他接着骑上碳纤维山地越野自行车,走艰难的上坡路……

然后是手动大轮,迅速行进在机动车道的残疾人轮椅,速度追过了越野山地,直奔F1。骑车时发现丢了法拉利,开法拉利时发现丢了山地越野自行车,转轮椅时全市车辆暂停,交警维持秩序,给他让道,他非常不安,也非常感激这样的礼遇。一些工作人员帮他找回了车,清洁了也修理了两部不同的车,他发红包感谢朋友们……

一宵三梦汇老七,各有天机甚离奇。混乱掺和成一体,奋发鼎沸吉祥极。

从半睡半醒到起床穿衣,委老七使出了九牛二虎之力,分析自己一夜三梦的内涵与线索：惭愧！一个梦说不定是受好莱坞的浸润影响感染中招，另一梦带有忆旧与通俗冰激凌加果冻的甜了吧唧的味道。还有一个梦让他晕……晕……晕眩……

不论受到了什么SARS、甲流、新冠旧冠、奥密克戎感染，也不论是一夜三梦还是三十梦，他断然肯定，他仍然是季乐绿活生生的自己。

……恐慌困惑，没有得出梦的结论，梦而无解难圆。有些烦躁。想得多了，走向九十的老汉反而产生了硬话：

"光脚的不怕穿鞋的""活该""够本儿""死不死""随它去"，堪称无畏、大度与自信。"活人不怕尿憋"，"为贼"不怕"老而不死"，耳聋不怕噪音，迷上跳舞以后怎会怕杀手无人机加机枪扫射，以及三种极端势力？风高放火夜，月黑杀人天！老六奋身起，挡在墙外边！

第二天风轻云淡，天高气爽，家和万事兴，他想起了头年查体时他的肺活量达到了三千七百五十毫升，据说他的肺活量超过了欧盟中老年标准。他的血氧则是九十九，不可能再充满，满到氧爆炸的程度。

唯一奇特的是三梦次日傍晚，十七点半，他收到拼多多快递而来的香港名牌"美心"月饼、深圳西点月饼，各一盒。十七点四十二分即十二分钟以后，收到顺丰快递送来的厦门风狮爷手工红豆麻薯月饼、芋泥肉松超大月饼各一。然后是浙江五芳斋与德芙巧克力、金帝巧克力、西部荞麦燕麦杂粮厚朴月饼、云腿月饼，零售自来红、自来白、红冰糖……都叫月饼，英语叫月亮蛋糕。月到中秋分外明，饼香醉月五洋惊。先祖盛唐饼已月，如今更有花如风。

前前后后，他收到了十几种上百块月饼了，他已经分不清哪款、哪盒、哪块、哪角月饼出自何方、何友、何人、何关系、何目的、如何飞来降落软着陆于季家或委家的了。快递从不写清发货人的姓名地址电话，这是极不负责极不局气的表现。

谢天谢地，纪委监察公检法保佑，应该没有非法入境、贩毒、拐卖人口、ICA间谍、极端恐怖圣战团体人员给他寄月饼。想想他过过多少年每月粮食定量二十八市斤的凭票儿岁月，现在呢，他至少拥有二十八的一半即十四种月饼，供他颐指气使、挑三拣四。改革开放初期，一个细软的莲蓉、一个金色的蛋黄，港式月饼的说法，即使尚未入口，也会让他血压升降、胰腺胆汁增减。现在呢，剑走偏锋，物以稀为贵，他最感兴趣的只剩下了风味独特的正宗宣威云腿与粗粮黑面紧接地气之西安月饼了。当初古长安，可有过这样讲究的月饼？人生得意，岂有尽欢？撑则辟谷，缺必加餐。三高三低，呜呼甚欢。吹牛必倒，贪婪放翻。成灾成祸，月饼如山！请社会注意防范吧！

他警告自己，梦大发了，不祥。月饼来大发了，可笑，低级，过犹不及，以至于危险。他不过是二十年前一个才刚从县级市提升成省辖市的文联主席，就他那个干巴小样儿如何陪伴得起包装精美宏大、色彩高端艳丽、汉字英文中西合璧、招牌"搂狗"牛气冲天的食品众高端？他如何与满室炫目扑鼻的大陆港澳台外带全球唐人街中秋月饼和谐共存？他能不自惭形秽、愧对云腿醇香、承认人不如饼、饼不如月，小小乡土城市经济与美术都发展超速，怎么办？怎么办？怎么办？要不他把现在未吃掉的月饼重新打包，送到红十字会或慈善总会去？

他还想起来写过著名抗日长诗《黄河大合唱》的大诗人加文艺领导，可敬可亲的中顾委委员、恩师张光年，笔名光未然同志，庆祝过了米寿不太久，心力衰竭去世的事。他有幸参与了恩师寿筵，祝寿时在座的文艺人，人人高兴得要命，诗人受过伤、受过挫、得过癌、开过刀、报过不止一次病危，米寿餐上充满了信心，干脆声明要向百岁冲击。

然后干净利索地走了。

小小的老六老七呢？

他立即感到了自己的罪过：老了，富了，身体居然不错，吃吃喝喝、吹牛放炮、大言不惭、你好我好、抬爱恭维、彼此吹捧，梦里牛成了魔王，席上吃成猪八戒，睡着听起了流行曲，哼着歌吹着口哨骑车开车转车11号长跑，醒了没事儿偷着乐。是暴发户心态？是土豪、炫福（倒还不是富）、压桌、"砖家"、李刚、妈宝,还戴上了上万元的劳力士天崩地裂表?这样的人多了就会出现祸殃。大诗人师长怎么没说好就走了呢?他季老六必须反思,叫作"反求诸己",孟子曰。

他还必须自省。子曰:"未之思也,夫何远之有?"生与生的结束曰死亡,原来相离得这样近。棠棣之花与应有的美德,相距得本来更近,为什么不注意反省呢?为什么做不好慎独呢?自己要负责,细思极恐。

仅仅是月饼的包装——纸盒、木盒、布袋、铁盒、彩塑盒,加上快递业对于包装的包装,一层层塑料膜与硬纸箱,诸盒如山的排场与体量,已经使季乐绿口干气短太阳穴蹦蹦跳。他断定,一年年的月饼包装,堆放在一起,几十年过去,已经堆起了好几座泰山。

他想起了五年前去北京与王蒙一起吃涮羊肉。王边吃边神淅,他说:"世界上的事情万头亿绪,简明地区分一下,也就是两类:一个是饿出来的麻烦,一个是撑出来的闹腾。颠覆、内战、抢劫、盗窃、乙肝、邪教、恐怖常常是与饥馁造成的痛苦愚昧局限有关。而霸权、扩张、侵略、征服、吸毒、抑郁、空虚、反人类……又与一种撑得难受的感觉有关。"

当然,只不过是聊供一笑,小说家言而已。

但亦不无道理,去医院看看,撑出病来的、撑死人的病例多了去啦。到上海提篮桥监狱与北京团河监狱作调查研究,就更明晰了。饿出来的毛病,所剩无几了。

于是他得到了启发,他的奇梦异梦老不死的梦,会不会是饱极撑出来的?吃多了月饼,将会出现怎样撑出来的家国个人男女老幼的灾难呢?很幸福,但不一定吉祥。非常重要,幸福不一定永远带来吉祥,背运也不一定意味着凶恶的预后。现在要警惕的主要偏向不是饥馁营养不良,而是过食过饱超糖超脂。林黛玉奉大表姐贤德妃贾元春旨作诗曰:"盛世无饥馁,何须耕织忙?"二百年后,老六读了,不是滋味。

4

那支摸不清原委的歌曲,在给梦做出初步小结之后,在反省自责恐惧警惕月饼来得太多之后,一分钟之内,全部水落石出。乐绿老六公想起了往事。

一九九〇年,季乐绿主席应邀去了北京,九月二十二日晚间,在北京工人体育场坐在小马扎上,季主席参加了亚运会开幕式。当香港参赛运动员队入场时,铜管军乐队奏出了光明快乐甚至是雄伟豪迈的铿锵旋律:

哆哆瑞米(嚎),嚎法米瑞米(瑞),

嚎哆米瑞(米),法米瑞西哆(哆哆、哆……)

久违了,《少年的我》,久违了,"我的少年"!季老六含泪于目。

……亚运会后过了三十年,再没有想到过这支无关痛痒的歌曲,他把这支歌雪藏久久如旧。三十年后呢,莫名其妙,如真似梦,生硬矫情,生拉硬扯,他在昨夜星辰昨夜风中无端听到了——或许也可能是附近楼层确实有的——夜间施工装修出声大吵大闹,那是混乱已极、震耳欲聋的噪音。有噪音,不足为奇,每天的任何时间,都有十三种以上理由,让你听到大千世界的噪音。邪门在于,他无中生有、道法自然、绝无预设地从噪音中随随便便听出了温馨自如的《少年的我》旋律,那是一九四八年,对现时二〇二〇年来说,是七十二年前,他偶有接触、相当喜爱的歌曲。至于一九九〇年,即对于二〇二〇年来说,是三十年前,忽然在一九四九年后四十一年再次听到截然不同的演奏,想起来,他忍不住笑了再笑。如今二〇二〇年,天真无邪的"少年的我",又包装上震耳欲聋的噪音,进入他的耳鼓,则不是他的智力所能分析厘清的缘分了。

一支小曲八十年,浅词俗调非徒然。春花秋月南唐恨,此岸彼音今世缘。

噪音中隐含着《少年的我》。在噪音中硬是听出一首小歌来，这是季老六主席的独门特技，他的对付噪音、耐受无恙的怪招。

"将军别来无恙乎？"是华容道上曹操对堵截他的关羽的问候，问了这句话，立马化敌为友、义薄云天、平安幸福，曹相保命一时，关公美名千载。那么，"艺术人季公，闻噪音刺激而无恙乎？"则是现代生活对季老六的提问。那么让季公把窍门告诉你吧：听到如山如海的噪音以后，请试试从噪音中体贴温存地找出你喜爱你迷醉的歌曲旋律声调来！噪音如海，小歌是鱼，海再无边无涯、风疾浪高，鱼儿仍然活泼灵动、摇头摆尾、自美自俊、自得其乐，自带形象、活力、价值，美得无法抵御、无涯淡定，活活爱煞人，活活乐坏了你，喜得你只想哭一鼻子！

什么是噪音？噪音是七八部交响乐合在一起鸣响。天地无聒噪，天地有妙音。音有噪中美，噪中美生春。每天每日的噪音中，包容着、隐蔽着天地人作曲的歌曲器乐曲山歌民乐爵士乐蓝调情歌重唱对唱千余种，庄子称这为天籁。噪音原非噪，赖汝听之清。浊清皆禅意，一曲放光明。你如果会听，连购票去音乐厅听卡拉扬、托斯卡尼尼、小泽征尔、捷杰耶夫指挥的交响乐的钱都省下了！

从噪音中听音乐，这是全世界唯季乐绿艺术人能做到的绝门暗技。不信你试试。

这日起床后，无意中又吃了一角月饼，在海潮般涌来的月饼陪伴中，他往电脑里输进了几行字："春天的花，是多么地香，秋天的月，是多么地亮……"然后，《少年的我》的歌名出现了，好啊，就像少年的季老六复活了一样。

于是他的思路从一九九〇年跳跃回一九四八年，即逆行到四十二年以前。一九四八年，是二十世纪中国人民革命大获全胜前夜，他沉浸在胜利的高潮里，他听到了人民的凯歌正从四方响起，他从没有四面楚歌的酸楚，他的青年时代天天是四面凯歌的喜庆节日。他沉浸在"解放区的天是明朗的天"轮唱、秧歌腰鼓、中式扭摆、农民集体行进舞的高亢里。也许，贫雇农感受到自己的力量是从扭集体大秧歌开始的。

一九四八年，他已经成为大学地下党的发展对象，他整天唱着反叛的《跌倒算什么》《古怪歌》与向往光明的《延安颂》，他唱响革命歌曲迎接人民解放军铺天盖地而来。

这时传来了据说是来自香港更早是上海的上口、舒适、真切、纯朴的《少年的我》：

春天的花，是多么地香，

秋天的月，是多么地亮，

少年的我，是多么地快乐，

美丽的她，不知怎么样？

宝贵的情，像月亮，

甜蜜的爱，像花香，

少年的我不努力，

怎能够使她快乐欢畅？

这个歌迷住了他，使他不好意思，使他惭愧。在革命大高潮的时候怎么能唱这样空空洞洞的小资产阶级小儿科过家家小曲呢？

后来他平和了一些，他忽然想到，雄伟英勇的革命之歌，产生于千姿百态的民族音乐人类音乐大锅杂烩资源汤料料汤之中。

时隔四十二年，他在亚运会入场式上听到了香港运动员入场时，军乐队演奏的近乎"特区之歌"的《少年的我》。到今天，他在梦里噪音里、莫名其妙里重新拾起"嗨嗨嗨嗨"的她的"快乐欢畅"。也就是说，一听这个歌儿，他硬是似乎有一点点自己没有得到少年的快乐之遗憾了，同时季老六以会唱这么老而纯情的歌而满足着获取着得意感。

比遗憾更多的是幽默，是趣味与鲜活，是歌儿的长青积翠。一首署名李七牛，其实也就是黎锦光——语言学家黎锦熙、音乐家黎锦晖的弟兄，作词、曲的这样一首好唱小曲，竟然影响了他季乐绿的命运，影响了、成全了他的人生"艺术人"方向；当然，最终仍然说明了他的幸运与皮实——经拉又经拽，经铺又经盖，经洗又经晒，经蹬又经踹。大量的月饼吹响集结号就是明证。

万岁，正道的人生坚强，坚强的人生快乐，快乐的人生皮实，皮实的人生中用。正道、坚强、快乐、皮实、中用，您还想要什么呢？

想到自己是一个中用的人，他变得气定神闲。定神以后，他明确了"我是谁"的难题。美国精神病学家埃里克森提出了全球化带来的失落自我意识问题，因为许多发展中国家，只知道用西方化实现发展和现代化。季乐绿碰到的问题与全球化无关，是人事部门在十一届三中全会后与他讲的一个事件：在考虑提名他担任市文联主席前，上级人事部门在他的档案中发现了一个动乱时期对于名为委老七的人的思想言论揭发材料，这个材料稀里糊涂进入了他的人事档案，进入了档案袋也进入了他的档案目录，还有那十年中曾经担任过他所在单位的头头的一个家伙的批示："拟控制使用，存档"。七字加一标点。

这个入档材料主要是揭发他唱过香港反动歌曲《少年的我》，这个揭发对他后来的发展有极轻微的负面影响，例如二十世纪八十年代，已经考虑提名他做本市政协委员，因为"反动歌曲"的事，他的政协委员的光荣体面，油瓶子一样地"挂"起来了。

问题是他姓季名乐绿，而揭发材料揭发的是委老七。那么，第一，这个材料确实是针对他季老六的，但是揭发人可能：A. 连他的名字也没有弄清楚；或B. 揭发人基本文盲，分不清季与委，还有六与七；C. 揭发得极匆忙，竟然写岔了季字与委字、六字与七字的姓名；D. 揭发人是被迫揭发，故意写错了被揭发人的姓名。"三言""二拍"中有类似的故事。

第二，更合理的解释是另有委老七一名人物，此委老七就是委老七，全然或大体不是季老六，更不是季乐绿；而管档案的有关人员没有验明正身，档案员识字能力有限或眼科视力有不理想处，于是将错就错，把对于委老七的揭发材料错纳入季乐绿的档案中，一错再错至今。

第三，十一届三中全会后，这个揭发材料对于季老六或委老七，对于非季老六或非委老七，都丧失了意义，宜粗不宜细，团结起来向前看，毁掉也罢。

直到二十世纪末，各有关上级核查后认为此"案"荒唐无意义，更加上季乐绿同志实际上已经担任了文联主席与市政协常委，领导指示，应将此种无意义的垃圾材料撤出销毁。

就这么一首来无影、去无踪的小曲，相隔多年，突然从梦后噪音中露头演绎，构成了他的当夜第二轮梦寐却亦是美梦。这也是一种"混声"二字，向着五笔字型同码"温馨"二字的转变。幸好坚强皮实中用快乐正道的季老六，始终没有不安与为之失眠。反正他日益倾心的是艺术。没有走更好地升级与当领导的"仕途"，他丝毫未觉亏欠。越老，他其实是越重视自律了，不能放肆，不能官迷，满招损，谦受益，虚室生白，吉祥止止。他倾向于相信，他并没有做过放肆的梦。这两天他做的"做梦闹腾"之梦，本身正是一个并不存在的梦，梦中之梦，影中之影，虚中之虚，实无此梦此事此胡扯此虚典。

要知道，梦的特点是，梦在梦中消融，梦足以证解梦自身之伪，梦之真恰恰可以证明梦之非真，越有梦就是越无梦。四大皆空，人生在意的不可能是梦。

5

但梦后月饼成灾，撑得他做梦无边。然后是如老六所感，月饼祸殃迎面而来，季老六连连败兴背运。

一周后季老六空腹查血，他的血中含葡萄糖 8.87mmol/L，远远超过了 6.1mmol/L 的上限，正式定性定疾为二型糖尿病。医生并怀疑他的右眼底轻微出血与糖尿病有关。老文联主席深为紧张，月饼月饼，见恶效如神。看到月饼的豪华包装，如花似锦色彩，精细雅致材质，高尚创新原料，谁能不得意？谁能不垂涎？谁能不忆往颂今，心花怒放？左吃一角，右吃一牙，尝尝品品，小康大嚼。于是，一次中秋节，二型糖尿病，寿未必即辱，馋立竿见影。甜甜自染疾，富富必遭惩。吹牛不上税，上税要你命！

他的女儿的公公去年已近百岁，血糖标准合格，老亲家得意扬扬，动不动吃馆子时候点甘甜的八宝饭、菠萝粥、黏饽饽、枣泥、豆沙。在家里则喜吃蛋糕、巧克力、豌豆黄、芸豆卷、黄山烧饼、绿豆糕。去年一次刚吃完甜品就头晕眼花、皮肤瘙痒、喘不过气来，结果周围人人认定会胜利期颐的他的老亲家，因莫名其妙的飞来突袭的糖尿病，恶性发展，不久离世。季乐绿老六，哪怕更名委老七也罢，他清醒地认定了不可以在健康上自吹自擂，不可相信哄慰性的舆论造势，不要当仁不让接受美言温馨高帽子祝寿，更不可妄自吹牛放话，妄自海吃甜点，猖狂作死自戕。

他东查西问，通电话、上网络、找病友，并想起七个月前的狂妄梦境而忏悔多多，更加体会到谦虚使人活命，骄傲使人吹灯、拔蜡、嗝儿屁着凉大海棠。他迅猛改变了自己的饮食习惯，视他爱吃的元宵粽子切糕枣泥馅为洪水猛兽，视面条米粥烙饼为蛇蝎寇仇，他与一批早已不食米面的老伙计交换文案计谋，开始了自己膳事的一百八十度大转变。

他注意体力活动，做到健步如飞。一天从三十多层高的楼上要下楼，发现电梯故障停运，他硬是在照明不完全的人行楼梯上走路下楼，歪歪斜斜，跟跟跄跄，走到第十一层的时候撞着了鼻子，撞出血来了。

……没事儿拨弄手机，他本来得意扬扬，自以为在同龄群体中他的手机是玩得最溜的。二十一世纪以来手机带给他多少惊喜欢呼，同时带给他多少麻烦焦虑。前五年，他平均每两周丢失寻找手机三次。心慌意乱，头晕眼花，"手机丢了？"已经成为他平均每日三四次的心理活动模式，成为他的焦灼、悬念、抑郁心结。与邻人见面，互相问"吃过了吗？"的习惯正在与时俱进，他张口说出的与竖耳听到的问话常常是："你的手机还在吧？"

直到后来，养成了将手机放到口袋里随时统计走步数量的习惯以后，情况好了一点。

微信发展了，最要命的是将微信错发给他人。你转发了一个微信、一个表情、一个段子、一句悄悄话，然后你常常误以为下一个微信的目标处该是接收你的转发内容的友人，但偏偏手机的程序是微信指向又回到转发内容的原拥有者，即你会把发给你绝段子的主动人视作你发给他微信的收信人，这是怎样的坑人程序啊。你动辄将第一个向你发信的人错当作第二个接收你的转发的人，这该多么害人！因为人们常常是惦记你的被动接收段子与微信者，胜过主动给你提供你不知道的信息的主动发信人。你把原发信人当成后来的你的信息的接收人，必然会造成你本无意的窘迫至少是莫名其妙。

吃过大量月饼以后，季乐绿的手机又假遗失多次。发错对象的微信，前后十余桩，大多令他尴尬狼狈懊悔不已。

再回想一下，多吃月饼以后蓦地时时看见手机荧光屏上有链接网站给手机机主奉送现金的提示，未免奇怪。有结合着快递行业扬言奉送，想必是赠购物券之类，可以理解的，送你八十元，得知了你的姓名手机号微信身份证号，也许一个月内拉上你八百元的生意。有说是奖励健步走路的，说不定与小米华为智能安卓苹果阿里官方手环的推销有关，但他也不敢轻举妄动。几十年来，他深知千万不可贪小便宜，不论何时何地，世界上不但不会掉馅饼也不会掉饼渣。

……终于，有一个国营电信大企出来说话了，说是白白奉送用户七八块钱，他们的 App 给了用户一个公式 N-B，N 是你应交话费，B 是那说不清的要赠送阁下的数元钱，帮助你用流量，用彩信，也不知还用什么什么，5T8D6N，都在赠送之列。也许 B 其实到不了七八块钱，也许只有两三元人民币，反正死活到不了十元。拥有了此链接，他就能够做到本来应该交 N 元 RMB（人民币）如今只消交 N-B 了。季主席很快就忘记了钱数了，证明他毕竟还是随着不舍昼夜地逝去的光阴而添了人们又重视又害怕的年龄的。

然后，季老六不行、委老七不行、王老五也没门儿，杨四郎、李小三、魏老二、田老大全都不灵。是否安装？手机向你提出了哀的美敦式决定性一问。你答应"Yes"，却不知道要安装什么，反正不是定时炸弹或地雷引爆装置。你开始准许 App 主人"访问"你的文件图片数据收藏，你开始准许它的这个那个哪个别个另个多个，总之它问你什么你就"Yes"什么。于是开始要求访问。谁的访问？怎样访问？是找你谈话还是搂上你跳舞，乃至过度亲热亵渎？还是需要你的情报？你已经答应了十一个同意同意、接受接受再"Yes""Yes"了，你难道会在第十二个什么什么上突然变脸变色拒绝出丑洋相多疑抛出 No 来吗？这是一个心理学的连连 Yes 定理，现代大心理学专家弗洛伊德、冯特（科学心理学之父）、彼特拉克（人文主义创始人）、荣格……谁都没有发现与概括出此 Yes 定理，把心理学发展空间留给了季乐绿一立方毫米。

Yes 定理的真谛是，越 Yes 你就越 Yes。你堂堂一个艺术人文化人主席专家老革命领导，你贪图几元钱？你已经露怯搞笑小心眼儿泄气了，知识精英……你难道还要进一步嘀咕、磨叽、犹豫、哆嗦、欲进还退、胆小怕事、拉抽屉吃后悔药吗？

反正最后，老六不知怎样获得了数元钱奉送的许诺，前提是他每个月花在通讯信息微信电话上网支付上的月钱必须超过 NN 元，超过 NN 元了，NN 元以上的超用部分，它可以奉送你 BB 元，但你超过的部分超过了 BB 元了，二次超过的部分当然还得你付，理所当然，赠送 B 元不等于赠送 B+B+B+B+B 元。而最令人叹服鞠躬作揖鼓掌的是，如果你的手机使用月钱低于 NN 元的话，你必须自愿多付你的使用低于 NN 元的部分 CC 元。

他必须保密，他不能再多说多想了，他只想给电信公司老板与策划人画几张肖像漫画，雕几具黄金白金百分百比例人像，必要时为他们设计一些小丑面具。冲此小事，他也承认医院此次给自己下的查体结论，糖尿病、慢阻肺、疝气、椎间盘突出、缺钙、缺锌、缺铁还缺肌肉的判断都是正确的，他保证，再也不做不精准、不现实、不大气的 B 元梦了。

他想起了四十年前孩子在北美留学时的经历，孩子得到通知，说是通过电话号码的电脑抽彩，孩子获得了头奖两万刀。经过激烈的争论与"思想斗争"，孩子开始上钩，先是汇报一切个人信息，然后奉命购买一种他根本用不着的化妆品，然后又购买了什么什么，孩子为了两万刀开始投入了数百刀。越投入越要继续投入，这里有一种加码定律：越加得多越必须接着加，半途而废当然是自己活该吃亏。有一种可怜可爱的好奇心，有一种一不做二不休的勇敢坚强傻帽儿精神……言而总之，最后孩子得到了一个去夏威夷的旅行卡，他只消再交三千刀，就可以享受天知道的原本定价两万刀的旅游服务，就是说，他可以花一万刀去享受两万刀的贵族级旅游。法克，法克，法克油（以上为不雅骂人话语）！

他总结自己，有灵气，有悟性，不低级，不无一点清高，手上能出点活儿，三观是正的；然而，在市场经济的今天，他未能免俗，未能免噪音，未能免上当丢人。他感叹社会风气的不够理想，他自省自己的低级庸俗化苗头。

6

月饼与手机赠金的作乱终于平安度过了，光阴在核酸检测、健康码、疫苗接种、偶封后放、周围没有太多的病人吱扭的情况下度过。随便吧。快到二〇二一年春节了。酣睡中出现了新环境新提问新课题："跳还是不跳？"他上了太平洋上的峭壁峰顶，他的眼下是深不见底的海洋。

深深的海洋

……你真实地告诉我

可知道少年的她

如今去到了哪里

南斯拉夫的民歌。南斯拉夫解体为斯洛文尼亚、克罗地亚、波斯尼亚和黑塞哥维那、北马其顿、黑山、塞尔维亚,以及情况不明的科索沃。夫复何言?

季乐绿少年时代偏于柔弱,后来情况有了进展,原因是他练习了跳水,自己把自己活活从悬崖上抛到深水里。多年以后,他已经想不起自己决心跳水的原因:应该是与老爹有点关系。老爹是"五四"一代,是洋派,一辈子追求自由恋爱、追求西餐奶酪制品、追求英语法语卷舌音小舌音清辅音,还羡慕欧美人打网球、坐飞机与开汽车。这些是老爹梦,梦中诸项目,老爹本人几乎没有一项做到了做成了,但是竟其终生,老爹毕竟游了上百上千次大泳。老爹爱说,过去旧社会,游泳是阮小二、阮小五、阮小七、浪里白条张顺、混江龙李俊这些匪类的事,而二十世纪初出生的老爹,不用冒险加入水匪帮,就继承了分享了原水匪后来是国际海盗的游泳乐趣。

为了追求游泳,每年"五一"一过,老爹就在河沟窑坑里凫水,然后口头上数十年始终如一地歌颂与描绘跳水。他给儿子乐绿讲镰刀式与燕飞式花样跳水,讲一米跳板、三米跳板,五米跳台、十米跳台的各式跳水,讲得风生水起,石破天惊,电闪雷鸣,云开日现。

儿子乐绿老六问:"您在哪儿跳呢?"老爷子不回答,问急了他说是在画报上看见过照片,还梦见过跳水。就是说老爹并没有当真跳过水。季老六为上一辈人历史的沉重与更新的艰难而鼻酸。梦?老六疑惑了。老爹感慨,说是,无梦则蔫,无梦则萎,无梦则食欲减退,情欲佝偻,人生枯干,人形拧巴。那么,如果有梦而且只有梦呢?老爹突然含泪,说:"我们这一辈子,盼望了一直缺少的幸福与解放,也盼望着能做更解放与更幸福的梦。"

老爹的一辈子是二十世纪初到八十年代,老爹也做了一辈子梦。而到了季老六这一代,已经天翻地覆慨而慷了。

季老六这一代,革了命、入了党、上了学、唱了歌、画了画、写了诗、受了批评、平了反、娶了媳妇、生了孩子、游了泳、跳了水、金了婚、送了终,嘛也没耽误，全活、十成，还有多。

　　一代一梦又一生，千年难遇大葱茏。山河绘遍风光善，跳跃横空喜未穷。

7

　　嘭的一声从五米高山顶七百二十度转体空翻，跳入大洋。委老七跳入太平洋、大西洋和印度洋，委老七击碎了北冰洋、南冰洋（南极海）的许多冰块。水花四溅，冰花如雪，遍扫方圆九十九平方米。委老七这才明白，曾经的跳水规则以不溅不浪花更不横扫取胜，但是堂堂乐绿季老六兼委老七，此番创立了水上运动的新思路新学派新项目体系，谁能折腾谁能爆炸谁能掀波倒海谁能成为水雷溢出，谁占先谁惊人谁算老大。为人性僻耽佳跃，体不惊人死不休！（杜甫：为人性僻耽佳句，语不惊人死不休。）

　　高高跳起，急上抛、缓上升、停止、改升为降，先上升后下降，出现两个方向的正负加速度，宇宙、群山、群楼、上行逆行，一声"跳"，然后在一个特定的点上，他的身体运动加速度数据是零，他获得了静止静默停摆一刹那。佛经梵语"刹那"万岁！中印文化交流万岁！

　　他的一声"起"，天崩地裂，身体粉碎，能量升空，能量沸腾，翻江倒海，啊、哇、停、静、飕、咔嚓、嚓、嚓、嚓、嘘、嘘、吱……他终于成了鱼、成了海豹、成了海龟、成了鲸精海马龙蛇鬼怪，他在海水中穿梭，他在浪头里飞跃，他一蹦，跃出水面三米零三十厘米，他在海底挖洞，他在海面扫荡。他成了第三次世界大战前沿候选新式海洋魔头。

　　他改变各种泳姿：狗刨、蝶臂、牛吼、青蛙、蜉蝣、卷缩、伸展、正面、侧面、仰面、打滚、抽风、直上、直下、斜刺、前冲、旋转、深钻，无姿不泳，无姿不冲、不横、不愣头青。他看到了自己身上长鳞、眼球突出、手掌阔大、脚跟巨蹼，一张嘴将海水喷出了五公里。

更重要的是瞬间拉起了队伍，他他她她，龙龙蛇蛇，男男女女，虫虫狗狗，胸胸腰腰，臀臀脚脚，上半身下半体，各人都自带颜料、自带色彩、自带线条、自带结构、自带形体、自带官能、自带旋律、自带五线谱蝌蚪，刹那间染花、染活、染闹、染飞了浩海大洋，红杏出墙春意闹，主席入海花样雄，乘风破浪。多彩变成了多声部，嗷嗷嗷，委老七、季老六、王老五、上下四方、动物植物、男男女女、你你我我，热烈拥抱，高调吟诗，再一回首，天空海洋，远山群相，近处折腾，远处火并，好一幅过去梦也没有梦过的元宇宙巨画！

他哼哼着、念叨着、喘息着，似乎又是一个好梦，一次梦迷，半次梦醒，吐出一口大气。

他又要从悬崖上跳水了，他有过二十余年从水库边上跳水的英豪体验，然后体炮发射，目标击向大洋。

他清醒得空前，沉着得绝后，明白得全身透亮，微笑得如初夏向日葵。

他慢慢睁开眼睛。首先，他确认，老伴已经仙去，老伴的笑容与甜美声音一直陪伴着他，与季同在。女儿在外域。他健健朗朗、端端正正地是一名光杆司令。

其次，近年确有老顽童逆生长现象，例如梦比过去多了，做得越来越浪漫了，梦的内容形式都有发展突破转化。岂见九旬浪漫人？梦中花月正青春。平生甘苦皆滋味，加上浑圆一梦醇。

季老六深为自己的狂梦的日益知识化而安慰。近年他日益为人们知识的某些退化而忧虑，为生活闲淡的迅速而焦急。你再不加点知识，可拿后代怎么办呢？

近年他获得新知识日进半斗，半生不熟，心乱如麻。做梦可以休整、满足、消化新知新说新调，做梦可以调节安排自我意识、信息欲望，还有欲望信息。他懂，抑郁躁狂型精神情绪型患者，那些情绪型老年心理疾患的征兆，恰恰是夜来无梦待黄粱。

他是：夜来有梦待黄粱，醒后难眠恨夜长。忆事连连悲即美，新知片片泪成行。

第三，这些年他个人过得昂首阔步，好事连连，心满意足，太平安适，更要谦虚谨慎，恪守礼义，竭尽所能，做好万项千般。

第四，今天是春节除夕，多数机关单位工厂公司放假了，而其他政法服务公安市政行业必须加倍拼搏。

就在此时，得到讯息，本地疫情再现严重性，宣布了一些规定。

一件最具体的事，他做东的一顿晚餐，今晚是否举行？不断来电话询问，他都回答：晚上聚会，不变。心里说，不怕！

8

最后，这顿饭还是黄了。

谁想到一疫就折腾了两年，二〇二一年又起浊浪，重演二〇二〇年大年三十晚上订好的聚餐黄了之闹剧。季老六强调优良传统，思维方式是儒家提倡的一切反求诸己，他一直从自己的经验中寻找对于当前事态的认知与评估。过往的事态渐渐出现在季老六的回想里，一九四九年十月中华人民共和国成立之前，察哈尔省已经闹起了鼠疫，后来闹大，毛主席给斯大林发电报求援，后来在苏联医疗专家帮助下克服了疫情。至于二〇〇三年的SARS非典型性肺炎，更是记忆犹新。

我能做什么？我要戴口罩，我要打疫苗，我要做核酸，我要劝慰一切焦躁与疑虑……

很少有像季乐绿这样积极接种疫苗的人，听说他的公费定点医院的医疗人员、勤杂人员都打了疫苗，他立即向医院申请接种，院方说，这种疫苗还没有完成报批审核手续，如果他坚决要求接种，他只能算志愿接受接种试验人员，他必须填写志愿人员登记表，签名画押，自己承担一切可能出现的后果。他照章办理，愉快接种。他在微信群里介绍接种经验，声称接得如何舒适成功，立即被一位在美国留过学的海归严正指出，你的反应好不等于人人反应好，你反应好又不等于疫苗生产地防疫的成效好。如此这般，他知道了某些人的逻辑，道不同，不相为谋。

我要注意了，我要注意了。注意着、奋斗着、想着、写着、画着、说着、坚持着，有时紧张着。他的脑子里出现了瘟疫、传染、高烧、窒息、呼吸机、封城等字眼……头昏脑涨。又同时出现了抢救、医疗、献身、方舱、口罩、奋斗、战胜、祝捷、连花清瘟、制度优势等字眼，叮叮咣咣当当。大静默、大格局、大拼搏、大胜利。没有挑战就没有功业，没有瘟疫就没有全民卫生防疫的阵仗雄奇，万众一心，众志成城。没有拼搏就没有中华人民共和国，没有断然措施就没有一切丰功伟绩。决心，最重要。

两个月后他去打第二针，护士问："对第一针反应怎么样？"乐绿原老主席回答："轻松愉快。"护士问："有什么愉快吗？"答："只觉得每一个细胞都具有了十成的免疫力。"

他考虑自己的人生节奏、工作节奏、自省节奏。时间一天一天过去，一月一月过去，乃至一年又一年过去，疫情时松时紧，紧多松少，措施有时清冷，核酸盛景，却又声势空前，风急浪大，有时热烈，有时秋风扫落叶，有时做完核酸得到居委会奖励的一包鲜菜，有时取消了饭局堂食，有时取消了电影放映，有时办理了戏剧演出退票，尤其是使他不知如何是好的是停止了，恢复了，又停止了游泳池的开放。他的原来计划的几次画展、讲座、艺术巡游也都被停止。他想，我们要时刻准备着，准备开动，准备加油，准备停止，准备取消。我们能够做到，一定做到。他一定顺势应对，例如，取消游泳情况下，增加了健步走路预期标准。从日行五千步到六千，到八千，到万步左右。虽然，他有时也怀疑取消游泳有没有泳池工作人员躺平卸责的成分。

为此他收到了多少至亲好友的警告劝告请求进言："亲爱的朋友（同志、大哥、老弟、舅舅、姑父……），你已经老了，你不是中学生，你应该休息，再休息，完完整整，安安静静。生命在于静止，乌龟缩在墙角，一动不动，乃成长寿大仙，千年王八万年龟，你应该当一个老老实实的期颐小王八。"

听了这些话，体验了各种防疫便宜举措，季老六更加亢奋紧张起来，空前的挑战与机遇，来啦。至于嘴闭到墙角练小王八静默功，他为难。

他紧张地迎接着享受着默前、默后、默中的读书、作画、打电脑、接电话，仍然健步如行军，一天八千八。他画了远征武汉的白衣天使，他画了梦中的舞会与醉人的舞姿，他画了梦中的神秘如春风秋雨的花胜花娜娜，疫情的严峻使他益发追求美妙的突破，左冲右撞，南砍北杀，横扫寰宇，情如烈火同，思如闪电亮。他又画了一个五年前自己曾受邀，却没有参加，没有参加却快快乐乐地画出来了的，在维也纳霍夫堡皇宫举行的中国春节迎新舞会，是奥地利奥中友协主办组织的。他看到了许多图片资料，霍夫堡屡经修缮扩张，现包括四千多座厅室，大街上它像张开的欢迎的两臂，等待着与你拥抱。宫室里吊灯多半保持着百千蜡烛的造型。每年过元旦，中国央视转播奥地利维也纳金色大厅举行的以施特劳斯一家父子三人作品为主的新年音乐会。春节，奥地利皇宫，则有中国年的舞会翩翩、交谊翩跹。

少有的大静默何等艺术瑰宝般宝贵！他来劲了，疫情削减了许多聚会、会议、仪式、讲话、饭局。他的绘画激情乘虚而出，白热化。他疯狂地画了梦中的高台跳水。尤其是，他犹豫再三，酝酿再三，来劲再三，冲动再三，画了一幅半写实半抽象、半传统半现代的名为"海魂之恋"的大幅油画。绘此画作的三个多月，他吃喝尽忘，睡眠不安、自言自语，他把梦中的委老七闹海盛况，全画出来了。

对这幅画有不同的见解，最大的问题是很多人反映是"看不懂"三个字。如果你画的是马，他看出是马来了，他就认为自己看懂了。如果你画的是没有打开的伞，他看出是没有张开的伞来了，当然也是他懂了。如果他把没有打开的伞看成手杖，把马看成驴或者骡子或者鹿了，说明，一个是你画得不像，一个是导致了他的看不懂。

还有一批公认为也自认为很懂画的美术家或美术评论家，则称赞他画得虎虎有生气，乃至感觉是乐绿公在爆发，在抗御新冠敌对势力。但他们也都劝告他，抗疫期间，注意影响，先画抗疫绘画岂不更好？你又当过文联主席。你说你画的是抗疫，人们会说大闹龙宫怎么会是抗疫主题呢？你毕竟不能是自己画给自己。

是的，是的。他想是的。他又想，对于疫情，有的担当者是盯着它抱住它跟它掼跤，有的人是接受了进行了配合了各种举措，然后该干什么干什么：厨子必须做好饭，警察必须取缔违章违法加上抓住小偷，绣花能手在疫情泛滥时也尽其可能绣好巧夺天工的湘绣苏绣云锦与滇绣。

他呢，不管做多少跳舞唱歌冲浪潜水的梦，不管拿过来多少真真假假的疫情段子，醒过来，他还是必须画好画，越疫，越要生气勃勃，攀缘绝顶，奋勇前进。

抗疫、做梦、健步、学习、作画，迎接挑战，利用时间机遇，庆幸自己迄未中招，更庆幸自己没有空自度一日一天，一分一秒。

他不明白的是为什么至今还有那么多人设法不接种疫苗，哪怕只是少种一针疫苗。他想起少年时代的往事——日军占领下的一九四三年，敌伪政区闹腾虎烈拉即霍乱，说是北京已经死了好几千人。他所在的小城市也到处是"打防疫针"，大街上在左臂打上一针，晚上左臂红肿胀高，疼痛发烧，只能向右侧身而睡觉，不敢翻身。同院邻居有点小钱的人，乃花点钱雇一个穷汉用假名字冒充他去打针，领上"注射证"一手交证，一手拿钱。第二天报上刊登：已有七八个代打防疫针挣钱的人身死的消息。

年龄是个宝，往事作参考。知旧再图新，讲古不可少。

而现在的疫苗接种，针剂与注射器结合一体，针口细如纳米，一针只用一次，清洁讲究，注射如闪电，疼痛轻于蚊虫叮咬，一切不适都等于零。

仍然有大好人高级人千方百计地不接少打。

"五四"已过一百多年，全民完成扫盲已经过了两代人六十余年，为什么还有手眼通天、算无遗漏的能人在逃避接种疫苗呢？

积九十年的经验，他懂，一切灾难都是机遇，一切机遇也可能开始起新的灾难。

奋斗奋斗再奋斗，其乐无穷。

9

是不是他太猖狂了？季老六时时观照自个儿。寿则多辱（不是说受辱，是说老家伙不会像过往一样地体面潇洒风流倜傥）。再说，物壮则老，是为不道，不道早已——李耳李大爷早就看透了。看透未必透，不看更通透。大道法自然，自然自清秀。

中华天道之说太高明了，太高明的思想与范畴被不太高明的俗流学到了手，或透露出某种狡辩与狡猾。

二〇二二年三月五日，惊蛰，又是周六，原来人生有那么多周六，生前永远过不完。本周六他在起起落落的疫情恶潮中因消化系统的滞胀而看了急诊，在糖尿病阴影下几年不吃少吃主粮、多吃瘦肉的恶果终于积而成疾，外用药、口服药、中成药、中医处方汤药、西药（含处方与非处方药），稀里哗啦，都过量喂入，给他推荐好药灵药的亲友远远超过了向他推荐美食与画作的亲友数量和力度。各个药方药力合而为一，大聚集就更过量。谁让他开药取药这么方便呢？谁让他有那么多待遇加医药友人医药专家的关心与提供帮助呢？

他的排泄几乎是恐怖暴力型的了，他产生了不雅的腹内准核地雷，腹内极端主义、分裂主义、恐怖主义三种势力勾结作乱的化学转物理反应。他受到了伤害，匆忙忽然，进入了全新境地。

一疼痛，二混乱，三扩张，四失控，五失落，六遗漏，七返祖返婴，八仍然清醒迅捷明晰快乐精神信念光明温暖乐观自信，九瞬间一败涂地，十总结汲取哼哼哈哈嘿嘿哞哞哎哟呜呜哈哈？噫噫。

在与病痛的对抗中他以欣赏近三年来自己的绘画稿来安慰调理身心。他有时发出类似冷笑的声音，他立即警惕纠正，改唱《我们走在大路上》。歌声背景中他面对挂画的墙，发现墙有点软，有点活泛，有点仿昆虫性瞎蛄蛹蠕动。软墙的平面正在变成起起伏伏的波浪形落地屏风，挂在墙上的平面画越来越立体，凸的凸，凹的凹。他随画随墙随象随形进入了梦中又一个舞厅，全场用不同的语言欢呼："欢迎委老七主席！"这时迎接他的是谁呢？是袅袅婷婷的一位资深美女，穿着祖母绿（波斯语 zumurud，指宝石绿）色大摆裙。她长得多么像一个他的熟人啊！

但是不像，再看，仍然再不像，仍然还不像，始终不像。呵，呵，她的鼻子在慢慢坚挺，她的眼睛在慢慢闪光，她的身躯在慢慢摆动出曲线。我的天啊，她不就是一九五四年获得奥斯卡奖的奥黛丽·赫本吗？她复生了，她重生了，她陪委老七跳舞来了。经过混乱，经过质疑，经过疲惫的犹豫，他已经从此明确，终于觉悟，深深认定，升级版认识，在世俗生活与硬体世界中，他姓季名老六。现在呢？是在山峰、在云端、在艺术、在幻想、在舞会上与深深的黑海中，哈哈，包括在嫉妒他的人挖空心思做出的他的黑材料中，他只能是、他必须是：委——老——七。在文联"领导"名册中，他则大名季乐绿。

于是，他自己认同乃是委老七了。她呢？则还不能确认对方是奥黛丽·赫本本人，还是另外酷似赫本的欧美美人替身。当然不是女排的赵蕊蕊或者朱婷，她更不是近年来乐绿主席最心仪的世界综合格斗金腰带冠军张伟丽女士。张是季老六的邯郸同乡。他委老七到了二〇二二年年逾九十，他前几年曾在自己的米寿饭局上想起张伟丽，希望有缘为 UFC 草量级张金腰带画一幅像。他看腾讯网上的佳丽伟丽的英勇与苦斗，他见到了佳丽脸上的伤和血，他激动得热泪盈眶。"张伟丽万岁！"他在喝高了以后无声地喊出过生撰的口号。

最后，在自我欣赏画画人自己画的诸画的时候，在进入了画室舞厅之后，期待良久，他仍然没有看到张伟丽，也没有见到比老六还要长几岁的美丽无双的奥黛丽·赫本。

明白了,相逢何必曾相识!妙哉自是老同知。瞬间陌生成挚友,得君一瞥老七矣!那么,一次次迎面而来,一次次失联而去的赫本以后,再次在舞会上迎接他的女士她,正是比奥黛丽更中华、更东方、更典雅,也更时代化数据化,也比张伟丽更自来熟、更随和驾轻就熟地温柔克己、无微不至的舞伴花胜花娜娜。

"又是巧遇了,您?"委老七说。

"不是——巧遇,我等待您等待了成百上千的白天和晚上了。"

嘭嚓嚓,嘭嚓嚓嚓,嘭嚓嘭嚓嘭嚓嘭嚓嚓,天啊,这里有新疆喀什地区塔什库尔干塔吉克自治县的民歌民乐,那边的民歌节奏,5/8、6/8、9/8 节拍的背景音乐,委老七应该怎么样迈腿呢?

最后来了《少年的我》,铜管乐、架子鼓都用上了。他与花胜花娜娜改成相对跳摇摆舞了。

他似乎还找补着与未有出席、不得见面的老乡张伟丽过了两招,虚招,年逾九十的委老七即季老六,竟然踢出了李小龙式的"剪刀脚",打出了李小龙式的"蔽目黏手",使出了李小龙式的"寸拳"。他愿以高龄男生身份,向张伟丽拜师学艺。梦中他听到了张老师说:"你大有希望!""孺子可教也!"

活这么一辈子,可真值!

10

"这太荒唐。我已经九十岁了,我怎么能跳摇摆舞呢?我的动作那么大,我跳起的高度那么高,我在作(读阴平声)业(孽)呀,我的手臂甩得可以与佳丽伟丽抗衡,我的腿动作快得可以踢死藏獒,我的膝盖的压力胜过了奥林匹克举重与体操比赛,这是胡扯,这是瞎闹,这是夸张,这是猖狂,这是无法令人接受，也是我自己根本不可能相信的。"他郑重地忏悔。

一个温柔的声音在他耳边响起，他看着花胜花娜娜的脸和口，花胜花娜娜的嘴没有张开也没有合上，那话不是她说的，是谁在说话呢？

"委先生您还没有明白吗？在我们这里，您的舞场年龄只有五十六岁。根据联合国新定义，您还正是中年，是人生的黄金时代……"

掌声如潮，如雷，如暴风骤雨，如春季群鸟齐鸣叫喳喳。委先生东张西望，四周没有镜子，他笑了，他欣赏着自己的雷电般地跳跃运动的腿脚，他笑了，他仿佛感觉到了自己的嘴角与面部线条，果然变得年轻，再年轻；自己的笑容，美好，更美好；自己的心绪，青春，再青春。他唱起歌儿来了，唱《少年的我》和少有的7/8拍子的《帕米尔的春天》，把与狐步舞与圆舞曲节奏结合起来的7/8拍子的塔吉克族乐曲唱得如醉如痴，我为卿狂。

醒来之后，又是另外一组信息与数据了。

季老六，梦中的委老七，没有激动，没有不安，他的梦境吉祥平安顺遂。

不好，褥上有湿情！时年九十岁，梦龄五十六岁，他的发现是自己犯了婴儿的过失。本来感觉是十五年内，九十多到一百零四岁的季乐绿、季老六，将保持恒定的委老七的五十六岁。

还有他上网核查，应该是叫奥黛丽·赫本的巨星已于一九九三年离世。再见了，一代又一代！我想念你们，招呼你们，并且怀着喜悦，注视你们。

11

于是两个月夜间季老六纸尿裤、尿不湿、老人用具用料精进舒适安全预防。深圳生产了这样的病人的专用裤子，好用，完美，为大国的少数功能性疾病患者服务，大有市场。白天自以为无异无碍无伤，世上本无事，庸人自扰之。照样跑步、走步、八段锦、太极拳、读书、读报、讲课、吃肉、吃粥、说俄罗斯热笑话、德意志冷笑话、学知识、看鼓舞人心的《新闻联播》、唱陕北信天游，外加帕瓦罗蒂拿波里民歌和7/8拍子的塔吉克族民歌……

怎么办？不但是不可救药的乐观主义，而且是不可救药的腿肿脚肿，不可救药的谈笑风生纵横驰骋横扫竖插左踢右踹，更不可救药的是膀胱积水一千六百五十五毫升。

（关于偶尔这一年狼狈与尴尬的季老六病案，这里删去一千二百字。）

（作为替代，这里需要一些补白：关于《少年的我》。）

《少年的我》是一首非常成功的大众歌曲，首两句，"春花秋月"，平和善良，恋及天地人生、宇宙世界，善于认同，当然缺乏必要的斗争抵抗。"少年的我"则"多么地快乐"，天真烂漫，纯洁活泼。"少年"二字旋律声调突然升高，而"我"字很容易加上降调的小花腔，快乐的"快"，又会稍稍向上一挑，天真烂漫立即出现了些许伤感，潜台词是"快乐的少年时代已经不再"，"美丽的她不知怎么样"？上哪里去知道她"怎么样"了呢？

你失去了少年光华，你失落了渺小小姑娘的美丽。人生就是成长，成长的另一面就是失去。啊，你陶醉了，"宝贵的情，甜蜜的爱"，"宝黛钗容色"像月亮，像花香，关键的要害的两句词出现，"少年的我不努力"，因为年少，因为幼稚，因为耽于少年的活泼游戏心性，因为不贪婪不渴求不焦虑不放肆，因为少年的我只是像春花秋月地自在地美好。"怎能够使她快乐欢畅"！这个不努力的"我"字，一下子冲上了花前月下的天花板，也许流出了一滴泪珠？也许你边唱边摇头，但也不一定没有真实的自责了呀。大器晚成，大器免成，为什么才刚少年的我已经感到努力必要性的压力，而且想到一个"美丽的她"，乃是一种不可抗拒的压力了呢？

美丽是浓重的压力。害怕一切压力的人，一定要做到与美绝缘，自得地丑，丑得自得。

秋月春花哀未休，少年的我已知忧。宝玉黛钗难倾诉，幽幽一唱自无愁。

嗯哎嗯哎，未尝不可说，"少年的我不努力"云云，只不过是自己幽自己一默哟。

一九四六年，以李七牛的笔名作词作曲的流行歌曲《少年的我》已在上海与香港流行，一九四八年，第三次国内革命战争即人民解放战争发展到了如火如荼的地步，这首流行歌曲在内地大红大紫了起来。流行艺术有自己的辩证法。

香港尽人皆知，李七牛真实姓名黎锦光，原名黎锦颢，在湖南湘潭号称黎氏八骏中，排行第七，有"中国流行音乐的开拓者"之称。他作词作曲的《采槟榔》《夜来香》《拷红》《讨厌的早晨》《嫦娥》《送我一枝玫瑰花》《香格里拉》，长期以来脍炙人口。

王蒙告诉过老六公，一次他在香港与香港艺术人黄霑同局吃饭，说起湖南民歌《采槟榔》来，黄先生告诉王蒙，《采》不是什么民歌，而是黎锦光作词作曲的歌。说着，忽然黄先生不见了三十七分钟，他回来时，拿着刚刚打印出来的简谱《采槟榔》词曲纸页，送给王蒙。时黄兄已患癌症。不久，黄兄仙逝。这就是香港艺术人的风格与友善。

问题在于季乐绿有一次与报告文学女作家于劲同局吃饭，他记得于劲说到七号骏的坎坷遭遇，黎先生因《夜来香》曾被二战中的李香兰利用，涉嫌对国家不忠，似曾长期坐牢。李七牛十一届三中全会不久后释放，曾任上海卢湾区政协委员，再不久，去世。久久或凄凉，不久莫悲伤。不久后不久，西去归大荒。

后来至今，所有的网络中，只介绍黎锦光的作曲成就，没有一人一处一网一站一文提及他的监牢经历。

会不会是他季乐绿记差了呢？

黎锦光的大哥黎锦熙，著名语言学家，毛泽东的湘潭同乡与老师，台湾仍然使用的注音符号（ㄅㄆㄇㄈ）的发明者，人称中国注音字母之父。

二哥是黎锦晖，更早的儿童歌舞剧歌曲《可怜的秋香》《麻雀与小孩》《小小画家》的作者。

王蒙还告诉季乐绿说，一九八七至一九九九年他住过的北京朝内北小街四十六号，原来是黎锦熙先生住过的。其后，夏衍老师居住。再后是王蒙住。最后拆了，盖成小型居民公寓楼。

近年季主席为什么对《少年的我》火热起来了呢？他又是看了王蒙的文章，王说，《少年的我》应该是从李后主的《虞美人》中取得了灵感。王说，李有"春花秋月何时了"，黎有"春天的花是多么地香，秋天的月是多么地亮"，源泉与分流的关系十分明显。而且，"春花秋月何时了"的提问，是与哈姆雷特的"生存还是灭亡"提问同一个级别的终极性提问。人类是命运共同体，也是提问与思索的共同体。

季乐绿主席还看过《读书》杂志上，王蒙谈《李香兰自传》的文章。德国有莉莉玛莲，日本有李香兰。李香兰以华人名义在东京唱李七牛所作《夜来香》的时候，东京因群众的狂热激动而戒严。德国前线士兵则是，几天没有听到莉莉玛莲的歌声，以为可能是与抵抗运动有牵扯的歌手已被"元首"处决，军心都乱了……莉莉玛莲爱唱的军士告别情人上战场的歌曲，也是唱的灯光。令人想起苏联卫国战争中著名歌曲《灯光》。

二战已成历史，中国的人民解放战争，也已经渐渐远去，那时的各式歌曲，仍然活着，在耳边回响。

补白到此为止。那么回到清楚硬实的地面上来，医院的提问是：老主席手术做不做？

做？你的器官功能评估不理想，也可能手术是无效的。手术对于一个年逾九十龄的人不无风险，至少会有皮肉的痛苦。不做，就直接做瘘……医生商议。

季老六说，党常常讲一句话，有百分之一的可能，我们也还要尽百分之百的努力。

"我还要拼一把！"他说。

主治医生轻轻给他拍掌。

12

赤身裸体，盖着几层大白单子，躺在手术室转运车白褥单上，到了手术室门前，季乐绿对专门跑回来作为主要家属探视他、主持办理医疗手续、也许是与他告别的女儿嘱咐了一句话："病房里的西瓜没有吃完，你一定要去吃掉，不然会'变修'了的。"这是他们家的一句独特的表述语，鲜美的食品，出现了霉斑、异味、干裂或者受潮，一件绸衫，被蠹虫毁掉，他们就说："某某好东西变修了。"反修防修，防和平演变，大家都熟悉这些说法，既紧张，又有趣。政治不能变修，爱情不能变冷，食品不能变馊，芬芳不能变臭。

女儿的脸色有点紧张，毕竟爹爹不年轻了。过去，当媒体人问爹爹米寿后身体状态的时候，爹爹曾经巧妙地说，今年还不错，也许明年我将衰老。衰老在明年，抖擞在今天，明年若依然，衰老会迟到，明年的明年，一年又一年，好事仍连连。可今天呢？不是明年，是此刻，爹进手术室。

开始他对过多的月饼仍然心怀积怨，认为最近三年的一切不舒服不痛快都是月饼带过来的。

月饼哪儿来的？近年做梦太多太活跃太自在招惹来的。请君勿妄梦，请君勿海吹，吹到月饼至，砸死你成灰！

他进了手术室，六个护士拉抬着车上的褥单，把他平移到手术床上。麻醉师过来做了麻药腰注射，是激光微创手术，下身麻醉，不影响大脑与五官。如果老年人血液循环跟不上，则需要做全身麻醉。麻醉师又过来说："你的心脏与脉搏、呼吸，都很好，请你再吸入一点有利镇静的药，苯巴比妥，不影响你的大脑的正常活动，风险小，一定会安全成功。"

麻醉师前一天到病房与他沟通过，乐绿主席很喜欢这位彬彬有礼的麻醉师，他甚至觉得他可以建议麻醉师去演电视连续肥皂剧，他有明星范儿。现在，他爱听医师术前的每一句话，相信安慰是真实可靠的。

主治医师如临大敌，顾不上言语，还有另一位医师，乐绿猜想，也许是管急救的。

听到了护士的窃窃私语，轻柔好听，这么多人都关心他、负责他、打理他。

季老六的感觉是心满意足，够牛的，这样的医疗服务，能够获得，寿而多关照，病而处理得十全十美，痛而舒舒服服，死而大模大样，堂堂手术床上，了无遗憾。

最大的快乐，在生死存亡的节点上，他的月饼心结终于解除释放，他的生命是舒展的，他的精神是轻松的，他的心情是辽阔通畅的，他的情绪是感激与满足的。

这时，渐渐传过来了掌声，轻轻的，暖暖的，喜喜的。掌声中藏着一首又一首歌曲。

……亲娘！这是哪里？

复式双开门户，西服革履的服务团队，中式吊灯，中国红灯笼，双喜吊灯，百花吊灯，走马吊灯，吊灯轻轻地摇摆，他想起他最爱的辛弃疾的词句，写上元节的灯光："玉壶光转，一夜鱼龙舞。"

地面微微地震荡，声波快乐地响起，幢幢隐约有明暗，满墙的书法与绘画，屏风，花盆植物，待客座椅，三位女士起立。喝道："鼓掌欢迎革命艺术家VIP委老七主席的到来。"他听到了央视一号主持人的声音："我们欢迎委老七主席入座！"他微笑，招手，他的感觉是自己滑着旱冰滑轮，出溜进了客厅。他略略歪一下头，又似有似无地点点头，他过去与女贵宾握手，拉住手十分之一秒时间过去，他猛然清醒，今天来做客的首位女宾是你，天啊！

你是谁？你是全中国人民喜爱的格斗女侠张伟丽，一九九〇年生于河北邯郸，二〇一九年八月，差一个月满二十九岁，张伟丽只费了四十二秒就击倒了杰西卡·安德拉德，夺得UFC草量级世界金腰带。中国好闺女！穆桂英与梁红玉。转战全球，总战绩二十一胜两负。二〇二一年卫冕失败。二〇二二年，张伟丽对同级别冠军卡拉·埃斯帕扎,第二回合将其裸绞,稳准狠,重手如电,张女侠重新赢得草量级世界金腰带。

张伟丽不仅是格斗的女王,她端庄、沉稳、侠义、大无畏,坐如钟、立如松、战如鹰、拳如风,攻先锋,嘭嘭嘭,气如虹,力无穷。她给人的印象是何等端庄正道!她更是国人兴奋欢乐、面貌一新、勇敢胜利的象征。委老七何德何能,能与这样的英雄红星见面,而且俨然是主人,是老爷子,招待一位小朋友!

第二位是牛津式兼部分美式英语口音的奥黛丽·赫本。依然是当年《罗马假日》中的欧洲"安妮公主",纯真、性情、自主、绽放着的英国美女、好莱坞巨星的完美,散发着美丽、健康、快乐的光辉。委老七赶紧问好,回应"很高兴见到你",又说"中美人民与两国文艺工作者之间,永远友好"。

第三位让老委喜出了眼泪,她当然是,她当然来了,她就是不只与委老七有一面之交、五曲共舞之交的老朋友花胜花娜娜了。

没得可说,他们二位热烈拥抱,委老七的右脸庞,感觉到了花胜花娜娜右脸庞的温柔、细腻、清爽与温情澎湃。

这时,音乐响起,厅门缓缓打开,最最著名的电视男女一号主持人同声宣布,欢迎,欢迎,热烈欢迎,达布罗,帕扎洛娃奇——Добропожаловать——"乡村女教师"!

主角儿来了,苏联俄罗斯巨星,她是谁呢?科托安娜(俄语:她是谁)?

是仙乐,是彩云,是笑容,是坚忍。您是?您是?您难道是我少年时期的偶像,华尔华拉,苏维埃社会主义共和国联盟最好的影片《乡村女教师》的主人公?

您好,您好,德拉斯契(您好)。您这是从哪里来?您已经……委老七没有再说下去,云里雾里,喀秋莎和《莫斯科的"晚巴晌"》里,《乡村女教师》的温柔插曲里,全部苏联歌曲《我们祖国多么辽阔广大》与《伏罗希洛夫之歌》……方方面面也不妨捎带上《少年的我》里,您是永生的,您是万古流芳的……他意识到了问女士的年龄是不礼貌的,他更相信今日是复活节。一切复活大联欢。电影人物华尔华拉,苏维埃社会主义共和国联盟——CCCP(俄语缩写),SSSR(英语缩写)——人民演员薇拉·彼得洛夫娜·玛列茨卡娅,从另一个世界,来到了中华人民共和国艺术人委老七这里。

"我想念中国,想念一九五〇年中国的观众,中国人民……"

"什么?您的中文,您的中国话是这样动人,比唱歌还好听呀……"

"您忘记了一九五〇版中文译制的《乡村女教师》,贵国著名电影艺术家舒绣文女士给我配的音了吗?"

噢,舒绣文也与薇拉同体到来了,委老七哭出了声。他意识到自己外事活动中举止神态的不得体,他立即控制住了自己。他自查,此次会见中,他失态了五百毫秒,即五百个十的三次方之一秒。

华尔华拉也哭了,但神态比老委典雅。毕竟年龄与艺术成就,不是老七所能攀比的。这才通了姓名。苏联俄罗斯巨星的名字是薇拉·彼得洛夫娜·玛列茨卡娅。他呢?他的名字是什么呢?乐绿?老六?老七?季老?委老?老季?还有当年他去苏联学油画的时候,他有一个俄语名字亚历山大·萨莎。

他失语了。

这时赫本轻轻评说了一句:"像是情侣久别重逢。"

舞曲开始奏响。一瞬间,委老七得到了清楚的印象,赫本是天真的少女,是通俗的贵族与高贵而又质朴原生的自由自在。薇拉是温柔的凝神,是美丽的慈祥,是高雅含蓄的爱神,是利他的献身者,是社会主义的天使。在影片里,她的脸前总是有一片薄雾,薄雾保护着装点着她,这样的美丽神圣高雅永久。

花胜花娜娜,是艺术,是人情,是云霞,是清风,是活生生的梦。

他与四个美女一起舞蹈,他的高峰体验使他返老还童,起死回生,乐不思蜀,酣畅如龙卷风加海啸。

于是四个美女变成五个,六个,一百个,而后三个,两个,一个也没有了;只有一闪、一晃、一摇、一笑。于是变成小乐队、小合唱、二重唱、三重唱、四重唱，委艺术家钢琴伴奏，提琴长笛打击乐伴奏兼指挥，于是又变成了舢板、变成了帆船、变成了碧海骑鲸……然后是滑雪与钻火圈的特技比赛，然后是蹦床，委老七与四大美女用十三秒时间，空中跃起十二米，转体一千零八十度。

"真是百年不遇的三八国际妇女节嘉年华啊"，艺术家委老七听到了声音慈瓷雌磁的数据智能的多语种宣告，非男非女，非嘶哑非脆翠鲜亮，一种让艺术家浑欲不胜其感染的音质。

啊，华年嘉节，女妇际国八三，委老七一刹那将磁力超强的智能宣告倒背如流。哼，他还会说八妇三女国年际华嘉节……十个字，有多少排列组合呢？他七岁时就自己算出来过，三个字有六种排列组合。八岁时，他老季算出来了，四个字，有二十四种组合。十个字呢？他不可能算出来，但是他能一口气说出二十几种同样的十个字、不同的排列组合来。这是艺术家的独门暗器，这是他的思想体操、语言游戏、文字显摆、心理管控、防痴神药，哈哈哈哈，再说一遍年八际三国华嘉女节妇，进入高水平的无解幻境，他入睡了，他发汗解热，听到了智能数据与全手术室医护列队对于自己的怀念温存不无沉痛的悼念。

我走了。

推出手术室的时候，他已经睁开了眼睛。他笑得开心自恋而又略显诡异，他清清楚楚、结结实实地告诉女儿与病房医护人员说："今天很享受。"

回到病房以后，他自言自语："我麻醉后没有问题，我想起来了，十个不同数字的排列组合应该是……个。"护士连忙跑过来打量他，测他的血压与体温血氧。女儿向护士解释："没事儿，他老是自以为精通数学。"护士更糊涂了。不过病人倒还没有异常的体征，也就放心了。护士说，病人手术期间，我们照射紫外线为整个病房消毒，留下一种特殊的味道，晴天您晒被子也会有味道的，有的病人敏感，感觉不舒服。季乐绿的女儿听不明白护士到底要给她讲什么，她倒是对自己的老爹，完全放心。她想，她的在天之灵的母亲，也在谢天谢地。

躺在病床上，病号季乐绿上网查出：薇拉·彼得洛夫娜·玛列茨卡娅——乡村女教师，离世于一九七八年。

她们都来了。

季乐绿感动得热泪盈眶。

13

到了冬天，季老六手术后，百病俱消，恢复了身体一些原来有阻滞问题系统的正常功能，恢复了正常的起居饮食，吃得香，睡得稳，走得大步流星，说话中气十足，读书清晰理解，绘画兴致盎然，电话你来我往，微信闪耀万方，游泳每次五百米，乒乓球提拉削转，学习体会心得，融会贯通，友人间互诚互补。他的体重开始收复失地，年前六月，病中最高丧失重量十一公斤，二〇二三年春天，他增加了体重十公斤半，他完全明白，两公斤以内的体重增减可以不计，好好喝两杯凉水，形势就会逆转。

更令季乐绿快乐的是他整理了大量旧画稿。大海捞戒指，他在一个老式的竹笼子里找出了七十五年前他画的薇拉·彼得洛夫娜·玛列茨卡娅的速写与二十世纪八十年代他描下的奥黛丽·赫本的剪影。他还找到了一个一九四八年上学时用过的笔记本，里头画了一个粗糙的头像，打死他自己也难以相信，越看这个粗率没样儿的头像，他越觉得像近日梦中的舞伴。像云，像风，像月光，像小溪与清泉，像《少年的我》的一个乐段。

就是说，他十几岁的时候胸中已经有了花胜花娜娜的轮廓。

到了五月，本市著名的师范学院，在校园里举行他的画展。这所学院，是他已故妻子的母校，他家里挂着的亡妻画像，背景就是她的母校。他们坚决要举办他的画展，他虽然不认为他的美术成就有多高，最后还是接受了人家的好意。

画展第十四天，也是画展最后一天，学院来电话，说是一位非常有风度的老年女士，他们学院的一位优秀尖子同学的姨祖母，来看画展，她询问有无见到画家的可能,她拿着一张集体合影照片,说是其中有您,也有她自己。学院院长知道季主席家离学校很近,冒昧地问一下:"要不劳烦您过来一下?"

……如此这般,他见到了远方的客人,客人的笑容让季乐绿一见就屏息凝神、相视静默、寻觅久久、涌动连连起来。

"您?"

"你?"

"你是?"

"您是?"

"半个多世纪过去了。"

"不止,七十多年了。"

"曹禺《雷雨》的台词:'我们都老了。'"

"告别的时候我引用了《史记》对荆轲的记载:'风萧萧兮易水寒,壮士一去兮不复还!'"

"我、我……我糊涂了,您知道我去年插了半年管子,我做了手术,倒是好了,然而老了。四十年前,我从马车上掉了下来,五级伤害,轻度脑震荡。请原谅,您告诉我,您是……"

"我是小华啊。"

"小华?小华?天啊……"

"那时,我的名字是华生花。我们拉着手跳过舞。我教给你唱'春天的花,是多么地香……'"

这是什么?真实还是虚构?梦境还是遗忘?腰麻硬膜外科联合麻醉后遗症还是一种文明性念想萎缩、记忆消退淡出?

"对不起,我忘记了您,我已经想不起您是谁来了。只是我梦到了您,真的。我一次一次梦到了您,但不知道梦到的是您,因为我竟然真的忘记了您,这也就是说我并没有完全忘记您,也就是说我始终记住记着想着的是您。从人生的选择、价值的认定、对于妻子与家庭的责任来说，我必须记住要永远忘记您，必须永远忘记原来一直记住了的您……"季乐绿慌不择言，完全不知道自己所云。他意识到这次会面以后他要挂一次医院精神科的专家号。同时想，哪里见过这样的高龄少女，资深丽质，袅袅婷婷，亭亭玉立，这样的梦里诗里黎氏歌曲里、美不胜思、远胜赘肉满满的凡俗身材，她的身材胜过了安徒生笔下的"海的女儿"美人鱼；而她对你又是如七十余年前一样地纯真亲密……你见到她，应该给她跪下。看背影，小华如十九岁的舞蹈演员，头发浓密花白，高盘头上，声音温馨文雅，久违了。我的华生花同学！久违了，我的少年时代！

华生花不住地点着头，她当然完全理解。然后安静了几乎十几分钟，她忽然说："是的，我们的记忆有自己的落失。我也看过张伟丽的格斗，后来我忘记了。今天在这里我看到了你画的女格斗手，解说的同学告诉我你崇拜张运动员，还有你喜欢苏联的乡村女教师。这些我都有一点生疏……在关节点上我错过了中华人民共和国，我错过了故乡的翻天覆地和学长你……我错过了你们的饱满的人生。我费了老大的劲，终于找到了见到了你。谢谢你！"

后来他们一起吃了一顿潮州饭，季乐绿想起了华生花是广东属于潮州大概念的汕头人。他们吃了三年老鹅头和生腌赤心虾蛄，还有相当奢华的蟹肉炒鱼翅。季老六尽了东道主的礼数。他觉得，他与华生花都耐心地从容地等待着这次晚餐，等了七十年。

临别时候，华生花赠送给季老六两瓶古巴产朗姆酒，她解释说，在关键时刻由于家庭的干扰，她与乐绿分道扬镳，她被父母带到了台湾，后来到美国留学，她嫁给了一个奥地利同学。她的奥地利裔"板凳"（英语丈夫的戏谑读音）病了太久太久，她爱他，直到给他完满送终。但是她从来没有忘记过乐绿的革命追求与革命理想。早年她没有办法到大陆来看乐绿，她就拼命一次一次地去生气勃勃的卡斯特罗时期的古巴，她甚至养成了喝古巴甘蔗作原料的朗姆酒的习惯。那酒酯基生香，焦化的甘蔗发出了中国人不陌生的炒糖色时令人喜不自胜的香气，加上酒的酵母菌与霉菌。希望季老六学长喝这个酒的时候能想起卡斯特罗与切·格瓦拉，加上华生花这位没有出息的基督教团契好友，想起"少年的我"来。

华生花说，一次她参加去古巴旅游的欧盟的旅游团，他们在著名的哈瓦那广场餐厅吃海鲜。欧洲游客们看到了一位老歌手弹着吉他，首先来到了中国客人桌前，要中国游客点歌，一位中国女士点曲，说是想听《格瓦拉之歌》，没有想到，歌手还只唱了半句歌词，全部欧盟团的游客大声唱起"格瓦拉"来了。他们唱的是：

是谁点燃了天上的朝霞？

千年的黑夜今天就要融化。

光明也许会提前到来，

我们听到你的召唤，

切·格瓦拉！

她吃力地、低哑地唱着，她的吐字十分清楚，是唱歌，更是朗诵。她说她也会唱这个歌的西班牙语、英语歌词。她含泪说那次哈瓦那广场海鲜餐厅的欧洲游客唱完，中国客人热烈鼓掌。

"可惜的是，你不在场。"

又说："我这一生都觉得对不起你，我惭愧懊悔，我不敢见你。我喜欢唱歌，只教给过你唱'春天的花是多么地香'，却没有让你听到我唱《永远的指挥官切·格瓦拉》。"

说到格瓦拉，她的口吻与季乐绿亲近多了。

乐绿一次又一次地起身与少年时代的学友贴脸拥抱。

乐绿拿起装朗姆酒的两个深色瓶子，酒瓶上贴着哈瓦那市风光图片，有一种历史的沉稳与厚重。图片右角上的 A+，让乐绿的目光滞留了一下。生花说："我给你的小礼物。A 是艺术家 artist 的缩写，+ 是表达我对你的理解，你是艺术家，又不仅仅是艺术家，至少，你还是我少年时代的心仪的好友，你更是追求革命的人。我一直相信着你，想念着你，愧对着对你的记忆。我就是那个加号里的最最不起眼的一小部分。至于瓶贴上的'A+'字样是我自己喷上的。"她解释。

"我该走了，明天我要回维也纳了。那年，说是你会到霍夫堡宫跳中国春节的舞。你没有去。我得到了邀请……本来以为那一年能够见到你。现在，两国的防疫措施都适度地放宽了……"

乐绿说是想第二天请华生花老同学吃烤鸭，生花辞谢，她说明天凌晨她就要跑机场，先飞上海，等三个半小时以后离开中国国境，直飞 VIE 维也纳机场。

乐绿有点不知说什么好了。他为什么如此笨拙、狼狈和怔忡？见到一个并非一般的少年时代的好友，却不知道说什么好。实际上，他说了什么呢？他是什么样的白痴、十三点、愣头青、木头疙瘩蛋呢？他居然对对方说："我已经把你忘记了。"这样的零情商老傻瓜，除了惹人讨厌与失望以外还能有什么作用呢？

忽然他来了灵感。"手机？""微信？""E-mail？"他吞吞吐吐，他满脸惭愧，他拿出了 Mate 50 Pro，所谓最新爆款的华为手机，他抓住了六千元的高端华为新产品这救命的稻草，希望多少挽回一点自己的脸面。

在男子汉式地主动扫描了华生花的苹果手机二维码以后，他又震撼了，他想喊，没有喊出口，他张了一回嘴，一瞬间，他的嘴闭不上了，他的面部肌肉瘫痪了。

华生花的微信名是"Nana"，什么什么，谁？哪？那？

你就是花胜花，你就是娜娜。

这一瞬间帕瓦罗蒂在乐绿身上附体，乐绿平伸两臂，原地旋转，他举起两臂两手像一个大V字,他用拿波里的发音、意大利语唱道:"你就是我的太阳,噢嗦啰咪噢,你是花中最美丽的花,你是喏喏、娜娜、娜喏、诺娜,你是我的喏娜,我的太阳噢。"

他晕倒在地上。

他被抬上了急救车。娜娜花胜花也摇摇晃晃跟随着送出来,结果是她也摔倒在地上。两个人同时进了医院,两个半小时后离开了,没有大事,交了一些钱,放下了心。临走的时候乐绿对生花说:"所有的故事,我要等我到维也纳去讲给你,嘭嚓嘭嚓嘭嚓嚓,你会唱7/5与8/7拍子的塔什库尔干的民歌吗?"

华生花走远了,看她的口型,乐绿判断,她是说:"我等着你。"

14

乐绿后来告诉女儿和女儿的朋友,团契是从前旧中国一些大中学里相当普遍的基督教青少年团体,通过温情方式联络团结青少年宗教信徒。十几二十个学生,在基督(圣子)、圣母、圣灵的名义下组织在一起,亲亲热热,一起做做功课,唱唱赞美诗,诵读《圣经》,谈谈做人和处理人际关系上的一些心得,忏悔一点自己认识到了的做错的事、说错的话,也许还一起出去看个电影、逛逛公园,春游踏青,秋深赏红叶,在小馆子里吃奥灶面和阳春面。那时还时兴各持一个纪念册,彼此留言,温馨爱恋,永志不忘。那时地下党认为,地下的党员与外围组织成员,可以参与进去,将这种本来是传教性团体的活动,尤其是它们的成员,引导到反对国民党反动统治、追求光明的未来上来。七十多年前的一个团契里,小小的季乐绿结识了同龄的华生花。一九四八年,整个革命事业大获全胜的前夕,乐绿已经向生花摊出了要发展她加入党的外围组织的大牌,华生花燃起了革命激情,准备献身人民解放事业,后来被她双亲强硬挟持到台北去了。

季老六感慨良多,人生、命运,有巧合也有随缘,有机遇也有失落,有永远的想念和遗憾,也有一种坚强无畏、兵来将挡、水来土掩的硬气,当然也会有绝望与完全无奈的时刻。没有遗憾的人生哪里是人生?没有当过病人哪里会健康?

春天的花是多么地香?对于海明威来说,春花可能没有朗姆酒香。华生花娜娜送给季乐绿的朗姆酒,产自古巴关塔那摩,美国在那里设有监狱集中营,集中营不在美国本土,不受美国法律的约束。那里的朗姆酒名为"哈瓦那俱乐部",这个商标的所有权在美国打了二十几年的官司,最后判定商标权属于古巴政府。

嗯,你把朗姆酒含在口里,一上来它有一种绅士风味的深厚与含蓄、温和,首先是淡雅与温柔,它不慌不忙,不急不躁,若有若无,轻轻易易,给了你甜香、给了你安慰,接着给了你微辣,在口腔里似乎有所逗留与蠕动,似乎"俱乐部"在与饮者商议:你喜欢吗?你能了解我吗?你的口与舌,能习惯我吗?你喝一次能记住我的什么特点呢?你爱我吗?你爱我吗?

你终于咽下去古巴、海明威、关塔那摩、哈瓦那俱乐部、甘蔗、朗姆酒了,你的舌头受到有力的与全面的按摩滋润,最后,不得了,你的喉咙烧了一下,中国人说,有劲!它懂得中国的韬光养晦之道吗?它懂得逐步深入的兵法吗?它懂得美好的一切都重在过程吗?人生、艺术、爱情、做爱、授勋仪典、政治权谋、商业名牌、宗教瞻礼、园林享受,美食美事美文美情,美在过程,迷在过程,喜悦在过程。

有从容的加强,却没有刺激、没有凶恶,朗姆酒它永远不会如苏联特瓦尔多夫斯基的名著《瓦西里·焦尔金》写的那样:

战士的马合烟

像战士的老婆

有点狠、毒、辣……

让你受苦、流泪、咳嗽、喘不过气

然而你一天

也离不开她

    他想象二十世纪四十年代，斯大林与朱可夫元帅把控的苏联红军的马合烟与他们的妻子、高调俄罗斯女人，也极令人动心动情。

    然后他上了网，他自己增加购买了产自古巴的高级朗姆酒两箱。

    然后他画了华生花的印象形象，他将图片发给王蒙，注明："醉朗姆酒后作"。王蒙回微信说："你的老同学是女神……"

    是的，二〇二五年，等乐绿九十三岁的时候，他一定要去古巴，要到古巴广场饮"哈瓦那俱乐部"，唱《永远的指挥官》。而之前的二〇二四年春节亦即明年呢，他要游维也纳，跳舞，更要找华生花娜娜。生活永远是美好的。春天的花是多么地香！是的，朝霞已经点燃，光明已经提前来到，我们老了，我们得到了那么多，我们经历了所有，革命烈士付出了那么多。我们经历的所有一切，成功与不那么成功、顺意与有时的不太顺意，摸着石头，健步过河与或有呛水，都是不应该忘记的。即使在荒唐的梦里，我们都飞着、想念着，有了而且继续有着超值的心领神会。

    二〇二三年清明，季老六给妻子扫墓，洒泪归来，梦中或梦醒后给自己的专属 ChatGPT AI 人工智能机器人输入本小说初稿全文，请机器人"动手"协助。AI 客客气气地建议将此小说更名《艺术人季老六 A+ 狂想曲》。看来 AI 也获取了中国标题党的信息与功能、格式、修辞培育。

    季氏专用 ChatGPT AI，并主动写下了本小说稿结尾情诗如下：

同干一杯吧，

我的不幸的青年时代的好友，

让我们用酒来浇愁。(季按：以上三句出自普希金作《冬天的夜晚》)

《少年的我》，隐约心头。

少年之革命，多么风流！

老了奋力，再上几层楼！

套上犁铧，纵横深耕如牛。

再干一杯吧。

"哈瓦那俱乐部"，深色朗姆酒。

　　艺术人季老六想：如果请老弟王蒙协助来写这首结尾情诗呢？一定比现在的样儿好得多呢。

丛林笔记

徐贵祥[*]

1

军列在一个小站停下来,忙乎半夜,把炮车和牵引车从平板上卸下来,进入摩托化行军状态。再往前走,就是南北南地区了。副营长说,我们连队将作为先头部队第一批参战。

当天夜里,全连集合在树林里,听团里的尚副政委做动员。尚副政委先说了这次战斗的意义,一是要教训南北南地区当局,对其背信弃义侵占邻邦的行径进行惩罚;二是要检验部队的战斗力。尚副政委讲了一番大道理之后,又给我们讲了一部文学作品——爱尔兰作家伏尼契的作品《牛虻》——"不管我活着,还是我死去,我都是一只,快乐的牛虻!"

尚副政委说,作为革命者的亚瑟——牛虻,在被黑暗教会处死之前,对行刑的士兵说:"枪法太糟了,来吧孩子们,我来教你,朝这儿打。"

这个既是亚瑟又是牛虻的人,在我的心里一下子站稳了脚跟,在此后的岁月里,我一遍一遍地想象他的模样,脸上有胡子,有伤疤,没准儿还是个独眼,他的身材,应该和我差不多。

---

[*] 徐贵祥,男,1959 年 12 月出生,皖西人,中国作家协会副主席,中国作家协会军事文学委员会主任,中华文学基金会理事长,著有小说《弹道无痕》《历史的天空》《高地》《马上天下》等。曾获茅盾文学奖、中宣部"五个一工程"奖、全军文艺奖等。

动员会后，连队在竹林里露营。没人敢解开背包，大家在车上拥着大衣睡觉，听着时远时近的枪炮声，很难入眠，想法很多。迷迷瞪瞪中，我发现我走进了一片青纱帐，挥舞手枪指挥战士们往前冲，我自己则骑着一匹枣红马，风驰电掣冲到青纱帐里，抱起被敌人抓走的女游击队长，一边驰骋一边用机枪向敌人扫射，敌人蜂拥而来，前面有一道两丈多宽的沟坎，我两腿夹紧马肚子，一勒缰绳，战马扬起前蹄，一阵嘶鸣，纵身飞起……

就在这时候，听到一声吼，起来，准备战斗！

我呼啦一下爬起来，刚刚直起腰杆，脑袋顶在车棚的钢筋架上，顿时清醒了。直到车队启动了，我还在心里埋怨冯老兵，就差几秒钟了，我的战马就要落下来，就能救出女游击队长了，可是……尽管战场越来越近了，那匹战马和马背上的人还在我的脑海里飞翔，迟迟不肯落地。

实话实说，在那十几分钟里，我没有进入临战状态，而是徜徉在我自己的战争情境里，那个情境，应该来自此前读过的一本小说，可能是中国的，也可能是外国的。

过了澜溪大桥，行驶不到三公里，突然停下来。连队接到上级指示，停车待命。

这里显然刚刚经历过战斗，树林里有几处烟火，空气中弥漫着浓烈的焦煳味儿。隔着一道山梁，枪炮声时轻时重地传来，战斗还在艰难地推进。

路边有片甘蔗林，甘蔗被炸得东倒西歪，露出一些雪白的茬子。我对冯老兵说，我下去尿泡尿。

冯老兵皱着眉头说，都什么时候了，还尿什么尿啊。

我说，啥时候也不能阻挡我尿尿啊，管天管地……

冯老兵看看车外，已经有人下车活动了。冯老兵说，那就去吧，快去快回。

我刚要翻身下车，冯老兵又追上一句，差不多就行了，别尿个没完啊。

我大声回答，是！

我当然不是要尿尿，只不过要装出尿急的样子，尿急是单独行动最充分的理由。下了车，我低姿前进，向车队尾部跑去，然后找了一个斜坡，快速抵达目的地，收罗了几根甘蔗断枝，直起腰来刚要返回，突然发现前面有个东西。

透过朦胧的雾霭，我揉揉眼睛再看，没错，在左前方，距离我大约十米的甘蔗地里，一个炮弹坑的边上，静静地躺着一把手枪。尽管能见度很差，但我还是清晰地看见了棕红色的枪套在渐渐升起的朝霞中熠熠闪光，弯曲的背带像蚯蚓一样静静地蜷伏在凌乱的草丛边上。

我的心头一阵狂跳，扔掉甘蔗，猫腰向手枪的位置搜索前进。

身后传来喊声，担任警戒的姚强挥着手向我咋呼，杜二三你干什么，小心地雷！

我根本不理会姚强的警告，继续向手枪的方向前进，甘蔗叶子把我的脸划出了血糊糊的口子，我也毫无感觉。

快了，就在距离手枪还有两米远的地方，我多了一个心眼儿，停了下来，做了一个深呼吸，趴下去，趴在地上警觉地打量四周，然后折断一棵甘蔗，匍匐前进。在一个适当的距离上，小心翼翼地用甘蔗去扒拉那把手枪，一次不成再来第二次，过程惊险而又刺激。终于，手枪背带被甘蔗一端牢牢地缠上，手枪顺利到手。我迫不及待地打开枪套，不禁倒吸一口冷气，他妈的，居然……是个空枪套！

我沮丧地拍打着手枪套，不甘心地再次趴下，继续用甘蔗扒拉枪套所在位置的周边，希望能在散土里找到手枪，可是找了几遍一无所获。

就在这时候，远处传来沉闷的炮声，姚强的叫声也随之更加强硬地传了过来，杜二三，指导员找你，指导员说，你再不回来，要枪毙，枪毙！

看来确实找不到了，我犹豫着扔掉枪套，转身往回跑，就在我快要跑上公路的时候，身后传来爆炸声，刚才躺着枪套的地方掀起一股飞扬的尘土，一发炮弹落在那里，弹坑又挨了一炮。

我被那炮击吓蒙了，腿都软了。整个车队都发动了，我不知道该上哪辆车，忽然看见班长在远处起劲地挥手。近处的一辆车上，曹侗壮向我喊道，上来，

丛林笔记　　051

上来，班长让你上这辆车。我犹豫了一下，把手伸给曹侗壮，爬上车厢，刚刚坐下，车子就发动了。

这才知道，因为步兵进攻受阻，上级让我们连队改变行军路线，转道长形高地，进行直瞄射击，配合步兵进攻战斗。

这一下就热闹了。从车厢往外看，十几辆保障车、炮车挤在狭窄的碎石公路上掉头，前车的屁股几乎擦着后车的鼻子，左车的脸擦着右车的耳朵，好像炮和车抱成一团在摔跤。

终于有几辆炮车把头掉过来了，包括我们屁股底下这辆，喘着粗气向指定位置挪动。

我上的这辆车，是炮车，不知道为什么，有线班的副班长吴曾路和我的同年兵曹侗壮也在这辆车上。我向车内扫了一眼，感觉气氛有点儿不对头，大家都不说话，空洞的眼神流露出内心的惊恐。我好像这一会儿才突然明白过来，这回要玩真的了，不远处的枪炮声告诉我，再也没有侥幸了，我们货真价实地走进了战争。

很快，惊恐的情绪在我心里弥漫开来。出征之前，写请战书、决心书，我的文学素养得到了充分的发挥，什么"马革裹尸"、什么"不破楼兰誓不还"等，我的请战书最后一句是"让暴风雨来得更猛烈些吧！"

实话实说，那时候，有侥幸心理，总觉得仗打不起来。直到抵近战区，还有侥幸心理，认为我们是炮兵，不会面对面地真枪实弹。可是，突然一个命令下来，要打直瞄，要跟步兵在一起，要在前沿，我们的侥幸彻底被粉碎了。

我控制不住自己的惊恐，但是，我必须掩盖这惊恐。无论如何，我不能让老兵们笑话我，我就是装，也必须装出"马革裹尸在所不辞"的样子，我要为我的豪言壮语负责。

看看车内，大家的表情都很凝重。他们也在装，竭力地装着不在乎，竭力地装着无所畏惧，但是我知道，他们的内心波涛汹涌，他们也写过这个书那个书，同样，他们也要为他们的豪言壮语负责。我相信，真的进入战场，真的打起来了，英雄好汉必将从这些人当中产生，然而眼下，还看不出来。

我看了看曹侗壮，曹侗壮也正看着我，我感到他的肩膀在微微发抖。我捏捏他的肩膀，他抬起头来，摸摸我放在他肩膀上的手，我们什么话也没说。

指挥排里，只有三个新兵，曹侗壮、姚强和我，我最年长，比他们两个大一岁。我觉得，和他们在一起，我更应该像个兄长，特别是对曹侗壮，因为他个子瘦小，也因为他被分在有线班，在他面前，我不能流露恐慌。

有线兵是炮兵连最耗体力的兵种，出征之前，应急训练的时候，每次看到曹侗壮背着沉重的电线轳辘飞奔，我就觉得有点儿对不住他，好像让他背电线轳辘是我的原因。不过，曹侗壮好像没觉得当有线兵有什么不好，这小子跑得很快，他是贵州人，腿功确实比我和姚强好。

炮车停稳后，炮手们鱼贯下车，摘炮、推炮，连长和指导员迎面匆匆过来，发现只有两门炮上来了，其余的炮车、指挥车、炊事车都没有上来。连长顾不上多说，指挥这两门炮赶紧占领阵地。指导员说，两门就两门吧，反正是直瞄射击，有炮就能打，没有指挥排也不要紧。

指挥排的人员，除了排长先期到达，随第一梯队上来的，只有我和曹侗壮。曹侗壮背着一个电线轳辘，怀里还抱着电话机，好像随时准备架线。

排长有点儿恼火，看看我，又看看我的身后，口气很重地说，连个电台都没有，你来干什么？

我说，又不是我自己要来的，我坐的是一炮车。

排长吼道，为什么上错车？

我没有回答。

正好副营长匆匆路过，排长对副营长喊，副营长，给你一个警卫员——杜二三，跟副营长走。

副营长埋头赶路，头也不回地说，好，给我当传令兵。我一个副营长，哪用得起警卫员啊？

我心里一喜，运气来了。二话不说，屁颠颠地追上了副营长。

我听见身后排长对曹侗壮说，打直瞄，不用电话，把电线轱辘放路边，扛炮弹去。

炮手们动作很快，不到十分钟，最先占领阵地的两门炮已经开打了，透过浓雾，可以看见对面的火光——那是火力点，正在阻击我们的进攻分队。

副营长气喘吁吁地带着我，在一片混乱的枪炮声中登上半山腰，察看地形，寻找适合火炮展开的位置。副营长说，小子，怕不怕？

我说，首长不怕，我也不怕。

副营长看了我一眼，说了声，好小子！你不怕，我也不怕。

其实我看得出来，副营长也有点儿紧张。

实话实说，我那时候还真的不怎么害怕，我想试试我到底有没有飞檐走壁、刀枪不入的功夫，尽管我从来没有认真学过任何一门武功，但是我认为我有。中学的时候偷读小说，那里面的英雄总是大难不死，对我的影响很大。

副营长观察了一会儿地形，然后让我到山下传达命令——某某炮推到某某位置，纵坐标多少，横坐标多少。

步兵在山头实施火力压制，对方在看不见的地方还击，子弹在近处飞行，浓雾中的火光像飞舞的流萤，我在流萤和浓雾中穿梭。我的恐惧被一连串的爆炸声掩盖了，感觉好像我已经不是人了，我已经变成了一只鸟儿，我已经到了另外一个地方——在乌云和大海之间，海燕像黑色的闪电，在高傲地飞翔。一会儿翅膀碰着波浪，一会儿箭一般地冲向乌云……

有一次我正在公路上跑着，对面的机枪打了过来，打在我身边的山石上，我情知不好，一头钻进路边的排水沟，抬头看见侦察班长黄穆，他也被子弹撵到沟里了。

黄穆瞪着我说，杜二三，一点儿战术都不讲啊，为什么上蹿下跳！想把敌人的火力引过来啊？

我没好气地回答，我怎么上蹿下跳了？我在传达副营长的命令。

黄穆有点儿不相信地看着我，啊，传达副营长的命令，你怎么又成营部的兵了……你的电台呢？

我说，我没有电台，副营长说，打直瞄不需要电台。

黄穆说，传达什么命令？

我说，副营长命令四炮推到二号位置，这是坐标。

黄穆一把抓过我手里的字条，看看上面标注坐标的数字，皱皱眉头说，四炮被车队挡住了，根本过不去……

他的眼皮啪啪跳了两下说，我来通知六班，六班先上。

说完，回头交代我，去向副营长报告，六班马上到位。

我刚要离开，黄穆喊了一声，鞋带，系好你的鞋带。

我低头一看，可不，鞋带散了。我系着鞋带，黄穆说，鞋带散了，会摔死人的。

返回的路上我心想，这家伙，他诬蔑我想把敌人的火力引过来，我哪有那么大的本事啊？再说，他一个班长，擅自改动副营长的命令，追究下来，他承担得起吗？

回到那个山坡，我向副营长如实报告，路上碰见侦察班长，他说四炮被车队挡住了，由他去通知六炮先上。

副营长连想都没想就说，好，哪门炮都行……其他的呢，传我命令，到一门展开一门，听明白了没有？

我说，是，听明白了。

转眼我又山前山后跑了个来回。

前面的两门炮，主要是干部和班长们在打。后来六炮弯道超车上来了，黄穆也在推炮的队伍中，还不时站在路边指挥，威风凛凛，好像他不仅是侦察班长，还兼任副营长似的。

我们班长程于俊和有线班副班长吴曾路不知道什么时候也上来了，就在副营长的旁边。程于俊架设电台，吴曾路接上了电话，不多一会儿，电话里面传来一个声音，我是你们的副师长，我就在你们的身边，同志们不要慌，沉住气。

副营长马上站起来命令我，去，到阵地上喊话，副师长就在我们的身边，同志们不要慌，沉住气。

我跑到最前面，把副营长的话告诉了指导员，指导员站起来对我说，到后面传，挨个儿传，传达到每一个人。

后面的几门炮陆续上来之后，公路狭窄，施展不开。副营长这时候镇定多了，又让我传达命令——打不了炮的炮手，统统去扛炮弹。

指导员打得汗流浃背，不时兴奋地嘿一声，嫌手枪碍事，干脆摘下来，看到我在不远处，招呼我靠近，把手枪扔给我说，以后帮我背着。

我一怔，又一喜，拍着枪套问指导员，我能不能开枪？

指导员怔了一下，哈哈大笑说，可以啊，发现目标你就打，不要乱打哦。

我说好。整个战斗过程，我就背着指导员的手枪，一会儿传达命令，一会儿帮忙搬炮弹。我的嘴里喘着粗气，心里美滋滋的，眼睛东张西望，老想发现一个偷袭的敌人，叭叭叭开上几枪。可惜的是，没有这个机会。

六炮进入副营长指定的位置，连我都能看得出来，那是一个绝妙的位置，在公路下方，比一炮和二炮要低十多米，前方视野开阔，后面运送弹药也方便。

忽然，我发现黄穆也在炮位上，正撅着屁股摆弄高低机和方向机。这家伙是侦察班长啊，也会打炮？我有点儿不敢相信，擦擦眼睛再看，确实是他，他的样子像一个老练的炮手，前腿弓后腿绷，脑门儿贴在接目镜上，好长时间才打出去一发，一发过去，对面的一个火力点就哑了。

曹侗壮和姚强也出现在扛炮弹的队伍里，曹侗壮小小的身躯扛着四十多公斤重的炮弹箱，居然走得很快，这家伙，天生就是出苦力的啊。姚强比曹侗壮差远了，他同冯叶抬一箱，走走停停，这两个人都不是干活儿的人。

当时我就在炮阵地附近，第三发火箭弹在距我不到三十米的地方爆炸，强大的气流将我冲了一个趔趄，只觉得肩膀被砸了一下，顺手一扯，我的天哪，是一只手，一只血淋淋的手，一只露着骨茬的手，像烧焦的熊掌，几个手指紧紧地抓住我的胳膊。

我不知道我有没有发出尖叫，反正我是跑了，我像箭一样地离开炮阵地，像野兽一样狂奔。就在那个短短的瞬间，我的思想发生了巨大的变化——其实我什么也没有想，就是想跑，想离开这个血肉横飞的地方，离开战场，找一个不会挨火箭弹的地方藏起来，藏到山洞里……

仅仅过了十几秒钟，也许更短，我不跑了，我迎面看见了副营长。副营长大步流星走向一炮，挥着手高喊，先打六号火力点，横坐标××××，纵坐标××××……

回答副营长的还是火箭弹爆炸的声音，只听到一声啸叫，我还没有看清眼前发生了什么，连喊一声都没来得及，一头撞了上去。副营长猝不及防，被撞了个仰面朝天，爬起来骂骂咧咧地说，哪个搞起的，他妈的哪个推老子？

骂了两声，才回过神来，拍拍屁股，看着我，龇牙咧嘴地说，嗯，不错，还知道保护首长。

其实已经是马后炮了。

2

后来听说，这场战斗十分激烈，敌人的六号火力点处在我们的射击死角，步兵一直呼唤火力支援，一班的瞄准手胡庆华找到一个角度，连发三炮，将六号火力点的顶部打崩，这个火力点才哑了下来。我方的损失也很大，一炮、二炮，连同后面上来的四炮，遭到密集的火力杀伤，先后有九个人负伤，其中一班老兵胡庆华伤势最重，从阵地上抬下来时，已经生命垂危了。

六炮没有人负伤，因为他们的位置是对方的射击死角，也就是说，敌人在他们的明处，而他们在敌人的暗处。副营长太英明了。

打扫战场的时候，我向副营长报告，有一只手被炸断了，落在我的肩膀上，不知道是山头步兵的，还是我们连队的，我想找到那只手，没准儿还能给战友接上。

副营长惊讶地说，啊，还有这件事啊，赶快找。

可是找了半天，没有找到，只找到一只动物的爪子，当时谁也说不清楚那是野兽的爪子还是家禽的爪子。

营部来了几个人，把副营长接走了。我在寻找本班的路上，看见曹伺壮拤着电线轱辘，正在收破烂儿——步兵扔下的一部电话机和通向山头的被覆线。我问他，看见那只手了吗？

曹伺壮莫名其妙地看着我问，什么手？

我说，战斗中，一只被炸断的手落在我肩膀上，还掐了我一下。副营长说我出现了幻觉，你觉得呢？

曹伺壮的脸立马变白了，还打了个寒战，嘟嘟囔囔地说，你别吓我，我胆子小……

我哈哈大笑。我说，你胆子小还在这里捡破烂儿？你是胆子太大了，搞得不好会踩上地雷。

曹伺壮看着我，一脸麻木。

我说，我确实感觉有一只手落在我肩膀上，刚才没找到，你要是看见了，马上向连队报告，没准儿是战友的手呢，找回来还能接上。

曹伺壮往山下看了看，似乎拿不定主意，这线还要不要收下去——线是山头扯下来的，那里原先是步兵404团的指挥所。

我说，不开玩笑了……你收这些东西干什么？

曹伺壮说，我看还是半新的，不过，被砸坏了。

我接过电话机看看，是被砸坏了，而且上面还有弹孔。

我忍不住笑了，我说，你打算把它带回去吗？

曹伺壮看看我，再看看电话机，虽然还有点儿舍不得，最终把它扔到山下了，扔出老远。然后跟我讲，还有一样东西，你来看看有没有用。

我疑惑地跟着曹侗壮，往坡下走了几步，曹侗壮扒开树丛跟我讲，你来看。

我又往前走了两步，这一看我头发都竖起来了，原来是一发火箭弹的弹丸，前面半截贴着地皮插到树根里，后面半截像半个酒瓶露在外面。从弹屁股的角度看，应该是战斗中从对方的山洞火力点打过来的。

我大喊一声，卧倒！

曹侗壮没有卧倒，用奇怪的眼神瞪着我。

我说，曹侗壮你这个土老帽儿，这是火箭弹你知道不知道？

曹侗壮还是无动于衷，并且往前走了几步，弯腰察看那半个火箭弹，差点儿就动手了。

我吓坏了，连滚带爬跑去把他扑倒，抱着他使劲地翻滚，一起滚到十几米开外，终于滚不动了才停下来。

曹侗壮也被吓坏了——不是被火箭弹吓的，而是被我吓的。曹侗壮睁着一双迷蒙的眼睛看着我说，你干什么？那是哑弹。

我说我当然知道是哑弹，可是，你要是动手去搬它，恐怕它就要发言了。

曹侗壮好像这时候才意识到问题严重，问我，咋办？

我说，赶快走，反正连队就要离开了，让我们的敌人来……搬起石头砸自己的脚吧。

曹侗壮还是不动，想了想说，那不行，不妥……

我急了，吼了起来，有什么不妥，赶快走！

曹侗壮说，敌人把它弄回去，还能用，咋办？

曹侗壮这么一问，我也怔住了。

曹侗壮又说，万一我们的后续部队来了，万一没看见……咋办？

我一听，这个傻子的话还有几分道理。看看不远处，炮班都在忙着收拾装备，准备撤离。

我说，走，向连长报告，炮班的老兵有经验。

后来我们就跑上去，向连长报告。

连长听说有这么个东西，就近把六班长刘桥叫过来。

刘桥说，打炮我会，但是拆弹我不会，这样吧，你们站远点儿，看看我老刘的手段。

连长说，你小心啊，搞不好就别搞，先画个圈，此处有地雷。

刘桥说，等等看吧，我先来玩个绝活儿。

刘桥让我们都走开，在公路拐弯处隐蔽，然后他自己拎了一支冲锋枪，算了算角度，在距离火箭弹五十多米的一块石头下面蹲下来，瞄准哑弹，开了一枪。

我们屏住呼吸，等哑弹爆炸，等了半天没动静，连长拿着望远镜一边观察一边喊，打中了，但是没有打到引信上，打到铁皮上有屁用啊。修正炸点，往下0-0.5，不，往下五厘米！

刘桥不搭腔，接着瞄准，嗒嗒两枪，嗒嗒嗒三枪……不知道过了多久，就听一声巨响，接着看见那棵大树颤抖着倒下了，绿色的树叶像蝴蝶一样漫天飞舞。

刘桥拎着枪，耀武扬威地回到阵地上，连长说，六班长，打枪的水平还是不如打炮，就么么个小玩意儿，还用六发子弹？

刘桥皮笑肉不笑地说，你那两下子，什么五厘米，十厘米都没有用，都打在铁皮上，我只有把它从土里打出来，才能看到引信，把固定目标变成运动目标，嘿，一打一个准。

我们炮团九连参加的第一次战斗，师史记载为"澜溪长形高地进攻战斗"，我们连队抵近射击的战例，有详细记述，我就不多说了，我要说说我本人的故事。我本人有什么故事呢，其实也没有什么青史留名的事迹，但是，别忘了，我有了一把手枪，一把真正的五四式手枪。

我喜欢手枪，由来已久。小时候看连环画，最喜欢看举着手枪的人，以至于上了高中之后，还用节省下来的菜票钱买玩具手枪，不仅受到同学们的嗤笑，也让父母对我深为失望，觉得我是个长不大的孩子。后来我参军了，我的第一理想是，迅速当上军官，搞把手枪背在身上。有一次夜里做梦，梦见我背上了手枪，耀武扬威地回到家乡，用这把手枪把曹大黑押到河湾里打一顿，读初中那几年，我没少受他欺负。

终于货真价实地参加了一次战斗，我发现我既没有像我想象的那样勇敢，也不像我担心的那样怯懦。偶尔，我也会想起我曾经产生的逃跑念头，为此我感到羞耻。好在，那只是刹那间的事情，战斗还在继续，我将用实际行动洗刷这个埋在我心里的耻辱。

3

中午十二时许，上级命令我们撤出战斗。

我背着指导员的手枪，跟在副营长、连长和指导员的后面，觉得浑身都是劲。

走到一个路口，一堆首长在那里迎候，头天给我们做动员报告的尚副政委站在前面，看见我的身上背着手枪，一脸凝重地问，哪个同志……走了？

尚副政委大约误认为哪位干部牺牲了，由我这个新兵代理了。指导员大大咧咧地说，没有，干部都健在……小杜，啊，杜二三同志背的手枪是我的。

我当时很紧张，心里想，恐怕首长不会让我背手枪了。幸好，尚副政委没当回事，只是说，那就好，那就好，同志们辛苦了。那时候干部们都愿意背上一支冲锋枪，没有谁在意一支手枪背在谁的身上。

路上听说，尚副政委名字叫尚斌，大笔杆子，会写通讯，还会写诗，原先是师政治部文化科的副科长兼宣传队长。

在一个村庄边上休整的时候，听老兵讲，澜溪长形高地战斗，因为是首战，对方抵抗十分顽强，加上防御工事坚固，一名大尉军官指挥一个加强营，从早晨到中午，坚持了六个小时。当然，长形高地后来还是被我们攻破了，毙伤对方大尉营长以下官兵若干，其余的撤到瞽山一线固守待援，形成第二道屏障。

这仗有得打了，老兵说。

第二天中午，在一个村庄边上休整，等待开饭的当口儿，排长让我们清点物资。我的身上除了指导员的手枪，只剩下一只铝盆和一只口缸，装在干粮袋里。铝盆属于战备物资，老兵们叫它万能盆，过年包饺子用它和面、拌馅儿、装饺子，打仗的时候，洗脸是它，洗衣服是它，盛菜盛饭是它，甚至有时候烫脚也靠它。口缸是个人物资，喝水靠它，刷牙靠它，盛饭也靠它。

除了铝盆和口缸，还有一个背包。我们的背包里，有一套换洗衣服、一双胶鞋，还有三角巾等，用一块白布，打成一个方方正正的包裹，每个人的小包都是这个规格，然后结结实实放进背包里。背包的用处就大了，有条件睡觉的时候可以解开当被子；行军休息的时候可以当凳子；战斗激烈的时候可以放在掩体前面当工事。老兵说，那块白布，实际上是一块卫生布，负伤了可以包扎伤口，阵亡了可以包裹尸体……不管是背包还是小包，都是为死亡做准备的，好像我们是背着自己的家，同时也背着自己的棺材，进入了南方的山岳丛林。

好在，我背上了手枪，这让我生出一些优越感。虽然手枪不是我的，可是背在我的身上，好像让我的身高凭空长高了一些。手枪不仅能够增加我的身高，更能掩盖我的恐惧，可是，我什么时候才能有一把属于自己的手枪呢？

我正在胡思乱想，突然传来一阵哨音，排长从远处狂奔过来说，卧倒，赶快卧倒！

我们不知道发生了什么事情，赶紧卧倒。这里是山岳丛林，附近没有青纱帐，只有一些灌木丛，我觉得灌木丛同样不安全，倘若炮弹真的落下来，把我跟灌木丛一起炸得稀烂，还不如死在光天化日之下。

不知道过了多久，听见嗡嗡的声音由远及近，抬头一看，远方的天空下有一个移动的白点，白点上面是蓝天，白点从薄纱一样的云絮里穿过。尽管我是新兵，我也知道那不是战斗机，也不是轰炸机。

虚惊一场之后，就开饭了。炊事班在甘蔗地里挖灶搭锅，居然做出了白菜豆腐和萝卜炖肉，几个大铝盆摆在地上，热气腾腾。真饿啊，我想这回可以放开肚皮吃一顿了。

排队打饭的时候，看见有线班副班长吴曾路只盛了半口缸米饭，我说吴老兵饭量那么大，怎么只盛了这么一点点。旁边的冯叶说，哈哈，杜二三你不懂吧，先吃半碗，快速吃完，然后再盛上一满碗，就可以慢慢地吃了。老吴我说对了吧？

吴曾路脸一红，也不回答，埋头吃饭。

吃过饭不久，连队又接到命令，对方在瞽山部署了第二道防御，交叉火力封锁了道路。上级命令我们连队，分别把炮推到几个高地，以单炮为作战单元，在步兵的背后，形成环形火力支撑，配合总攻。

我们无线班被分为三组，冯叶率领的这一组，也就是率领我本人，跟刘桥的六班行动。看看黄穆也跟上来了，我悄悄问冯叶，黄穆还会打炮？

冯叶说，当然，黄穆当过瞄准手。

我说，当瞄准手的，怎么又到侦察班了？

冯叶笑笑说，他还当过炊事班长，还会……还会跳舞呢，嘿嘿，这个人……

我有点儿犯傻，从炊事班长到侦察班长，这之间的距离也太大了。我说，他在长形高地战斗中，假传命令，副营长明明要四炮先上，他说四炮被堵住了，让六炮先上。

冯叶皱着眉头想了想说，这也不算什么，灵活机动嘛……六炮打得确实漂亮。

冯叶虽然这么说，但是我感觉他和黄穆的关系并不太好，他们两个是同年兵，还来自同一个地方，黄穆的班长都当两年了，还是干部苗子，冯叶心里会有点儿酸吧?

六班在山上构筑阵地,冯叶把电台架起来,不大一会儿,传来了嘀嘀的信号声。我持枪警戒,瞪大眼睛看冯叶操作。

冯叶口中念念有词,抄了两份电报,最后一份抄译完毕,他扭头看了看我,突然跳起来,一把揪住我的耳朵,揪了两下又放开,嚷嚷起来,杜二三立功了,三等功,你小子真走运。

站在一边的黄穆说,啊,立功了,这小子干了什么就立功了?

冯叶说,电报没有那么详细,估计以后要报立功材料。

黄穆看看我,阴阳怪气地笑了一下。

大约过了十分钟,山谷枪声大作,刘桥着急地问冯叶,步兵都打起来了,我们为什么还……还没接到命令?

冯叶说,我怎么知道啊,别急,也许快了……话音刚落,电台信号灯亮了。

冯叶全神贯注地抄译电报,译完了,表情奇怪地看着电报纸说,啊,派一部电台到师指挥所,到师指挥所干什么?

这时候指导员过来了,看看电报,抬头对冯叶和我说,你……还有你,马上下山,到……指导员说出了一个坐标。

刘桥急了,嚷嚷道,电台走了,我怎么办?

指导员说,这里不用电台,我让有线兵架线。

又对黄穆说,侦察班长,去告诉连长,启动有线联络。

黄穆说,好!说完转身就走。

山谷里传来冲锋号音,刘桥一脸困惑地说,这都打起来了,我们还没有接到命令,还把电台调走了,这仗打得蹊跷啊……

指导员眼睛一瞪说,什么蹊跷,这是战术,总攻还没有开始,现在应该是佯攻。

说完,又向冯叶说,快点儿下山。

冯叶看着吴曾路一跳一跳地钻进树林,不确定地说,这个闷驴,没准儿腿上还绑着沙袋。他妈的，睡觉他都绑着沙袋。

我知道，有线兵需要腿功，跑得快，爬得高，可以迅速架线，遇山过山，逢水过水，可是，这都什么时候了，这是打仗啊，还有必要在腿上绑上沙袋吗？难道他想把自己练成飞毛腿不成，难道曹侗壮的腿上也绑着沙袋？

我打算回来告诉曹侗壮，野战条件下，就不用绑沙袋了，绑着沙袋打仗，太傻了。

到达指定位置，老远看见一辆越野吉普车，旁边站着一个高个子首长。旁边还站着几个人，有我们营长，还有两个军官。

冯叶一下子愣住了，脱口而出，团长，是团长……不，副师长，郑副师长。

我也认出来了，当新兵的时候就见过，红脸汉子，眼睛很亮。我说，副师长怎么到这里来了？这是火线啊。

冯叶说，副师长肯定一直跟着我们团行动。

首长看到我们两个，笑笑说，啊，小冯啊，我们又见面了。

冯叶大声报告，报告首长，九连无线班第三小组向首长报到。

首长对站在一旁的几个人说，你们，各忙各的，有这两个小伙子就行了。

说完，向冯叶和我一挥手，上车。

副师长让我们两个坐在后面，他自己坐前面，副师长刚一上车，车轮往下沉了一下，接着弹起，唰的一下，冲出老远。这司机的技术太厉害了。

拐了一个弯，枪声就逼近了，从车窗里能够看见山下硝烟弥漫，搞不清楚是对方的兵力，还是我们的人，有的猫腰冲击，有的快速奔跑，喊声、枪声、爆炸声不绝于耳，有些子弹就落在越野车的前后左右，崩裂的乱石甚至打在我们的车上。

我扭头看看冯叶，冯叶的脸色苍白，一只手紧紧攥着司机椅背的扶手，发出吱吱呀呀的声音。再看看副师长，副师长的后脑勺像焊接在脖子上，一动不动。

再往前走，路被炸断了，路边有几具尸体，半山腰有几幢房子，司机的脸白了，不安地看着副师长。

副师长的后脑勺还是一动不动，两秒钟后，喊了一声，靠左，停车，不熄火。

司机将车停下。我不明白为什么要靠左，正在观察，副师长突然喊，贴紧山根，二挡前进……换挡，加油，再踩一脚……

我还没有明白过来，只觉得背后好像被人猛推一掌，唰唰，唰唰唰，我们的越野车像一头豹子一样，离开山根，箭镞一般冲向前方，身后随即传来密集的枪声……

直到拐了一个弯，副师长擦擦脑门儿，回过头来笑笑说，好险，要是一个副师长被伏击了，那可就闹笑话了，没准儿是开战以来牺牲的最大的官，哈哈，老夫且发少年狂啊。

看样子，已经进入我军控制区了，我们都松了一口气。

半个小时后，到了师指挥所，只见到处都是忙碌的人影，其中有一些女兵，忙着发报收报。一个印着红十字的帐篷旁边，有一个保温桶，里面装着绿豆汤。

副师长下车后，让我们不要离开，就在车边等待。

冯叶盯着那个红十字帐篷说，师部还会有伤员？

我没有回答，我也不知道师部会不会出现伤员。这时候从另一个帐篷里面走出一个女兵，端着一个铝盆，她在转身的时候似乎看见我们，停下步子，径直看着我。我的心里一阵紧张，怦怦乱跳，被女兵这么看，还是头一次，我有什么好看的呢？

女兵放下铝盆，朝我们走来，我的心更加慌乱了，拿不准要不要迎上去，琢磨该怎么跟她对话……我正心慌意乱，听到一个惊喜的声音，冯叶，你怎么在这里？

我的肩膀往下一坠，冲锋枪背带差点儿从肩膀上滑落下去。原来她是冲冯叶来的。

冯叶说，哈哈，奉首长命令，到师指挥所，直接指挥我们连队，配合瞽山拔点战斗。

冯叶说了一大串，就像照本宣科，传输口令。

女兵说，太好了，宣传队解散后就没有见到你们，没想到在这里见到了。

女兵的眼睛里流露出惊喜的光芒，这时候我才敢偷看她的脸，白里透红，腮帮子上还有酒窝。女兵注意到我在身边，朝我一笑，我连忙把头低下，假装去舀绿豆汤，一边快步离开，一边从腰间摘口缸。等我打好绿豆汤，女兵也离开了。

师部真好，我想，要是我在师部当兵就好了，不管是在通信营还是在警卫连。

来了一个参谋，跟冯叶交代了几句，冯叶让我把几个装食品的空箱子码好，架上电台，就成了简易的无线通信站。一个有线兵背着电线轱辘，把线一直布到我们脚下，参谋坐在食品箱子上，举着话筒，听一阵，向冯叶复述一阵。

冯叶刚开始有点儿手忙脚乱，不过很快就稳住了，一边抄录，一边传输。

大约半个小时以后，山下的枪炮声稀疏下来。

我问冯叶，我们连队打了吗？

冯叶的脸憋得通红，额头上挂着汗珠，瞪着我说，听不出来啊，我们的加农炮，嘿，我直接指挥的，不，是副师长直接指挥我指挥的，走运的话，我也可以立个三等功。

这时候一个参谋过来说，你们的任务完成了，可以回去了。把你们营的越野车带上。

冯叶说，回去？就我们两个？

参谋说，还有司机。放心吧，瞽山据点被拔掉了，这一带，都是我们的部队。

冯叶向我挥挥手说，把电台收起来，背上。

4

返回连队的路上,冯叶跟我讲,副师长出征前还是我们团的团长,因为要打仗了,才被提拔为副师长。

为什么要我们连队派一部电台呢,冯叶说,郑副师长要直接指挥我们连队近战,在师部便于掌握步兵情况,适时调整。又说,这回知道了吧,我们排为什么叫指挥排,不是我们直接指挥,而是……首长指挥我们指挥部队。

我说,我太荣幸了,跟着你指挥部队。

冯叶说,你小子真走运,新兵排一解散就分到无线班。知道吗?无线兵是炮兵里的技术兵种。

我说,走运什么?我更想到侦察班,连姚强都分到了侦察班。

冯叶突然凑近我,压低声音说,你知道啥?要是打大仗,实施间接瞄准射击,要开设前进观察所,前进观察所一直跟步兵行动,甚至比步兵还要靠前,伤亡率……

我提高嗓门儿说,那我也情愿,怕死我就不来当兵了。

我嘴里这么说着,心里想起了一句话,"这是勇敢的海燕,在怒吼的大海上,在闪电中间,高傲地飞翔……"这么想着,情不自禁地哼了出来,嘴里念念有词。

什么,你说什么?冯叶瞪着大眼看着我。

我回过神来,嘟囔说,我没说什么,我要向老兵学习。

冯叶的眼皮跳了几下说,你说,勇敢的海燕……好几次听到你说海燕,海燕是谁,你女朋友?

我说,扯淡,我哪有女朋友,你连海燕是谁都不知道啊?

实话实说,在九连,喜欢我的人不多,冯叶要算一个,跟他在一起,我的心情通常都很好，这次到师指挥所，报务工作都是他完成的，我就像他的随从。

这天上半夜，在一个名叫班占的地方宿营，连队秘密召开一个战斗骨干会议，除了班长们，还有几个老兵。意外的是，我也接到通知了。

指导员在会上讲，前几次战斗检验了我们，总体看，我们连队是好样的。但是，有些同志战斗作风不过硬，关键时刻不敢冲在前面……战斗骨干的任务，就是要"注意"和"帮助"那些意志薄弱者，防止他们在战斗残酷的当口儿开小差……

姚强的事我是听曹侗壮讲的。指挥排里，只有三个新兵，我无形中成了曹侗壮和姚强的主心骨。

在瞽山战斗中，对方一个排偷袭了我们的一号阵地，击中了一台通信车，那台通信车被烧了，据说当时是姚强和另外一个老兵警戒，他们擅离职守造成的。

偷袭的敌人是吴曾路和黄穆最先发现的，他们边打边报警，直到连长调整兵力，各班的冲锋枪都调过来了，这才将敌人打退。

但是，姚强和那两个战士都坚持说，他们没有发现敌人偷袭，他们以为是山下传来的枪声。黄穆证明，他发现敌人的时候，姚强确实在他的警戒位置，并没有擅离职守，更谈不上临阵脱逃。

虽然黄穆这么说，但是当敌情出现的时候，姚强和那两名战士不在现场，有畏缩不前的嫌疑，所以就成了需要"注意"和"帮助"的人。

打了几仗，部队的情绪就调整过来了，大家的脸上不再阴沉沉的，有了空闲时间，还聚在一起聊天讲笑话。

有一天下午，有炮擦炮，没炮擦枪，我从吴曾路那里弄来枪油，把手枪大卸八块，放在枪油里浸泡。

轻武器分解结合，当新兵的时候学过，不过那主要是步枪。手枪的分解结合没学过，但也难不住我，在摸到真手枪之前，我就了解了它的全部结构，可以说无师自通。

看见我摆弄手枪，黄穆一脸不屑，训斥道，你怎么把手枪拆成这个样子，这是你的手枪吗？这是指导员的手枪，你把它弄坏了谁负责？

我不卑不亢地说，指导员让我替他擦的。

黄穆说，啊？那你要小心了，可别把撞针弄坏了。

我心里想，你又不是我的班长，你管得着吗？真是狗拿耗子。但是我没敢说出来。

黄穆离开后，我的心情被他搞得一团糟。这家伙，不知道为什么总是跟我过不去。我听人说，他还在我们班长面前说我的坏话，说杜二三这小子，很自我，牛皮烘烘的，你们要加强管理，别出问题。

我不知道程于俊是怎么回答的，我要是程于俊，我就会把黄穆顶回去，我是班长，你也是班长，你把姚强管好就行了，你管我的兵干什么——但是我估计程于俊不会这么说，程于俊是个老实人，他不会得罪黄穆。

这里要说说侦察班是怎么回事了。

我们炮兵连队的侦察班，同步兵侦察班不一样，不是靠擒拿格斗和化装侦察吃饭。炮兵侦察班的主要任务是测地并进行计算，计算射击诸元，也就是说，炮兵连队的侦察班是炮兵连的灵魂，炮口指向哪里，主要是侦察班说了算。据老兵说，黄穆是我们连队一等一的人才，听说他考大学总分只差了四分，原因是把唯物主义和唯心主义这两个名词的意思完全弄反了，一道问答题拉下了很多分。

我不认为黄穆是因为考大学差了四分才来当兵的，但是，作为侦察班长，黄穆的聪明才智高于其他班的班长，这一点我相信。我奇怪的是，他不仅当过瞄准手，当过文书，还当过炊事班长，这是个什么人哪，有点儿神秘哦。

不知道为什么，自从我背上了指导员的手枪，好像大家都有点儿疏远我，好像我身上有传染病似的。我不是太懂什么叫"自我",但是我能联想到"自以为是""自命不凡""自高自大"等不好的词语。

有一次姚强跟我说,杜二三,你老是背着指导员的手枪干啥,你应该把手枪还给指导员。

我说,我为什么要把手枪还给指导员?只要他不要,我就一直背着。

姚强说,我们班长说了,杜二三这小子牛皮烘烘的,早晚会出事。

我从鼻孔里哼了一声说,黄穆,他以为他是谁啊,好像他是连长指导员似的。我出什么事啊?我出事也不关他的事。

姚强吃惊地看着我,半天才说,杜二三,你还是把手枪还给指导员吧,你这么嚣张,没准儿要吃亏。

我当然不会听姚强的,把指导员的手枪背在身上,我感觉我的胆子大多了,我是不会把它还给指导员的,能多背一天算一天,除非指导员把它要回去。

5

推进,推进,我们得到的信息是,直到南北南当局从北纬乙撤兵为止。连续一个星期,步兵在前面打,我们在后面跟随,前几天,有些仗需要配合,后面几天,基本上是备用。听老兵说,自从澜溪长形高地战斗之后,步兵404团七连就伴随我们,若即若离,如影随形,常常是我们在明处,他们在暗处。老兵说,我们连队有可能会被授予称号,404团七连也可能会被授予称号。

好像是离开罄山的第六天的中午,我们被堵在一段十分崎岖的山路上。

转战山岳丛林,风一阵雨一阵,热一阵冷一阵,我的身上长了很多湿疹,两条大腿内侧好像贴上了对联,走路的时候,老是觉得有纸张摩擦的声音。

在孟楠打了一仗之后,部队在一座县城边上休整,因为有步兵警戒,连队给我们两个小时时间,处理个人卫生。十多天了,从来没有换过衣服,没有洗过澡，连脸都很少洗，我非常想跳到河里洗个澡。跟排长说了，排长说不行，以山根这棵树为圆心，活动半径不得超过五十米。

排长离开后，冯叶仰着下巴说，不让到河边去，那我们就到山上日光浴。

新兵们不懂什么叫日光浴，跟冯叶到了山坡，只见他把上衣脱了，又把裤子脱了，接着连背心和短裤也脱了，我的天哪……冯叶说，脱吧，让那些不见天日的地方见见太阳，他妈的，可以撕掉一层皮……

黄穆没有跟我们一起脱光衣服，他提着三个军用水壶，走到离我们十多米的地方，背对着我们，把上衣和裤子脱了，挂在树枝上，挡住我们的视线。

我问冯叶，黄班长要干什么？

冯叶向那边看看说，洗屁股，洗裤裆。

我说，这么讲究啊，我们都是男人。

冯叶从大腿根处慢慢地扯掉一层紫色的痂皮，笑笑说，这个人，清高得很。

我讨厌黄穆，不仅因为他傲慢，经常居高临下地训我，还有一个深层次的原因——新兵下班的时候，我们十几个新兵排成一排，由班长们挑选牲口一样挑来选去。我非常想进侦察班，可是黄穆这家伙，根本没把我放在眼里。到了分班的关键时刻，他从我面前经过的时候，看都没看我一眼，而是直接走到姚强的面前，假模假式地问了姚强几个问题，然后拍拍姚强的肩膀说，小伙子，愿意到侦察班吗？姚强胸脯一挺说，愿意。那一刻，我对黄穆充满了不满，也包括对姚强。

但是我不敢对黄穆翘鼻孔，毕竟，他是老兵，是侦察班长，没准儿哪天还会管着我们无线班。虽然我开口闭口黄班长地喊，但在心里，我却暗暗地使了一股劲，加油啊，最好能遇上一场恶战，要么在战斗中光荣牺牲，要么立个大功活着，争取在黄穆当上指挥排长之前当上连长——当然，这只是痴心妄想，我一个入伍不到两个月的新兵，离连长的位置还有万水千山。

那天夜里，又打了一仗，是404团七连打的，我们炮团只是在火线靠后的地方实施了一阵压制射击。

黎明时分，战斗结束了。太阳照在丛林里，硝烟在挂着露水的枝头上缭绕。

在步兵搜山的那个上午，我们连队留下来待命。指挥排无事可做，排长让黄穆和冯叶给本排三个新兵突击补一下战地知识，就在临时休整村落后面的山根下。那个村庄叫茶棚。

黄穆拿着一张地图，打开指北针，先给我们讲子午线、地理坐标系和平面直角坐标系的关系，然后讲定点——确定站立点和目标点。

黄穆说，战争的所有的学问，一个是空间，一个是时间，或者说，一个是位置，一个是速度，包括部队和弹丸在内，在指定的时间内到达指定的位置，即可达到战斗的目的。所以说，定点很重要。

然后他就定点的要领开讲，目测法、截线法、后方交会法、磁方位角交会法……

我对定点这门学问非常有兴趣，尽管我不喜欢黄穆，但是我不得不承认，黄穆讲课还是像模像样的，他站在草地上，两条长腿略微分开，仰着下巴，好像在眺望远处的山根和水网稻田，侃侃而谈。好像他不再是一个班长，至少也是一个团长，胸有成竹，指点江山。

搜山战斗很快就结束了，步兵抓了几个俘虏，捆成一串从我们所在的山根下路过。

黄穆停下授课，带头围观，我们也凑到近处看稀奇，我们还没有见过俘虏呢。

俘虏中，有个女的，上面穿一件黄色的军装，下身是一条肥大的黑裤子。她的双臂被反绑在身后，眼上蒙着黑布，从她的步伐上看，应该很年轻。因为她的皮肤很白，我又怀疑她不是南方人。她好像不大在乎，嘴角还挂着微笑，我注意到她的下巴很丰满。

在他们走近我们的阵地时，一件出人意料的事情发生了。不知道从哪里冲出一个老兵，直奔俘虏，揪住了其中的一个，拳打脚踢，边打边骂，甚至带着哭腔——你这个敌人,你这个忘恩负义的家伙,你这个魔鬼——我要报仇,我要……他一边声讨,一边拼命地往那个俘虏身上脸上饱以老拳,那种巨大的仇恨和愤怒让我们面面相觑。

我认出来了,那是六班的一个老兵,叫李刚,过去我在新兵班没少受他训斥,他甚至想用他的旧胶鞋换我的新胶鞋,被我婉言谢绝了。这个人给我的印象不太好。

在李刚十分有力的打击下,俘虏的鼻孔和嘴角都渗出了液体。几个新兵——我、姚强和曹侗壮都看不下去了,黄穆上前说,李刚,你干什么?虐待俘虏是违反纪律的。

李刚说,违反纪律,可我打的是敌人,敌人啊……

黄穆说,他已经放下武器了,失去了战斗力。你这样做很不体面。

李刚茫然地看着黄穆说,体面?体面是什么东西?你闪开,我要报仇,我要替死难的战友报仇。

步兵干部说,报仇?我跟你讲,这家伙是特工队长,我把他放了,给他一杆枪,你敢不敢跟他比试一下拼刺刀?

李刚顿时脸色苍白,嘴唇嚅动了两下,终于没有再争辩下去。

步兵干部看看我们几个问,你们这里谁负责?

黄穆往前一步说,我……临时负责。

步兵干部说,这个同志——他指了指李刚——要教育,要让他学会尊重自己。

黄穆立正,煞有介事地回答,是,要教育,我向连长报告,关他禁闭。

步兵干部吃惊地说,关禁闭?那倒不至于吧,教育教育就是了……步兵干部正讲着话,突然意识到了什么,问黄穆,你们是哪一部分的?

黄穆咧嘴一笑说,我们是近战澜溪高地,大炮上刺刀那一部分的。

步兵干部像吃了一惊,啊,炮团九连啊,我们可是生死之交啊,我是404团七连的,副连长乔雨川。

黄穆好像也有点儿吃惊,"咔嚓"敬了一个礼说,乔副连长好,听说过你的事迹,神枪手,孤胆英雄……

乔雨川摆摆手说,哪里哪里,徒有虚名……

说着,他又看看一旁呆立的李刚说,不好意思啊,不知道你是九连的,说话说重了,别往心里去啊,兄弟。

黄穆说,我代表我们连首长,谢谢乔副连长和步兵老大哥的信任。

乔雨川带领他的手下离开后,黄穆追上李刚,拍拍他的肩膀,阴阳怪气地笑笑说,伙计,这回你可把脸丢大了,让人家笑话我们炮兵只会打俘虏。

李刚一脸僵硬的表情,愤怒地看着黄穆,嘴巴动了动,半天才说,你……你们都是一丘之貉,为什么包庇敌人?

黄穆脸一板说,什么敌人?我是优待俘虏。

李刚说,俘虏,俘虏就不是敌人了吗?

黄穆说,放下武器了,就不应该再打人家了。

李刚说,你能保证,他们抓住我们的人,就不打了吗?

黄穆愣住了,愣了一会儿说,你抬什么杠啊,我跟你讲,我不管他们怎么做,我们不能不体面,战争是有规则的。

李刚不依不饶地说,你没有回答我的问题。

黄穆说,我没有义务回答你的问题。

后来听冯叶说,那天下午李刚告了黄穆一状,说黄穆包庇敌人。指导员问明原委,对李刚说,黄穆制止你是对的,我们是文明之师,不能调戏妇女,也不能打俘虏。

我问冯叶,黄班长说李刚的行为很不体面,为什么这么说?

冯叶眯眼想了想说,啊,不体面?那个人,爱转文……他可能讲的是风度吧。俘虏是弱势群体,欺负弱势群体,当然是……是……不道德的。

我有点儿疑惑,我说,冯老兵,你这样说我也不太同意,俘虏怎么是弱势群体呢,他是敌人啊,他确实在跟我们战斗,没准儿他的手上……

冯叶不高兴地看着我说，你怎么回事，你替李刚叫屈吗？我跟你讲，俘虏是敌人不错，在战场上他是敌人，被俘虏了他就是俘虏。在战场上你可以一枪毙了他，当了俘虏你再打他，是违反……违反，国际上有个公约……叫什么来着？

我说，《日内瓦公约》。

冯叶惊讶地问我，你还知道这个？

我得意地说，我当然知道，要不是因为化学只考了七分，我就到北京上大学了。

冯叶说，很好，《日内瓦公约》很好……敌人和俘虏是两回事，敌人不一定都是坏人，亲人不一定都是……说到这里，冯叶停住了，我期待他的下文，但他不说了。只是问，明白了吧，杜二三？

我说，明白了。

其实是半明不白。我觉得冯叶的思想有问题。

6

两天以后，部队集结在苍皋东北方，我们炮兵紧随而上，据说要打一次大仗。

走着走着，过了一个山根，又被堵上了，前面挤得一锅粥。听说公路被敌人炸得断断续续，工兵正在抢修。车上的人多数下车聊天，老兵们抽着烟骂着娘，骂该死的公路。

我没有抽烟也没有骂娘，我在看天，担心这会儿下雨。

天高云淡，没有下雨的样子。

忽然，我看见两个人从车队后方匆匆走来，走近了，前面那个人是曾经在师部指挥所见到的女兵，还背着手枪，原来是个女军官。

我连想都没想，回到车上喊冯叶，冯叶跳下车，高兴地迎着来人说，丛蓉，丛蓉，你怎么来了？

那个被称作丛蓉的女兵说，跟你一样啊，被堵住了，怎么，你们连队……她四处张望了一阵，好像在找一件重要的东西。

冯叶见我还在傻站着，对我招招手说，杜二三，去，把侦察班长叫来。

我转身就往车队前面跑，跑到车下朝上面喊，侦察班长，冯老兵让你到后面去一下。

黄穆坐在大厢板上，正在跟吴曾路掰手腕，头也不抬地说，冯叶找我？什么事啊？

我说，他女朋友来了，一个女兵。

车上的五六个人一起看我，又看着黄穆。

黄穆也愣住了，松开吴曾路，嘴里嘟囔一声，丛蓉？她怎么来了？

黄穆跳下车子，往车队尾部大步流星走去，我跟上去，黄穆扭头问我，你怎么知道是冯叶的女朋友？

我说，啊，我见过她，在师指挥所，她和冯老兵很亲热。

黄穆说，岂有此理，那就是女朋友了？新兵蛋子，说话没个深浅。

我不说话了，想想好像是那么回事，我说话确实没个深浅。

这一回，我没有靠近，在离他们还有十几米的地方停下步子，我给他们站岗。我也想听听他们说话。

黄穆最后几步走得很快，走到丛蓉面前，丛蓉迎上来，展开双臂，黄穆也展开双臂，接住了丛蓉的双臂，但是他们并没有拥抱在一起，大约觉得这个地方不合适。

黄穆说，你怎么到这里来了，还可以放电影吗？听说宣传队的女兵都到师医院了。

丛蓉说，电影暂时放不成，我现在是护送组长，护送伤员到后方医院，刚刚返回，被堵在这里。

黄穆说，哦，护送伤员也很危险，你们的车……他往后看了一眼说，你们的车上有红十字标志吗？

丛蓉说，没有，我们车上只有伪装网。

黄穆说，你应该向上面建议，车头应该挂一面白地红十字旗帜，这样，会受到保护。

一旁的冯叶说，万万不可，不要以为哪里都会遵守公约，战争，没有公约可言。

黄穆说，啊，那也应该有公约意识，战争是残酷的，但是……总得有人守规则。

丛蓉说，嘿，你们两个，还是那么爱抬杠啊，别抬杠了，我听说，很快就要结束了，你们可得保重啊，回去咱们还要组织宣传队呢。

冯叶说，丛蓉，照相机带来没有？咱们留个合影，没准儿以后就没有机会聚在一起了。

黄穆看了冯叶一眼说，看这话说的。

丛蓉倒是没在意，兴冲冲地说，是啊，是该留个合影，照相机带了，在车上，我去拿。

丛蓉说完，就往回走。我也很高兴，估计可以沾光，留一张战地英姿，我的屁股后面，还有一把手枪啊。我琢磨要不要把手枪取出来，拿在手上，或者插在前面的腰带里。

远远地看见丛蓉过来了，我琢磨用什么办法才能引起她的注意，瞅瞅路边，看见山坡石坎上挂着一丛金银花，我灵机一动，折了几根树藤，编了一个花环，插上几朵金银花，有白的也有黄的，香气扑鼻。

丛蓉回来了，脸上汗涔涔的，后面还跟着一个女兵和一个男兵。女兵的手里拿着照相机。然后就照相，先是他们三个人照了一张合影，接着丛蓉分别和黄穆、冯叶合影。

机不可失，我觉得差不多了，举着花环，准备靠近他们，但是因为心慌，一时没有找到合适的话说，所以步子就迈得迟疑。倒是丛蓉，看见我手里的花环，眼睛一亮说，啊，好漂亮的花环，是送给我的吗？

我一下子愣住了，捧着花环呆在原地。黄穆和冯叶一起看着我，冯叶冲我吼了一声，你凑什么热闹，回到你的车上去！

丛蓉似乎意识到什么，表情僵住了，好大一会儿才苦笑说，怎么啦，是不是我说了什么不得体的话……没有必要当真吧，小伙子，把你手上的……

我马上接上去说，这不是花环，这是伪装帽……我，还是自己留着吧。

丛蓉说，可别啊，本来没有什么，你留下来，还真的在心里有了什么，把它给我，我戴上照张相。

丛蓉说着，不由分说，走到我面前，接过花环，戴在头上，招呼那个女兵，罗霞，来，给我照一张单人照。

说完，往前走了两步，摆好姿势，仰起下巴，还把手枪从枪套里取出来，擎在手上，显得英姿飒爽。

那个叫罗霞的女兵摆弄了一会儿，按下了快门。

丛蓉收起手枪，看看我说，小伙子，面熟啊，我们见过面吧？

我说，是的，那次在师指挥所。

丛蓉说，想起来了，来，你也来照张相。

我心里一喜，犹豫着，看着黄穆和冯叶的脸色。冯叶说，照吧，你小子运气真好。

路终于疏通了，车队继续前行，我赶紧爬上车，回头向后看，看见丛蓉和她的两个兵已经快到他们的车前了，丛蓉走路的样子很好看，标准的齐步，前脚掌着地，但是脚板离地面稍微高一些，显得轻松轻盈。背在身后的红色手枪套，在阳光下闪烁，还有她头上的花环。

我不知道这是什么地方，但此后我就记住了这个地方，我把它命名为金银坡，就在这里，我照了进入战区的第一张相。

| 丛林笔记 |

为了疏通拥堵，我们连队有两辆车被推到稻田里，人员重新编组乘车，冯叶带领我，黄穆带着姚强，乘坐同一辆炮车。

走了一段，路更差了。我站在车厢最前端，紧贴着驾驶楼。路过一段峡谷的时候，带车干部从驾驶楼伸出头来高喊，这一段可能有埋伏，做好战斗准备，一旦打响，快速通过。

说完又补充一句，一般情况，不会停车。大家听清楚了？

车上的空气顿时紧张起来，有枪的纷纷安上弹匣。我却莫名地兴奋起来，盼望着真的出现敌情，那样的话，我的手枪就派上用场了。

姚强也在前面，坐在我腿杆边，缩成一团，他大约以为把头缩起来就安全了。我踢踢他说，站起来，别像缩头乌龟似的，真的有情况，木板是挡不住子弹的。

姚强没吭气，也没有站起来，只是抬起头，阴沉沉地看着我，只看了一下，眼神就凶狠起来。趁车子颠簸，故意用枪托捣了我一下。

黄穆对冯叶说，老冯，你这个兵真不省心啊，让他老实点儿。

冯叶不买黄穆的账，眼皮一翻说，我有什么资格管他啊，我又不是排长。

那段路实在太差了，公路不像公路，土路不像土路，路面坑坑洼洼。前面的汽车卷起阵阵黄尘，迎面扑来，好像我们每个人都是从沙堆里刚刚钻出来。

虽然尘土弥漫，我还是眯缝起眼睛，兴奋地东张西望。再往前走，想象着随时出现的遭遇战，脑子里涌出很多画面，特别是孤胆英雄杨子荣智斗座山雕的场面——

　　脸红什么？

　　精神焕发。

　　怎么又黄啦？

　　防冷涂的蜡……

恍惚中，我看见杨子荣举起手枪，一枪将威虎厅里的油灯打灭……就在这时候，悲剧发生了，车子猛地一颠，我猝不及防，手上一松，正挥舞着的手枪脱手而出，落入驾驶楼和大厢板之间的缝隙。等我明白大事不好，卡车已经哮喘着驶出十米开外，我高声叫起来了，停车，停车！

没有人理睬我，炮班的几个老兵都闭着眼睛，假装不明白发生了什么事情。

卡车仍在咆哮，颠簸着前行。我横下一条心，二话不说，翻身越过大厢板，跳了下去，一头扎进翻滚的尘土里，摔了一跤，爬起来后没命地向来路奔去。

手枪啊手枪，指导员的手枪，我要是把它丢了，就算不枪毙我，可是我在连队还怎么混呢？

那个时候，我真的是不顾一切了，穿过滚滚黄沙，连滚带爬往回奔跑了三十多步，终于在一个乱石堆里找到了手枪。等我直起腰来，车子已经开出去一百多米了。我跑啊跑啊，感觉我就像一头豹子那样凌空飞翔，可是，我跑得再快，也跑不过汽车啊！

这个时候，我真的产生了恐惧，我知道这是一段狭长的峡谷，是最方便打伏击的地段，而我们那辆卡车，是整个车队的最后一辆，虽然后面还有车队，可是还有一段距离，而在这十几分钟里……不，也许只需几分钟，甚至一分钟，如果敌人的小分队从树林里出现，那我只能……那我就真的"马革裹尸"了。

就在我快要绝望的时候，我发现两百米外的卡车屁股耸了两下，放慢了速度，接着从车上跳下来几个人，迎面向我扑过来，直到面对面了，我才看清楚，是黄穆、冯叶和姚强，他们二话不说，架起我，连滚带爬，追上了忽左忽右的卡车。

回到车上，我惊魂未定，把手枪装进枪套，死死地抱在怀里。

黄穆坐在我对面，盯着我怀里的手枪说，杜二三同志，还不接受教训啊，把手枪交给冯叶。

我的两只胳膊抱得更紧了，我说，不，你没有这个权力。

冯叶说，让他背着吧，再丢了，我们就不管他了，让他留在这里打游击。

黄穆想发作，终于没有，向我冷笑一声，再也不理我了。

以后冯叶跟我讲，因为尘土飞扬，我跳下车子的时候，车上的人并没有看见，忽然听见姚强拖着哭腔喊，杜二三，杜二三不见了。

一个老兵说，怎么会呢，刚才还在这儿举着手枪，八路军似的，怎么转眼之间就不见了？

黄穆问姚强，你是什么时候发现他不见的？

姚强说，没多久，过路口的时候他还踢了我一脚。

那个老兵说，这小子不会带枪投降吧？

黄穆冲到前面捶驾驶楼，大声嚷嚷说，无线班的兵杜二三不见了，赶快停车。

带车干部从驾驶楼里探出半个身子，大声问，什么时候发现的？现在回头找也来不及啊。

姚强挤到前面说，我向毛主席保证，杜二三刚刚不见的，好像他的东西掉下车了。

带车干部问黄穆怎么办，黄穆说，我和冯叶下去找人，你们继续前进。

带车干部说，那不行，把你们单独留下来，太危险了。

还是那个老兵说，不能停车，都停下等，更危险。

带车干部犹豫了一下，对黄穆说，好，车子可以开慢一点儿……

又回过头对司机说，老侯，老侯，放慢速度，走之字形……谁跟黄班长去找人？

老兵们都不吭气，黄穆向冯叶和姚强一挥手说，我们指挥排的下去……

听完冯叶的介绍，我才知道事情的经过，我从心里感激冯叶和姚强，也包括黄穆。

冯叶说，把手枪还给指导员吧，这该死的手枪早晚会给你带来坏运气。

我口是心非地说，好的。

7

我们在南北南地区进行了一次间瞄射击，是攻打景旺，这一次我们连队被编入炮兵群，本连前进观察所的人员有连长、指挥排长、侦察班长等，姚强也跟着黄穆去了。

什么是间瞄呢？就是间接瞄准射击，弹道呈抛物线，象棋规则里面有炮打隔子，就是这个意思。阵地在后方，是睁眼瞎，要靠前进观察所下达射击诸元。我们八五加农炮，最大射程是一万五千六百五十米，想想都激动，十五公里还要多，弹道要在空中飞行十几秒钟甚至几十秒钟，穿过云层，扑哧一声落到地面，落地开花。我们在阵地上根本听不到声音。想想那些画面，就像无声电影。

前进观察所是上午出发的，到了中午，炮班就陆续占领阵地了。

指挥排其余人员都在阵地上，由我们班长程于俊负责，帮助炮班运送炮弹。

看样子，要打一场大仗。

休息的时候，我还是没有忍住，问冯叶，那个丛蓉，她到底是黄穆的女朋友，还是你的女朋友？

说这话的时候，我仿佛看见，山下的公路上，一辆车头竖着红十字旗、浑身挂满伪装网的汽车，在绿色的水网稻田中间行驶，远处的山峦和天上的白云缓缓后退……

冯叶扭过脸，看得我直发毛。冯叶说，什么女朋友？我们是宣传队的战友。打仗前两个月，宣传队解散，我们各回各的部队，我搞我的无线电，他搞他的测距仪，丛蓉护送伤员。就这么回事，我们那个宣传队是业余的，明白？

我说，丛蓉，她是干部啊。

冯叶说，是的，打仗前才提的，师放映队的队长。

我说，那你们……你和黄班长……

冯叶说，运气啊，运气。不过，丛蓉确实很出色，当年我们三个一起到部队，其实他们两个都考上大学了，黄穆自学了四门外语，但是……

我说，可是你还说，要把你的姐姐介绍给我认识，你还有个十几岁的小妹妹，她们都……黄穆和丛蓉的家里还有亲人吗？

冯叶不说了，看着远处。

我不再问了，我觉得他们——黄穆、冯叶和丛蓉，他们之间，他们的身上有很多秘密。早晚，我会知道的。

扛了一下午炮弹，又来了一道命令，让阵地派几个人给观察所送饭，指导员指定了三个人，吴曾路、曹佴壮和我，吴曾路负责。

送饭当然没有话说，可是一看要送的东西，我傻眼了，有两桶米饭，两桶馒头，一桶稀饭，一铝盆咸菜，居然还有一个保温桶，里面装着开水。我说，班长，有稀饭了，干吗还要带上开水啊？

吴曾路说，用得着，用得着。

我看看曹佴壮，曹佴壮看看我。我寻思，这一趟非把我们两个新兵累趴下不可。

出发之前，吴曾路进行分工，两桶米饭、一个保温桶和咸菜为一担，由他自己挑。两桶馒头和一桶稀饭由曹佴壮挑。我干什么呢，吴曾路把三支冲锋枪交给我——因为观察所的人员多数只有手枪，所以特意让我们带上三支冲锋枪。

吴曾路说，小杜你少背点儿，负责警戒。

我说好。我对吴曾路顿时肃然起敬，这个被冯叶称为"闷驴"的人，居然也知道我是战斗骨干，知人善任，我一个人就是一支部队。

我问吴曾路，班长，带个电话机干什么？还嫌东西少啊！

吴曾路说，用得着，用得着。

走了不到一公里，我就知道轻重了，吴曾路就像一头骆驼，他身上承载的重量将近五十公斤，居然能够如履平地，红红的脸膛上始终挂着浅浅的微笑，我估计他实际上已经笑不出来了,但是当他回头看我们的时候,他仍然是满面春风。

曹侗壮的担子比他轻多了,最多也就是他的一半,就这已经上气不接下气,好像随时都会瘫倒在路边。

我呢,我本来以为我是最轻松的,可是渐渐地就发现,没有一个人是轻松的,我就像一个军火运输队,浑身披挂着枪弹,三支冲锋枪、九个弹匣、六个手榴弹、一支手枪……总共也有六七十斤。上山的时候,两条腿像绑上了铅块,每挪动一米都要使出吃奶的力气。

我太佩服吴曾路了,不仅佩服他力气大,更佩服的是他的脸上不见一丝痛苦。

不知道翻了几座山,走了多少路,好歹总算快到观察所了,就在这时候,前方传来密集的枪声。吴曾路让我们放下担子,休息一会儿,他自己跑到路边,东看看西看看,好像找什么东西。我问曹侗壮,他要干什么?

曹侗壮也是一脸懵懂。

大约过了五分钟,吴曾路在离我们十几步的地方,弯下腰,从草丛里扯出一把草——我们看清了,不是草,而是几根黑色的胶皮电线。他从身上掏出小钳子,小心翼翼地割开一根电线,把身上的电话单机连上,啥也不说,只说,喂喂,喂……吴曾路对着话筒说了一阵,换一根电线,再连上,如此三番五次,终于直起腰来,对我们说,观察所被袭击了,转移了,我们得重新找路。

我的天哪,我一屁股跌在地上,我说我不走了,打死我吧,打死我也不走了。

吴曾路没有理我,对曹侗壮说,走。

曹侗壮看看我,挤挤眼,从我身边拿起一支冲锋枪放在他的担子上,跟着吴曾路,像一条瘸腿的驴,一拐一拐地往前走。

我在地上赖了不到三分钟,捡起一堆枪支弹药披挂在身上,跟跟跄跄追了上去。曹侗壮的负担那么重了,我怎么忍心让他帮我拿枪啊?我把那支冲锋枪又从他的担子上拿了过来，背在自己的身上，这根稻草把我压坏了，但是我咬紧牙关，看看吴曾路和曹侗壮，我没有理由趴下。

天擦黑的时候，我们找到了观察所——准确地说，我是听到尚斌副政委的声音，才知道我们找到了观察所。尚副政委站在一个高坡上，朝树林里喊，同志们，九连的同志送饭来了，大家过来喝稀饭。

一个干部说，还带来了三支冲锋枪。

我和曹侗壮瘫倒在地上，半靠在树干上，看见观察所的几十号人拿着口缸，兴高采烈地盛饭打菜。

没想到在这里还见到了郑副师长，他走过我们身边的时候，蹲下来摸摸我的脑袋，笑呵呵地说，啊，我认识你啊，小伙子，我们是老战友了。

我的眼泪都快出来了，郑副师长居然说我和他是老战友。

郑副师长说，这几个傻小子，还送了开水，就差送酒了。

大家吃喝的当口儿，我看见姚强了，他端着口缸走到我和曹侗壮的跟前，我发现他的皮肤还是那么白净。

我说，姚强，敌人偷袭的时候，你在哪里？

姚强愣了一下说，我在观察所啊，他妈的太吓人了，那些人就像从地里蹦出来的，忽然就是一阵扫射，把谭副营长的下巴都打掉了。我们排长，胳膊被打断了。

我盯着他问，你手里有枪，你开枪了吗？

姚强说，我开了，但是我只打了一梭子，枪就被班长抢走了。

我说，哦，又被他抢走了，黄穆，他……没"筛糠"吧？

姚强说，那是啊，他一边打还一边跳，从这块石头后面跳到那块石头后面，吸引敌人的火力，掩护首长。

我说，他一定学过单兵战术。

姚强说，我跟你讲，我们班长，他可真是好样的，你往后要尊重我们班长。

我说，我怎么不尊重他了？我非常尊重他，可是他从来不把我放在眼里。

姚强说，不是，我们班长说，杜二三这小子很聪明，就是表现欲强，讨厌。

我心里咯噔一下，我说，啊，他是这么看我的，那我得注意了。

姚强又说，排长负伤下去之后，郑副师长当场指定我们班长代理排长，这次战斗，我们连队的射击诸元，就由我们班长决定。

这天夜里，就在山上露营。山岳丛林的夜晚真冷啊，我和姚强、曹侗壮，指挥排的三个新兵第一次聚在一起，背靠背钻进草丛里，冻得瑟瑟发抖。

后来黄穆过来了，扔给我们一件大衣，我们三个人每人扯一块盖在身上。前半夜自然睡不着，探出脑袋，仰望星空，感觉有很多思想，我又想到了澜溪战斗，那只似是而非的手，还有我那灵光一现的可耻念头。

身下是山岳丛林潮湿的土地，这土地连着遥远的地方，包括我们的家乡。身边这两个年轻的伙伴，是此刻距离我最近的亲人。曹侗壮，这个不吭不哈的小伙子，明显成熟了，前往观察所的路上，他没有一丝恐惧和退缩的表现，他比我强。姚强呢，他在观察所，经历了一场偷袭战，我感觉，他的小白脸上的表情，要比过去从容多了。

这个夜晚，我的思想发生了变化，特别是对黄穆，我想，黄穆不喜欢我，一定是我的问题，我确实有"自我"的毛病。

我问姚强，知道你们班长的历史吗？

姚强说，什么历史？

我说了我先后两次见到丛蓉的经过。姚强说，那个我知道，我们班长是唐山地震幸存的孤儿，冯叶和你讲的那个女兵也是，地震的时候，他们正在少年宫的一个广场上排练节目，躲过了一场……

哦，原来是这样，后来呢？

后来，我们部队去抢险救灾，就在少年宫广场搭帐篷，他们三个人跟部队宣传队吃住一起，当编外演员。后来部队返回驻地，他们也跟着来了，终于当兵了。

我说，你知道吗？你们班长还当过炊事班长。

姚强说，知道，宣传队的炊事班，连他只有两个人。他和冯老兵的实力一直在炮团。我听副班长说，出发之前，本来师里要提拔班长当文化干事，我们班长说，我必须回到我的连队，回到我的侦察班，当一回真正的侦察班长，然后才考虑其他的事情。

我惊愕地问，还有这样的事，你不是在吹捧你们班长吧？

姚强说，信不信由你，不过你很快就会知道，我们班长，他……他不是一般的班长。

我沉默了。

身边传来呼噜声，是曹侗壮，在曹侗壮的催眠术一般的呼噜声中，我听见我也发出了呼噜声。

不知道睡了多久，我被一阵嘈杂的声音震醒，睁开眼睛，看见不远处的山坳里灯光闪烁，郑副师长、团长、徐副主任，还有黄穆以及几个我不认识的干部，正在紧张地作业。不知道什么时候姚强也离开了，我看见他在黄穆的身边，坐在石头上，像织毛衣那样快速地操作计算盘，不停地向黄穆报告一串数字。

哦，姚强参与了本连最大一次远程射击的诸元确定，这是一件了不起的事情。

那一幕就像电影一样映在我的脑海里了。我对曹侗壮说，看，姚强拉计算盘的样子，很稳重啊，就像个老兵。

曹侗壮说，是啊，姚强的速算能力比我们都强……也不知道我们有线班用上没有。

我说，啊，你还关心这个？

曹侗壮说，观察所的电话是营部开设的，我们副班长……

就在这时候，我们听见了一个声音——炮火准备，放！

这是郑副师长下的口令。

随即，各营、连长开始下达本单位的射击诸元，"集火射击""两个基数""表尺加三""向左 0 - 02"之类的口令声不绝于耳。

我们知道，一切都就绪了，目标、坐标、表尺、方向、装药……至于弹道修正，那是下一个波次了。

炮火准备不是准备炮火，炮火准备是用炮火覆盖目标区域，摧毁敌人的坚固工事，杀伤敌前沿阵地的有生力量，为步兵冲击打开通道……我们的连长，我们的侦察班长（代理指挥排长），我们的有线班副班长，我们的同年兵计算兵，在那一瞬间成了一个整体，一个决定着我们连队六门炮炮口方向和俯仰的指挥机构，当然，也是决定无数生灵命运的主宰。

8

天快亮时，炮击结束了。第二天上午我们得知，我军控制了景旺。

返回的路上，我们没有同观察所一道走，还是吴曾路带着我和曹侗壮，直插景旺。

我问吴曾路，为什么我们没有跟观察所走？吴曾路说，各走各的，还有任务。

倒是曹侗壮跟我讲，观察所的人走另外一条路，还要开设新的观察所。

回来的路要轻松得多，曹侗壮的话稍微多了一点儿，他告诉我，昨天夜里，观察所上，不仅有电台，还开设了电话站，都是营部指挥排的人。

我问为什么有了电台还要开设电话站。曹侗壮说，为了双保险，一个是保证通信畅通，有线和无线互为备份，防止通信中断。第二个，也是防止阵地上的电台和电话抄收出现误差，互相印证之后才能下达给炮班。

走过了上午，走过了中午，又累又饿，路过一个桥头村庄，看见有十几个步兵正在张罗野炊，听说我们是炮团九连的，一个干部过来说，啊，九连的，我们是老搭档了。

我和曹侗壮都认出来了，是404团七连乔副连长。乔雨川热情地邀请我们一起野炊。他们带了许多罐头，路边有现成的蔬菜。吴曾路问曹侗壮，会不会做饭？曹侗壮说，做过，但是……没有做过像样的。

吴曾路说，那你就做一顿像样的。

我们和步兵一起忙乎起来，吴曾路到地里摘菜，曹侗壮找了几个罐头盒子，跑到路边溪水里洗干净。

我正在架柴生火，一个步兵不知道从哪里弄来一个黑乎乎的东西，抱到我面前，往地下一扔说，这家伙，狡猾狡猾的，要杀它，它就把头缩回去了，交给炮兵老大哥，用炮打。

我定睛一看，原来是一只乌龟，长相十分丑陋。

我高兴地说，交给我，这东西炖汤喝大补，我来收拾它……

我的办法是笨办法，用一只脚踩它的背，迫使它把脑袋伸出来，然后拿刀砍。可是踩了两下，这家伙就是不伸脑袋。

我急眼了，拿起步兵用来开路的砍刀，准备跟它动武，乱刀解决问题。

那个步兵战友说，先别急，我来捅它的屁股。

然后，找来一个方凳，把乌龟卡在方凳的四条腿里。

这一招果然奏效，乌龟被捅疼了，伸出脑袋，像黄鳝那样扭动脖子，爪子也伸出来了，拼命地蹬，似乎想挣脱方凳，好像嘴里还发出呜呜的鸣叫，呼救似的。

步兵战友雀跃欢呼，哈哈，脑袋出来了，砍啊！

机不可失，我把刀举起来，运了运气，突然觉得胳膊好像被谁打了一下，好像是澜溪战斗中遇到的那只"手"出现了，正在犹豫，听到一声惊呼，不要！

原来是曹侗壮，他的手里举着几个罐头盒子，扑到我面前，蹲在地上，看看乌龟说，不能杀，这是断背龟，在我们老家，它是神龟，吃了会遭报应的。

我说，扯淡。这么多天了，天天吃罐头，好久没吃鲜肉了，你闪开！

曹侗壮依然举着罐头盒子，挡在我面前说，不能吃啊，它在哭。

我奇怪地看着曹侗壮，我说我怎么没有听见，乌龟还会哭？笑话！

曹侗壮坚持不让杀龟，寸步不离。

就在我们僵持的时候，乔雨川过来了，看看曹侗壮和我，又看看乌龟说，这东西确实是好东西，我们还有两个伤员呢，这就是最好的药啊……怎么办，是人要紧还是乌龟要紧？

曹侗壮愣住了，我看见他的眼里竟然湿润了，可怜巴巴地看着乔雨川说，首长，放了它吧，你看，它在磕头呢。

乌龟好像真的听懂了人话，明白眼前发生了什么事情，脑袋和爪子尽管还在缩着，龟背却好像在动，一耸一耸的。

那个步兵战友说，不吃它，可是留在这里……难道，留给我们的敌人？

曹侗壮说，它会回到山里去的。

乔雨川问我，你说，怎么办？

我看了看手中的柴刀，一时不知该怎么回答。刚才我还觉得浑身是劲，可是，这会儿我的胳膊，抬不起来了。没准儿这乌龟有灵性，真的不能杀。

乔雨川轮流看着我们，然后把目光落在曹侗壮身上，好久才说，这个同志说得对，它会回到山里的，它不属于我们，也不属于敌人，它不属于任何人，它属于土地，属于……地球。

大家都不说话，我们全被乔雨川这句话弄蒙了，感觉他讲话好深奥。

乔雨川说，好吧，把它放了。

曹侗壮一直紧绷的脸突然放松了，嘴一咧，两颗眼泪从眼眶里掉下来，掉到龟背上，发出嗒嗒的声音。

乔雨川把目光从曹侗壮脸上移过来，看看那个步兵战友，又看看乌龟，突然笑了说，把它像俘虏一样抓来，还差点儿把它吃了，确实对不起它。好事做到底，给它搞个送行礼。

我们傻眼了，我稀里糊涂地问，怎么，还要搞个放生仪式？

乔雨川对曹伺壮说，你看，送到哪里合适？

曹伺壮说，就送到小溪里吧，条条江河归大海。

乔雨川说，好，抱上它。

曹伺壮把龟抱在怀里，像抱一只宠物，往溪边走的路上，他还回头看看，仿佛担心乔雨川反悔。走到溪边，他蹲下来，对乌龟说了几句什么话，然后把它放在地上。

远远地，我们看见乌龟真的把头伸出来，转动着，明亮的眼睛在阳光下闪烁，爪子也伸展开了。

送完乌龟，大家都长长地出了一口气，好像刚刚结束一场战斗。

曹伺壮的脸红扑扑的，忙得尤其起劲，用了十几个罐头盒子，把米淘洗干净，装进罐头盒子里，放进火堆里烧。不知道他从哪里找来的猪肉，又从附近的地里搞了一些青菜和蒜苗，放到一起炒，用铝盆炒。

不多一会儿，曹伺壮说，开饭了。

乔雨川说，还有酒哦，拿过来。

那天中午，在一个不知名的桥头，吴曾路、曹伺壮和我，我们三个和乔雨川率领的十几个步兵战友一起，蹲在地上，围着几个铝盆，喝了进入战区的第一顿酒。

酒是香槟酒，感觉劲儿不大，很甜，我们大家放开喝。乔雨川警告，这酒后劲大，可是曹伺壮不听，咕咚咕咚当开水喝。

同乔雨川分手之后，对照地图，距离连队新的宿营点还有六公里，本来是很轻松的路，走着走着就沉重起来。曹伺壮醉了，我也有点儿晕晕乎乎。刚开始一段路，曹伺壮走得还算平稳，并不说话，只是微笑——微微地傻笑。

吴曾路回过头来说，你们两个……喝醉了吗？赶快到河里洗把脸，马上就到连队了，可不能让人看到你们喝醉了。

我高声回答，班长放心，我就是醉了，也会假装不醉，他们看不出来。

曹侗壮也说，我没醉，我在家，和我媳妇儿对喝……能喝半碗苞谷酒……这糖水喝不醉我。

我傻了，酒醒了一大半。

吴曾路也傻了。

曹侗壮，这个刚刚入伍两个月的新兵，才十八岁，他就有媳妇儿了，上帝啊。

大约一个小时以后，我们到达景旺，没有人发现我们醉酒。

曹侗壮醒了，问我，路上我都说了什么？

我说，你什么都没有说。

曹侗壮不信，看着远处说，我记得我说了很多……你可别当真啊，我说了什么都不是我说的。

我说，那是当然，都是香槟说的。我说的那些话，也是香槟说的。

9

据说景旺是一座大城市，到了之后才知道，其实比我家乡的集镇大不了多少，最高的楼不过五六层，也就是县城规模。

连队驻扎在一个木材厂里，尽管前面的步兵已经搜查了，连队还是让我们组成了几个战斗小组，将各个木材堆前前后后搜索了一遍。据说有人提出来，木材堆里可能会潜伏敌人的武装人员，最好放火烧了。连长和指导员商量了一下，没有打算放火，只是让我们搜查。

搜查的过程中，我发现木材厂的东南角有一堆木料，觉得可疑，但是我没有声张。我跟在第二组的后面，抽个空子，叫住了姚强，我说，姚强你等一下。

姚强站住了，犹豫地看看前面的黄穆和几个老兵，等着我的下文。

我说，你过来看，这堆木料的颜色同其他木料有点儿不一样，把它搬开看看。

姚强看看木料，又看看墙外说，不会吧，难道有地道？

我说，先把木料移开看看。

姚强犹豫着，往前面看了看，没有人注意他。姚强最终留下来，我们两个搬开木料，果然发现有个小门。从小门过去，看见木材厂门外，有一幢房屋，二层楼。

姚强害怕了，愁眉苦脸地说，让咱们搜查木材厂，咱们，咱们……

我说，少啰唆，既然发现了，就看个究竟，别藏着带枪的。

姚强不说话了。我率先走到小楼的大门口，向姚强一努嘴，姚强明白，闪到一侧。我运了运气，一脚将大门踢开。

其实大门根本没有闩上，是虚掩着的。因为用力过猛，大门被踢开后又反弹回来，差点儿把我的脸拍成大饼。

姚强说，啥也没有，赶快走吧。

我说，不，既来之则安之，上去看看。

姚强看看周围，几个小组都没有跟上来，没有办法，他只好跟着我，亦步亦趋，从一楼到二楼。

我挨个儿检查几个房间，一个较大的房间，有一个阳台，站在阳台往外看，就是木材厂，木材厂再往外，就是景旺的城区了。夕阳落进阳台，几只蝴蝶在阳台附近若无其事地飞翔，好像这里什么也没有发生过。

在这个房间里，我从一堆杂物中翻出一个木头箱子，里面有一堆书。我把每一本书都打开，发现有一本书不是书，而是一个笔记本，里面的文字我不认识，可能是俄文，也可能是法文，还有可能是英文。那些插图，我倒是能够看个大概，好像是作战示意图。

在我研究这个笔记本的时候，姚强也没有闲着，他从垃圾堆里找到了一个铁皮罐子，专心致志地鼓捣了一会儿。我说，姚强，发现什么了？姚强说，什么也没有，重要的东西都被弄走了。

忽然听到喊声，是程于俊和黄穆，他们发现少了两个新兵，在木材厂院子里找了一圈，很快就发现一堆被移动的木材和这扇小门，接着就神经兮兮地冲了过来。

估计再也不会有新的发现了，我把笔记本揣在怀里，对姚强说，走吧。

姚强说，好，赶快走。

我又说，一切缴获要归公哦。

姚强怔了一下说，我什么也没有缴获，你缴获了什么？

我说，什么也没有，不信你看。

我故意把上衣解开，怀里什么也没有。

程于俊和黄穆过来，正好把我和姚强堵在小门边上。黄穆没有顾得上训斥我们，看着院墙外面的楼房说，啊，这里还有个秘密通道，里面都有什么？

我说，都翻过了，没有潜伏的武装人员。

黄穆不相信地看看我，又看看姚强说，你们不会在这里藏什么东西吧？

我赌气地说，藏了什么，我们能藏什么？总不能藏财宝吧，藏了又带不走。

黄穆这才挥挥手，对程于俊说，走吧，无线班长，要管好你的兵，这家伙，经常单独行动。

程于俊唯唯诺诺地说，是，我得加强管理。

我的心里充满了委屈。不过，幸亏他没有发现我的裤腰里别着一个笔记本。

这天夜里，我们就在木材厂的厂房里宿营。

潜伏的时候，我还想到了一个情况。头天下午我在翻看笔记本的时候，姚强在倒腾一堆垃圾，我分明听到他急促的喘气，可以判断他发现了什么稀罕的东西，但是我问他的时候，他却胡乱回答，什么也没有，房屋的主人不可能留下有价值的东西。可是……我总觉得哪里不对劲，姚强的眼神——还有他那没出息的吞咽声——告诉我，他没有说实话，他一定发现什么东西了，一定隐瞒了什么。离开那个小门的时候，他的裤腰里，一定也别着什么东西。

从哨位上下来，我没有打开背包，而是抱着一件大衣裹在身上，刚开始还在想笔记本的事，睡着了还睁着眼睛，醒了依然做梦。一夜相安无事，到了第二天清晨，我睁开眼睛后，看看四周，除了岗哨以外，四周静悄悄的。

我的老毛病又犯了，我很想走出木材厂的大门，到街上看看，看看这座异乡的城市，看看刚刚经历过战争的他乡居民。我背上了指导员的手枪，并且套上一件大衣。我不知道岗哨——除了明哨，还有潜伏哨，有没有看见我，反正我没有受到阻拦。可能是因为天已经亮了，周边的友邻部队也有人行动，所以我的单独行动没有引起警觉，我不仅顺利地走出了木材厂，走到了街上，还从路边捡起一辆半新的自行车，我单腿跨上去，一只手伸进怀里，握着手枪，另一只手扶着车把，向景旺城疾驰而去。

我并不知道城市的中心在哪里，我的想法是，离木材厂越远越好，离连队越远越好。

我的自行车风驰电掣，驶过了一个步兵驻地，哨兵奇怪地看着我，他身边的人也奇怪地看着我。我把右手从怀里掏出来，向他们频频挥手致意，好像我是凯旋的将军。他们一定也把我当作将军了，没有人理睬我，也没有人阻拦我。

这个城市太可笑了，转眼之间人都跑光了，好像只有我一个人如入无人之境。此刻，我就是这个城市的主人，我想到哪里去就到哪里去，我想看看它的百货大楼，看看它的饭店，有没有"江南包子馆"呢，我要是能在这个城市下一次馆子，吃一次包子，再喝上两口酒就好了。按照冯叶的说法，到没到过一个城市的标志是，在那里下一次馆子……

我正这么想着，耳边突然传来一声严厉的呵斥，杜二三，指导员找你，指导员说，你再不回来，要枪毙，枪毙！

我的天哪，这不是姚强吗？

我顿时惊出一身冷汗，我往前看，扭头往后看，再看看左右两边，一边是河，一边是山，哪里有姚强的影子。可是，姚强的声音仍然在我耳边回响：枪毙，枪毙……

我一个激灵，呼啦一下掉转车头，自行车和我一样斜斜地贴着山根，回到了来路上，这一次不像海燕，而是像个蝙蝠，我就像一只蝙蝠一样，钻进飕飕飕的晨风里，快速返回木材厂。

在大门外，我扔掉自行车，一头钻进大门，我看见全连都集合在这里，仿佛是准备夹道欢迎凯旋的英雄。

很快我就知道他们不是夹道欢迎我，连长站着没动，指导员向我迎面走来，我啪的一个立正，敬礼，然后，我啥也没说，就那么僵尸般戳在原地。

指导员没有还礼，脸色铁青，盯着我，一步一步向我走来，走到离我只有一步远的时候，他突然伸出手，伸进我敞着的大衣里，扯出了枪套，掏出了手枪，咔嚓一下，子弹上膛了。

我木然而立，我怀疑这是一场梦，我等着指导员向我开枪。我看了看排成几面墙的连队，那几面墙就像绝壁一样，被海浪拍打出隆隆的轰响。

我闭上了眼睛，我的心里也在轰响——"只有那高傲的海燕，勇敢地，自由自在地，在泛起白沫的大海上飞翔！"

不知道过了多久，我听到一声炸雷——杜二三，入列！

其实没有炸雷，只有指导员退子弹的声音，指导员向我挥挥手，咬牙切齿地说，入列，听见没有？

我机械地抬起右臂，向指导员又敬了一个礼，然后机械地迈起左腿，跑步——刚起步就摇晃了一下，差点儿摔倒，我咬紧牙关，跑向队列，仿佛看见黄穆讥笑的表情——这个自我的家伙；仿佛看见李刚得意的眼神——这个逗能的人；仿佛看见姚强挤眉弄眼——不听我的，搬起石头砸自己的脚哦……哦……哦……

无论如何，我得夹起尾巴做人了，事实上，我本来就没有尾巴。

10

从我被"缴枪"的那个上午开始，连队进行整顿，主要是检查执行战场纪律情况。

在班务会上，我做了检讨，我说我不该得意忘形，擅自离开驻地到处乱跑，差点儿让全连集合找我，差点儿误了大事。

代理排长黄穆参加我们的班务会，看来是把我当作"重点人"了。

黄穆说，杜二三同志，参战以来，你总体表现还是不错的，你有很多优点，但是你也有很多缺点。你的优点证明你是一个好战士，可是你的缺点证明，如果不严格自律，可能会带来危险。你要从根子上找原因。

我抵触地说，从根子上找原因，那是什么原因？我从根本上是想当一个好兵，犯了错误是偶然的。

黄穆挥挥手，武断地说，不，不是偶然的。你这个同志，说实话，确实有点儿好大喜功，有很强的表现欲。所以，你要从根本上认识错误，严于律己，克服个人主义、英雄主义，严格执行各项规定。要知道，我们是现代化的人民军队，不是草莽英雄。

我只好低下脑袋，沉重地说，我接受排长的批评，不过，冰冻三尺非一日之寒，我慢慢改。

黄穆说，慢慢改不行，如果你管不住自己，那么，程班长，就让同志们帮助他管住自己。从今天开始，杜二三的每一个行动，都要向我报告。

我愕然地抬头看着黄穆，怎么，要关我的禁闭？

黄穆说，不是关禁闭，是限制行动。

黄穆说得不紧不慢，但是我分明能感觉到，这家伙心狠手辣，他这个代理排长，三把火就从我的身上开始烧起来了，那么好吧，我就认了……话又说回来了，不认又怎么办呢？

班长让大家发言，冯叶说，我也有责任，没有管好我带的兵，不过，也没有造成重大损失，杜二三同志将来注意一点儿，不要擅自行动。处分嘛，我看就不必了。

我感激地看了冯叶一眼，我说好，我一定遵守纪律，服从冯老兵的指挥。

我被缴械了，手枪被指导员要走了，连同枪套。同时，我的三等功也岌岌可危，听说有人提议，以功抵过，取消我的三等功。

我不知道连队会不会采纳这样愚蠢的建议，我分析，这个建议即使不是黄穆提出来的，他也一定会支持。这个建议让我惶惶如丧家之犬。我想，假如没有立功还好，大家都是普通人。可是我明明立功了，我估计我的家人早就知道了，河水啊，土地啊，跟我的家乡都是连着的……可是突然之间又被取消了，那就太丢人了，这算怎么回事啊。

越想越忐忑，干脆不想。

耳边传来三声蛙鸣，我从遐想中惊醒过来，看见冯叶端着枪出现在木材堆垛的下面。按规定，潜伏哨每隔二十分钟由单人变成双人，换一个地方。

我跟在冯叶的身后，以低姿转移到第二个哨位，距离头天下午我发现的小门约十米处。

隐蔽之后，冯叶问我，这个小门通向外面，听说你白天到那幢楼里去过？

我说，是的。

冯叶说，发财了没有，里面有金银财宝没有？

我回答，没有，啥也没有，再说，我也不是去找金银财宝的，我又不是土匪。

冯叶哦了一声，又说，你小子胆子可真大，不仅私闯民宅，还骑车出去绕了一圈，你有没有想过，要是遇上地雷，或者遇到潜藏的特务，你就完球了，连尸体都找不到。

我说，是的，我认识到错误了。

冯叶说，我发现你很奇怪，你跟别人不一样。

我怔了一下说，是的，因为我是二球。

冯叶说，你不怕死？

我……我想了一下说，你才不怕死呢，我活得好好的，我干吗要死啊？我只是怕死在一个不明不白的地方，死在一个不明不白的时候……

冯叶说，你要注意一点，可以牺牲，但是不要做无谓的牺牲，你死了，什么都不属于你，除了杜二三这个名字……名字也不属于你。

我说，难道我活着，就有东西属于我了吗？

冯叶说，你活着，至少还有一段时光属于你。

我说，我想让这段时光……多做点事。

冯叶说，哈哈，有理想。他嘿嘿一笑说，你小子运气好，听说长形高地那次，要不是遇上黄穆，你就完球了……

我说是谁告诉你，不是黄穆我就完球了？难道是黄穆说的？

冯叶说，那倒不是，黄穆说你贼胆大，上蹿下跳。

我说，我是传达副营长的命令，他竟然说我上蹿下跳。

冯叶说，哎，你说说，你怎么运气那么好，第一仗就立功了。

我说，你又来了，你总怀疑我是运气好。我跟你讲，那天你们畏缩不前的时候，是我勇敢地冲在前面，我去传达副营长的命令，我去帮助推炮的时候，你们在哪里？

冯叶吃惊地看着我说，啊，你声音小点儿……我们在哪里？嘿嘿，跟你说实话，那是第一次，全连都是第一次，子弹啪啪地打，就在身边飞，我的天哪，谁见过那阵势啊。我跟你讲，我当时恨不得一头钻进石头缝里，啊，啊，想钻石头缝的不是我一个人……我就奇怪了，你当时怎么就不怕呢，到处乱跑。

我心里一紧，想起了那只血淋淋的手，想起了我的那个一闪而过的逃跑的念头。当然，我不会对冯叶说这些。我说，我哪有时间怕啊，副营长让我传达命令，我没办法啊，命令传达不下去，我就……那我才真完球了。

冯叶笑了，笑得一口白牙闪闪发光，他咧着嘴说，我知道了，你就是二球，一个走运的二球。听说你在景旺又见到了郑副师长，没准儿，郑副师长会把他的女儿嫁给你。

我说，郑副师长有女儿吗？

冯叶说，我也不知道。不过，郑副师长要是知道你这么二球，老是违反纪律，恐怕就不会把女儿嫁给你了。

我当然知道郑副师长不会把女儿嫁给我，不管他有没有女儿，不管我是不是二球。不过，冯叶的话还是让我心里不舒服，是啊，我为什么老是违反纪律啊，难道我是一只刺猬？

下岗的时候，天晴了。我站在二楼的阳台上，注意地看了一下，雨后的朝阳像个破碎的蛋黄，粘连着东方的山脊。西南方向景旺河对面的景物似乎更远了，好像悬在半空中，宛如古代城堡。

我突然想起了一句话，天空是有记忆的。

部队离开景旺之前，程于俊跟我交底，他把班务会记录送给连队了，班里多数同志认为，杜二三虽然违反了纪律，但性质较轻，而且没有造成后果，建议免予处分，批评教育，严格管理。

我问，黄穆……排长是什么态度？

程于俊说，嗐，排长嘛……代理排长的态度我不能说，我感觉，排长还是很……重视你的。

我没好气地说，重视我什么，总是看我不顺眼。

程于俊说，啊，不要这么想，也许他是恨铁不成钢。

我没吭气，我不相信黄穆欣赏我，这完全是班长安慰我的话。黄穆对我的成见是不可改变的。

程于俊是在连务会上汇报的，连长和指导员都在。据程于俊讲，指导员很生气，说杜二三这个同志，名利思想很严重，老爱出风头，要是不严加管束，这个傻大胆儿早晚会弄出事的。但是——指导员说，这个同志也有优点，工作比较积极，再说，这段时间忙于打仗，对部队管理不严，领导也有责任。让他写书面检查，检查深刻了，触及灵魂了，就不再处分了。

这个结果比我想象的要好，但是，我又有点儿失落，我问程于俊，指导员说什么，说我工作比较积极？

程于俊说，是啊，看得出来，指导员是向着你的。

我哦了一声，心里很不痛快。

什么叫工作比较积极啊？我觉得，我给指导员留下的印象，应该是"作战非常勇敢"，那次在澜溪长形高地，我如入无人之境，枪林弹雨里传达命令，确保火炮及时到位，我还替指导员背了那么多天手枪。景旺战斗之前，我还跟吴曾路到火线送饭，累得几乎脱掉一层皮，用一句"工作比较积极"，就把我打发了？

不过，很快我就明白了，我那天擅自外出，确实给连队带来极大的负面影响，因为当时有人向上面报告，杜二三带着手枪跑了，可能投敌了。

现在好了，不仅有个"工作比较积极"的结论，我的三等功也保住了，我还是我，我还是一只海燕啊，干吗抠字眼呢？投敌？他妈的太小看我了，我干吗要投敌啊，我的家又不在景旺。

那几天，我搜肠刮肚，写了一份《我的检查》，深刻地反思了自己虚荣心强、好大喜功，把自己幻想成刀枪不入、飞檐走壁的英雄，以至于做出许多违反纪律的事情，让连队不省心。其实，我坦白，我入伍动机不纯，参加战斗动机不纯，我就是想当一名军官，穿上四个兜，背上手枪……我把埋在我内心的最不敢见人的思想都坦白出来了，我想，不管组织怎么处理我，我都认了。

11

　　景旺休整期间，连队接到通知，在澜溪长形高地战斗中负伤的一班长胡庆华，被辗转送到后方医院，因失血过多，牺牲了。

　　消息传来，大家都很悲痛，胡庆华的老乡李刚号啕大哭，哭着嚷嚷，我要报仇。哭了一会儿，突然跑到院子里，对着一堆木材拳打脚踢，就像武松打虎，攻击性很强，只不过他是闭着眼睛打的。

　　我觉得李刚哭得有点儿夸张，打仗哪有不死人的？牺牲了就牺牲了，化悲痛为力量，接着干呗。当然，我的这个念头是绝对不敢说出去的，我也不想牺牲。

　　第二天早晨我们就离开景旺了，天空阴沉沉的，好像随时准备下雨，不知道是挽留我们还是为难我们。车队刚刚驶出木材厂，就一头扎进蒙蒙细雨中。

　　走走停停持续了一天一夜，次日早晨，听到前方传来枪炮声。车队抵达一个名叫般坎的地方，这是一个小镇，据说曾经有三百多户人家。听干部们议论，说遭到伏击，尾随的敌人也从某处穿插过来，可能想在我们撤退的路上挽回一点儿面子。

　　步兵紧急占领制高点，并在前方的道路两岸建立保障体系。因为是遭遇战，炮兵无法展开，上级命令我们在般坎休整，同时搜查这一带，防止乔装隐藏在这里的武装人员在我们的背后捅刀子。

　　黄穆带着我们排，低姿前进到北长街，并交代，至少一个班集体行动，绝不允许任何单兵脱离队伍。

　　程于俊带着我和冯叶来到一个院落，院前院后，屋里屋外，搜了一遍，什么也没有发现。

　　程于俊说，可能是有人回来拿东西，发现我们来了，跑了。

我也认为班长的分析有道理。

就在我们准备离开的时候,冯叶嘘了一声,停下步子,我发现冯叶已经趴在地上了,耳朵一动一动的。

冯叶听了一会儿说,有人!

我和程于俊同时举起了冲锋枪。

按照冯叶的引导,我们重新回到厨房,冯叶又趴在地上听了一会儿,然后对程于俊和我说,你们掩护。

说完,他把水缸周围的泔水桶和柴堆移开,再将水缸搬开。天哪,出现一个地道口。冯叶以战斗姿态端着枪向里面喊,出来,出来,再不出来我就开枪了。

一阵沉默,沉默过后,突然出现了一声啼哭,但很快就被什么东西捂住了,洞里传来窸窸窣窣的动静。不多一会儿,黑洞变得明亮起来,原来地洞通着屋外的柴堆,柴堆被从里面推开了,光线照进洞里。

我们能够清晰地看见,洞里坐着一个女人、两个孩子,女人的脸明显抹了锅灰,黑一块白一块,这让我产生很不舒服的联想。我仔细地观察,她的胸怀敞着,露出一只乳房,另一只乳房塞在一个幼儿的嘴里。

我差点儿就闭上了眼睛,但是,我必须坚持把眼睛瞪得老大,我不能闭上眼睛,我有足够的理由瞪大眼睛看着她,包括她敞开的胸怀和那一头瀑布般的黑发,也包括她怀里的幼儿。

好像那幼儿并不打算吃奶,顽强地挣扎着,但是他的小脑袋被女人使劲地按着,直到我们走近了,女人仍然没有放开那个吃奶的幼儿。

我们持枪搜索,发现地洞的另一个出口——应该也是通气口,斜着通向墙外,有脸盆大小。因为脸上涂着锅灰,女人的眼睛越发显得明亮,牙齿雪白。她面无表情地看着我们,不仅没有掩起敞着的半边衣襟,而且把另一边也掀开了,那是我第一次完整地看见女人的乳房,饱满得像两只洋葱。在哺乳状态下的乳房和不在哺乳状态下的乳房,是不一样的。

我把枪对准女人的脑袋，紧张地看着她的两只手。

此前我们得到告诫，这一带的老百姓，近百年来一直打仗，一个哺乳的妇女、一个垂死的老人，甚至一个三五岁的孩子，屁股底下都有可能坐着一颗手雷。

我紧张地看着女人，同时也用眼瞟着程于俊，这时候他做出什么样的举动，我都不会有异议。

程于俊向女人示意，她可以站起来。

女人站起来，把怀里的幼儿往我们的眼前举了举，又放在身旁的摇篮里，然后直起腰，开口说话了，叽里咕噜，呜呜咽咽，像是对我们说话，又像是自言自语。

我们听不懂，但是从她的手势可以看得出来，她是在说，她有孩子，她不会反抗。程于俊对女人说，把孩子抱起来，女人茫然地看看程于俊，又看看坐在地上的女孩。冯叶叽里咕噜说了一句，我猜想应该是英语，不知道女人听懂没有，或许听懂了，她弯腰把孩子抱了起来——天哪，在那个大约三岁的女孩的屁股底下，果然有一把手枪。

那个瞬间，不，整个过程给我的感觉十分漫长，我看看程于俊，只见他的脑门儿涌上大颗大颗的汗珠。再看看冯叶，冯叶的眼睛一刻也没有离开那女人摊着的两只手，他的右手食指在扳机上抖动——我相信，这个时候如果外面再出现任何一点儿异常响动，冯叶的枪口马上就会射出一梭子弹。

好在屋里屋外都没有再出现响动，连摇篮里的孩子都一动不动，仿佛他也看到了危险。

程于俊向我一歪脑袋，示意我捡起那把手枪。我一只手举着枪，弯下腰，像当初扒拉甘蔗地里的手枪一样，小心翼翼地拿起手枪一看，他妈的，是假的，木头做的。我既失望又庆幸。

在我搜查的过程中，女人不说话了，就用那双被锅灰衬托得明亮的眼睛看着程于俊。终于，冯叶憋不住了。冯叶说，班长，放了他们吧。

冯叶的话像炸雷一样，不仅使我浑身一震，我看见程于俊的手也抖了起来，他仍然在瞄着女人，同时用眼角的余光观察着地洞，还有射进光线的柴堆，他额头上的汗珠更大了。

不知道过了多久，程于俊的枪口稍微垂了一点儿，他看看冯叶，又看看我说，你说呢？

我说……我张张嘴，想了很久才说，放了他们吧，你和冯老兵先撤，我殿后，万一……

程于俊看看我说，胡说！

我坚持说下去，万一后面还有情况，万一她还真有一颗手雷……

程于俊说，不要说了，让她把衣服脱了！

我吃了一惊，觉得不对劲。我说，班长，那不合适吧，为什么要她脱衣服？

程于俊仿佛也怔住了，嘟嘟囔囔地说，是啊，是不合适，为什么要她脱衣服？

程于俊的表情更让我糊涂了，好像刚才让女人脱衣服的不是他，而是别人。

突然之间我明白了，程于俊让女人脱衣服，是为了保护她，只有她把衣服脱光了，才能证明她的身上没有藏匿武器，可是，我怎么能让她明白这一点呢？如果班长让我去搜身，我从哪里下手呢？

我的难题很快解决了——那个女人，先是缓缓张开她的双臂，收回胳膊，将虚掩的上衣重新掀开。

我们还没有明白怎么回事，女人就把裤带解开了，她穿的那种肥大的裤子就像一摊稀泥一样滑落在地上，只剩下蓝布短裤。她弯下腰，两只手抓住短裤的裤腰，犹豫了一下，弯腰褪了下去，露出白皙的小腹……

我的心脏剧烈地跳了起来，我不知道我是想阻止她还是希望她继续褪下去，不知道接下来会发生什么，我感觉我的嗓子眼儿突然一阵痒痒，情不自禁地吞咽了一下口水。

就在我为这该死的口水羞愧的时候，我听见班长喝了一声，住手！

女人没有听懂班长的话，但是她看到班长面红耳赤的样子，好像明白了什么。她似乎还笑了一下，一闪而过的苦笑。她的一只手扯着短裤的一边，另一只手耷拉下来，手背痉挛着，就像抽筋一样。

冯叶一只手在上，另一只手的食指顶着上面那只手的手心，给她做了一个暂停的动作，并且嚷了一声，Stop it！

这回，女人好像明白了什么，又好像不是全明白，就那么弯着腰看看冯叶，又看看程于俊，还有我。

终于，她可能彻底明白了，用探询的目光看了程于俊一眼，犹豫着提上短裤，掩好衣襟，向程于俊、冯叶，还有我，慢慢地弯下腰，鞠了一躬。

程于俊说，杜二三，把你身上的压缩饼干和罐头取下来。

我明白了，我说好。

三下五除二，我把背在身上的可以吃的东西全部取下，扔到女人的脚下。一直傻傻地看着我们的那个女孩，看着我扔下的东西，突然扑了过去，抓起一个罐头，塞进她母亲的怀里。

趁冯叶不注意，我出其不意地从他的上衣兜里取出钢笔，扔到小女孩的脚边。冯叶瞪了我一眼，做了个龇牙咧嘴的口型，不过，他没有取走他的钢笔。

我们走了，我在前，冯叶居中，程于俊在后。我当然明白程于俊为什么这样安排，万一——我们永远不能排除万一，万一那个女人从某个地方，比如柴堆，比如头顶，比如小女孩的身上，扯出一颗手雷，或者一把手枪，那么……班长就是班长。

还没有走到北长街的巷口，黄穆就带着人匆匆赶了过来，我赶紧把木头手枪掖在弹匣后面。

黄穆气喘吁吁地问程于俊，怎么这么长时间，发现了什么？

程于俊说，这里都被步兵搜查过多少次了，能有什么？

黄穆说，哦，是这样啊，那你们还搞这么长时间？

丛林笔记　107

程于俊说，杜二三拉肚子，找来找去找到一个柴堆，刚提上裤子没走几步，他又要拉，嘿嘿，啥也没有发现，就是给般坎留了点儿肥料。

黄穆盯着我说，拉稀，你怎么搞的，在这个地方敢拉稀吗？

我马上做出一副痛苦的样子说，不知道吃了什么，可能是压缩饼干就凉水出了问题……我憋着，我尽量憋着。

12

返回车队之后得知，就在我们搜查般坎北长街的时候，步兵在般坎西南同对方一支游击队发生了激战，并占领了公路两侧制高点，沿公路搜索前进。我们炮兵的车队，跟随步兵且战且进，所以行驶缓慢。

尽管程于俊没有交代，但是我们——我和冯叶，此后再也没有提起北长街的事情，这件事情似乎成了我们无线班的秘密。只是，我偶尔会想起那个女人，还有她怀里的幼儿和那个脏猴似的小女孩。

实话实说，我在想起那个女人的时候，也会想起她的乳房和她已经褪到腿弯的短裤，我记得她是穿着凉鞋的。在最初的时刻，我没有把她看成是一个女人，我对她没有性别意识，而是把她看作潜在的敌人。而事后再回想起来，就觉得有点儿……怎么说呢，也许是遗憾吧，毕竟，那是我第一次见到成熟女人的身体，看得出来，那不是一个穷女人，可能还比较漂亮。如果是姚强呢，或者是别的什么人，或者那天领头的不是程于俊而是别人，会发生什么？

可是，我很难忘记，在女人褪短裤的时候，我的嗓子眼儿，非常没出息地咕咚了一声，就像姚强经常做的那样。我为这个该死的咕咚声感到无比羞愧，这声咕咚甚至比澜溪战斗中出现的那个该死的念头还要该死。假如，假如将来我还会到般坎，假如再见到那个女人，她会不会记住我那一声咕咚呢？她不一定能记住我的脸，但是她很有可能会记住我的那声该死的咕咚。

我又有了一把手枪，尽管是木头做的玩具手枪，但是很重，冯叶说是一种名叫鸡翅木的名贵木材做的，而且造型逼真。我在玩弄这把手枪的时候，产生很多联想，不仅仅是童年记忆，我觉得，不知道谁最早创意，把手枪做成玩具，这个主意可不是什么好主意。但是，我仍然没有扔掉这把木头手枪。

下午五点多钟，到达一个名叫岗东的地方，前方传来消息，桥被炸断了，上级正在紧急抽调工兵架浮桥，要我们在岗东宿营待命。不大一会儿，看见乔雨川带着几十个人，从我们车队的旁边跑步通过，前往河边掩护工兵架桥。

正挖着掩体，连队通信员来了，让全连集合，到了集合地点才知道，六班副班长李刚失踪了。连长把六班长刘桥好一顿吼。刘桥说，半个小时前他还跟我们在一起，怎么就不见了呢？

连长问，你们班这半个小时都遇到什么了？

刘桥说，啥也没有遇到啊，一路上都没有下车，休息的时候撒尿都在一起。

连长双眉紧锁想了好大一会儿说，这个同志，最近有什么反常没有？

刘桥说，还好啊，工作挺积极的，就是话少了一点儿……不过，这段时间好像脾气大了，爱抬杠。

连长又问班里其他同志，有没有发现李刚有什么怪异的举动，新兵马涛不确定地说，副班长这段时间好像有心事，夜里睡觉讲梦话，还嚷嚷，挺吓人的。

连长问，嚷嚷什么？

马涛说，听不清楚，好像说要报仇。

连长眉头皱了皱说，报仇？报什么仇……哦，他的老乡倒是负伤了几个，胡庆华还牺牲了，可是……

这时候黄穆站出来了，跟连长嘀咕了一阵，连长这才知道李刚在茶棚拳打俘虏，并受到乔雨川斥责的事情，连长的脸色变了，说，他会不会有什么极端行动啊，赶快分头找，主要沿来路找。

连长分析李刚的心理，这几天一直是往北南北方向走，眼看战争快要结束了，这家伙是不是认为没有机会报仇了，单枪匹马当孤胆英雄去了。

我们放下铁锹，分成几个小组，带上轻武器，山上一条小路，山坡一条碎石公路，还有附近的村庄，都派人寻找了，找到半夜也没有找到，不敢走远，只好返回宿营地，反穿雨衣，蜷缩在掩体里休息。

我对那个副连长乔雨川非常有好感，我觉得这个人不仅作战勇敢——我曾亲耳听黄穆说他是孤胆英雄，而且，有见识，有担当，除了那次制止李刚的错误行为，还有景旺观察所下来的路上，他对乌龟的态度。我想，他就是我模仿的对象，甚至是偶像，将来——如果我有将来的话，那么，我就要成为乔雨川这样的人……

想到这里，我的脑子里好像钻进了一个东西，"咔嚓"亮了一下。那是什么呢，那道火花——我惊呆了，我被我脑子里这个火花照亮了，点燃了，我想起了马涛说的，李刚夜里讲梦话，要报仇，他找谁报仇啊，只能是找乔雨川，乔雨川训斥他的那些话，伤害了他。想到这里，我不再犹豫了，二话不说就站了起来——这一次没有撞到脑袋，我连想都没想，哈腰一头钻出我的掩体，在隔壁洞口高喊，侦察班长，排长，姚强，你们醒醒！

我听见掩体里咔嚓一声，不知道是谁的子弹上膛了。

我说，别开枪，我是杜二三，我知道李刚在哪里。

过了一会儿，黄穆出来了，姚强端着枪跟在他的后面。黄穆满脸不高兴，打着哈欠说，杜二三，你又出什么幺蛾子？

我说，我知道李刚在哪里。

黄穆又打了一个哈欠说，你是不是梦游啊？在这地方梦游，哨兵的枪会走火的。

我说，黄班长……不，排长，我知道你不相信我，但是请你听我把话说完。

黄穆这才停止打哈欠，把腰里的手枪插进枪套，看着我说，好吧，你说吧。

我说，还记得茶棚的事吗，李刚拳打俘虏，是谁制止的？

黄穆不假思索地说，我啊。

我说，还有呢，话说得最狠的是谁？那个人还跟你讲，这个同志要教育，还有……

黄穆认真了，啊，你是说，步兵七连的乔副连长？……那又怎么样？

我说，李刚感到受到了伤害，这些天他一直对这件事情耿耿于怀，昨天下午，乔副连长带着队伍从我们的车队边上过，到前面去掩护工兵架浮桥，李刚看见了他们，所以就跟上去了。

黄穆有点儿懵懂，瞪着我问，什么，你是说，李刚跟乔雨川走了？

我说，十有八九。

黄穆的嘴巴吧嗒了两下，若有所思地说，这种可能不能完全排除，可是，他跟上去干什么呢？

我说，决斗，他一直在寻找机会，要跟乔雨川决斗。

黄穆说，决——斗？这是你自己揣测的，还是李刚告诉你的？

我说，我分析的，我学过一点儿心理学，我觉得，在李刚的心里，一直有一个结，那就是要把乔雨川对他的伤害了结了。

黄穆不说话了，久久地看着我，突然微微一笑说，李刚的事，是你管的吗？回去，回到你的洞里，好好睡一觉。

我说，不，我要去向连长和指导员报告。

黄穆说，报告什么？李刚失踪的事，连长向营长报告了，营长向团长报告了，团长向404团通报了，如果李刚真的跟乔雨川走了，乔雨川傻吗？那么一个大活人潜伏在他的队伍里，他都没发现，那李刚太神奇了，比特工还特工。

这回，轮到我傻眼了。

第二天清晨，我醒了，看见洞外阳光明媚，鸟语花香，这真是一个难得的早晨。

吃饭集合的时候，连长说，桥还没有修好，步兵已经完全控制了这一带，给两个小时，大家洗澡洗脸洗屁股，洗得干干净净地回到北南北。

我很诧异，为连长若无其事的表情，看看指导员，也很平静。我们连队有个人失踪了，难道他们一点儿也不着急，一点儿也不为战友担心？

直到打上饭，回到班里，蹲在地上，冯叶才告诉我，找到李刚了，他确实跟着404团走了，倒不是去找乔雨川决斗，而是要跟乔雨川一起，当一回步兵，跟对手面对面地打一仗。因为李刚浑身披挂伪装网，行军的时候用雨衣裹着脑袋，直到在河边分配兵力的时候，步兵战友才发现队伍里多一个人，报告了副连长，乔雨川认出是李刚，李刚情绪很激动，说他一定要跟敌人面对面地打一仗，让乔雨川看看他到底是不是孬种，是不是只会打俘虏。乔雨川反复劝说无效，只好让人跟着他。因为乔雨川的分队是离开大部队行动，没有电话，也没有接到寻找炮团失踪人员的通知，直到第二天早晨，才派人把李刚送了回来，已经送到后方医院了。团卫生队的医生说，李刚患有躁狂症。

我的天哪，听完冯叶的话，我百感交集，一口气喝了两碗稀饭，一边喝稀饭还一边琢磨，躁狂症是种什么病？

几个月后我们了解到，躁狂症是一种情感病，容易被激怒产生冲动，攻击性很强，严重时还会出现幻觉、妄想、精神紧张等情况。

我一下子理解李刚了，这家伙为什么那么偏执，那么容易激动，原来是病人啊，他确实对乔雨川的呵斥耿耿于怀，一心要在乔雨川面前证明自己，所以才有了那样的举动。但是，他没有做出对乔雨川任何不恭的事情，战友这个概念，在他的心目中还是根深蒂固的，这让我们替他高兴。

吃过早饭，安排好警戒，我们分批走到那个名叫东岗瀑布的地方，脱光了衣服，痛痛快快地洗了个澡。

13

两天后，我们回到了澜溪大桥以北地区，部队驻扎在北南北山圩农场休整。

不久，评功评奖开始了，团副政委尚斌到我们连队蹲点，动员会上，尚副政委讲，评功评奖是战斗的一个重要组成部分。我们这次打仗，作战对象曾经是我们的朋友，在抗法战争和抗美战争中，北南北和南北南的军队是"师生加兄弟"的关系，并肩战斗，我们还为南北南培养了不少军事人才。这次战争，老师教训学生，但是我们不要忘记了，我们的学生是在长期战争中成长起来的，未必就是不堪一击，所以我们要珍惜这个机会，认真评功评奖，认真总结战例，分析我们的对手，提高自身作战能力。

我们这才知道，我们打的这一仗，是教训，也是一次实际的检验。

评功评奖分为两个阶段，第一阶段是总结战例，每次战斗，各个班排在每个时间段所处的位置，每个人的任务，对方所处的位置，兵力、火力和机动情况等，大家回忆，集体论证。

总体来说，总结战例进行得比较顺利，情况都是明摆着的，有分歧也只是记忆出现了偏差，或者时间有误，或者地点不对，但是对于大的事实，没有太多的争议。到了评功评奖，就没有那么简单了，确实出现了争功的情况，好在，很少有人为个人争，争论最多的，是各单位——各炮以及保障人员在每次战斗中发挥的作用。

有一天，程于俊布置给我一个任务，要补写立功事迹——我是在火线立功的，澜溪战斗当天下午就宣布的，没有任何事迹材料。

这可把我难住了，在战场上，一直为自己是三等功臣而得意，根本没有想过，为什么会立三等功。那天晚上，我绞尽脑汁，也没有觉得我有什么可歌可泣的事迹，只不过比别人反应快一点儿，出的力比别人多一点儿，可是这些都是鸡毛蒜皮的事情，值得一提吗？

当然，在澜溪长形高地战斗中，副营长说，这小子还知道保护首长，我能把这句话写上去吗？有点儿不好意思，因为……那时候，我在往后一仰的时候，并不知道后面就是副营长，而是因为我要躲避前方的炮弹……我总不能把冯叶的那句话写上，我这小子就是走运吧。

写啊写，我写了一个上午，写出了一百多个字，又写了一个中午，把这一百个字又撕掉了。到了晚上，才找到感觉，我的文学素养再一次得到充分发挥，我把在澜溪战斗中，看到的、听到的、做到的，每一个细节，凡是能想起来的，都写下来，写了一个流水账。

《我的检查》交上去后，我忐忑不安，我想别出什么事啊，立功当然光荣，可要是搞了个谎报成绩、美化个人，那就把人丢大了。

我的这个担心纯属多余，第二天听程于俊讲，指导员跟他讲，杜二三不仅在澜溪战斗中表现出色，用双脚完成了无线通信兵的任务，而且在此后的瞽山战斗、景旺战斗中都有出色表现。据说有人——连长和指导员都认为，可以给我报二等功。

听了程于俊的传达，我吓了一跳。我说，那怎么可能？我连一发炮弹也没有打，就……就二等功了？

程于俊说，冯叶就是因为瞽山战斗到师部指挥所去了一趟，就报了三等功，你也去了。在景旺战斗中，到观察所送饭，给首长留下深刻的印象，加上澜溪长形高地战斗那次，这三次，都符合三等功的基本条件，三乘以三等于二。你别想太多，评功评奖，不光是看杀伤多少敌人，要看综合表现。

我虽然频频点头，心里还是打鼓，我总感觉到，这个二等功过分了，不该得的得了，要倒霉的。

那个上午，阳光明媚，班长让冯叶带我训练无线电业务，出了农场，我们找到了一个安静的地方，冯叶说，仗都打完了，还训练啥？

我说，听说还要打，这只不过是预热。

冯叶说，哈哈，再打你们去打吧，我可不想打了。

北南北这地方是喀斯特地貌，山不大不高，直上直下，而在山圩农场一带，只有稀稀落落的十几座岩溶石山，散落在红土地上。这种地形对于电波阻隔不大，便于小功率电台通联。

冯叶估算了独立山峰的高差，把它命名为162高地，他跟我讲，以后再训练，我们就到162高地，这里安静，而且信号通畅。

我说，好，这里就算咱俩的根据地了。

冯叶很懒，他把密码本翻开，跟我讲了密码的基本原理，我很快就明白了。我说九九密码很简单，好比一本书，我记住了页数，就是第一个数字，记住了行数，就是第二个数字，记住了第几个字，就是第三个字。

冯叶说，啊，你小子聪明。但是九九密码由四个数字组成，还有一个是临时编组的，就是密码的顺序规律，那才是密码的灵魂，在战场上，随时变化。

我说，我当然知道。

很快，我就掌握了熟记密码的规律，根据上级下达的口令，从密码本里找到相应的字符，即是电文。只是，那个随时变化的编组顺序，我暂时还找不到规律，因为那是秘密，也是随机应变的。

我觉得冯叶很有学问，可是这么有学问的人，为什么没有考上大学，而是来当一个大头兵，并且没有提干？当然，我没有问。

总体来说，那个上午我还是愉快的，训练结束回到三号院，发现气氛不对，原来胡庆华已经被军区授予战斗英雄称号，团里、营里和连队都接到通知，为胡庆华开追悼会，正式的。

第二天上午，全连集合在三号院原农场的会议室里，哀乐响起，全体脱帽，向烈士默哀，三鞠躬。农场的职工听说我们连队出了个战斗英雄，也来参加追悼会，离开会场的时候，我看见几个女孩子哭得稀里哗啦。

没想到，仅仅过了两天，情况就发生变化。

那天下午我们正在院子里听指导员讲政治课，一辆越野车驶进三号院，先从车上下来一个人，是尚副政委，接着后面的车门打开了，下来一个人，虽然消瘦，脸色苍白，但还是有人马上认出来了，胡庆华！

老天爷啊，胡庆华没死，胡庆华回来了。

胡庆华的故事，可以写一本书。这里暂不多说。

胡庆华死而复生，给连队平添了几分喜庆。那几天农场送来很多东西，吃的穿的都有。三号院墙上的大喇叭，不厌其烦地播送歌曲——猪哇，羊啊，送到哪里去，送给那亲人解放军……

就是那天下午，发生一件事情，友邻部队一名战士从战场上捡了一把手枪，私藏不交，一直带到后方。那个星期天，私藏枪支的战士请假外出，其实是到山里打猎，误伤两名农民。

第二天天不亮，紧急集合的哨音吹响了，全体官兵集合在三号院里实施"点验"——搜查私藏的战利品。

把东西搬到三号院的空地上，我总体还是胸有成竹的。我当然没有私藏手枪，那次在般坎北长街的那个地洞里，我捡了一把木头做的玩具手枪，并经班长特许由我保管，就算"点验"中暴露了，也没有问题。

"点验"开始了，除了连队干部，还有团里来的参谋干事，全连包括连长和指导员在内，全部个人背包、可携带器材等物资散了一地，摆杂货铺似的。

结果还好，没有在我们连队发现私藏的战利品，只有几本杂志，封面上有美女照片，那是战后在县城买的。

在"点验"的过程中，我既担心我私藏的笔记本会被发现，更担心姚强。记得景旺木材厂吗？就是那天，我揣了一个笔记本，我一直怀疑姚强也揣了什么东西，可是问他八百遍他都没有承认，直到上个星期天，我们请假一起去县城，他一路打听照相馆。我再三盘问，他才吞吞吐吐地告诉我，他在木材厂揣在怀里的是照相机，照相机里有胶卷。当时，我确实比他心眼儿要多，我说你私藏战利品，已经犯了错误，你再拿到地方照相馆冲洗，那就是一错再错。

经我义正词严地劝说，姚强答应先不冲洗，但是他拒绝了我让他交公的建议。就在我犹豫不定要不要向上级汇报、怎么汇报这件事情的时候，出现了"点验"。我非常后悔，没有及时把姚强私藏照相机的事情向组织汇报。

至于我藏匿的笔记本，我心中有数，那不是什么财富，那样的笔记本我至少有十个。我只不过有点儿好奇，我想研究一下敌人的笔记本，应该不算什么大错。当然，也不能说没错，毕竟它不是我自己的东西。其实，我早就想过，在适当的时候向组织汇报，同样没有来得及。

"点验"到我的时候，由代理排长黄穆亲自下手，团里一名干部监督。黄穆命令我打开背包，打开小包，我所有的东西都暴露在光天化日之下，包括我的一个日记本，里面抄有《海燕》和我写给某位明星的一封未发出去的信。

终于，手枪从我的长筒胶鞋里被抖搂出来了，团里的干事吓了一跳，赶紧往后退了一步，其他人的脸色也变了。黄穆看看我，看看手枪，又看看我旁边的冯叶，冯叶微微仰着下巴，皮笑肉不笑的样子。黄穆蹲下去，把手枪捡起来，在手里掂了两下，举到眼前，研究了一番说，他妈的，还挺像，从哪里弄来的？

我说，路边捡的。

黄穆若有所思，点点头说，捡的，你真会捡东西。这玩意儿没收了，打开，把你的背包、胶鞋、挎包，重新打开，我再检查一遍。

黄穆检查得真细啊，恨得我牙根痒。我忍辱负重，只得将已经拾掇好的东西重新打开，故意把东西撒得满地都是。

黄穆检查完了，指指地上的电台说，打开。

我把电台打开了，我以为要我展示开机调频业务呢，不料黄穆又说，把电台取出来，解开护套。

我怔住了，看着黄穆，我的眼睛喷出了强烈的火焰，我的心脏剧烈地跳动，我在心里骂道，黄穆啊黄穆，你不就是一个代理排长吗？你还没有当上排长呢，老子没准儿还要立二等功，你干吗跟我过不去啊？你就不怕我将来报复你？

可是，想归想，我无法抗拒黄穆的命令。我缓缓地解开电台护套，我在心里想，看吧，就是一个笔记本，里面既没有手枪也没有钱财，这能算战利品吗？

终于，我把护套解开了，两手扯着护套的边缘，送到黄穆的面前。

奇怪啊，护套里面什么也没有，我的心里一阵狂喜，一阵纳闷。

我向黄穆冷笑一声，阴阳怪气地说，排长，看清楚了吧？

黄穆回我一个冷笑，接过护套，唰唰两下，将护套底部的夹层扯开，顿时……我傻眼了，我看见夹层里面掉出来一个书本，我差点儿晕了过去——笔记本也许并不重要，重要的是我私藏了这么久，还藏得这么严实，如果上纲上线，什么都有可能……

收起来吧。不知道从哪里传来一个声音，很平和。

我睁开眼睛，我的眼睛像被烫了一下，我看清了，那不是我私藏的笔记本，而是……是冯叶和我翻过多遍的九九密码本。

黄穆说，干吗要把密码本放在护套夹层啊？会受潮的。

我摇晃了一下，好不容易才站稳。

评功评奖民主测评之前，有一天晚上站岗，是吴曾路带岗，按说带岗的是游动哨，但他一直留在哨位上，好像有什么话要跟我讲。我估计他是希望在民主测评的时候投他一票，那当然没有问题，我个人觉得，给他立二等功都不过分。

不料，他说出来的事，并不是为他自己，他问我，景旺送饭那次你还记得吧？

我说我当然记得，你带着电话机，在观察所转移之后，还能通过被复线找到路，你太有先见之明了，至少能评三等功。

吴曾路说，不，你不知道，带电话机，不是我的主意，而是曹侗壮。这小伙子聪明得很。

我说，吴班长你什么意思？我没有听曹侗壮说过是他的主意。

吴曾路说，确实是他的主意，就这个事迹，可以评三等功。

我明白了，吴曾路是想把自己的功劳让给曹侗壮，姑且不论动机，可是，这也不实事求是啊。

我说，吴班长，你们怎么评是你们的事，但是让我弄虚作假，我做不到。

吴曾路说，不是让你弄虚作假，就是让你对这件事情认可。

我说，如果没有人问我，我可以保持沉默。但是如果组织上向我了解，我只能……

吴曾路紧张地盯着我，连呼吸都停止了。

我说，我只能说我不知道。

吴曾路这才长长地出了一口气说，这样就行了，知情的就是我们三个人，你不知道，那就是我和曹侗壮说了算了。

后来，有线班就为曹侗壮上报了三等功的群众评议，主要事迹就是送饭那次建议带上电话机，从而保证在前观转移之后还能找到位置。

材料报上去之后，吴曾路又跟我谈了一次，说，杜二三，战场上的事，并不是每一件我们都知道，是吧？

我说，是的，我不知道。

吴曾路说，不知道就是实事求是。

战争真是一个大学校，连吴曾路这样被冯叶称为"闷驴"的人，仿佛都成了哲学家。

我一直不知道，万一组织上找我了解情况，我是说不知道呢还是说别的什么，很纠结。好在，没有人向我了解情况。

我想不通，吴曾路为什么要这样做，或许是曹侗壮求他这样做的——不，依我对曹侗壮的了解，他不是把功名看得很重的人。也许是吴曾路自作主张，他在整个战斗期间，做过很多事，哪一件事都足以让他评上三等功，所以他就想把那份功劳让给曹侗壮。这样想，心里就不舒服，为吴曾路，也为曹侗壮。

半年以后，这件事情我才了解个大概，那是一个既让人心酸又很温暖的故事。

后来的情况是，在民主测评之前，曹侗壮找到黄穆，否认了带电话机是他的建议。没想到，连队军人委员会民主测评的时候，曹侗壮得分依然很高，还是被评为三等功。

连队给黄穆报了二等功。黄穆的事迹很多,从澜溪长形高地战斗开始,到景旺战斗达到高峰,他完成一个连,后来是全营射击诸元以及炸点修正,据说,在景旺,郑副师长当场表示,黄穆可以直接担任团指挥连长。

程于俊、吴曾路和冯叶都是三等功。

民主测评之后不久,上级的通报就下来了,我们连队被授予"近战炮兵英雄连"称号。我个人呢,当然没有立上二等功。

在宣布立功受奖名单之后,黄穆受连队委托,郑重其事地找我谈了一次话,就我在过了澜溪大桥之后种种错误和缺点做了一个全面的"清算"——澜溪长形高地战斗前擅自脱离车队,去扒拉手枪(套),差点儿被炸死;苍皋行军途中我举着手枪胡乱比画,丢了手枪,让全车承担被伏击的风险;景旺休整期间擅自搜查非指定搜查地点,私藏敌人笔记本;景旺休整期间私自骑自行车乱跑,几乎惊动全团……

黄穆说得平静,趾高气扬地看着我。

我惊呆了,这么说,黄穆早就知道我私藏了一个笔记本?可是……

黄穆说,杜二三,你很聪明,但是记住,不要在聪明人面前耍小聪明。好了,你的路还长,以后,要学会低调,向我学习,夹着尾巴做人。

那天晚上,我简直疯了,我有太多的不明白。

作为结尾,我讲讲那个笔记本。

一年之后,我考上军区炮兵指挥学校,已经担任副连长的黄穆把这个笔记本还给了我。直到这时候我才知道,我藏匿的是一本战地日记,里面多是战例,有同法国人打仗时写的,也有同美国人打仗时写的,书写者应该不是一个人。

黄穆跟我讲,最后有几篇文字,记述的是我军陆军连营攻防战术特点,应该是最后保管这个笔记本的人写的,这个人是个大尉,名字叫陈志程。

我的脑子一热,差点儿就说出来了——我还隐瞒了一件事情,在殷坎……可是,我最终没有说。

黄穆说,拿去吧,研究我们的对手,让自己更加强大起来,只有我们强大了，才能实现我们的和平理想。

我接过笔记本，向黄穆敬了一个礼，我说，副连长，相信我，我还会回来的，继续在你手下当兵。

在军校的日子里，我经常会想到我的连队，想到我们的指挥排，当然，也会想到那几张他乡的面孔。

记不得哪一天，我又翻开笔记本，突然感觉，笔记本好像比过去更厚了，仔细研究才发现，不是变厚了，而是蓬松了，塑料封皮起了一些凹凸。

我用手轻轻打开塑料封皮，发现套在塑封里面的硬纸有两层，打开夹层，我的手不禁抖了起来，原来是一张彩色照片——蓝天白云下面，一片墓地，画面上最近的一座，上面覆盖着芭蕉叶。一个女子，双手举着一个器皿，举过头顶，跪在墓地边上。

我不懂墓碑上的文字，但是从下面的一行阿拉伯数字可以看得出来，墓里的人卒于……我的眼皮不由自主地跳了一下——那一天，正是我们攻打澜溪长形高地的日子。

九重葛

邵 丽[*]

1

她是个闲不下来的人。她不停地擦拭房间里的物件，每一件东西都纤尘不染。她不停地拖地，木地板已经有了明显的深浅不一的凸凹。她一遍遍地重新摆放柜子里外的器具，那些器具本身已经排列整齐，如同久经训练的列兵一样。清洗床单和每天换下来的衣服。她一个人的家，衣服洗了又洗，床单至少得用够一个礼拜吧。每天分配给清洗卫生洁具的时间更长，这是一项比较复杂的系统工程，频繁地更换一次性手套，使用三种工具：擦洗坐垫的一次性消毒湿巾，彻底清洗马桶内侧的洁厕灵和软毛刷，擦洗马桶外侧的一次性小毛巾。

她一个人的家，这些能令她身体处于活动姿态的活儿实在少得可怜。

还能干些什么呢？

干完这些事情，她换掉工作时的全套衣服，扔进专用的小洗衣机里，打开淋浴器清洗自己，然后换上干净的衣服。

---

[*] 邵丽，女，1965 年生。中国作家协会主席团委员，河南省文联党组书记、主席，河南省作协主席。著有长篇小说《我的生活质量》《我的生存质量》《金枝》等，作品多次被《小说选刊》《新华文摘》《小说月报》等选载，入选《收获》《十月》《扬子江文学评论》等年度排行榜。短篇小说《明惠的圣诞》获第四届鲁迅文学奖，中篇小说《黄河故事》获第七届郁达夫小说奖，此外还曾获《人民文学》《当代》《收获》《十月》《小说选刊》等刊物奖项。多部作品被译介到国外。

她不睡懒觉，六点半准点起床。早餐很简单，牛奶加速溶麦片，一个鸡蛋，一片加热的面包片蘸蜂蜜。

差不多上午八点钟的样子，她便做完了所有要做的工作。

余下的一天要干什么呢？

不知道从哪天起，她开始不喜欢看电视。她觉得电视开着像是和许多人共处一室，一点隐私都没有，那些人那些事儿，会让她心烦意乱。她会随意翻看一本书，但只能看三四页。现在的书往往字号太小，她不允许眼睛太吃力。她闭上眼睛呼唤小度："小度小度，放一首《蓝色天际》。"小度说："好的主人，现在为您播放班得瑞的《蓝色天际》。"音乐响起，她有片刻的松弛，像踩着沙滩慢慢沉浸到海水里，边听边在屋子里走来走去。音乐声慢慢淡下去，她像从潮水里抽离出来，焦虑开始袭扰她。

她的一天很难熬！

她的一年很难熬！

她今年才五十二岁，做了一辈子小公务员。两年前她以心脏早搏的理由申请病退，获准。她不知道自己还能活多少年。如果是秋天，如果是阴天下雨的日子，她愈加发愁，余生该如何度过？她恨不得吃一种药，睡上一觉，十年二十年就过去了——但未必是死，未必是自杀。即使她对再也醒不过来也毫无畏惧——她真的试过两次。第一次一次吃了十片艾司唑仑片，除了有点困意，其他基本没什么反应。她给自己加了十粒，一次二十粒，虽然睡过去了，但不到两个小时就醒了过来，再也没有一点困意。后来她看手机新闻里说，一个想自杀的人，吃了一百片舒乐安定，睡了两觉，起来没有任何事。事后还特意给药厂写了感谢信。后来她想，一个人要真的想睡过去，至少得吃一千粒。那一段她像得了强迫症似的四处求人，真的弄到了十瓶。她看宝似的看着那些贴着蓝色商标的小白瓶子，不知道自己究竟要干什么。

我只想睡过去，可能并不想自杀啊！

她是独生女，父母都是解放战争时期的干部。母亲四十多岁才生了她，父亲比母亲更老。等到她也四十多岁的时候，父母已经先后不在了。他们都是年龄大了，无疾而终。

慢慢地，她成了个孤儿。尽管她受过完备的大学教育，喜欢读文史哲书籍，这丝毫不影响她成为一个孤儿——虽然从法律上讲她已经超龄，但她执意这么认为，而同时也觉得这个想法并不违法。

父母是老死的，虽然她伤心了好一阵子，但是她接受。她只是常常心神不宁，不知从哪一天开始，她不能让自己闲下来，闲下来就会变得很沮丧，心情受潮似的湿答答的。每天早晨起床情绪就很低落。她穿着旧而宽大的袍子，站在二十五楼的窗前往地下张望。远远近近的道路上，车流涌动，争先恐后，像一群蚂蚁。这样的情景周而复始。她觉得生命毫无意义。

每天她至少要洗两次澡。晚上清洗干净自己，坐在干爽而舒适的床上，冥想一会儿。其实除了忧愁本身，她并没有什么值得忧愁的事情。活着也还好。既然活着还好，她又因此而恐惧：人会不会睡着了就再也不会醒来？毕竟，她还是有些事情在心里搁着。

她是这个城市的原住民。父母给她留下的，加上她自己的，共有四套房产，都是在最好的地段。在一座特大城市里，每个月收到的租赁费就是个大数额。卡上每个月增长的数额令她不开心，多金于她而言也是个不小的压力。

病退前，她总觉得身体不适。查来查去，身体真的没什么器质性病变。来得多了，后来医生还是给她开了一种药，她看了说明书：主治抑郁症。治疗伴有或不伴有广场恐惧症的惊恐障碍。她有点生气，我好好的一个人，怎么会有抑郁症？医生好言相劝，说如果没有这种病，吃了并不会有什么副作用。她出于好奇，实在忍不住取出一粒药片，把它分成两半，然后再把其中的半片分成两半。医生让我吃一片，我吃四分之一片，也可能会有传说中飘飘欲仙的吸毒的感觉？她吃了四分之一片，然后索性又吃了另外四分之一片。她看着剩下的半片在她眼里慢慢模糊，困意快速袭来。那天晚上她睡得很安稳，真的安稳。早上醒来她没再起来看楼下的蚂蚁，而是坐在床上哭了。我？患抑郁症了？

但她拒绝继续服用那种药物，她认定自己没病。

也就是三两年的工夫，她懒得再去逛商场；偶尔去一次也只是胡乱地看看，她什么都不买。那些很正式或者适合聚会时的正装、礼服，她完全没有兴趣。

她没有场合。

她吃得不多，口味淡到可以白灼青菜不放盐。她的食物链也仅仅满足活着的最低需要。

如果不是疫情管控，她每天都会在附近的紫金山公园走走路。一位女大夫告诉她，你身体很好，瞧你苗条而匀称的身形，说明你的身体没有什么器质性问题，加强锻炼会更好呢。她喜欢听这话，也喜欢放大它。我就说嘛，我没什么病！她相信这个女大夫的话，强迫自己喜欢公园和太阳。太阳光里，她的心真的就明朗起来。太阳补足了她的钙，太阳会把她照射出一身微汗。她想着这种温暖和照耀，心里就有了一点快乐了。她张开手站在太阳光里，觉得自己就是一株禾苗，一棵占地不大的树。

疫情管控之前她家里来过一个男人，他们是在公园里认识的。男人不知道是怎么知道她的住址的，这让她很恼火。他捧着一盆开得正盛的九重葛，郑重得有点不合时宜地说道："我自己培育的，已经长了三年零五十七天了。你看，牌子上写的有幼苗的日期。"然后又补充道："它特别好养，很泼皮。"这是一株木本植物，树干有人的大拇指粗，巨大的树冠把那人的上半个身子和头脸都遮住了，他在树的缝隙里和她说话。那么老大的一个盆子，得有二十多斤吧？他一直抱在胸前，像抱着圣物。她终于不忍心地说："你放地上吧！就搁在门口那儿。"

他说："早晨收拾园子，看它开得正好，想着送来给你做个伴儿。红红绿绿的，养眼。"他支叉着手，神情试图说服她，我该给你搬进屋子里找个地方安置好。

她看懂了他的心思，说："不，就放门口边上。我说不准会花粉过敏。"

僵持了老大一会儿，气氛非常尴尬。她就那么堵在门口。他抱着花，手上沾满了泥土，头上的热气把几缕头发都汗湿了。后来他坚持不住了，终于把花靠着门口的墙边放下。她看了看他，犹豫了一下说："你别动，我拿水给你。"

她提出一大桶"农夫山泉"，她平时做饭用的水。另一只手拿了肥皂。她指了一个地方，就给他在步梯口冲手。水顺着楼梯缓缓地跨着台阶，弯弯曲曲地不知道要流到几楼去了。她前后让他打了三次肥皂，嘴里不停地说着："手心、手背、手指间……"一桶水终于洗完了，她说："你别动。"

她反身回屋子里拿出一条半干的毛巾递给他，让他浑身上下都抽打一遍。一切似乎可以结束了。可他眼睛看着那盆娇艳的花，并没有要离开的意思。她几乎是被逼无奈地取来一双鞋套，给人开了半扇门。人是进来了，她却堵在玄关处，拿一桶消毒喷雾，把他上下喷了个遍。然后指着卫生间说："你去洗手吧。"

那人宽厚地笑了，再去洗手间用肥皂仔细洗了手。等他出来，发现沙发上特意铺了一块干净的罩布。他知道那是他的特定位置，便轻手轻脚地走过去，乖乖地坐下了。她端了一杯白开水给他。他又笑了，说："这杯子……不是一次性的，可以用吗？"

她说："没关系，你用完我会消毒。"

那天那个男人在女人家里坐了十来分钟，喝了一杯水，几乎没怎么说话。他自己着急走是因为内急，女人的卫生间他是不敢奢望使用的。

过了几天，女人突然打电话给他。他们互留电话号码已经差不多半年了，一次都没用过。女人在电话里说："若是方便，可否再劳烦你一次，把花给我搬到客厅窗下的台子上。"

他记起，她家的客厅是落地窗，窗台很宽。设计师说不定就是留着给人养花用的。

2

女人姓万，单名一个水字。她父亲姓万，母亲姓水。她叫万水。小时候躺在妈妈的怀里撒娇："你和爸爸走过千山万水。我要是有个哥哥就好了，可以叫万山。"

不过是一句娇昵的话，可母亲的神色却立刻黯淡了。吓得她从此再不敢浑说。

万水每天上午都准点在公园散步。她练过芭蕾，学过游泳，对文学还多有喜爱，自认为年轻时还算个文青。即使现在她也气质出众。她头发剪得很短，身材偏瘦，脊背挺得倍儿直，走路像风一样快。很多初识她的人都忍不住会问："你当过兵吧？"她咧嘴笑了，笑起来模样还是很耐看的。她说："我爸妈都是军人出身，我也是在大院里长大的。他们打小就对我军事化管理呢。"

"大院"这个词儿，有一股神秘的横劲儿，可于她而言，不过是外强中干。其实没人知道她要用多大的毅力才能在这里快速走动。她恐惧着，焦虑着，不能停下来，停下来仿佛会死。她不怕死，可又不想死。这让她很纠结。可这种纠结同样又让她觉得自己有问题：不怕死又不想死，不正是军人的特质吗？不怕死才能勇敢地上战场，不想死才能凯旋。你纠结什么呢？

她散步的时间点常常会遇见一个和她岁数差不多的男人。男人的衣着基本上算是体面的，中等偏上的个头，微胖。和她不一样，他总是悠闲地踱着步子，不是八字步，他走路的模样倒像是个学者。万水从他身边走过，目不斜视，从不看他一眼。有一天她发现男人的速度也快起来，在距她五步左右远的地方跟着，她走了三圈都没甩掉他。到了第四圈，她回头挑衅地看着他，目光凶狠地问道："你想干什么？"她看看天上的太阳，差不多十点半钟。这个时间，是一天中最安全的时段。

男人冲她一笑，是那种善良温厚的笑。他说："你调动了我的积极性。跟着你的步子走，人会变得很起劲。"

她很久没看见这么纯粹温厚的笑容了。她还看到他干净的手和修剪整齐的指甲。嗯，还行。她在心里暗暗说。虽然这个"还行"不知道是指男人还是他的跟随，反正她居然默许了。打那天开始，他们就变成了两个人一起走。没人会关注到他们，别人也许会想，不过是一对平常的夫妻。

大概一个多月后，她突然缺席了。男人算着，快半个月了呢。

她终于出现的时候，好像大病初愈般的虚弱让男人吓了一跳。她面孔显得虚白，走路的速度显然有些慢了。走了一会儿，她出汗了。她冲他不自然地笑了一下，寻了个向阳的椅子坐下来。男人又走了一圈才过来。两个人坐在同一张长椅上，中间隔了很远的距离。她主动说："病了，急性阑尾炎。小手术，还是挺竭力的。"

这是他们第一次正常说话。男人说："我就说是病了，否则你这样严谨的作风，不会无端缺席的。"看她不说话，然后又道："人不服老不行。身边一定多留几个人的电话，否则遇着什么事求救都困难。"

他的语气带着诚恳的关心，一点虚头巴脑的东西都没有，仿佛这一阵子他是挂牵她的。万水心里有一点感动。她说："你呢，怎么也总是一个人？"她是个不习惯打听别人隐私的人，从不。问了有些后悔，脸上现出愧色。

男人反问道："你呢？"

万水说："我是个独身主义者。"她不知为什么隐瞒了之前的婚史。她曾经结过婚，勉强过了两年。头一年也还好，第二年他生病了，胃食管反流。这种病怎么说呢，说不严重也不算严重，不影响上班，也不影响社交；说严重也算严重，睡觉都得在身下垫一个三四十度的支架，半躺半坐着睡。每天晚上想抚慰他一下都得爬到他那斜坡上去。细心照顾他一年多，不但没有好转，反而更加严重。床前百日无孝子，夫妻也不行，何况她是一个超级洁癖者。这一年多下来，什么情啊爱啊性啊，磨得比纸片都薄。后来丈夫被姐姐邀请去美国治疗。

他们也都想松口气，很快他就过去了。他适应那边的环境，医疗也很有成效，一来二去就移民了。丈夫也诚心邀请她一起过去。那时她的父母都还健在，她拒绝了。

再过一年，丈夫提出离婚，说这样长期分居对两个人都不公平。她反而松了一口气，像卸下了一副盔甲，感受到异乎寻常的自在。她买了一个四寸的小蛋糕，点上蜡烛，悄悄庆贺了一下。一别两宽，各自安好。从此她再不肯走进婚姻了，她喜欢一个人过日子，任何时候去看爸爸妈妈都不用顾忌其他人的感受了。爸爸妈妈一如既往，像疼惜一个小娃娃一样爱她。她在他们身边的幸福横无际涯，不需要揣测彼此的心思，不需要顾忌彼此情绪好坏。父母全心全意地陪伴着她，一直到他们一个个撒手。

她变成了一个纯粹的自我，越来越自由，也越来越自闭。上班的时候还好，每天能说上几句话，全是工作上的事情。后来退了休，便几乎与世隔绝了。她没有男朋友，女朋友都没有。

男人说："独自习惯了，一个人挺好。自在。"男人又说："我老伴走了。"他迟疑了一下还是说了出来："是那种不好的病。两个儿子都在美国，念书念的年份长了，就入了籍。我去住过一段时间，原本是要长期住在儿子们身边的。可他们都忙得聊个天的工夫都没有，一个星期陪我吃顿饭就不错了。我每天一个人闲逛，逛着逛着就又逛回来了。还是国内舒服，亲戚朋友都在。"

"你会做饭吗？"

"我儿子给我请了个阿姨，一天做两顿饭。"

万水发现，她不太抵触这个男人。

两个人说了一阵子，到了饭点，就各自散了。等再见了，就觉得自在了许多。走路却依然是一前一后，几乎不说话。一个走累了，老地方坐下来。另一个也坐下来。一切都是自然而然。有一次，男人介绍自己说："我是个搞林业的，大小也算个专家，刚退休。单位返聘，我儿子不让。可总这样闲着也不是个事儿，正踅摸着找块地自己种点啥。"

对于这么庞大的话题，万水没有准备，或许是没有如此大的精力讨论，便随口说道："我是个耗日子的人。"

男人说："我家的阿姨今天休息，中午我可以请你吃饭吗？"

万水怔了一下，随即羞红了脸，她说："我从不在外面吃饭，我——"

男人说："我明白了，你爱干净。"他没用洁癖这个词儿，觉得这样不尊重人。然后他掏出手机找出自己的二维码，站起来远远地伸向她："都认识这么久了，我们加个微信吧。"

她也立即拿出手机，朝他笑了一下。男人明白，她是想弥补她的歉意。

男人加了她的微信，说："你的名字叫万水，可真好听。你的朋友圈怎么什么都没有？"

万水说："你叫张佑安。你妈一定只你这么一个儿子，要诸神护佑你平安。"

张佑安笑道："如她所愿。"

"哎，你的朋友圈简直就是个植物园。"

那阵子万水的心情好了许多，手术后的身体也在慢慢恢复。本来嘛，阑尾炎微创就是个小手术。晚上她躺在床上，会翻一翻张佑安的朋友圈，了解一点花草的知识，木本植物和草本植物的养护方法等。但他们彼此没有联系过。

张佑安有好一阵子不上公园来了，也没和万水打个招呼。万水自然是不会问的。她在他的朋友圈上看到，他在黄河滩上租了几十亩地，还建了一座小木屋。有一张照片是他赤着脚在泥土里栽种什么。想必这就是他腥摸的一块地了。

那时候麦子刚刚收完。后来又下了一场千年不遇的暴雨，这个干旱的北方城市竟然淹死了不少人。地上都是大水袭击过后留下的创伤，她觉得遍地都是细菌。万水的心情突然又低落下来，她不再出去走路，一个人关在屋子里也要不停地洗手。再后来，疫情复起，城市静默，楼下的街道空空荡荡，她再也看不到成群结队的"蚂蚁"。不过，并不是因为这个，屋子外的一切和她似乎都没有关系，即使不静默她也不到任何地方去。她只在夜深人静的时候出去倒一次垃圾。她干任何事情都是静悄悄的，邻居们以为她来去无踪。她的家是一座空屋。

后来她连朋友圈也不看了。窗台上的那盆九重葛懒于浇水,竟然越开越盛,艳得让人心惊肉跳。那花团锦簇的热闹繁华,仿佛是她的一团幽梦,被悬置在一个肉眼可见的世界。

原来姹紫嫣红开遍,似这般,奈何天……她索性关了屋子里所有的灯,在灯火璀璨的夜色里,分不清什么是什么。

3

万水每天只等夜深人静,已经听不到一点声音的时候才悄然打开房门。她戴着一个黑白格的洗澡用的塑料浴帽、N95口罩,裙子外面套了紫色的雨衣,脚上也是绿色的半长筒胶鞋。垃圾袋套了三层,她唯恐在电梯里留下垃圾的味道。其实电梯里是充满异味的,尽管排风扇一直在吹。所以,倒垃圾对她是一种巨大的挑战。她不想被人发现,只是轻轻的一声门响,楼梯间的感应灯就亮了。她看见了一个奇迹,原来放那盆九重葛的地方,并排放着两个墨绿色的方形塑料盘子,一盘是清水养的韭黄,另一盘是泥土养的芫荽。一黄一绿,在静夜的灯光照耀下煞是好看。黄色的像小鹅苗的毛,绿色的像海底史前植物。她看了再看,竟然一片残叶都没有,旺生生地鲜嫩着。

她丢完垃圾回来,那两盘东西仍然还在原地待着。她弯下腰又去看,第一次不嫌弃地嗅了嗅韭黄和芫荽的清香。恋恋不舍地关上了房门。她重新洗了手脚,躺到床上,准备关机睡觉时却发现有一条未看的微信消息。她吓了一跳,她的手机从来不曾接到过微信。她颤抖着打开,原来是张佑安两个小时之前发来的:"万水女士您好,这是我种植的两盘盆栽,没有使用化肥和农药。知道你忌讳外面的细菌,特意清洁后,委托小区的门卫师傅给你送至家门口。长期居家,叶绿素少不得,希望你尝尝我的劳动成果。如果你实在担心,就放在窗台上权且作为风景观赏吧。"

两个小时前？他怎么不敲门呢？估计是发了微信我没回，害怕打扰我。可是，我很少看手机呢！她想回复一下，可老半天不知道该说什么。后来下床拿了干净抹布，打开门去，仔细擦拭了已经很干净的塑料托盘。托盘很轻，也很精致，可见他的用心。她小心地把它们放在窗台上，收拾干净重新躺在床上。百度了一下，韭黄可以用剪刀剪下来食用，留下根部，每天换清水，仍然可以生长。至于芫荽，她知道的，小时候妈妈在院子里种过。只掐苗尖，不伤着根它就有重新生长的能力。她那天抱着手机就睡着了，嘴里一夜都含着芫荽的清香。第二天醒来，她发现昨晚没服用安定。难道这两种植物有助眠的作用？

她解冻了一条冰箱里为封控备着的黄河鲤鱼，去了鱼皮，只取两边鱼脊上的精肉。用刀背拍碎收在玻璃碗里，放一点生抽和料酒腌着。然后和了一团小麦精粉饧着。最后拿剪刀小心翼翼地剪了一把韭黄，摘了一撮芫荽叶子。

万水把鱼骨头放在清水里炖上，盘一棵小葱放进汤里，再放几片姜，两勺白胡椒。水滚开后改成小火，慢慢熬，像熬着自己的日子。

韭黄细细地切了，放入腌好的鱼肉里拌匀，淋一点小磨芝麻香油。面饧好了，拿出来揉了，揪成小面团，一个一个地擀成圆圆的饺子皮。包饺子要快，好把韭黄的清香锁进面皮里。氤氲的水汽里，妈妈笑吟吟地说着话儿：妞妞，擀皮要让小擀杖摇着面饼自己转圈，中间厚四圈薄，这样包的时候可以用力装一兜菜，馅大皮薄。那时，她也就是十二三岁的光景……她一瞬间真的看见了妈妈，幸福得眼泪都滚出来了。

一群白鹅似的饺子煮好了。先给妈四只，再给爸六只，爸吃得比妈多。她自己盛了总有十几只，一口气吃完才品出鲜味来。鱼汤已经熬得浓浓的，她捻一撮子芫荽放在空碗里，然后加入沸汤，一口一口地慢慢品。妈在叮嘱，妞妞，好好儿活着，如今日子多好啊，想都想不到的好啊！妈妈行军打仗那会儿啊，饿得地里的生土豆带着泥挖出来，来不及擦干净就往嘴里送。困急了几个人就拿绳子一个一个捆成一串，走着路就能睡一觉。妈这一辈子啊，啥安眠药都没吃过。饿了张口就吃，困了倒头就睡。那时候，爸常常批评妈，好好个孩子，怎么就给惯成个豌豆公主了？

她吃饱喝足了，太阳正好照进屋子里，她就在西窗下的餐桌上盹住了。妈和爸好久没唠叨过她了。

她被秋后的太阳晒得暖暖的，有一种死而复生般的庆幸。

本来想给张佑安回复个微信，后来想想，还是给他打了电话。她在电话里说，韭黄馅的饺子太鲜了，好久没这样吃，撑着了呢！那声音她自己都有点吃惊，竟有点撒娇的意味。可不，中午盹着那会儿，跟着妈妈包饺子，也就是撒娇的年纪嘛！她到这会儿还没从那梦里回过神来。

张佑安说："终于敢和我聊天了，不怕电话里传过去病菌吗？"

万水在这边也笑了："我待会儿打完了，会用酒精棉片给手机消毒呢。"

又一天，到了晚上七八点钟，万水又想着打个电话过去。正迟疑着，张佑安却打了过来。她内心禁不住一阵欢喜。接了电话唠唠叨叨说了许多废话，看了什么书，吃了什么饭；九重葛生命力可真顽强，试验了一回，一个礼拜没给喝水，人家越发开得烈火红颜。絮叨完了自己，然后终于问道："你呢，你一天都干些什么呢？"

张佑安说："我在黄河滩上培育苗木呢！连口罩都不用戴，一面坡下就我一个人。"

"一个人好！"她向往地说。

张佑安说："我种了三十棵本地老玉米，快长熟了，到时候新鲜玉米可以烤了吃。不过，你在家里可烤不了。"

万水说："怎么烤不了？我有电烤箱啊。"

"用烤箱烤？"张佑安想了一下，"对对对，用烤箱是一样的。"

"我明白了，还是炭火烤的好吃。"万水脆生生地笑道，"我倒像是争吃一样，好馋的嘴。"

后来就分不出谁给谁打了。她似乎也不在意这个了。开始聊半个小时，慢慢变成一个小时，后来时间刻度就消失了，有时竟然聊到深夜。前三皇，后五帝；山之南，海之北。反正，一个小小的话头，就会放大成一个话题。

4

张佑安的老家是农村的。他爹要强，也是个能人。烧砖烤瓦、养兔子编筐，反正是个"闲不住"。他家住在黄河边，蒲草苇子铺天盖地地疯长，人家晒太阳唠嗑的工夫，他就能织一张蒲席，趁天黑偷偷拿集市上换两块钱。张佑安上面是三个姐姐，他爹让四个孩子都上学。张佑安念高中那会儿，恢复了高考制度，他的三个姐姐先后考上了学。后来改革开放了，他爹承包了村里的砖窑。他爹不让他管家里事儿，摁住他的头一心只读圣贤书。果不其然，张佑安考上了县里的状元，上了北京林业大学。

有一拉溜儿四个大学生——那年头考上个中专也叫大学生，其实他三个姐姐都是中专生——撑着，他爹的胆子更壮了。一口窑变成六口窑，后来摇身一变又成了砖瓦厂。土地承包后，各家的地各家种，粮食亩产一下子翻了几倍。村后的张存有家种了苹果，一年收成抵三年粮食。大家都改种果树，因为离城市近，很快都赚了钱。张存有家盖了四间瓦房，用的都是他家的材料。村后的张大嘴经常往城里跑，房子晚盖了两年，从城里拉回了预制板，盖成了平房。张佑安他爹背着手转悠了两圈，给自己的砖瓦厂增加了预制板业务，他家头一个住上了三层小楼。村里家家都学样，砖和预制板生产多少都不够卖。一时之间，张老板成了闻名遐迩的人物。

有人通过张佑安的姐姐，给他介绍了一个对象。是乡干部家的闺女，在县里念中专。他姐说长得好看，又是她们单位一个小领导亲自介绍的，也算知根知底。找个干部家的闺女，还有自家闺女政审，他爹当然喜欢得不行，假期便让俩人见了面。银盆样的一张大白脸，喜眉笑眼。有那么厚实的家庭背景和超强的女性特征，从未谈过恋爱的张佑安哪还有还手之力？一下子便被弄晕了，好似任她宰割的羔羊。见了没两次，女孩就主动跟他亲嘴。她比他懂的还多，拉了他的手从衣服领子塞到两个大奶子上。后来也是她先脱了衣裳。事情一下子就完了，他惭愧得不行，有些不知所措。姑娘安慰说，不碍事，慢慢就好了。

俩人行的好事儿，都被张佑安他娘在窗子外头偷听到了。这也是他们那里的风俗。待他们出了门，他娘就挤进屋子里看。床上脏污了一片，却没见红，登时就愣了。当即就去找媒人。媒人说，生米已经做成熟饭不啥都晚了，你儿子一个大学生，把人家动了，咋还敢说反悔？他娘一路哭着回来，把儿子拉到自己房里斥责了半天。张佑安完全不懂这些事情，改天再去审那姑娘。姑娘说是之前定过亲的，谈了三年，后来她考上学了，那对象没考上就散了。再问，说是在学校还谈过一个，谈了两年，那个人考研考走了，就和她分了。她话说得云淡风轻，他却听得电闪雷鸣，死的心都有。事已至此，别无良策，便咬牙切齿地追问致命问题：都跟人家上过床吗？他闭着眼睛，只想听到否定的回答。哪怕是假话，也好让他遮遮脸。可人家愣是承认了，理由还很充分。那时候太小，不懂事。不过原本也是想着一起过日子的。张佑安读了那么多书，思政课还是优秀，知道这事儿是豆腐掉到灰堆里，吹不得也打不得，心里别扭得像吃了半只苍蝇。

人家姑娘偏就大大方方地住在他家不走了。白天他还气着恼着，晚上看见她白花花的身子，恨着却忍不住发了狠劲用力。他心里五味杂陈，可这事儿只能砸在自己手里，爹不知晓，娘不敢说，一张又瘦又小的窄脸越发枯黄。好不容易熬到假期过完该回学校去了，这姑娘却说怀上了，让他问他爹怎么办。他这才如梦初醒，知道行敦伦之事还会有后果。但踟蹰再三，还是不肯告诉爹。人家姑娘不管不顾，把这事儿大刺刺地跟他爹说了。直把他爹欢喜得不要不要的，说舍得六门窗不要，也得保住孙子。儿子还差一年毕业，就先上车后买票，那张纸等毕了业再说。办酒席的时候，张佑安托词学校通知紧急返校，便连夜

| 九重葛 | 135

溜之大吉了。他爹安排吹吹打打，待了十几桌客。媳妇自知理亏，压着不让娘家找碴。事儿办得倒也圆满。

张佑安大学还未毕业，大儿子就出生了。他爹看着大胖孙子高兴得合不拢嘴，让他姐姐立马给他写信报告这个天大的好消息。张佑安拆开信看了，恨不得一头栽倒在地死了。但事已至此，当了爹的他，毕业志愿只好填上自己的老家，毕业分到县林业局。媳妇在乡医院当护士，他一两个月都不回来一次。媳妇催着领证，他说孩子都出来了，领不领证有啥意义？凑合过行了。

张佑安总不回来，不是个办法。她娘就出招，给闺女找了个偏方。让她去城里找他。他刚到一个新单位，媳妇来了也不敢声张，媳妇倒也贤惠人，买个炒锅，在屋子里弄个小电炉，又是菜又是酒伺候着。两个人挤在单人宿舍的一张小床上，一来二去就又怀上了。那时候计划生育正严格，媳妇东躲西藏，到七个半月上就打了催产素生了一个男娃，孩子放在媳妇姐家养着。张佑安只能认了，把柄攥在人家手里，计划生育超生，她一告一个准。后来是他自己托关系把她调进城里，单位给了两间公房，算是团聚了。可是两夫妻脾气不对付，吵吵闹闹地没有消停过。那媳妇有两个大胖小子垫着，感觉自己翻了身，吵起架来从来不让他。张佑安被逼无奈，复习一年又考回学校读硕士去了，硕士读完又接着读博，假期都不回来。学校都不知道他是结了婚的，介绍对象的还真不少，他都一一回绝了。有一个女同学是真的喜欢他，他也喜欢她，不明不白地和人家暧昧了两年。那女同学认了真，死活要跟他结婚。他眼看躲不过去，才说了家中的事。女生哭着说她不在乎。他也想说不在乎。可儿子都那么大了，你不在乎？爹在乎，娘在乎，全村子几千口子人在乎！女生一把鼻涕一把泪哭了几次，到底没把长城哭倒，一气之下赌气嫁给了别人。

他博士毕业选择回到省林业研究所。媳妇一直在县上，想吵也够不着。两个儿子在父母的吵闹声里长大，学习倒是争气。老大大学毕业后考到美国留学，后来指点着弟弟也走了同样的路。五年前，媳妇患卵巢癌，一直瞒着丈夫。其实是她自己放任，错过了最佳治疗时机，以至于不治。

讲完自己的故事，张佑安说："我的半辈子就是这样过来的。仔细想想我也挺对不住她的，一是自己年轻时不懂事，不该那么冲动。二是之前的事，我也过于计较，儿子都那么大了。"

万水说："是啊，你的确不应该。过去的事，毕竟是你孩子的母亲。"

张佑安长长地叹了口气，然后伤感地说："她拖了两年，我尽心尽力地伺候了两年。她眼看自己快不行了，哭着对我说，自己年轻时不懂事，有今天这个结果，都是因为自己作孽太多。我堵住她的嘴，说自己更不懂事，等她病好了就好好跟她过日子。后来她还是走了，临了拉住我的手说，你伺候我两年，我这辈子就满足了！"

这话让万水在电话这边哭得抽抽噎噎，不知道哭的是他的妻子还是他。

"你想过再找个伴吗？"这话搁过去，打死她也不会问的。

"想过，想尝尝爱情的滋味。但都这岁数了，哪里偏就有合适的？"

她的声音突然冷静下来："也是，婚姻其实挺怕人的，过得不好，还不如一个人来得轻松。"

他问她："那你呢？"

她说："我其实结过婚。我那点事儿，淡得跟白开水一样。父亲战友的孩子，到了结婚年龄，双方父母一指派，就结了。我们俩很友好，像亲兄妹一样。可是亲兄妹也吵架，我们俩比亲兄妹还好，架都没吵过。后来他移民了，我不愿意去，就离了。反正就这些，说是结过婚，其实跟没结过婚一样。过了两年，分开时才明白自己是结了婚的。"

"那后来怎么就一直没找呢？"

"我恐婚，对所有男人都抵触。我和前夫分开时，觉得一下子就放松了。我们俩在一起时，我每天呼吸都是紧张的。医生说，这是我结婚两年一直没怀孕的原因。现在想想男女那些事，我还是会紧张。我觉得跟谁过都过不好。我生不了孩子，何苦祸害人家。"

5

万水说:"我是在部队大院出生的。后来我父亲认命,他老了,跑不动了,主动要求回到家乡工作。父亲回到地方上,当过连片地区半个省的副书记。"

张佑安说:"万水,真看不出,你还是个高干子弟。"

"高干子弟?"万水笑笑,不置可否。

"你看我像什么子弟?"张佑安逗他。

"你吗?"万水煞有介事地说道,"往大里说,像是农民企业家的子弟;往小里说,像是砖厂老板的儿子。"

张佑安笑得喷饭。

万水也开心地笑了,她说:"我们这样聊着,让我忘掉了时间。这封控的日子我简直数着秒熬日子,有个人聊天真好,我给你行个军礼,感谢老张同志!"

张佑安说:"该谢你才对。埋在我心底半辈子的秘密都吐给你了。也算是自我救赎吧!"

万水说:"老张,你想过自杀吗?"

"没有。从来没有。"张佑安郑重起来,"为什么要自杀呢?只要活着,总有一天能把心底的秘密与人分享。之前不说,只是没遇到过合适的人。要是什么不说就死了,那不等于我白活了一生?"

万水说:"我倒是想过许多遍,但就是没有自杀的理由。如果有,那唯一的理由就是活着没意思。我父母都活到八九十岁,一天天地为活着而活着。他们只有我一个女儿,我又没给他们生下个后代。你说,他们的内心该如何孤独?"

张佑安说:"那是你替他们孤独,你怎么知道他们内心想些什么?他们身经百战，枪林弹雨都过来了。生死置之度外后地活着，那心胸和境界不是我们普通人所能够理解的，否则怎么能活那么大岁数？现在的人太脆弱了，都是享福享多了。"

"你这是在批评我矫情。"她嗔道，"你整天这么乐呵，是真的快乐吗？"

"快乐有多解，我忙碌，怎么样都是一天。"张佑安的情绪突然高涨起来，"我忙得很呢！伺候土地，兹事体大。我租了六十亩河滩地圃育苗木，一个人，干一天活，吃点土里长出来的新鲜东西，倒头就睡，那才是天人合一！哪还有心思想什么死不死的！"

"哎，说说你的小木屋呗，那里都有什么？"

"有一间厨房，是我用来做饭的地方。有一间客厅，其实是我吃饭喝茶的地方，我还真没接待过客人。还有一间卧室，卧室里有个卫生间，是我如厕洗澡的地方。虽然我委身土地，可是一天必须洗两次澡。我在泥地里干一天活，不洗澡可不行，我也努力做个爱干净的人。"

万水说："不许嘲笑我！"

"我的卧室里有一张大床。人老了，劳累一天，喜欢睡得舒展一点。我躺下，就像一个大字。万籁俱寂，我觉得全世界都是我的。"

万水心里想，要是每天白天晒晒太阳，晚上躺下就能睡着，她的世界可能也会好一点。她说："这日子，真让人羡慕嫉妒恨呢！你像个古代的隐士一样，过着陶渊明的日子，你是自己的王。"

张佑安说："每个人都是自己的王，看你选择怎样统治自己了。"

万水笑道："哲学家！你和第欧根尼只差一个木桶了。"

"黄河滩里遍地都是黄土，你可有勇气来参观一下？"

"当然可以！我有帽子口罩，有雨衣，有胶鞋。我不是每天都去公园走路吗？"

6

  封控的日子大街上寂静无声,只有一城的灯光在闪烁。万水也不想再让自己的日子那么清冷孤寂,她打开所有的灯,一个房间一个房间察看自己所拥有的,一时之间竟觉得它们都是那么中用和可爱。然后,她关了灯,坐在洁净、干爽、温软的床上,开着窗帘,看外面的七彩流光。如果世界末日就是这样多好,她的床就是方舟。她被光托着飘着,飘到哪里是哪里,她不管不顾了。

  上帝给她打开了另外一扇窗,她的世界再也不是封闭的了。关了灯,她每天和一个人悄悄说话。他在说:"我和那个女同学说了家里娶妻的事情,她说她不在乎。她长得不十分漂亮,可是她眼睛是亮的。有学养有教养的女人,眼睛里都有神采,她们能把握自己的命运,因此活得自信。我们俩在一个小西餐厅里坐着,外面下着大雪,玻璃窗里看着,灯光里的雪花和枯枝上的树挂像是油画。开始喝的是咖啡,后来换了茶,再后来换了一瓶红酒。女同学点的,为了不让她喝多,我自己却喝多了。女同学把我领到她的宿舍,她脱了衣服钻到被子里。我坐在小沙发上。我很困,我喝了红酒容易犯困。后来她光着脚下来,把我拉到床上去了。我穿着外套和她并排躺着,开始是装睡,后来就真的睡着了,一直睡到天亮。或许离天亮还有一小会儿,我起来悄悄地走了。我知道她醒着,可她没说话。"

  "哎哟,穿着衣服?穿着满是病菌的衣服躺进别人的被窝,天呀,她怎么肯?"

  "我太困了。"

  "那,你一定也是爱着人家的,对吧?"

  "不能说是爱吧,是有好感。"

  "我喜欢简单明快的女人。"他补充道。

"也许你自己不知道,也许你是被自己的妻子孩子所羁绊。我觉得你一定是爱她的,否则,你不会跟她回宿舍。"

"我喝醉了。"

"还不敢承认。"

"一定爱过!"

"真没想过。"

"好吧,你说有就有。"他想很快结束这个话题,"你不高兴了?"

她突然羞愧起来,着急辩解,"我哪有不高兴?你胡说八道什么,我怎么会为不相干的人和事不高兴?"她嗔怪道。

"看看,我就知道你不高兴了!好吧,既然不相干,往后就不说了。噢,对了,我种的麻叶海棠开花了。花是一串一串的大红,叶子阔大,叶子上的麻点都是漂亮的。哪一天我送一盆给你好不好?"

"我喜欢玻璃海棠,肥厚的叶子跟翡翠一样,花是正红。它是最干净的植物。我还喜欢栀子和茉莉,它们的漂亮就是干干净净的那种。"

"那这两天我想办法送一盆给你。不过,我悄悄放你门口,在你那儿洗手消毒太麻烦了。"

她恼起来:"哼,你想说什么。与你那衣服不脱就可以让进被窝的女同学比起来,我确实有毛病对吧。"她竟然真有点生气起来。

"你这人,我们不是聊海棠花吗?"

"海棠花我也不要了,我又不请你喝酒,喝酒的人,醉了醒了,她们才关心海棠花,关心绿肥红瘦啥的。"

"你这人,我不说你非让我说,亏你还是学哲学的,当你能正视自己历史的时候,你就差不多忘掉它了。"

"可是,我不能正视。因为我没读过博士,我只是一个学过几年哲学的女人,又枯燥又乏味。眼睛里面又没光。"

"我都放下三十一年了,你只是听听就放不下了。"

"还说不上心,连三十一年都记得这么清楚?"

"我投降,你可别生气。你想听点什么咱们就说什么。"

"你这是在责怪我吗?哎呀呀,我真的是多事了,对不起对不起,此处应该有道歉。"她脸红了,突然清醒自己在无意识间又犯了个大错误。

"我是个好人。"他在电话那端憨厚地嘿嘿笑道,"只是证明自己是好人不容易。"

那天晚上挂了电话,她真的有些惭愧,自己是不是强迫症又犯了,人家的事情和自己有什么关系?她后悔不迭,心里躁得慌。忙不迭起来关了所有的灯,吃了一片安定,等到十二点还没睡意。后来觉得不睡一会儿明天会撑不住,又起来吃了一片,开着喜马拉雅听《道德经》,不知道什么时候睡着的。梦里梦外的一时清醒一时糊涂,手机里的声音响了一夜,她也懒得关。

第二天她觉得自己清醒了很多,对昨晚的表现愈发羞愧。我这是怎么了?要干吗啊?把好好的聊天给搅黄了。尽管如此,她也没好意思叨扰人家。到了晚上八九点钟,张佑安却打过来了。她接了,心里竟是欢喜的。

到底有昨晚小小的不快在那儿垫着,俩人开始说话都小心翼翼,像避着地雷似的。她少说多听。他也是尽找那些远离现实的话题说给她,讲了一晚上的花木知识。"我育了一亩合欢苗,落叶乔木,喜欢温暖湿润和阳光充足的环境。叶子细细碎碎的,花丝一团一团的粉红,是最适合栽种在行人道路上的观赏植物。"

她听着,一下子回到了五六岁的光景。他们家院子里有一排巨大的合欢树,树龄得有四五十岁吧,树冠郁郁葱葱,满院子都披着浓荫,显得阴郁而神秘。粉红的花朵不管不顾地盛开,从春天一直开到夏天。她和妈妈展一张竹凉席,她躺着,妈妈坐着。妈妈得摇着蒲扇替她打蚊子呢。

她说:"绒花树。"

妈妈说:"那叫合欢。"

她说:"不,就是绒花树!"

树上的绒花指不定什么时间啪地掉下来一朵，用手拈了，凉凉的绒绒的，不香，却有股子清甜。她顽皮，捡一朵放在额头上，再捡一朵放在鼻子上。后来她睡着了，被妈妈抱进屋子里去了。

早晨醒来，她一骨碌爬起来去看。哇，席子变成一幅画了。再看地上，到处都是花团儿。工人要过来扫院子，她拦住不让。爸爸笑哈哈地说："留着，让她玩吧！"到了中午放学回来，发现花全蔫了。她站在树下伤心了半天。那时她很奇怪，那树怎么那么大的力气，每天落每天开，好像无穷无尽。

听着想着，她的眼睛湿润了。她说："你弄个梅园呗，腊月里开。我妈妈喜欢蜡梅，她总是说：'蜡梅不是梅，一花香十里。'"她没有告诉他，她生在腊月。保姆说："这孩子生下来身上带香，冷香。"妈妈说："一定是墙角边的梅花开了。"

张佑安说："我就说给你弄几盆梅，还怕你嫌它清冷。"

7

张佑安没有等到梅花开，他大儿子要在圣诞节举行婚礼，邀他去美国。他走得很匆忙，晚间好不容易抢到一张机票，第二天早上就出发去上海转机。他只好在电话上给万水告别。

张佑安出境的时候还顺利，但回来却很麻烦。很难弄到一张机票不说，即使能够回来，也要经过多重隔离。儿子劝他道："爸，你反正在哪儿都是一个人，就在美国过年吧！你烧一手好菜，也让中国文化在这里发扬光大。"他想想也是，儿子这理由他还真不好拒绝，就让他的学生雇了两个人，帮他把苗圃照顾好。

他住在美国东部，时间刚好和这里错十二个小时。再加之休息时间的错位，两个人倒是不常打电话，只是不定期地发发邮件，或者在微信上留言。张佑安有时会发一些他用手机拍的图片。万水醒来打开电脑，屏幕上全是风景。你还别说，摄影技术一流。她常常这样夸他。他说，不是我照相水平高，而是这里风景太好了，随手一拍就是屏保。有时候她会连续几天收不到消息，原来是他到拉斯维加斯去看红石峡了。后期发来的图片上，他看上去精神抖擞，大红的羽绒服，蓝色的风雪帽，像个小伙子一样提劲。

万水的生活又恢复了过去的样子。有天她不知道想起了什么，又站在二十五楼的窗前往下张望。她又看到了过去的景象，远远近近的道路上车流涌动，像一群蚂蚁。解封了，大街上又开始车水马龙。好像疫情没有发生，好像没有下过一场大雨。消失的人永远消失了，也不知是谁和谁，反正她所熟悉的人都好好地活着。万水不再去紫金山公园，她听说那个园子的一堵墙塌下来，砸死了一个避雨的人。也有人反驳道，哪有啊，墙都好好待着呢。其实是她自己不想去了，一个人挺没意思。她连走路也不想继续了，偶尔穿着厚厚的旧长羽绒服出门，戴了帽子口罩，围了围巾。帽子和围巾也是旧的，尽管洗得很干净，但还是灰扑扑的，旧得不合时宜。她走在大路上，看那些年轻女人穿着裙子和长靴子，中间露着一截子光腿，外面白色的羽绒服在阳光下十分耀眼。女孩子们的绒线帽也是时尚的，她们戴给欣赏她们的人看。没人欣赏万水，她戴给谁看？她因此懒得买新衣服。

有一天，张佑安发了他在费城的照片。有一张是他和一个很洋派的中年女人，微胖的，圆脸圆眼睛，满脸的喜庆。她没问是谁。张佑安主动解释道："我工作时的同事，中间移民了。她和我大儿子相识，是儿子帮我约的。"

万水没头没脑地说了一句："祝福你们！"

张佑安说："这祝福个什么，只是同事。约了出来一起旅行，她刚好也没来过费城。"

万水说："这才更值得祝福。"

张佑安也没再解释。这让万水心里多少有点失落。她想，也许他想的是，随她怎么想去！他与万水，也并没有需要解释的理由。

一天三餐，万水很认真地吃饭，保证足够的营养。她想让自己胖一点，可却越来越瘦。后来张佑安让她发一张照片，她犹豫了很久，才站在九重葛前自拍了一张，还有点逆光。张佑安看后说道："万水，你是属于合欢属的，你适合阳光充足的环境。你还是出去走路吧！"

万水不知道自己哪来的一股子劲儿，第二天竟然买了一张机票飞三亚去了。这是她第一次独自出来旅行。那时候父母在，他们一起去过北京，去过杭州，也去过四川和东北。后来和前夫还一起去过一趟云南。说不上有多喜欢，至少宾馆的卫生问题就让她头疼不已。她更愿意待在自己家里。

万水住进了亚特兰蒂斯大酒店。她舍得花钱，只是没处花去。她不知道腊月的三亚竟如夏天一般，带的衣服还是厚了。反正也没带几件，满箱子塞的都是床单毛巾，拖鞋牙刷，便携式烧水壶什么的。她基本不用宾馆的东西，嫌脏。她在酒店大堂买了两身素色的单衣，穿上倒是出人意料地放松。她去吃自助餐，有白粥和海鲜粥，有白灼虾和芥蓝菜心，竟然吃得很好。她本来想要波塞冬海底套房，可一问两个月前都被订空了。只好挑了一套最好的海景房。折腾一天累了，窗户都没关，便在海风里沉沉地睡去。

第二天她只是在附近的沙滩上走一走，然后躺在伞下的椅子上吹吹海风。第三天她买了裙式的游泳衣，竟然下到水里漂了好长一段时间。小时候她在少年宫受过专业游泳训练，只是后来再没派上过用场。她虽然瘦了点，但是属于那种小骨架，身体哪都饱鼓鼓的，穿上游泳衣倒是年轻了不少。她的肌肤太需要滋润了，她白，泡一泡竟然泛着瓷白的光亮。

她一直以为旅行是可怕的，一个人的旅行更可怕。现在她觉得很好。

她不再想胖和瘦的问题，几乎是忘记了。这里没有一个人是她认识的，怎么自在怎么来。没人注意她，她也不注意别人。她松弛下来，竟是胖了几斤。

有一次，她游泳游累了，就铺了浴巾在伞下迷糊一会儿。睁开眼，她发现另外一张椅子上躺着一个四十多岁的男子，那男子正看向她。她以为自己会尖叫，但是却发现内心没有一点儿慌张。男子冲她点点头，她也冲他点了点头。后来游泳又碰到过一次，竟然互相还打了招呼。再后来，在餐厅吃饭遇着了，男子自然地坐在她边上,她也没有拒绝。她已经能自在地在人群中生活,这令她满意。此后的几天,她与这个男子又碰到过几次。她不反感,这是一个温文尔雅的男人。她记得他们也说过几句话。有次他对她说:"你长期在三亚休息,倒不如去租一间公寓酒店,会节省很多费用。"她只是笑了一下,那笑容里有不置可否,也有感谢他关心的成分。还有一次他说:"你喜欢这里,为什么不买一个小套房呢?现在高端楼盘很多。"她仍然是笑笑,不置可否。因为从内心里,她不知道该怎么回答。思考这样的问题太累了。他就又说道:"你是一个很特别的女人。你看上去很朴素,但你的朴素是尊贵的。你很谦和,你的谦和却让人难以接近。"她的脸色立马就变了,她不喜欢人家这样评价她,即使恭维也不行。不过后来她想,这也许不是恭维,甚至连评价都算不上吧?人家说的没错,无非是客观描述了她。于是她又笑了,觉得因为互相理解而近了一些。她明显地感觉到,这个人在有意靠近她。也很有可能完全不是那么回事儿,是她自己过于警惕。但无论如何,对于她这种习惯身心都包裹得严严实实的女人,不可能发生邂逅的故事。

万水在三亚一直待到过完春节。她竟然想,就这样待下去好了,她不想再回她北方的家了。家很舒适,但她只是一个舒适的孤儿。

在她长大的城市,她是一个孤儿!

8

到二十五岁上,万水还没有恋爱过。妈妈说:"孩子,你得成个家,我和你爸也没有别的亲人。可我们俩结婚生了你,我们仨就有了一个家。"妈妈再说:"爸爸妈妈都老了,我们迟早有一天会走的。我们想看到你的孩子,你的家。"

万水二十五岁时被爸爸嫁掉了。二十五岁,是一个不大不小的年龄,刚刚适合结婚。丈夫和她一样,也是个大院子弟,所以他们的生活习惯很容易适应。

他们俩原来就认识，只是从来没有来往过。他们谁都没觉得这样有什么不对。尤其是对于万水而言，结婚的意义无非就是换一张床睡。丈夫不在或者有应酬，她还是回到妈妈这里休息。妈妈说："结了婚在一起生活，比谈恋爱更容易产生感情。"妈妈说得没错，她和爸爸就是如此。

　　结了婚之后她仍然不太爱讲话。丈夫是个活跃的人，他家有五个兄弟姊妹，姐姐和弟弟常常会到他们家里来，打牌，摸麻将，聊天，一起包饺子，他们把大家庭延展了过来。而万水没有过这样的经历，怎么样都融不进去。她插不上嘴，也不会打牌，就躲到厨房里去帮阿姨做做饭，找一些活来干。几次三番，那姊弟几个就把她忘了似的，好像她是这个家里的客人。

　　万水和丈夫的夫妻生活也不是很和谐，她总是说疼。男女之间相交，应该是欢愉的。可是她总是疼，让他也出现了心理障碍。他把这事儿悄悄告诉了姐姐。姐姐是医生，医生对待病人的方式总是很直接。在他们眼里，没有人这个总体概念，只是一个个器官而已。他们再来家，姐姐在餐桌上像摆冷盘一样把这个问题摆了出来："水儿，你该去看看妇科大夫。你们这个年龄，夫妻生活应该是特别和谐的。"姐姐十三岁特招进部队，十六岁就在野战医院手术室备皮，什么没经见过？她说出来的话本来没什么，可万水听着却是硬邦邦的有点伤人。万水看了丈夫一眼，羞愧得无地自容。这种事情怎好给别人讲。而且，姐姐即使是知道了，不该私下里跟她说吗？哪能在大庭广众之下公开夫妻的性生活呢？

　　万水不肯再和丈夫行夫妻之事，她碰都不想再让他碰。他们本来是在一个被窝里睡的，但她给自己另弄了一条被子。丈夫人真的特别好，他不强迫她。两个人生活得很不错，只是回避着不谈那件事。慢慢地，他的兄弟姊妹们不再来他们的家里聚了，丈夫也常常不回来吃晚饭。他本来不喝酒，可最近常常会带回来酒味。他们的衣服是阿姨负责清洗，万水也不是个有心眼的人，可她偏巧在丈夫的白衬衣上看见了口红印子。万水从不吵闹，有事就憋在心里，她借口两个人睡在一起相互影响，直接搬到客房里去了。丈夫是个敞亮人，什么事

九重葛　　147

都快言快语说出来。可对万水这样没有缺点的女人，他一点办法都没有。口红是趴他肩上看牌的妹妹给弄上去的，他希望万水能和他吵一架。但是万水连吵架都不肯。两家是世交，两亲家处得特别好，离婚也是没有理由的。那个年代，不会有人因为夫妻生活不和谐离婚。

万水的丈夫变得和万水一样不爱讲话，跟他的姊弟在一起也不快乐了。他瘦得很厉害，吃不进东西，整夜睡不着。小两口到医院检查了身体，他好好的，没什么问题。可长期失眠也不是事儿。姐姐带着弟弟去看了精神科，医生说他患了严重的抑郁症。那时不叫抑郁症，只是说他精神方面出了问题。姐姐对万水说："怎么会呢？他这么快乐的一个人。"她并没有责备万水的意思，甚至还有点歉意。可万水听了，觉得责任完全在自己，因此心里更加惶惑了。

如果不是丈夫的身体出了问题，万水还没有"妻子"的意识。她那么爱干净的一个人，现在对一个病人一点都不嫌弃，努力尽一个妻子的责任。她每天把自己打理得很干净，把丈夫也打理得很干净。遵照医嘱，每天牵着他的手到公园里散步。他不说话，万水就刻意找些话题给他说。她给他讲刚从书里看到的故事，她正在看马尔克斯《霍乱时期的爱情》，每天看一章，然后再慢慢讲给他听。"弱者永远无法进入爱情的王国，因为那是一个严酷的、吝啬的国度。女人只会对意志坚强的男人俯首称臣，因为只有这样的男人才能带给她们安全感，以面对生活的挑战。"她想与丈夫一起，与书里的男女主人公共情。他听她讲故事的时候紧紧握着她的手，亲切地目视着自己的妻子。她娴静、温和，她讲述的时候是最美丽的。他越来越依赖她。他的面色红润起来，吃很多饭，重新长出来的头发茂密得像五月的青草地。但一个新的问题出现了，万水发现丈夫越来越喜欢把自己关在洗手间里。她待他出来进去查看，一股新鲜的精液味道，新婚第一夜她就闻到这种味道。万水脸红了，她把自己的被褥搬回他们的婚床上，头一回主动要求丈夫做那件事情。可是丈夫不行了，他们无论如何努力，他一次都不能正常勃起。他哭了，像个孩子一样，他说："水儿，我对不起你。"万水呆呆地看着他，不知道该如何安慰。但更想不到的是，他的精神压力太大，很快就发现了第二种病，反流性食管炎。

妈妈开始日日盼着万水赶紧生个孩子，后来却怕她生出孩子来了，女婿有那种精神疾病，会不会遗传？

丈夫后来被二姐接到了美国，他在那里恢复得很不错。他在美国和妻子之间首鼠两端。他舍不得美国，在这里他作为一个完整的男人满血复活。他也真心舍不得万水，他病了那么久，她都那么耐心陪伴他。他和姐姐都诚心说服她过去。万水拒绝了，她舍不得爸爸妈妈。

万水的丈夫在美国结识了一个热情似火的美国女孩，他们在一起一个月后，那个女孩就怀孕了。他告诉了万水。万水没有伤心，她为他感到高兴。接下来，离婚就是题中应有之义了，不管谁提出来都一样。万水直接在他寄来的申请书上签了字。离婚于她而言，是一种救赎，也是一种解脱。

妈妈再托人给万水介绍对象，她都一味拒绝，只说不合适。一直到死，妈妈都觉得放不下女儿，妈妈临去的时候，紧紧拉住女儿的手不舍地说："妞妞，妈妈走了你就成了一个孤儿。"她觉得妈妈说得对，不管她长多大，只要没有爸妈，她就是个孤儿。

妈妈心有不甘地闭上了眼睛。

除了爸爸妈妈，万水的心平和而宽厚。她不爱谁，也不恨谁。

9

万水关闭了微信，手机也调成飞行模式。只要她不找别人，没人会找她。至于张佑安，她不想让他知道她去三亚的事情。这是个人的隐私，干吗要让别人知道？

在美国的张佑安，也正在一场别人设计的激流里漂流。他没有反抗，只有顺流而下。两个儿子很想让父亲找个伴儿，他们认为父亲的前同事不错，开朗、活泼、快乐。同事在国内时叫赵明兰，在美国都称呼她兰。儿子们给父亲规划了旅游计划，他们请兰做父亲的导游。兰很愉快地接受了。兰出国差不多二十年了，行为方式很美国化。刚一出发她就提出："我们订一个房间如何？这样可以为你儿子节省费用。"说完大笑。张佑安也笑，他说："我自己可以支付费用。"

在费城的那一天，他们预订的旅馆可能搞错了，只给了他们一个双人间。兰笑着说道："这是命运的安排，没有办法。"张佑安也没过多说什么，反正入乡随俗就行了。人家说在美国，一男一女住一起正常，两个男人住一起才不正常呢。他索性就正常一次。简单地洗漱了，早早躺在自己的那张床上睡了。半夜里兰钻进了他的被窝。张佑安礼貌地抱了她一下，她赖着不走，张佑安只好下床睡到另一张床上去了。他自嘲道："老了。过去有力无心，现在有心无力了！"

兰说："安，你是介意我在国内的事情吗？"

"国内的事情？"张佑安像是很吃惊，"我不知道你国内有什么事情，你知道我的，从来不爱听人讲闲话。"

兰说："我出国是因为出轨，丈夫和我离婚而走的。当时闹得很厉害。"

张佑安说："哦。谁没年轻过，都几十年前的事情了，还提那干吗！"

兰叹口气说："我是个冲动型的人，一高兴就忍不住放纵自己。"说完，她像是什么都不曾发生，很快睡着了。她大概是太累，偶尔会发出一阵轻微的鼾声。张佑安心里怦怦跳动，兰要是再过来，他也许就控制不住了。他的下面硬挺挺地立着，他和妻子半辈子不和顺，自己都忘了这儿的功用。

兰过去的事儿他如何能不知？她业务能力很强，人缘也不错，热情、直爽，就是作风问题上屡犯错误。她和助理出去考察，一路上快活得形同夫妻，但是考察结束，她就坚决不肯继续了。她是有夫之妇，好像这是她回来之后才想起的。那助理还是个小伙子，爱喝酒，喝醉了就对她纠缠不休。后来单位把助理调到别的地方去了。丈夫原谅了她。中间她给他生了一对龙凤胎，儿女双全。

丈夫是个好人，从不提起过去的事儿，对她一如既往地好。孩子们上了小学，她竟然又和一个林业技术员好上了。她总是利用工作理由往山上跑，他们在林地的大树下疯狂做爱。她主动告诉了丈夫。她不想离婚。其实丈夫也不想离，他们从感情到肉体都很和谐。但这事儿毕竟纸里包不住火，丈夫家里的人接受不了，他们觉得出过两次这样的事，再过下去太丢脸了。婚终于还是离了，儿子给了丈夫，她带着女儿去了美国。

第二天起了床，兰像没事人一样。她依然简单、快乐，甚至在早餐时还取笑他："安，中国人吃肉太少，又不喝牛奶，哪还有爬高上低的能力？"说着，又往张佑安的盘子里放了几片培根。

那是次愉快的旅行，和兰这样的女人在一起，很难不被她的快乐点燃。儿子们期待着二人有个结果，但兰笑着告诉他们："你父亲不行，他不能满足我。"两个儿子也被她逗得哈哈大笑。他们想不到父亲一点都不介意："这有什么？你母亲活着时我就不行，好多年喽！"

张佑安的相机里存了许多他和兰的合影，有时候她张开双臂搂着他，有时她踮起脚尖亲吻他的脸。这个女人，和她在一起随时都得接受被她抱一下亲一下，比握次手都随意。

张佑安在美国变得年轻了。兰说得没错，吃肉喝奶确实比吃面条喝粥更让人健壮。他想把这里发生的一切告诉万水，可是他打不通她的电话。他往她的信箱里发了许多照片，还给她写长邮件，讲兰的故事，包括他和兰的那个夜晚。

在邮件里，张佑安告诉万水，美国人大多不戴口罩。兰和她的女儿女婿都感染了新冠，不过，很快就好了。他没有，他的体魄是强健的。他劝万水，人一定要多运动，要晒太阳，要接受风。

张佑安几次提出来想回国。他惦记他的苗圃，春天来了，各种苗木都要发芽，他担心雇用的工人不知道怎么照顾它们。他打电话让学生们去看过几次。他们要他放心。他每次咨询落地政策，都说国内为保证不被外来人员感染，各种隔离措施相当到位，回来大概要隔离三四十天。他想，别说四十天，就是八十天他也无所谓。他只是担心万水的洁癖，估计一年之内她都不肯见他。他理解她，一个人孤独惯了，好像生活在真空里。他真心地同情起她来。

张佑安在儿子的家里被关得很无聊，他试着把上学时的那点英语捡起来。不久他能半看半猜地读英文报纸了，一个人出门也对付得来。他在商场给万水选一条围巾，开始挑了蓝的和白的，觉得万水肤白，哪一条都合适。想一想，突然就换成了洋红的，他觉得这个女人太需要颜色了。他想着她会拒绝收他的礼物，但先买了再说，毕竟这是一份心意。路过一个书店，他进去看了看，一本英文版蕾秋·乔伊斯的小说《一个人的朝圣》吸引住了他。书薄薄的、纸质柔软，拿在手中极其舒适。一个人，八十七天走了六百多英里。有关爱的回归、自我价值发现、自我救赎以及万物之美。从主人公迈开脚步的那一刻起，与他六百多英里旅程并行的，是他穿越时光隧道的另一场旅行。他被简介吸引住了，多少年不看小说了。过去他开始读英文报纸只是为了学习英语。

张佑安开始读这部小说，他一边看一边查阅英语词典，深深地被书中的故事吸引住了。虽然过去他英文不差，但毕竟几十年不碰它了，开始一天只能看几页，后来速度变得快了一些。他感动着，忍不住写信给万水分享。到后来他每看一段就翻译成中文讲给她听。哈罗德走了八十七天，他分享了一个月零一天。他突然决定要回去，便在网上订了机票。也许隔离会很痛苦，可总比不上六百二十七英里更艰难。

张佑安要回国去了，而且说走就走，一天都不能等。儿子很奇怪，回到国内也是一个人，为什么这么着急呢？

大儿媳妇是个美国白人，她问："安，你在国内是不是有个心爱的人，她在等你吗？"

张佑安哈哈笑道："我有个苗圃，有几万棵心爱的树在等我。"

张佑安的英语口语比较难懂，儿媳妇问："几万个情人？"

儿子笑得眼泪都出来了："爸爸的情人，几万个，能装满一块巨大的土地。"

10

万水从三亚回来了，走的时候她克服万重困难，回来的时候也是如此。她上了家里的电梯，整个电梯都是抖的。满脑子只想着一个词，孤儿、孤儿、孤儿……

电梯门打开了，她过桥一样地跨出来，看到了门口放着两盆波光潋滟的玻璃海棠，花开得红艳艳的。打开门锁，天啊！那盆被她遗忘了的九重葛还旺生生地开着。这世上还有生命力如此旺盛的植物？难怪树能活上几千年。她走的时候在花盆下边放了一桶水，把一截用棉线包裹的橡皮管子插在花土里，管子的另一头放在水桶里。她那时只是试着安慰一下这株植物，让它知道，它没有被抛弃。现在桶里只剩下不多的一点水，可那根管子是潮湿的。九重葛，多么聪明的九重葛！它有九次重生的能耐吗？

万水第一次没有顾得上给自己消毒，她用沾着泥土的手打开了电脑。

哈罗德、奎妮，还有几乎被人忽略的哈罗德的妻子莫琳。

他在一个酒厂干了四十年微不足道的工作，他缺乏理想，没有信念，他给不了妻子和儿子想要的。没有亲近的人，没有朋友，他似乎就应当这样过完此后的生活，直至结束生命。

一个永远弯着腰活着的人。

人最深的孤独，是不被人理解。

奎妮只是哈罗德曾经的一个同事，算不上是朋友。哈罗德想不明白，奎妮为什么要写信给他？他甚至不知道该如何给她回信。她得了癌症，她就要死去了。

孤独——孤独——孤独——

奎妮是勇敢的，她给他，一个旧年还算熟悉的同事，写了一封信。否则她在这个世界上就是一个彻底被人遗忘的人。

在给奎妮邮寄回信的路上,他突然决定:"我要一直走下去,走路去看她!"

他有了平生第一个信念:"只要我走下去,奎妮就会活着。"

行走是艰难的,伴随着身体的疼痛,他想起生命中一些更疼痛的过往:

母亲离开他时,是那样地毅然决然;

酗酒的父亲把一个个女人带回家过夜,他是多么孤独而又无助;

儿子每一次犯病,他都束手无策地望着,他竟然没有想过给他一个拥抱或者一句安慰;

儿子离世后,妻子住进客房。他没有试着挽留她,没有做过哪怕一点点感情的修复。

一个人,八十七天,六百二十七英里的路程,注定是一场孤独的旅程。可正是这份孤独,让他经历蜕变,实现了自我救赎。

万水的父亲去世十多年后,母亲也因多器官衰竭离开了她。她的世界从此孤独到绝望,她不信任任何人,更不相信爱情。她无数次地想到死,可又心有不甘地活着。她嫉妒别人的快乐,全世界的人都比她幸福。母亲刚去世那会儿,不停地有人给她介绍对象。有一个条件很不错的领导干部,丧偶。那个人对她很有好感。谁对她没有好感呢?一个洁净安详的女人,家世好,受过完备的大学教育。他们交往过一段时间,一起散步,一起吃饭。那人还邀请过她去家里度周末。家是阔大的、华丽的,温暖、舒适,阳光普照每一个角落。家里用着干净利索的阿姨。唯一的女儿在首都有一份令人羡慕的工作,她的丈夫和孩子也都体面。

一切皆好。她丝毫没有抗拒地接受着。有好几次,男人拥抱了她,她很顺从地让他接触她的身体。愉悦地,温暖地。万水有了一个亲人般的被珍惜的感觉,但她没有把她的感觉表达给他,她只是不擅长。有两回,男人要留她在家中过夜。他热切地、孩子一样地望着她的眼睛。"留下来,我们在一起。"

她迟疑地说:"我们,再等等,会准备好的。"她微笑着,带着少女般的羞涩。

她准备好了，她喜欢这个兄长一样的男人。她没有兄长，兄长大概就是他这样的。

一切和顺，似乎一切顺理成章。

从春天开始。夏天就要过完了，那个人约了她去一个她喜欢的西餐厅吃饭。她去了，刻意穿了他喜欢的碎花连衣裙，漂亮、年轻、知性、优雅。

那个已经非常熟悉了的男人，依然用欣赏的目光打量她。他为她点了全熟的牛排，他自己则是七分熟。吃完了牛排，让服务员撤了盘子，换上热腾腾的咖啡。她的习惯，咖啡和茶一定得是热烫的。话虽然不多，但交流却是和悦的，他对她总是那样，带着些关怀和疼爱。她习惯了这份温暖。

男人突然说道："小水，我吧，对你的感觉是很好的。但是我也不能太自私。"

万水轻言慢语地笑着说："不，你不自私，你比我好很多。"

男人说："万水，我一直觉得，你对我似乎不完全满意的，至少你很犹豫。"

万水心里怔了一下，随后又笑道："我做得不够好，请你原谅。"她甚至有点撒娇地看着他。我还是满意的，很久没有得到这样被人爱护的满足了。他比她大六七岁，她那时才四十几岁。但是万水没把这句话说出来。

男人说："小水，有人又给我介绍了一个女人，她很主动，我们一共见了两次面。小水，你对我应该有所了解了，我不是个花心的人。她很主动，两次都是她主动约的我。我就是想征求一下你的意见。"

"征求我的意见？"万水犹如万箭穿心，她用力地抓住桌子才不让他看出什么来，"她肯定各方面都比我好。"说完她就觉出自己有点失言，她用力地掐了一下自己。

"不，她和你不是一般的差距，她就是个普通的女人。她男人出车祸去世了，她带着一个女儿过，比你还要大几岁。可是她……"

万水没听到他在说什么，她庆幸自己在悬崖边没有掉下去。"抱歉，我去趟洗手间。"

万水在洗手间抱着马桶把中午吃的所有东西,所有的,吐了个干净。她出来的时候照照镜子,看不出有任何异样。

男人说:"小水,你没事吧?"

万水仍然是她惯常的微笑:"没事儿。"

男人说:"小水,哪怕你心里有一点爱我,都不会这样无动于衷。你真的让我恨。你为什么不哭?为什么不骂我?我在你心里一点分量都没有吗?"男人的眼泪出来了。

万水说:"祝福你们!"

她拒绝男人送她回家,很友好地和他道别。回到家关上房门,她撕心裂肺地哭了一场,就像妈妈死去时一般。

她再一次被亲人抛弃了!

晚上,男人给她打过一个电话,他问她:"我是不是可以去你那里看看你?"

万水说:"不。我一个人挺好的。"

男人说:"我的手机不关机,你随时可以打我电话。"

万水一个都没打过。

11

这是一个晴朗的早晨,春光灿烂。张佑安大清早接到万水的电话,她对他说:"可以给我发个位置吗?我想去看看你的苗圃。"

张佑安说:"你确定我不用去接你?"

万水说:"我确定!"

万水把柜子里的衣服全翻出来了,每一件都是旧的,每一件都不能与这个春天相配。但是她顾不上太多,在旧的衬衣衬裤外面,套上了一件洗得发白的蓝帆布连衣裙,她第一次结婚时穿过的。戴了宽檐的灰色帽子,穿了半高筒的胶鞋。

一小时后,她被出租车送到了张佑安的小木屋。

张佑安打量着她,打趣说:"要不是你提前打了电话,我还以为是夏洛蒂的简·爱穿越回来了。"

万水说:"没有办法,我只有这些旧衣服,我就是一个陈旧的人。"她闭上眼睛低头嗅着木屋的栅栏上爬着的南瓜花,淘气地说:"太阳每天都是新的。花每天都是新的。只有人是旧的——"

话还没说完,她的身后环过一股身体的热气。她猛地睁开眼睛,脖子上多了一条热烈的洋红围巾。她眼睛里漫出泪水,她说:"你别再让我哭了,我昨晚已经哭了一夜。"

张佑安说:"对不起对不起!简小姐,赶紧进屋参观一下。"

小木屋里弥漫着浓郁的松香。他看到万水眼睛里的疑惑,便解释道:"芬兰原装进口的原木。订购后,人家派工人负责组装。"

万水里里外外看了一遍,低头对床上的被褥嗅了一下,说:"刚换的。"

张佑安开心地笑了,说:"您是本小屋接待的第一位女贵宾。接到你的电话,我快速换洗整理,不是怕被你嫌弃嘛!只是这原木,不能使用消毒喷剂。不然屋子就会失去木头的香味。"

万水端起桌子上的一杯白开水,不凉不热,温度刚刚好。她一口气喝了下去。张佑安说:"我第一次遇到一个这样的女士,喝水一点声音都没有。"

万水说:"你没见识的还多着呢!"

张佑安说:"你不嫌弃我的杯子吗?也不问问消过毒没有。"

万水说:"早看过了,厨房里有消毒柜,杯子上指头印都没有一个。"

"哦。还有我的手呢,需要消毒吗?"

"我看见了,门口的吧台上有酒精棉片。"

"你可以参观我的苗圃了吗?"他做了个请的姿势。

九重葛

她挠挠头，做了个不好意思的表情。"不瞒阁下，我从昨晚下飞机，还没给自己洗个澡呢。你的卫生间可以借我用一下吗？"

张佑安笑道："浴者有其水，耕者有其田。我先去地里干活去了。这个房间只归你一人所独有。"

万水洗了个透水澡。这个张佑安可真是个细心的人，毛巾拖鞋都是一次性的。她在卧室里擦干净自己，仍旧穿上自己的衬衣裤。

张还没回来，这是个真正的绅士，他给她留下充裕的时间。但是困意袭来，她整整二十几个小时不曾合眼了。她躺到床上，钻进了被窝。在进入梦乡的一瞬间，她对自己说："真不可思议！"

她重新睁开眼睛的时候，天地全是黑的，什么都看不见。黄河岸边是没有灯光的，夜黑得彻底。她大声地说："有人吗，我这是在什么地方？"

外面的灯啪的一下亮了，有人说："我在客厅里！"

她套上外衣走出去："我这是怎么了？因为醉氧而昏倒？"

张佑安说："简小姐，你不是昏倒，是昏睡。你一口气睡了十几个小时，你把天地都睡昏了。"

"天，你该喊醒我啊！我要是一直这样睡，你就一直等着？"

"那还用说！"他指了一下旁边的餐桌，"我煮了鸡蛋秋葵汤，里面的叶子都是园子里的青菜，你能放心吃一点吗？"

"天，我快饿死了，你给我毒药我也吃。"

"毒药有。后悔药没有。"他说着去给她盛饭。

他看着她吃了一小碗大小米两掺的二米饭，喝了一大碗浓菜汤。然后任由她去洗碗，仔细放进消毒柜里摆好。

他说："是我走还是我送你走？"

她不回答，却问道："你的小木屋真是个睡觉的好地方。你肯卖给我吗？"

他嘿嘿嘿地笑了："可以卖，不过得连人一起买喽。"

然后他正了色又说："我走了你一个人会害怕吗？"

她说:"当然会!"

他走到她跟前,带点坏笑地说:"我陪你,你不更害怕吗?"

她笑着捶打他:"我怕什么,你和几个女人睡一屋都坐怀不乱,我有什么怕的。"

张佑安拉着她的手打开了卧室的灯,做了个请的姿势。万水也眨眨眼睛做了个谁怕谁的鬼脸。她在卧室的门口呆住了,房间的木墙上挂满了应季的时尚衣服,还有帽子围巾。床前的柜子上放着乳白色的短靴子。崭新的,内敛而清新的颜色。

她喃喃地说:"天!刚才你可是看见我向南瓜花祈祷了,这是它给我变出来的?"

"那可不!没有南瓜花我哪有恁大本事?看吧,南瓜花显灵了。"他拉开衣柜的抽屉,里面有换洗的内衣和睡衣。他说:"你一直睡,我只好帮你洗干净晒干了。"他张着手,很被动的样子。

他们躺进了一个被子里。一个男人和一个女人。

男人没有坐怀不乱。女人也没有感觉到疼痛。屋外是黄澄澄的土地,沿着土地往前走,就是奔腾不息的黄河。

万水在他们最欢愉的一刻问道:"我不是一个孤儿了?!"

她的语气分明是笃定的,自己已经给出了答案。

宇宙里的昆城

钟求是 *

一　需要一说的缘起

我知道，是时候了，是讲出这个真实故事的时候了。

两年前的一天，一位旅居美国的中学女同学回国，想购回在老家昆城的一所旧宅，一时却没法得手。无奈之中，她求助于我。为了办成此事，我从杭州回了两次昆城，拿着面子费掉不少口舌。

撇开房子交易事务，我在此过程中捉到了一块文学大料。这件事切入点挺窄，但穿过窄门，或许能见到大的世相。之所以这么说，是因为此事有时间和空间的跨度，又关涉从昆城走出去的两位赴美留学者。中美，留学，爱情，婚变，隐秘，失败，这些词语含在嘴里嚼一嚼，能让人生出激动。

随后一年多，我一直惦记着这件事，除了做一些科普功课，也主动与美国的两位同学进行联络——没错，是收集故事式的联络。我很想找机会跟他们相处几日，以便更深入地聊。但他们已经离婚，偶尔回国，也是各自行动且行迹

---

* 钟求是，男，1964年生，毕业于中央民族大学经济系。现为《江南》杂志主编，浙江省作家协会副主席，一级作家。作品发表于《收获》《人民文学》《当代》《十月》等刊，出版长篇小说《零年代》《等待呼吸》，小说集《街上的耳朵》《两个人的电影》《谢雨的大学》《昆城记》《给我一个借口》等多部。曾获鲁迅文学奖、《小说月报》百花奖、《中篇小说月报》双年奖、《中篇小说选刊》优秀中篇小说奖、十月文学奖、浙江省优秀文学作品奖等。

匆忙。好不容易见了面,他和她也不会轻易开放自己的内心秘区。好在我们当年的同学关系比较扎实,也好在我有足够的诚心和耐心。

对我来说,这真是一次特别的经历,因为其中的人和事有着超出日常经验的异样。每当事情获得进展时,我心里难以避免地受到震动,甚至会显出一种不老练的兴奋。

时间过得快,现在已是初秋了。好几个晚上,我安静地坐在客厅沙发上,回想着脑子里存放的一件件事。这些事按时间衔接在一起,差不多已组合成完整的故事形状。我得承认,这里边有着真切的生活,远比小说周密的虚构更加文学。也正因为这样,我准备放弃精致的讲述——是的,只有朴素的语言才配得上这个故事。

夜深的时候,我走出房间来到阳台上。城市的天空竟布着几颗星子,孤独而高远。我举头望着,思想不免飘游。不知怎么,我觉得天地突然变大,地球上的人与宇宙连在了一起。

二 我与两位同学的交往片段

在展开故事之前,我先说说两位主角的名号,男士叫张午界,女士叫徐从岚。在中学时代,他们和我的名字写在同一个班的花名册上。

那会儿的高中还是两年制,我们是一九七八年秋天入校,一九八〇年夏天毕业。此时高考恢复不久,社会上攒了许多届学生,都奋勇地想挤进大学,但大学的"胃口"还比较小,招不了太多的人。所以要说拼高考,那年头比当下惨烈多了,一个班级一般只有几个同学冲顶,一将功成众人枯。

不过开始的时候战火未燃,也没分文科理科,我和张午界徐从岚都坐在一个教室里。在班上,若论志向,好汉不少;若说成绩,好汉不多。张午界成绩坚挺且不乏志向,在班上成了天花板式的存在,但同时他也是个异类,因为又狂又傻。

　　先举一个例子吧，那会儿我们大部分同学都住校，晚上在教室里夜读。教学楼走廊拐角有一间很小的屋子，里边搁着两张桌子，白天供老师们小憩，夜读时则被两三个学生占领，因为这里比较安静。这天晚饭后，两位同学抢先进驻了小屋子，不过其中一位同学是著名"汗脚王"，脚丫子从解放鞋里拔出来，臭味便在空气中炸开。另一位同学是个胖子，不一会儿就捏着鼻子窜出门，在走廊里大口喘气。很快，好几位同学围过来，他说，你们谁进去待够十分钟，明天午饭我请客。重赏之下必有勇夫，一个同学抖擞起精神进去，五分钟后甩门冲出，还做呕吐状；另一个同学往两只鼻孔里塞了什么东西，然后一脸悲壮地迈步入门，坚持到八九分钟时，终于抢身而出，直接蹲在了地上。这时张午界拍马上阵了，他耸一耸肩膀，拿着作业本安静进屋。五分钟过去，十分钟过去，有人再看一眼手表，十五分钟也快过去，胖子说，他会不会挺不住晕倒啦？大家吃一惊赶紧推开门，只见张午界稳稳地坐在那里写作业——在那非常的一刻钟里，他做出了一道复杂的物理题。

　　这个例子若道出他的傻，那还得讲一件事体现他的狂。记得一个周末晚上，我和他想放松下，就去爬城南的九凰山。当年电视还是个新鲜东西，九凰山山顶刚建了电视台基站，昆城的年轻人都愿意去见识一下。那天傍晚我们爬了一个多小时到达山顶，围着基站走了一圈，又隔着玻璃窗看了一会儿黑白电视——好像是罗马尼亚的一部故事片。下山的时候天已大黑，好在空中有不少星子，我们低着头顺着石阶慢慢往下走。正走着，眼前猛地亮了一下，接着上空响起一阵轰隆声，原来闪电打雷了。我们躲无可躲，只好坐在台阶上。我不明白地问，天上有这么多的星星，怎么还闪电打雷呢？张午界说，这是因为那片雷电云比较远，不在我们的头上。我说，比较远是多远呢？这时闪电和雷声又先后袭来，闪电光中我能看到张午界一脸的认真。雷声过后，张午界说，光速是每秒三十万公里，音速是每秒三百四十米，刚才雷电相差九秒钟，因为光速太快可以忽略不计，所以那片云离这儿大约三千零六十米。我有点蒙，只好指着头顶上的星星说，它们有多远呢？张午界仰着脑袋慢慢地说，它们每一颗的远近都是艰难的计算题，多给一些时间，我也许都能做出来。

天上星星的距离哪能是中学生的作业题，但张午界的口气就是这么大。所以那个晚上的对话我印象深刻，光速音速什么的数字现在还能记得，不过我对他"多给一些时间"就能计算星子的说法不以为然。"一些时间"是多久呢？几天或者几个月？事后证明，"一些时间"是指几年几十年，甚至只是一个虚词。

当然啦，接下来我已没法惦记这种小事，因为学校里分了文科班和理科班，我和张午界不在一个教室了。随后一年里，我们各自忙着对付高考。那是一段昏天黑地的日子，每个人都提着劲儿，脑子里全是凶猛的试题，即使星期天也不敢睡懒觉。连最懵懂的家长也知道，高考是一件大事，考上大学要放红榜，名字贴到十字街头最醒目的墙上。

天气最热的时候，高考结束了。红榜放出来后，围观的人站满了整个街头。在昆城，我们中学声名显赫，但上榜的人也不多。兴奋之余，便是填志愿表、等通知书。初秋的时候，我去了北京，张午界则前往合肥，他读的是五年制的中国科技大学物理系。对了，那年我十六岁，张午界十七岁。

大学期间，世界噼噼啪啪地打开，小镇的生活被我们丢在了脑后。我和张午界都有些忙，也有些懒，相互只写过两三封信，联络渐渐淡了。这种淡不是关系的淡，而是消息的淡。

时间说慢也慢，说快也快，一不留神大学就收尾了。毕业后我回到温州工作，张午界留校过渡两年，听说又转去香港中文大学读硕士。大约在一九九〇年的五月末，我突然收到一份婚礼请柬，打开一看，上面写着张午界和徐从岚的名字。说实在的，我眉毛一跳吃了一惊。

我们那个年代，男女同学之间基本上不搭话的。何况我们年纪都比较小，递情书、地下恋之类的事很少发生。在我的印象中，张午界从没有跟徐从岚在一起的迹象。而徐从岚当年没有上榜，复读两年考上了杭州商学院。之后他们是如何贴上的，又是如何发展的，当时我一头雾水。但我也相信，一对中学同学能好到一起，一定原先埋伏着情意，又一定在之后写了许多封情书。那时我们明目张胆的浪漫，一般只放在纸上。

一周后，我参加了那个婚礼。按昆城当年习俗，婚礼在中午举办，而且宴席一般不入酒店。张午界家在镇子坡南街上，是一座宅屋，院子不小，里头还有一棵老桂树。这宅屋应该是祖传的，张午界从小在这里长大，自然挺有感情。那天的婚宴就在院子内外摆了十多桌，场面不算大，但算得上热闹。我不见张午界已好几年了，他穿着西装，个子不高可身材挺拔，看上去相当精神。徐从岚呢，高中毕业后第一次见到她，十年不遇变得鲜亮，穿上了婚纱，简直像苹果一样诱人。当然啦，也可能是此时眼界未开，反正觉得他们挺洋气也挺般配的。那天中学同学来了不少，在院子里制造了一阵一阵的笑闹声。

一脸高兴的还有双方的家人。张午界的父亲是昆城邮局的一位职员，母亲是小学教师，就在离家不远的县小教语文。他还有一个弟弟，身子比较壮实，已经参加工作了。徐从岚则是昆城西门人，父亲是工厂工人，母亲好像是电影院的售票员。家人的开心，不仅是为着婚礼，更是因为新郎新娘已有了好的前景。

前景的确不错呀。徐从岚大学毕业后分配在杭州一家国营商业公司上班，本来日子稳定，但这时她不计后果地请了长假，实际是准备辞职了。两个人的发展去向已经明朗，张午界即将赴美留学，徐从岚也在办理F2签证，会很快前去陪读。

所以那天的婚礼是出国前的一种仪式。这种身份认证式的仪式是双方家人所需要的，尤其是在出远门前。不过对同学们而言，不仅是婚礼，还是送别，有些"此地一为别，孤蓬万里征"的意思。酒席间，回忆的话和展望的话交替出现，一筐一筐的；白酒和啤酒也是交替上桌，一箱一箱的。张午界酒量比较浅，但那天丢了束缚，喝得相当奋勇，最后舌头拐着弯儿，昆城话讲得有点像英语了。散席的时候，徐从岚悄悄对我说，午界睡一觉就好了，你们几位晚上过来继续聚。那时候的昆城，宴席就是这么野豪，白天闹腾过了，晚上也不能冷落，一般会召唤几个好友再守一守喜气。我从温州过来赴宴，当晚也不打算回去，毫不犹豫就答应了。

当天晚上，七八个要好的同学又凑一起，坐在院子里的一张酒桌前。我的酒量比张午界还弱一些，喝一点就上脸，再喝一点就容易招来胃的造反。好在此时上方有月亮，又没了白天的喧闹，适合小饮聊天。同学们慢慢吃着，一边说一些闲话。我问张午界将来具体的打算，他说现在想具体也具体不了，反正先花几年时间把博士拿下；从岚出去也会继续读书，在美国只要拿着高学位，以后的日子就不会失控。从张午界收敛的口气中，我能捕捉到他的踌躇满志，毕竟他去的是著名的加州大学伯克利分校，又是全额奖学金。更重要的是，我能感觉到他有一股在专业上奔跑的欲望，也就是当年在山上要计算天上星星的那股劲儿。不过即使去摘天上星子，反过身子还得回到地面。我对张午界说，以后呀不管跑得多远跑得多久，你还得惦记昆城惦记这个院子，因为这一辈子你和从岚严重失控的夜晚，是从这里开始的。同学们哈哈大笑起来，笑声中徐从岚走了过来，轻声宣布一件事，让我们移步树下去见证一下。

呵呵，在这个新婚之夜，原来他们俩决定干点有趣的事儿——想想也是，一对即将出国的留学生的婚礼，总得跟小镇上普通的婚礼有所区别吧。大家随着两人来到桂树下，那里不知啥时已经挖了个小深坑。张午界拿了旁边的一只陶瓮，搁在深坑的底部。伴着同学们见证的目光，张午界和徐从岚各自将一个荷包放入陶瓮中。两个荷包里各有一张纸，分别写着一段相互保密的文字。这是他们心里的秘语，先存放在时间里，相约五十年后打开。

这的确是个好玩的游戏，有点浪漫又有点别致。随后张午界用铲子取了一铲土送到坑里，将铲子交给徐从岚；徐从岚认真铲了一下土，把铲子交给旁边的同学。大家一边说着话，一边轮流铲土把坑填上。有点可惜的是，旁边没有一只相机记录一下。

说实在的，月色中的这个插曲虽然有趣，当时大家并没觉得有额外的意义。

毕竟只是一个游戏嘛，将陶瓮埋好后，事情似乎就过去了。同学们继续回到餐桌上喝酒聊天，赚钱门路呀昆城未来呀美国生活呀等等。那个晚上大家坐到很晚，几乎忘了洞房还在等着新郎新娘。

婚礼之后，张午界徐从岚先后去了美国，我跟他们又少了联系。那时候没有手机，联络不方便，我和张午界只是有过几次邮件往来。时间恍惚岁月不居，再见到他们，已是十多年后了。

二〇〇二年深秋，"9·11"事件发生的第二年，我赴美国参加一个文学活动，顺便四处走走。到了西海岸，计划在旧金山逗留两三天。跟张午界一联系，原来相距很近，心中顿时一喜，就约定见个面。那时他们住在奥克兰，与旧金山仅一水之隔，跨过一座大桥就到了。

我在一篇中篇小说里写到过旧金山著名的大桥，但那是金门大桥，不是通往奥克兰的这座。这座海湾大桥也挺著名，跨度很长，上下两层通着汽车。记得那是个阴淡的下午，路过大桥时能看见有点无精打采的海面。过了桥不多一会儿，就在第十九街边上的公交站见到了张午界。他站在那儿等着我。

默算一下，此时离参加他们的婚礼已有十二年了。我们的脸上虽然放着岁月，但一眼都能认出对方。张午界看上去有些疲累，不过马上被久别重逢的高兴覆盖了。奥克兰城区不大，他开车七八分钟便把我拉到了家。徐从岚在门口迎接我，她的身边多了一个六七岁的儿子。

他们家不是美国常见的那种独门别墅，而是一套大约一百多平方米的condo，翻译过来叫公寓房，离学校（对了，就是加州大学伯克利分校）不远。房子在六楼，看上去倒也不错，有壁炉有书架还有真皮沙发，有点古色古香。徐从岚烧了几个中国菜来款待我，当然还上了一瓶葡萄酒。这么些年过去，我和张午界的酒量都没有长进，喝了两杯便开始上脸。

不过酒喝着，说话会顺溜些，我们先聊了房子。徐从岚说，房子是一九九九年买的，当时房价有些下滑，租房不如买房，就凑钱加贷款买了。这两年房价往上爬，心里正暗暗高兴，不料"9·11"来了，房市又落了潮。我又提起孩子，说儿子挺可爱的，该上小学了吧？徐从岚说，刚上小学一年级，之前是外婆奶奶轮流来美国照顾小孩，虽然辛苦些，倒也没出什么差错。

说过了房子和孩子，然后进入工作的话题。徐从岚到美国后打过一些零工，后来继续读书拿到会计学硕士，现在一家贸易公司做财务助理；张午界呢，花五年时间读完博士，又做了一年博士后，之后留校做助教。按学校规定，助教做满五年后就会失去资助。幸运的是，在第五年即将结束时，他拿到一份非终身制的副教授合同。这么听着，他们俩似乎还挺顺的，没什么太大的意外。中国不少优秀留学生，应该就是这样一路走过来的。

但接下来我才知道，他们俩的生活状态并不够好——正是因为张午界的专业方向，使得他和许多留学生有了区别。

张午界此时迷上了弦理论，具体地说，是迷上了弦理论新演变出来的 M 理论。当然，这种物理学上的玄妙东西我不懂，只能听张午界的解释。张午界说现代物理有两大支柱，即广义相对论和量子力学，但它们居然是不相容的。找到一种可以统一它们的理论，是许多物理学家拼尽全力的目标。现在，一缕颇有魅力的曙光出现了，这就是弦理论。弦理论认为世间万物均由一根振动的弦组成，无论是最小的基本粒子还是最大的宇宙天体，都得在这根弦的跟前低头称臣。也就是说，这个理论若能成立，就能弄明白宇宙的起源问题。瞧瞧，这是多大气派的学说呀。但问题是，要证明这个理论是对的，得找到基本粒子，但基本粒子太小太小了，小得无法用咱们的文字语言来表达。

张午界说，要找到基本粒子，得靠加速器和对撞机联手，也就是在加速器的推动下，用带电粒子进行对撞，产生新的基本粒子，而且这种实验最好排除任何因素的干扰。举个例子说，在一条很长很长的地下隧道里，两台力大无穷的对撞机飞速地迎头相撞，轰的一声，才可能溅出基本粒子。在那一刹那，大约也是宇宙大爆炸时的景象。

张午界说的理论我一时听不明白，可这个例子我听懂了。当时我就想，哎

宇宙里的昆城　　167

呀，这玩意儿太有意思了。

但问题在于，要进行这样的对撞实验，要花很多很多的美元。即使自己拥有印钞机，美国政府也不愿意拿出这么多的钱。而此时，弦理论又进行了新一轮革命，M理论闪亮登场，非常让人着迷。

张午界的担忧是，如果美国政府不支持搞对撞机，M理论就会失去证明自己的机会。从小处说，这会导致M理论在物理界站立不稳，并带来该专业经费资助的减少，容易让他的教职脱手而去；往大处说，人类能捕捉到宇宙诞生的细节，那该多好呀，张午界作为在这个方向用力的物理学者，显然有些心急。

其实聊一会儿我已经知道，在美国搞弦理论研究的——这里指的是大概念的弦理论，包含了M理论——有一个庞大的阵营，里边有不少著名物理学家，张午界在其中只是一个追随者。但他的忧心是真切的，痴心也做不了假。那次拜访他家，在我脑子里留下的一个重要印象就是他隐隐忧郁的神情。这种神情又让我联想到当年他在山上遥望星星的模样，现在有句话叫"归来仍是少年"，我觉得他的身上还残留着少年的影子。

"归来仍是少年"，其实说的不是年龄，而是指还保留着内心的干净和向外的好奇。在张午界隐隐忧郁的神情里，干净和好奇这两者都没失去。不过呢，他的干净带着一点笨拙，他的好奇带着一点迷茫。对，就是这样。这是我当初的短暂感觉，不一定准确，却一直停留在了回忆里。

说一直停留，是因为在后来很长的岁月里，我没再见过张午界。

那次晤面之后，我们的联系并没有变得更多——世界说小又很大，而大家在日子里都忙着自己的事情。我也从温州来到杭州办一份文学杂志，整天想的都是稿子的事。直到迈入智能手机时代，我和张午界才多了些短信来往。有一天，张午界突然告诉我，他离婚了。我吃了一惊，连忙问怎么回事。张午界没有解释什么，说分开了也好，两个人都轻松些。我再追问，他就没回复了。为此我在脑子里想象了好一会儿，也没想出什么头绪来。由于时间和空间的缘故，张午界其实已不是我熟悉的那个人。是的，对我来说，他成了地球上另一频道的人，是一种遥远的存在。

事情的转折点出现在前年的十月。这一天我收到一条短信，对方说自己是徐从岚。我恍惚了几秒钟，才明白过来——时隔多年，徐从岚竟然冷不丁地出现了。

徐从岚说此次回国已在老家昆城待了半月，现经过杭州准备返美，希望能见个面。我心里挺高兴的，很快约定当天晚上在"楼外楼"一起用餐。到了傍晚，我提前抵达，选了一张靠窗的小桌子。没多久，徐从岚来了——一身雅致的休闲装，脸上淡妆里多了一些皱纹。因为久别，两个人都有些感慨。我们边吃边聊，大都是我问她答。我先问她儿子怎么样了，她说他大学刚毕业，在旧金山一家计算机公司做实习生，情况还好。我又问张午界近况如何，他有回国吗？她说好久没见啦，不知道近况。我说分开了他还是儿子的父亲，怎么会没有消息？她答道，只听说他每年会回一趟国，参加一些城市马拉松赛。我吃了一惊，呀，他跑马拉松？她说跑了不少年啦，开始是几公里健身跑，慢慢添了距离，先跑进半马，又跑进全马。我问他的专业进展怎么样，徐从岚沉默一会儿，摇摇头说不知道，反正我们分开时他正在低谷期。我还要再问，见她低头不语的样子，就改了话头，问她这次回国的情况。她这才抬起脑袋，说有件事想请你帮忙。

分别这么多年，她还能想到求助于我，这是老同学的情感底子在托着。我这么寻思着，一边等她开口。她说求是，你还记得我和张午界婚礼的那个晚上吗？我愣一下，点点头。那个晚上太不一样了，无法让人忘记。院子里的树下陶瓮内，装着五十年封存期的爱情秘语呢，只是当时谁也没去想这婚姻会不会被现实打脸。

徐从岚眼睛暗了一下，说可惜那个宅子没有啦。我"咦"了一声，说昆城这些年的确在拆拆建建，可坡南街是保留了的，那房子怎么就没有了呢？徐从岚耸一耸肩说，坡南街老宅被张午界弟弟卖掉了。卖掉旧屋搬进新房，这是人家的选择，当然不能算错。但对徐从岚来说，这竟是一个心结。

徐从岚说，我在城西有一间父母留下来的老房子，上半年被拆迁了，补回来一笔款子，我想再添上一些钱，把张午界的那个老宅买回来——这次回国，主要就是为了这个事。我不解地问，你跟张午界早分开了，干吗还要替他赎回来？徐从岚说，不是替他是替我自己，我愿意在老家保留一处房子，与其在拆迁后弄一套新房，还不如拿回这座有感觉的旧宅。我明白了，点点头说，你在那座旧宅其实没住过几天，主要奔着那老树底下的文字。她轻笑一下说，你是那个晚上的见证者，这也是我找你帮忙的重要理由。我说，这么一讲压力不小呀……我能帮什么忙呢？她说，我打听过了，那老宅现在的主人是位公务员，没打算卖掉房子，通过中介打电话试探，一下子被顶了回来。她停一停又说，我在昆城已没有可以相托的朋友，父母年纪大啦跑不了这种事，所以挺沮丧的。到了杭州突然想起你来，你是作家神通广大……我笑了，作家怎么可能神通广大！她说别谦虚了，你在昆城一定有不少朋友。我说，我有几个朋友，可他们都不是买卖房子的。她说，求是你的意思是不想帮这个忙吗？我说，我的意思是肯定要帮这个忙，但不敢打包票。她笑起来说，在外边待久了，我已不习惯你这种绕来绕去的表达。我说，让不想卖房子的人卖掉房子，这可能比写一篇小说还难，我试试吧。

这件比写小说还难的事，真让我给办成了。

我托了朋友，自己也前后去了昆城两趟，曲曲折折把人家说通了。当然主要还是徐从岚愿意多出一些钱，一个"钱"字，能让一个人的态度发生质变。主人何为言少钱，添加一点开心颜嘛，其中的交易细节就没必要多说了。

我想说的是，因为办这件事，那一天我有机会重新站在了张午界老宅的院子里，站在了那棵桂树下。地面平整如常，慢慢踱几步，似乎能感应到脚底下藏着的爱情初心。我脑子里挡不住地蹿出几个问号，这些问号关乎张午界徐从岚的婚姻变故和专业起伏，捏在一起其实是一个问号，即时间让他们到底有着怎样的改变？作为一个写作者，我知道这个问号不仅通向他们的生活，也通向他们的内心。

就是从那时起，我生出一个念头——应该去深度了解他们，尤其是张午界。很快，这个念头越长越高。

我的第一步自然从徐从岚入手。前些日子为了房子的事，我们时不时地在微信里聊天，但现在我琢磨一下，形成一个判断：要做这种了解，在微信里展开不是上策，因为容易直白简单，谈得不会太透，还不如用邮件交流。把问题列好发去，她愿不愿意回答、作怎样的回答，得让人家有些思考时间，这才是妥当的。

三　我与徐从岚有了邮件往来

1

从岚：

问好！

在微信上我讲了，我将给你写一封邮件。你心里肯定会纳闷，干吗不在微信里说话，非得煞有介事地转到邮件上？呵呵，这么做不为别的，我只想聊得深入一些细致一些。多年前在奥克兰，我吃了你一顿好饭，谈话却浅了。去年在杭州，光顾着说房子，也丢了细聊的机会。

我知道，你购买房子是为了守护，守护心里认为可贵的东西。细想一下，这种行为挺让人心动的。从这里想过去，我断定你和午界的身上存着不少故事。作为一个作家，我当然想以采访的名义获取这些故事，但我又反对自己这么做，因为咱们更是有情感底子的同学。是的，我很愿意以同学的身份走近你们，推开横在时间里的隔门。我的意思是说，作为一个教室里的少年同窗，走到眼下这个年龄，是值得一起回望一下岁月的。如果这样的说法还是牵强，那我只有以好奇为借口了。你应该还记得，我从小好奇心旺盛，嘿嘿，这一点到现在仍没有改变。

为了方便深聊，我已列出了几个问题，但现在转念一想，还是先不给你。你有个允许的态度，我再发去吧。

钟求是

2019.03.10

2

求是：

你好！

迟复了，抱歉！你的信函像是一页虚账，写了一些花巧词语，中心想法还是要做作家式的打探，所以这两天我比较犹豫。想到把自己的私事拿出来示人，心里不免有些障碍。咱们毕竟不在一起很久了，我不能因为你是同学，近来又帮了忙，就随便答应。这是真话。不过今天下班坐地铁回家，路上打了个盹，我梦见许多年前的中学教室。虽然只有几分钟，但还是让我心里既高兴又忧伤。也许你说得对，到了这个年龄，是可以一块儿回忆一些事情的。

好吧，没什么大不了的，我会试着回答你的问题。

徐从岚于旧金山

2019.03.13

3

从岚：

你的回复让我愉快！这两天我自己跟自己打赌，猜你会不会答应，猜了几次不分胜负，现在你给出了结果。

我的问题有点正式，但尽量精简些，主要为：

1.二十世纪九十年代初赴美留学，不是一件简单轻松的事，你们最初是如何站稳脚跟的？除了学习，打过工吗？（上次在奥克兰你们简单说过几句，我想知道多一些。）

2.能说一说你在美国的生活曲折和工作近况吗？漂了这么久，有无漂出一点寂寞感，或者说有无惦念老家了？买下昆城那所宅子，会促使你经常回来小住吗？

3.午界的读博经历可以介绍一下吗？奥克兰见面和后来的偶尔联络，我能感觉到他对工作的忧郁，情况到底怎么样？他为什么会喜欢跑马拉松？

4.你和午界的婚姻曾经那么好，后来遇到了什么问题？你们分手的核心原因是什么？（这不算打探，而是关心。）

5.午界研究的量子物理，我不懂但仍觉得有趣。因为不懂我只能问，他现在干得还好吧？

有闲了回答，可以不着急。

求是

2019.03.14

4

求是：

因为你的提问，我有了回忆和梳理的机会。不过我并不擅长这种做题般的回答，如果说得不好，或者过于简略，那不是我不认真对待。好在年轻时我跟许多人一样也喜欢过文学，不至于中文表达词不达意。

按问题的顺序，回复如下：

A.张午界是一九九〇年九月到达美国的，在加州大学伯克利分校读博士。七个月后，我以陪读的身份也来到这里。我们先住在租金便宜的学生公寓里。我的计划是把F2签证转为F1签证，也读个学位。午界因为在香港读的硕士，英语已经过关。我的英语还不行，得花一段时间补上。另外午界虽然有全额奖学金，但维持两个人的生活远远不够，所以我把一天的时间分为两份，一份用来补习英语,一份去餐馆打工。我很辛苦。

我在一家中国餐馆洗过盘子,一天三小时。每次去的时候,碗池里的盘子堆成一座小山,似乎永远洗不完。才洗了三五天,我的手便脱皮了。我在一家越南中餐馆拆过鸡,就是把一只整鸡拆分成鸡翅、鸡腿、鸡胸脯。虽然是冻鸡,但我的两只手整天血淋淋的。我还在台湾人开的馆子里包过饺子,包一个饺子三分钱,开始包得慢,后来熟练了包得快,手指却时不时地会抽一下筋。当然我也在大堂里端过盘子,工资很低,每小时只有两美元,收入主要靠顾客的小费。如果运气好,小费会多些。有一次一位黑人男子来吃饭,要了八美元的菜,吃完后留下十美元的小费。我奇怪地向他表示感谢,他说他刚找到一份工作。但这样的高兴时刻太少了,而且那位华人老板也很差劲。他在遇到美国节日时,对我们说,咱们中国人不过洋节;等到中国春节时,他又说这是在美国,过什么中国节日。那时候真憋屈。

由于赚钱不容易,就不敢多花钱。有一次我牙疼,忍着不去医院,因为我的医疗保险不包括牙齿。忍了两天实在受不了,便对午界说,不管花多少钱也要去一趟医院。午界开车将我送去,一路我捂着脸哼哼唧唧的。到了医院一听挂号费,我转身就走,午界拦也拦不住。说也奇怪,回去路上我的牙似乎好了许多。现在想起来,幸好那时候我们年轻,身体扛得住苦累。

B. 我差不多花一年时间学好了英语,又攒下一些钱,然后才去大学读书。为了便于以后找工作,我选择了财会专业。两年后,我拿到硕士学位,不久便进入一家华人小公司上班。因是起步阶段,工资不算高,但我没有不满意。又过一段时间,午界博士毕业,先留校做一年博士后,很快又拿到了助教位子。这样安定下来之后,儿子也跟着来了。那时我母亲和午界母亲的身体还硬朗,便轮换着过来带孩子。为了住得舒适些,我们在市内买了公寓房,就是你上次来过的那套房子。房子不算很大,但有好几个房间,足够一家人住了。所以那会儿我们的日子最为平稳。午界放暑假时,我会请上几天假,一家人开着车子外出旅游。我们沿着海岸线南下,经过圣巴巴拉到达洛杉矶,然后一拐弯驶向拉斯维加斯。我们也曾经一路向东，来到盐湖城，再到达丹佛。路途上的风景让孩子新奇，也让我和午界快乐。我们在证明我们也可以拥有轻松。

但这种轻松并不是经常属于我们，生活中沉重的东西渐渐增多了。后来我和午界分开，我和孩子搬到了旧金山市内。在美国，单亲家庭太多了，我没有因此感到害怕。时间往前过觉得很慢，回头一看又过得快，似乎一转眼儿子上高中了，又一转眼上大学了。他上的是美国东北部的康奈尔大学，学校不错但距离遥远，一年只能见上一两次面。这样我便有了许多独自一人的时间，是的，寂寞和失落常常缠住我。昆城就是在这时回来的，不断在我的念想中出现。它的模样，我是说它许多年前的模样，像黑白老照片似的清晰起来。有时我靠在床头一闭眼，那儿的一条河一座山几条老街，还有老街上人来人往的情景，会漂洋过海来到我的跟前。有一天我在书上看到一句话，说少年时代的日子是一生记忆的底色，以后的记忆只是在底色上涂涂抹抹。我认为说得对，至少一大半对。

当然啦，你帮我买下坡南街的那所老宅，我挺欣慰。那棵桂树下的故事确实是我惦记昆城的部分理由。我不知道自己什么时候会回去小住，但我很愿意有着这样的场景：在好天气的傍晚，自己在那棵树下安静地坐着。对了，不要有蚊子。

C. 讲到张午界读书和工作的事儿了。我得承认，午界是个不一样的人，天然对时空物理有着特别的热情。许多留学生的勤奋是为了顺利拿到文凭，他的勤奋是因为真的喜欢。读博的时候，他把很多时间花在了实验室，常常带几块面包进去，出来时已是夜深灯暗。我记得至少有两个圣诞节，他没有跟我一起过而去了实验室。他对我说，这是洋节，咱们中国人可以不去理它。他的想法，此时跟华人餐馆老板倒是一样。因为学习上下了力，他各门课拿的都是A，博士资格考试的成绩刷新了物理学院的纪录。但不好的一面是，他显然是孤单的，在生活层面几乎没有朋友，只有指导教授对他不错。做完博士后那年，他得到指导教授的帮助，留在学校当助理教授。过了五年，他还算幸运，又获得一份副教授的合同。

问题是，这副教授的聘任只有两年，聘期结束如果转不成终身合同就得走人。这终身合同的获得，跟午界的学术成绩有关，更跟政府的经费资助有关。从第二个学期起，午界已经开始担忧了。你上次来奥克兰，正是他步入焦虑的时候。之后没有多久，他的焦虑加重了，并渐渐失去好的睡眠。从世俗角度说，弦理论寻找的是比较虚幻的东西，很大一个作用是满足人类的好奇心，一时却没有实用性。这就决定了其追随者择业面是很窄的，只能在大学或研究所里找栖身之处。

午界的忧心是有根据的，聘期一到，他真的失掉了教职。无奈之下，他不断向别的大学投送求职申请信，希望获得延续原有研究的职位。但该研究领域在各个大学都滑入了低谷，他好不容易才得到一份为时半年的短期研究工作。半年之后，他又来到另一所大学加入一个为期一年的研究项目。在那些年里，他不停转场，从一个大学转到另一个大学，从一个城市换到另一个城市。他的专业探求也因此在漂流，无法到达期望的深度。这时候的他，真是身心俱累，脱困不得呀。记得一个新年后，天上马上要下雪，午界把一只皮箱、一纸箱书和一些生活用品塞入车子后备厢，然后跟我和儿子告别。苍白的天空下，他那辆黑色福特车孤零零地向南而去——他要长途穿越雪中荒原，赶到亚利桑那大学。那会儿，我很难过。

D. 对着同学评点我和午界的婚姻不是一件舒服的事，但我可以讲一讲。读中学时，你应该没看出来，我与午界已互有好感，只是那时尚未开化，没往情事上想。大学三年级，我主动写信联络他，开始了平稳渐进的恋爱。从恋爱到婚礼，历时近六年，可谓基础扎实（如果想知道细节，以后可向午界打探，我在这里不会满足你的好奇心）。到美国后，我不敢有丝毫偷懒，先读两年书拿到硕士，随后找到一份不算差的工作。我的计划是守住家庭，让他在专业上拓展。作为一位来自东方的女人，我不认为自己想法是错的，尤其在孩子出生之后。问题在于前面提到过的，午界的专业方向不是计算机不是金融也不是管理，而是与现实生活无法接通的原子和天空。原子和天空这两样东西都不好对付,他往前拓路很难,可能一辈子也走不了几步。我没法不替他着急。

这样的不好,会慢慢渗透到日子里。在做助教时,他基本上中午去学校实验室,一直干到午夜才回家,进门后将剩饭剩菜热一下凑合着吃了,然后倒头便睡,醒来时我早已上班去啦。我们住在一起睡在一起,却常常见不上面。后来他在各个大学流浪,一去就是三个月半年的,只有遇到急事才能匆忙赶回来。可是什么叫急事呢?家里龙头坏了不叫急事,孩子想爸爸了不叫急事,我一个人孤守空房也不叫急事。我郁闷,但找不到让他回家的理由。当然也有一些时日,他求职不成老待在家里。本是相聚的日子,他的脾气却变得不好,一点儿小事就冲我发火。夜里他入不了眠,会生气地推醒我,说隔壁人家呼噜声太吵。天哪,那是很吵的呼噜声吗?只有一直一直睡不着才是听见那一丝声响的原因。

显然,午界的专业自信受到了打击,并折射到生活中来了。午界意识到自己的问题,有一天跟我提出了分手。他的理由是自己的这种状态,对我的生活和孩子的成长都带来不利。我没有同意,因为两人分开了,我的日子和儿子的成长也不会变得更好。自此以后,我们进入了安静无趣的相处,他不再发脾气,也不多说话。有一天,他为了不打扰我的睡觉,把枕头搬到了另一个房间。但我知道,他与我相隔将越来越远,不仅仅是一个房间跟另一个房间的距离。半年后,他再次提出分手,我不反对了。他离开的时候,仍然只有那辆福特车相伴,车子后备厢里装着一只皮箱和一些生活用品,装书的纸箱由一只变成了两只。

打出这些文字,我心里还是难过。在这个世界上,他曾是与我最有缘分的人。

E. 午界的专业情况,我没能力给予介绍。他成年累月的付出,我无法用几句话就说清楚。你若真想有所了解,可以先看一两本关于量子物理的通俗读本,然后直接去询问午界。我大致能判断,你从我这里获取一轮信息后,用力点便会移到午界身上。午界不是个喜欢被打扰的人，但我不能反对你出于写作目的而做的努力。

徐从岚于旧金山
2019.03.18

5

从岚：

你的答复我读了两遍。说真的，我心里一晃一晃的有触动感。你们的经历比我想象的更波折。

阅读时我还感叹了，一位在美国从事财务管理的女士，仍然有着很好的中文表达。这至少证明，昆城中学早年文科生的文字底子厚实。（对了，你说自己年轻时曾是文学爱好者，看来喜欢文学是一件很划算的事。）

另外，你漏答了一个问题，我还得追问一句：午界什么时候开始喜欢长跑的？一个老泡在实验室的人，怎么会跑进了马拉松？嘿嘿，别烦我，你未答，我的好奇便未解。

求是
2019.03.19

6

求是：

现在我有一个感受，使用邮件比微信聊天费时又不轻巧，但容易在键盘上敲出有思考的文字。

有句英文谚语"It is better for the doer to undo what he has done"，即解铃还须系铃人的意思。你对午界的问号，肯定不会止于实验室和马拉松，这些只有他本人才能给予回答。而且毫无疑问，午界对待实验室跟对待马拉松一样，不会轻易停下脚步。也就是说，午界还不是一个属于句号的人，你对他的问号可能会不断产生，直至将来。

所以，你应该抓紧与他直接联系。我与他分开后，平常很少联络，但知道他经常回国参加马拉松赛，譬如上海的国际半马。你可以试一试这个机会。我上次说他不喜欢被打扰，也不准确。老同学见面相聊，他不会不高兴的。

祝好运！

徐从岚于旧金山

2019.03.20

四　我与张午界在上海咖啡馆谈了话

打开午界的微信页，离上次对话已经一年多了。他说了一句"除夕快乐，新年吉祥"，我回了一张烟花开放图，又跟了三个字"过年好！"。在那种热闹的日子里，这样的联络露一下头就被淹没了。

把对话框拉到头部，第一次联络是二〇一五年四月——午界回国来了一趟昆城，其间想起我来，就加上了微信。当时我问他能不能见个面，他说马上离开昆城了，等下次有机会吧。四年间，除了偶尔节日问个好，最例外的一次是二〇一七年六月二日深夜，他发了一句话：嗨，求是你好！我回复：哟，午界，回国啦？他写：没呢，刚才在校园里看到一个中国留学生，有点像年轻时候的你。我马上发了露牙大笑的图。他问：最近在忙什么呢？我写：现在是中国时间一点半，在看碟；平时编刊物、写小说，算是有点忙的。他写：一点半了呀，抱歉抱歉。又写：半夜还看电影，日子过得 comfortable。我快速百度一下，回了一个咧嘴笑脸。

这就是微信上的全部内容。再往前便是简单的短信，早因为手机的更换而丢失了。至于在微信朋友圈，我从没见过午界发的文字图片，譬如业内文章或者长跑图片。以我的估计，他不会在这样的地方逗留。

我要跟午界微信搭话了，时间是二〇一九年三月二十三日与二十四日之间的午夜。这个点儿是美国西海岸的周六上午——也许正从周末懒觉中醒来，是最适合远程聊天的。

我先发去一句"嗨，午界你好"，然后放下手机看了一会儿书。过一刻钟，手机"嘟"了一声，抓起一瞧，真是午界的回复：你好求是，好久没联系了，有点突然。我赶紧写：突然是不对的，应该经常说说话才好。午界问：你好像有事？我写：也没啥事儿，听说你要参加上海国际马拉松，确认一下。午界写：哟，你怎么知道的？我虚晃一枪：你回国内参加马拉松赛，已不是秘密。又跟上一个捂嘴偷笑的表情。午界回道：好吧，可以告诉你，我一周前被通知抽到了参赛名额。我写：嘿嘿，有点巧了，看来我问得及时。

其实也不是巧合，此前我上网查过上海国际半马的赛事情况。不过午界能亲口予以确认，我心里就落了实。在那个深夜，我和午界一来一往聊了半小时。午界告诉我，为了这次回国，他在三个月前便开始做计划，除了参加比赛，还要去合肥和北京做一些专业拜访活动。我顺势建议，拜访活动把杭州也加上呗。午界认真地说，杭州不在计划之内。我说，计划是可以调整的。午界说，不行呀，我没有时间。我说，那我去上海，站在路边给你加油，总归要见上一面。午界打出问号：Why？你不会只是想叙旧吧？我送上闭一只眼的调皮表情，说：我想再听你说说宇宙大爆炸。午界似乎迷惑了一下，回复：Language game。我查一下百度，中文意思是"语言游戏"。

因为要与午界见面访谈，我在随后日子里看了几本量子物理的科普书。说实在的，我这颗文科生的脑袋磕到科学文字，容易发生头晕。好在只是闲翻，看不懂就跳过去，有意思的地方多停留一会儿。譬如薛定谔在一只盒子里做猫的实验，爱因斯坦和玻尔没完没了的论争对决，等等，我就觉得挺好玩儿。我还看到一些大而有趣的句子，譬如："如果把我关在果壳里，我仍然是无限空间之王"；"不要惧怕死亡，灵魂是一种量子态，都会回到宇宙中的某个地方去"。

二〇一九年四月二十一日上午，我站在了上海浦东一条街道旁，无数标着号码的选手从我跟前跑过。我的眼睛不可能捉得住午界——在人流的移动中，除了大致分明白男女，每张脸都是缺少辨识度的。旁边有一个饮水站，时不时有选手停顿一下取走一瓶水。只有这一刻，才能看得清选手的眉眼和汗水。但即使停下取水的人里有午界，我估计也认不准他，毕竟许多年未见面了。

比赛结束的时候，我给午界发了微信：我上午站在路边，看见你们跑过去啦。又补上一句：我拍了好几次掌。

当天晚上，午界结束了与一位上海同行的餐叙后，赶过来同我见面。地点在外滩附近滇池路上的一家咖啡馆，是我在手机上随意找的。

我早一些到达，在二楼边的一张小桌前坐下。这家咖啡馆带点儿欧式复古风，气息雅静，挺适合朋友聊天的。八点钟刚过，午界到了——他从楼梯走上来，出现在我面前。我们没有生分，拥抱一下便对接上了。在之后的暖场时间里，我们各自说了些生活近况，一边也打量和适应着对方。我注意到午界身型还是早年那样地精瘦，只是笑起来时，嘴角两旁多了两道纹路。重要的是，他脸上混杂着一些朗气和一些沮丧——朗气浮在皮肤上，大概是运动长跑的结果；沮丧收在眼睛里，应该是内心渗出来的。好在一说话，他的眼眸中还是隐隐有亮光的。

话题可以进入我预设的轨道了。我花十多分钟说了自己的访谈想法，午界没有反对。或者说，他之前已有预料，不过他沉吟了一下说，弹琴前得定个调子，现在你是一位同学还是一位作家呢？我笑说，都行吧，可以两者兼而有之，反正今晚我是个认真的倾听者。

为了准确记述午界的物理用语和专业表达，我决定保留访谈的原貌。以下是我与午界的对话内容（根据录音整理）：

张午界（以下简称张）：求是呀，跟你聊聊我的专业，以后让人们了解这方面的大动态，我还是挺乐意的，但有一个条件，你不能把我直接写进小说。我是个物理学者，不愿意自己变成一个虚构的容易变形的人物。

钟求是（以下简称钟）：这个事儿我考虑过的。午界，我答应你，不直接写进小说。写作有好几种方式，虚构的非虚构的。

张：那开始吧，我知道你为今天的见面做了不少准备，你可以先提些问题，让我对谈话的方向有个数。

钟：咱们的谈话应该自由一些，你的生活经历你的物理研究，都是我感兴趣的。这么多年你在专业课题上一直进行着长跑，这种长跑又有些神秘，路边的人看着就觉得挺特别……

张：OK，我就从时空物理学的神秘性说起吧。神秘的产生是因为不了解，而我又没办法做到在短时间里让你深入了解。我只能尽量通俗化，先说一个你不陌生的例子——宇宙大爆炸。

钟：嗬，宇宙大爆炸，我等着这个词的出现。

张：宇宙茫茫，有无数个形形色色的星系。我们的地球在其中是如此渺小，却在一个短暂的时间段内孕育了生命，这是个 miracle（奇迹）。我们的生命又自成一个体系，不仅拥有思考的大脑，也拥有观望的眼睛，这又是个 miracle。每个晴朗的夜晚，你只要愿意，就可以仰起脑袋远望天空。天空里有什么？星光！对，是星光将地球与宇宙联在了一起。上帝在创造天地时便看见了光。他说要有光，于是就有了光。这是一种智慧。

钟：我插句话，你现在信仰基督教吗？

张：No，我不信奉。我是无神论者，但我相信神秘的智慧，因为这种智慧能够借助某种秘径接通科学。好，接着说科学的光吧。从宇宙尺度讲，光的速度是很慢的，为每秒三十万公里。太阳的光到达地球用时八分钟，就是说，我们抬头望见太阳时，看到的其实是八分钟前它的样子。如此回溯推理，我们看到的星系越远，回望的时间点也越早。随着技术手段的演进，我们看到了七千年前的星系、二百五十万年前的星系、三亿年前的星系、三十四亿年前的星系，直至看到一百三十四亿年前的星系。这个漂亮而狂暴的星系被命名为 GN-z11，是我们目前能捕捉到的最遥远的星体。它发出的光如此古老，已接近时间产生之初。在宇宙大爆炸之前，是没有时间概念的，而宇宙大爆炸是在一百三十八亿年前。

钟：哦哦，这些时间数字让人吃惊。我更吃惊的是，人类的视线居然已经跑出去那么远……这是怎么做到的？

张：因为有哈勃望远镜。哈勃望远镜刚上天的时候是近视眼，拍下的图片比较模糊，后来再送去一副眼镜，于是目光变清晰了也看得更远了。哈勃望远镜还证明了一九二九年就横空出世的哈勃定律：所有的星系都彼此远离，宇宙处在不断的膨胀之中。在那之前，连爱因斯坦都认为宇宙是静态的，而哈勃的发现，从侧面证实了宇宙确实来自一场大爆炸，big bang。

钟：既然太空望远镜能看见一百三十四亿年前的星系，那能不能再使使劲，往前看到一百三十八亿年前大爆炸时的亮光？

张：不能！即使后来有了更强大的韦伯望远镜，还是不能。根据大爆炸理论，宇宙起源于一个很小很小的奇点，所有的时间和空间都集结于这个点，然后在极短的时间里爆开。这极短的时间我无法用语言向你讲明白，用数学表示是十的负三十三次方秒。But there is a problem（但是有一个问题），此阶段因为电子的屏障作用，光子不能自由运动，整个宇宙几乎是不透明的。在一段时间之后，才逐渐生成可观测的星云结构。也就是说，人类的望远镜即使再改进，让目光穿过一百三十四亿年前而即将抵达一百三十八亿年前时，恰恰也会遇到最初的那团混沌，因而无法目击大爆炸的瞬间景象。

钟：噢，这太可惜了！如果能见到那个瞬间景象，想一想都让人热血沸腾。

张：Yes，那是个伟大的时间点！它一定远远超过你最疯狂的想象。面对这个时间点，壮丽、惊天、雄奇，人类的这些形容词显得太无力也太无趣了。同样重要的是，人类不仅有眼睛还有大脑，我们能够从那个瞬间景象中发展出来，探究宇宙诞生前世界的样子，追捕时间和空间的真相，思考宇宙的走向，包括地球的命运。是的，the fate of the earth（地球的命运）。

钟：……午界，我得喝一口咖啡，你也喝一口。

张：我觉得我在上课了，上一堂时空物理科普课。

钟：既然像上课，我举手提一个问题。人类没有此眼福，那么宇宙大爆炸的画面只能出现在虚构想象中，成了一种永远的假说？噢，对了，这得接上那年在奥克兰你所说的……

张：你的记忆力不错……所以现在需要换一个思维频道，先介绍一个人——Edward Witten，爱德华·威滕。你得记着这个名字。

钟：爱德华·威滕……他是物理学家？

张：他原来是文科生，学历史和语言学的。大学毕业后，他想玩玩政治，就进入民主党人乔治·麦戈文的竞选班子，参加一九七二年的总统大选。由于搭档副手的拖累，那一年麦戈文败给了尼克松。这么折腾一回后，威滕失去从政的兴趣，重返普林斯顿大学继续读书，这次选择的是物理学和数学。威滕智商极高，既有灵光闪现的直觉力，又有把物理和数学结合在一起的能力，于是经过一段时间的拼杀积累，终成教父般的人物。简要地说，他在二十世纪九十年代中期找到了一种开创性的物理方法，这个方法被称之为 M 理论。M 理论的出场太亮眼了，霸道而有魅力，它甚至被认为可能是宇宙的终极理论。

钟：你这么一说，让我对 M 理论这个名词又刷新了一次，但我其实还是蒙的，譬如……我弄不懂弦理论和 M 理论的区别。

张：好吧，我讲一下弦理论演进的过程。第一个弦理论叫玻色理论，因为错误太大，很快被 pass 了。随后超对称性的概念加入进来，形成了超弦理论。但超对称性的进入有五种方式，相应地也就有五种超弦理论。这五种超弦理论谁也不服谁，都认为自己是正确的，可正确的理论只能有一种。这种局面让物理学家们很头疼，不知前路在哪里。M 理论让人震惊，是因为它提出了全新的观点，认为之前的五种理论只不过是对一件事的五种看法而已，就像一个人被从五个角度拍了照片。这样，它就把那五种理论串在了一起，独立成了一个大理论。

钟：那这个 M 理论的厉害之处在哪里呢？M 又是什么意思呢？

张：这么说吧，现在世界上被发现的力共有四种：电磁力、引力、强力、弱力。爱因斯坦后半生有一个理想，就是想把电磁力和引力合在一起，但没有成功。杨振宁撇开引力，把其他三种力给统一了，所以成为顶尖牛人。现在，威滕的 M 理论要把四种力都囊括进来，成为大一统的理论。理论太大了，就容易玄，所以这个 M 的含义是不确定的，可以是 magic（魔力）、mystery（神秘），也可以是 mother（母亲）或者 matrix（矩阵）。我这样讲述不知你能不能明白？

钟：说实在的，我还在似懂非懂的层面，但我能感觉到你对 M 理论的推崇。

张：推崇？好吧，我同意用这个词。说起来是一种缘分，威滕第一次讲述 M 理论的时候，我刚好在现场。那是在南加州大学召开的一次研讨会，1995 年的春季。当时我博士快要毕业了，导师推荐我去旁听这个会。南加大在洛杉矶，离伯克利有六百公里，这让我有点犹豫，但最后还是开着车子去了。在那个简约但级别很高的会场里，我是为数不多的学生之一。那会儿威滕才四十多岁，戴着黑框眼镜，眉毛挺浓，头发也还茂密。他是研讨会的主要发言者，讲了一个多小时。听着听着，我的脑子一会儿轻一会儿重，反正一片纷乱。我知道自己被震到了。回去的路上，我在车子里放着音乐，其中有一句歌词飘出来：In that case, you can change you.（既然这样，你可以改变你。）是的，我觉得可以改变或者调整自己。

钟：你说的改变……指的是什么？

张：把研究方向从天体时空转向量子力学，重点当然是超弦理论。在之后的许多年里，我从来没有放弃努力，让自己保留在用对撞机追踪基本粒子的前沿研究体系里。与其他人相比，我有我的优势，就是能用时空物理对量子力学进行穿插。

钟：午界，我有一个理解，你研究超弦理论，就是希望在对撞机撞出基本粒子时，捕捉住那一瞬间，见证宇宙大爆炸的景象。这也是你上次描述的，十几年过去了，我仍然忘不掉。

张：我很高兴你有这样的判断。是的，既然人类望远镜不能看见大爆炸的瞬间，那如果能在对撞机上产生相似的景象，哪怕只是一个迷你版的场景，仍然让人无限向往。请注意，我用的词是无限向往，infinite yearning。

钟：无限向往在这里表达的是一种难度，或者说是一种困境中的等待。我知道，你为此吃了不少苦。

张：谈到这个问题，得铺垫一下背景。物理理论想真正站住脚，都是需要实验来证明的。M理论尽管光鲜诱人，却只是在口头上。它设想中的超对称粒子到底有没有呢？如果有，是什么样子呢？刚才提到了，这需要一台强大的对撞机来证明。一九八七年，美国率先提出搞SSC（超导超级对撞机），当时美苏争霸，里根一听能显示国力，二话不说批准了这个项目。但在美国捣鼓这种工程很费时间，过了六年连安放对撞机的隧道都没挖好，已经花了二十亿美元，而整个项目的预算已升到百亿美元。美国国会几轮听证后不高兴了，叫停SSC。这是一个不小的打击，美国超弦界一片哀鸣。所幸的是，这时欧洲的LHC（大型强子对撞机）获得立项，虽然规模小一些，但若能撞出超对称粒子，也能满足M理论的求证需求。超弦界在兴奋中等呀等呀，一直等到二〇一五年，LHC达到运行能量的设计峰值，仍未能发现渴望中的粒子。

钟：我还是有点不明白，美国拥有如此庞大的财力，对前沿科技又一直舍得投入，为什么就是瞧不上对撞机呢？

张：人类对科学的要求，总是希望能落到实处。资本更是这样，寻求的是看得见的产出。牛顿力学，推开了踏进机械工业革命的gate（大门）。麦克斯韦的电磁力，接通了迈入电气时代的route（路径）。爱因斯坦叼着烟斗，用狭义相对论引出一个简单方程式，然后引爆了原子弹。量子力学一堆牛人共同用力，才有了现在的电脑互联网。可M理论呢，因为没法证实，在美国政府看来只是一场豪华的物理游戏。即使对撞机撞出宇宙的诞生景象，那也只是让人们睁大眼睛收获一阵心跳。相比之下，财政经费可去的项目太多了，每一个都看得见摸得着。

钟：噢，这样的大背景对你们搞超弦的确实不利，上次在你脸上见到的担忧让我印象深刻。

张：你那次来美国是二〇〇二年吧？那时是我受困的开始……你知道的，我在加大伯克利做副教授，但已预感到将会失去这个职位。那两年我的研究刚刚往有效的方向展开，很不希望自己的状态被打断。我的担心一点点积攒，攒成了焦虑；焦虑又一点点积攒，攒成了失眠。是的，那会儿失眠症找上了我。

钟：你的失眠症……挺严重吗？

张：严重！到了夜里，脑子明明是昏沉的，但一碰到枕头立即会变得清醒。那种清醒是冷的，似乎脑袋里有条缝，冬天的空气不断漏进来。更具体一点儿，在黑夜中，我的脑子有时候空白得像一张纸，有时候又塞满了各种粒子、参数、星团和长长的隧道，混乱无序又控制不住。Sorry，那种糟糕的情况我不能说得太多。不，我已经说得过多了。

钟：这种状况持续了多少时间？

张：状况有轻有重，重度失眠差不多持续了两三年。

钟：那后来是怎么好起来的呢？

张：跑步。跑步是对失眠很好的干预，当然开始我没有想到。

钟：哦哦……

张：在一个睡不着觉的夜里，我脑袋发胀，就起床下楼慢慢跑步。跑了一会儿回来洗过澡，仍难以入眠，但觉得脑子轻松了一些。以后我把夜跑当成一件排除焦虑的事情，几乎每天都要去。先是八百米、一千米，再两千米、三千米。一年以后，我已经能跑十几公里了。这时我得寸进尺做了计划，开始尝试跑二十一公里的半马。再过半年，如果不计较速度，我已能轻松跑下半马了。有时跑顺了，还能跑完全马。当然在这个时间段里，睡眠也不知不觉改善了许多。

钟：听长跑者说，跑步会上瘾的，有时跑着跑着身子会有一种飘起来的快感。这种感觉你有吗？

张：这么说吧，一段长的跑程会有一个疲劳点，使劲跑过去之后，氧气供给达到平衡，身体就进入了轻松阶段。这种放空的感觉确实不错，让人上瘾的理由就在这里。但我的内心重点不一样，原因在于我是 night run（夜跑）。每次在夜色中跑着，我的上方是星空，那些星星的名字我都知道。我一路安静地跑着，却不再孤单，因为我觉得它们一直陪伴着自己。

钟：嗬，这有诗意……原来长跑中也可以有诗意。

张：诗意是你们作家喜欢的词儿……我说的是有星空陪着，寂寞的确会减少一些。

钟：那参加马拉松赛也是为了减少寂寞吗？你真的每年都要回国参加这种长跑活动？

张：不是每年，但也差不多吧。我不是专业或半专业运动员，也不是闲得发霉的中产者，回来参加马拉松赛成本有点大对吧？你心里一定有这个问号。

钟：嘿嘿，是有这个问号。

张：我回来参加这种长跑当然不是为了拿比赛成绩，而是自己送给自己的回国 excuse（借口）。我需要这个 excuse 推动自己回国。

钟：我有点明白了。你这次回来当然不是为了在上海跑出一身汗，再吃几顿地道中国菜……

张：这次回来，我要去合肥拜望我的几位中科大同行，然后去北京雁栖湖国科大参加杨振宁先生的一个讲座。四月二十九日，他将在那里发表对当代物理学的一些看法，当然也会谈到超大对撞机。关于超弦理论和对撞机，中国物理界已经争论了不短时间。现在的中国，是国际超弦界的关注中心——这才是我经常回国的主要原因。

钟：中国成了中心……这挺有意思的。为什么会这样？

张：欧洲 LHC 对撞机尽了最大力量也未能发现超对称粒子，这对 M 理论是个打击。超弦界认为，这是因为 LHC 的隧道只有二十七公里，形成的撞力不够。只有建成能级大几倍的对撞机，才有可能抓捕期望中的粒子。但建造巨型对撞机太费钱了，估算至少需要二百亿美元。美国不肯拿这个钱，欧洲也不可能了，剩下的只有中国啦。

钟：原来看上中国的钱了。二百亿美元，得是怎样的项目呀？

张：这个项目第一期叫CEPC（环形正负电子对撞机），环形隧道的周长将达到一百公里，比北京的五环路还长。如果做成了，还有第二期SPPC（超级质子对撞机）。说形象一点儿，这个项目就是物理界的三峡工程。

钟：三峡工程当时也很有争议，最后上马了。这个对撞机项目上马可能性大吗？

张：三峡工程的成果是电力，可以让现实中的许多人受益。对撞机项目的成果看不见摸不着，要去推动确实很有难度。为了促成此事，国际超弦界不断组团来中国演说。我记得是二〇一四年二月，威滕率队在清华大学搞了一次讲座，动静不小。二〇一六年八月，国际弦理论大会也是在清华开的，主要目的仍是造势。这两个活动我都参加了，借着两次马拉松赛回的国。

钟：噢，这样的造势有效果吗？既然有争论，赞成和反对的力量对比怎么样呢？

张：说实在的，现在虽未见分晓，但赞成派处于弱势。我说两个你知道的名字：霍金赞成，杨振宁反对。

钟：那你的想法呢？

张：我是个小人物，但也有自己的选择。我的选择当然是希望上马这个项目。我尊重也理解杨振宁先生的意见，他认为这个项目花钱太多，会挤占中国其他科技项目的经费；他还认为对撞机在三五十年内对人类的生活不会有帮助。我认为他说得都对，他的意见是理性的。但有一个声音老在内心提醒我：三十年或者五十年以后呢？当人类的实用需求和物质追求告一段落之后，那时是不是需要一种更广阔的精神满足，譬如对宇宙的进一步认识？

钟：嘿嘿，原谅我说一句，三五十年以后的确是个遥远的时间，很多事情难以预见。既然难以预见，现在上马这种项目是不是有点……乌托邦？

张：霍金已经去世了，杨振宁也近百岁高龄。五十年后别说他们，就是我也早已灰飞烟灭。就这个项目而言，即使能侥幸上马，第一期和第二期工程建造完毕也得二十年，加上不断递进的实验时间，出结果应该是三十年之后了。我就是天天锻炼身体，基本也不可能跑到那个见证奇迹的时间点。But，科学从来都是一个 evolution（演进）过程，而当代物理正处于暗淡时期，这又是一个可能的亮点，为什么不尽早去探试呢？用一个你可理解的说法，在认知宇宙起源这种终极问题上，我们还处在一间封闭的密室里，眼前一片黑暗，但我们已经快抓到钥匙了。只有抓到这把钥匙，才能打开一扇窗户，见到外面的光亮景象。我们是最接近这把钥匙的人，即使等不到目击光亮的那一天，也不可能放弃寻找钥匙这个过程。

钟：嗯嗯，我有些懂了。

张：你刚才说到"乌托邦"这个词，我再说一句，人类为什么不可以有点乌托邦呢？一个人又为什么不可以有点乌托邦呢？过去或者现在，人类的视野太窄小了，把宏大的未知的东西都视为乌托邦。未来呢？未来肯定不能这样！

钟：午界，你的话差不多把我说激动了！现在我老觉得，你的嘴巴里不时会掉出奇异的说法。

张：你的奇异感来自宇宙本身，不是我。你知道的，在生活中我不是个有趣的人。

钟：好吧，这会儿就暂时撇开宇宙，聊聊你自己的事儿，譬如这些天我一直在想，你当初干上物理是个人选择还是所谓的命运安排？

张：当初？要说那么远吗？那我先问你，你干了文学是个人选择还是命运安排？

钟：呵呵，先说我呀。我在一篇文章里曾经讲过，我写小说是因为一张借书证。当年我拿着那张借书证把昆城图书馆的小说全看完了，文学的基因就不知不觉注入我身上了。

张：一张借书证帮了你，这说明个人的选择就包含着命运安排……你还记得咱们中学的地图墙吗？在教学楼的走廊里。

钟：记得呢，那墙上排过去一溜儿地图，好像有温州地图、浙江地图、中国地图、世界地图。这样的布置当时觉得挺有意思的。

张：好多次我站在地图跟前琢磨着昆城，昆城在温州地图上是明显的县城，在浙江地图上只是一个小点，在中国地图上就消失了。而在世界地图上，我要靠想象才能确定昆城的存在。后来我就傻傻地想，要是有一张太阳系地图，进而有一张银河系地图，那么昆城在上面是怎样的存在？

钟：哈，一个昆城少年的遐想。这算是你对宇宙感兴趣的起点吗？

张：我不知道这算不算起点，但当时我明白，昆城当然是存在的，所以也可计算昆城到达每一个星球的距离。问题是，遥远的星球如何看待昆城？对它们来说，昆城存不存在有意义吗？

钟：嘿嘿，从很大的尺度去琢磨事儿，就容易进入意义的虚无。

张：这是大的空间维度。再从大的时间维度看，人类再怎么自我 magnificent（雄壮），也只是地球上的一轮文明。这轮文明的生存，属于宇宙时间里的一个小小缝隙。

钟：这不是你当年想的吧？一个中学生不会琢磨到这个份儿上。

张：当然是后来的想法，但人的思想是一条长河，从最初的地方流淌过来的。又有一天呀，我换了思考方向，从大的维度转到小的角度，心想如果人类是一轮缝隙般的文明，那么一个人的生命长度更属于无须计量的小单位。在这样小单位的时间里，我把目光投向地球之外，去捕捉宇宙里的许多东西，这种以小搏大，本身是否就具备了意义呢？

钟：我说一句重话啊，这样的思考听上去有点高尚，但换一个词儿，是不是也有点天真呢？我们毕竟生活在一个世俗的社会里。

张：是的，高尚与天真的距离，有时候是模糊的。但有一点我不模糊，自己是个 the weak in life（生活脆弱者），无法在世俗的日子里活得自在。既然只有几十年的时间，那我就选择做个不一样的人，天真一些或者自认为高尚一些。我说这些，可能有点说飘了，其实我不习惯这样。

钟：不飘的，我很高兴你能谈到这些。从杭州跑过来跟你聊天，真是一个正确的决定。对了，我再邀请一次，这次你设法挤出点时间来杭州走一走吧。西湖不吸引你吗？咱们可以在西湖边接着聊。

张：到时看看吧，我觉得排不出这个时间。

钟：还有一件事我可以不说，但不说好像也不对……你家的坡南街房子已经卖了，最近又被从岚买了回去。这个你知道吧？

张：（喝咖啡，沉默半分钟）从岚买下那所房子有她的理由，我不能不尊重她的想法。

钟：那……一个人的日子，你现在过得好吗？还有你的工作，眼下漂到哪儿就职了？

张：求是，你的口气慢慢变成了正式采访。

钟：呵呵，对你呀，我就是想多了解一些。

张：在专业研究之外，我的日子很单调，无非是睡觉、看书，偶尔开车旅行一趟，有时也看一两部电影。一个单身物理男的生活，一定是不复杂的。

钟：不错嘛，你的生活里还是有旅行有电影。

张：我的旅行一般跟专业会议有关，看的电影一般则是太空梦幻型的。至于工作就职，仍然是漂流状态。前几年在丹麦的哥本哈根大学干过一段时间，那里的玻尔研究所是个很好的地方。现在的落脚点是加大圣巴巴拉，我可以在那里做到今年底。是的，漂流似乎是我这辈子的宿命。

钟：那我再问一句，在这么长的漂流日子里，你有什么要说的感受？

张：感受？又往飘的东西上说呀。

钟：可说扎实一些的，譬如一件印象特别深刻的事儿。

张：印象深刻……行吧，说一件往事。你看电影爱在家里放碟片，我呢，喜欢坐到电影院里。有一年冬季在洛杉矶旁边的小城 Pasadena（帕萨迪纳），我进电影院看一部太空冒险旅行的片子。那部电影挺爆的，看的人不少。放映过程中，我旁边一对年轻情侣时不时地低声嘀咕，主要是小伙子在讲话。我有点不高兴,提醒了一次。过一会儿,那小伙子又开始发声,在女友耳边说一串话,好像是电影情节什么的。我恼火了,轻声呵斥他。小伙子要顶嘴反击,被女友拉住,这样总算安静了。

钟:他们在电影院里这样谈恋爱,是够烦人的。

张:电影结束了,大家站起来往外走。那小伙子转过身瞪了我一眼,说她喜欢知道宇宙里的事情,现在好不容易等来这个电影,给她讲一讲有什么不对吗?我这时才发现姑娘走路的样子有些异常,原来她看不见。是的,她是 blind person(盲人),男友原来在给她讲电影。

钟:哦哦,这让人想不到……

张:那个晚上我没有马上开车回住处,而是在街上慢慢地走。天气挺冷,街灯暗淡,我把脖子缩到大衣领子里,脚步真的有些孤单。我脑子里像是冒出许多想法,又像是很空。有这样的感觉,是因为我心里挺难过,那种茫然的难过。

钟:我理解。爱情、盲人、太空,这是可以延伸出不少想法的……

张:That's all(讲完了),不说了。

钟:我最后问一句,你以后呢?以后有什么计划?

张:到了这个年纪,有点漂不动了。我想找一个满意的栖身之处,可靠并且长久。

钟:可靠并且长久,这是什么说法?是找一个地方买一所房子吗?

张:这是另外一个话题了,你就别追着问啦。我说得够多了,我不能什么都跟你聊。

钟:哈哈好的,我得知足。

五 午界与我躺在西湖夜色里

不久后的五月五日,午界到底来了一趟杭州。

都说时间是挤出来的,他做到了——从北京回到上海准备返美,在登机前有个空当。头一天下午匆匆而来,第二天上午急急而去。

那天他从上海坐高铁过来,到达时已近傍晚。我到火车东站接他,一边等着一边为自己的邀请实现而心喜。这时我还不知道,他此次来杭州的动力不仅仅因为我。

因为将大行李存在了上海,午界出来时斜背一只小挎包,看上去挺利索的。我迎住他,一起坐了车去延安路一家宾馆。住下后已过饭点儿,我问午界想吃什么,海鲜吗?他说别海鲜了,就杭州菜吧。我想一想,就领着去了知味观。

到知味观坐下后,才发觉没有来对地方,因为这里吃客多有些闹。这也勾出午界的感想,他说杭州的变化真大,繁华的模样一点儿不输美国。我问他多久没来杭州了,他说有些年了,上次来的时候你应该没调到杭州。我说那至少得十年了,这十年杭州一直在扩张,有点趾高气扬的样子。他笑一笑说,杭州是我的情起之地哟,那会儿比较安静不张扬。他这么一说,我才记起徐从岚当年是在杭州读的大学。

我带了一瓶五粮液,把两只杯子满上,慢慢喝了起来。午界说刚才在高铁上翻了我的一篇短篇小说,心里挺有感触。我想得几句好话,就问他有什么感触。他说,写小说可以一个人干活,只要带着脑子,但做物理实验需要许多条件。是这个感想呀,我就说写小说肯定也不容易。然后我讲了中国文学的一些态势,再提到中国社会的物质主义和世风浮躁。他说不仅中国,西方社会也是这样,贪心膨胀欲望无限。他又说地球已四十多亿岁,经历了多轮生物主控的世界,仅恐龙主持地球就有两亿多年,而人类出现才几百万年,但按眼下的科技突进和无序比拼,不用太久就能攒够自我摧毁的力量。我说这是杞人忧天吧。他说忧天才好,可惜现在人类不知天高地厚。

在那个吃饭的场合,他跟我一聊就聊到了这些。估计旁边的人听到耳朵里,还以为我们喝醉了呢。其实我们才喝了不多的白酒——是的,两个人谁也没涨酒量,三五小杯下去,脸上都有了红光。

这知味观离西湖近，吃完了饭，午界提议到湖边走走。我们就散步至湖边一直往北走，到了六公园往左一拐便是断桥。离断桥不远处有不少椅子，我们择了一张坐下。眼前是开阔的湖水，在夜色中轻轻波动。午界好像又有了感触，安静着不说话。我说，是想起从岚了吧？刚才你说杭州是情起之地哟。午界点点头，又静一下，讲起了三十三年前来杭州与从岚见面的事。

那个时候，他们俩已经通了好一段时间的信，情感若隐若现的还没有挑明。有一个暑假，午界从香港回来，到了杭州，说有人让他捎了一件东西给从岚。两人见了面，逛到这白堤断桥的湖边，从岚问谁让捎的、捎的什么东西，午界红了脸说我让我自己捎的。从岚瞧着他，说小礼品我也会喜欢的。午界又红着脸说，不是小礼品是大礼品。从岚问，什么大礼品？午界说，一个大拥抱，你……你要吗？从岚静了几秒钟，说我要。午界就一步上去抱住了她。那个年代呀送出一个拥抱不是小事情，大约相当于求爱了。午界又说，那天因为兴奋，我脸上蘸了一点脏没发现，从岚就掏出手绢在水里沾湿，然后站在跟前给我擦脸，那是一种快乐中加入凉爽的感觉，真的很特别，至今也没有忘掉。

我说，哈哈午界，你年轻时也会玩浪漫嘛。午界说，我这算吗？那时候你们这种文学青年才浪漫呢。我说，快乐中加入凉爽，这就是文学的语言。午界微笑一下。

我干脆顺着话势往前问，午界你干吗跟从岚分开呀？是不是你小子在外边有了新浪漫？午界没有马上接话，停一停才说，我这种搞理论物理的哪有玩花哨情感的能力？在美国这么多年，除了有一次旅行到拉斯维加斯进了赌场瞧一眼稀奇，其他俱乐部呀夜店舞厅呀从没去过。午界又说，以深度交往来计量，我的朋友很少，异性朋友几乎没有。我问，那么是从岚的错吗？午界说，当然还是我的错，开始一些年我老待在实验室里，后来又得了失眠症，身心不振，这样在生活上在精神上都照顾不到她。

午界用手推一下自己的鼻子。他说，我并没有意识到这种冷落对从岚的伤害，直到有一天，她突然问了一句话。午界说到这里刹住了，沉默一下。我问，倒是什么话呀？午界说，她问，咱们多少时间没做爱了？当时我有点发愣，答不上话，从岚说，一百零三天。

午界讲完这句话，自嘲似的一笑，嘴边的纹路跳了出来。我只好说，这从岚不愧是学会计的，数字记得明白。午界说，也就是在那天，我定了主意要离婚。

我不吭声了。这些年午界一直在漂流，看来漂流的不仅是工作，还有内心的情感。不过细想一下，又觉得他既然肯将这些话无障碍地讲出来，说明把情感的事放下了。在午界的心中，也许已经把专业和生活做了清算，他放不下的还是对撞机呀粒子呀大爆炸呀这些东西。

我正这么想着，午界深吸一口气，说了一句英语。我说，我的英语可不好哟。午界说，我是说咱们聊些别的吧。

果然，话题要转换了。随后的时间里，午界讲述了这次到北京听杨振宁先生讲座的情况。因为不懂专业，我听得有些迷糊，但有两句话是清楚的。午界说，杨先生身体还好，思维不乱。午界说，杨先生没改变自己的观点，他认为 the party is over，高能物理盛宴已过。午界转述这句话的时候，脸上有一种复杂的神情，一方面他知道杨振宁的判断是理性的，一方面心里又特别地不甘。在那一刻，他眼睛里又浮出了沮丧，即使在夜色中也藏不住。

我心里有了难过。怎么说呢，大爆炸那么大，小粒子那么小，这两者全是看不见的，能看见的是我们周围的生活。现在的午界呀，既应付不好看得见的生活，也对付不了看不见的世界。这的确是一种受困。

还有一点，我不懂天文也不懂物理，但以小说家的思维进行质疑，要是宇宙大爆炸的理论错了呢？为了见午界，我翻查过百度，知道二十世纪几十年里科学家一直认为宇宙在引力作用下不断收缩，但有一天借助太空望远镜，突然发现宇宙膨胀还在不断加速。驱动宇宙扩张的是一种不知道的神秘力量，因为不知道，只好把这种力量叫暗能量。你瞧瞧，也就几十年的时间，过去的理论就似乎被颠覆了。那么再过几十年呢，会不会有新的发现证明大爆炸学说也有误？如果这样，午界的坚持算不算是一种虚无？

这种思考角度也许是幼稚甚至是可笑的，但无知者无畏，我把自己的想法说给了午界听。他"嗯嗯"了两声，没认为这是无知之谈。随后他说了一些话，意思是大爆炸宇宙论经过许多验证，已成为物理界的主流共识，这一点不需要再去争辩。不过用朴实的思想去判断，人类对大宇宙的认识确实只是一种微光，再经过数十年的智慧加速，这种微光变成一道闪电亮光也并非不可能。那时候，许多已站稳的论点会被推倒或被修改。

说过这几句话，他变得有些沉默。这种沉默在我看来是一种担心，担心什么呢？也许不是担心大爆炸理论有误，而是担心将来有钱了，超强对撞机可以建成，但却撞不出期待的粒子。这是不是一种更大的残酷？

那天晚上就是这样，我们坐在湖边的椅子上一直聊，聊了早年恋事，也聊了专业困局——当然，核心话题都是关于他的。说着说着，发现已到了深夜。五月的西湖泡着春意，在夜色里也是好的，我们都不愿意回去。后来午界大概坐累了，起身走到路边草坪上躺下。我说在美国可以躺公园，但这里是西湖。午界又说了一句英文，自己翻译道：有时候规矩是用来踩踏的。这样我也走过去躺下来——我们并排躺着，两只脑袋相距一尺多远。此时天空少了月亮，但有不多的几颗星子。

四周因为没了游人，显得相当安静。这种场景里，人的内心会有点空。午界突然问，晚上剩下的酒呢？嗨，晚餐的五粮液还剩了大半瓶，在我背包里搁着哩。我取出来拧开瓶盖，往盖子里倒满递给他，他抬起脑袋一口干了。我又倒满一盖子，自己喝了。两个酒量薄弱的男人，也没有菜支持，就这样仰躺着你一口我一口喝起了酒，有点像无厘头的中学生。喝了几个来回，我想到了昆城，就提起坡南街那宅院里的老树。我问，当年你埋在树下的到底是什么话呀？午界似乎恍惚了一下，然后说不能讲不能讲，才过去二十九年，还是不能提前揭晓。我说，那房子现在属于从岚了，你不觉得挺有趣的吗？他说，这样也好，从岚在老家有了根儿。

我不禁想到，午界父母都已故去，老房子又住不上，他回去的动力就弱了。我说，下次回来多留点时间，我陪你去昆城。他静默一下说，下次也不知什么时候了。我说，现在时空方便了，咱们同学可不能一二十年才见一次。他说，时空？你用了时空这个词？我说，是呀，无论是时间还是空间，整个世界都打通了。他说了一句英语，又说了一句英语。我说，什么意思嘛？他慢慢地说，在平行时空里，我们彼此不知。他又说，有时候相遇是一种再见。

哈哈，在夜空下，在草地上，他的话有点醉飘也有点哲学。我丢了瓶子，不再倒酒给他。几分钟的安静之后，我听到了轻微的打鼾声，他竟然睡着了。我没有忍住，慢慢坐起来在旁边瞧着他。我瞧到了什么？泪珠，停在眼窝里的两粒泪珠。我以为自己看错了，把眼睛凑近一点，只见那两粒泪珠在微微颤动。

要过不少天我才会明白，午界这次的杭州之行对我意味着什么。

在我的认知里，生命应该是有秩序的，死亡应该是有命定的，而秩序和命定由许多种力共同构造。但午界以一己之力，建造了自己生命和死亡的新轨道。他的行为太特别了，我没法点评，或者说没资格去点评。我只能悄悄对自己说，他是勇敢的。

同时我不能不去想，自己提前起了兴趣去接近他、探究他，这是一种巧，还是一种缘？万物生于有，有生于无，我多么愿意将此视为冥冥之中的一次召唤。

记得初闻消息的那一天，我刚好出差在外。在宾馆的房间里，我根本无法入睡。我静静坐在床头，几只蚊子却"嗡嗡嗡"地飞来蹿去。夜已经变深，一点钟，两点钟。我点开手机播放音乐，一段空灵而悲壮的钢琴曲开始响起，那么绝望又那么蓬勃。乐曲中蚊子们似乎受到冲击，散开逃走了。我的脑子又一次滑出去，回想着与午界在一起的各种场景，回味着他信中的那些文字。

六　张午界致亲友的一封信

（中英文各一份，内容相同）

敬爱的亲友们：

这是一个非常艰难的决定，但相信你们能够尊重并支持我。

一年前，我与美国南部的一家生命延续研究所签约，同意将本人的完整身体交给该研究所主持的人体冷冻项目，时间自今年十月起始，保存期五十年。由于我的健康指数突破了美国联邦法律对此类实验的相关规定，双方的合作在一段时间内将处于保密状态，因此无法提供更具体的地址和细节。感谢 D 教授和团队所有成员，他们的优质技术和专业态度让我建立起相当的信心。

此前，我已经注意到生物医学领域近年的重大突破，即通过对慢慢变老的细胞重新编程，使人的身体功能恢复年轻状态。这种"返老还童"的前景让人产生遐想，但我认为自己赶不上了。两相比较，我选择了在安睡中静默等待的方式。是的，此种方式现时不够"新潮"，但更符合我的想象。

我没有选择在更大的岁数进入"冬眠"，是因为希望在将来解冻之时能够复活较好的思考力，继续参与和见证时空物理的前沿研究。这是我敢于冒险的唯一目标。

回顾现有的求知一生，我从中国东部的一座小城出发，初学合肥，续读香港，深造伯克利，而后漂流多个专业实验室。支持我努力往前走的是内心的好奇，这份好奇帮助我跨过开阔的太平洋，也度过困难的时间段。现在，我不能放弃这梦想般的好奇。

二十一世纪的今天，物理学虽然十分艰难，但终于又一次走到大时代的前沿。这比一百多年前经典物理一统天下的场景更具想象的空间：当年的牛顿力学和麦克斯韦电磁论做到了彼此相容，但总归是两个不同形式的理论，它们的结合只是一种联邦。这次不同，天才而飘逸的 M 理论也许能用同一个方程去描述宇宙间的所有现象，对各个领域进行有效的带领，最终完成一场伟大的大统一。如果能够实现，这在人类探寻史上将是第一次，从而开创一个气势磅礴的物理帝国时代。抵达这一终点线可能只是需要时间，三十年、五十年，或许七十年。

世界各国经济的增长速度应该可与这次科学行动相配，尤其是中国。我相信北京 CEPC 项目在若干年后应会重启，我也相信类似的对撞机项目在美国或欧洲终将再度发力。财富的积累能够促进精神的需求，精神的需求能够让物理预言的求证变得理直气壮。

当然，to be or not to be（生存还是毁灭），这是一个不能回避的问题。在准备实施"冬眠"的第一天起，死亡就在我的考虑范围之内。五十年后，我也许能醒来，也许不能醒来。如果永远睡去，我不会感到遗憾。在这个世界进化中，人类从来不是主人，也从来做不到永生。与非同一般的冒险目标相比，我的生命缩短是值得的。

我为这次整个冷冻过程支付了一定的费用，同时委托研究所保管少许的存款，以备将来醒后之用。假如不能复活，这一小笔钱则作为尸体处理的费用。此外，我还余下不多的一笔现金，已决定赠予前妻和儿子（相关手续已托律师办妥）。

我爱我的儿子，过去、现在和将来都是。我也真正爱过我的前妻，她是这个世界上现在仍然让我惦记的女人。我曾与 D 教授商量，希望将前妻和儿子的照片同时放入冷冻罐，在五十年中与我相伴。但这个建议被 D 教授否定了，因为现有的冷冻技术还不允许这样做。这是一个小的缺憾。

最后，我再次表达自己的期待。我渴望在五十年后醒转之时，能够见到超强对撞机产生的膨胀能量团，灵魂似的粒子组成了宇宙大爆炸的瞬间景观。这像是一次朝圣之旅，让我们回到宇宙黎明之前的时代。我们的想象可以与那些最古老的光一起，从一百三十八亿年前的时间之初出发，经过最早诞生的 GNz11星系，再经过依次诞生的无数星云，然后来到四十六亿年前诞生的地球。地球这颗明亮可爱的星体，在许多年前又终于诞生了人类。人类是渺小的，但因为有了自主意识而变得伟大。现在，我们站在大地上仰望星空，已经明白自己的个体与大宇宙息息相关。不错，这不是宗教的创世神话，这是一种科学证明。

再次感谢你们的理解！这是一份修改了至少五次的书信，见字便是告别！

张午界
2019.09.20

七 一篇来自美国的新闻报道（译文）

一次人体冷冻：越线还是立新

【新环球网译自美国《科技先锋报》消息】二〇一九年十月三日，据一位匿名人士透露，亚利桑那州一家生命延续研究所日前接纳一名华裔物理学家进行人体冷冻实验，双方签有合同。该物理学家今年五十六岁，而且多年坚持长跑，健康指数良好，没有绝症病况。他希望在五十年后被唤醒，继续从事自己的专业研究。

人体冷冻这一概念最早出现在一九六二年《永生的前景》一书中，作者为同样是物理学家的罗伯特·埃廷格。人体冷冻技术尽管已取得巨大进步，但目前仍处于医学试验阶段，具体方法是在人死亡后，对其身体进行抽血和多项小手术，再放入零下一百九十六度的液氮箱中。在将来某个时间，当医疗技术达到期望的水平，该身体便可以被解冻复活。据悉，人体冷冻术被《自然》杂志评为十大超越人类极限的未来前端技术之一。

一九六七年，一位名为贝德福德的男士响应此项实验，成为实施人体冷冻的第一人。至今，全球已有超过三千人签署了死后冷冻协议，其中一部分人已经正式履行，不过这些人的行为均在法律允许的范围内。美国联邦法律规定，只有被判定为临床死亡的人方可接受人体冷冻服务。此次这位身体健康的物理学家加入该项实验，应视为是对现有法律条文的越线，但也可能成为突破人们伦理认知的一次新尝试。

八　我与从岚坐在院子树下聊话

二〇二〇年春节之后的一段时间，因为新冠疫情我被困在了家里，每天翻翻书看看电影，有时还伴着音乐做一些运动，日子过得轻松而憋屈。有一天晚上为了取刊物校样，我开车去了一趟单位。街上灯光暗淡，行人稀少，有一种无法验证的不安全感。我暗叹了一声，人类的生活真是脆弱呀，一个小小的病毒，让整个城市一下子收起了自由。

就是在这时，手机"嘟"了一声，微信上出现了从岚的文字。她说自己回昆城了，这些天住在坡南街房子里。我赶紧把车子停在路边，用微信与她交流了好一会儿。她说自己计划回国待二十天，陪陪老人，顺便把昆城好吃的吃一遍，没想到这疫情没头没脑地就来了，看这架势，中国飞美国的航班短期内不会恢复。我安慰她，这样也好，你可以心安理得在老家多住一些日子，也让这房子派上用场。我表示，等这阵疫情消停了，马上去昆城看她。我又特意说了一句，我很想跟你再聊一聊，听你说说午界。从岚似乎沉默了一下，没有拒绝。

二〇二〇年三月中旬，疫情管理刚放开，我不让自己犹豫，挑一个周末就去了昆城。那天中午，我与从岚一起吃了简餐，然后泡一壶茶，坐到院子的桂树下。桂树叶子茂盛，挡住了阳光。我说，咱们晒着太阳聊天才好。从岚说，别着急呀，太阳往西挪去一些，阳光就全过来了。

那个有些暖意的下午，在午界从小长大的院子里，我和从岚进行了聊天式的访谈。以下为这次对话的内容（根据录音整理）：

钟求是（以下简称钟）：算一下，你这一回在这儿住两个月了吧？

徐从岚（以下简称徐）：没错儿，快两个月啦。说实话呀，被疫情困在老家，心里倒没怎么懊恼。这条坡南街现在有些意思，没事的时候走一走，多少可以捡回一点小时候的记忆。

钟：嗯嗯，好在昆城情况宽松些，还可以外出散步。

徐：一散步呀，眼睛里全是光鲜陌生的东西，昆城建设进度太快了，过去的小城模样基本丢掉了……除了这条坡南街。

钟：那咱们就从这里开聊吧，你先说说美国小城和中国小城的区别。

徐：求是，你的采访算是正式开始啦？

钟：呵呵，我说过的，不算正式采访。咱们只是聊天，怎么聊都行。

徐：那好吧，就从美国小城开始说起。那年你去过我们奥克兰的家，那房子呀离午界上班的大学挺近，开车也就十多分钟。大学所在的小城就叫伯克利，一个挺好玩的地方。二十世纪六七十年代，各种新潮东西包括嬉皮士文化就是从这里起步的。平常镇子上呀总是阳光充足，不少野路子的歌手或者舞蹈者会在街头表演，气氛相当自由开放。你如果有机会在那街上走一圈，会遇到一些看上去挺有文化的无家可归者，也会遇到几个服装奇异或行为特别的青年学生。有一天，我就看到一位白人小伙子站在路边椅子上，双手举着一块木牌子，上面写着：抗议八国联军烧毁中国圆明园！我想他可能是历史系或者艺术系学生，刚刚上完课心里生气吧……

钟：哟，这么听着，这伯克利是有点另类。

徐：我说这些是想指出一个事实：在这么轻松自由的地方，午界待了不少年，但他的性情一点儿没变。拿几个严肃的中文词放在他身上，应该是认真、古板，再加上孤单。他整天待在实验室里，完了就是赶紧回家睡觉，从不给自己留点儿社交时间什么的。那几年呀我倒希望他下班别急着回家，在镇子上找个热闹场所放肆一回，或者钻进某个酒吧跟朋友喝上一杯。可实际上，他没有能说上几句交心话的朋友，他也不可能踏进灯光晃动的舞场歌厅。

钟：你们出国早，那会儿在美国的中国留学生都很拼的。我是说，午界是用自己的方式在打拼。

徐：我知道你这话的意思，可活络的中国留学生也不少。我拿到学位后，先入职一家贸易公司，那老板就是当年的自费留学生。他原来在国内干过外贸的活儿，后来到美国读了个硕士便开始到处打工，当产品推销员。他的嘴皮子又溜又甜，半小时能说完两小时的话，还能取得对方的信任。不久他自创公司剑走偏锋，去做南非的生意。南非当时呀因为搞种族隔离被国际社会经济制裁，但私底下许多国家又与它玩间接贸易。我那老板利用这个做贸易代理，淘到了第一桶金。这么一个例子，你就能判断他这个人脑子不错。

钟：午界的脑子更不错，但你不能要求午界也去开公司做生意，把嘴皮子练得又溜又甜……

徐：求是你现在挺向着午界的嘛。

钟：嘿嘿，我今天只带着耳朵，主要听你的事实讲述。

徐：好，我讲午界的两件事吧。先说说他对 boss 也就是导师的背叛……

钟：背叛？他……背叛导师？

徐：我记得是午界马上博士毕业的那年春天，他接下导师给的一份差事，去洛杉矶南加州大学参加一个研讨会……

钟：这研讨会我知道，一次著名的超弦理论专题会议。

徐：是的，这次会议上午界见到了物理界重要人物爱德华·威滕，听他讲述了 M 理论。这几乎是一个转折点，回来后午界不怎么说话，其实是在兴奋中做沉默的思考。很快他做出了决定，研究方向逐渐转向量子力学中的超弦理论。这就造成一个问题，与自己导师岔开了路径。他的导师是时空物理的厉害人物，在引力波探测上很有成绩。但引力波是爱因斯坦预言的一种传递现象，属于传统物理理论，跟超弦理论属于两个阵营。导师接到南加大的会议邀请，自己不去而派学生去，基本上也是因为这个原因。在这样的情形下，作为相随数年的弟子，得有一个轻重权衡，可午界不管不顾的，与导师渐行渐远。

钟：这样呀，午界是够狠的。我想起一句话：吾爱吾师，吾更爱真理。亚里士多德说的。

徐：问题是真理不明呀，难道时空物理和引力波就没有前途？其实吧导师对午界挺好的，认为他有往前走的潜力，也给了不少机会。他留校做助理教授，后来得到副教授职位，都少不了导师的助力。但后来导师一看情况越来越不对，就不肯帮扶了。那会儿午界担心失去教职，大的背景是政府资助减少，具体缘由呀则是与导师的关系疏远。记得有一次导师来家里吃饭……对了，导师喜欢吃中国菜，我们偶尔会请他过来一起用餐。每次来的时候，我会做一个地道的昆城菜，就是"酒蛋"——在锅里把油烧热，倒进蛋液搅几下，再加入黄酒和红糖，特别简单也特别补身子。导师格外爱吃这道菜，所以那天我又做了。导师用勺子慢慢将"酒蛋"吃完，然后站起身专门拥抱我一下，轻声说，以后恐怕吃不到你这道菜了。当时我不明白这话什么意思，不久就知道了，他准备要"丢开"午界啦。

钟：唉，事情到了这一步，午界心理压力没法儿不大。

徐：这第二件事呀是午界的一次自杀……

钟：自杀？他还玩了一次自杀？

徐：发生在午界身上的事你别太惊讶，他确实自杀了一回。那是在他失眠症最严重、下一份工作又没找到的时候……因为工作没有着落，他整日待在家里却不能安心休息，每天夜里翻来覆去睡不着，到了早上又累得不行，脸色难看得像刷了一层灰。当然也试过安眠药，一种两种三种，都没啥大用。

钟：午界去看过医生吗？这种情况该去看心理医生的。

徐：去看心理医生了，医生说 Mr Zhang，我没法帮你，事实上没人能帮你，因为这种情况是你自找的。医生又说，以后要是睡不着，最好的方法是不要理它，如果要理它，就是对你的肌肉说 relax、relax（放松、放松）。午界知道医生的用意，就决定试一试，到了晚上早早上床，安静地躺着，让 relax 这个词在身上每个部位轻轻走过。可是第二天上午，我看到午界的脸似乎变瘦了，眼里布着血丝，眼角则多了几条褶子……说实在的，我很心疼。

钟：哦哦……午界。

徐：那会儿为了不打扰对方，我们已经分床睡了。一天夜里大约三四点钟，我起来去洗手间，忽然发现阳台上站着午界。我吃了一惊，赶紧上去问怎么啦。午界不吭声，目光看着我又不像在看我。我大声追问你在干什么，他才笑一下说，我在计算。原来他正在计算跳楼的数据！我们家在六楼，他要估算落体高度、冲击强度和地上受力面积、身体着地部位等等，得出快速死亡的概率。后来我问午界，死亡概率是多少？他说百分之八十五左右，因为自己比较瘦缺少脂肪，可能增加到百分之八十八。他又说，因为这糟糕的百分之十二，终于没有做出决定。

钟：这听上去有点幽默，午界不是在开玩笑吧？

徐：不是开玩笑，我看得出来，他确实有过死的念头。幸运的是，在生活中他啥也不讲究，可以接受孤单和不体面，但不能接受摔成残疾卧在床上。他知道自己做不成霍金。

钟：一个人有过死的念头，生活会变得不一样。午界有过这样的经历，未必不是好的事情，他的人生态度也许会变得更加坚决。

徐：嗯，也许是这么回事。午界摆脱失眠症，靠的是消耗体力法，也就是不断地跑步，但细想一下，肯定跟这次准死亡有关——都死过一回啦，还怕睡不着觉吗？午界选择人体冷冻，可能也跟曾经的死亡尝试有关。至少对死亡这件事，他已经不再那么害怕了。

钟：唔……从岚，你事先知道午界人体冷冻的打算吗？

徐：这种事呀午界不会事先告诉我的，但我对他的行动有一种预感。这是真的。我老估摸着他会做一件出格的事，以表达自己在专业上的不甘心。只是我没料到，他竟然干出这样稀奇的事——这种稀奇像一次长跑，跑着跑着跑进了斗兽场。当然了，别人听到这消息只是吃惊，而我在吃惊之后则是伤心和茫然。我不知道自己应该怎样对待这件事，我花了不少时间也没调整好自己的心情。

钟：除了伤心和茫然，你心里有怨言吗？

徐：这个怨言的怨是指怨恨吗？No，午界是个让人怨恨不起来的人，即使在我心里不满意的时候，即使我和他分开的时候。不过有一点得承认，跟他在一起时间长了，我是有些累。这种累是生活态度的落差造成的——我活在平常的世俗里，双脚踩在地上，他却有点飘在空中。我们离开对方不是彼此厌倦，而是希望减少这种累。

钟：可在日子里，谁没有累呢。去年在杭州，午界回忆起了你们的初恋，还挺动情的。看得出来，他在乎你，在乎你们过去的情感。当时我就觉得，你们分开真的挺可惜的。

徐：但你也得明白，既然他离开了我，说明我没有排在他生命中最重要的位置。是的，不是最重要的位置。

钟：作为一个女人，你这么想也没错。可午界在那封信中说，你是这个世界上现在仍然让他惦记的女人。当时看到这句话我心里一动。

徐：谢谢你记住了这句话。要知道，这句话也适用于我对他，他是这个世界上会让我一直惦记的男人。如果再加一个词，那他是这个世界上让我一直惦记并且让我一直伤感的男人。但无论是惦记还是伤感，都是因为有了距离，分开之后空间和时间产生的距离。

钟：说到这种距离，我有一个问题，你和午界最后一次见面是什么时候？他在人体冷冻前有没有跟你道别？

徐：最后一次见面是去年九月二日在旧金山。儿子在公司上了一年班觉得没意思，又考回康奈尔大学继续读硕士，马上秋季开学啦，午界约了儿子和我一起用餐。

钟：儿子读书在美国东部，这一年上班是在旧金山吗？

徐：是的，儿子这一年在旧金山跟我住在一起。午界则住在洛杉矶，平时他们父子见不上面。这回午界从洛杉矶过来，赶在儿子飞东部前聚一次。我以为他是为了儿子考上研究生庆贺一下，其实呢是一次告别。是的，一次真正的告别。

钟：午界经常对付不好生活，看来这一回终于做了生活导演，导演了与你们的最后见面。

徐：见面是在旧金山一家挺有名的中餐馆。那天午界穿着一件白衬衫，脸上刚刮过胡子，虽然还是瘦削，但看上去挺精神的。我们坐在一个小隔间里，桌上放着几样中国菜，像是一次平常的家庭聚餐。开吃前，午界拿出一只手表送给儿子，算是对他升研究生的祝贺。儿子无所谓，说我不戴手表的，手机上又不是没时间。午界说上课不能老看手机，要习惯手上有只表。午界又说，一只手机用一两年就会丢掉，手表不一样，可以戴三十年五十年，没准儿越戴越有情感。这么一说，儿子就把手表套在手腕上……噢，是汉密尔顿黑色表盘，戴在儿子手上挺好看的。

钟：午界送给儿子的不仅是一只手表，更是一段长长的时间。

徐：是这个意思，但当时儿子和我还不能领会。我只是觉得一些日子不见，他怎么已经培养起了细心。刚这么想着，午界又有了新的动作。他一个示意，让服务员端上一只备好的蛋糕。蛋糕不大但挺精致，奶白色表面铺着一朵水果做的鲜花，搁在桌子上很漂亮。我心里纳闷，眼睛瞧着午界。午界咧嘴一笑说，今天是你的生日，也得庆祝一下。我吃一惊说，是我吗？今天是我的生日？午界说是的，九月二日，我记着呢。我瞥一眼儿子，儿子耸一下肩，表示自己摸不着头脑。我静一静脑子，忽然悟过来了。我的生日是农历九月初二，往年生日要么不过，要过就过这个农历日子。求是你懂了吧？九月初二跟九月二日差着一个多月，这粗心男人把我生日提前得太离谱了。

钟：呵呵从岚，午界能记着给你过生日，说明已经很用心了。

徐：当时我也这么想，就没有拒绝那小小的仪式。午界在蛋糕上插了蜡烛点燃，又唱起happy birthday to you，儿子也合拍地跟了上来。我不能不高兴，闭上眼睛许了愿，然后伸出脖子吹灭蜡烛。这个中餐馆也很有人情味儿，不仅免费上了一道鸡蛋长寿面，好几位服务员还轮流过来对我说生日快乐。反正那场面挺温馨的，有一种将错就错的真切感。我吃着蛋糕，心里似乎也产生了奶油味儿的欣慰。得有两三次吧，我用目光向午界表示了感谢。

钟：这种感觉真的挺好……嘿嘿，说有情调也不为过。

徐：用餐结束的时候，我们站起身分手。午界先拥抱儿子，接着拥抱了我。他在我耳边轻轻说，我知道你生日是哪天，我就想让你高兴一回 in advance（提前）。我不知说什么好，就用手拍拍他的后背。这个男人呀，做幽默的事都是认真的。

钟：你当时没察觉到任何异样吗？

徐：没有。因为认定是他记错了生日日子，我就觉得他有点笨拙。分别拥抱时，因为耳边的那句话，我又有一点伤感。如果那会儿我冷静一些，也许能看出一点不一样。

钟：这一别得整整五十年，确实让人唏嘘。

徐：对我来说，这一别便是永远。如果五十年后奇迹真能发生，见到他的是儿子，是比他更年长的儿子。

钟：那种父子相见的场景，你期待吗？对不起，这样问也许不好。

徐：那种场景我不会去期待，也不愿去想象。有时稍微想一想，心里就会特别难受。难受的时候呀，我就觉得午界有点像一个人，小说中的一个人。

钟：谁？挺像谁？

徐：堂吉诃德。

钟：哦哦……

徐：他举着长矛，不顾一切地向着自己的梦想奔去，甩掉了周围很多的人。但这种行为落在别人眼中，也许只是一个笑话。说得正式一些，他望向天空执着了许多年，也许恰恰是被人类正常生活所淘汰的过程。

钟：不对，从岚你不能这么想！支撑堂吉诃德行为的是幻想，而支撑午界行为的是好奇。以前跟你说过，我是个很有好奇心的人，看了午界那封信，我忽然明白他有着更大的好奇心。我好奇的是人，他好奇的是宇宙，而人只是宇宙中小小的存在。如果这句话不妥，也可以这么说，虽然人在宇宙中的存在也是个奇迹，但他还想去发现更大的奇迹。真的不能否认，这是一件勇敢的事。

徐：求是你讲得很好，你这样理解午界，我觉得自己说了一下午也值了。不过我的内心又告诉自己，我多么希望他是个勇敢的人，又是个平常的人。我多么希望他每天正常回家，吃过饭陪我一起散散步聊聊天，在我每年生日的时候送我一只蛋糕，一直到老……

钟：现在我大概能猜出你存在这树下的时光留言了。

徐：呃，你说。

钟：一定与爱相关——关于日常里的爱，关于时间里的爱。

徐：那午界的呢？

钟：他的留言应该跟物理有关，跟星空有关。即使在婚礼时刻，他也不会忘了对专业的遐思……这只是一种猜想，你觉得对吗？

徐：我不知道……我当然不知道你的猜想对不对。如果知道了，守着这棵树呀就少了不少意思。不过我想在你这位作家跟前，也说几句有点文学的话。

钟：行呀，你说。

徐：到了这个年纪，应该活得有点明白了，但我还是茫然哩。我过去老觉得在人的生命世界中，爱是最大的星座。现在才发现，比爱更大的星座是孤独。"孤独"这个词你可以喜欢它或者不喜欢它，但不管怎么样，孤独会陪着我们走过很长的路。

钟：你讲得也挺好……从岚你这不是茫然。

徐：我等着，等着自己喜欢上"孤独"这个词。这样午界一个人躺在那边，我一个人坐在这里，感觉会好一些。

钟：噢从岚，你流泪了……

徐：对不起，让我喝口茶。

钟：我不能再缠着你说话了……这个下午真好，让我听懂了你，也明白了更多的午界。对了，关于午界，我还想知道一点。

徐：你说吧。

钟：那篇关于人体冷冻的新闻报道，说一位华裔物理学家……那么午界已入美国籍了吗？去年跟午界见面，我忘了问这个。

徐：那篇报道的说法是错的。午界呀拿的是绿卡，没有加入美国籍，这个我可以肯定。

钟：噢，这么说午界一直是中国人？

徐：对的，午界一直是中国人，也一直是咱们昆城人。

九　一则不能省去的补记

就是那天傍晚，我以朋友聚餐为借口，推掉从岚的留饭，从宅院里出来。已经聊了一下午，我想一个人待一会儿。

走在坡南街上，我脚步冲动，却没有目标。此时我脑子里装着从岚的话，也装着午界的种种往事，晃晃荡荡的，都快溢出来了。我不知道怎么安顿有着如此心情的自己。

正这么踌躇着，我左右张望几眼，看见了路旁的一家小酒馆。我拨过身子走了进去。酒馆不大，吃客也不多。我在一张小桌前坐下，点了几样菜，又要了一大杯散装的本地白酒。

我端起白酒杯子，使劲喝了一口。这种酒带着一股狠劲儿，有点冲嗓子，但我此时竟没有怯意。三四口下去，脸便有点热，我不准备劝止自己，又饮了三四口。不多时，形成了反差：喝下去的是酒水，浮上来的是苍茫。

在苍茫感的帮助下，这一年多的许多场景依次到来，在我脑子里一一展开。即使思想有些摇晃，我也坚定地认为，此时午界离我很远，又离我很近。他身上精神层面的东西，被收留在了我的时间里。在时间的流淌中，我与他同在。

走出酒馆时夜色已降，街灯淡淡地亮着，照见旁边的一条溪流。溪流之上有一座木桥，桥栏上坐着几位闲聊的男女，清脆的声音显示他们是一群谈资丰富的年轻者。我踱过去也坐在桥栏上，让微红的脸凉一凉。空气中有几丝轻风，似有似无的。往上望去，天空布着一些星子——毕竟是在小镇，瞧着还挺醒目的。正举着脑袋，眼前忽然一亮，一道闪电在天边蹿过，随后一阵雷声响起。春天的夜晚，闪电打雷并不稀罕，稀罕的是此刻天空亮着星子。

果然，旁边有一位清秀女子表达了好奇："嗨，有意思，天上有这么多的星星，怎么还闪电打雷啦？"这个问题有点难度系数，没有人应答，于是我主动接住了话头："这是因为那片雷电云比较远，不在我们的头上。"暗色中那位清秀女子的目光投向我："比较远是多远呢？"此时又有闪电和雷声先后到达，我认真地算了算，说："刚才雷电相差八秒钟，光速每秒三十万公里，因为太快了可以忽略不计；音速是每秒三百四十米，所以那云片离这儿大约两千七百二十米。"周围好几位年轻男女站起身凑过来，眼睛盯着我。一位小伙子说："哟，是位牛人哩。"另一位小伙子说："不仅是牛人，说不定还是高级牛人。"那位清秀女子又把胳膊指向天空："那你说说，天上的这些星星各有多远呢？"我抬起脑袋瞧着他们，慢慢地说："它们每一颗的远近都是艰难的计算题，我做不出来，只有张午界可以。他才是高级牛人！"

一群声音差不多同时响起："张午界是谁？"

我没作回答，却举着脖子动一动嘴巴——我以为自己打出一个酒嗝，不想呼出的是一声长叹。是的，我必须难过，因为他们什么都不知道。

难言之隐

尹学芸*

1

我没想到王永利买了赵顺德的房子，与郭文礼家成了东西邻居。我哥买房子当然不关我的事，所以人家问也不问我。我嫂子张圣文问赵顺德房子要多少钱，赵顺德说少于七万八不卖。张圣文张口就说："我给你八万！"

王永利回家指点着张圣文说："你这个二百五，就你这个二百五……让我说你啥好，两千块钱是大风刮来的？"

王永利盖了两层大房，都在前街，给了两个儿子。他原本跟小儿子一起住，小儿子的宅院阔大，还特意盖了厢房和倒房。可晚辈人长起来，再大的房子也显得窄憋，何况还要带着老妈。我妈原本有自己的房子，是祖上留下来的宅院，改革开放后翻修过，柁木檩架也软，逐渐成了危房。王永利觉得，翻修翻盖都不值得，就把宅基置换了出去。他那时当着书记，也算以身作则不多贪多占——虽然后悔了很多年。置换出来的宅院给小儿子在村南开了电气焊，还引

---

*尹学芸，女，1964年生，天津市蓟州人。中国作家协会全委会委员。天津市作家协会主席。已出版散文集《慢慢消失的乡村词语》，长篇小说《菜根谣》《岁月风尘》，中篇小说集《我的叔叔李海》《士别十年》《天堂向左》《分驴计》及《青霉素》等。作品被翻译成英、俄、日、韩等多种文字。多部作品入选年度排行榜和各类年选。曾荣获首届梁斌文学奖、孙犁散文奖、林语堂文学奖、《北京文学》优秀作品奖、《当代》文学奖、《小说月报》百花奖和第七届鲁迅文学奖。

得大儿子觊觎，大儿媳总拿这事敲打公婆，说没端平一碗水。这一波是神操作，各方都不满意。他自己没了退路不说，还连累了老妈。我妈初始跟着他死心塌地，还给我唱山音："我就一个儿子，不跟着他跟谁？"但时过境迁，娘俩都悔青了肠子。王永利没想到他很快就不当书记了，意味着他高不成低不就，很快就成了跟我妈一样的老人。

"这年头，就是人老得快。"我妈说。

那时候年轻人喜欢往村外搬。村南是条省道，在道路两侧盖上二层小楼，楼上住人，楼下经营买卖，梦想这里能成为商业一条街，逐渐灯红酒绿，吸引四乡八村的人来消费，不用再在土里刨食。当时上级政府也这样宣传，给两边的建筑做了规划，给那些想做生意的人家提供了贷款。有一段时间，家家都是财大气粗的模样，道路两侧灯火辉煌，家里霓虹闪烁，楼下停着各种汽车，罕村成了全县发展的楷模。但直到那些外墙的瓷砖都失了颜色，那条街也没繁荣起来，光剩下日渐黯淡的牌匾，被那些年的风雨都吹变了形。能经营下去的除了小卖店、早点铺，大概就数小侄子的电气焊了。其余卖家具、服装、烟酒、鞋袜，开网吧、按摩店、饭店、咖啡店的，无一例外都倒掉了。很显然，外乡人不受吸引，村里还是那些人，过往的还是那些车辆，也许增加了些，但没有谁愿意在罕村停下来，那些投资就都成了笑话。

那些笑话与王永利有直接关联。他当了几十年的大队书记，赶上了两拨发展机遇，但最终都走进了死胡同。我妈没了家，只得跟着儿子走。王永利给自己买房子肯定不在计划内，算迫不得已，所以张圣文一直没有好声气，她买房子的那番操作就是证明。她是个情绪化的人，善于赌气。我妈也唉声叹气说自己成了累赘，说人没死，房先没了，当初咋就鬼迷心窍听了王永利的宣传呢？王永利盖的那两幢房子俗称万年牢，他那时正值壮年，八面威风。房子都是面阔七间，厕所留在室内，装修的材料、家具都是名牌。他不止一次说，房子是给儿子盖的，但哪个宅院都有他住的地方，本质上房子还是他的。事实证明"本质"也就那么回事，关键时刻发挥不了丁点作用。他盖房时给自己留的地方，等儿子结了婚，孙子长大了，他的地方就都被挤占了。很多想法就只能跟着变，他给自己买房子，也是变化之一。

说这一大坨话，并不是我的本意，我不喜欢说这些。说到底，家里家外的事并不与我怎样相干。当初我劝我妈留下自己的房子，我妈说，她就一个儿子，早晚也得跟着他。我一个出嫁的人，就不要管娘家的事了。王永利也信誓旦旦，说他就一个妈，有他住的地方就有妈住的地方，我有啥不放心的？

我确实没啥不放心。我有啥不放心的呢？那时张圣文跟我妈还蜜里调油，经常端着砂锅穿过整个村庄来送汤。乡村用砂锅的人原本就少，端着砂锅给婆婆送汤的人就她一个。我闭着眼都能想象当时的情景，因为热，砂锅两边垫了抹布，张圣文小心地端在胸前，都不敢迈开步子，得鸟悄鸟悄地走才行。这情景既上过广播又上过报纸。小报记者的文字好生了得，写得生动详细。张圣文端着砂锅的大照片登在我们县报纸头版，她激动得一宿睡不着觉，转天揣着报纸回了娘家。只是我妈有时咕哝，那样大的砂锅还以为装了啥好东西，原来就是几块煮烂了的胡萝卜。

"那是鸡汤。鸡汤，你懂不懂？不懂就别乱说。"王永利叉着腰跟我妈说话，肚子撅出来足有半尺。

"大老远的就别让她送了，我又不爱喝。"

"她这人想干啥干啥，你以为她送是因为你爱喝？"

王永利打小说话嘴就臭，都是我爷爷惯的。爷爷的下酒菜是一碟咸菜，上面点了两滴香油。王永利闻着了味，就把咸菜碟顶在了脑袋上，不让别人吃。我爷爷拈着胡子笑。这样的事情有很多，早些年我妈当笑话说。我则记着王永利从大海碗里夹了咸菜去爷爷的碟子里蘸汤，放到嘴里以后幸福地说："真香。"那时候我都记事了，他已经很大了。

我比王永利小十二岁，我八岁那年爷爷就去世了。这样算起来我家吃咸菜的日子可真够长久的，从王永利小的时候，吃到我记事的时候，还不算完。咸菜分装一个碟子和一个海碗里，碟子放香油，海碗里不放香油。我从打会拿筷子就被告知不能去碟子里夹咸菜，那是给爷爷下酒的。

我就自觉地从不往那里伸筷子。王永利偷着摸着也得往那里伸一下。有时候，就是筷子头朝那里蘸一下放到嘴里嘬滋味。后来我问我妈，瓶子里有香油，干啥不往海碗里也滴两滴呢？我妈说，半斤香油吃一年，这是你奶奶定的规矩。如果提前把香油吃完了，这日子就过漏了。过漏了的日子在家里遭骂，在外遭人笑话。

唉。

张圣文说："不多给那两千，房子就被别人买走了，有几家盯着呢！"

她经常这样自说自话，我猜，多花的两千块钱她也心疼。毕竟时过境迁，她家的日子不同以往。我不知道她手里有多少钱，但花一个少一个是真的。

我妈随着他们搬入了赵顺德家的宅院，这是五年前春天的事，院门口的一棵榆树长了很多榆钱。那是一个浅胡同，这边三家，对面三家，离主路很近。也许，这就是张圣文说的有几家盯着的主要原因，村里人越来越看重交通便利。当然还有别的原因，她跟儿媳妇互不待见，很难在一个屋檐下看彼此的脸色，到了多住一天都难容忍的地步。我一向觉得，中国的婆媳问题是世界上最复杂的问题，比巴以冲突复杂。我不知道这样打比方对不对。我曾做过一个梦，梦见自己去联合国上班，专门化解巴以冲突。然后，我就被吓醒了。我是一个见着问题绕着走的人，这样大的事情我可弄不了。王永利的房子居中，他家养鸡，左右邻居都跟着闻味。我回家看妈，郭文礼的老婆正在门口坐着。北风呼呼地吹，雪花纷纷地下，路的上空并行着一掐子电线，上落几只缩头小麻雀，叫声特别凄凉。她把四方脑袋缩在棉服的帽子里，坐在一块大石头上，仰脸对我说："二姑娘回来了？你妈越来越不行了。"

说得我心里咯噔一下。但一看见她那张灶灰样的小脸，我就把心宽了宽。"六婶子，您还好吧？"我声音很高，但像西北风一样缺少温度。

"好着呢。"她说，"早晨吃了两碗面条、两个火烧夹肉。你妈可吃不了这些。"

我想象她在翻着眼皮说这话。她的眼睑鲜红，像在眼睛下边割了一条血口子。她的声音和表达都让人心里不舒服。"雪越下越大了，您快回家吧。"我嘴里这样说，心里却在想，能吃上火烧夹肉才怪。

"没有多大的雪。"她努力地仰脸朝天上看，小脸在帽子里若隐若现，雪花想落上去也不容易。眼睛估计也老花得厉害，她使劲蹙起眉心打量。"净说没边儿的事。"她咕哝，"这天儿会下大雪？"

我已经拐进了胡同，从后视镜里看她扶着石头站起身。棉服的帽子挡眼，她把帽子朝后一推，露出里面浅驼色的绒线帽，像小帽盔一样扣在头上。她腰已经弯到了九十度，可仍习惯两只手背到身后，叠起来，顶在屁股上。她就那样一撅一撅地走进了自家水蓝色的铁门，然后传来了铁门关闭的"吱呀"声。我又朝后视镜里看了眼，那块石面被蹭出了光亮，边缘由浅往深里走，中间部位就像一块湛蓝的玻璃，泛着毛茸茸的光。那是一块青石，从它与地面所处的关系看，已经在这里很久了。王永利家的大门是酱红色，院子中间是条红砖砌的甬路，两边都是鸡舍。那鸡舍也像住家一样顶上有瓦。听见外边有动静，鸡们都从铁丝拧成的窗子里探出脑袋观瞧。有一只鸡扯起脖子跟我打招呼，吓了我一跳。

"养的都是下蛋鸡，怎么还有会打鸣的？"我高声问。

王永利从屋里出来了。棉袄披着，里面穿了件鸡心领的灰毛衣，光头是新剃的，头皮白生生地刺眼。六十几岁的人，他居然一根黑头发也没有。

"大冬天咋还剃头？"我表示纳闷。

他过来接我手里的东西，顺便训斥那鸡："叫什么叫，过年杀了你吃肉！"那鸡脸一暗，"嗖"地就把脑袋缩了回去。它长了鲜红的鸡冠子，低着头，小圆眼不住往上挑，一副不服不忿的样儿。

王永利这才回答我为啥剃头。他说做梦脑袋掉了，血从腔子里朝外冒。他找老五叔去解梦，老五叔拿放大镜翻《易经》，建议他剃个光头，就把梦破了。

我笑了下。想我做梦梦见自己是联合国大员，专门调解巴以冲突。《易经》

里是这样说的？"我忍住笑问。

"都是闹着玩的。"王永利有点不好意思，"纯粹是为了解心疑——老五叔不糊弄人。"

"许是理解并发展了《易经》理论。"我并不想多谈，"他身体还好吧？"

鸡舍到窗下有三四米宽的水泥板，显见得是当初的水泥标号不够，毛楂楂的。西墙根下有棵柿子树，被几块砖砌出了个方形围子，那树已经很老了。黢黑的枝杈伸到了灰色的瓦垄里，但还有几只柿子在枝头挂着，红得打眼。地上污渍斑斑，都是柿子摔下来留下来的痕迹。雪花还在飘，落到地上就化了，那水泥地就更显污浊。见我看那树，王永利说："开春我就砍了它，太脏了，春天还长树虱子。"

"千万别。"我说，"你打些药呀。"

"这院里养着鸡，哪敢轻易打药？"他撑开塑料袋看，"这都买的啥？"

"超市抄来的，乱七八糟。"我有点心神不宁，看了眼窗玻璃，奇怪屋里咋还没动静。我妈八十多了，眼好使，耳朵还尖，老远就能听见我的声音。若是过去，她会早早倚门框等我，把门打开。

2

"妈跟张圣文又吵了一早晨，大概累了，现在睡着了。"

又！

我注意到了王永利说话的语气，以及他的表达方式。我没说话，急忙挑门帘进了屋里。我妈虾一样弓着身子，朝里躺着。雪白的头枕在胳膊上，嘴里是一串消薄的呼噜声，嘴角淌着涎水。她脸上的褶皱已入化境，一点也不像自然生成的。横向纵向深入纹理，但极有规律。只有鼻梁骨那一段是光滑的。还有耳垂，她有一副大耳垂，是有福相的人。

她跟张圣文总吵架。用王永利的话说，张圣文自打进入更年期脾气就越来越差，眼下已经十多年了。"你不理她就是了，你跟她吵，你吵得过她？"王永利越来越能犯方向性错误。事实是，我妈自打得了老年病，就吵得毫无顾忌。隔着时空，我都能看见王永利的大眼珠子，像弹球一样滚动。他有次打电话告诉我，说张圣文越来越见不得妈了，一看见她就要犯心脏病了。"这可咋好，连我都要犯心脏病。"他不知道，我赶紧翻包，找了几颗速效救心丸塞进嘴里。这种压力搁谁谁也受不了。他受不了，张圣文受不了，我也受不了。他受不了可以说，我能跟谁说呢？王永利自打不当书记，就把自己封到了一个坛子里，想法和见识越来越让人不敢恭维。他不当书记不是因为犯错误，是因为到了年纪，业绩平平。过去村书记可以当几十年，现在情况变了，来了大学生村干部，都有股子闯劲。他也是个能上不能下的人，虚荣心强，觉得没脸见人。他一下子养了两千多只鸡，死伤大半，就像不养白不养，养了也白养。好歹活了几百只，他对它们也没好声气。看哪个不爽，就一刀宰了。"早知道这样，这个书记不如不当。"这是我妈当悄悄话说的，唯恐让王永利听见，"当书记工资低，净瞎出力。表面人模狗样，脱了马褂啥也不是。一辈子的好时光搭上去，真是没啥好图许的。"她那时还住在小孙子家，一会儿清楚一会儿糊涂。小孙子开电气焊，回家吃饭时手和脸都是黑的。我妈追着人家问："你是谁？咋来我家吃饭？"一家人都说她是装的。后来终于搞清楚了，这也是一种病，而且越来越厉害。王永利年轻的时候做过买卖，搞过土方工程，也做过包工头，最多的时候带领两百多人的队伍，在城里盖高楼。他是被当时的乡长当作能人请回来的。那时罕村乱，分成几个帮派。他理顺关系，平稳开展工作也费了不少气力。那时他是乡政府的红人，又当代表，又当委员。后来就不行了。人的时运总是一段一段的。过了那个时段，他就往下坡走了。关键是，他没认识到事物的发展规律，觉得是被谁抛弃了。他像旧时的姑娘大门不出，二门不迈。这一点跟张圣文正好相反，张圣文是在家里一刻也待不住，得工夫就往外跑。他过去摆得平罕村几千号人，现在连张圣文和老妈也摆不平了。

"老娘们家家总往外跑啥？不知道的还以为在外边咋着了呢。"我妈总把这话挂嘴边上，她不知道这话有多得罪人，"你就不管管她，由着她在外疯跑？"她越来越不耐烦王永利，觉得张圣文出去疯跑都是王永利惯的。

"云丫来了，云丫来了。"老妈慢慢睁开眼，缓缓绽开的笑脸那真是如花朵般明艳啊。但转瞬就消失了，像石子落在水面上，麻雀飞过屋檐下，月亮躲进云层里。只是倏忽一瞬，都不容我把笑脸提起来，配合好。她爬起身，眉头早锁成了一道沟壑，那里黑洞洞，进深能有一厘米。我的心一直往上提，往上提，半天也没放下。她捉住我的一只手，拉我在炕沿坐。她先朝窗外看了眼，又注意地看了眼门口，确信门帘没动，才虚着声音说："张圣文把我的东西都偷走了，嫁过来这么多年也没发现，她还是个小贼儿。"

"她都偷啥了？"我问。

老妈想了想，想不出。她拍打自己的棉袄口袋，又把手插了进去，抓一把出来又张开，那手心里除了掌纹什么也没有。她说："我也想不起来她都偷了啥。我这口袋过去都是满的，现在啥也没有了，都空了。你说她都把啥偷走了？"

我把那只手掌朝回拢，手便成了一只拳头。"咱啥都没有，"我说，"您没啥东西可丢。张圣文不是小贼儿，她是您儿媳妇。"

"我这口袋原本是满的。"她不耐烦地又拍了拍，"你说得不对，我过去这里装满了顶针儿、戒指、手镯，现在啥也没有了。"

我把她的衣袖往上捋，老金镯子窝在粉色秋衣袖子里，明晃晃的。手上除了大拇指都戴了戒指，有金有银，有铜有铁。老金镯子是我姥姥陪送的。金戒指是我买的，白铁圈是她自己捡的，戴长久了居然也磨得圆润光滑。有段时间，凡是圈的东西她都能戴手上，不知怎么那么喜欢首饰。"您啥也没丢。镯子在这儿，戒指在这儿。多年不做活，顶针儿早就没了。"我拍拍她的手背。

"你说得不对，昨天我还缝扣子了。"她打断了我，抻了下自己的衣服，那上边是拉锁。她在上面找扣子，找扣眼，用指头从上往下戳，没找到。她颓然晃了晃满头白发，无助地说："不戴顶针儿干不了活，打小就是这习惯……这脑子里老过火车，咣当，咣当，咣当……你别听张圣文的，她一句实话也没有。"

"瞧瞧，又来了，又来了！"王永利在外头嚷，"她一天到晚这样说人家，搁谁谁也受不了。"

"她给您熬过鸡汤。"我理了理妈脸上落下来的头发，耐心说，"您还记得么？那时您住老宅，她端砂锅要走遍全庄来给您送鸡汤……"

"鸡肉呢？"她说，"我从没见过鸡肉长啥样。我倒是见过煮烂的胡萝卜，烂得像屎一样。她吃肉让我喝汤，你以为她有多好心。"妈从鼻子里哼了声。

这都是多久之前的事了，难为她还记得这么清晰。

王永利在外又要嚷，我赶忙大声说："汤才是最好的，汤营养价值高，肉不好消化！"

我知道这话等于白说。别说十几二十几年前，就是现在，村里也没人觉得汤比肉重要。况且乡下煮汤不容易，烧柴就像烧大腿。我妈是明眼人，凡事瞒不了她。"就是焯了鸡肉的水，放两块胡萝卜煮烂了冒充鸡汤，冲那股腥气我就知道咋回事。"

我拍了拍她的脑门儿，奇怪那里都记了些什么。

院子里哐当一声响，啥东西落在了水泥地上。我出屋到了堂屋门口，推开塑料布糊的风门子，见王永利把一口袋鸡饲料从里间扔了出来，一同被扔出来的还有把桃木锨。他说买来的饲料要兑麦麸和鱼骨粉。我说，就在这地上兑？他说就在这地上兑。我说，地上应该铺块塑料布。他说鸡不知道好歹，不懂干净。我抬脸看了看天，还阴着，但雪已经停了。我朝屋里指了指，说她病了，别和她一般见识。

"我倒没啥。"王永利搬起口袋往地上倒鸡饲料，说，"她说啥我听啥，但儿媳妇不行。儿媳妇又不是她养的，哪能天天听她骂？"

"她病了。"我无奈地说。

"她原先也那样。"王永利用那把桃木锨来回搅拌鸡饲料，空气里是一股死鱼的腥臭味，"她从不管别人的感受，一早起来又去敲郭文礼家的门。她总去敲郭文礼家的门，张圣文就硌硬她这样。"

"不敲别人家的门？"

"不敲别人家的门。"

"然后呢？"

"人家开门一看是她，就又把门关上了……你知道张圣文那个人，她要脸。"

世界上没有比张圣文更要面子的人。她从打年轻的时候就想干一番事业，那时的事业是当官太太。别笑，村书记也是官。王永利当书记不久，张圣文突然失踪了。原来是去北京割双眼皮，她说要给王永利一个惊喜。那时还没跨世纪，割眼皮还是新生事物。一家人的注意力都在王永利身上，若干年以后回味，才知道她的思维有多超前。结婚时我妈给我做两床被子，让我夹在后车座上驮走拉倒，连桌喜酒都没办。张圣文的双眼皮吓了我一跳。那时别说在我们村、我们乡，在我们县她都是蝎子拉屎独一份。她的单眼皮过去也不难看，拉了双眼皮，就更好看了。只是我妈看不入眼，说那双眼皮就像肚脐眼。但我妈那时也是两面人，当着张圣文的面从不把不好听的话说出口。她那时经营老宅的两个院子，后院种菜，前院种庄稼，地里连一根草刺也不让长。王永利馋了会让我妈烧火烤玉米。大锅添上水，我妈用铝盆坐上米饭，嫩玉米连同皮子一起埋进灶里。王永利坐炕沿上抽烟，抽上三根烟，灶里埋着的玉米就冒出香气了。

同样的方法我妈还给他埋花生，埋土豆，埋白薯，埋青豆角，埋萝卜。总之，他想吃啥我妈埋啥。天底下大概也没有王永利这样的，一把年纪的人了，还贪小时候的一口吃食。他对我说那也是解压。村里的烂事堆积如山，他年轻没经验，在这里吃口东西就像到深山里访道参禅，别有一番滋味。我觉得，那时王永利的觉悟和境界都达到了一定层次，再上一个台阶，他就与众不同了。这也影响到了我，我甚至觉得我妈这个宅院有点像禅房，她和王永利都是修行之人。当然，这些想法都是一闪念，是我在城市想起家乡的时候，这些场景会对我形成吸引。我心急火燎盼下班，匆忙收拾一下骑车就往家赶，几十里地风驰电掣。气喘吁吁跑回家，正撞见我妈探头从灶坑里往外扒东西，花生、白薯都扑鼻香。

我咽了口唾沫,做梦都梦见过她要让我尝鲜我不尝,这些东西不是给我预备的。

"我给你重新烧。"我妈是铁杆保皇党,我从小就知道,王永利在我们家的地位相当于太子,有时候我甚至想喊他一声"殿下"。

"不用。"我说,"我不喜欢灶灰味。"

这是假的。

庄稼地儿出生的孩子没人不喜欢灶灰味。

我妈不管真假,把白薯放嘴边上用力吹,把花生放簸箕里使劲簸,那个认真劲,就像准备开国大典一样。我妈总说王永利是做大事的人,不像我,就会死读书。她将吹干净和簸干净的白薯和花生用小瓷盆装好,上边盖上干净屉布,专心等王永利来吃。

"王永利就是贱。"我妈说,"整天鸡鸭鱼肉吃腻了,就靠我这园子打牙祭。"

那时王永利正在火候上,别说我们村我们乡,在埧城都是名人。村里今天上个企业,明天搞个捐款,媒体记者就爱往这里跑,有好吃喝,还有东西拿。厂里做残的衣服、生日蜡烛、一箱鸡蛋或鸭蛋,都是好东西。村里也办了张报纸,是周报,王永利每周都在头版占显著位置,不是在村东视察,就是在村西指导。报纸是八开对折的铜版纸,显见得比国家大报高级,照片印上去,堪比国家领导人。村里还培养了两个小记者,每天骑着摩托,脖子上挂着照相机到处跑。那时村里有个风尚,谁家做了好事会主动联系记者。比如,哪家媳妇给婆婆洗脚,会叫记者上门拍张照片。后来洗脚的人多了,就没人给拍照了,也就渐渐没人再洗了。当然,这些新闻只能登在二版或三版,头版永远是王永利,除了《罕村周报》的套红报头,就是王永利深入群众的大照片。我妈为这个儿子骄傲:你哥干啥了,你哥又干啥了。见到我,我妈三句话离不开她儿子,抬头纹里都要开出花来了。

这样的光景有十几年。我女儿从一岁多,到小升初,大约就是这样长短的一段时间。王永利风生水起的日子，我超省心，把自己吃成了一尊胖佛爷，裙子的袖口撑得紧绷绷，没有一条裤子能放进柱子样的两条腿。那时我很少回家，王永利和张圣文都忙，我妈比他俩还忙，连说句话的工夫也没有。我也乐得逍遥自在，打牌，跳舞，旅游，经常很久都想不起回罕村。有时过年都不回去，跟同事一起去海南逍遥。村里大大小小的企业有十几个，养猪、养鱼、养鸭形成了良性循环，市长要带队来参观，书记县长走马灯样来村里检查。进村的路新铺了柏油，路两边栽了木槿和海棠。两边的墙和房山刷得粉白。有一户人家的房子实在破烂，村里出钱把墙给加高，把破烂房子遮上了。再回家来，这村子都快不认识了，连我妈都喜气洋洋，像是要办喜事把村庄嫁出去一样。张圣文没在村里任职，但哪个场合都少不得她。在会议室，她突破重围挤到近前给市长倒水；在企业，她在县委书记身后接话说，抢着给市长介绍情况。村里这家那家企业她常溜达，没有啥事她不知道的。市长果然对她说的感兴趣，来到羽绒服厂，市长就跟她一个人说话。问她往哪里出口、产量多少、工人工资多少，张圣文张口就来，有些情况是真的，有些情况是她现场编的。她就有这本事，啥场合都不怵。没人在乎真假，只在乎她说不说得上来，能不能恰如其分。比如，工人工资她就给抬高了。市长脸上笑出花来，说罕村人比城市的人生活水平高。张圣文每说一句，她都要先夸一声政策好，没有好的政策，就不会有人民群众的幸福生活。市长对她很感兴趣，问她是做啥的，她没敢说她是王永利的老婆，而说是村里的普通社员。市长说："社员的称呼早已过时了，你应该说自己是村民。大姐，你是个好村民。"

后来，大姐就成了官称，村里村外的人都这样叫。小报上发表通讯，题目就是《大姐张圣文》。

原想日子就这样过下去了，就像芝麻开花节节高，这才是客观规律。王永利获得的荣誉贴满了一面墙，后来他搬走，奖状就被小侄媳妇扯下烧了。人这一生你不知道会遇见哪些坡坎。几年后企业开始走下坡路，一家接一家地倒掉了。村办企业干了这么多年，除了债务没啥积累，村里总有人告状，说王永利贪腐。那段时间我非常担心，他万一有事，那才真是塌天了。罕村从车水马龙，到门可罗雀，有人说，是因为张二百死了。他是罕村人，在外贸局当局长。当年他跟王永利一拍即合，企业都是他支持发展起来的。他经常从企业拿钱给上边送礼，这都是公开的秘密。有一年，流行立体声录音机，村里的采购员一下就买了十个，用手推车给他送家去。他死之前，已经跟王永利分道扬镳了。也有人说是经营不善，罕村风气不好，大队的办公室长年支着酒桌，隔壁的储藏间里各类酒水堆得小山一样。王永利的肚子像气吹似的往外鼓。他还喜好赌博，有时连续两三天战斗在牌桌上。

王永利从心里头崇拜张圣文，他心思活，但嘴笨。张圣文见啥人说啥话，一张嘴能把死人说活，而且富于联想，像小说家一样。村上也有人对媳妇好，但像王永利那样的不多。我妈把他挂嘴边上，他把张圣文挂嘴边上。

张圣文总说自己多半辈子活在了王永利的阴影里，如果给她片天地，她会比王永利成功。如今，她早走出了王永利的阴影，一天到晚不着家。

3

"又去敲人家的门干啥？"

我把扑克牌从褥子底下摸出来，一张一张地数。她的褥子底下总压着副扑克牌，几十年如一日。夜里睡不着觉，她自己跟自己玩十三点。左手是一家，右手是一家。脑子好时还让王永利给我打电话，就因为她想跟我玩牌了。

她自打搬过来，就剩一件事可干，偷着摸着去敲邻居家的门。不管早晚，也不管白天黑夜，有时上完厕所也能拐过去，一边敲门，一边喊黄美丽。王永利听见了，会把她捉回来。没人知道郭文礼老婆的名字，偏是她记得，也不知是如何在记忆里留存的，最起码，我、王永利、张圣文我们三个人都不知道。或者年轻时曾知道过，也早忘了。关键是，黄美丽从没给过她好脸色，更别说请她进去坐一会儿。

因为她去敲门的事，王永利和张圣文伤透了脑筋。好言好语劝过，高门大嗓嚷过，王永利甚至随手锁大门，把钥匙放在一个隐秘的角落。任何方法都难完全阻止她，我妈总有办法溜出去，把那两扇水蓝色的门拍得山响。

我跟王永利探讨过这是因为什么，她为啥敲门，黄美丽为啥不开门。原因不外乎两点：历史过节和现实处境。王永利全无用心地眨巴眨巴眼，几句话就把过去的事交代清楚了。生产队的年月两家交好，我家是一队，他家是二队。郭文礼经常来我家喝酒，喝多了就回去打老婆，有一回打断了三根肋骨。两家交恶是因为一棵树，我家盖房子少根檩条，郭文礼踊跃献出了园子里的一棵榆树。当时也没说价钱，我爸觉得那棵小腿粗的榆树顶多值十五块钱，他不想白用人家的木材。房子支起来了，屋里还没亮白，我爸正在给房顶上瓦，郭文礼找上门来要六十块钱，把我爸气得差点从房上跳下来。这样久远的事，当年确实鸡飞狗跳，半辈子过去了，难道还被黄美丽记挂着？王永利非常狐疑。我的记忆跟王永利不在一个点位。昏暗的油灯下，郭文礼坐在靠墙的小躺柜上，一心跟我爸探讨咋样才能不挨欺负。他在二队挨欺负，主要是因为穷，废物，干啥啥不行，养一堆儿子都衣不蔽体。我爸也挨欺负，因为成分高，肚子里还有点墨水，说的跟想的都和别人不一样。他们俩同病相怜。我爸在精神层面略高于他，所以从来都是他到我家来。我清晰地记得他的两个大鼻孔又薄又圆，像两根小烟囱，吹出的气让油灯的火苗乱蹿。那时已经有电灯了，但经常停电，每晚盼着来电就像小孩子盼过年一样。我爸坐在灯影里，滔滔不绝给他讲革命道理，甚至从延安开始讲起。当时的信息非常有限，那些道理都是车轱辘话，我爸来回说。

他俩还想造反，觉得造反能占便宜。我哥串联去了北京城，能受大人物接见。还有宣传画上的新疆人骑着毛驴也能进京，让他们很受鼓舞。既然造反有理，为啥不造呢？他们想在村里拉起一支队伍，向特权阶层宣战。他们掰着指头算能招募谁，最终一个人也没招到，村里人不听他们的。或者，他们的纲领只停留在口头上。

"我家为啥老管他酒喝？"我问王永利。

"交好么。"他答，"爸在村里没朋友。"

想一想，这可真是件荒凉的事。

"黄美丽是谁？"我把五十四张扑克牌戳整齐，两只手配合着插均匀。其实原本不用这样插，已经很均匀了，这都是下意识的动作。牌已经很旧了，边缘处都是黑的。

她朝东指了指："郭文礼家的，你六婶子。"她两手垫在脑后，眼睛直望屋顶，不知想起了什么，嘴角牵动了一下。"美丽个屁。"她突然冒出来一句。

我险些笑出声。"我们玩拉驴车吧。"我拍了拍她的膝盖，把一句玩笑咽下肚去，我没心情说笑话。

她咕哝着爬起来，把叠好的铺盖往前抻了抻，让身子斜靠了上去。过去她能玩捉娘娘或吹大话，赢了牌高兴得像个孩子，身上的每一个细胞都雀跃。现在她只会玩拉驴车，两人朝一个方向码牌，遇到相同数字的就收走。我特别感谢扑克牌，它解除了多少人的寂寞啊！刚玩两把，烦恼却上了眉梢，她把牌朝前一推。"不玩了。"她气鼓鼓地说，"我敲谁家的门了？"

"六婶子家。"我看着她，一点也不想隐晦，"一早又因为这个跟张圣文吵架了？"

"我没吵。我跟她吵干啥，她又没碍着我。"她垂下眼帘，睫毛像一排小刷子，又浓又密。我心想，她看上去一点毛病也没有，还会说谎呢。

可如果没有说谎，这才是最让人担心的。

"您吵了。"我说，"以后别去敲六婶子家的门，张圣文不喜欢您这样做。"

"我爱干啥干啥，用她管？"她立起眉毛豪横地说。

"别敲六婶子家的门。"我提高声音重复，"敲人家的门不好！"

"她不让我进。"我妈说，"我又不偷不抢，她凭啥不让我进？"她直视着我，皱着眉心，神情中都是执拗。

"那是人家的家，人家有权利不让您进！"

"我偏进！"她说。

"您不能进。"

情绪在我心里冲撞，我降低了声音，几乎是在哀求。

"谁说我进了？请我我都不去！"

我叹了口气看着她，就像看一件残破了的珍宝。几年前她还会做活计，给花生剥皮，把辣椒穿成串，剥玉米，摘豆荚，一干就是半天。她的眼睛也好，纫得上绣花针，孙子的衣服、鞋袜破了，她都用绣花的方式缝补。只是这样的机会太少，衣服鞋袜要么穿不坏，要么穿坏了人家就扔了。

小侄子家出门就是大街，右拐不远处就是桥头，像赶大集一样热闹。她每天到那里坐，是为看人。为此她特别愁下雨天。虽然在孙子家她也是住最小的一间房，只能放一张单人床，她还是不愿意搬到这里来。"人都是越走越往上走，哪能越走越往回走呢？"她看着屋顶上裸露的房柁嘀咕。这都是老架构，是上世纪七八十年代的产物。她有她的逻辑，所以忧心忡忡。搬到这个宅子来，就像跟着王永利和张圣文被流放到了西伯利亚一样。或者，她觉得这种被流放是源于自己，自己成了儿子的累赘。

她确实残破了，兜不住任何外来的气，我不忍再雪上加霜。

"一次都没进去过？"我小心地问。

"一次都没进去过。"她仍很愤懑。

这也许就是个结，我想，结结在那儿就永远是个疙瘩，就不能解开？

我把目光转到了门上。这房间就像一间暗室，是两个大间隔出来的，床靠后山墙，房门伸手就能摸到。那是三合板拼成的，上边是一个正方形小窗，贴着不知名字的一位女影星，长得一点也不好看。王永利和张圣文搬过来很匆忙，只扫了浮尘，很多家什都是人家遗留的。这若在过去，怎么可能？张圣文是讲究人，穿件内衣都要去王府井买，一盒擦脸霜一百多，顶我半个月的工资，我记得真真的。村里很多人家的日子是水涨船高，唯有她家像黄河之水。这里面的落差，真像从天上落到地下。倒退些年，罕村人都不相信他们会过这种日子。后来也有人说，企业如果再支撑两年，王永利也会转正，到乡里当乡长，到县里当企经委主任之类。因为很快就有了相应的政策，但王永利啥都没赶上。罕村在时代大潮中，其兴也勃焉，其亡也忽焉。就像河流在拐弯处，把一尾鱼丢在了岸上，它没能再找到合适的水域。我第一次来，很惊讶这房子的破旧，却能让王永利和张圣文住得心甘情愿。与这里比，小侄子的房子就像宫殿一样。也正好说明，他们住在宫殿里有多不舒坦，张圣文一刻也不想留在那里。

为了配得上这破旧，王永利不知降下了多少身段。衣服都是儿子穿剩下的，冲呢面的布鞋上都是鸡食嘎巴儿，鞋帮上蹭着鸡屎。他住在小儿子那里时就想养鸡，不光为挣几个钱那么简单，我猜，他是实在腻歪得厉害。前边的桥头就是村里闲人的聚集地，打牌、下棋、闲聊，有时能聚三五十口人，像赶大集一样热闹。王永利却永远不出门，除非迫不得已，他从不往人跟前凑。他就想跟哑巴牲畜打交道。只是，小儿媳妇啥都不让养，养狗不行，养猫不行，养鸡就更不行了。那是个厉害角色，嘴和手都厉害，把小侄子管得就会一门心思挣钱。她叉腰站在门口说："您想养鸡也行，先让王东胜跟我离婚。等我走了，你们爱养啥养啥。"

王东胜是我哥的小儿子，我妈的小孙子。从小捧手心里怕摔了，含嘴里怕化了。他和媳妇从初中就开始谈恋爱，小侄媳妇最善于一剑封喉。

人这种动物有长久的记忆，有时那些记忆属于潜意识，不触动的时候就隐身在烟尘里。你能记住什么或不能记住什么，很多时候不取决于记忆本身，而取决于你是什么样的人，不是么？听说王永利买了赵顺德的房子，我总有些不安，心里常常会泛起一种哗啦啦的声响，就像月光下的海水，无风无浪，但就是能起波澜，却想不出因为什么。真的想不起么？那种不安会在茶余饭后浮上来，就像水波纹一圈圈扩大，却转瞬遁迹于无形。既构不成事件，也构不成谈资。可它就那样偶尔浮现一下，就像云遮月一样。现在明白了么？似乎仍是不明白；又似乎，没有什么可明白的。有一次，我在城里遇见了张圣文，她背了一个蛇皮样的皮包,一蹿一蹿地往一幢建筑里走。我喊住了她,问她去那里干啥,她说听课。我在外墙体上瞥了一眼,没往下问。"妈没事吧?"我问。"傻了。"她说,"因为坐块石头跟隔壁的六婶子吵架,不是傻是啥?"她匆忙看了眼手机,说快要迟到了。我围着那楼转了转,没看见有任何标志,但隐隐看见二楼的阳台上有很多人,还有人不断往上走。我拦住一个人问上边是干啥的,那也是一个年龄大的女人,腰像水缸那样粗。"听课。"她说,"到这里都是来听课的。"

后来我弄明白了我妈跟黄美丽吵架的事。胡同口的那块石头向阳,我妈一早就去那里坐着。春天的八九点钟,太阳从东河堤那边升起来,阳光带着光华沉落在那块石头上,连我都能感觉到暖洋洋。可黄美丽出来说:"这是你家的石头么?你起来,该我坐了。"

我妈说:"这石头也不是你家的。"

黄美丽说:"你咋知道不是我家的?这石头就是我家的。"

我妈眯起眼,把拐杖抱在胸前,顺主路朝远处看。这是村里唯一的一条通天路,能看到村前一线向上跑的车,那是条国道。我妈就是一个能打远儿的人,几十米外就能看清我的车牌号。至于黄美丽说的那些话,根本连西北风都不如。那时候的我妈,神情中一定有几分傲岸和蔑视,我想象得出。她是有这种毛病的,对看不惯的人和事,脸上轻易就会露出傲岸和蔑视,打多少年前就这样。只不过,这种傲岸和蔑视保持不了几秒钟,像鱼一样转脸就忘了,我甚至怀疑她能不能记起七秒之前的事。"你喊一声,"我妈充分显出了一个病人的智慧,得意地说,"你看它答应么?它答应你,我就承认这石头是你家的。"

黄美丽受辱般大叫起来。她找王永利告状,说:"你妈傻了还欺负我,她打年轻时就欺负我。有她这样欺负人的么?"

王永利逼着我妈回家。这也是我想象出来的,一定是这样。他不愿意跟人打交道,哪怕是黄美丽这样的女人。他只会管我妈,而且从来没有好声气。"冰凉怪冷的,一块石头有啥好坐的,她居然跟人家抢。"王永利事后奚落般对我说。

"她病了。"我试图解释,"她不病会主动把石头让出来,这才是她的做派。"我妈确实是一个凡事替别人着想的人,天底下的妈似乎都这样。这与她的傲岸和蔑视不在一个基调上,但确实是她一个人的做派。我从来不敢抱怨王永利,连我妈也从不抱怨他。

"病了也不能抢人家石头。"王永利振振有词,话从嘴里说出来,就像板上钉钉。

4

我是一点一点看着我妈丢失记忆的。从丢三落四,到半天想不起眼前的人是谁。我不敢往深处想,那种感觉会让人崩溃,因为我姥姥就有这样的病。王永利总说她事儿多。别人扫地她嫌人家扫不干净,别人洗衣她嫌人家洗不干净。"瞧,水里还都是沫儿!"她突然出现在人家背后,能把人吓一跳。洗碗的时候水溜开大了。别人开灯,她跟在后边关灯。她连看电视都嫌费电,人家上会儿厕所,她也把电视给关上。"谁受得了这样的人,除非是神仙!"王永利气得手抚胸口,我疑心他也犯更年期了,跟张圣文一样。此刻他们都不像一把年纪的人,而像未经世事的毛头小青年。"你跟她着啥急,她一个有病的人。"我嘴里焦苦着劝说,但心里缭乱,我也不是神仙哪!可王永利说:"不是我跟她着急,是家里人都跟她着不起急。你知道她一早起来干啥了么?端了尿盆直接倒在了韭菜上,把张圣文气得一畦韭菜都翻了。"

我听着,拿着电话的手有些抖。他专门晚上打电话,打我家的座机。座机一响,我就心惊肉跳。这年头,连骗子都不打座机了。我知道,张圣文情绪化,非常情绪化。而这种情绪化也传染给了王永利,他俩真是越来越像了。真不知那些年他是怎样当的书记,他也是当了几十年干部的人哪!也许是生活越发不如意，他对世界和自己都难以把握，除了向我倒苦水，似乎没有其他路可走。再早些时候，张圣文还有口头禅："咱村里有厂子那会儿……"那是他们一生的高光时刻，成了荣耀和资本，深深烙在张圣文的脑子里，她讲起的时候脸上会出现迷幻和沉醉。而现在，怕是连回忆都没了，尘霾太厚，他们担不起来了。

尿浇到韭菜畦里固然不好，但我想说，她当年就是这样的浇法啊，你们少吃韭菜了么？你们觉得肥料比尿就干净么？但这话不能说，会让人发疯。我只能说你们想想办法，把韭菜割掉，让它重新长。买的韭菜还打农药呢！可她非要翻菜畦，张圣文愿意上演极端戏码。"你给云丫打电话，让她管管妈！这日子就没法过了。"她一定是这样说了，她说啥王永利做啥，王永利连脑子都不过。这时候的张圣文是真实的张圣文，一点都不掺假、一点也不虚饰的张圣文。早年端砂锅的张圣文，早成了张电影胶片。

窗外是王永利搅拌鸡饲料的声音。哐哐哐，哐哐哐，能感觉他特别用力。我妈这个时候神情安详，就像以往正常的时候一样。我把脑袋伸过去，用最小的声音问："张圣文对你好不好？"

"好个屁。"她话接得非常快。

我抓牌放她手里，赶紧哄她玩。这个话题危险，不该随便挑起。其实我是想测试下她的记忆力和感受能力，看她的脑子里都能储存什么。当然，也想知道她是不是受委屈。

她一张一张投入地抓牌，像佛爷那样安静。我看着她，心里也逐渐安宁。她用食指蘸了吐沫再去拈牌，头也不抬地说："我是去敲黄美丽家的门了。"

"为啥？"她主动提起，我有些吃惊，也看着牌，做出不是刻意打听的样子。

"我就是想串个门子。就是普普通通串门子，过去他老上咱家串门子。"

"黄美丽来咱家？"

"郭文礼，他经常来。"

"他早死了。"我说，"骨头渣子都该烂没了。您别去他家，现在那里是黄美丽当家。"

"我知道,这点事我能不知道?"

"那就别去敲她家的门,黄美丽不喜欢。"

"她凭啥不喜欢?"我妈说,"我又不偷又不抢。"

"那也不行。"我说,"咱就在自己家待着,不挺好么?"

"憋得慌。"我妈说,"一家人谁都不理我。王永利不理我,张圣文也不理我。走对面都不理我,我咋待?"

"黄美丽也不理您。"我狠了狠心说道,"您去人家里到底想干啥?"

她大概也很难回答,身子朝后一仰,躺在了被子上。我趁势说:"以后别去敲人家的门,敲门人家也不让进,还去干啥?黄美丽经常在门口坐着,您让我哥搬把椅子,也去门口坐着,跟她说说话。不要去人家家里,现在不时兴串门子了。"

"啥时兴不时兴?"她舔了舔干燥的嘴唇,愠怒又在脸上浮现,"我就是想去她家串个门子,她凭啥不开门?"

"不开门就对了。"我说,"人家咋不上咱家来串门子?"

"她来我热烈欢迎。"我妈说,"她啥时来我啥时欢迎,不信你让她来试试。"

不用试我也知道,我妈说的是真话。她见谁都是亲人,从打很多年前就这样。街上来个收废品的,她也恨不得把人让到家里,给人家倒杯热水喝,骨子里她是个热情的人。我把她的手握到掌心,她的手冰凉。手背上的青筋是黑紫色,都要蹦到皮肤外边了。这可真是一双劳动的手,掌心都是厚厚的老茧,一辈子干人家两辈子的活。其实她出生在大户人家,小时候穿绸着缎。一生的命运将这样终结,也让人不知怎样唏嘘才好。我知道说啥也不管用,索性啥也不说了。我把牌码整齐,重新给她放到褥子底下。我问:"您一个人还摸十三点吗?"

她看着屋顶,嘴咕哝了一下,却没有回答我。

暖气片是热的,屋子里是一种暖乎乎、臭烘烘的气味。夏天会更臭,如果是阴雨天，那些吃了鱼骨粉的鸡都特别能拉，顺便就在鸡舍里发酵了。那种鸡粪直接施到秧苗上，会把秧苗烧死。一家人都反对王永利养鸡，"家财万贯，带毛的不算"，这道理你不懂？我妈首先反对。她觉得我哥有钱，完全可以当"大少"。他年轻的时候也这样称呼自己，说下半辈子啥都不用干，钱也够花了，可以像少爷那样活着。那时还是上世纪九十年代，钱金贵。后来每五年十年一个档，一档比一档毛，我妈哪知道这些。我的两个侄子也反对，他们一个开电气焊，一个养大车，都觉得老爹犯不着养鸡挣钱。有两个儿子在，能让老爹缺钱花？话说，王永利哪会花儿子的钱，脸面上也过不去。更何况，儿子还不一定能当得了媳妇的家，都是明摆着的。张圣文尤其反对。她希望王永利能跟她出去干"事业"，那种干"事业"的感觉体面而又有成就感。王永利嘴上支持她，心里却是明白的。张圣文的"事业"不怎么靠谱，他们卧室窗台上摆着一溜瓶瓶罐罐，张圣文的"事业"是吃出来的。她说如果不吃那些产品，她就尿不出尿，就犯心脏病。她一再动员我们买给我妈吃，也为此结了很深的怨。

你别觉得这是过去的事，就是眼下、当前。到处喊取缔、打击，可这也是野火与春风的关系，只有角落烧不到，没有角落吹不到。隔着窗玻璃就能看见那些瓶瓶罐罐是深绿色的，看着很高档。几十年间，不知换了几拨，它们也在与时俱进。王永利当书记那会儿，她心思不在这上头，有一搭没一搭地搞。王永利下台了，这就成了她的事业和追求。我从没见过有谁像她那样执着，就像一台永动机，有生死与共的架势。过去我见过她用过的白色玻璃瓶和茶色玻璃瓶，看上去很简陋。我从没支持过她，但总在留心观察。

天就像睁开了一只眼，神情黯淡地打量着王永利的世界。这样一个院落，宽有十二丈，长有二十几丈。高处黑色的瓦垄，长树虱子的柿子树，彼此在屋檐底下勾搭。盖着石棉瓦的鸡舍，以及那些咕咕叫的母鸡，有的在生蛋，有的在长久孕育。然后便是潮湿的水泥地上堆着小山似的鸡饲料，王永利那颗光头白晃晃的，像天上太阳投落下的光影。我又看了一眼窗，上边的缝隙被塑料布糊着，窗里悄无声息。我知道我妈没睡，她在想事情。她的脑子混沌一片，也不知还能想起啥。

"我来撑口袋。"我走到了屋外。

王永利说不用。我还是把他手里的口袋抢了过来。一人撑，一人用铁锨往里装，省事多了。这原本就该是两个人干的活。很难想象那些鸡能吃掉这样多的东西，架不住嘴多日子长啊！"还剩多少？""数不过来，"他说，"总有千八百只。""一天能捡多少蛋？""更没数，天气冷了那东西光吃不下蛋。"我心想，不下蛋还没数，分明是不想说。"糊了窗户也不行？"我又问。"糊了窗户也不行。"他嘟噜着脸回答。

我朝鸡舍看了一眼，铁丝窗外都糊了塑料薄膜，不远处留出一个通风口，我进来时，一只母鸡就是在通风口里跟我打招呼。王永利心思通透，这些活计都干得精巧。我虽然加了十分小心，那些拌了鱼骨粉的鸡饲料还是落到手上和胸前的衣服上。王永利说，你在城里闻不着这个味。我说，小时候没少闻，掏鸡粪、看鸡蛋，都要把头伸到鸡窝里。王永利说，有鸡蛋吃的日子都是好日子。我默默把口袋撑到最大，没接他的话茬。家里年年养鸡，吃鸡蛋的记忆屈指可数。那些鸡蛋都要拿到小卖部或大马路边上去卖，好换几个油盐钱。有一次我问我妈："生日为啥只给我煮一个鸡蛋？"

我妈说："你别跟你哥比，他多大你多大？"

我俩的生日都在八月份，只隔一天。我心想，这样说我哥应该多吃几个，他都像门框那样高了。

"为啥做那样一个梦？"我看着他的光脑袋，眼下有细小的汗气和浮尘，特别显眼。他梦见脑袋掉了，从腔子里往外冒血，这似乎不是好玩的，即使是在梦里。

"谁知道。"他说，"总不做好梦。有一天梦见了老宅子里有一院子死尸，我一个一个扒拉看，都不认识。"

我不说话了。

王永利赋闲的这些年，练出了做饭的本事。蒸出的雪花大馒头暄腾腾、软和和，这些我都见识过。他说张圣文的牙齿不好，也爱吃软和的，所以他们就爱蒸馒头、包饺子，也适合我妈的胃口。"我干点啥？"我站在厨房门口问。那厨房小得两个人根本装不下。到处油腻腻、脏乎乎，似乎他从来也不清扫。"不用你，这点活不够我一个人干的。"他在案板上揉面，煤气灶上的大铝锅已经冒热气了。"平台上铺的是屉布？""用的嫩白菜叶子，家里有的是白菜。""我就爱闻白菜味，浸到馒头里有股清香气。天晴了，我跟妈到外边溜达一圈。""去吧。"他说，"别走远了。"

我回到屋里，我妈正在翻我的包，从包里抻出个塑料袋，里面有条花花绿绿的丝巾。"这是啥？"我妈问。"手绢。"我灵机一动扯了个谎。拿过"手绢"快速卷起来放到了大衣的口袋里。她眼巴巴地看着我："咋藏起来了？我不要。"我说："知道您不要，所以得藏起来。"这是朋友送给我的生日礼物，我拿来是想送给张圣文，但现在我改主意了。我把妈的一对棉乌拉从墙根下拿过来："我哥蒸馒头呢，咱出去溜达一圈，回来吃饭也香。"

出了大门，我妈自动就往黄美丽家门口走，我在后头跟着，离两步远。她的棉服是酱红色，领圈落了一层头皮屑，头发雪样地白。大耳垂上挂着金耳环，每年都让我拿到金店去清洗，她可是干净人，甭看生活在乡下。可养的儿子不干净，她总跟我抱怨王永利两口子都邋遢。她微微弓着腰身，手里牢牢抓着拐杖，每一步走得都有根。我摸了摸那条丝巾，光滑冰凉。那是条好丝巾，送出去多少有些舍不得。如果倒退几年，肯定给我妈围在脖子上，她喜欢漂亮的衣饰。脑子没病的时候她不愿意拄拐，嫌不好看。可她现在已经忘了还有漂亮这回事。"咱们去你六婶子家串个门儿。"我妈头也不抬，就像在说我的心里话，还是吓了我一跳。她把话说得平实，就像原先的那些过节根本不存在。这么快，难道她全忘了？这样想，我身上就汗毛直立。

"人家开门么？"我诱着问。

"开。"她说，"你爸跟你六叔有交情，他老来咱家。"

"他来咱家干啥？"我问。

"聊天，喝酒。他酒量不行，一喝就多。"

"喝多了回家打人。"我说。

"她也该打。干啥啥不行，还又馋又懒。做女人不能那样。"

我不禁驻了下足，说："我也那样。"

我妈不屑，说："你比她强，你识字。是个女人都比她强，她连双鞋都不会绱。"

我心想，我也不会绱。但我不想再引她往下说。没想到她对六婶子的评价是这样，过去从没听她说起过。此刻她脑子停在了很多年前，看来也是选择性记忆。她徐徐地走，脚步很笃定。她是个自信的女人，眼下也是。这一点我不随她。我忐忑地跟在后边，眼前不时出现幻觉。这是我妈。这不是我妈。这是我根本不认识的人，多好。我妈还在家里坐着，等我玩牌。她能玩吹大话、拉驴车。赢了牌身上的细胞都雀跃。我真想永远陪她玩下去，天不遂人愿哪！我边走边有点犯迷糊。天空越发亮了，太阳突然划出云层，让我有点不适应。我每次来几乎都能遇见六婶子，除了她说的话我不爱听，我也从没用心对待过她。关于我妈的话，她说的其实是实话，我只是不愿意接受。想起这一点，我很是内疚，对自己说，你咋会跟老人一般见识，未免太小气了。门口前边是一个小慢坡，我妈已经攀上去站到了门边上，手举了起来，刚要拍门，大门突然开了。我紧走两步站到了我妈的身后，她显然受了惊，朝后趔趄了一下。六婶子的一张小脸从门后探出来，警惕地问："你要干啥？"

我一下蒙住了。关键时刻我真没我妈的脑子好使，她说："云丫回来了，她说想来看看你。"

"她来时就看见了。"黄美丽丝毫不放松警惕，俩小眼瞪圆了盯着我。

"您该做饭了吧？"我赶紧搭话，竟有些惶恐，仿佛面对的是个大人物，"我哥搬过来好几年了……我一直都想过来看看您……"当面说谎话不容易，一句话磕磕绊绊，我觉得耳根子都红了。我的手在口袋里抓着丝巾使劲搓揉，但也告诉自己这不是送礼物的时候。

"做饭倒不急，"她说，身形明显放松了下，门缝开大了些。我妈拄拐就要往里走，被她用身子挡了。"家里没盐了，我正要去买盐。"她出来后转身拽门拉闩，把两扇大门关得严丝合缝。

"您快去买盐吧。"我半边脸孔堆出笑，左腮连同眼睑都在突突跳，自己都能觉出假得不行。这样被人拒之门外的事，还真没遇到过。本质上，我也是个脸皮薄的人。我不动声色朝外用劲拉我妈，手从衣兜里抽了出来，那丝巾像冰一样冷。

六婶子急匆匆走了。两手叠在屁股上，一撅一撅地往前拱，像头拉犁的牛。

"她儿媳妇应该在家，我们进去看看。"看她拐过街角，我把手放在大门上，轻轻一推，那双扇门板就错开了。我还是有些不甘心。

我妈意外地说："六婶子不在家，我们进去干啥？"遂从慢坡上缓缓朝下走，我急忙跟了上去。

5

馒头锅揭开了盖子，蒸汽把王永利都快淹没了，厨房像是放了个烟幕弹，我怀疑锅里的水放得太多了。他快速一个转身，把铝锅放到身后的菜墩上。他的脸被熏得红扑扑，在幽暗的光线里，一边一朵带血丝的红，他原本也有些赤红脸。感觉他应该有个双下巴，肚子能撅出半尺开外，稳稳托住那铝锅。那影像一闪就过去了。他走出厨房，还原成了标准体形，六十大几的人了，身材还健硕挺拔，原先那些虚浮的肉都不知去了哪里，也不知这些年他经过了怎样的煎熬。我用张圣文的眼光看他，他的确是罕村男人中的翘楚，虽然整天跟臭烘烘的鸡打交道，身上邋里邋遢，骨子里却有一种坚硬的东西抵御俗世或世俗，让张圣文在他面前能活成一个小姑娘，要多任性有多任性。这就是书里的人物啊！我感叹。因为用白菜叶做屉布，所以不用担心粘连，我说："把锅盖盖上吧，等大嫂回来再吃饭。"

王永利说:"馒头出锅她就回来,准着呢。"

果然,我刚放好碗筷,把馒头端上桌子,张圣文就回来了。她穿得像个棉花包,一蹿一蹿地进来,像踩着节拍一样。圆桌有些倾斜,我妈坐到了低的那一边。盛熬白菜的盘子太满,菜汤溢出来,曲曲弯弯朝我妈那里流。谁都没注意,张圣文进来就看到了,赶紧拿抹布来擦。她进屋脱了棉衣服,里面是一件莎兰的毛衣,胸前是一排晶亮的假纽扣,配着曾经流行过的小翻领。"王永利,你知道我今天多有收获么?"她高兴的样子不像装的,是真遇见好事了。肥胖的身子在那里扭,腹部的肉颤颠颠地弹抖,像在跳迪斯科。"我从没有像今天这样有成就感——赵顺德被我拿下了!"

"不气人的时候也可爱着呢。"王永利扭过头来对我说。此刻,王永利不像一个丈夫,倒像一个自得的父亲,对女儿忙不迭地褒奖。

我们一起看着张圣文扭,她像一朵烂漫的花,让这间简陋的充满水蒸气的堂屋顿时有了色彩和灵动。炉子里的火正旺,水壶吱吱响,空气中氤氲着一股潮湿的煤焦子味,像都在配合她演出。她的揸灰短发像猪鬃一样厚实,脸上有神性的光,曾经割过的双眼皮底下波光潋滟,一点也不像传说中的人老珠黄。这让我恍惚,仿佛这不是张圣文,而是一尊走下圣坛的菩萨。我妈看了一眼,就把脸扭了过来,不耐烦地说:"该吃饭吃饭,不想吃就别吃。"说着伸手去抓馒头,我赶紧抢先一步,把馒头掰了一块给她。

"您吃您的。"王永利歪扭着身子朝向张圣文,不知怎样表达一个观众的热忱才好。

他忘了吃饭,就那样忘情地看着他老婆,脸上都是笑。那笑容温暖而又慈祥,我敢说,我和我妈从没享受过这待遇,他就像朵大向日葵,从没让我们做过一回太阳!我看一眼张圣文,又看一眼我哥;看一眼我哥,又看一眼张圣文。感叹人家这才是恩爱啊!严先生从没这样看过我。严先生是我丈夫,来之前还在跟我怄气,说我从不把他的家人当家人。"婆婆都没来你这里住过,是不是你当儿媳的失职？"当时在讨论要不要接婆婆来家里住。我觉得，婆婆不来住是不想来住，没必要死乞白赖。可严先生却觉得源于我不曾深让。这些年都不曾深让，所以婆婆一直没来。

"老人的想法很诡异，她嘴上说的不一定是心里想的。"

"要猜谜你猜，我嫌累。"

"女人哪有心口如一的？除非到了你妈那个时候。"

这简直是戳心窝子啊。我大吼了一声："严森林！我妈到了哪个时候？"

开车到半路上，我还在想这句话。要说没多大毛病，我妈是到了那个时候，可就是听不得。尤其是，他不能说。

这让我想起了赵顺德的媳妇和婆婆，好得滚一个被窝，因为她婆婆跟她婆婆的婆婆就好得滚一个被窝。这些我打小就听说过，就像传奇一样，在街巷流传。当然，这情景我没见到过，但人家关系好总是实情，否则也不会成为街谈巷议的对象，罕村人的口味也刁着呢。赵顺德就是这房子的主人，跟我哥年纪差不多大，经营过木材生意。他没盖过宫殿样的大房子，但眼下的日子该比我哥殷实，因为他还在做买卖。过去做大买卖，现在做小买卖。据说，他娶的两房儿媳也跟婆婆好，比着赛地孝敬。这在村里都成稀罕了，大家都说，他家门风好。

我关心眼下的赵顺德，被张圣文拿下了什么，以及怎样拿下。我说："快坐下先吃饭吧，菜都凉了。""我不怕凉。"张圣文说着收了神通，在我妈身边坐下，先给我妈夹菜，一夹就停不下来。同时她的嘴停不下来，滔滔不绝地说她这几天的经历。我妈一再说，别夹了，她吃不了。张圣文还是夹，我看得出，她其实还在亢奋，动作都是下意识的，源于旁边有台摄像机。我想，这台摄像机就是我。

当年我妈不让她送鸡汤，王永利说："她这人想干啥干啥，你以为她送是因为你爱喝？"

有些话真能让人记一辈子。关键是，不是想记一辈子就能记一辈子。

"你看看，妈的碗都满了。"王永利貌似责备，其实有几分炫耀。他得意地瞥了我一眼。我一笑，取过碗来往自己的碗里拨了大部分。

张圣文缩了一下脖儿，这才把菜往自己嘴里送。

赵顺德原本不相信青蒿丸这款产品，可架不住张圣文天天往他家跑，进门就给他干活，还给他妈洗脚。王永利插话说，他自己都不舍得使。他的意思是，不舍得让张圣文干活。张圣文最大的特点就是不爱做家务，从打年轻的时候就这样，她是个外场人。"青蒿丸是一款最新产品，你知道屠呦呦么？"张圣文问我，我惶惑地点了下头。张圣文说："赵顺德不知道屠呦呦是谁，我说你整天走南闯北，连屠呦呦都不知道，她获了诺贝尔奖啊。哈哈，他连诺贝尔奖都不知道。"张圣文笑得咕咕的。

我说："她发明的好像叫青蒿素。"

"青蒿素是提取液，提取完了的材料制成了青蒿丸，这都有分子式。"张圣文话说得非常溜，如果站在讲台上，她能有教授的范儿，"你不接触就不了解情况。书里都有，我拿给你看看。"说完就要站起身。王永利说："先吃饭。"张圣文又一缩脖，乖乖地坐下了。她这一缩脖的动作非常孩子气，难怪王永利觉得她可爱。"开始我也不信。"这是她说话的技巧，每次接触新产品她都是这个路数，"但经过一段时间的验证，我不但信了，而且服了。"

我过去也看过她提供的所谓的"书"，其实就是一些宣传资料，把国家领导人印上去，就变成了国家推荐产品，她对这一切都深信不疑。起初我还想说服她，后来我发现不可能说服，因为她一直企图说服我，把我和我背后的人际关系变成她的客户。这样的较量中，不是比谁更有理，而是比谁腮腺发达。张圣文只念了小学三年级，但她好学，年轻时囫囵着读了许多书，记了很多读书笔记。她结婚时带的嫁妆除了一面四方镜子，就是十几个日记本，那里面写满了蜘蛛爬样的好词好句。那年是一九七六年，她结婚不久就住抗震棚，夜里因为受惊吓大叫，能把邻居吵醒。

那时的张圣文是个高鼻梁、小眼睛、瘦溜身材的小媳妇，害羞而又腼腆。

跟王永利出门总是一前一后走，从不并肩，她说流氓才并肩。转眼日子过去了那么久，我都有些不敢相信，眼下这个张圣文会是那个张圣文，她们毫无共同之处。

老实说，我也不知道她到底有多信那些产品。每一次，她都能豁出命去给人家推销，也豁出命去找我做推销，甚至去我的单位，从一楼到六楼见门就进。我能有啥办法？说服不了她，我只能赌气猫在家里。单位领导被缠不过给我打电话："王云丫，赶紧把你嫂子领走，再不领走我们要报警了！"她这样努力也没挡住那些产品在市场上完蛋。王永利总说她傻实在，干啥事都太认真了。

"她是太想成功了。"我说，"你信那些产品么？"

王永利不说信，也不说不信："我没给你大嫂带来好日子，她自己奔，我只能支持她。"

"你到底是信还是不信？"

"只要她开心。"

我怀疑，王永利总在信与不信之间摇摆。开始他是有辨别能力的，毕竟当了一辈子干部，他还是有见识的。后来，他拿了一张宣传单给我看，是梅里美总部大楼，是张圣文正在宣传的产品。王永利说："骗子能有这样大的楼？"他觉得，骗子就该啥也没有。有这样大的楼就没有必要行骗了。他根本想不到这楼也是骗子骗来的，或者只是骗子行骗的一个道具。他年轻的时候，人们喜欢说大话，还不兴这样骗人。眼下的他已经跟时代脱节了。

我就知道完了。与张圣文比，王永利更不会听我的。

张圣文持续不断进攻赵顺德，就是因为他有软肋，他过去吃过梅里美，只不过那种保健品在市场上还没流行开，就倒闭了。"这跟做生意能挣到钱是一个道理，你得跟对人，选对产品。青蒿丸专门预防和治疗神经疾病，获诺贝尔奖的人不会骗人。"张圣文肯定把她推销梅里美的事忘了，她从不向后看，这是她一直能够朝前走的理由，"起初赵顺德不信，看见我进门就躲，说快跟你们家王永利养鸡去，整天弄这些糊弄人的玩意儿干啥。我说，这是糊弄人么？

大领导都吃这个，书里都有，视频里也有，我不给你送上门来你都没处买去。是钱重要还是身体重要？我养鸡只是我们家挣钱，推销产品却是为了你们大家不得病。你别以为我是在传销，为了挣钱。我是产品推销员，是在造福社会和人类。"

王永利用不安的眼神瞥了我一眼，不知是对我不放心，还是对张圣文的理论不放心。

"开始时赵顺德吃了一点点，从三天前开始吃。我回家没告诉你，是想等他真正认识了、真正买了产品再告诉你。这不，结果出来了，他说过去腿上总没劲，觉睡不沉，吃了青蒿丸，这些症状消失了，眼睛都变亮了，脑子特别清楚，明显增加了记忆力。我说：'这药专门抗衰老，促进身体微循环，立竿见影了吧？你挣多少钱有啥用，不如有个好身体。'他说：'你婆婆咋没吃？她过去是多精明的人啊。'我说，凡事都讲个因缘，她就是吃了没吃的亏，否则哪会变成那样，再说……"她看了我一眼。王永利到底是我妈生的，说了句："吃饭。"张圣文就改了话题。

"上午又去敲人家门了么？"她问我妈。

我妈用手拍了一下桌子："我没敲。"

张圣文说："是闺女看着才没敲吧？"

我的一口馒头在嘴里，半天嚼不烂咽不下。我妈突然朝桌子上啐了一口，原来她吃到了一块姜，有手指肚大。"辣的。"她说。

"不能往桌子上吐。"我赶忙拿了餐巾纸给她擦嘴，然后把那块姜包起来丢进了垃圾箱，"要吐到纸上，丢到垃圾箱里。记住了么？"

王永利说："你白说，她记不住。"

"真的记不住？"我无奈地看着她，怀疑她有些故意。

"啥记不住？"我妈抬起眼眉无辜地问，两只毛毛眼里都是疑问。

"我说让她吃点产品你们硬是不信。要是早吃些何至于到这个地步？赵顺德的妈比妈还大两岁呢，人家就开始吃了。啥叫孝顺？买吃的喝的不算，让她活得健康才算。"

这些话，张圣文一口气说完，像是唯恐说到哪里被掐断。王永利沉浸到饭菜里，假装听不见。她这话就是说给我听的，觉得买保健品就是我的责任。其实我很想问一句，赵顺德的妈吃产品也不是闺女买的吧？但这话不能说，除非以后我不想登娘家门。

"六婶子为啥不开门？"我把这话扔出来，是因为早想扔出来。说真的，我对这个问题感兴趣。潜意识里，我觉得这里的缘由深不可测，听说王永利买了赵顺德的房子，我就隐隐不安。我心里有想法，却不适合讲出来。哪里有讲出来的必要呢？所以我只能装作闲聊抛出这个话题，想听听哥嫂怎么说。话题抛出来了，却没人应答，仿佛那根本不是个问题，或者是个问题也不需要回答。王永利和张圣文都还沉浸在上一个话题里，他们当然希望我支持张圣文"干事业"，十几年前就这样。那时张圣文希望我帮她开店，只需投资几十万块钱，说人家开店都成了百万富翁。她只知道我不支持她，不知道我根本没那个能力。

我妈站起了身，摇晃着往外走。张圣文赶紧起来给她拿拐棍。"您又干啥去？"

6

上厕所回来，我妈乖乖脱鞋上床。上床之前先抻床单，用两只手反复拍打，她要一个褶皱也没有。从厕所出来，她并没有朝大门方向走，这让暗中偷窥的我觉得奇怪。张圣文探着头一直朝外看，开玩笑说："瞧，她没去敲门，知道让闺女省心。"我妈刚好进了那道风门，回了句："你咋不省心了？"

这话怼得干脆而又有力量，把我们都逗笑了。张圣文说："您都把六婶子吓着了，一敲门她就犯心口疼。她儿媳妇说，傻病也会传染，不许婆婆开门。"

我紧张地偷偷攥妈的手，被她用力甩开了。"你才傻。"我妈咕哝着进了自己的屋，拍打完床单，扑通一声把自己摔在了床上。

"您慢点！"我小声说。

"早死早省心。"她赌气。

"这话不是我说的。"张圣文大概听见了，大声解释，"是六婶子亲口告诉我的，她说不是她不让咱妈进门，是儿媳妇不让进。"

"她就因为这个不开门？"隔着一道门帘，我支棱起耳朵问。

"还能因为啥？"张圣文说，"小鲜亮就是这样的人，完全有可能这样说；六婶子完全有可能这样信：她们都是愚昧的人。"

我莫名舒了一口气。有关她们愚昧的话，我不止一次听张圣文说起过。头疼脑热了不买药，而是猜撞客，或是拿了红纸让老五叔画符，在墙角烧了。这些事情我妈也干过，是在二三十年前，没想到现在还有人信。

转念想，祖祖辈辈的人都这样干……总得有人信吧？否则，就没办法流传了。

小鲜亮是她家儿媳妇的名字，就听张圣文这么叫，我从没搞清楚这是她的小名、大名还是外号。我回家来有时能看见她的身影，大多数的时候看不着。她只有一米四几的身高，一张扁平的脸，就像长不大的娃娃。身上不是穿红就是着绿，总是很跳的颜色。她是六婶子的第三房媳妇，前边两个儿子都被招了出去，媳妇我都没见过。小鲜亮生的两个儿子都很周正，有一个特别会下象棋，据说在罕村没有对手。有一次王永利说，这要是出生在好人家培养一下，说不定能为国家贡献人才。

我们家的人就是这么奇怪，脑子里都有张大棋盘。

"你去她家推销过产品么？"与其说想弄明白张圣文能不能进她的门，还不如说换个角色，比如我。

不过我已经不想把丝巾送给她了。看到张圣文，我就知道不送出去是对的。要是让她知道，会有扯不清的官司。邻居住着，她咋会不知道？

"请我都不去。"张圣文说，"你别看她家有个好门楼，那是驴粪球子外面光。她家哪吃得起保健品，过年都恨不得咬手指头。"

意思就是不买肉。

张圣文又开始叨咕别的，显见是在跟王永利说话。这个你吃，那个她打扫，是寻常夫妻饭桌上常说的话，但明显显得话多。我留神看我妈，她望着屋顶冥想，就像个哲人。

"还玩牌么？"我拍了下她的肩膀。

"不玩。"她很烦躁，翻了一下身，面朝墙躺着。过去她可不是这样，玩牌比吃饭要紧。中午连午觉都不睡，唯恐我走了。现在是真顾不上了。

我也脱了鞋，在里面躺下，枕着自己叠起来的两只手。过去她会给我找枕头，找盖的，现在把这一切都忘了。我们脸对着脸，膝盖对着膝盖，四只眼睛对准了看，看谁先眨眼。她一会儿就厌倦了，躲开了我的目光，闭了会儿眼睛，突然又睁开了。

"你一个月挣多少钱？"她的毛毛眼注视我，目光无限温柔。

我的心都要化了，她居然还会找话说，这让我觉得意外。我在她的眼前竖起了一根指头。

"一千？"她说。

"一万。"我说。

"这么多！"她很惊讶，"花不了给妈点花。"

我差点飙出眼泪。她会花钱的时候从不要钱，虽然手头不宽裕，我也得死乞白赖给才肯收。她的钱就一个用项——给两个孙子家的重孙子买好吃的。只要口袋里有钱，她就巴巴地去赶大集或去小超市，从不放过讨好晚辈人的机会。这回张嘴要钱，是破天荒了。我起身，翻包。现在包里很少有现金，但总还能翻出几个。除了几枚硬币，我翻出了两百四十元。她接过去叠起来，小心地放到棉服里面的口袋，满意地拍了拍。

她的嘴角嵌出迷人的笑，就像成了百万富翁。

"要钱干啥用？"我问。

"买好吃的。"她叹息说,"我吃不饱饭哪。"

"瞎说。"我假装生气,"那么多的馒头哪能吃不饱?"

"有一天我就吃了六个饺子。"

"为啥只吃六个?"

"张圣文说,你不干活,吃六个就已经不少了。"

"我哥咋说?"

"他也说不少了。"

我又拍了拍她的肩,她现在就等同于小孩子,想象力天马行空。"喏,还有点心呢。"我指了指门后的小酒柜,"饿了就垫补一下。"她朝那里看了一眼,不言声了。

"还记得郭文礼是咋死的么?"这话我憋了半天了,一直都在等机会。我想知道她到底记住了多少过去的事。

"得疯病了。"

"然后呢?"

"跳河了。"

"再然后呢?"

她的嘴咕哝了句啥,我没听清。我小心地看着她脸上的每一个褶皱,那里藏着数不清的日子。她为啥不往下说了?

"他为啥疯?"我改了方向。

"谁知道?他就是疯了,不穿衣服,满大街跑。"

"然后呢?"

"跳河了。"

我看着她。

"他在水里漂着,不沉底。"

我看着她。这一段逻辑是对的。早上有人去遛河边,经常能捡到被人下了药的鱼。小鱼会及时浮上来,大鱼要等一宿,才能让人有意外发现。这个早上水面上漂着的不像鱼，那人胆子小，在堤上大呼小叫，把一条街上的人都喊醒了。下去几个人，把那人七手八脚拽上来，郭文礼已经翻白眼了。奇怪的是，他肚子里并没有多少水，他在岸上躺了会儿，突然一个鲤鱼打挺跳起来，比兔子还快地蹿上了河堤。湿衣服被他随手扒了下来，挂在了树枝上，他就光着身子在大街上跑。时令已是深秋，老人小孩都穿上了厚衣服，他却一点不知道冷。他在前边跑，后边追着许多毛孩子。"大疯子，大疯子！"砖头瓦块朝他身后扔。他从我家老宅过，我也想去看热闹，被我妈一把抓住了脖领子，给拖了回来。

她还记得那一"拖"么？我可是记得真真的。情不自禁摸了摸后脖颈，她的指甲划着了我。

她眉头微微蹙起来，把毛毛眼闭上了。就像一扇天窗，关上就关住了所有的往事。如果再沉入梦里，那些往事就根本不存在了。当然，这是我的想象，此刻她脑子里活跃着什么，估计神仙也搞不清楚。

朝左拐一个弯，再朝右拐一个弯，就是张二百家的宅院。他家外边有块空场，堆着一些木头，正准备翻盖新房。郭文礼抄起一根胳膊粗的木棒，高高举了起来。后边追着的孩子停下了脚步。怎么那么巧，黄美丽在拐弯处迎面走来，郭文礼闪身看见了，举着木棒掉转过头，劈头盖脸朝她砸。后来有人说，郭文礼打黄美丽就是习惯，家里日子不好过，郭文礼从不在自己身上找原因，他觉得是黄美丽废物，做不出好吃的，也做不出好穿的。

她突然抽噎了一下，像是受了什么委屈。眼睛闭紧了，但我知道她没睡着。嘴巴张开了，吐出了一串气泡泡，就像小孩子在故意淘气。

白天的梦也叫白日梦，当然，这是我下的定义，与教科书上的解释无关。白日梦从来都是梦的一种，似乎又与真正的梦毫无关联。我喜欢这种毫无关联的状态，就像小葱与豆腐的关系，即便搅拌在一起，谁青谁白也一目了然。水波上坐着一个人，由远及近朝岸上漂。我在岸上苦苦地等，猜想这人是谁。这梦我小时候就做过，那人是从冰窟窿里升起来的，晶莹得像冰雕一样。有那样晶莹么？有的。当一个白皮肤的人，不穿衣服，身上挂着水，而那水眨眼间就结成了冰，是有点类似晶莹的感觉。成长中有些东西过目不忘，就指的是这样的瞬间。眼下那人被烟雾缭绕，是黑黢黢的影像。奇怪的是我看不清他的眉眼，却知道他是谁。争吵声从梦的深处碎裂，迸溅出烫人的火星。张圣文尖声说："连个午觉都睡不消停，您咋就不长记性呢……六婶子，对不起，是我们没看好老太太。往天这个时候都锁门，今天因为云丫来，大意了……您继续去睡吧，保证不让她再打搅您……还不回家，您还让不让人活！"就听黄美丽说："我忍着，忍着，忍了半天，谁想她没完没了呢！不是我事儿多，搁谁身上也受不了。就听这门咣当，咣当……她不是敲门，是使大劲摇晃。多亏这大门结实，否则早让她摇散了！你儿子给你做了啥好吃的，这么大的劲！"王永利明显才出去，站在堂屋门口说："不好好睡觉，又去敲人家的门干啥？快把大门锁上，看她再出去捣乱！"我早惊醒了，看了看表，已经过去了四十几分钟。我居然睡死了。我想翻身起床，又倒下了。头晕得不行，眼花得不行，心怦怦乱跳。我从没在家睡这么瓷实，今天咋回事，连我妈下床都不知道。她难道踩了风火轮了，这样轻快的速度！我妈小偷一样钻了进来，满面羞赧，头也不抬地说："我看看你六婶子买盐回来了没有，我就是想看看她有没有回来。"

外面一院子的怒气未消，那些母鸡咯咯咯地跟着唱和。我也想吼啊，火也顶到了脑门上，还不是针对我妈，仿佛这世界都惹恼了我。我回家从来都不是轻松的事，心总是提着。"她回不回来与您有啥相干？"我努力压着声音，"不知道人家硌硬么！"

她躺下面朝外，把后背给了我。一定是我的冷言冷面让她伤心了。她语调平静："我就是想知道她买盐回来了没有，这也不是啥罪过。"

就像兜头被浇了一瓢冷水，我激灵了一下，那些火气顿时消散了。从本质来说，她真是没啥罪过，她关心黄美丽没有错，是我被窗外的声音裹挟了，失了做女儿的本分。再说话时我的语气软和多了："您不该这个时候去，大家都睡觉了……她肯定早回来了，那时还是饭前。小超市才多远，用不了几分钟。"

我妈说:"这时睡觉,黑夜去干啥……我就是想知道她回来没有,不回来的人也多着呢。"

我有些发愣:"都谁不回来?为啥不回来?"我等了会儿没有得到回答。我支起身子,扶了下她的肩膀,说:"您不用担心,小超市又没危险,她不会不回来。"

说完等着她的反应。她没理我,就那样躺着一动不动。墙上的一块镜子正好映出她的脸,她的皱纹堆积了起来,盛满了愁苦和委屈,这些绝不是虚词,都一目了然。我悄悄抹了下眼睛,心里唱叹了一声:我和她……才差多少啊!

7

母鸡们也午休了,世界一片安宁。这安宁让人觉得恍惚,仿佛是被作假做出来的,不但不真实,还会让人心生惶恐和窒息。

玻璃窗上映着灰白的太阳,早晨的那些雪粉都不见了踪影,它们都去了哪里?它们都失踪了,就像人也能失踪一样。我爷爷、我父亲、郭文礼,以及村里的许多人,我儿时见过的、少年时见过的、青年时见过的许多人,都失踪了。有的我知道,更多的我根本叫不出名字。他们又去组成了一个新的村庄,有大队,有小队,有会计,有队长,这毫无疑义。我妈脑子好的时候就这样认为。"你爸又该出工了,不知他在那边有没有挨欺负。"她在晚上经常这样说。她认为这边和那边是颠倒的,这边的白天是那边的黑夜,就像地球的东西半球一样。我爸没赶上好时候,他在队里干活因为赶不上趟,总遭人嘲弄和戏耍。要是再活几年,熬到包产到户,就不用受那个罪了。"家里的活想咋干咋干,想啥时干啥时干,他最应该尝尝散社是个啥滋味。"就像有好吃的没吃到嘴里,我妈提起来总替他惋惜。本质上我爸是个读书人,他就喜欢读书,任何有字的纸都收集,临走装了半个棺材,里面就像个图书馆。他只比郭文礼多活了一年半,肝疼得整夜睡不着。他那年才五十四岁，远没有我哥现在的年龄大。这种感觉真奇怪，他还年轻，我哥却成了半大老头子，头皮上的发根霜雪一样白。我一直觉得，我爸如果活着，老宅就不会被置换，王永利就不用买赵顺德的房子，我妈就不会去敲郭文礼家的门，黄美丽就不用整天关大门……只是，我心里也存着疑惑：生活的走向真就是因为这些而改变，还是原本就应该是这样的秩序和朝向。或者，这都是我一厢情愿臆想出来的，现实只是一张白纸，并没有这样那样的图画？

这些失踪的人，顶数郭文礼闹得动静大，他一共走了四个月。队长连续几个晚上来我家，一只胳膊横在墙柜上，手腕朝下耷拉，不停地摆造型。他屁股坐在小柜子上，像焊上去的，一坐就是一整个晚上。那时是夏天，队长穿一件蒜疙瘩白细布马甲，已经很脏了，身上一股汗油味。他带着汗油味进来，总要在门框下低个头。他一进来，我爸我妈就不自在，端着的粥碗不知该放哪里，不知怎样招呼他才好。很显然，人家没事就不会进我家的门，就像市长不会随便进普通市民家的门一样。我爸甚至有些胆怯，目光从不敢递过去跟人交流，打在哪里都要弯回来，盯自己的膝盖。

"我从二队来。"队长从烟笸箩里摸出卷烟纸，寸把宽的卷烟纸都是我用小刀裁的，上面写满了练习题。唱《红灯记》他演李玉和，是个一脸正派的人。他的两根粗指头灵巧地搓动，很快就把烟卷好了，用火柴点着火，吸一口，屁股往里蹭了蹭，他是想坐得更舒服些。他所说的二队，其实是指郭文礼家。他每次来都说相同的话，我们都听明白了。他想知道郭文礼为啥失踪，我爸这里是突破口，村里人都知道他跟我爸是莫逆之交，经常在一起叽叽咕咕。郭文礼失踪一个多星期，连上级都知道了。全公社十三个村庄，两万多口人，就罕村出了么蛾子，让大队和小队的领导都很没面子。走远亲戚都要开请假条，他却敢让自己失踪这么久。"这是政治问题。王大方你仔细想想，他能到哪儿去，为啥要失踪，他有没有提起过想干啥，你有没有发现他有啥不正常？"

黄美丽也来我家找人，高门细嗓像家雀子吵架。她那时腰不弯，是个细瘦的人，嘴巴有点地包天，话说多了嘴角就淌白沫。她觉得我们家一定知道郭文礼的去向，却不告诉她。女人的直觉很可怕，她叫嚷的时候满脸狰狞。这里存在着危险。这个危险就是定时炸弹，随时可能爆炸。比如，我们现在说不知道，等郭文礼回来了，他说出来咋办？这些压力我有，我爸就更大了。可那个结果什么样，是好是坏都顾不得，眼前的事才火烧眉毛。郭文礼说一周就回来，结果一个月也没回来。我爸急得起了满嘴燎泡，他整天垂着头，脸更黑了。我怀疑，他的肝就是那个时候逐渐坏掉的。郭文礼越不回来，我们越不能跟他扯上关系。他若遇见好事则罢了，若是遇见了坏事呢？我爸可不傻，他知道留后手。

我爸牙关咬得比钢铁还硬，他就一句话：知不道。谁问都是这仨字。他也嘱咐我们就回答这仨字，多一个字也不能说，免得言多语失。我年龄小，我爸左三右四讲利害，甚至与戴高帽、掉脑袋联系在一起。我已经懂事了，不消他这样担心，早把这仨字记在了板油上。他们原本是要把这事瞒住我的，可夜里商议被我偷听了。罕村人不会说不知道，就会说知不道。那个"道"字读二音半。我发誓我就是李铁梅。

有一天，队长果真在放学的路上拦住了我，问我知道不知道郭文礼去了哪里。我立刻警觉，头发根都炸了起来，果断说出了那三个字：知不道。队长就像早料到了我会这样回答，没再废话，闷着头走了。

队长居高临下盯着我们一家人，那眼神里有不屑，还有鬼火一样的光。他一来我就盼着快停电，屋里赶紧黑下来。我受不了他那一盯，躲到了我哥的背后。王永利像队长一样高大，他那年正月结的婚，越发像个大人，只是没有队长的身板宽，但也足以遮挡我。张圣文殷勤地给队长倒水，嘴里不停地说话，她可真是个会说话的人啊！"我们如果知道郭文礼去哪儿了，早报告队长了，哪用得着您三番五次往家里来？两家过去好是不假，我也听说了。可后来闹了矛盾，就再不来往了。自打我嫁过来就没在家里见过他。队长可以不相信别人，一定要相信我，我长这么大，从没说过半句假话。"她说谎了，我心里说，队长也许知道她说谎了。可她硬是这样说，队长可能也拿她没办法。以后的事实证明，很多人都拿张圣文的嘴没办法。她能把事情说得天圆地方，让你无处下嘴。郭文礼去京城的事，除了我爸她是最热心的一个。她从打年轻的时候就热爱接受各种信息，而且坚信不疑。她甚至提出给郭文礼烙两张糖饼做干粮，因为郭文礼家连两张糖饼也烙不起。"走这一天路，总不能让他要饭吃吧？耽误工夫。"当然，糖饼是我妈烙的，我听见了她抱柴烧火的声音、擀面杖在案板上滚动的声音。我因为兴奋整夜都没睡沉，总听见院子里有人走动。天刚蒙蒙亮，外面就响起了敲门声。我爸在门口把糖饼递给郭文礼，就把大门迅速关上了。这一切做得隐秘而迅速，就像地下工作者。我爸是做了防备的。只是有一点没想到，郭文礼该回来的日子没回来，让他日复一日担惊受怕。

　　早上的饭桌上气氛很诡异，灶门里冒着青烟，一家人都坐在烟雾缭绕中。我看一眼这边，又看一眼那边。左边坐着爸妈，右边坐着哥嫂。他们表面平静，内心里都有波澜，因为他们都跟往常不一样。张圣文终于按捺不住了，有些兴奋地问："他走了？"我爸沉默地点点头，样子有些忧伤。不知为什么，他有点不好意思面对家里人。我猜，他是担心介入这样一件大事会承担不良后果，因为有那根木头的事在先。他自言自语了句："你六叔是忘恩负义的人么？"

　　我哥说："他是。"

　　没人接王永利的话茬。张圣文激动地说："终于要有大事发生了！"

　　我爸的脸上这才漾出来一丝笑，看得出他有些受鼓舞。

　　"去了就能见着？"我哥总是有疑惑。

　　"能。"我爸头也不抬地说，"越是大人物，越是念旧情。"

　　"大人物也许会到村里来，他们喜欢重游故地。"张圣文总显得有见识，她随口吟出一句诗，"别梦依稀咒逝川……"

　　王永利说："别瞎联系，这诗是毛主席的。"

　　我家像演戏，人人都是演员。春天的时候郭文礼跟我家闹别扭，张圣文还说永世不跟他来往，没想到这样快就改了态度。我家盖房用了他家园子里的一棵榆树，我爸说值十五，他说值六十。"六十是多少钱哪，你家的树是金子做的么！"当时一个人在房上，一个人在房下，高门大嗓那顿嚷，全庄人都听得见。我爸气得差点从房上跳下来。但村里人不知道的是，过了一段日子郭文礼又来了，他张着大鼻孔走进我家院子，就像从没有与我爸吵过架一样。他拿来了一张旧报纸，那上面有一张大人物的照片，嘴角有一颗痣。他凭这颗痣断定他爸郭清救过这个人，他用船把他和两个随从渡到对岸，上岸时还差一点挨了追来的人的枪子。"老乡，谢谢你救了我的命。以后全国解放了，你就凭这颗痣找我，我叫李某某。"他点着自己的下巴颏，说完，就被两个随从连拉带扯拽下了船，又听从郭清的指引，从一个豁口直接跑进了玉米地。

郭清在青纱帐里藏了一天一夜才回家。这个事我们村里的人都知道。李某某的名字后来经常出现在新闻里，谁也没想到他与罕村有关联。

郭清临死的时候交代，啥时日子过不下去了就找这个人，他认账。所以郭文礼拿来的这张报纸让我爸尽释前嫌，他也觉得这就是那个人。只有王永利有些犯迷糊，说就凭这样一张照片做凭据，弄错了咋办？郭文礼说错不了，名字都对，不是他是谁？

我那时刚知道一个成语，就是乐极生悲，便觉得形容我家再适合不过了。送走郭文礼，我们全家最少高兴了一个星期。可以说，全家都对这件事情有想象和憧憬。生活实在太乏味、太不如人意，大家都想从偶然事件中寻到亮光。从第二个星期开始，全家都有些惴惴不安，这是我爸影响和带动的结果。他就像一艘大船，我们是挂在他身上的小舢板，他一动，我们就跟着摇。过了第三周，就乌云笼罩了。队长一上门，灾难就像长了翅膀，时刻在我家屋顶上盘旋。我家成分不好，有些说不出口。在学校填表我总是最后一个交，放到最底下。不像有些同学可以大大方方放桌面上。我爸脊梁都塌了，他一定是被想象吓坏了。郭文礼的名字一下成了敏感词，再没人敢提起。本来我爸觉得这件事十拿九稳，郭文礼到北京就能见到大人物，大人物就能认下当初那笔账。以后的事，就都是惊喜。事实是，这样的事情并不鲜见。邻村就有人利用这种关系找到了省上的一位专员，那专员带了一卡车的红高粱米来救命，这是"吃食堂"那年的事。退一万步说，即使我家和村里沾不到光，大人物能帮帮郭文礼也是好的。他家的日子简直不是人过的，都上冻了，最小的孩子还光着屁股，冻得蛋蛋都是青紫的颜色，罕村都没有比他家更穷的。郭文礼在村里没人帮衬，一切都要仰仗我爸。我爸还为他代写了封信，述说前因后果。万一见不到人，也可以先把信递上去。"人家从新疆来的都能见到毛主席，他比毛主席的官小。"

"如果见不着人，你也要快去快回，以后再找机会去见他。"我爸为这件事做了多种打算，但还是没能打算周全。他没想到郭文礼一去不回来，没想到这件事成了一个事件，让人盯上。当然更没想到郭文礼四个月以后回村时，已是晚秋。早晨下了霜雪，路边姜黄色的玉米叶子被打得湿漉漉。郭文礼穿着褴褛的衣裳突然出现在罕村的街道上，像旭日一样耀眼。问他去哪儿了，他不说。问他咋回来的也不说。他的眼神空洞而茫然，你搞不懂他是不想说还是根本就听不懂别人的问话。他的大鼻孔像马一样朝天喷气，完全是一副目中无人的样子。他突然奔跑起来，像枪口下亡命的兔子。大家注意到，他并没有朝家跑，而是拐过街角朝西跑，一直跑到村外，看看身后没人追赶，他才把脚步停下来。

他一回也没到我家来。这在我们家当然求之不得。只是，他难道真的忘了当初是去干啥的？连我都想问问他。

我们家的人也或真或假地把他的使命忘了。去上学的时候我妈经常嘱咐，见了疯子躲远点，他打人。疯子特别能跑，经常无故在大街上撒丫子，把母鸡吓得张开翅膀飞，以为自己是只鸟，能飞到树上。可他并不是在追母鸡，这让母鸡们嘎嘎叫得很失意。可若说他无故打人，还真没这回事。

他先后两次无故落进水里。大家都说，他是去水里找东西了。可究竟找的是啥，也没人说出所以然。第一次被遛河边的人发现，捡回一条命。第二次已傍年根儿，掉进冰窟窿时，在上面露出一个脑袋瓜。扑棱扑棱乱动，没人想到那是个人，还以为是个啥物件。后来就被冰冻住了，被拖出来时浑身晶莹，就像一条无鳞鱼，泛着寒凉的光。一条街的人都去看热闹，我爸却把两扇木门关上了，隔开了外面三三两两过往的行人。他从储藏间里拿出来一捆麻，让我们搓麻绳。搓出来的麻绳被他用玻璃锤拧成了粗些的绳子，拉套用。

张圣文边干活边叨咕，说不用这么麻烦，可以从队里偷条麻绳，那些麻绳都是从采购股买的，又光滑又均匀。可我在打别的主意，趁大人不注意，我还是溜了出去。大家都去瞧热闹，我不想再次被落下。

但街上一片荒芜，没了人影狗影。刚才一街筒子的人都消失了，就像被清冷的日光吸走了。

黄美丽来了我们家，这让我们没想到。她揣着袄袖进门，披了一身灰黑的夜色。那天停电，我在油灯下写作业，"吱啦"一声，摇曳的灯火烧到了我的头发。我闻到了头发烧焦的煳味，就像过年燎猪毛一样。我的小学班主任是个死猪心，全校各班都不留家庭作业，只有她每晚都让我们写生字，一个字要写几十遍，同学们都恨死她了。可因为她长得人高马大，又浑又厉害，同学们都像奴隶一样敢怒不敢言。黄美丽靠在门框上，因为离灯光比较远，她全身都在暗影里，这让她的脸很模糊，连地包天都若隐若现。我爸我妈都有点瞠目结舌，此刻他们一定觉得黄美丽就是进宅的黄鼠狼——一点好事不会带来。我妈给她倒了一缸子水端过去，她轻蔑地看一眼，并没有把揣着袄袖的手抽出来，我妈只得把茶缸放在了炕边上。郭文礼的事情已经彻底过去了，我爸我妈再也不用担惊受怕。黄美丽的到来只让这屋里多了别扭，我妈问："有事？"

她孩子一样往墙上一靠："这日子没法过了，你们把该我的钱给我。"

"该你啥钱？"我爸坐在炕脚抽烟。

"树钱。"她梗着脖子说。

我爸明白了。还是盖房的那根木头，此时在我家屋顶充当檩条而不是房柁。我爸坚定地认为它只值十五块，而不是郭文礼提出的六十。当然最后是以十五成交的。要说这事已经结了。我爸跟我妈咬了下耳朵，我妈对我说："躲开。"我把作业本朝里一推，手拿铅笔从小座柜上溜了下来。那小柜子落着锁，上面的柜盖能折叠。如果前边的盖板朝外拽一下，中间就能出现缝隙，正好能伸进我的一只小手。所以这家里啥事都瞒不了我。我妈用钥匙捅开了锁，探进头去翻找。油灯就在她的头顶上方，能把小座柜里照得分明。她嘴里"哎哎"地发出疑问的声响，我心里"咯噔"一下，心说糟了。我的心扑通扑通跳，手心紧张得出了汗。我妈直起身，脸色很难看，盯住我说："拿出来！"我乖乖地翻书包，从算术书的书皮里拿出了五块钱，我妈接过去，笑吟吟地走向黄美丽。"我家里也紧，没法多接济。这五块你拿着，买些油盐，再多也没有了。"我妈说谎了，我心想，大人都爱说谎，我就没见过不说谎的大人。白天我闲着没事儿，把手从柜缝里试探着伸进去，一下就触到了一沓钱，横竖大小我都挨个摸，挨个捻，拣了张最小的用两根手指夹了出来，藏到了包书皮里，没想到晚上就给了黄美丽。我的发财梦破灭了，还背了污名。我恨不得往她身上踹一脚。死东西，还不快走！她一定感受到了来自灯影里的敌意，接过钱就转身，一秒也不耽搁。我妈送出去，脚步走得安稳，回来却惶急，顺便捎进来根烧火棍，急赤白脸地把门帘子甩到了天上，对瑟瑟发抖的我说："你以为我没数儿？啊？这柜子就你能伸进去手！这柜里就一张五块的，快说，下次还敢不敢？！"

我这一辈子偷钱就这一次。没焐热就交了出去，屁股上还挨了好几下烧火棍。我妈说，以后再偷就剁了你的手！以后哪还敢？我叹了一口气。有钱人都是如来佛，你就是有孙悟空的本领，又能如何？

王永利和张圣文的鼾声响了起来。张圣文吹气，王永利打呼哨，他们在睡梦中也琴瑟和谐，这可真让人羡慕。我悄然爬起了身，披上大衣往外走。先去了趟厕所。厕所收拾得干净，可也臭不可闻。母鸡发出的咕咕声都是压低声音的，似乎也怕吵醒了谁。王永利养的母鸡都要成精了，我想。我朝大门走去，担心上了锁而我找不到钥匙。还好，只是闩上了门闩。我轻轻拔下门闩，从门缝里闪了出去，又把大门重新关好。路过黄美丽家门口，我目不斜视，健步如飞。说来惭愧，搬出来这么多年，我还是想念老街。哪次回来如果没去趟老街，就像没见到我妈一样浑身不自在。

如果我说想念老街甚于想念我妈，就是大逆不道了吧？

8

　　走出胡同口，我黯然地长舒了一口气。

　　那个充满鸡粪味的院落就在我身后，却似乎被我甩开了十万八千里。有时我会想，如果我的生活中没有这个院落，我会不会活得开心些。如果我和王永利之间还有其他兄弟姐妹，我会不会活得轻松些。那时他们还没有搬过来，住在小侄子官殿样的大房子里，小侄媳妇见到我总有发不完的牢骚：公公做饭不好吃；婆婆整天往外跑，不管做饭、洗衣、看孩子、打扫卫生，还不如奶奶呢；可奶奶做事颠三倒四，啥事交给她也难放心。有一句话我不说："你是干啥的？"现在的年轻人都拿不是当理说，只是我这做姑婆的不搅这浑水，她说啥我听啥。张圣文张嘴就是"咱村有厂子那阵……"，她乐意回忆荣光时刻，但小侄媳妇不爱听，那时她还小，不能感同身受。"她还以为自己是官太太呢，要八个丫鬟伺候，整天还去'干事业'，笑死人了。"小侄媳妇侧脸朝天，嘴比婆婆刻薄。张圣文一看见她跟我嘀咕就没有好脸色。清官难断家务事，包拯若是遇到我家的事，估计也得愁死。如今搬出来了，又有新的麻烦出现了，只不过这麻烦改变了方向和性质。可不得不说，麻烦离小侄媳妇远了，离我近了。我气闷地想，如果我妈不去敲黄美丽家的门，是不是就天下太平了？这胡同还有另外四家人，如果她每户都去敲，是不是就多了几个麻烦？

　　她说不清楚，我也想不明白。可我愿意这样想，这样想似乎能让心里安稳些，能让前景透出些光亮。但有一样，我妈记得与黄美丽家有渊源，她觉得，敲黄美丽家的门理所应当，因为郭文礼经常来我家串门。她记得是因为她有病，至于我哥王永利和我嫂子张圣文，似乎连这都忘了。

　　也许他们不愿意往回想，那些已经被他们从记忆里抹去了。

　　两家要说有多亏欠，也没多亏欠。当然这是我的想法。但郭文礼的事给了我爸很大的冲击，他就是从那时做下了病。当时村里也有人说风凉话，说郭文礼把我爸叫走了。"他们又一起去谋事了。"村里人当笑话说。看来，对于他们俩都做了些什么，村里人并非一无所知。

黄美丽都记住了什么？这才是我心有惴惴的地方。那些往事有现实意义和历史意义么？我自嘲地问自己。如果我妈不去敲门，这些是不是都可以假装不存在？

它们已经不存在很多年了。

空气里有股烟熏火燎味，有股二氧化硫的味。原本清白的太阳也蒙了烟尘，天地间一片污浊。路东边的人家屋檐下伸出了烟囱，正冒着滚滚黑烟。这样的空气也让人能容忍，我无端地想，又深吸了一口气。政府一直在助推清洁煤、采暖炉，但效果并不好。老百姓总有办法使用自己认可和熟悉的产品。王永利就把煤藏在了鸡舍后边，只是买了两袋清洁煤做样子。

生活中的很多小事都会让你束手无策，本质上，我也是个悲观的人。对任何束手无策的小事都怀有深深的挫败感，何况那些事情并不会因为时间推移而消减，却能源源不断加工出负面情绪影响你，还不单指我妈敲门这件事。我肯定不觉得这是个事儿，敲门引发的连锁反应才是，不是么？这就像亚马孙的一只蝴蝶扇动翅膀，在哪里引发龙卷风根本就是个未知数。就像我哥买这个房子，他不会想到我为此不安，如今这种不安终于有了结果，证明我的直觉是对的。可我能为此做些什么改变这种状况么？除非接她走。我的心跳了一下。努力仰脸望天，让水样的阳光照射，这是凉凉了的白开水，温暾可人。高远天空的这轮太阳，亘古地轮回往复，只为照耀这一件事，是谁给了它责任和使命？它不觉得厌倦和疲累么？如果有一天它停止了运转，天、地、人、植物、动物又当如何？我起了一身鸡皮疙瘩，恐惧让悲凉加重了成色，仿佛这一切就等在不远处。唉，你就是庸人自扰。我朝前走。新修的水泥路敦厚崭新、又直又平，比原来的路面高出了十几厘米。路灯杆刷着白漆，也是簇新的样子。这都是建设美丽乡村的新成果，我在埧城有耳闻，市里某个有实力的行政局帮扶罕村，罕

难言之隐 259

村甚至要造荷花塘，做人造景观。

这些很多年前王永利都搞过。好歹也是接待过市长的村子，与左右邻舍不一样。长条坑里养过荷花，两边是芦苇，水里的荷花能有脸盘大，明艳照人。进村的路铺油漆，两边栽景观树，甚至花大价钱买来南方苗木。只是都没能活得长久，就那几年光鲜，领导不来了，心气也没了。企业如雨后的春笋冒出来，又摧枯拉朽倒掉，前后也就十年的时间，王永利是经历了大风浪的人。想到这些我总觉得心痛。机缘曾经来到过他的身边，却又干脆利落地溜走，我不知道他的责任和社会的责任能占多少。他不把日子当日子过，我妈也这样说。他如今面对的这一切都是不得不面对。难怪他丧。这是个新词。没有哪个词比它更准确地形容王永利的状态，他就是丧。他只配过丧的日子。就如我、我妈、我爸、张圣文，我们都努力挣扎过，而且还在努力和挣扎，把希望寄托在明天以及未来身上，拼命寻找一些哪怕微小的机会。可结果呢？也许这就是命运吧！如今路旁还能看见树埯留下的印记。油漆路留下的石子，滚落在路边，不忘旧情似的。穿薄底鞋子会硌脚。以后再不会了。水泥路再也不会磨出石子了，因为里面根本没有石子。

我心里涌上来的念头挥之不去。我需要找人确定一下。电话接通了，严先生很高兴，说："我正要打给你，你就先打过来了。你知道吗？我妈终于答应来咱们家住了。她刚才说：'只要云丫同意，我就不走了！'"

我一下就变得寡淡，再张嘴说话都要哽咽了。婆婆从来不到我家来，她总说我工作忙，我家房子小，左右邻舍不能串门子，连嗑都没处去唠。"城市有啥好待的，就像蝈蝈笼子。"我也这样认为。老家深宅大院，院子里能耍大刀，还有一大帮孙子孙女绕膝，来城里干啥？严先生紧着问："你怎么了？"我心一横，说了我妈的事，身体越来越差，记性越来越差，整天去敲邻居家的门，搞得四邻不安，家无宁日，影响别人生活，自己也受委屈。"如果接到城里住一段，她也许就会忘掉敲门的事。"这也是王永利和张圣文的意思，他们闲谈中我能听出来。严先生不响。半天都没反应。我把电话挂了。他又打了过来。"我没意见。"

他说,"只是……你有没有搞清楚,邻居为啥不开门?这样小的事解决掉不就完了?有啥可为难的?"我的眼泪夺眶而出。他太不理解人了!"怎么解决,解决不掉。"我大声说,"神仙也解决不掉!"我怎么才能让他明白呢?几十年的事情怎么可能讲得清楚。小鲜亮说傻病会传染,这明显是个托词。她再蠢也不会这样认为,张圣文相信她说的话不过是顺杆爬,我太了解她了,她善于借别人的嘴来说自己心里的话。"人家就是不想让我妈登门,我妈又不灵醒,说啥都听不明白,这样的矛盾怎么解决!"平心而论,我心里没有那么深的悲伤,这还够不上悲伤的边界。但在这一刻,有些悲从中来,也有些虚张声势。我需要表演,不给他演给谁演!我脚下踢着石子,眼睛看着前方的一个小女孩,她那么小,穿一件红衣服,像个木偶一样蹦蹦跳跳。我忽然想起了人贩子,这若在城市,不会放任这么小的孩子一个人在外跑吧?我有些分心。严先生却来劲了,大着嗓门说:"先搞清她为啥敲门,再搞清邻居为啥不开门。实在不行就摆一桌酒,请他们过来坐一坐。邻里住着,哪有解决不了的问题!"

我情绪突然失控,对着手机嚷:"你就是不愿意我妈来住!你是你妈养的,我是我妈养的,以后我们各养各的妈,两不相欠!"

他大概被我闹晕了,静默了一会儿,说:"有话好好说,你着什么急啊!你妈跟我妈一样吗?我妈生活能自理,你上班出去一天,她可以自己做些简单的饭,你妈可以么?一个人在家里你放心?或者你就不上班了,整天陪着她,你做得到么?当然,你如果觉得家里可以住两个老人我也没意见,我妈正好可以看着你妈。"

"你放屁。"一席话让我缓和了心情,我努力不让自己笑,"婆婆八十六,亲娘八十三,两个老炸弹,这是好玩的?"

"那就回头再议,回头再议。"他说,"我妈也不是非来不可,我还在做工作,刚才又反悔了。"

这条路我打小就走。拾柴挑菜,上学放学,买盐买醋,上班下班,从老街出来这是唯一一条出村的路。如果从北往南走,长条坑在左边;如果从南往北走,长条坑在右边。我在长长的日光里追着自己的影子走,还能想起少年时的脚步。坑里生过芦苇和荷花,知青来了曾在坑边钓鱼。如今都被房子压实了,连痕迹都没留下。但我相信,那些芦苇的根须和荷花的种子都在,它们不过是在蛰伏,终会有出头的那一天。

那个小女孩拐进了一座大门楼,这是张二百的家。他早年去世了,他的三个儿子也都去世了,宅子卖给了刘家人。有一年八月十五,很多人家给他家送礼物。我端了纸盒装的二十个鸡蛋来他家,回家对我妈说,别人家送的礼物都比咱家的多。我妈问咋看出来的。我说,人家的盒子都大。

求张二百办什么事我已经忘了。反正都与"买"有关。买煤买粮,买缝纫机、自行车,张二百管着全村的人。后来市场放开了,村里买了十台录音机让他去送礼,这"买"就不知不觉转了向。那时他家还是三间房,宅院外有个空场,堆放着木头。后来他小儿子翻建新房,把宅院的长宽都扩充了。小儿子顶替他去采购股上班,他几年后下岗回了村里,得心梗死了。这所宅院也是被当作百年大计来建的,他却没住几年。站到这里,心会隐隐悸动。历史的河流就像动脉,分出很多枝杈,混合流动着不同的血液,每一种血液都承载着不同的命运。你的命运、他的命运叠加在一起,组成了一座村庄。村庄便像骨骼和血肉一样,成了生命的一部分。你的生命他的生命叠加,泥土就厚实了几许。

拐过这个弯,就是老街的末梢。再拐一个弯,就是我家老宅的位置,门口朝东。这是一个三岔路口,我都靠右悠悠往北走。老街百十米长,我一般要走几十分钟。如果街上没人,我会在绿漆铁门前停留片刻,或者,从门缝往里望一眼。我不会去敲门,因为我没有敲门的理由。我进城就是从这里出发的,自行车后驮着铺盖卷,书包里装着刚下树的小毛桃,那毛桃的滋味简直是上帝赐予的,以至于我自打搬出这院子,就再不吃别的桃子,直到现在也不吃。桃树就长在窗根底下,春天时,我开窗就能摘到桃花,插到墨水瓶里,整个房间都明艳。我觉得,水果的改良中桃子最不成功,它把那种原始的野性醇厚的味道改得荡然无存。我爸也是从这两扇门里抬出去的。那时还是木门，天上飘着白棉花一样的大雪，黑漆棺材里装着黑皮黑脸的他，还有半棺材陈旧的书。被人往外抬时，我妈伏在碗柜上哭，我忽然觉得自己长大了，凑过去搂住她的肩膀说："别太难过了，他终于不疼了。"

那时没有院墙。我家房山外就是碾盘，北边是一口辘轳井。那井用老砖砌得阔大，却是苦水，只能给牲口喝。房山墙刷了白石灰，上边用红油漆写了《为人民服务》这篇语录。这是老五叔的杰作，若用现在的眼光看，就像打印后复制上去的，每个字一般大小。社员吃过午饭来这里，坐到碾盘上背语录。一个人都没背下来，我背下来了。

老五叔说："云丫以后就做女太史公。"

很多年，我不知女太史公是啥意思。

后来我妈在灶里给王永利埋白薯，埋玉米，埋这埋那，有时我回家，能看见我妈的一脸灶灰。她整天围着园子转，种了这个种那个，我简直觉得她是在修行。有时碰巧我哥也在，我会觉得自己是外人。有一回我问我妈："我是您亲生的么？"

我妈骂："丫头片子，上河沿子，打刺溜子，摔屁蛋子。"

她一点也不郑重对待我的问题，用首儿歌就把我打发了。她对闺女的轻视，简直深入骨髓。

越过横街，几步就迈到了老五叔家，这是我来老街的全部理由。泥墙头，木片做的梢门，也叫柴扉。几十年都没什么改变。我特别怕他走。有时候我想，我不怕我妈走，但我怕他走。我妈走了，我没了回村的理由；他走了，我就没了回老街的理由。村庄与老街比，老街重要。这逻辑不通，但是个逻辑。老五叔黏糊糊地说，一听见脚步声就知道是云丫回来了，当当当，鞋跟像敲鼓一样，罕村没有人这样走路。"你妈还好吧？"照例要问这一句。"还好。"我永远是这样回答。住老宅子时，老五叔每天来串门，风霜雨雪不误。后来搬远了，就再见不着面了。老五叔的喉咙呼噜呼噜拉风箱，从打年轻一直拉到现在。屋子狭窄逼仄，老五叔像木头里钻出来的木耳，浑身上下一点亮色都没有。脸也是灰黑色，只有瓶子底镜片放着光。他像团衣服堆在炕头，前边是个小炕桌，桌上摊着一本书，旁边有个放大镜。我不用看也知道，这书是某个版本的《易经》。我曾在桌子底下看见过一本黄表纸刻印的《周易》，但转眼就不知去向。

他象征性地用笤帚扫炕沿，让我坐。

炕脚垛着许多书，都是各种版本的《全唐诗》《千家诗》。多新多旧的都有。既有砖头厚的书，也有薄薄的小册子。我给他捎过十余种，其中有一种是儿童读物。我还捎过一本字特别小的书，大概拿放大镜也难看清，老五叔让我退回去了。现在这本书还在我家的书架上。只要是没见过的版本，他都藏看。看到版本与版本之间稍有不同，他就很高兴，当作重大发现告诉我。这屋里有一股黏稠、晦暗、静止的气息，几乎看不到时光的流动。我来老街总要到这里来坐，但从来也不久坐。老五叔既不说村里的人和事，也不对历史进行评判。他当过兵，赴过朝，游过街，坐过牢。他也绝口不谈自己的经历，我试过很多回，即便以请教的方式打探某些事情，也每每碰钉子。有一回，我还试图让他给一根木头定价，到底是值十五还是值六十，当年他是目击证人，可他轻易就闪避了。他和我只有一个话题：唐诗与蘅塘退士。他只和我谈唐诗和蘅塘退士，几十年前和几十年后都如此。

在他面前，我没法不心生安静。

听老五叔讲那个人的传奇，生年与他本人在同月同日，即农历九月十九。每年的这天，老五叔都要把炕桌搬到院子里，摆上香烛、黄纸、素酒、水果，祭奠先人。他父亲活着时，爷俩祭奠；他爷爷活着时，爷仨祭奠。"以后再也不会有人祭奠了。"老五叔落寞地望着我，我低下了头。我也不会。我记不住任何日子，包括自己的生日和结婚纪念日。年轻的时候爱显摆，遇见舞文弄墨的人我会插空问一句："你知道蘅塘退士么？"

如今，我只有坐到这里才会想起他。

蘅塘退士就是编选《唐诗三百首》的人。姓孙名洙，字岑西，生于清康熙五十年（一七一一年）。全书共选七十五位诗人及两位无名氏的诗作共计三百一十首。刻印时，又补入了杜甫的《咏怀古迹》三首，成了我们今天看到的模样。这都是当年老五叔告诉我的，他还想让我把这本书背下来。"熟读唐诗三百首，不会作诗也会吟"，这是蘅塘退士写进《唐诗三百首题辞》中的名句，老五叔跟我念叨了不下几百遍。只是我没耐性，背了二三十首。后来他又教我女儿背，我女儿大概背了四五十首——那是上幼儿园时期，到了读小学的时候，就忘差不多了。

他从不跟我谈《易经》。他觉得，只能跟我谈《唐诗三百首》。

院子里响起了脚步声，一颗光头不由分说钻了进来。我无奈地站起身。我今天想跟老五叔探讨一下梦境，我的梦和王永利的梦。我的梦大而无当，王永利的梦残酷血腥，可惜来得不是时候。我吃惊地发现进来的人是赵顺德，他的棕毛熊棉服领子托着一张胖大的圆脸，嘴边歪叼着一支烟。"有客？"他说。他显然不怎么认识我，眼神从我的头发梢上滑了过去。"您怎么也剃光头？"我搭讪，着实有些奇怪。王永利剃光头是因为做噩梦，不知他因为什么。他摸了摸头皮，没有回答。我还想知道他妈和他媳妇时下是否滚一个被窝，在这里问显得不礼貌。"你们聊。"我对老五叔说，"我以后再来看您。"老五叔想下炕，被我拦住了。这屋里糊得像蜜罐一样，老五叔的嗓子受不得凉。我刚要挑门帘，赵顺德说："你是……哦，我想起来了，你是王永利的妹妹。你给张圣文带个话，告诉她别往我家来了。好歹也当过官太太，别太掉身价。她买房多给了我两千，我就吃她两千块钱的产品，多一分也不吃，再缠磨也不吃。"他一屁股坐在书垛旁，身子往里蹭了蹭，衣服刮到了书垛上，发出吱啦一声响。他又说："进门就给我家干活，当老妈子，还给我妈洗脚，烦不烦？我妈有儿有女，脚用她洗？想洗让她给你妈洗去。"

我一下愣住了，这番说辞让我无地自容。张圣文说拿下赵顺德，原来是这样拿下的。我想起她烂漫得像朵花样地扭动身子跳舞，让王永利看得忘情，竟是这样一个结局在里包裹着。是她演戏，还是王永利演戏？或者是他俩共同演戏给我看？我脸发烧，但心是冷的。我突然打了个寒战，悲伤涌来，像水漫金山一样。"这个话我不带，"我缓缓对赵顺德说，"你自己对她说吧。"

9

"这是庸常的一天，除了拜登当选美国总统没任何大事发生。"我在日记里写道，多少有点戏谑，"只不过，这庸常的一天被我记录了下来。其实我如果不回罕村，这一天也是这样过，没有什么因为我的到来而改变。"

真的这样么？我自言自语了一句。

从老五叔家出来，我觉得我应该坚强点，我应该原谅张圣文，不管她曾做过什么。她也是六十七岁的人了。我为张圣文悲哀，她有高远的想法和憧憬，而且铆足力气践行，却总也不能实现。花的力气越大，越实现不了。这才是悲剧人生啊！这个时候我想起了我妈，不知她有没有溜出来，敲邻居家的门。她不能老惹张圣文生气。想到这里，我不安起来，加快脚步往家里走。历史什么样不重要，现实什么样才重要，不是么？拐过街角，我看到了一幅暖洋洋的图景：这是下午两点钟，太阳明亮地斜切在那块石头上，我妈在石头上坐着，正好坐在了光照里。她屁股底下是块杏黄色的垫子，看上去厚墩墩的。六婶子离她两步远，坐在马扎上。小鲜亮坐在正门口的小板凳上，她们都在那一线阳光里，而那两扇水蓝色的大门敞开着。我都疑心自己是在做梦了。三个人都笑吟吟的，一起看向我，我妈高兴地朝我伸手，嘴里说："云丫来了，云丫来了。"

那婆媳同声说："早就来了！"六婶子对我妈说："你没看见闺女的车停门口？"

我握住她的一只手，那手因为拄在石头上，像冰一样凉，可我舍不得让她回家。我不知道前边发生了什么，成就了这样一幅画面，我的眼睛有些潮。那个小黄垫子看着眼生，我摸了摸边缘，非常柔软。我说："这垫子像新做的，是六婶子家的？"

六婶子头上蒙着深烟色的头巾，努力仰着小脸说："原本我想坐那石头上，正好你妈出来，就让给她了，我又回家取了个马扎。她原来是多聪明的人啊，没想到变成了这样。"

我妈两只手攥住我的一只手，眼巴巴地问："你走着来的？"

我没有回应我妈，紧着对六婶子说话。"有您这样的邻居真好，这么惦记我妈。我妈的情况越来越不好了。吃了饭就过来敲门，是想知道您买盐回来了没有。她惦记着您买盐的事，怕您一去不回来。"

六婶子嘎嘎地笑，说："大嫂子还知道惦记我？我不回来还能上哪儿去？"

我小心地看我妈，怕她产生不必要的联想，事实是，我也不知道她这话的初衷是什么。我妈天真地抿嘴笑，像偷了嘴的小孩子一样，特别满足。

小鲜亮早站了起来，想让我坐板凳，我又把她按了回去。我曾经看过她的背影，但从没与她正面交谈过。今天发现她有一张耐看的脸，眉清目秀，皮肤紧致光滑，只是让凌乱的头发遮掩着。她说："我妈出去买盐，说姐和大妈想来家看她，我说那还等啥，赶紧请进来啊。结果老人家先去买盐了。回来我说她，买盐有啥打紧，早买晚买还不都一样，老年人就是不懂得变通。"小鲜亮脸上都是温暖的笑，这让我洞悉了她们婆媳之间的密码。六婶子说："我干啥就想着干啥，没有那样快的反应。"我妈说："你比我反应快多了。"这话客气得让大家笑翻了。

我听明白了。这场面是我妈自己导演的。是她说"云丫回来了，想来看看六婶子"，六婶子买盐回来跟儿媳妇说了，这才有小鲜亮的过意不去，她们坐在这里，其实是在等我。

"姐进家待会儿吧？"小鲜亮又站了起来。

我说："不用了，看见你们就行了。我妈总去敲门，给你们添麻烦了，中午都没睡好觉吧？"

"大妈是病人，不碍事的，我们都能理解。中午睡不睡都行，还有晚上呢。"

小鲜亮爽快地说。

六婶子说:"以后不关门,她就不会敲了。"

我深感意外地看了六婶子一眼,她说:"桂荣埋怨我了,说我不该把你们关到门外,就是普通邻居也不该这样对人,何况过去两家交好呢。"

我望向小鲜亮,这才知道她叫桂荣。

桂荣说:"经常听我妈说起,大爷活着的时候老哥俩经常一起喝酒。有这样的交情,就跟亲戚差不多。"

一块石头突然落了下来。难道那是一块无事生非的石头?

"这些事比拜登当选总统都重要。"我接着写,边写边想那一圈柿红色的领圈,小鲜亮指挥我倒车,她只比车屁股稍微高一点。张圣文坐在副驾驶,她说要进城去开会。我在六婶子家门口说话时,她出来进去好几趟,显见得焦急。

车头掉好了方向,后视镜里正好映出六婶子的小脸。那横七竖八的纹路里有多少伤心往事啊!也许那都不值得记忆,忘掉也罢。其实,不忘掉又能如何呢?小鲜亮趴在车门跟我摆手,说:"姐慢点开,有空常回家来,大妈的事你就放心吧。"我一拽大衣,才记起口袋里还有条丝巾,我抻出来挂在了小鲜亮的脖子上。那是一种红艳艳的颜色,小鲜亮的脸瞬间就被照亮了。

车子蹿出去,张圣文说:"可惜了。"

"啥?"

"那是条好丝巾,我看得出。"

"不咋好。"我说。

我心里翻涌着赵顺德的话,看了她一眼。我知道她嫉妒了,但我不管。我当下管不了她,我被小鲜亮温暖了。不知张圣文在想什么,这一路都闭紧了嘴,没有对我进行语言轰炸。我知道她在生气。一条丝巾不重要,我心里有没有人才重要。他们天天伺候老人,原来还不如一个邻居。我知道她会这样想,此刻我就是她肚里的蛔虫。这若是过去,她一生气,我就紧张,但今天例外。再来我会给她买条好丝巾,最好的那种。

车到一个老小区，张圣文下了车。我说，如果晚上不回去，就住我家吧，我来接她。张圣文说，这里的人都亲如姐妹，又管吃又管住。她头也没回。

我不说话了。

她一蹿一蹿往小区里走，走几步停下了脚步，转过身来说："跟原先不一样，我们这个团队都是精英，这回一定能成功。"

我点了点头，开车走了。

两次别离

田 耳[*]

徐昌发癌病再次复发那会，儿子启梁正应对下岗，两件事撞一块，一家三口未免乱了手脚。

启梁看上去是斯文孩子，读书用不上劲，初中毕业去了没门槛的技校，两年下来，车钳铣铆焊大概知道怎么回事，上手都能弄两下，去找工作才发现到处是门槛。找来找去，外面跑了几个月，才发现回县城顶父亲徐昌发的班才是最好选择。母亲王彩秀还说，也不算耽误时间，不出去跑跑，你哪知道家门口的好？

当时徐昌发刚过五十，身体按说不差，毕竟有以前当过海军的底子，只是腹股沟斜疝气味越来越重，工友躲闪他。为了启梁顶班，他找相熟的医生，递两条自己抽不起的好烟，开证明办理提前退休，这样启梁后一脚就进到机械厂，当上仓管员。那是九八年的事，全国刚爆发大水灾，救灾如火如荼，电视机里面每天都可歌可泣。启梁去守仓库，有一台电视做伴，清闲得让他怀疑是不是真的在上班。

次年徐昌发享受病退人员全面体检待遇，一查查出肝癌。检出了他倒比大

---

[*] 田耳，本名田永，男，1976年生，湖南凤凰人，现供职于广西大学艺术学院。1999年开始写作，迄今已发表小说七十余篇，计两百万字。其中包括长篇小说四部，中篇小说二十部。作品多次入选各种选刊、年选和排行榜。结集出版作品十余种。曾获文学奖项十余次。

多数人镇定，只是不由得感叹：人其实没有病，病都是单位让你享受的福利待遇。启梁觉着这是父亲为办病退挨了诅咒，转眼就应验。一通治疗，据说五年生存率接近百分之九十，随后几年徐昌发确实存活在这概率里。

转眼就到二〇〇三年，机械厂领导们开始酝酿第一批下岗名单。领导们头疼不已的是，前面几年厂子衰败是明摆着的事实，职工满腹埋怨，都说要走；现在真要下岗，他们又誓与本厂共存亡。启梁响应领导号召，主动递交下岗申请，这样买断工龄以外多赚一笔奖金。徐昌发是从同事嘴里听到这事的，病情突然恶化。当然，也可能是徐昌发身上的癌病掐着指算满五年，再次发作。他和大多数职工一样，以为下岗就是分流傻子留下聪明人分赃，若他知道晚几个月后买断工龄的钱都掏不出来，会不会为儿子果断的决定而流露一丝欣慰？

许多事情不可假设，事实上，徐昌发癌病复发与启梁主动下岗在时间点上发生重合。将徐昌发送去市肿瘤医院，二次化疗下来，他一个蛮开朗的人，精神也有崩溃迹象，时不时摆出一脸"给我一个痛快"的神情。启梁和母亲王彩秀商量着要不要把人送去省城，这时舅舅王同乐表态，说他见得多了，人都经不起几番折腾。五年前徐昌发查出病症，就只剩半条命，现在二次化疗，顶多只有四分之一的魂魄傍身。他还满含诚意地提醒：姐，人财两空的事情我也撞上好多回，帮这种人办事都是优惠价能让则让，亏我不少进项。王彩秀不吭声，王同乐再一次友情提醒：姐夫这种状况，早一点回县城才妥当。要是在省城、市里咽了气，尸体可不给送回，直接拉去火化，到手就一把灰。

说到这王同乐眼珠一凸，王彩秀脸皮一皱，仿佛一把灰就在眼皮底下。母子俩不知如何是好，王同乐的意见就很重要。以往王同乐就经常给他家拿主意，眼下，对于死人这事，他可谓专业人士，说话就更有分量。

王同乐绰号"卷王"，伢城有名的"把总"。"把总"可能是伢城独有的叫法，换到别的地方叫法很多，有叫"总管"，有叫"主事"，还有的地方叫"大了"。但这一行总归有些陌生，说白了，就是死人以后办丧，殓师、法师、丧歌班、响器班、后勤班、炊事班、金刚、杂工都要陆续入场，必须有一个人统管，将诸多事情井井有条地分配下去。这样的人便是把总。其实,"把总"在伥城人嘴里原本是个动词,话说到要谁来统揽全局,拿大主意,方言便是"请某某把总",不知哪时这词固定在了丧事行当,成为名词,代指一项职业。当然,这职业冷僻了些,全县找下来,把总两个巴掌数不上来。毕竟,一天出几丧的情况非常少见,一次丧礼一个把总,这行当撑死就这么点就业容量。

至于他这绰号——那年月还没有"内卷"的说法,被别人叫成"卷王",首先在于他姓王,其次头发自来卷,同时说话也稍有卷巴。说来也怪,虽然卷巴,王同乐却极擅长跟人打交道,算是小县城一张好嘴。启梁暗自分析过的,舅舅的一点小卷巴恰好放大了他能说会道的特性,让别人在一种反差当中留下尤为深刻的印象:卷巴里面,王同乐简直就是最能说的那一个。

卷王靠这张嘴讨饭谋生,启梁印象里,舅舅把总的身份也在带入自己的日常生活,隔三岔五到家中来,为父母出策谋事,为他一家"把总",一桌吃饭他从来都坐对门靠墙的正位,再把话一说别人只能是听,摆明就是这一家的主心骨。

徐昌发虽当过兵,婚后被王彩秀驯得日渐没了脾气。当年徐昌发转业分配到地方,开始恋爱,那时恋爱都叫搞对象。按说徐昌发一个退伍兵,在婚姻市场应属于捡到篮里就是菜那种,搞到有工作的女人殊为不易,偏还挑剔。别人给他介绍几个低眉顺眼的,他都不动心。介绍人都有责任心,还要问一句他为什么哩,徐昌发总是说,呃,不够劲。直到遇见政府食堂里的王彩秀,针尖对麦芒,够劲了。两人认识不久就开始吵,倒也不想分开,便一起将吵架变成恋爱的主要形式。不光吵,起初徐昌发是有暴力倾向,脾气一上头,一看王彩秀就是个人形靶,随手一耳光,弧度丝滑,王彩秀隔三岔五地带彩。但王彩秀从不晓得害怕,眉毛一拧,牙一咬,脸一仰。徐昌发动手以后,王彩秀不害怕,就轮到他自己心里发毛,不光怵她一脸狠劲,也怕她搬来救兵。那时,卷王走上街,半条街的人都会跟他打招呼,街溜子小青皮抢着叫他,有的叫"卷大",有的叫"卷王",有的骨灰粉直接叫"卷爷"。卷王轻轻地把头一点,便是回应。

所以卷王自己认为，说话并非天生带卷，而是跟人打招呼太多，舌头肌肉越来越厚导致。只要王彩秀打招呼，卷王不会坐视不管，一定会跟徐昌发探讨人生，要是想来一些肢体的接触，卷王简直不要亲自动手，许多小弟会抢着表忠心，替他铲事，卷王指头一戳，小弟就会像一群鬣狗冲过去，一旦形成合围，狮子老虎的肛门也要掏一掏。

徐昌发知道双拳难敌四手，一通乱拳下来，自己躺到医院都不知道跟谁要医药费。王彩秀知道徐昌发的顾虑，嘴角一撇，说弄你还用上我弟？果然，王彩秀从来都自己接招，有时候徐昌发下手把不到轻重，王彩秀一时爬不起来，不声不响躺两天，回过神气依然不忾，跟徐昌发接着较劲。时间一长，两人发现彼此算是一对冤家夫妻，怎么打也打不散，上面打了下面打，一次意外还把小孩弄出来了，两人一边拌嘴一边跑去登记结婚。婚后，徐昌发开始变得服帖，事事由王彩秀做主。没想到王彩秀不怕打，但日常处事经常没有主见，窝里再横，外面老是吃亏。此后，稍有困难的抉择，她就把卷王叫到家里。这时候徐昌发尤其懂得了逆来顺受，老婆不叫他讲话，他就把自己晾到一边，不操心。

转眼启梁出生、长大，七八岁，对这个舅舅形成初步印象：他是专门来家里吃肉的。那时家里的状况，大概是一周开一次荤，基本定在周六。舅舅定时赶来，拎一瓶散装酒，手不空，算不上吃白食。饭菜上桌，王彩秀不再是头疼的事要找弟弟打商量，家里琐屑小事，单位里同事间的龃龉，她都叨咕不尽。卷王自顾喝酒，满口吃肉，嘴角流油，任这姐姐搜肠刮肚说得一点不剩，才把骨头一吐，酒盅一搁，慢悠悠把她刚才一堆碎话归纳成几个点，仿佛是她的秘书，转眼再变成领导，嘱咐她最当紧要考虑的是……接下再到……卷王一开口，王彩秀就只顾点头，而徐昌发闷声喝酒，佯装不听，偶尔条件反射似的点头。启梁再大一点，进一步发现，父母对这舅舅已经有依赖，周六晚上那一顿说道，简直就是他们家把平淡日子一直延续下去的核心动力。

这情况一直持续到九几年，启梁成了半大小伙，桌上天天有肉，而卷王的知名度在小城之中继续飙升，应酬已然忙不过来，晚上出台似的赶好几桌。周六的夜晚，他没有任何理由把这宝贵时间只留给姐姐这一家。

启梁仍记得，又一周六，菜上桌后，母亲顺手摆四副碗筷，经父亲提醒，收走一副。徐昌发很少打趣，这时嘴皮一抽，说留着也行呀，顺手加个酒杯。王彩秀便呸的一声。

现在，启梁让往事在头脑急遽地过一遍，再斜着眼瞥去：父亲仍躺病房里，一脸枯槁，盯着天花板像是盯着高邈的天空；舅舅拽着母亲去到走廊尽头，一只手罩在母亲的左边耳朵，把嘴凑上去，一会又放下。讲悄悄话，也是卷王的一大招牌动作，他可以任何时候跟任何人转眼间便显出过从甚密的样子。

他俩又往这边走。母亲脸上有释然表情，而舅舅随时都是一切尽在把控的模样。走到启梁估摸的距离，便叫一声舅舅。卷王把目光搁到外甥身上。启梁平静地盯他数秒，再问：在你看来，我爸徐昌发是不是已经死掉了？

此时脸上的平静，完全是强自绷着的，启梁以前从不敢想象，敢跟舅舅这么说话。没想到突然说出来，又能怎样呢？启梁竟发现有一丢丢暗戳戳的爽。

卷王大是意外，与此同时他脸上还是挤出笑容予以掩饰，缓和气氛。稍后他反问，这话怎么说？

在你看来，我爸到底死了没有？

呃，哪能呢？

那就好……启梁缓一口气说，人死了是你说了算。但现在他没死，我作为儿子，要把他往更好的医院里送，没有必要征求你的意见，对不对？

卷王哪看不出来，这话启梁事先备好，脑袋里不知彩排了几遍。略一迟疑，王彩秀已经抢先叱骂一声：你是在跟谁说话？

……我爸还没死。启梁把母亲和舅舅同时罩在眼里，拿捏着一字一顿：我相信我爸会活下去。

启梁脸上暗自发狠，青筋却暴不出来，只是隐隐现出线条。卷王哪看不出来，这外甥突然长大，而且有脾气了。以前，一直拿他当小孩看待，说话吃饭喝酒都没感觉他坐在一旁。

既然启梁说了要让父亲活下去,卷王没法再提人必有一死。绝对正确的话,说出口也就成了废话。半大小子发飙,卷王知道一定要避其锋芒,这时手往姐姐肩头一搭,掖着她往房间里走。到床前,卷王俯下身,一张嘴凑向徐昌发耳际。徐昌发持续半昏迷状态,卷王连叫几声,昌发,昌发……

徐昌发半透明的眼皮强自撑开,露出浑浊的眼球。

卷王又说,有些状况,看来是要跟你本人通气,你把最真实的想法摆出来……

这时启梁正往前走,王彩秀有如打篮球卡位一般贴过来,嘴一张,话语也是一字一顿清晰确凿地往外飙:让你舅把话讲完,行不行?王彩秀年轻时候经常在食堂维持秩序,卡人可是一把好手,嘴里还叨咕,娘亲舅大,没跟你讲过?

启梁一时不好动弹。稍后舅舅过来冲王彩秀使个眼神,余光回撤,撇在启梁脸上,显然跟徐昌发商量有了结果。

所以,母亲当即宣布,你爸也同意了回去……只有你一个不同意,这是三比一。

启梁哪肯认账,手指朝舅舅一戳,说既然他要算一票,那我们是不是多拉几个人投一投?

卷王一笑,说我这一票不作数,那也二比一。

我要不认这几比几呢?启梁继续冷笑。

用不着卷王亲自作答,徐昌发在后面暴咳,并艰难地吐出字音:启梁,你是不是要我现在就死?

那一次,启梁只能承受少数服从多数的事实,跟着一辆依维柯把父亲拉回俰城。车上,担架架在中间,卷王和启梁各坐一侧。这时候,车内逼仄,徐昌发喘气浊重,卷王嘴不会停下,仿佛要用话语将空间押开一点。他跟启梁说,人都是要走的,是吧(说到这,他脑袋一勾睃一眼徐昌发),我看得太多,有经验，是不是？你呢还年轻，往往会主动逃避一些事实，但真到那时候，任何人都要统统承受，而且无一例外也都能够承受……

启梁靠窗，斜眼向外，这个钟点，视野里的一切沉沉入暮。夕阳跌坠，给一些云彩模糊地镀上金边。此外，他什么也不想说。

卷王手一探，长长的胳膊穿越担架搭上启梁左肩，启梁条件反射地将上半身拧动，要把那只手甩开。卷王头一低，叫了声昌发，又说你这个崽犟脾气得很咧。徐昌发便用黏液迸裂的声音回应：你尽管修理他。

既然徐昌发自己选择回县城，到地不急回家，在县医院象征性待几天，挂好病历，此后再回家躺着，有状况联系医生上门，平时护工送药，多是吊瓶，用塑料箱装好，一箱一箱码到床尾。一瓶吊尽要更换，在场每个熟人都能够熟络地操作，而下面导管导出的尿液满袋了，只能是王彩秀和启梁更换。启梁在父亲身边一坐就是一天，发呆，看着瓶中水位起落，想象着一条小河正从父亲身体里潺潺流过。这场景，说是在治疗，启梁再瞟一眼父亲的神情，分明又是等死。他的癌病复发两回，虽然都救了过来，但每一次救回，再次面对，感觉分明不是之前那人。

照这么看，卷王前面预计的大体都是准确的。也正因如此，那段时日，卷王的到来似乎都裹挟着一股不祥的气息。启梁觉察到，舅舅来得越频繁，越是在催父亲早点上路。所以，当那次卷王又拉着王彩秀挪远了几步说悄悄话，启梁暗自贴近，正好顺着风向，带来一些声响。稍后，启梁用咳嗽声打断他俩的讲话，静待四道目光一齐堆聚到自己脸上，便说，人还没死，丧事不急着办。

卷王心里明了，有一就有二，这个外甥平时不声不响，现在已经盯上自己，时刻准备开干。

……呃，这个你不懂，发丧的事样样要往前赶。要不然，临事往往招呼不过来。卷王把高大的躯干挺直，手指逐枚屈起，说寿材要不要提前？寿衣是不是要备好？千年屋要不要打基？也有人是等爹妈入土再打基砌拱，但我们活的人是先起屋再住进去，还是住下来再起屋？那就是好日子不过，当上难民了。

这些话，卷王已经说得十二分娴熟，眼都不眨，上唇不碰下齿，一股脑地喷出来。歇一歇，看看外甥反应，又接着来：甚至，就连抬棺也有规矩，找谁要事先确定。一般来说我们家政有联系好的师傅，但有时候墓地在城郊村寨，本寨人会抢活，价码要抬一抬……都是要事先商定的，桩桩件件，哪一件弄不好都是麻烦。离开的人，上山归土，要好多人保驾护航……最后这一程，哪能不送好？

王彩秀把话接上，说你爸已经是这个样子，我们早有准备，是让他宽心，心一宽，反倒活得久一点……难道不是么？

启梁两道目光拨开母亲，直奔舅舅而去，又问，看样子，我家这笔生意你是吃定了？

卷王既是把总，每天跟各种人打交道，处理各种麻烦事情是他的看家本事。外甥撕破脸，他尽量跟没事似的，微笑，稍后反问，你说说什么叫吃定了？

启梁这时候收不住，再次调高音量：我爸就算是死了，佴城也不是你一个把总，我找别人行不行？

……我知道你的意思了，呃，这问题提得好。卷王模仿着正式的发言人的语气，语速放到最慢，屁股往后一撅，就有一张椅子。坐下以后，整理一下气息又说，启梁，我也不跟你拐弯抹角，你爸的事就是我的事。我不会赚你家一分钱，就像我不会赚自己的钱，那没有任何意义……这事一定办得妥当。

我是他儿子，这事情看样子是由我来决定。

未必……卷王忍不住提起嗓门说，这件事，除了我你还真找不到别人。

这话说得跟黑帮老大一样，帮人办办丧事，就能一手遮天了？

不是黑不黑白不白，我好歹干了这么多年。其他的家政，都知道你爸是我什么人，你去找他们，他们不会答应……说白了，也不敢答应。

好的，你是把总，我不请你父亲就上不了山？启梁还拿捏不稳撕破脸的表情，脸皮绷久了竟是有点累。

启梁，今天你冲我发火，我能理解，但你在佴城找不到另一个把总办这事，

两次别离 | 277

这是事实，是基本的事实。要不然，这就是直接打我一张老脸。你要理解，任何一个行当，无论高低贵贱，每个人都有自己的身份和位置；外人并不知道，同行都是一清二楚……

王彩秀在一旁吼叫起来，启梁，你这是跟你舅舅说话吗？

启梁脸一歪：妈，你是不是又要说，娘亲舅大……好大哟。

卷王伸手一按姐姐的肩头，说启梁这话憋了很久，今天说出来也好。你也不要老当他是孩子，二十多岁的人，是有自己的主张，你不听也不行。

……好大哟！王彩秀嘟囔，往后却又无话。她跟弟弟在一起时，话仿佛都在弟弟嘴里。

卷王又说，这事你们商量，我管多了也招人嫌。说罢转身往外面走，步子撇得带一股憋屈。

而王彩秀只能冲着卷王的背影接着嘟囔，招谁嫌呢，你还怕一个小孩？她一扭头看向儿子，又说，我不管了，你翅膀硬，你爸的事看来你一个人就能弄，对不对？

实话讲，卷王不光关心死人，更懂得照顾活人。再说，他干这行，关心死人就是要从关心活人开始，并不矛盾。

启梁下岗不久，王彩秀就跟他提：你舅舅发话，他那里业务越来越多，随时缺人，你可以随时过去，见天就上班。当时启梁一愣，随即问，跟他当把总？

王彩秀说，这可急不了。行行道道都要经验积累，安排事情才能妥当，没有十来年经历，当不了把总。

那是要我跟他学当殓师，捡骨分肉？

捡骨分肉你敢学？王彩秀说着眼一乜斜，嘴角挂笑。她很少在儿子面前绽露这样的表情，实在是启梁说话让她意外。

"捡骨分肉"，那是卷王当殓师时候的"成名作"。殓师无非是帮死者整理遗容，竟然搞出"成名作"，绝非易事。

卷王十七岁进到县电厂当技术工，爬杆架线，看似力气活，被人叫成"电老虎"，县里面算是顶好的职业。那时年轻人不晓得拼命赚钱，也没机会，混单位也就几十块工资，换现在的眼光看全都是穷人，打牌都打不起劲。同时，也因为年轻，荷尔蒙多巴胺力比多等等种种生物化学成分在体内不停爆浆，没有多少释放的途径，只好逞勇斗狠。卷王那么大个头，在同事看来不打架简直浪费材料，一定要把他拥立为大哥。别人一口一个大哥，卷王倒真架不住，后面就帮小弟强出头，打伤了人劳教两年。出来以后算是失足青年，电厂再回不去，别的工作又难找，做生意哪来的本钱？后来跟城北一个老汉一块做殓师。或者说，失足青年找工作，丧葬行是大选项，他们是为死人服务，死人最有容人的雅量。

殓师是暗处的职业，不干活的时候，别人问到都不会讲。卷王入行不久，一不小心搞出了名气，殓师的身份再也藏不住。

话又说回到一九八三年，他当殓师才两年，有一天县公安局派活：秀城坡沟底有两个人等着收殓。显然，这活带有案情，本该是法医的工作，据说本县法医就俩人，都去驰援怀江市一起重大垮塌事故，所以只好把活派给殓师。县里数得着的殓师五六人，得知这消息，纷纷猜测现场肯定地狱一般难以收拾，法医才撂了挑子。他们不接单，有钱不赚，公安也不能抓人。卷王听说这事，趁年轻胆大且尚有好奇心，脑袋一抽，说要不我去？公安哪有别的选项？来两个人带着他一同往秀城坡沟底走。卷王平时喜欢看《水浒》，当天往沟底走的那一路，他总觉得身边这两人像是董超、薛霸。

那是四月，沟底树木森然，光线暗淡，阴生植物绿到发蓝。走深一点就有血腥气扑面。卷王第一次面对这种情况，场面未见气息先来，不是一般瘆人。但他暗自鼓劲：卷王你以前敢打伤别人，也坐过牢，现在有什么资格像小姑娘一样分泌出害怕的感觉哩？他由此发现，失足青年去做殓师，原本是有暗通款曲的地方。

再往前，带路的公安说到地方了，一看，哪见着尸体？

去的路上，公安当然把情况讲出来。一对男女正搞对象，男的姓肖女的姓季，女的爱好文学男的要当作家（据说是知道女的爱好文学所以他要去当作家），这样两人自然就恋上了。男的本来是在打叶复烤厂上班，条件不错，为当作家竟假戏真做，辞职在家成天伏案爬格子，往外面一把一把寄稿还要父母添邮费，全都泥牛入海，退稿信和改稿意见都如同传说。这样一两年过后，男的就成为县里头茶余饭后的谈资，许多人断定这家伙精神出了问题。女方家长于是撺掇两人分手，话也说出来，男的不干，说当作家都要拼许多年，一部书写成了名扬天下，你操什么心哩？女人倒也相信，不信的话恋不了好几年。但女方家长干涉得厉害，还找男方家长谈判，少不了侮辱谩骂。那时候人都还有几分火性，讲究穷得有骨气，男方家长也要未来的作家了断这段恋爱，别拖累别人；真到功成名就，封官晋爵娶妻生子不迟。男的呢，倒是孝子，一开始想讲讲自己的态度，见父母态度日渐坚决，便不吱声，父母还以为他顺从。只是当年男女的恋爱大都一根筋，恋上一阵，满心满意都是非谁不可，心里再装不下另一个，逼急了不怕去死。两人藕断丝连，仍在来往，这过程中"非你不可""至死不渝"之类的话反复说起，客观上起到自我暗示并不断强化的作用，直到彼此中邪一般地信仰了爱情，终于决定一块去死。某天一早，两人约好往那道沟里钻⋯⋯同样是殉情，搞法各不一样，电影演出来通常凄美，比如男女找来无色无味的毒药，拌在酒里，喝醉后深情相拥，渐至软瘫如土委地，死了嘴角都还往上一扬，留给这世界一抹经久不息的笑容。而这一对男女，或许买不到可口的毒药，供销社里的甲胺磷敌敌畏实难下咽，终于横下心，把动静闹到最大。男的找朋友搞来一包炸药，去到沟底，两人将炸药抱紧像是簇拥着一个婴儿，再把导火索一点，之后一声巨响，漫天血光。

所以才有了卷王"捡骨分肉"的典故。之所以成为典故，实在是卷王不断跟人讲这一回经历。有什么办法，那一阵县城里的人谁都想近距离听听这一桩惨烈事件，专门备了酒把卷王请去，卷王只好投其所好，把自己变成一个说书人。他发现靠一张嘴皮也能换酒喝，然后深刻地发现，动手实在不如动嘴皮子。

……去的时候警察跟我说，男的瘦高，体重一百二十多，女的娇小，人送绰号小不点，也得有八十斤吧，按说两人加起来两百不止。这不光是体重，还是我当天的任务。举着炸弹，两人抱着炸弹，只能更粉身更碎骨，难道不是么？那个场面，哎呀，真没法说，现在又吃着饭哩……反正那以后一个星期我见肉就吐。每一回说到这，卷王戛然止住，像说书先生走起了程式，目光再往桌上碗碟一瞟，拣出最大坨的肉，空中停滞数秒往嘴里一送……听他讲故事的人立时得来生理反应，各不一样，卷王看在眼里都正中下怀。卷王接着往下讲，同来的董超薛霸，只当监工，活是他一个人干，花了近两个小时，将周围一带身体组织相关的物件（许多哪还看出来是肉）都整理到一起，小部分看出属于谁，划拉两堆，眼估差不多重量。剩下混合的部分，就按男女各自体重，三比二分成两堆，打好包，公安同志带走，他的活算是完结。赚了多少？二十块钱，当年这能抵半月工资。听的人摆出羡慕状，卷王追问一句，给你赚好吗？听的人赶紧把头一摇，把酒杯举起，说还是卷王厉害。

酒再多喝两杯，情节往下还有发展。关于这对男女，县城的人都知道是殉情，因为女人的日记被公安查过的，有相关记录。但卷王在现场，搜集到的虽然都是块状，但碎裂的形状、大小明显有区别，一看一摸，知道爆炸当时一人离得近，一人稍远几步……卷王说，还能是什么？这男的真心要死，女的可能犹豫，可能是被胁迫，导火索点燃，女人定然想要挣脱，终于跑出去几步，仍然没躲开。话说出来，卷王又觉不妥似的，往下嘱咐一帮酒友，这事就到这里说说啊，要不然女方家里人知道，还不去报杀人案？他家一报案，我不就卷进去了么……千万不能说！下一次，卷王依然会醉，这事依然要详细地讲，这是独家消息，最后这一发现仿佛才是故事高潮部分。一帮酒友又都是漏勺，很快这事情全城人都知道了，只是，那女方家里也一直没见着动静，可能正应了常言所说的"灯下黑"。

没有白干的脏活苦活，卷王不但赚钱还能独家发布消息。那时候所有人竖

两次别离 | 281

着耳朵等故事，一个小县城又很难有大事发生，殉情事件得到充分发酵，卷王也意外发现，自己竟然有了名气。名气这东西，无形无体，摸不着但看得见，首先是自己业务明显增多，去到死者家里干活，亲属们会在身背指指戳戳并窃窃私语：呃，就是他，捡骨分肉那个。

往后几年，县城丧葬行业暗自分化组合，从业者开始抱团，互相竞争，便也自然形成一个个话事人，即把总。卷王成为把总，完全是人心所向，就像当初电厂青工拥立他当大哥，冲着他一副大身板，现在是冲着他的名气。一晃就到了九十年代，卷王听说别地方丧葬队伍注册成了家政公司，马上闻风而动，去工商局办手续，"乐润"成为小城第一家家政公司，接着别的团队跟进，这又算开了小城丧葬业风气之先。此后卷王一再地开风气之先，不是别人没想到，只是他们干事不声不响，卷王把同样的事情干下来，就成为整个行业的新闻事件，尽人皆知。说白了，想开风气，首先要有人气。

启梁也知道，舅舅早已是本地说话最有分量的把总。卷王搞起公司，许多员工仍跟他师徒相称，每年给他庆生的时候各种夸词，有的就说师傅是"把总中的把总"——这几乎是万能的夸法，别的行当也说"大师中的大师""作家中的作家"，诸如此类，表意简单粗暴，却又轻易让人听出一股气势。

启梁误以为跟着舅舅就是当殡师，王彩秀有必要澄清，说你舅舅几十号人的公司，样样事情都等着人做，你可以挑一件能做的。学徒三个月，过后跟别人一样关饷。

"关饷"是个老旧说法，启梁听得满耳生尘。他说，舅舅那一套我干不了，自己会去找事。

王彩秀不依不饶，揪着他袖子，切换语重心长的口气：启梁啊，有些事若是好，说也说不坏……我是你妈，不至于贬低你。你想自己找事，我先下个判断。你一个闷葫芦，没有跟人争抢的本事，现在又下岗，以后不论入哪一行，要没有一个抵实（可靠）的人帮你把舵，你自己很难生根立足……

妈，你说得没错……启梁余一余嘴皮，说我这年纪确实不见棺材不落泪。

王彩秀说，我把话先说到这里。

启梁买断工龄，到手四万七，加上主动申请的奖励差不多五万，当时还算是一笔钱。钱到手他一划拉，两万成了父亲医药费，另有三万就拿去投资，简单清晰，两头兼顾。

那几年，社会面还是一派生机勃勃的模样，每个人身边都有好几位亲友竞相创业，手里攥着"一般人我都不说的"项目，拉人往里面投钱，预期回报能讲得别人满眼金光闪闪。启梁知道手里这点钱攥不住，项目其实都并不了解，只有认人投钱。等朋友小戈拉他投，还没怎么介绍，启梁交代，手头就三万，够不够？小戈换一副泰山不让土壤河海不择细流的表情。启梁要他给个账号。小戈说，不急不急，那地方你跟我去看一眼。

项目是在俚城西北的高山苔地圈了上千亩，用来种植金银花，并说这地方土质稀有，看似贫瘠，却又富硒，以后种出金银花，品质必将改写行业天花板。当时"非典"刚过去不久，小戈颇有远见地说，现在人们有了钱搞各种邪怪，天上地下样样敢吃，这样的疫情，说不定隔不久就吃出来一回。吃出来的病，最终是要吃回去，吃什么？西药伤肝伤肾，只有中药才是终极选择。中药本身没问题，种植技术尤其重要，找到好土，古法追肥，纯天然无污染就是高端技术。你想想，现在囤黄金囤美元的人，到时候会囤药，最好的药材才是有钱人身份的象征。你想想，我们把药材种好，哪有不发财的道理？小戈讲得再好，启梁心态倒也收稳，钱横竖就三万，不可能把留给父亲治病的钱挪用。之后，他便等着小戈以最保守的估计分红，那也比单位上班好很多。小戈的账号没发来，启梁就取现金交给他，小戈大笔一挥写了收条，说回头再拿收条换合同。于是，这笔投资便成为启梁心底一份依托，得以安心在家照顾父亲。虽然断了工资，但在启梁心里头已有一份资产，眼一闭，看见漫山遍野金光闪闪银光灿灿的花朵。

那一阵卷王见天来看病榻上的徐昌发，当然主要出于亲情和病情，但启梁偏就看出催促父亲快死的意思。卷王便知道，启梁已然长大，一旦形成某种看法不会轻易改变，这是跟自己杠上了。虽然长一辈，但他知道要避年轻人的锋芒，不再往姐姐家里跑。

王彩秀电话打过来讨主意，姐弟俩一阵一阵聊，王彩秀脸上的皱纹才又一点一点舒展。启梁老远看出来，母亲跟舅舅电话是有一种专属的表情和状态，便也明白，舅舅不来，母亲六神无主的样子无处可藏。

翻过年头，徐昌发情况持续恶化。母子俩同时明白，这一回挨不过去了。

某天午后卷王再次出现，启梁老远看见舅舅，脑袋里顿时腾起四个字：卷土重来。

卷王进门避开外甥，启梁配合，彼此从容交错闪避。卷王直奔床上躺着的人，一看此时情形，霎时动容，眼皮一阵抽搐，嘴角窸窣有声，然后又咬紧。启梁隔着窗户看去，舅舅那意思，仿佛这是自己好一段时间没来造成的恶果。心头暗忖：上一辈人之间的情分，自己其实不懂。他们苦日子一块熬过来，互为支撑，彼此确乎生成微妙的依赖，并且享受这种依赖，只是这情感没法传递给下一辈。许多情感也像那些有形有体的东西，说消失就消失了，造成最大的结果，或许就叫代沟。

见卷王到来，徐昌发用力把两眼睁大，两人耳语好一阵，看着像是抱成了一团。

卷王这回来，便是打破某种魔咒，此后每天都来，要么跟徐昌发耳语，要么长久凝视他不知是醒是睡的模样。卷王再跟王彩秀商量事，表情有了急迫，说现在贴近年关，天气预报以后一个月会是几十年一遇的寒潮，死人肯定多，县里几家家政统统会忙不过来……所以，我必须盯紧一点，随时安排上。

王彩秀一如既往，弟弟一开口，她就只管点头。启梁再也不在母亲和舅舅面前吱声，父亲这件大事，自己只是个跑腿打下手的角色。自然而然地，卷王已经着手将徐昌发的丧事操办起来，趁徐昌发一息尚存，可以跟他打打商量，看自己的安排到底合不合他心意。当然，对于卷王的安排，徐昌发也总是点头。

他已然习惯。

现在办丧事的都叫家政公司，这些公司将业务范围打印装框，悬挂在以前全是性病广告的角落，只一个电话，就有人上门承接业务。启梁记下那些家政的名字和电话号码，除了"乐润"，那是舅舅的公司。当然，最终启梁没有打任何一个电话，所以他也始终不能确定，那些公司一听是徐昌发的丧事，会不会真的退避三舍，像舅舅前面描述的那样。

徐昌发年底年初时候离去，和卷王预计的一样，但徐昌发发病再到复发，卷王已经预计了好几回。最后那几天徐昌发当然一直昏迷，偶尔睁眼，看看床畔的人，眼球前面已经罩起一层白翳，哪看得清楚，随口乱叫。有时候叫家里人名字，有时候会叫久不联系的一些亲友，有时候说出完全陌生的名字。有一晚，徐昌发又在嘟囔，王彩秀和启梁凑近了听，他是在说孙悟空、如来佛和林彪。为什么还有林彪，母子俩完全蒙掉，王彩秀回过神又给卷王打电话。卷王应是掐指一算，呃的一声，说就这三天吧。结果，凌晨时候徐昌发就断气。娘俩都在床畔迷糊着，徐昌发走得无声无息，具体哪一刻没确定，前后估了一刻钟的范围。要是卷王掐准一点，最后一口气能被娘俩接住。王彩秀整了整死去男人的面容，扭头说，你舅这一口兜大了，出去不要给人说。启梁也嘟囔，我有病啊，跟人说这个。

丧礼多是三天，以前也有五天、七天，因为路远迢迢，要给孝子贤孙留足赶回的时间。现在有了飞机，真心要回，当天能到；再说每个人越来越忙，闲工夫越来越少，丧礼一久指定冷清，便是对死者的怠慢。现在一概停三天两夜，如是晚上十二点走，也算一天；次日大葬夜，第三日一早出殡，掐头去尾就一天多。

徐昌发凌晨一两点离去，卷王来了以后便说，人人都会死，但昌发真是会死，挑凌晨时候，三天两夜给我留足。

卷王来的时候，已经打了几通电话，亲戚朋友，办事人员，该来的都来，从起水开始走丧葬程序。这是他们再熟悉不过的事情,稍后灵棚也在离家不远的一块空坪搭起来。管控鞭炮的通知早两年就下了,小县城照样放,除非有人报警,才要管一管,好在本地人没受到生命威胁断然不会想到拨打110。

卷王用了心要将这丧事弄好,头一天看不出差别,无非是督促手底下人把功夫做到位。次日就到大葬夜,必须搞搞气氛,天再一亮,就要把亡者送上山,这可是他在人间最后的热闹。先前天气预报不准,都到年底了,这气温不算冷。卷王叫人多备火盆,还抱怨,若是天再冷一点,火盆一烧总有人来围,把话一聊瓜子一嗑,屁股就粘上了板凳。这不热不冷的,火盆留不住客。

按当时通行的搞法,大葬夜多是请草台班子,搭起高音喇叭,流行歌曲搭艳舞,艳舞是偶尔露点,每一回都像是意外滑脱的,这时妹子的表情还要配合,跳个舞附送演技,着实不易。既要热闹,少不了几段小品,简直是春晚造就的晚会通行模式,但小品把人搞笑并非易事。草台班的人往往学习东北二人转,男女搭配讲荤段子,台上掐掐摸摸。这样一搞,热闹是热闹,搞出来只能是尬笑,笑的时候背后泛起鸡皮疙瘩……就那几年,丧礼变成一种莫名其妙的聚会,死亡镀上一层俗艳气息。这情景以前没有,晚几年也看不见,徐昌发走的时候这种晚会正好大行其道。

八点钟,追悼会开始,徐昌发以前的领导,也就是机械厂厂长老朱来致悼词,肯定是把一份模板悼词换一换人名,顶多再修改几处字句。反正,只有在悼词里面,人们得以同呼吸共命运。追悼以后,默哀毕,晚会便有些迫不及待,蓬蓬勃勃搞起来。

卷王并不去请草台班子,他的乐润家政几十号人,响器班现成的,铜管乐队建制不齐,又到另外的家政公司借人,舞台上散成扇形前后两排,有了队列,陡然壮观。公司常备一男一女两个司仪,这一晚卷王打发他俩唱歌。也有伴舞,是公司里筛查一遍挑拣出来,几个还有身材的妇女,舞姿僵硬不碍事,衣服上的亮片足够亮眼。家政的人表演节目只能是串场,主要节目卷王去县剧团请。请的套餐,首先当然是有唱歌。专业就是专业,剧团歌手一开腔,便将那两个司仪甩开距离，只是伴舞没有另请，仍是那几个亮片大妈。除了唱歌，另有几段阳戏、傩堂戏和辰河高腔，重头是小品。其中一段小品名为《一床棉絮》，多年以前就是县里元旦晚会争议最大的节目，讲一对农村父子进城，找不到厕所，想要随地小便不幸被城管盯紧，一路跟随，等着罚款。这对父子急中生智，互为掩护，把两泡尿完美地灌进城管媳妇晾晒的一床棉絮里。故事简单，主要靠巧合推进，当年在县剧院演出被批低俗。但现在，丧礼现场演小品，高雅了定然格格不入，草台班又让人浑身芒刺。《一床棉絮》在这场合冒出来，虽被批过低俗，一对比草台班，倒算得有点雅。这段小品，现场不少人以前在剧场看过，并无多少印象；此时再看，竟是满目鲜活。所以，一段小品好与坏，主要看放没放对场合。

刚才领导念悼词时，卷王分明着一身中山装；晚会搞起以后，他又换上宝蓝色西装，面料像塑料，直接反光，加之缀满亮片，整个人基本变成一束光……却是有效果。他上台来报节目，人往台子中间一杵，不急吭声，台下顿时安静，场子瞬间攥住。启梁此时也定睛看去，舅舅那蓝西装垫了肩，向两边撑开，身板原本高大，此时又横着拉宽一截，有如鲜艳的甲胄。肩一宽，脖子细下来；脖子细下来，脑袋就大。启梁这时当然看出来，先前舅舅遣那两个司仪唱歌是有预谋，他自己备好当司仪。此时卷王脸颊上白粉底再洇开两团晕红颜色，是叫腮红，看着不乏滑稽、古板，但长期以来，小县城的人都是用那两坨腮红区分演员和观众，划定了台上台下。

启梁不知道舅舅会把自己搞成这副模样，若非看见，真是难以想象。本以为这是舅舅的常态，稍后他去灵棚后侧取线香黄纸，转过墙角家政炊事班的人也已忙开，有两人正好在谈论卷王此时的装扮。他俩一个刷生铁大锅，另一个将刚宰杀的前腿肉裁成细丝。一个说，王总穿成这样，老周（邹？）你是见过？另一个说，我也是头一次见，我的个乖，真有点亮瞎狗眼。一个说，你的意思是好看呢，还是不好看？另一个说，丧堂上的事，哪有好不好看，热闹就是好。稍后又补一句，赶紧多看几眼，下次不知几时才见得着哟。两个人一起哧哧地笑，手上活也不停。再晚一些，生起柴火用剁椒和咸菜爆炒肉丝，做成浇头码在鲜米粉上头，款待守夜的宾朋。有的人去的地方多，吃过天南海北各种米粉，最上瘾的却是参加葬礼的夜晚守这一碗粉。

卷王是专业的把总，殓师的本职停掉了，司仪更不会当，但今晚不同往日，他这一番古怪扮相，反倒最直白呈现自己用心。卷王当司仪，又要区别于报幕员，临场发挥说几句，再说下一个节目是什么，由哪个家伙来表演，趁着那人走上台，他还有一番介绍，或者是县长的亲戚，或者跟县委书记没有任何关系。一开始台下众人不知道该不该笑，要不要笑，终于有一人放屁似的笑出来，一时堤坝开闸，大家也都跟着尽情倾泻笑声。

又一个小品，《痴汉坐公交》，两男一女共同举起一根直杆，模仿在公交上面晃来晃去，形体姿态是有一定技巧要求，一看又比草台班高出一截。小品结束，有人将一张椅子搁到舞台中央，转身走掉，椅子空空荡荡，舞台更显空旷。此时大喇叭无端泛起尖啸，管调音的高师傅蹿到台后，好一阵调试，尖啸一除，人的喧嚣也收拢。众人再往台上一看，何老七拎着一把二胡走向那张椅子。何老七个矮叠加了五短，今晚偏生换一身浅蓝长袍，走路便有些拖脚，台下又一阵笑开，简直比刚才的小品更有效果。许多人认得何老七，他在菊珍家政做事，响器班里待过，吹拉弹都能来几下，无一精通，最擅长滥竽充数，哪来的胆子上台搞独奏？再看他脸色，又不像是喝多。乐润家政的人知道，这一晚卷王发狠似的搞热闹，要比大多数丧礼更热闹，除了自己公司和县剧团，一帮老兄弟都被叫来帮衬，好比是打架时挎刀相助，人多力量大；或者，好比是电影字幕里的"友情客串"。何老七跟卷王从小玩到大，若不因为罗菊珍是他亲嫂子，指定投奔卷王麾下一起干。以他俩的关系，既然搞热闹，第一个要来。

何老七拉出一串声响，有点锯人。卷王趁这声音返场，自带关注度。他还拖一根立杆，话筒支在上面，一路刮擦台板。刚才，话筒都是拿在手里，凑到嘴边吹一吹再说话。前面一阵卷王是在搞热闹，现场已然活跃，此时他轻咳一声，台下也立时安静。这架势一弄，显然不是为了报节目，那又为的什么？众人看不出来何老七和卷王能够搭出怎样的节目。

卷王压沉了嗓音，一时普通话调得标准，当然也不带卷巴：现在快十点钟，过了这一晚，天一放亮，徐昌发，我的姐夫，就会到山上去住。昨天一早赶到他家，他已经走掉，来不及告别。我忽然想起来，和他认识二十多年，酒喝了不少，一直没肯叫他姐夫，都是叫他名字，昌发昌发。我这是为什么呢？以熟相欺，或者以为占了他便宜？昌发脾气好，从来无所谓怎么叫怎么应……你看我还是叫他昌发。他病了以后，我憋了劲想认真叫一声姐夫，却卡在喉咙里头出不来，最终也没把握好机会……卷王一身古怪扮相，话音却是肃然，面色已有苦楚，一切看上去如此格格不入。众目睽睽之下，偌大一个人，高高仰起一张脸，平时看着还算圆润，此时脸皮的褶皱明白无误，毫不掩饰地进入自己的情绪，又算怎么回事？卷王声音一停，何老七慢两拍才把二胡拉响，是一段苦曲，显然事先专门演练，板眼俱在。台下众人仍回不过神：此时这么开腔，不算悼词也类似。但是，刚才领导明明已经念过悼词，卷王报的默哀毕，没听说过悼词可以换人接着来——这不等于批评领导念得不好吗？若不是悼词，又能是什么？

卷王和何老七配合默契，琴声一断，嗓门又起：这么一个人，活了五十几岁，走的时候我们怀念他。一篇悼词念下来当然很好，话都是对，但是，这些话里找得出他模样么？说真的，我没有听出来。我只是想，这一夜我们明明是在祭奠这个人，没有别的公干，没有别的要务，那我们可不可以围绕他，多说些什么？大家要知道，过了今晚我们还能聚起这么多人专门说起他吗？

卷王台上发问，台下没有回答。此时，卷王显然想要激发并带动起某种情绪，可惜大多数人根本没有学会呼应。启梁听见有人嘀咕，"聚起这么多人专门说起他"，喏，应该算追思吧？也有人轻声地应，对的，追思会，每个人都能讲几句那种。

追悼会和追思会能不能搞到一起开？以前没见过，没见过就不行么？很多人都有这疑问，所以不知道要不要呼应，也不知如何呼应。一呼应，声响一出，极可能落单，兀自显眼；不呼应，台上两个人的冷清便是对所有人的胁迫，换来整场的尴尬。

卷王并不要人回答，自顾自追忆往事。看出来，他对说话是有自信，因为他是靠拉业务吃饭，舌头上讨生计，前后几十年，出口就能成章，大场面一次一次 Hold 住。他顺题发挥，忆回为何从不叫徐昌发姐夫。话又说到当年徐昌发跟王彩秀搞对象，他听人说徐昌发"偶尔也会把我姐碰一碰，他以为轻手轻脚，开开玩笑，换到我姐身上就有记号"。卷王不好插手去管，甚至不好提这事，见面的时候便直呼其名，当是一种威慑。再到两人结婚，卷王也习惯只叫名字，改不过来。这些不痛不痒的往事，自己记得清晰，台下众人平时看抗日神剧都直打哈欠，又如何接收得住卷王独有的感受？卷王此前肯定存了心，想把丧事现场整得跟脱口秀一样精彩，一俟开口，预想的效果根本没有。不过他风浪见得多，皮糙肉厚，迎着尴尬和冷场接着往下讲，声音不高不低，平仄尽量拉齐。偶尔，卷王眼光一挑，嘴角微翘，面色还阳，睨向台下。台下已然松散，多是围着火盆闲聊，用自己的声音密密匝匝盖住卷王的聒噪。卷王定力却超乎想象，好几次，启梁分明听出话音、语意双双划出落弧，耳朵便条件反射地竖起，等舅舅收尾，还想要不要鼓掌……卷王舌头一拧，又将另一件往事拽出来。与此同时，启梁身旁定然有人闷哼，和启梁发乎内心的闷哼撞一块，形成古怪的回响。不管卷王本人怎么来劲，这一夜，他的话音只能是无边无际的枯燥，以致启梁有了怀疑：舅舅正坚定地将乏味进行到底，这会不会带给他一种单枪匹马却敢与世界为敌的快感？这种怀疑还在枯燥声响中持续滚大，到后来，启梁甚至感觉舅舅并不是要引起他人注意，而是要让在场所有人忽略他，眼睁睁地将他忘掉——仿佛今晚上死的是他。

……关于昌发，这个闷驴子，虽然我讲他几天几夜没问题，但我不能把今夜宝贵的时间占用太多。接下来各位亲人好友，谁想说一说昌发，不能再犹豫，自己上来说一说……卷王好不容易讲完，却又发出邀请，便像课堂上老师点名，一时全场寂然，高音喇叭也配合着没有产生丝毫泛音。启梁心说，本来有人想来两句，气氛被你搞得这样凝滞，谁还好意思上台？

正嘀咕，偏就有人站起往台上走，启梁定睛一看，正是自己的妈。启梁只能一语双关地闷哼一声"妈呀"。

王彩秀上台之后发蒙的表情盖住丈夫离世的痛苦，一张嘴想飙塑料普通话，卷王赶紧提醒她切换方言。看这情形，不像事先有过彩排。母子同心，王彩秀发蒙时启梁便开始承受莫名的煎熬，只想母亲快点讲完。还好王彩秀嘴皮一动，下面便有呼应。王彩秀目光怔忡一会，从失忆中缓过来似的，再一开口说到恋爱不久就挨徐昌发一顿打，本来想算了，还是弟弟提醒，搞对象就像驯马，一开始就能骑的只能是劣马，好马要亲自驯服。王彩秀一听似乎有道理，又听不出道理在哪，牙一咬，带着报仇雪恨的心思跟徐昌发接着搞……说到这，台下掌声顿起，并且，鼓掌有如啦啦队一般整齐。

启梁大是诧异，怀疑刚才舅舅竟用长时间的沉闷将整个场子捂暖了，此时不管谁在台上讲，下面的人都不敢不配合。大家经历前面的沉闷，都已明白一个道理：不配合别人，就是尴尬了自己。

王彩秀毕竟处在悲痛中，台下虽有人喝彩，她强忍着悲痛说了有七八分钟，硬生生将话音一收，在另一阵瓢泼似的掌声中离去，完美诠释了何为全身而退。

全场气氛暗自饱满，不待卷王催促，机械厂几个工友直接往台上蹿去，卷王只能拦在台口，给他们排定次序。机械厂两百多号人少不了几张能说会道的嘴，摆哪里都能盘活全场。徐昌发在他们嘴里变得多姿多彩，每个人讲法都不一样，但是启梁一听又只能是父亲本人。一个看似再简单的人，活上几十年，随遭遇不断自我调整，也必然复杂多面，只在这样的场合，被他们瞎子摸象似的讲起来，多面性才如此立体可感，拼合起来才更成为一个全乎的人。

启梁听得认真，也始终隐约地紧张，因为认定自己应该上去讲一讲。自己的父亲，别人都讲，自己哪有一旁闲听的道理？眼睛往台上一挑，老觉得舅舅目光正盯向自己；再一看又不是，那几个工友一个比一个会讲，卷王当是给自己捧场，神情已然满足，这时候把启梁拎上台，他还未必放心。启梁想想父亲,此番远去再不回来,别的人都讲得那么活灵活现,自己真不开口,岂不是不孝?

启梁就这么翻江倒海地坐着,终于,屁股一抬,正要上台,卷王却又开腔。讲好话的,讲怪话的,昌发今天都不责怪了,我们每个人自以为说的是他,合起来才真正是他。卷王一抹眼角,鱼尾纹反光,陡然生动。又看看表,说晚上十点半,大家聚拢来绕一绕。

绕棺也是丧礼上的重头戏,隔一会儿就由孝子牵引,亲人自动梳理亲疏远近,排成队列,绕着亡者顺时针一匝一匝转。启梁便走在队伍前面,刚才怕说话紧张,这时没了说话机会一时不免失落。徐昌发遗容经过处理,嘴里还塞了东西将面颊撑开,看着比平时胖。启梁看看父亲,发现自己其实没什么可说,一边悲痛,一边暗自松口气。

绕棺直到十一点,咸菜肉丝浇头的米粉吃开,既是消夜,又是送客。大多数亲友肚皮把米粉一裹,就告辞回家,他们中的大多数稍微睡一会儿,凌晨还要赶来。到了凌晨,现场只有十余位至亲、好友。丧歌班四个人,每小时唱一堂,持续一刻钟左右。凌晨按时起棺,绕城一圈,鞭炮不间辍响了一个半小时,队伍行经的街区烟雾缭绕,路人驻足观望,沿途睡不着的也往街边挤。所有人都像是被抓了壮丁前来送葬。

……也就在那年,往后再过俩月,城管局专门增添人手,禁放鞭炮竟得到有力执行,此后再也找不出这全城夹道欢送的场面。这使得启梁对父亲那场丧事的记忆一直历历在目,而用卷王的话说,徐昌发死在了热闹的尾巴上。当然,这是后话了。

墓地买在城北藤梁坡,到地方,启梁一看墓坑挖得有一人深,要十来个人一块垂绳,将棺材缓缓放下。以往启梁参加过亲戚的葬礼,见过的墓坑都是浅浅地挖一下,有的仅半公尺,棺木几乎平放上去,再往上垒土。

徐昌发的葬礼有卷王操持,也算得上俚城的行业高标。启梁当时无感,后面入了丧葬行,才知道舅舅为父亲的葬礼操心非常多,而且大都在外行人看不见的地方。虽然明显增加了内容，事后一结算丧葬费用并没有显著增加。不用说，卷王往里头添了钱，本人坚持不认，只说以自己在这一行的地位，别人都是半卖半送，象征性收取。为了自家亲人的热闹，他不惜薅整个行业的羊毛。

丧事办完，卷王叫王彩秀再次转述：他的公司，启梁随时可来。薪金待遇，除了在公司领一份，私底下还有。反正，舅甥之间的账目来往，外人干涉不着。卷王还跟王彩秀说，你也知道，我那女儿被她妈带去湖北，几乎都断了来往。我会把启梁当自己孩子……其实一直也这么想，但他对我似乎有看法。

王彩秀不免感动，回头跟启梁讲起这事，启梁仍说自己去外面找事。王彩秀说，你的妹妹，王思婷，去了湖北再也回不来，懂不懂？启梁想了想，思婷的样貌已然模糊，又说，她回不回来跟我有什么关系？王彩秀眼睛一鼓，又说，你舅就一个女儿，他这一摊子其实没人接手……启梁哪又听不明白，只是弄出敷衍的声音，懒得跟母亲讨论。讨论一多，母亲就会误以为他已动心，就会继续劝说。他不明说，缓一缓神，手机上找来几个帖子发给母亲，都是反映日本的百年老字号纷纷遭到子孙嫌弃，长辈当成财富传下去，他们看着全是累赘。这些家有老字号的年轻人，宁愿去救助流浪的动物，或者去东京都拉人力车，或者直接躺平了思考人生，也拒绝继承家族企业……他的意思，金字招牌都招年轻人嫌弃，何况一家搞丧葬的公司。

王彩秀把帖子认真一看，竟已学会双击截屏，转发过来：札幌市一个叫沼川的小伙，放弃年入过亿的家族企业，独自隐匿于偏僻的夕张市，当一名入殓师。启梁一想，这么回复：这人肯定是有恋尸癖，但是，你俩基因强大，组合正常，让我避免了患有各种古怪嗜好的可能。王彩秀迟疑了一会，回一句：讲人话！

启梁在不死不活的单位里待几年，下岗时候怀揣一种天宽地阔的心情。自己已有一笔投资，再找一份职业，两条腿走路，总觉得往后日子会越来越好。至少，那时候他根本不会想着跟在舅舅身后混日子，成天跟死人打交道。

事实上，徐昌发去世那年启梁才发现，投资的金银花种错了地方。虽然品质不错，但囿于地形和气候，产量过低，低到品质完全忽略不计。头一年小戈咬牙掏了两千给启梁，次一年说是绝产，再往后小戈开始躲避启梁打来的每一个电话。启梁这才想起，先前老听人说，是好朋友就一定不要合伙做生意，这些说法都是无数血淋淋的事实堆砌出来，他原本用不着再试一次。

徐昌发去世以后，启梁确实到处找事，先后在酒吧里弹吉他，地方报社里做编辑，还去街边发小广告卖三产房，但每样工作坚持不了半年。出了单位才知道，拖欠工资的现象泛滥成灾，许多老板故意用实习压榨工时，新入职的工作不扛过最初的几个月根本见不着钱，只能贴钱干活，很难挨到真正赚钱那一天。

时间开始呈现加速度，启梁转眼三十，身上没有任何积蓄。女友换了两个，但他不能确定能否算是恋爱。不是恋爱又是什么呢？年轻且又潦倒时候，只要看清形势，不太挑剔，总能找到与这境遇匹配甚至吻合的异性抱团取暖，也仅此而已。过年回家，母亲唠叨，年复一年，还是一堆现话。

这个除夕，母子去外公家里团聚，返回时走路，地上有雪，启梁必须挽着母亲胳膊，这样一来王彩秀就感觉自己讲话儿子听得更真切一些。便又提到卷王，前不久他又发话，启梁还没找到合适工作，为什么不往我这里来？打狗名声丑，赚钱人不知……我们这可是正经生意，干了就会知道，其实受人尊重。

以前每次过年王彩秀一提这事，启梁都插话进来，另找话题。而这一次，他没有吭声。王彩秀眼底一亮。

王彩秀很久没有弄这么一桌硬菜，把卷王叫到家中，陪他喝酒的当然换成启梁。卷王说，昌发能喝，启梁也差不了。来之前，卷王知道这个外甥愿意来自己公司做事，知道这几年他在社会面吃够了苦头，有点儿走投无路的意思，心里说倒是好事，还想到见面时候不能面露讥诮。而启梁，知道前一阵的东奔西跑一场空也不算是白费，要不然哪能安心去到舅舅的家政公司干活？兜底有个去处，飘荡过后才会有感悟。他不免想起舅舅以前多次说起当上殓师的过程，说完了通常有一句总结：只有死人最能包容，管你是谁都不嫌弃。现在一想，还真是这样。

酒喝下几口，启开话题，卷王问启梁这次想清楚了？启梁脑袋坚定地一点。又问，想把自个往哪里放？启梁说，你看着办。

卷王不可能让启梁直接学自己做把总，虽然，启梁终究是要做把总，卷王也会给他一段曲折一些的过程。他问启梁有什么特长，启梁头一摇。又问有什么兴趣爱好，王彩秀就插话，说打牌，下军棋，下五子棋，看书……卷王说看不出来你爱好广泛啊，但是我们公司不搞少儿培训，也不是老年活动中心。这时王彩秀又记起，启梁会弹吉他。当年小戈帮他交了钱，俩人一块认一个姓乔的师傅学这个，学了年把时间，小戈只能弹几个基本和弦，启梁去了学校元旦晚会搞表演。卷王眼仁聚起一层薄光，说弹什么吉他，家里有吗？启梁就说和朋友凑钱买了一台电音吉他，带音响，平时放在朋友家里……卷王说，现在的年轻人，好歹都有一样本事，一定用得上。

次日启梁就接到电话，卷王说你就来我们公司的乐队。启梁知道那是一支铜管乐队，自己一把电音吉他混进去，还比不上滥竽充数哩——好歹人家手里拿的都是竽，看着齐整；吉他混进铜管乐队算哪回事？卷王喊的一声，无非是大家凑一起混口饭吃，哪有那么多讲究？我说把你放进来，他们就一定会配合。

启梁知道舅舅断然不会理解乐器之间的界限，他脑补了一下吉他混在铜管乐队的情形，不伦不类，暗自尴尬。犹豫过后，却又把牙一咬，铿锵地跟自己说，去就去！

刚去就领到一白一蓝两套礼服，还有扣脑袋上的大檐帽，从头管到脚，鞋子不发，自配黑色三接头。发衣服的是老顾，他说几年前是管四套，另有两套专门用于婚宴，颜色当然要红。但前几年红事白事有了严格的划分，红事找婚庆，白事归家政，井水不犯河水，铜管乐队也不能两边赶场。而且婚庆日益成为高消费，丧礼一直都属普通消费，所以红事白事场上的铜管乐队也有了明显区分。婚庆公司里的乐队建制齐备，号、笛、管各有几根，还少不了萨克斯和圆号提升逼格。而他们乐队样样凑合，几把号几根管，两面鼓一对镲，但也有亮点：一个长得像舟舟的小伙小顾站在队列前面，举着铜制的指挥杆上下晃动，节奏自由，有时候跟整个乐队的演奏完全搭不上。当初老顾又要管后勤设备又要照顾小顾，分身乏术，卷王去他家瞟一眼，主动把小顾招来干活，没想歪打正着，且再次印证了卷王反复跟人推销的观点：人无好坏，看谁码牌。

正因为这支乐队不讲究，启梁才好扛一把吉他加入，而且发现别人都没有丝毫尴尬的体认……或许进入这个行当，首先就要阉割诸如"尴尬"之类不必要的情绪。由此看来，卷王对这行当的定义，简单粗暴却又异常准确：无非是大家凑一起混口饭吃。

这乐队平日里也有训练，一周碰不上两回。启梁发现队友们也只是把乐器折腾出声响，大多数人未必识谱。有可能是不识谱的师傅盲传瞎带，手把手教会徒弟，竟然都吃上了饭。他们不但不排斥电音吉他的加入，而且训练的时候，不管是《哭五更》《一江天》或者《祭灵台》，都怂恿启梁先弄出声音，然后他们跟节拍。训练只搞两周，第三周启梁开始上场，是木材站一位副站长的葬礼。木材站有堆场，改作灵堂，异常宽阔，舞台也比别家搭得专业，仿佛专为这支重塑的乐队登台亮相。乐队站位时，号手鼓手似不经意地将启梁簇拥到中间，由他占了Ｃ位。事实上启梁现场把握节奏的能力比别人更稳，从那以后Ｃ位固定留给了他，队友还当是给自己省力气。启梁用电吉他带起一支铜管乐队，并没有引发违和感，只是生理反应一直都有，头皮发麻，心底不安。在乐队待了半年，启梁跟队友看似配合熟练，但他知道自己时常陷入崩溃之中，但又不好怎么开口——卷王只会说，你干得很好，非常好，为什么不接着干？在卷王看来，所有一切都是既成事实，都那么理所当然，身心俱疲之类的感受，只是一个年轻人阅历不够丰厚，内心不够强大。卷王只会给启梁洗脑，打气加油，不会让他放弃。

王彩秀快退休的时候，骑单车撞了树，当时也感觉不重，去医院一拍片，骨折。她怀疑本来没有骨折，是被医院给拍出来的。启梁待在乐队正好日夜煎熬，母亲这一骨折，他暗呼可怜天下父母心，腿伤都来得正是时候。卷王说，只管去照顾你妈，请什么假咯。王彩秀嘴里念叨着以大局为重，我能照顾自己……但腿上打了石膏诸事不便，启梁照顾几日倒也见着真心实意。一想自己五十多岁也刚享上儿子的福，嘴里也就停止念叨。

两个月后，启梁不得不重返家政公司上班，借口吉他坏了正在维修，观望情况。如他预料的那样，他在的时候整支铜管乐队以他为核心，跟他节奏，现在没了他，人家照样弄出声响。看这情形，启梁如释重负，甚至怀疑自己曾经加入过他们。

卷王问乐队你不想干，换个什么事情？启梁这两个月早就想好，说要开车。反正，母亲和舅舅都劝他尽快拿照，于是先开车后拿照，老顾当他师傅，开去城郊摸几天方向盘，就算学成出师。这时启梁打算自己买一辆车。卷王说了，连人带车一起来，工资加租车费我一块给，你那边更划算。车是一台方头方脑的五菱微面，三手或是五手转过来，王彩秀掏两万，卷王将余款补齐，车归启梁用，分明是帮着外甥占自己便宜。所以，家政公司别的人顿生感慨：谁说王老板抠抠搜搜，那是他没给你当舅舅。有人进一步发挥：启梁拿卷王当舅，卷王拿启梁当崽。

乐润家政已经有两台车，一台归炊事班，一台后勤采买，现在多加了一辆，当然也是卷王一句话的事。加在哪儿？卷王不免惯性思维，既然启梁跟乐队熟，就把车给乐队用。前面启梁入伙，乐队完全不排斥，但这回安排车，他们却不买账。倒不是存心故意，只是客观事实摆着：这车只够放乐器，装不了人，而他们各自的乐器都轻便，随身携带也已习惯，用不着运送。再说，一支铜管乐队穿好制服，空手上街，不免怪异，就像旗手手里没有旗，仪仗队手里没有枪。

……只有用不着的人，哪有用不着的车？卷王的名言随时创生，虽然名言多了彼此难免矛盾。他很快想到主意，有天叫启梁开车，两人去到肖家垴和陈西桥两片旧货市场，逛了二十余家店铺，淘来十张自动麻将桌，有的看来很新，价格只有三四折。卷王要启梁赶紧弄清内部构造，自己能修才好往外出租。启梁学过机械，麻将桌只要不出千结构都很简单，无非齿轮滑轨的组搭，他拆开一台很快搞清楚，再上网一搜直接找到常见故障的处理方案。此后，他用车拖着麻将桌赶丧礼。每场丧礼守两三个夜晚，麻将桌是聚人气的大法器，不能缺少。各家政公司都有整套人马，唱丧堂的弄响器的，搞炊事的还有卖力气的，干活便是打组合拳，唯独租赁麻将桌另算，主家自己去请或者把总打电话代找。既然家政对丧礼一包万全，为何单单把这一进项撇开？原因已不可考，反正，麻将桌的租赁事实上成为丧葬行业一大盲区。由此说来，卷王这一次灵机一动，一不小心又开了行业先河，此后别的家政也睡醒似的，跟着做。凭什么不做呢？这一项赚头不小，一台桌一天五十，十台桌满租一晚就有五百，一个月折成二十天，也有上万的进项。只是，麻将桌更新迭代太快，启梁的这批麻将桌款式稍嫌老旧，讲究一点的主顾不肯租，卷王还得打电话另找，照样是送生意，人家脸上还要挤出备胎的怨尤。

　　翻过年头，启梁将这批桌再一次送到旧货市场，再去购置最新款麻将桌，将生意进一步做稳。他现在胆子大了一点，知道投入才有产出，现在的人越来越讲档次，丧葬也不例外。

　　转眼启梁守麻将桌守了两年，钱赚得不多，但稳，这让他自己心里也稳。这时卷王跟他提起拉业务的事，说不能光租那几桌麻将，白天老是闲着不行啊，业务一定要去拉。启梁嗯一声。卷王又说，这是开口饭，有点难为你，但万事总要开头，你先跟我后头看着学。启梁又嗯一声。卷王本是要走，突然担心自己意思没讲透，最后免费送些鼓励才好。又说，开口饭也不一定是能说会道的才吃得下，我能够把乐润做大全靠一张嘴，人家何老七最怕跟人交道，说话就是受刑，同样也能出门拉业务，在他们菊英家政何老七也经常冲到销冠懂不懂？启梁嘴上说知道，但销冠是啥听得糊涂，回头百度"销管"，发现应该是"销冠"。这些年新词怪词冒出来太多，隔几天不百度耳朵脑子都有了盲区。

　　启梁这两年对舅舅在俚城"业内"的影响力也有较多了解，他最大能耐，便是带出丧葬行当上门拉业务这股"歪风邪气",造成越来越严重的"内卷",导致家政公司里唱丧堂的拨响器的开车的做饭的慢慢都把正事当成副业搞,唯有上门拉到业务才是最紧要的工作。那时候,"内卷"一词并未出现,但王同乐早就得来个绰号"卷王",也是冥冥中的定数。从此,入到丧葬行,干活出力自然拿到一份工资,去拉业务,行情是直接拿五个点。一场丧事时间有长短,几十号人投入其中,费用都在几万,五个点能顶一般人两个月工资。

拉这生意不能去早,如同收账都要过午。卷王刚开始把这事搞起来,还是十多年前,启梁读中专那会。俚城天热得早,各家各户都还没安空调(都还不知有空调这东西),午休一般出了家门找墙角抢树荫歇凉。这时候,卷王探知哪家有老人,有病人,活得八九不离十了,看好时间赶过去,似不经意打招呼。别人一搭话,他就顺理成章地凑近目标,把屁股搁一旁的地上。七拉八扯,话题最终会精准锁定他心里有数的那个人……直到把一桩桩生意搞定。

一招鲜吃遍天,丧葬行当也遵循这通用的法则。最初,卷王拉生意之前做好功课,精准突破,对方也不曾有防备之心——他们还没来得及意识到,这种事情也有人上门拉生意。卷王开了这头,此后其他丧葬班子(那时都没注册成为家政公司)纷纷效仿,如果不上门,生意定会有明显下滑。说白了,一旦拉生意成为常规性操作,所得也并非业务扩大效益翻倍,而是各自保持原有份额而已。毕竟,小小一座县城,每一年死者的数量相对恒定,再怎么折腾,都是为保份额而不断加大投入。若干年后人们知道这叫"内卷",当时却没意识,折腾起来还感觉蛮有劲头。要说"内卷"纯属自找麻烦,倒也不是,在这过程中,每个灰不溜秋的从业者日益具备了职业操守,至少穿着打扮,开始个个讲究。

启梁刚进到乐润家政时,就知道上门拉业务是躲不过去的一道坎。这两年混乐队或者租麻将桌,启梁也听同事聊上门拉业务的事情。卷王将这局面造就出来,乐润家政的人白天也闲不住,四散开去,到处打听哪里有人快要死掉,听着像一堆瘟神,他们自得其乐。一开始跑这生意脚底灌铅,揿响人家门铃,头皮就发麻。多跑几趟,慢慢就习惯了,甚至得来一分豁达,对死亡的看待,和先前不一样了。那时候，卷王当然不晓得要做企业文化，但他手底下员工提前得来一份文化自信，好歹，老板是丧葬行首屈一指的人物，老早成为行当发展方向的规划者，成为行业规范的制定者。在公司里闲着的时候，启梁有意无意挑起这话题，同事告诉他，上门拉业务其实也有乐趣。又接着问，这生意毕竟不好开口，上门以后都有哪些切实可用的诀窍？同事往往虚晃一枪，说这问题我们哪有资格回答，你只要看你舅舅是怎么操作，我们学到他两三成功力就管用了。有同事顺口提起，当初卷王拉业务抢占先机，那一阵业务增长太快，公司就只这么些人，生意一下子做不过来。生意拉都拉到手，卷王哪能白瞎？好几单都转包给菊珍家政。后被主顾发现，惹了一场大麻烦。卷王这才搞明白，生意接不过来，直接介绍别的家政去做，绝不能转包赚差价。他在公司例会上反复强调这个，其实是自身的教训，但这教训说出来，分明透着丝丝得意。

这些说法让启梁多少放宽心情，现在，真要上门，启梁跟在卷王身后，看着卷王一户一户撳动门铃，心仍会一紧，便又想起父亲病危的时候，舅舅每次到来都有如催命。自家人尚且有这份戒备，换作别家，面对上门拉丧葬业务，脸上挂起哪一款表情才合适？

一扇门拉开，门缝出现一颗光头，接着是脸。那人一怔，稍后挤出笑容，招呼卷王进去坐。进到里面，启梁看出来，这一家是主动打电话联系的生意，稍稍松口气。光头的父亲正躺在床上，那一脸病容，启梁看着自然熟悉。老者见到卷王，强撑着坐起来，密集的皱纹还稍稍绽开。卷王抢跑几步，动作自带戏剧性，却又恰到好处。他双手托住老者手肘，慢慢放平，像摊开一张揉皱的欠条。老者说，卷王，前几天感觉不行了，想打电话喊你来看时间，又有些不好意思……今年都叫你好多回。卷王说，你尽管叫，我随时来。我就是干这个的，不要打量。光头说，不打量，本来是要叫，我爸过一会自己缓了过来。卷王说，经常这样，老人心急，都说自己知道时间到了，其实我们来看一眼更有准度。老者说，你看我怎么样？卷王说，还是上次那句话回你，记得么？老者说，你说的，"忘记多久，时日就长"，对吗？卷王拇指一撅，老隋，记得一字不差呀，你厉害……老者忽然有些难过，说我这就是忘不了嘛。卷王毫无顿挫地答，到你这年纪，话音记得越准，意思就忘得越快，你这一脸气色，照照镜子就是自我安慰。

启梁站一旁听得绕来绕去，再一看老者和光头爷俩面色一齐和缓，搞不清这是拉业务还是推托生意。

往后再敲开别的门，进到里面，主家大都客气，然后由卷王跟老者或者病人交谈。卷王倒也不是一律说好听的，对于躺床上抽风踢脚的人，卷王言语既有关怀又暗含催迫，时不时地，言语会突然变得直接、凌厉，告诉对方我这边全都准备好，就看你自己哪时想走。第一次听舅舅这样说话，启梁浑身一抽，这不是讨打吗？再一看对方脸上却是满意神情，仿佛这种交谈隐藏着一套古怪的言语法则，需要足够的经验和察言观色的天赋共同把握，启梁一时半会哪悟得着其中奥妙？

跟的次数慢慢增多，启梁也渐渐听出，卷王说话就是要带出某种情绪，让对方有所波动，时而紧一紧气氛，最终是要将话引向宽阔之处。显然，耍嘴皮也是技术活，轻重缓急都带分寸，并不容易。卷王也不忘随时点拨启梁，说在一个县城混事，最重要的就是攒聚口碑，一件事干上十年，每个人一看你这张脸就会条件反射想起你是干什么的，自然吃得着一口饱饭。所以，在这小城之中，攒聚一辈子的发不了家，打牌一辈子的也没有穷死，还有几个花花公子，年轻时候胡作非为，上了年纪，小姑娘主动上门来撩，仿佛是要拿他们打个卡，盖个戳，从此在小城社交场合才算建立名声。启梁听出来，舅舅讲的全是自己，把总做了这么多年，先是上门拉生意，现在许多生意主动找他来做。卷王积聚的名气让他自带一层包浆（启梁认为此处不好说是光泽），那些老者隔三岔五见他一面，跟他随意聊些事情，如同用附满茶垢的杯子倒上白开水，闻起来自带茶味，喝下去自有一种安慰。或者，这也算是临终关怀，却又混杂着卷王独特的业务能力。

还好，启梁一次一次进到别人家中，察看气色，言谈生死，基本没有遭遇想象中的难堪。这才确认：丧葬生意其实也和其他许多生意一样，一方有所需求，另一方可以提供，如是而已。真的告别，天各一方，死者家属在伤心之余也能把各样事情有条不紊地处理好。接触渐多，启梁从中咀嚼到以前从未感触的东西，生与死这些以往十分模糊的概念，有时候突然在头脑里异常清晰，一旦清晰，还伴之以亲切。

启梁跟在卷王后头一年多，才算出师，独自上门拉业务。此前他倾听并分析卷王讲话，渐渐摸出一些套路，归纳出一些法则，还在硬皮抄上记下来，以为自己已经掌握。一旦自己单独上门，与对方聊事，还有好一阵不得要领。其实讲话方式和技巧他是潜心学过来的，卷王翻来覆去就那点人生道理，就那几句安慰的话语，卷王每一次出马都能管用。换成启梁，这些话已然听熟，似乎都含在自己嘴里，往外吐能做到流畅，却又老觉得哪地方不对劲。虽然对方很少打断他，但一顿话讲下来，启梁浑身僵硬，时不时背心沁一层汗，跟干了半天抬岩挖生土的苦活似的。

当时启梁正跟楼下理发店的小欣处对象。两人年纪都不小，这一回说好的认真对待。小欣倒是细心，自己看出来启梁拉这业务非常吃力。只要预感哪个主顾可能不太好相处，提前一天晚上，两人照例干那种快活事，启梁会忽然不在状态。启梁承认，这时像是回到学校一样，像是明天期末考试一样。小欣帮他分析原因，说你讲的话都是从舅舅嘴里扒来，这都没错，问题是你本人跟他完全不一样。你舅舅自由发挥，脱口而出，怎么说都捏着分寸；你不一样，是在模仿你舅舅，一句一句地背书，分寸呢把不准，这就紧张。启梁一想，大概是这么回事，问要怎么解决？小欣又说，那你要找找看跟你差不多，不太能讲的人，他们的现场经验肯定更适合你。

启梁脑子里一找，很快圈定公司里一两个闷人，主动要求跟去拉业务，人家也没法拒绝。他们已给启梁取了个绰号：小把总。

卷王能说，躺床上的人也愿意听他说，当然两相为宜；启梁本不擅长说话，强自开口喋喋不休，其实就是泄自己的元气，所以此前一直很累。经过调整，他改变了策略，嘴巴尽量不说，脸上绽露笑容，显出耐心，听对方说，听家属说，时而点点头，时而嗯啊有声回应一下。偶尔开口，一定是夸，见缝插针地夸，又不能夸张。这也蛮有效果，因为听能言者说道，或者自己能说要找好的听众，都是不同的人内置的不同需求。擅长说和懂得倾听，都是本事，都一样管用。有了这一定位，小欣正好派上用场，她给启梁设计贴切的发型，还提醒启梁既然拉业务一定要注意形象。启梁一直听王彩秀教诲，"吃饱穿暖"是指导思想，从来不觉得形象二字跟自己有什么关联。小欣帮他一弄，启梁再一照镜，发现自己竟也是人模狗样，此后对衣着发型自我的仪态发生兴趣，就像当初在卷王引导下对上门拉丧葬也得来古怪的兴趣……毕竟，启梁能算一个干一行便爱一行的人。启梁耗在镜子前面的时间一多，王彩秀看不惯了，认为小欣还没嫁过来，就开始改造启梁的性格。卷王帮着劝，跑业务注重形象，是好事，换成现在的说法，就叫职业道德。王彩秀接受新词的能力没那么快，卷王擅长讲道理：就是说，启梁现在要进到人家家里拉业务，必须穿得像样一点；好比你在食堂要把饭菜弄干净一点，一回事。这一说，王彩秀就不好吱声了。

接后，启梁确实体验到，自己打扮越有模样，去到主顾家里得来的效果越好……他从别人的表情态度还有端茶倒水的姿势里面都感受得到，甚至，躺床上的人态度也变得更好。启梁这时看得明白，快死的人也喜欢跟穿着讲究的人打交道。在他们看来，此时自己的形象，或许对应着即将到来的那场葬礼的规格档次。

乐润家政越搞越大，日常有五十几号人，乐队逐渐补齐了乐器，吹奏得出起伏有致的乐曲。碰到更大的场面，会邀别的家政公司帮衬，一两百人的阵仗随时拼凑出来。

跟大多数创业有成的老板一样，卷王越来越喜欢开会，周一是例会，周五是总结会，周末时不时把人紧急叫来交代事情，依然在开会。他也不懂规划主题，公司里有一张特别大的会议桌，环一圈二三十人，卷王往正位子一坐，人来得差不多就开始发言，上嘴皮不碰下唇，一个人包场，讲着讲着忘了自己到底要讲什么，眼皮往上翻，眼球四下乱转，仿佛话头丢在地上，丢在房间哪个角落……眼睛多转几匝，话头一次次神奇地续上。

有几回，卷王实在找不着话头，却一眼瞟见启梁，便顺嘴将他一夸，让自己稍稍缓过神。夸启梁，又总是那几句：你们看看，即便像启梁这样的闷驴子，现在也能出门拉业务，不是吗？而且，他在拉业务过程中结合实际情况，扬长避短，逐渐形成了自己独特的风格，不用多嘴，多听对方讲，多点头，同样有效。从我收到客户反馈的信息，有的人就认可启梁这种风格，葬礼过后还交上了朋友，拉他到家里吃饭。

这倒不是虚言，启梁摆出十二分耐心听人讲话，拉上了生意，并形成良性循环，他发现自己能掏出的耐心越来越多。说白了，耐心谁都有，能掏出多少，是要对应怎样的结果。启梁没想到自己还形成风格，卷王的夸赞让他内心翻涌一丝诡谲。确曾有死者家属拉他吃饭，起初他不好不去，去了当然是听对方滔滔不绝，然后自己不停眨巴着求知的眼睛默默吞下所有废话，其实心力交瘁咬牙强撑。后面再有邀请，他晓得拒绝，不能为一单业务无限追加售后服务。所以，他也有差评，有些死者家属终于发现，启梁只是跑业务，抓生意，而不是表面看上去"听人讲话有瘾"。启梁暗自好笑：我听方清平郭德纲都没瘾。

卷王还给这风格命名，叫成"垃圾桶风格"。启梁一听，完全就是自己最真实的感受。卷王要跟别的人解释，开口说话是本事，不说话又能与主顾交往下去，甚至交为朋友，并不是随便哪个人都能做到。总体而言，上门拉业务，能说会道肯定是捷径，只要将话说出来，就是在抢占先机，不停地缓解、调整、改善彼此的关系。若嘴巴笨拙，选择倾听对方说话，其实是将自己默认为一个垃圾桶，什么都能装下，这需要形象气质也考量心理素质。卷王最后总结陈词：这种垃圾桶风格，看似平常，实则非常不易，启梁做得不错。你们不会说话的要跟启梁看齐……当然更要学一学菊珍家政那个何老七，他简直将这种风格做到极致。学无止境，包括启梁，都应该继续向何老七取经，往后专业技能还有深入拓展的空间……

夸了一通，最后话风陡转，好比打靶时高中十环，却不是打在属于自己的靶面。

启梁经常见到何老七，谈不上熟悉，两个闷人哪有交谈。何老七虽在菊珍家政干活，闲来无事时常跟在卷王身后，像他的影子，像一条尾巴。卷王平时就话多，跟何老七在一块更是一刻不停，其实到一定年纪讲来讲去全是现话，回忆过去，过去也像咀嚼半天的槟榔渣，没有任何味道。何老七真可谓"听人讲话有瘾"，跟谁都好相处，尤其跟卷王在一起，一个说，一个听，一个说话滔滔不绝，一个脸上微笑凝结。看到这一情景的人，准会突然记起没用手机以前大家凑一块聊天的乐趣。现在哪有这回事，凑一块顶多也是互问互答。

卷王三十出头离的婚，此后一个人过。刚离的时候也想再找，好几年不见动静，四十多岁死了心，一直打单身。女儿思婷当年随母亲去了湖北，父女见不着面，过年时卷王赶几百里地去见她。起初，久别重逢还有拥抱和热泪盈眶，但异地分居久不见面，父女俩交流减少，感情不可避免地趋于平淡（这过程让人难过同时也让人轻松），近几年，几乎断了来往。

二〇一四年国庆节，思婷结婚，当天上午十点发消息，邀卷王中午十二点赶到六百里外的武汉赴宴。电话打来时启梁也在，卷王手机刚摔过一下，不按免提自带外扩，启梁听得清楚，这表妹多年未见，给父亲下一手逼角棋，完全无解。卷王一脸情绪看着失控，发现启梁在侧，强自忍住，叫启梁把车开往陈西桥。到地时，何老七立在桥头等待。这是俱城一些老人的习惯，等人在桥头，送人也送到桥头。卷王拽开车门，拱出巨大的身躯朝何老七靠拢，摇摇欲坠的样子。何老七个头小，站得笔直。卷王走过去，何老七一看这神情，赶紧将双手和身躯往前杵，犹如一副千斤顶。两个人四只手握在一块（他俩身高差得有二十厘米以上，要是个头差不多，指定会是拥抱），卷王稍稍稳住身体。卷王腾出一只手，做手势要启梁自行离开。启梁便离开，后视镜里看着何老七拖着卷王往前几步，背靠桥栏杆站稳。

| 两次别离 | 305

那一刻，启梁脑袋一个忽闪，觉得何老七真像是舅舅的……妻子？情人？都不对，应该像是偷偷养着的小老婆。

事情要来总是一块来，翻过那年，启梁和小欣刚结过婚，卷王就查出癌，是肺癌。王彩秀和启梁陪他去的医院，拿到结果，晚期，王彩秀决定不必瞒他，她认为这个弟弟应该是也必然是她认识人里头最不怕死的。他跟死人打了几十年交道，靠死人过活，明里暗里也当自己是丧葬业权威以及死亡专家，简直没有任何理由怕死。得知情况，卷王脸上稍一扭曲，双手往上抚，就像抹布一样抹去所有仓皇痕迹，露出浅浅的笑容……虽然，这时候微笑未免显得别扭。过了几天，他跟母子俩说，我是爱喝酒，烟偶尔顺别人一根，你们说，怎么得的是肺癌？王彩秀说，昌发抽烟多，喝酒差你一大截，却是肝癌。

……癌病真是不讲道理。卷王索性透露出些无奈，稍后又来一句，换成肝癌又会更好么？

到某一天，卷王把启梁叫来，说，这些年我还是累了，要强制性休息。启梁并不相信，他跟在舅舅身后很长一段时日，纵是每天忙个不停，脸上总是享用的模样。他以为舅舅只爱热闹，只爱人堆里扎，一个人便不习惯，偏又单身这么多年（许多人都是这样的矛盾体却又浑然不觉）。这回卷王不含糊，把总的事情正式过手，整个公司移交给启梁，自己说休息便休息，那以后都不再来这公司。

启梁接手以后，大伙只需把"小把总"的"小"字去掉。

在这之前，公司的事卷王尽量让启梁处理。启梁管理乐润家政几十号人，基本镇得住，有些话多讲一遍，别人只能耷下脑袋照办。当然，平时在公司，卷王总是有意无意往启梁身后一站，把气场借给启梁。现在卷王说不来真不来，启梁说话感觉背后有些虚，跟员工交代事项，嗓门似乎要扯大一点。话一讲完，他又怀疑是自己内心对舅舅的依赖一时还消除不了。好在启梁已经干了几年，碰上的问题前面都已经碰到过，解决起来不至于无措。

王彩秀提醒启梁，现在你舅舅一个人住南坊弄，有空多去看看。启梁一想也是必须，去过几次，何老七都在。有时候两人在屋里聊天，说是聊天，永远是一个人动嘴一个人动耳，而且两个老男人经常就把肩头搭靠起来，尽量拉近嘴和耳的距离。启梁进去，把东西一放。卷王自顾自和何老七说话，要是两人靠在一起，不自觉地坐正身姿，拉开小小的距离。这让启梁觉着自己有些碍事，不尴不尬聊几句自行离开。王彩秀再要提醒，启梁便说舅舅现在可不孤独，有人天天搭伴。王彩秀就知道是何老七，感叹他俩关系这么好，怎么偏偏都是男的。启梁说他们不是同学吗，从小一块长大？王彩秀说，那么多同学，一块长大的也多啊，他俩好到这程度也是不容易。启梁说，都是男的，朋友同学也多，最后就他俩形影不离，也是自然选择的结果。王彩秀一笑，说是形影不离，其实有一两年你舅也故意疏远何老七，不想理他。启梁一想何老七那副顺从的模样，感觉奇怪，说他还敢招惹舅舅不高兴？王彩秀说，倒是因为我。他俩关系太好，互相串门吃饭，今天你家明天我家，我们两家都变成了亲戚一样。等我们都到二十来岁，要找对象，你舅怕他动我心思，故意疏远。启梁说，看样子何老七是真心，舅舅还对他有防备啊。王彩秀说，何老七人是没得说，你舅嫌他个太矮。他找媳妇老大难，你舅也帮忙，但不会搭上自家人。启梁一时好奇，说妈你当时对何老七怎么看？王彩秀说，我要是看得上他，今天还有你吗？

何老七跟卷王小学初中都是同学，何老七把卷王认作最好的朋友，卷王当他是小马弁。此后卷王读两年中专就进到电厂干活，何老七是跟随父亲进了县马车社赶马车。马车社在八十年代初就倒闭，何老七变成社会闲杂，打了多年零工，后来跟着嫂子混，也是吃丧葬饭，他负责开车。卷王坐班房出来，干上了殓师。进到一个行当，这对好友也算再续前缘，殊途同归。如果罗菊珍不是何老七亲嫂子，他是指定要鞍前马后跟卷王跑，像从前一样。虽然不在一块干，但后面卷王开启内卷模式，整个行当的人都要拉业务，何老七也不能独自幸免。起初，要何老七上门拉业务，他死的心都有。他闷声闷气过了半辈子，如何从头开始遭这活罪？罗菊珍有一套管理方法，业绩上墙，还搞末位淘汰。起初何老七不拉业务，也不怕淘汰，心里正想去处，卷王便及时表态我这里缺人开车。

罗菊珍偏又要袒护家人，自己拉业务一把好手（她擅长哭丧，拉业务时哭腔一拖非常有效），便分一些给何老七，让他每一次在被淘汰的边缘徘徊，最后总是有惊无险地爬上岸。这份关爱使得何老七一张老脸挂不住，月月放榜时候看一看自己的业绩，不偏不倚永远排在倒数第二。同事当面不说，背后叫他"千年老二"，这绰号浑然天成，怨不了别人。嫂子罗菊珍只分他业绩，不会发相应的绩效，回到家，老婆也数落，说你嫂子赚死人钱，怕阴气聚得太重，专门找你背锅，阴气也找你分摊。

何老七受夹板气，日子着实难过。再跟卷王一块散步时候，何老七不经意也提一嘴自己的境遇。卷王听出何老七语带埋怨，这着实罕见，来了兴致，说这拉业务是我搞起来的，现在也撤不掉了，把你连累进来只能算是误伤，要我怎么帮你，尽管说。何老七只是埋怨，没想到还能有什么要求。卷王主动开口，说要么你就跟我后头，看我怎么说道，多看几回自然就会，你又不真的是哑巴。照这么说，何老七算是卷王带的第一个徒弟，但他们这层关系，不便以师徒相称，何老七也不吭声，以后白天无事就一个短信发过去，问卷王在哪。卷王总是回：你去陈西桥等我。何老七是勤快人，打定要学便每天不辍，往后跟了卷王一两个月，进到十几位主顾家中听他示范怎么打动对方，把身后事全盘交托过来。本想学技术，何老七越听越胆寒，越是知道拉这业务虽不算好营生，但跟当官、洗账、和事、铲仇、生三胞胎、泡县委书记独生女一样，需要天赋，倚赖异禀。何老七是有自知之明，开口讨吃这事，别说天赋异禀，马路上随便拽一个人都强过自己一大截。

何老七见势不好打起退堂鼓，卷王没师傅名分却已行教诲之实，讲话已然威严，可不准何老七随意开溜，还设身处地替他想招。卷王问，你嘴不能说，那么，挨人骂有没有问题？何老七把头一点，说只要不开口，打骂随便来。卷王说，打倒不至于，有些家伙说话难听，不好侍候，你只要挨过去，生意就接得下来。何老七说，有这样的事？卷王说，就像当秘书要先练吃耳光，你知道不？有的领导脾气暴，火头上时候手上有动作，秘书就把脸递过去……不会白挨，领导气消的时候，就会给秘书补偿。所以，有些家伙当秘书，专门想跟管不住手的领导，可不是有受虐倾向。何老七这时开窍，说这不就是活靶子？

卷王平时拉业务顺手，行业里的领军人物，但业绩是给人看，受罪自己消磨，许多业务必须承受人格侮辱。那以后，见生意他也不是一味吃进，一看是难伺候的家伙，业务便转赠给何老七，成与不成，先捞人情。何老七可不含糊，活靶要有活靶模样，低头耷脑去到别人家中。脾气不好的人也是看菜下饭，见到何老七这副模样，很容易就火力全开。管他怎么发挥，何老七从来神情不变，照单全收。最后对方舌头抽筋了，一看何老七还没闪人，补偿之心油然而生，把家中即将到来的丧事托付给这个非同一般的倾听者。

既然有效，何老七得来底气，将这发展成一己特长，或者说将自己日益打造成一只性能优良的垃圾桶，具有无限深度，容纳所有的阴损怪话。所谓特长必然形成品牌效益，随时间积累，小县城中脾气不好的主顾，家中有事，已经知道主动联系菊珍家政那个弥勒佛一般的业务员。当然，也有些脾气好的人，听人一讲这人，脑袋自动勾勒出形象，待家中即将有事，想要联系家政，何老七的形象便自动浮现脑海，陡然生动、清晰。电话一拨，便是找菊珍家政座机打去，指定找他，有的道出姓名，有的只说找你们公司那个闷声不响的……接线的都知道说谁。

卷王说何老七是"垃圾桶风格"的代表性人物，当着面说，何老七也是高兴。他已能将所有的话都默认为好话，业务接得越多他内心的老茧越厚。启梁形成风格，卷王时不时提醒他，你现在是认两个师傅。启梁说明白。卷王叹一口气，说不急着明白。生病以后，王彩秀时不时去卷王家里弄饭，打电话叫启梁也过来作陪。卷王已不能喝酒，家里还贮藏不少好酒，要启梁喝给他看，看启梁脸上的酒精反应，解自己的馋虫。时不时还提醒，夸张了夸张了，不要故意演给我看，顺其自然最好。还见缝插针给外甥一些人生道理，到他这地步，道理简直张口就来，比如说喝酒，他当把总也时不时有人送，而他总是将好酒藏住，哪瓶便宜就先喝哪瓶，"这是以前苦日子形成的习惯，实在要不得"。现在好酒还剩下两柜子，他却一滴也不能喝。吃饭时也经常提到何老七，也算讨论业务。卷王对何老七足够了解，看着启梁喝酒，时不时一阵感叹又滑向了何老七。他知道何老七并不是看上去那么皮实，这是要硬撑住。某年暑期，何老七读大学的儿子回来，不知从哪听说父亲拉业务的独特风格，不免心疼，要何老七收手不干，何老七哪肯答应？儿子孝顺，买了一套隐藏式耳机，插进耳朵眼别人看不见，效果很好，蓝牙放出歌曲，别人面对面咆哮也不会听见声音。儿子是想父亲拥有这款神器，可将特长做进一步发挥，垃圾桶也要当得登堂入室，登峰造极。何老七当然不会拒绝时新科技将自己武装起来，国家正提倡与时俱进，他知道用这神器就是响应号召。这以后，何老七戴着儿子送的耳机出门拉生意，对方一旦发飙便用手机播放歌曲，避免垃圾话的侵扰，依然面露微笑，却只得来两种效果：或者被对方识破，或者对方对他的反应不满意。何老七这才搞明白，他以为面露微笑都是一样，实际上，听不听见对方讲话，做出的反应总有微妙的区别。只有真的听进别人讲话并承受住，才能真正赢得对方补偿性的回馈。

启梁脑补着那种微小的差异，卷王也憋不住摆一摆道理：何老七跟我讲这事，我也突然明白过来，人心深浅，最要真实以对，不能半点敷衍。

启梁说，一分钱一分货，当垃圾桶也不能造假。

呃，理解得对路。何老七跟我讲起这事，我还跟他总结，死猪耐烫，比不上活肉滚刀。何老七一听算是服我，他心里面的感触原本很多，我就打两个比方，他说全都概括下来。

那以后他再不用儿子送的耳机了？

必须的，活肉滚刀嘛。

别人看着卷王病情加重，有一阵他自我感觉有所恢复，要出去走走。到这时候不可能是世界这么大我想去看看，卷王心里清楚，只把本县地图翻出来一看。全县十一个乡镇，两百多个自然村落，竟有大半从未去过。这着实让他意外，活了一辈子的小县城，都是如此陌生，简直情何以堪。趁还能动，他找何老七商定，开车打卡，每个自然村走一遍，找到挂有村名的牌子，或者居委会的牌子，合个影。何老七几乎放下手头活计，当回司机，两人"云游"俚城。卷王早就用上微信，以前基本不发圈，现在见天发，九宫格填满，都是他和何老七的合照，或者是找村主任一块合影。卷王个高，本地人多是少数民族，普遍个头矮小，这些照片晒出来，启梁想到的是《格列佛游记》里面的小人国。亲友们每天翻到，这照片看着确实枯燥，但又有一种坚韧不拔的气概，想想卷王此时境况，难免还被励志一把。

某天两人去到拉垅乡苔地，见到半座山的金银花稀稀拉拉生长着，卷王想起，这不正是启梁和朋友当年搞的那个项目？他多拍几张照片传给启梁。启梁一看也是满眼陌生，那地方他自己竟从未去过。稍后卷王还从村委打听到，这片金银花当年撂荒，现在被当地人管护起来，不能随意采摘，专供本地小学生勤工俭学。盛花期，本地小学生周末赶来，采下金银花晒干，多少换几个零花钱。所以，卷王认为启梁这一笔投资也没白瞎，启梁瞎打误撞当一回慈善家。

另一天，何老七开车刚出城北，见新开出一条路，沥青路面黑得发亮。卷王把车叫停，让何老七换自己开开，方向盘一打，轧了上去，路面润滑还跟车胎轻微撕扯，卷王暗呼轧新马路着实过瘾。

走不多远，卷王越看越熟悉，说这地方不就是秀城坡？

三十年一晃过去，城北一带搞开发，原有的道路大都抹掉重新规划修建。再往前走一截，路边拱出一个牌楼，匾额上题写两个隶体大字：爱谷。卷王站到牌楼前面，又想起来，这不正是自己当年捡骨分肉那地方？往里一走，牌楼后面是一处小园，看得出刚建成不久，却又凋敝不堪。小园中间立有一座雕塑，一男一女深情相拥。卷王看得蹊跷，说这是搞的什么名堂？

何老七回过神来说，只能是你当年收殓的那对情侣……是姓什么？

男的姓肖，女的姓季。卷王即使老痴也忘不了这一对。往前探两步，卷王眼光自下而上挑去，知道此时此地，这样的雕像，哪能还是别人？便说，难道是照他俩实际模样弄出来的？这些年过去，卷王一直认为自己跟那对男女关系甚微，准确说他俩还成就了自己一番声名，但当年碰面，只看见肉，哪见过人？后来还听人讲，他俩死掉后，两边家里人各自发狠，照片统统烧掉，让遗忘来得更迅猛一些。再过几年，果真没人记得他俩长什么样。

这叫艺术加工吧？何老七也抬头细看，说，是你告诉我，那个女的才八十斤；你再看这个，简直跟女铅球运动员一样。

卷王感叹，偏还有人把塑像捏了出来。

何老七说，捏的？是雕的吧？

捏的。卷王指了男人脚跟上一处缺损，已有绿苔，轻轻一刮现出水泥碴口。

时间有的是，两人找干燥地方摆好屁股，慢悠悠地聊。卷王又有感叹，总是要到快死的时候，才真正闲得下来。何老七说，我是搭帮你一起休休假，这些年拼命干活，并没有赚到几个卵钱。

卷王问"爱谷"怎么回事，何老七也没听人说起，就在百度里查，果然有帖子将"爱谷"来龙去脉讲得一清二楚。这是搭帮俚城旅游业搞出来的人工景点，本是要卖门票。老板姓詹，卖水泥发家，现在也搞起多项经营，全面开发，想在旅游行当分一杯羹，到处找项目。手底下一个经理建议，以当年那对殉情男女为概念，搭建这么个"爱谷"，或许能够卖卖门票。经理还进一步解释，现在这社会，老头们年轻时候憋坏了，年纪大了不消停，年轻人却又喜欢摆出性冷淡的面目。当然他们也有恋爱，一言不合就分，一不小心又恋一回，分分合合搞闪击战。所以，詹老板有必要搞这样一个爱的小园，就像各种教育基地一样，专门宣扬从前的爱情，要让年轻人知道，那些死去活来粉身碎骨的爱情并非玄虚，来到这里可以眼见为实，甚至空气里仍有血腥和爆炸的气味。百货中百客，经理的煽动，字字句句往詹老板心里钻，他脑袋一拍决定干，还说，呃，血腥味和爆炸的气味，花点钱搞出来不就行了？

概念是好，当年小肖小季的亲属还在。他们搞不明白，自家伤心往事，凭什么成为詹老板赚钱的概念？亲属跑去公安局报案，放话要打一场官司。政府调解，项目先搁浅下来，一搁浅就回不了魂，用不多久，这个小园迅速荒颓衰败，塑像披上一层青苔。

何老七念完帖子，也有感叹：詹老板搞这么个项目，早该把你请去当代言人——至少当一当顾问。该请的人不请，该拜的神不拜，景点哪里搞得起来？

卷王说，瞎讲，这事跟我有毛关系？

两百多个自然村全部打卡，并不容易，却也及时，卷王能动的时候完成这个小小的壮举。七月过后卷王卧床不起，启梁开车送他去医院，医生检查后下了判断：最多三个月。医生可不是瞎说，有医疗器械测出的各种数据为证，不比卷王看别人一眼下的结论。卷王明白这道理，对自己一无所知的科学，他也充分信任，并说，再老的屠户用眼估猪，都比不得一杆磅秤。

伹城夏天比冬天难熬，以前就有说法：有福六月死，无福六月生。这夏天气温勇攀高峰，七月中旬，人走在路上能看见热浪具体有形地浮动。家政公司用温度计测生意，乐润也是一样，进大门的一堵墙上挂了一支超大号水银温度计，温度高过三十五度或掉出零度，生意都会迅速好起来，屡试不爽。

卷王的起居，是王彩秀看护。前面她照顾徐昌发积累了经验，现在守着弟弟，嘴上时不时地夸：你比昌发省事，好料理。卷王受了表扬，想要表现更好，王彩秀又会及时提醒：有话直讲，不要硬挺。

八月过后，卷王用上了呼吸机，床头随时立起储气瓶，像多一个人守护。再到九月，这天一早，卷王把启梁叫到跟前，叫他通知思婷，可以过来了。启梁说，七月份说的，还有三个月哩。

……医生是说，最多三个月，那是最多，卷王蛮有把握地说，这种事情难道还有谁比我自己更清楚？

启梁把电话打给思婷，表妹的声音已然陌生。

……我怀孕了。启梁话没说完，表妹就插来一句。

启梁问怀几个月，那边稍有迟疑，回答说五个月。启梁说，五个月刚看得出动静，不妨碍出行吧？再说，毕竟你爸还是想见这最后一面。表妹又说，当然能走，只是我老公现在陪不了我，我一个人出行肯定是不太方便。启梁说，要不然我赶过来接你。表妹叹了口气，说用不着吧，订好机票发你信息，你接机就行。

隔两天启梁驾车去支线机场接思婷。多年未见的表妹从国内到达口出现，启梁目光自动铆定她肚皮。思婷似乎也有察觉，走近了痛快说，我不显怀。启梁把目光抬上来，当然还认得出表妹，又分明成了陌生人。忽然理解舅舅说过，既然隔得远，感情淡一点彼此反倒轻松。

带到家里，思婷坐到床前看着父亲，表情疑惑，稍后说，爸我看你气色还好。卷王尴尬，说应该是回光返照。思婷现在是医生，对待病人有经验，又来一句，回光返照的人一般都不知道回光返照。话说得拗口，意思倒清晰，卷王一时无言以对。

王彩秀看父女俩一块陷入沉默，问是不是要单独待一会。思婷说用不着。

卷王癌病多时，疼痛已是常态，在这常态之外气色也会有波动。思婷到来之后，王彩秀和启梁都看出来这波动显著加剧，并呈现出非常明显的规律性：每当气色一点点变好，卷王相应就紧张起来；一旦紧张，面容又逐渐灰颓；告诉他气色没前面好，表情反倒轻松；一旦放松，气色又有恢复迹象……如此交替，循环不已。娘俩都看出来，思婷的到来给了卷王不小压力。说是最后一面，思婷到来之后，卷王就一心想要兑现。影视剧里，亲人最后相见的情景大家都见惯不怪：床榻上的老者或是临终的病人，总在"最后一面"的进程中精准咽气，适时离去，如此一来，送别得以一次次仪式化地达到高潮。此刻回到现实，卷王这最后一面的最后一口气，哪是能够精准把控？其实，想一想也不奇怪：人这一辈子，那么多技能都是专门学习，反复演练，依然不能操控自如，那到最后一刻，怎样撒手人寰，从未演练，如何辞别人世，也没有任何经验，谁又能把握得精准从容？卷王一直以死亡专家自居，这时候却不知如何一锤定音，显然自觉打脸。

王彩秀和启梁都看出这层意思，便知道，只要思婷不走，分明就是催命。思婷难得回来一次，次日看卷王气色还是那样，就出门寻找十多年未见的闺蜜。王彩秀正好劝弟弟，既然死不了，不能霸蛮，要顺其自然。再说，你不能以为谁催着你死似的……卷王赶紧闷哼一声，懂了……

思婷在家待了三天，仍是启梁送她去机场。此后卷王情绪不再反复，既然一时死不了，卷王只得躺床上，翻找出一种以逸待劳的心情，将这病痛继续忍耐。再去问那个医生，他也不好再做判断，只是交代"随时可能走"，"做好准备"，正确的废话，却也只能如此。

卷王的昏迷时间越来越长，有时候睡一整天，醒来时问现在是哪一年。偶尔，他会跟王彩秀提到，要把思婷找来。王彩秀勾下头问他，这回你确定？卷王想了想，便摇头。他不确定。

启梁女儿挑这个炎夏出生，这时他已经全面接管乐润家政，里里外外都要操持。恰是旺季，推掉许多单生意，丧礼仍是做个没完。忙碌的间隙，找个安静地方跟老婆通电话，视频里看一看女儿两眼难以睁开的模样，暗自欢欣。视频经常被哀乐打扰，虽然不至于影响女儿的睡眠，启梁也一次次掐断。忽然有些怕感，不知道自己的职业以后会给女儿带来怎样的影响。幸好……他想，时日还长。

电话也经常拨给母亲，问舅舅情况怎么样，要不要过去看看。王彩秀总说，你好好工作，就是对你舅舅病情最大的安慰！声音很大，既讲给启梁，也让卷王听出后继有人。

业务一多，会也多，这一点启梁不自觉继承了卷王的风范，经常在公司聚起一大桌人交代事项，宣布新的规定。月初发放工资和奖金，启梁叫出纳提取现款，装进信封，再把人全都召集，逐个发放，听他们每人回一句"谢谢徐总"。他坚信，这一定是老板强过领导的地方，所有的单位，工资都直接打卡了。

会议室挂了不少锦旗，启梁一直觉得怪异。以前他就知道医生经常得锦旗，大都写有"救死扶伤""悬壶济世"或者"妙手仁心"，搞不懂家政公司怎么也挂锦旗。他这样推测：帮别人做丧事也是为人民服务范围之内，但这事没有太多技术难度，也算不上急人所难，相反算得是买方市场。拿人家酬劳，银货两讫，死者家属不挑些毛病已是万幸，哪有送锦旗的道理？启梁不但分析，还找人去到别的几家家政瞄一眼，回话说人家没挂锦旗，要挂也就稀稀拉拉一两面，不像我们可以裱墙。启梁知道，唯一的可能，是舅舅自己心血来潮挂上去的。他找公司几个老人证实，却都语焉不详。开会的时候，看着那些锦旗，不免显出矫情和滑稽，也辣眼睛。一天正开会，启梁忽然想到，既然现在自己说了算，为什么不把这些锦旗撤掉？这倒是很简单，动手一拽一面，两分钟撤完，想来除了手感顺滑还附赠解压功能。但他忍住，开完会叫公司两个年轻妹子，嘱咐她俩小心翼翼把锦旗摘下来，像国旗卫士一样把旗帜叠好。

正待动手，几个老人赶过来阻止。尤其开车的老顾，嘴皮哆嗦几下，跟启梁说，启梁，你急什么，你舅舅毕竟还没走……

呃，好的。启梁问，你说说，这和他走不走有什么关系？

有句话说得好，人走茶凉……

他把公司交给我，明白讲过我可以按自己想法处理所有事务。

他是这样讲，但你是不是急了点？用得着这么迫不及待吗？

迫不及待……你是不是想说我盼着我舅快点去死？

启梁平时话不多，声量低，此时一开口火力十足，谁想来道德绑架，他就直接把话敞着讲，把天聊死。这几个老人马上明白，启梁看似一个闷人，其实暗藏一股狠劲。

锦旗一撤，公司里最大一面墙腾空，重新粉刷过后雪白一片，看上去未免过于空荡。这怎么看都是企业文化的重要阵地，定然弄点有新意的东西上去才行。启梁把全公司肚里有点墨水的人凑一起，集思广益，看这墙上贴什么样的文字才好。他跟卷王不同，任何事都不白干，有悬赏，谁想出来奖五百。

赏额不高，反响倒也热闹：

"乐润家政，丧葬标杆！"

"护驾西行，交与乐润！"

"去天堂的路，有乐润陪伴，你不会寂寞！"

"乐润二十三年，上千人的口碑，将会加上你的口碑！"

……

启梁一看，眉头皱起，冲公司的秀才们说，我把锦旗撤下来，就是要有不一样的东西，你们不要老想从锦旗上扒词。谁说的丧葬标杆……是不是可以简称丧标，香港片里经常有耷着脑袋斜眼看人的丧标，是不是他？护驾西行……我的天，这也想得出来，难道我们是杀手公司？陪伴去天堂……只是帮人发丧，你们是不是也要跟着一起死？那我们别叫家政公司，叫殉葬公司好不好？每个人给自己的命码一个价格，我只抽水百分之十。

启梁骂得全场所有人笑声不断，只好停一停，接着问，上千人的口碑……这上千人哪来的？

提出这一条的是乐队的老付。他也是一开始就跟卷王打江山的老员工，见证了乐润家政的整个发展过程。他告诉启梁，这二十多年下来，他稍微估算一下，做过的丧事达到一千场以上。

……一千场以上，就成了上千人的口碑，照你这么说，那是死人夸我们好咯？你听得见？

下面又一通哄笑。老付这人平时看电视都爱接下茬，现在硬是一个字回不过来。

否了一通，启梁最后还指出，动不动就打感叹号，其实是你们要讲的意思没讲明白。

这一番说道，公司的人便都明白，给丧葬行业拿个标语，最容易歧义丛生。也都看出来，这个启梁貌似憨厚，其实远比卷王刁钻，说话跟打机关枪一样。

贴墙上的话并不容易想出来，大家不想充当启梁的话靶子，再不干斟字酌句的事，安心于丧葬事业。

别人都用不上，启梁只能自己找。有一天他隐约记起在一本书里看到一句

两次别离 | 317

话，把死亡说成是一种学习，意思是好，原句是什么当然记不起来。他试了多次，自己拼凑出这样的意思，感觉总没有原句来得好。是哪本书，他始终记不起来。他有淘书的习惯，地摊上三五块钱淘来一本，闲时随意地翻翻，翻开哪页看哪页，所以根本不记得这一句夹在哪一本书里头。之后几天，回家翻找几次，这句话毫无征兆地被启梁翻了出来：一直以来我以为自己在学习怎样生活，其实是在学习怎样死亡。而且还知道，这是达·芬奇讲出来的。启梁便有感叹，这些最有名气的人，总能把意思表达得最简单又最清晰。找出来也就定下来，启梁去广告店，叫人用深蓝色铝塑板割出字形，一个个粘到墙面。下面也有一个破折号，导出人名：莱奥纳多·达·芬奇。家政公司的人文化普遍不高，一看这名字竟是熟悉，知道是小时候画鸡蛋长大了画美女那个外国画家。公司为什么要贴这么两行字，一开始大家都有些蒙，进出公司时多看几遍，默念几遍，又纷纷说好，说这行字让我们公司显得比别的公司有文化。

字贴好不到半月，那天下午王彩秀电话打来，叫启梁赶紧过去。喘了口气又说，今天没活对吧？你舅舅说，把老顾老齐老付老周都叫一下。他好久不见，也想见一面。启梁不敢怠慢，把公司几个老人聚齐，开车赶过去。半路上顺手给了小欣一个电话，要她把女儿也抱过去。这时候，卷王最亲的人只有他们一家。

到地方，何老七先一步，倒不奇怪。再一看卷王的脸色，一层青灰在失血的脸皮底下洇开，嘴皮眼眶都像被谁勾了边框。来的人互递一下眼神，都是专业人士，都看出来这分明就是一副死相，估计横竖出不了今天。卷王清理着喉咙里的痰音，挣扎出一丝微笑，喷吐出每个人的名字。眼球上已结起一层白翳，看人倒不至于混淆，被叫到名字的赶紧把手递过去，感觉是捏着一把棉絮。来的人围床站立，这架势便是给要走的人接气送行。上次与思婷见面以后，卷王内心似乎一直怀揣怕感，面对最后的告别，竟像是小时候面对期末考试，有了怯场情绪。这种怯场，既是怕死，分明又是怕不死，死与不死，没法脆生生地一把拗断。果然，大家守候个把小时，卷王看似秒秒钟撒手而去，脸上表情不断涨潮，快喷发的时候，一口气又诡异地吊回来，脸上泛起一抹夕照般的血色。

……这是情绪卡住了，进退两难。何老七发话，还是散了吧，不要围着他。

公司几个老人都走了，启梁也叫小欣把哭个不停的女儿抱回去。何老七并不离去，退到屋外，拣一张几乎散架的靠背椅在过道上坐下来，垂头一口一口抽闷烟。在这等待中，启梁扭头看向窗外，灰绿色的窗框杠住何老七。启梁盯着窗框，何老七的悲伤在这光线和浮尘的映衬下，有了油画色调。这也是职业毛病，丧礼现场，忙中偷闲时，启梁会拿眼睛找谁还在悲伤，大多时候，他在热闹的灵堂里找不出一个真正悲伤的人。有些子女使劲干号，哭到兴头手机铃响起，电话一接，这人往往像拧水龙头一样关停了哭声。舅舅已到最后时刻，场面虽然稍嫌冷清，至少有人真正悲伤。想到这一层，启梁相信自己的悲伤也来得真切，再加上床对面神情呆滞的母亲，算来也有三人为了卷王一同悲伤了起来。

卷王那口气始终冷幽幽地吊着。

王彩秀就着冰箱里的菜做晚饭，快八点，弄出三菜一汤。王彩秀叫何老七进来一块吃饭，问他要不要喝点，他一笑。卷王在床上幽幽地说，加我个杯子。王彩秀扭头问，用不着这么急。何老七说，就加杯子，不加碗筷。三个人，四个酒杯，也不好碰响，喝得无声无息。王彩秀三两下吃好，去守卷王，启梁和何老七喝了两杯，王彩秀便过来劝何老七回去，时间确已不早。何老七凝视一会卷王的脸色，又看看时间，九点刚过，便说我先回去眯上两三小时，后面有得忙。

王彩秀也看出来，卷王是要给自己留足三天时间，娘俩在床两边等待子夜到来。过了十二点，钟声一响，卷王喉咙一抽又有声音。娘俩同时警醒，脑袋往床头一凑，卷王声音连贯起来。王彩秀凑近了没听清楚，换上启梁，卷王也配合着重复一遍，启梁大概听出来，舅舅是说枕头里掏一掏。启梁稍一迟疑，卷王竟要梗起脖颈，两人这才反应过来。启梁兜住卷王后脑勺轻轻往上抬，王彩秀伸手一掏，枕套里面是有东西，一拽就出来。是一个胶袋，里面装着纸，不用多想，除了遗嘱还能是别的什么？

卷王的遗嘱倒没有废话，一行一行分列清楚，更像是遗产清单。房产是留给思婷，公司让启梁接管，并不意外。还有一些琐碎，别人欠他几笔款项，陈年呆账，欠条都附在一块，能不能取回，看启梁能耐。还有几件什物别人取走，没写借条，但卷王都记下来。最下面一款，倒让启梁始料未及：他的丧礼，指定让何先训（何老七）来当把总，全面操办。

启梁目光秒变扫描仪，把这一款连刷三遍，喘气突然比舅舅还重。他将脸凑向卷王耳朵，不能再近，问他这又是怎么回事。卷王想说话，却只有痰音。启梁又问，舅舅，你的大事情我不帮你办，要找菊珍家政来办？卷王嘴睁大，痰音渐息。王彩秀瞬间泪奔。启梁伸手去探鼻息，头皮又是一紧，舅舅这回真的走了。扭头一看墙上挂钟，十二点刚过七分。

母子俩稍微平静一会，启梁声音带有歉疚，说刚才不是故意，没想到最后的一刻，舅舅还要留一个悬念。王彩秀就说，你舅舅倒不是想让你为难，是想找机会说一说，但这决定确实让他不好轻易开口……说白了，哪时候真的走，他也把握不住，没给自己留够说话的时间。两人将卷王遗容稍作整理，几张脸相对，卷王活时的模样很快变得模糊，遗容透着另一世界的气息。

启梁一边动手，一边还是要问，怎么会有这样的决定？当初我爸要走的时候，他说过这丧礼非他做不可，起初我也是不答应；现在他是不是……

王彩秀说，怎么会呢，他把公司传给你，然后死的时候报复你？三加二再减十？

启梁脑筋一转，又说，是不是前面那阵何老七天天跟他在一起，话也说，去哪也陪着，何老七顺便拉一把生意？

他俩都是搞家政，何老七拉你舅舅的生意，怎么开得了口？一辈子的感情搞不好就归零了哦……反正，何老七绝不是这样的人。

讨论无益，卷王遗嘱里为什么会有最后这一款，母子俩始终搞不明白。卷王经常说自己是死亡专家，最后把自己的死搞成一道谜。既然想不出来，王彩秀说，只有把何老七叫来……反正，我们都是要按你舅遗嘱办事，不是吗？

何老七正等着电话，很快赶来。遗体前面，王彩秀单刀直入开了腔，七哥，他在遗嘱里做了个决定，你应该知道？

我不知道。何老七把发蒙直白地挂脸上。

真不知道？

我是何老七。何老七把脸一抬。

这表情当然假不了，王彩秀又问，你知道他为什么写这一条吗？你俩在一块的时候，他有没有说到自己什么想法，或者是心愿？

何老七表情进一步沉重，努力回忆，末了还是把头一摇。他说这样的事，只要他提起，我哪能记不住？朋友不是这么当的，他肯定从没提过。

问来问去，仍是一桩悬案。几个活人在屋子里静默，死人在床上静躺，要不把遗嘱上的谜题破解，下一步的事情实在不好入手。

何老七憋一会，发红的鼻尖沁出一点点毛汗，才又开腔……会不会是这样：他把自己的大事让给我管，那么，应该是想由我出面，把县里几家家政公司全都找来，一块操办他的大事。这才是和他的地位相配套的规格。你们想，要让启梁牵头，肯定只是你们一家办理。想来想去，卷王的意思无非是在这里。

这个意思以前有没有跟你讲过？

没讲过，现在人走了，我只能是猜一猜。

那以前有哪个把总的大事情是让几家公司合着办的？

没有，真还没有。要有的话我何必猜来猜去，直接就是这个意思嘛。何老七咂了一口气，又说，但他是卷王，很多事情都是他先想出来，也是他先干出来。我敢说，有他开这个局，以后别的把总办大事，都会按这个规格来搞。

母子又互觑一眼，于情于理捋一把，何老七的解释倒无疑是通顺，卷王走的时候再领一把行业风气之先。不得不说，关系有亲疏，血也浓于水，但人与人之间到底谁最了解谁，看来只有天知道。

何老七又找了城中另外两家家政的老郑和老牟，他们都是第一时间接听电话，听说卷王走掉，各自哦的一声。说话时，何老七把遗嘱上的条款自动改一改，直接说，卷王希望我们几家一块把他的丧事搞起来。老郑老牟都痛快回应，说这是必须的，这就赶过来。

王彩秀已将卷王面容做了一番整理，何老七并不知道，走过去忍不住又有了一阵摆弄，让死者贴近自己记忆中的样子。他并不是殓师，但在这一行混得太久，相关的活计都能上手。启梁候在一旁，何老七问他丧礼预计是多大场面？启梁略一停顿，还是说既然七叔管事，你说了算。何老七正把卷王的嘴角捏得略微向上翘起，自己的嘴角不自觉也向上努，并说，既然四大班子凑齐，一块办事，这就已经足够热闹，用不着刻意搞出什么大场面。启梁点头称是。何老七话还没完：我记得清楚，那一年你爸走的时候，大葬夜你舅当主持，搞得尤其热闹……当时是不是感觉有点怪？启梁把那晚的事情从脑子里翻出来，一幕一幕格外清晰，说不但有点怪，简直是邪门。那天晚上七叔也上了台，拉二胡。

你舅叫我，我肯定要去。何老七又说，知道当时我有什么感觉？

你说。

我感觉卷王不是一般投入，简直完全投入……知道吗？当时我挨他近，老觉得他像是被什么附体一样。说句不该说的：那一晚，他像是提前给自己发了一回丧……

启梁内心一震，没想一些自以为非常隐秘的感触，竟然完全相通。但他不作回应。他现在当上把总，懂得如何控制自己的情绪。

稍后一会，老郑老牟都已赶到，启梁和母亲迎接，程式化地寒暄起来，商量接下来的事情怎么搞。乐润公司的人也来了一些，一场丧礼已然有条不紊地进行。启梁进一步收敛情绪，调出工作状态。他知道，舅舅的离去，固然悲伤，但操办丧礼只是自己的常态。要从悲伤中抽身，进入工作状态。只要进入工作状态，那这也只是职业生涯中寻常的一天。

落日珊瑚

孙 频[*]

1

漂泊多年，我终于还是回到了这海陆交界的地方。

这里就像时空里镶嵌着的隐秘时空，被大陆所放逐，又被海洋放逐，放逐到最深的梦境里，放逐到人世之外，神秘、辽阔、永恒。那些大大小小的船，和我离开之前没有任何区别，静静地泊在海面上，准确地说，是沉积在那里，如时光深处的静物，岩层中的化石。这些年里，无论我漂泊在何处，这些船的影子一直都陪伴着我，从未曾离开过，以至于变成了一种可怖的安宁，一种强大的心物沉积。

在城市里漂泊的时候，我总是告诉别人，我家门口就是太平洋。话语之间有一种海客谈瀛洲的虚渺，别人只当是吹嘘，并不去当真，而事实上，眼前这道海峡确实是太平洋身上的一个小小肢体，说它的大名叫太平洋其实并不为过。

但海峡毕竟是海峡，它有它自己的计时方法，既不同于大陆，也不同于大洋，它以季风、潮汐、大雾、漂流瓶、海底植物的生长律令、船员的生死荣辱、船的更新换代为时间刻度，来计算只属于自己的时间。从海峡坐船前往大洋深处的时候，时间的密度会发生变化和折射，大洋深处的时间更古老更蛮荒，前

---

[*] 孙频，女，1983年生，出版有小说集《以鸟兽之名》《鲛在水中央》《松林夜宴图》等。

往那里的人们会产生南柯一梦的幻觉，觉得自己只不过去了几天时间，却不料，人世间已沧海桑田，物是人非。

我坐在港口的防波堤上，回想起这道海峡的种种过往。大概是我七八岁的时候，寂静的木瓜镇忽然一夜之间就热闹了起来，很多人从北方从南方从西北从西南，从飘着大雪的东北，从小桥流水的江南，从塞外的戈壁滩，从大陆的任何一个可能的方位涌来，涌向木瓜镇的古港。因为在那一年，海南变成了经济特区，而这道海峡是大陆通往海南岛的唯一要道。那锈迹斑斑的古港自从郑和下西洋之后就再没见过这么多人，竟一时之间吓呆了。它当然不知道，木瓜镇上的渔民们也不知道，那是轰轰烈烈的十万人才下海南开始了。

这些人坐了几天几夜的绿皮火车，再坐汽车，再坐三轮车、拖拉机，甚至步行，千里迢迢来到了木瓜镇，背着被褥脸盆，浑身散发着难闻的气味，只为了能从这里坐船过海峡，去那个新鲜的海岛上创业，期望能淘到第一桶金。当时过海是必须要有边防证的，没有边防证的人只好在镇上没日没夜地等待发证，填表格的时候，因为没桌子，大片大片的人就趴在地上写，或趴在别人的背上写。我记得那时候，办边防证的队伍每天都要排几公里长，镇上的一家招待所和几家旅店早已爆满。晚上，那些外地人有的爬到树上，有的爬到屋顶上，更多的就直接在马路上铺开被褥睡觉，那些住满了人的大榕树看上去弥漫着一股妖气，好像结满了人形的果实。很多年后，每当我回想起当年，仍然觉得那情形悲壮到了惨烈的地步。

一时间，镇上的渔民们连鱼都不打了，渔船拴在码头，不许它们动，也不许它们出海，它们被囚禁在了浅滩上。下了船的渔民开始赚这些外地人的钱，卖开水，卖鸡蛋，卖甘蔗，卖包子，卖盒饭，无论卖什么都能在最短的时间内迅速卖光，一个鸡蛋涨到了十块钱，还是会被飞快地抢光。最后，感到恐慌的已经不止是那些外地人，连镇上的人们也开始感到恐慌了，他们觉得整个大陆都在向着这个海边小镇奔袭而来，如巨兽一般，要把小镇上一切能吃的东西，鸡鸭鹅鱼椰子木瓜芒果波罗蜜，甚至连同整个木瓜镇都吞下去。

为了赚钱，镇上有些渔民甚至开始骗外地人偷渡过海，说不用边防证，两百块钱包送到海南岛。半夜，几个外地人上了当地人的一条小木船，准备偷渡到海南岛去。外地人和船没有交情，看不出船的痛苦，也听不懂船的语言，乖乖交钱上了船。渔民在漆黑的海面上划了半天，到达了一块陆地，在黑暗中告诉那些外地人，落船莫，到海南啊（下船吧，到海南岛了）。外地人以为自己历经千辛万苦终于到达海南岛了，终于可以在这里淘金了，等天亮之后，他们走不出多远就会发现，自己其实就在离古港不远的白沙湾。昨晚，他们只是沿海岸线兜了一个圈，之后又被船送回了木瓜镇。

就连那些真的过海峡到了海南岛的外地人，有很多后来又返回了木瓜镇，有的乘船，有的乘潮汐，有的像人鱼一样横渡海峡。用镇上人的话说，"穿着长衫长裤去，穿裤规中回（穿着短裤回）"。那时候，站在木瓜镇古港的码头，时不时会看到被潮汐送过来的外地人的尸体。海上的浮尸远远就能被看到，因为它们身上都带着一种不祥的寂静，过于驯顺地被潮汐牵着走。这些外地人或死于自杀，或死于谋杀，或死于械斗，或死于饥饿，他们中的一部分，渡过海峡才没几天，就被潮汐又送回了大陆，只是，这次连船都不用坐了。

几年后，我见到了第二拨涌到木瓜镇要过海的人流，是九十年代的温州炒房团，他们涌向海南岛是为了囤积楼房。那时候，栖息在海峡上的船族已经完全被人类所驯化，繁衍出几大船家族，船队如驼队一般终日往返于海峡两岸。他们把温州炒房团驮向海岛，却也并不是空船而返，他们从海岛驮向大陆的是汽车，准确地说，是走私汽车。这些走私车漂过海峡后，将从木瓜镇再流向大陆深处。那个时候，算是木瓜镇最富有魔幻色彩的时候了，就像童话里的那些被施了魔法的孩子，一觉醒来，发现自己鼻子变长或者长出了翅膀，竟变得连自己都不认识自己了。一度，我走在镇上的时候总怀疑这并不是木瓜镇，而是一个我从未来过的陌生地方。那时候，镇上的每一个角落里都停放着走私车，包括沙滩上，包括天后宫对面的戏台上都是汽车，那可是给神唱戏的地方啊。后来实在没地方放了，人们就把菠萝地铲平，于是菠萝地里不再长菠萝，而是长满了汽车。那些汽车一度入侵并吞噬了整个小镇，成了木瓜镇上新的殖民者。

又过了几年，木瓜镇出现了第三拨过海峡的人流，是一些要去海南旅游度假的东北人。那时候，海南岛刚刚打出了旅游生态岛的旗号，东北人便闻讯从遥远的最北方赶来，从木瓜镇坐船过海峡，成群结队地在海南旅游或买房。用木瓜镇的话说，"海南岛的每个石礅上都最少有沙（三）个东北尼婆人（大妈）坐过"。那时候，海峡的船族里又添新丁，火车轮渡开始过海了。听说连火车都能过海峡了，我连忙跑到港口去看，眼看着长长的绿色火车真的爬到了船上，然后被船带向了木瓜镇对面的海岛，我仍然觉得这并不真实，倒像是船在表演一个大型魔术。连船都会变魔术了，何况是人。我目送着轮渡缓缓离开古港，驮着火车横渡海峡，心里最同情的不是负重的船，而是火车里装着的那些人，过海时他们是不能下火车的，火车又被装在船舱里，感觉他们就像打包被送往海岛的礼物，外面裹了一层又一层的盒子。盒子拆到最后，海岛才发现，原来里面包裹着的，是一个个带着雪花味道的北方人。

又过了几年，我考上了大学，离开海峡，去珠三角上大学去了。毕业以后我先后在广州和深圳待了几年，后来又去北京工作了几年。作为一个从大陆最南端出发的人，我发现，无论自己朝着哪个方向走，其实都是在向北走，而我遇到的每一个人在我眼里都是北方人，我成了这世界上最孤独的一种南方人，我和我海边的家乡人构成了大陆上最隐秘最边缘的部落之一，那是被人类和文明遗忘的地方，据说精灵特别喜欢这样的地方。因为这种地方类似于昼与夜之间，类似于年与年在除夕之夜的偷换，类似于清醒与睡梦的交界线，魔幻与真实的过渡地带。

在城市里待了十二年之后，某一天，我终于做出决定，离开城市，回到南方之南，回到海陆交界之处。当时兴起了一拨新的回乡潮，我也算是受了这种潮流的影响，但更主要的原因是在城市里一直看不到扎根的希望。从农村和小镇出来的青年，通过考上大学的方式留在了城市，期望以此来改变命运，却在城市里打拼数年之后，迫于现实压力不得不再次返回家乡。人们从农村涌向城市，本是追逐现代文明而去，却始终无法真正进入城市。当我为自己在狭窄阳台上养了一盆花而得意的时候，忽然想起了故乡遍地的奇花异草，不禁一阵悲从中来。后来我渐渐想明白了，与其在城市里栖息于这样可怜的田园假想，还不如去往文明的边缘地带，因为那些边缘地带倒还存在着一些真正的乌托邦。

我的家乡就是这样一个边缘得不能再边缘的地方，大陆的最南端，海洋和陆地各占一半，那里栖息着无数植物精灵和众多神灵。只要有一条船，便可以从家门口一直到达美洲大陆，还可以穿过赤道去往澳大利亚，甚至可以绕地球一圈之后又回到家门口。有时候，越是边缘地带，越是有着一种近于魔幻的四通八达。

作为一个从城市返乡的人，刚回来还有点不适应，一看见母亲烧咸鱼就提醒她，少吃咸鱼，咸鱼会致癌的。母亲白我一眼，说，给鲁加羊牯（给你杀只公羊）？然后继续烧自己的咸鱼。显然，她对我这种无业游民的状态并不满意。我也自觉脸上无光，没有衣锦还乡不说，年纪也一把了，三十几岁的人了，确实得赶紧找个事情做做，但到底该做什么呢？一时也没有任何头绪，只好成天在镇上瞎溜达。

2

溜达了几天，发现木瓜镇还是有了一些变化。镇上有三个村庄，水井村、甜烧村、那佬村，早已连成一片，不分彼此，从前都是低矮的红砖房或珊瑚屋，如今，那佬村忽然冒出了几栋小洋楼，有的二层，有的三层，居然还有一栋四层的小洋楼鹤立鸡群。

那佬村的这些小洋楼鹤立鸡群，难免被另外两个村庄眼红，所以镇上开始出现攀比的趋势。很多人都出去打工了，赚了钱好回来盖小洋楼。依然出海的渔民则天天给妈祖烧香，盼着能打到黄花鱼，卖给温州的商人们，据说温州人买了也不吃，而是把金灿灿的黄花鱼供起来，可以保佑他们生意兴隆。那些没有力气再出海的渔民则开始日日夜夜打私彩，晚上梦到了几个数字，第二天就买这几个数字的私彩，他们会把一天当中遇到的所有事情都破译为一串数字密码，并认为是来自神的暗示。但几年下来，镇上只有一个人靠私彩发了财，从此什么都不干了，只是专心花钱，很快也就败光了。

镇上还出现了几座高楼，是专门卖给北方人的海景房。因为琼州海峡两岸的气候差不多，北岸的房价却比南岸低了一截，所以有些北方人会选择在木瓜镇买房来过冬。一到冬天，镇上就会出现一些零零星星的北方老人，但木瓜镇毕竟是个小镇，所以多数北方人只是从木瓜镇路过一下，然后从港口坐船去海南岛，据说在三亚，东北人已经完全把当地人覆盖掉了，而东北口音则淹没了当地的黎话，成功地晋级为三亚第一方言。当地人对这些北方人多有排斥，这是一种本能的对外来人的警惕，我对他们倒十分友好，因为我认为自己好歹也是个从文明社会返回来的人，正是这种返乡者的身份让我变得对外地人宽容，并自觉与当地纯土著拉开了距离。

木瓜镇还有一个变化，居然出现了一家珊瑚民宿，并且是我舅舅开的。以前镇上只有几家破破烂烂的小旅店，还有一家港口开的招待所，也是灰头土脸的，忽然出现了民宿这种又时髦又文艺的事物，让我觉得很是意外，同时又感到高兴，看来连大陆的最边缘也躲不开现代文明的进程。

舅舅的珊瑚民宿在水井村。在木瓜镇的几个村子里，水井村是最穷的，靠海最近，海边长有珊瑚礁，村人们自古就地取材，所以水井村的老房子基本都是用珊瑚石砌成的。在村人眼里，这些珊瑚礁与石头没有任何区别，只是要比石头轻，而且用珊瑚砌屋不需要任何黏合剂，雨水一淋，珊瑚石自然会黏在一起，坚固轻巧且会呼吸，住在里面十分凉快。镇上自从兴起建小洋楼的风尚之后，一家攀比一家，珊瑚屋早已被视为贫穷的象征，只有最穷的人家才会至今还住在珊瑚屋里。舅舅曾经是个渔民，靠打鱼为生，自从他的独子打鱼淹死在海里之后，他就再没有下海打过鱼，又没有什么经济来源，买了两年私彩没中奖，反倒欠了一屁股债，简直是穷困潦倒，于是老婆也跑了，只剩下他和我老外婆相依为命。后来听说他终日躺在吊床里睡觉，只在退潮时候去赶赶海，捡点虾蟹贝壳。不料过了几年，舅舅却忽然开起了镇上第一家珊瑚民宿，我决定去看外婆的时候也看看那民宿。

当年母亲从水井村嫁到了隔壁的甜烧村，甜烧村的得名是因为村里自古酿一种叫甜烧的米酒，每年给妈祖过年例的时候，家家户户都要酿酒，空气里弥漫着浓烈的酒香，整个村庄都像浸泡在了酒坛子里，村人进进出出都是一种微醺的状态，自带一种酒神式的狂欢。无论是甜烧村的米酒，还是水井村的珊瑚屋，几百年原封不动地保存下来，本身就起到了一种屏障的作用，把两个小渔村罩起来，隔于世外，村人们在其中怡然自得，不知有汉，无论魏晋，所以村里的老人们都很长寿，一百多岁的老人就有十几个，甚至还有一百三十岁的，这些老人已经老得不大像人类了，终日赤着足，基本上每天只吃番薯粥。常年只吃一种食物会让人变得安详洁净，更像植物。老人们大部分时间枯坐在家门口或躺在吊床上，偶尔也看电视，但因为听不懂普通话和白话，所以，除了雷剧，几乎所有的电视节目对于他们来说都是天书。他们无非就是数数电视机里一共有几个小人儿而已。

我给九十二岁的外婆带了一坛甜烧酒，因为外婆是个老酒鬼，顿顿得喝酒，一大清早起来，第一件事就是抱着酒坛子先喝两口，这一天才算正式开始了。就着咸鱼要喝酒，就着番薯粥也要喝酒，有时候一天就能喝掉二斤酒，把家里的酒都喝光了，她就跑到镇上的小饭馆里赊酒喝，喝多了之后，摇摇晃晃地走到海边，躺在沙滩上就睡着了，幸好在涨潮之前被人捡到送回来了。扎着两只小辫的外婆已不大认识人，四肢干枯如树枝，满是褶皱的皮肤也与树皮类似，随便往哪里一坐，简直就是个树人。她却认得酒，一见酒坛子，高兴得手舞足蹈，一抱过酒坛子死活不肯再撒手，生怕别人抢了去。但我很欣赏外婆如此嗜酒，人一辈子若连一丁点痴好都没有，也没什么意思。

我打量了一下舅舅家的院子，那几间珊瑚屋基本还是原来的样子，只把门窗重新油漆了一下，漆成了海蓝色。珊瑚屋多是用杯形珊瑚、柱状珊瑚、蔷薇珊瑚、多星孔珊瑚、石芝珊瑚、西沙珊瑚、澄黄滨珊瑚、扁脑珊瑚砌成的，而像鹿角珊瑚、石叶珊瑚、足柄珊瑚、厚丝珊瑚、顶枝珊瑚、刺孔珊瑚则不大会被用来砌房子，因为太过细长。这些珊瑚活着的时候是五颜六色的，死后则统一变成了惨白色，散发着一种类似于白骨的气息，荒凉中渗着一丝阴森。

小的时候，我经常和小伙伴们在珊瑚礁里潜水，那是一个庞大而华丽的水下帝国，已经在水下隐居了几千万年之久，与陆地上那些人类的城邦相映成趣，只是比人类的城邦更为古老辉煌。无论是坚固的硬珊瑚，还是妖娆的软珊瑚，无论是纤细的佳丽鹿角珊瑚，还是笨重的罗素角蜂巢珊瑚，每一种珊瑚都有自己的仪态、目光和举止。它们是珊瑚虫的屋企和大厦，色彩极尽缤纷绚烂，甚至到了妖魅的地步，好像把世界上所有的颜色都捕捉到这里来了。如果隔着水面看下去，又会觉得是一个奇异的世界遗落在水底了，风枝摇曳，有一种古老渺茫的美好，同时还散发着一种隐隐的可怖。

在这些五彩斑斓的楼宇间，生活着各种鱼儿们，小汽车大的石斑鱼是这里的房客，海龟也是长租客，鲨鱼是经常出没的杀手，章鱼是顶级魔术师，极善伪装，智商远高于其他鱼类，灯眼鱼头顶开着绿色的头灯，儒艮是大象的海上近亲，成天在珊瑚礁里寻觅水草。这里还是小鱼们的托儿所，因为这里的生活太过于美好了，以至于当它们长大了还是不舍得搬走。珊瑚礁里的各种生物相互依存，有的几近于相依为命，比如海蛇喜欢保护幼小的鲹鱼，它就像一列海底的火车，走到哪，就把小鲹鱼载到哪儿。珍珠鱼对屋企的爱好十分古怪，它喜欢藏在海参的身体里，把海参当成自己的家，还喜欢呼朋引伴，把其他珍珠鱼叫去一起分享自己的家，而海参看上去也并没有什么意见，反正它肚子里能装下很多条鱼，也不知道珍珠鱼有没有在它肚子里置办几件家具。

但是珊瑚一旦白化，就是死亡的象征。所以，珊瑚的死亡分外触目惊心，那么绚烂美丽的色彩，会在一夜之间像烟花一般湮灭，只剩下一堆堆白骨。这些死亡的珊瑚石便成了渔民们盖房子的材料。我凑近了一看，尽管一百多年的时光过去了，墙上的珊瑚花纹还是十分清晰美丽，其中还夹杂着一些彩色的贝壳和海玻璃，在阳光下闪闪发光，我把一桶水浇到墙上，珊瑚像复活了一样，顿时便恢复了昔日在海底的光泽。住在这样的屋子里，就像住在活着的珊瑚礁里，屋外被茫茫大海所包围，这样一处古老安静的巢穴，倒像是不小心钻进了大海的心脏里。

小时候觉得这些珊瑚屋和那些用火山岩、红砖、蚝壳砌起来的房子没有任何区别，相反，正是穷人家才用珊瑚砌房子，省钱嘛。现在再看，忽然惊觉出其中的美丽与独特，这简直就是从大海走到陆地上的珊瑚雕塑。可是，初中毕业的舅舅如何忽然想出了这样的主意？

我在院子里四下看了看，院子里用蚝壳铺出了一条颇有情致的小径，小径两边浓荫匝地，花梨、山竹、龙眼、紫檀、木棉、凤凰、大叶榕，那棵大波罗蜜树还在，树干上挂着大大小小十几个波罗蜜，最大的一个波罗蜜如波罗蜜中的大象，正慵懒地躺在树根处晒太阳，喝醉的外婆枕在波罗蜜上睡着了，阳光从树叶间筛下来，温柔地盖在她身上。我看着她们，一个是最通人性的植物，一个是已经植物化的老人，都已经进入了精灵的范畴，属于同类，所以依偎在一起的时候，才会如此静谧美好吧。龙眼树下摆着一张花梨木桌和几把用荔枝木做的椅子，可以坐在这里喝茶。榕树下挂着几张吊床，轻飘飘地泊在风中，只要有吊床出现的地方，时间的熵就会发生变化，吊床周围的时间会变得缓慢宁静，还会隐身，会在时间当中隐藏起来，变成一个空缺，一个黑洞。所以人一旦躺在吊床上也会随之从时间中隐遁而去，吊床也算是一种小型的乌托邦，充满飘逸气质。

院子中间还多了一个小花园，里面种着龙船花、水石榕、红花檵木、宽叶十万错、叶下珠、罗勒、朱槿、夹竹桃、洋金凤等植物，一只大坛子倒在地上，里面流出来的不是水，而是各种颜色的贝壳。墙角那棵被台风刮歪的椰子树还在，只是在树干上多了一副秋千，使这歪脖子老树竟生出了几分稚趣。墙上和门上爬满三角梅，花叶交错间隐隐露出一块木牌，上面写着"珊瑚民宿"四个字。

　　我坐在龙眼树下等了一会儿,舅舅从外面回来了,原来是出去买鱼了。一番寒暄过后,我问他,舅,你这民宿有人住吗?舅舅得意地点点头,前日有,差暗(昨天)有,京(今天)没有,天归无,暗谋(晚上)也会有。说罢动手烧水,给我泡了壶茶,我们坐在龙眼树下边说话边喝茶。他问我现在外面的钱好不好赚,然后,还不等我回答就说,鲁(你)在广州时,在村下事总唔忆着(想不起来),今旦(如今)回村来,钱无好赚喽,不然鲁回来做咪个(什么)?我忙替自己申辩,老给人打工也没什么意思,一辈子就是个打工仔,还是得自己创业。他大声呷了一口茶,抠着脚丫子说,瓦无共鲁讲得过(我说不过你),鲁今年岁啦?有三十五六岁啦哪嘛,家己(自己)也得找宁咪来做喽(找事情做),两条胼头(肩膀)抬一张嘴肯定是无得食喽,日后要讨娘的(娶老婆)。我硬着头皮说,我是打算回老家创业的,就是还没选好项目。舅舅放下光脚丫,给我添了点茶,笑眯眯地说,瓦(我)这珊瑚厝显(漂亮)吧,鲁读册(读书)多,得食(能干),来给瓦帮忙喽,听闻今旦开旅馆都要上网的,客来宿都要先在网上寻,今旦唔会上网无得食啊,舅翁老喽,又无得闲,尼母头壳傻掉,伊每日啃啃加酒(不停喝酒),瓦为伊煮糜,又得熬酒,无闲啊。

　　自从返乡后,我每天就这么晃来晃去的,本来已经觉得有些羞于见人了,而自己创业又谈何容易。听完舅舅这番话,我忽然想到,在海边做民宿倒也是件有意思的事情,在北京公司里上班的时候,有两个女同事一天到晚想着辞职去云南大理开个民宿,种上一院子的花草,铺上蜡染的桌布,慢慢把下半生过完,我现在在家门口就帮她们把这个愿望实现了。又想到舅舅年纪也大了,文化不高,又无儿无女光人一条,确实需要有人来帮他。我便不再犹豫,干脆答应下来。

　　舅舅看起来也很高兴,起身烧水续茶。我忽然又想起了什么,便随口问了舅舅一句,舅,这老房子放了这么多年,你原来不是都打算拆了盖新房吗?怎么忽然想起开珊瑚民宿了？他沏好茶，摆在我面前，然后轻飘飘地说了一句，一个艺术家帮瓦开的，伊讲，用珊瑚厝开旅馆喽。我惊讶地问，有个艺术家来过这里？那人呢？他朝着大海的方向指了指，眯起眼睛望着远处说，伊旧年从北片（北方）来，悬人（高个子），头毛（头发）长长，尼官显（长得很帅），伊后来掉船过海往海南岛去喽。

3

说是让我来帮忙，其实舅舅哗一下就把整个民宿都抛给了我，他自己乐得清闲。我开始打理珊瑚民宿，先在院子里挖了一个小池塘，种上睡莲和水蕉。一个池塘相当于是摆了一面镜子，把天空里不断变幻的光线和云影捕捉到了小小的院子里，同时还能产生镜像作用，让院子里折射出一种虚幻的层层叠叠的空间。我又把在海边捡到的一只破木船拖回来放在池塘边。船泊在海面上的时候，是这世上最宁静的一种生灵，那种宁静有一种强大的魔力，可以轻易传染给别的事与物，使一切都跟随着她，堕进一种坚固的宁静里。我还养了一只大黄猫，叫阿橘，民宿里要是没有猫，就像少了灵魂一样。阿橘十分喜欢外婆，大约是因为外婆总是赤脚走路，走路的时候没有一点声音，很像一只老猫，为此，阿橘把她当成了自己的同类。外婆睡在吊床上的时候，阿橘就睡在她怀里，外婆驼着背走路的时候，它就蹲在外婆的头上，好像外婆戴了一顶毛茸茸的虎头帽。外婆喝酒的时候给阿橘也喂一点，阿橘酒量不大，稍微喝一点就醉了，经常看见老鼠比它还大，吓得直往外婆怀里钻。外婆也喝醉了，丢了酒坛子，随便往哪棵树下一盘就睡着了，有时候会像个水手一样睡到破船里，还有时候她会像鸟一样爬到大树上去睡，阿橘就躺在她身上呼呼大睡。人、树、猫之间的界限已经变得很模糊了，或者说，这三者已经长在了一起，本身就是珊瑚民宿里一道奇异的景观。事实证明，我的想法是对的，来投宿的年轻人不仅喜欢阿橘，还喜欢老外婆，他们把外婆和猫当成了一体的，一老一少两只猫，或一老一少两个酒鬼。

来投宿的客人基本都是外地人，一部分是往返于大陆和海南岛之间的生意人，另一部分是专门跑到大陆最南端来旅游或过冬的北方人，有退休的老人，恋爱中的年轻人，还有跑过来寻找浪漫的中年人。我想起小时候在木瓜镇见过的那些外地人，那些排着长队等通行证的人们，打地铺睡在马路上的人们，准备去海南岛淘第一桶金的人们，路过木瓜镇准备去海南岛囤房的人们，前来过冬的人们，向往热带阳光的人们，到如今这些开着房车来旅游的外地人，我像见证了一部发生在木瓜镇上的小型的沧海桑田史。早在九十年代，木瓜镇的居民就开始赚外地人的钱，如今，在大海边开民宿，其实还是在赚这些外地人的钱。所以在我看来，木瓜镇对外地人的排斥实在没有道理，其实还是一种蛮荒的象征。

冬天到了，珊瑚民宿的生意骤然好了起来，因为一到冬天，北方人像候鸟一样又来到了大陆最南方。以至于我不得不从镇上雇了两个帮工，一个做清洁，一个做饭。我自己也慢慢喜欢上了这个工作，因为它不是纯商业的，还带有一种艺术性，不仅把自然家化，还把植物诗歌化，每日看着那些来来往往的外地人，又觉得这是一种天南海北的聚会，就是在这极南之地也不至于孤独了。到了过年前后，来住宿的人更是爆满，以至于提前一周都订不到房间。

一时间，水井村的村民们纷纷仿效，但凡家中有珊瑚老屋的，都拾掇成了民宿，起的名字五花八门，什么望海民宿、听涛民宿、南极民宿、椰风民宿。有一家本来已经把珊瑚老屋卖给别人了，一看这势头，反悔了，于是全家人出动，有的拎着刀，有的拿着斧头，有的扛着铁锹，浩浩荡荡地要把珊瑚老屋再要回来。村里有一家的儿子患上了一种奇怪的夜游症，完全把日夜颠倒，一到白天就睡觉，到了晚上，他开始变得清醒，开始四处漫游。他会在半夜的时候，一个人有条不紊地炒菜做饭，一个人看电视看书，一个人去海边钓鱼，或者穿戴整齐地在外游荡，偶尔在深夜碰到一个人，他还要彬彬有礼地向对方问候，把对方吓得不轻,以为遇到鬼了。寂静的夜晚浩荡辽阔,他走到哪里都是一个人,好像地球上只剩下他一个人了。因为这种怪病,他连大学都没读完就退学了,回到家乡后也找不到事做,又因为他总是白天睡觉,村里人几乎都见不到他,偶尔晚上碰到他,又把他当成幽灵。

民宿热在木瓜镇兴起之后,男孩也提出想开民宿,但他家的珊瑚老屋早拆了,于是他的父母亲连忙贷款盖了座小洋楼做民宿。民宿建好后我还进去参观了一下,据说是木瓜镇最豪华最气派的民宿,客厅里摆着一架明亮的钢琴,投影仪正在墙上无声地放着黑白老电影。一到半夜,水井村的上空就飘荡起了钢琴声,优雅中掺杂着鬼气,是那夜游的男孩在弹琴,据说他弹钢琴的时候还穿着西服打着领结,简直有点德古拉伯爵的味道了。连这样一个幽灵般的男孩也开起了民宿,不得不说,民宿队伍可真够壮观的。

到后来,水井村几乎家家户户都开起了民宿,以至于村主任打算改一下村名,把水井村堂而皇之地改成珊瑚村。但因为舅舅的珊瑚民宿是最早开的,名气最大,所以,尽管哗啦啦冒出了一大片形形色色的民宿,但毕竟辈分有别,那些民宿更像是珊瑚民宿繁衍出来的子嗣,至于那些用新盖的小洋楼做的民宿,则像是混血的孙辈了。再加上舅舅的珊瑚民宿是带动全村致富的元老,所以它在它们面前还是有种不可侵犯的威仪感,好像是它们的族长。

自从我接手民宿,舅舅就懒得再管了,大约是他心里认为我比他读书多,自然比他能干。至于那个指点舅舅开民宿的艺术家,不知道后来有没有再经过琼州海峡,我心里有时候会想,他怎么也不回来看看,好歹也是自己的作品嘛。舅舅复归逍遥,乐得自在,每日为外婆煮饭酿酒,逗猫逗波罗蜜树,到黄昏的时候就去赶海,捡些虾蟹螺贝回来下酒。此外就是把自己兜在吊床里,像只钟摆一样慢慢晃悠,晃得久了,我觉得他就是时间,时间就是他,连钟表都省得看了。

外婆喝醉了会跑出去,随便找个缝隙,往里一扎就睡着了,有时候睡在珊瑚礁上,结果涨潮了,那珊瑚礁成了大海上一座小小的孤岛,岛上就霸着外婆一人，正从容酣睡，俨然是世外的岛主。有时候钻进大榕树的树洞里，榕树的胡须护佑着她，她像个小女孩躺在了自己祖父的怀里。有时候躺在释迦林里的青苔上，头顶挂着大大小小的青色佛头，竟有几分寺庙里才有的端凝与慈悲。舅舅一睁眼，发现外婆又不见了，赶紧出去四下里寻找，再把外婆捉回来，训斥几句，不过到下一次喝醉了，外婆又不知跑到哪里逍遥去了。舅舅说得对，光是照顾这嗜酒的老小孩，就需要一个专门的人力。

民宿越开越多，已经有点失控了，水井村几乎所有的房子都被改成了民宿，珊瑚民宿的生意到底还是受到了冲击。这一晚，舅舅从海边赶海回来，正蹲在水龙头下洗螺。我走过去，有些担忧地对他说，舅，今天又新开了两家民宿，就连甜烧村和那佬村都有人开始开民宿了，再这样下去，民宿开得太多了，只怕生意没法做啊。我觉得木瓜镇的人应该给你戴朵大红花，当初要不是你最早用珊瑚老屋开民宿，那些老屋还不都被拆了？对了，给你出主意的那个艺术家呢，他怎么也不回来看看？舅舅的脸忽然在黑暗中抬了起来，水龙头没关，还在哗哗流，他紧紧盯着我的脸，似乎有些紧张。我心里正有些奇怪，忽听他用普通话说，我第一次在海边见到这珊瑚屋的时候，就知道这是艺术品，是从大海里走出来的艺术品。

我吓了一大跳，几时舅舅也开始讲普通话了？我说，舅，你说什么？他仿佛怔了一下，有些如梦方醒的样子，复又低下头去，在水龙头下一遍一遍洗着螺。过了好半天才关了水龙头，指着屋里问了我一句，尼母加未（吃了没）？我说，外婆喝了酒，早睡下了。

此后又有几次听到舅舅讲普通话，每次都是毫无征兆的，忽然有一句奇怪的普通话从他嘴里蹦出来，而且说话的时候表情庄严，甚至有些高傲，全然不似舅舅平日里散淡的神情。但很快他又会回到雷话，而且，他似乎并不知道自己刚才到底讲了些什么。这一幕让我感觉有点似曾相识，是的，在年例上我见过类似的情形。年例的时候，诸神齐聚雷州半岛，康王、冼夫人、关帝、菩萨、雷神、北帝、南极、英武、伏波将军、白马、五海、天后、土地公，游神队伍好不热闹,每支游神队伍都会抬着一个被选中的僮,僮被神灵附身后,说话的语气语调甚至眼神都变了,仿佛真的有什么神住进了他身体里一样。我倒不信什么神灵附体,我猜测,那是因为一个普通人忽然被选中被赋予神格的时候,内心里会生出一种平日里绝没有的尊严感和高贵感,以至于动作和语气都会不由得模仿神的样子,类似于演员在追光灯下过于投入,而暂时变成了另外一个角色,其实都不过是因为入戏太深。那舅舅呢?他这种奇怪的附身又是从哪里来的?

一年之后,民宿风已经浩浩荡荡地席卷了整个木瓜镇,人们见了面的打招呼方式都变了,变成:"鲁介(盖起)民宿无嘞?"有的民宿开不了几天就关门了,但第二天,又有新的民宿开张了。眼前这一幕与我小时候的那些记忆重叠在了一起,竟让我产生了恍惚感,一时难以分清此时和彼时。那时候,家家户户做饭、煮鸡蛋,甚至烧开水,就是为了卖给那些排队等通行证过海的外地人。还有那次,走私车像蝗虫一样席卷了整个小镇,家家户户在走私汽车,走私车侵占了所有的角落,包括菠萝地,包括戏台,最后实在没地方放了,以至于汽车差点上了房顶。

我冷冷地注视着那些像蘑菇一样长出来的大小民宿,心中又是得意又是厌恶。得意的是,它们都不过是珊瑚民宿的复制品;厌恶的是,大众的这种盲目跟风其实从没有变过。又想到小时候的那些风潮不管多么轰轰烈烈,都已随风而逝,明白眼下这股民宿风也迟早会变成云烟和记忆,心中不免又一阵伤感。

没什么客人的时候,我会去阿梁那里坐会儿。阿梁可算是木瓜镇上的异人与清流,他是我的发小,从未出过远门,一直不肯出去打工,几年前父母都已经相继去世了,一个姐姐嫁到了雷州,如今他孤人一条,就在海边挖了个水塘,把海水引进去,靠养点虾蟹为生,大概整个木瓜镇上比他更穷的人已经不多了。他在水塘边搭了两间棚屋看守虾蟹,一间用来睡觉,一间用来喝茶;水塘前面是一片红树林,红树林里有一座废弃的灯塔,是当年法国人在这里登陆后修建的,年深日久,灯塔上的每一块石头都被青苔锈蚀,被鬼魅般的红树根缠绕吞噬，周身已经变成了阴沉的绿色，看上去阴气森森的，据说那灯塔里还闹鬼，所以没有人敢接近那里，连小孩子们也不敢去那里玩耍。穿过红树林就是大海，海边有一片柔软的白色沙滩，退潮之后，经常有人在这里赶海，舅舅也常去那里赶海。人们去往沙滩的时候，都是绕着红树林的边缘走，没有人会走进红树林里。

我回乡之后，第一次去看他的时候，很是吃了一惊。他那两间棚屋都是用山林间砍下的树木和竹子搭建起来的，又因为这里的红土地过于肥沃，阳光又很凶猛，种棵茄子都能长成茄子树，就是把一根扁担插进土里都能立刻发芽，所以，他用来搭棚屋的那些树木，插进土里之后又复活了，纷纷抽出枝条长出新叶，这些郁郁葱葱的枝叶全都交缠拥抱在了一起，使得整间棚屋都变成了绿色的，猛一看，两间棚屋不像是搭建起来的，倒像是直接从地里长出来的，两棵房屋形状的巨大植物，活的，而且还在继续生长。走进屋里，都能听见那些树木呼吸和生长的声音，从这个角度来讲，这些树屋和那些珊瑚屋倒有些像近亲，都是会呼吸有灵魂的房屋，只不过一个来自陆地，一个来自海洋。

我第一次走进那树屋一看，好嘛，地上连层砖头都没铺，直接就是沙土，屋子中央盘着一张茶几，野趣横生，是用老荔枝树的树根做成的，周围几只凳子都是用荔枝树的树干做成的。在茶几下竟长出了一棵小榕树，为了能让这小榕树长大，他居然在茶几中间挖了一个洞，让榕树从洞里穿过，继续生长，估计过不久他还要在屋顶上挖一个洞，让这榕树穿过屋顶，好长成一棵大树，而这树屋则成了榕树的摇篮或者是螺壳，护佑了它的童年。靠墙的地方摆着一个博古架，是用船木和海上的浮木拼凑成的，虽然上了岸，但还是散发着一股浓烈的海腥味。架子上摆着大大小小几只坛子，都是放茶叶的，还像古人一样摆着几筒竹简，我打开一看，是他用毛笔在上面写的诗词，好一手书法，字体苍劲飘逸。我知道他从小就喜欢书法，没想到多年不见，他居然秘密地练成了民间书法家。我不由得惊叹道，你的书法居然写得这么好！阿梁半是羞涩半是得意地笑笑，写着玩的。

他和我讲的是普通话，可能因为我是从外面回来的，他觉得讲普通话更得体。虽然多年不见了，他见了我也并没有多寒暄，只是低着头不停地抽烟，甚至都很少抬头与我对视。印象中，阿梁从小就有些羞涩内向，话一直很少，但我能隐隐感觉到，他如今的这种羞涩和从前又是不同了，里面夹杂着一点疏离，还有一点别的东西，我想了半天，应该是不安。他在我面前有些不安。我想，原因只有一个，还是因为我是从外面回来的，我代表着他没有见过的那部分世界。

我发现墙上长着很多花，却又不见花盆，凑过去仔细一看，原来是在树身上挖出了一个个小洞，再把泥土和种子塞进去，于是那些树洞里便慢慢开出花来，最后织成一张花毯挂在墙上，更重要的是，这毯子也是活的，而且随时在变换颜色。我觉得自己好像走进了一个生物的身体里，内脏里，还能清晰听到它的心跳，这种感觉又是奇妙又是恐惧。阿梁走到我旁边说，这些花是夜香木兰和胭脂掌，花期很短，但它们开花的时候，就像放一场烟花，绚丽极了。这是金盏花，在白天经历了炎热之后，它会在夜间发光，满墙的金盏花都能把屋里照亮，连电灯都省了。这是水晶兰，它自身缺乏叶绿素，所以要从树木身上补充营养，你看它浑身上下都是透明的，像不像用水晶做成的？

我一看，树干上果然开出了一朵鬼魅般的白花，每一片花瓣都是近于透明的，好像一碰就会碎掉。我说，阿梁，你这日子过得赛神仙啊。阿梁又笑笑，然后从身上掏出烟盒，递给我一根，他自己也点了一根，我们之间的气氛不似刚才那么紧张了。抽了两口烟，他用近于炫耀的谦逊指着外面说，不能和你比，我没上过大学，什么都做不了，就只好养养螃蟹种种花喽。说罢又请我坐下喝茶，他沏好茶，倒了一杯递给我，我接过一看，发现这茶杯很特别，非常轻，但又不像塑料的，再仔细一看，里面居然还封存着一只虫子，琥珀一般，便问阿梁这是什么材质的杯子。他努力掩饰着得意，微微笑着说，橡胶杯，我自己做的，做了一套，其实很简单，就是把茶杯形状的黏土模具包在橡胶树上，等树脂变硬之后，再把黏土模具敲掉，一个茶杯就做好喽。

我大惊,连茶杯都是你自己做的?

他说,你应该这样讲,连茶杯都是植物送给我的;其实它们什么都肯送人的,只要是它们有的。走,出去看看我的其他伙伴。

出了树屋,走到水塘边我才发现,水塘边上种的全是花和树,这大概就是他所说的伙伴了。阿梁把裤脚高高挽起,赤着脚,边绕着水塘走边介绍说,这是桫椤,古老的蕨类植物;这是八角金盘,这是隐翼,这是青皮,都属于被子植物;这是龙舌兰,还没有开花,它在生命的头五年、十年,甚至五十年内都不会开花,最后开花的时候都是在夜里开放的,花朵高悬如照明灯,它把自己所有的食物和水分都供养了花,一旦开花,它就会死去,所以它一生只开一次花;这是红杉,最老的红杉能活到一万多岁,比人类长寿多了,仙人柱也算长寿,但只能活到七十多岁,我这棵仙人柱已经开过一次花了,它开花的时候特别像个贵族,优雅而专注,而且只开一夜,所以被称为黑夜王后,因为不会自体受精,所以,它会把自己的美发挥到极致,它开花的时候,整个夜空里飘荡着的全是它的花香,简直美得像一个传奇;这是膏香木,它的绰号叫女总督,因为它会把周围的水资源全都据为己有,而不愿与别的植物分享。

我说,那你还种它干什么?

阿梁笑眯眯地抽了一口烟,说,把女总督种在自己的水塘边,感觉很威风,可以帮我看守水塘哦。

我过去摸了摸女总督的叶子,阿梁立刻制止道,不要摸,你摸它们的叶子时,它们是能感觉到疼痛的,而且植物对创伤和疼痛还有长期记忆,还会把这记忆遗传给下一代,它们还能记住过去的事情,但总的来说,它们忘掉的东西比它们记住的东西要多得多,植物的智力毕竟有限。

我用嘲笑的口气问了一句,那植物会睡觉吗?

阿梁点点头,认真地说,当然,植物们看到天黑就知道要睡觉了,但第二天天亮的时候,它们又会醒过来,如果你把它的叶子摘光,它就会失明,就看不到光了,你猜植物失明了会怎样?人一旦失明了,听觉就会变得灵敏,而植物失明了会拼命生长，个头会比周围的兄弟姐妹高出一截，我猜测，这可能是植物天真的一种想象，它们根据自己当种子时候的童年记忆，认为只要拼命生长，就能钻出土壤看到阳光。

阿梁的说话方式让我暗暗有些惊讶，虽然我明白这其中略带有炫耀的成分，他在急于向我展示什么。阿梁一边往前走，一边兴致勃勃地说，你过来看，这边种的都是肉食植物，是一个家族。这是食鸟树，会把小鸟捉住并吃掉；这是瓶子草，会捕蚊子和苍蝇；这是狸藻，它会从水里捕鱼；这是圆叶茅膏菜，它的胃口比较大，也不挑食，它甚至可以把一个人吃下去。

我看着眼前的肉食植物，忍不住打了个寒战，同时也暗暗惊叹阿梁拥有的这个植物世界。但阿梁已经又走到我前面了，只听他说，这种植物你见过没？我连忙跑过去，只见是一棵不起眼的植物。阿梁已经看到我心里所想了，他笑着说，看着不起眼吧，这是著名的茄参，也就是曼德拉草，传说中一听到它的叫声人就会死掉，所以古代欧洲采摘茄参的时候还会举行一些专门的仪式，要用一柄剑围绕着茄参画三个圆环，眼望着东方割下茄参，然后大家围绕着茄参跳舞，并尽可能地和茄参讲一些关于快乐和爱情的话题。不过你放心，它其实并不会叫，它的魅力全在传说里，它算是植物界的巫师吧。

他又继续往前走，折下一段树枝递给我说，这是另一个家族了，这个家族贮藏着美味的牛奶和酒。你尝尝，这是牛奶树，其实它还有一个更好听的名字，叫木牛，我更喜欢这个名字，多可爱，它枝干和树叶里藏着的汁液和牛奶的味道几乎一模一样，真像一头木牛。

我把折断的树枝放进嘴里吮吸了一下，还真是牛奶的味道。我拍拍叶子，赞叹道，好一头木牛。他又说，你看这里，这是阿福花，割开它的根块就能喝到美味的阿福花酒，它的根就是一只埋在地里的酒坛子；这是槭树，割开它的树皮能流出很甜美的糖浆，我割一点给你尝尝。

我又尝了一点，真有一种独特的甜味。我羡慕地说，植物什么都肯送给你啊，你看看，人家送给你屋子、杯子、桌椅，还送给你牛奶、糖浆和酒，就差来给你送面包了。他不动声色地指了指旁边一棵大树，说，谁说没有面包了，喏，这不是面包树吗？

我啧啧感叹，这下齐了，植物要能直接把衣服给你长出来，你就什么都不缺了。他一笑，指着不远处一棵棉花树说，听说棉花树在北方长得像草一样，绝不可能长成树，你去过北方，是不是真的？但它在我们这里却长成了树，棉花树上长出来的其实就是衣服，只是需要你自己织布罢了，树只是树，又不是商店。

他拉我进树屋，重新泡了一壶茶，刚才没顾上喝，现在喝了几口之后，便觉出茶有些苦涩，显然不是什么好茶，可见他的经济状况确实不是很好。人和植物共栖的空间虽然显得神奇浪漫，但却终究掩饰不住他经济上的拮据。母亲在数落我一直不结婚的时候，总会顺便提到阿梁，说我和阿梁成一路货色了。阿梁到现在都没有娶到老婆，母亲说他几年前谈过一个女朋友，在一起住了都有一年多了，那女的最后连个招呼都不打就跑了，大概是嫌他没钱。想到这里，我便小心翼翼地问了一句，阿梁，你这水塘养点虾蟹，收入怎么样？他啪一声，又点了一根烟，喷出一口青烟把自己藏在里面，我看不清他的表情，只听他故意用满不在乎的语气说，无所谓，我也不求什么，能挣点买烟买茶的小钱就够了。

我把半杯茶放在一边，不再喝了。他立刻敏感地朝那茶杯看了一眼，随即起身在架子上翻找着，一边嘴里说，差点忘了，我这儿还存着一盒好茶的，我给你找找。我忙制止，快不用找了不用找了，我不渴的。他的手并没有停下，最终从罐子里掏出一小包装在塑料袋里的茶叶，沏上了，又连忙把我杯子里的半杯茶倒在地上，换上了新沏的茶。我有些不忍喝，只放在鼻子下闻了闻便赶紧说，好茶好茶。说完两个人竟同时沉默下来，满屋的花香更浓烈更拥挤了，竟似站了满满一屋子的花妖看着我们。

还是我先打破了沉默，我说，阿梁啊，你怎么不出去打工呢？你看镇上的年轻人基本上都去珠三角打工了。他老练地弹了弹烟灰，看着门外笑道，出去又怎样，你出去了还不是又回来了？我有些难堪，连忙辩解道，一个人出去看看外面的世界最后又回来了，和一个从来没有离开过这里的人，你觉得能一样吗？他轻轻呷了一口茶，又抽了一口烟，还是笑着说，我属于没有一技之长的人，也没有上过大学，出去也干不了什么，再说了，外面的世界到底什么样，和我并没有多少关系，为什么一定要挤到世界的中心去呢？待在属于自己的世界里有什么不好？

我半晌无语，勉强喝了一杯茶便告辞了。

4

第二次去找他的时候，我特意给他带了盒好茶叶，他没有推辞，用陶罐煮了水，沏好了茶，却只是给我倒茶，自己并不喝，只管一根接一根地抽烟。尽管木瓜镇上的民宿已经泛滥成灾，我还是决定游说阿梁开民宿，因为我想来想去，这是唯一能让他致富的办法。其中的原因，一半是出于发小之情，从小就一起光着屁股在海里游泳，不愿意看他就这么穷下去，连老婆也娶不到，虽然我自己也还是条光棍。另一半则应该是出于我心里那点固执的优越感，我想让他知道，一个出去又回来的人和一个从来没有离开过的人是不可能一样的。

喝了两杯茶之后，我开始游说他开民宿。我说，你看看，现在木瓜镇上家家户户都在开民宿，有珊瑚老屋的开，没有珊瑚老屋的也要开，连我舅那样的人都能开民宿，你还不能开？开民宿和开酒店不一样，就是讲究个特色，你看你这树屋多有特色哪，晚上连灯都不用点，那些北方人肯定喜欢你这里，因为他们没见过啊。你没去过北方所以不知道，北方有半年都看不到一点绿色的，一下雪，哪里都是白茫茫一片，所以北方人就喜欢看见绿色。你再这么盖上两间，盖大一点，再做两张床，给客人们住，我们这里最不缺的就是树木花草，材料遍地都是，都不用花什么本钱。你说你就这么散养一点虾和青蟹，又没什么技术含量，钱挣不到几个不说，还有半年是闲着的，多挣点钱总没有坏处，起码能改善一下生活吧。

他像没听见，只是坐在荔枝木上抽烟，嘴角还微微笑着，一副满不在乎的样子。我有些生气，在这木瓜镇，我舅舅毕竟是最早开民宿的，所以在木瓜镇的民宿里，舅舅的珊瑚民宿无疑是领袖，最起码也算个乡绅，我作为珊瑚民宿新的管理者，说话也还是有点分量的，居然被这般怠慢。

后来我又去游说过他两次，他都不置可否，只管坐在荔枝木上抽烟喝茶。那棵穿过茶几身体的榕树长得飞快，身手迅捷果断，像一种动物化了的植物，没几天就手脚并用地爬到了屋顶，阿梁只得在屋顶上又帮它挖了一个洞，那榕树立刻便从洞里探出头去四下张望。我一边围着那树啧啧称奇，一边想起了阿梁说过的话，植物身处黑暗中的时候，会根据自己的那点童年记忆，坚信只要拼命生长，就能钻出土壤看到阳光。这棵榕树大概也是靠着自己的童年记忆支撑着，柔软的身躯居然变成了一把宝剑，所向披靡，竟然穿过了茶几和屋顶。

热闹了一段时间之后，民宿之间逐渐开始出现分化，一部分民宿因为没有生意而关门了，幸存下来的民宿之间的竞争则更加激烈了。我不得不又在环境上花些脑筋，找人把屋里重新装修了一遍，把旧木床换成好玩的圆床，把床单被罩全部换新，以提高竞争力。忙过那阵子，终于得了些空闲，我便又晃过去找阿梁。

等到了水塘边，我发现那里又多出了两座花屋，两座屋子都是以桉树做骨架，因为桉树是速生树种，长得飞快，且树干笔直，最适合做骨架。其中一座，桉树骨架上又镶嵌了七里香、九里香、狗牙花、鸡蛋花、木兰花、六月雪、茉莉花等各种纯白色的花树，另一座则镶嵌了三角梅、朱槿、洋金凤、火焰花、刺桐、凤凰、红缨树、红花檵木等红色系的花树，热烈得让人睁不开眼睛，两座花屋看起来一红一白，交相辉映。阿梁走了过来，向我介绍他的新作，白色那座花屋起名为月光，因为七里香和九里香都是在夜间开花，在有月光的晚上，花香袭人，若是满月，这些白色的花朵因为吸足了月光，会变成银色，整座屋子看起来都有点琼楼玉宇的感觉了。红色那座起名为日及，因为朱槿的另外一个名字就叫日及，听起来要比朱槿更古雅。这样一白一红站在一起，月光才像日及在夜晚的影子，或者像日及落在水中的倒影，这么纯洁美好的倒影。世间万物都有自己的影子，云的影子是海上的帆船，星辰的影子是海里的鱼儿，繁华城市的影子是海底的珊瑚礁，房屋的影子是地下的坟墓，日及的影子是月光。

我半天说不出话来，只觉得眼前这个人和我小时候认识的那个阿梁到底是不同了，他更像阿梁留在这世界上的一个倒影，模糊、神秘，还带有几分鬼魅的色彩。小时候的阿梁很羞涩，话很少，偶尔说出一句来，也和别人不同，他还喜欢看书，从谁家借到一本书，就是不吃饭不睡觉，也要以最快的速度看完。他还做过一件我们都望尘莫及的事情，主动问那佬村的一位老人学书法，那老人写得一手好字，在去世前教了他几年书法，他成了老人的关门弟子。如今，写得一手好书法的阿梁在这海边守着一个水塘度日，这让我心里多少有些不安。

再看他的树屋，那棵刺破屋顶的榕树在见到阳光之后，就像变魔术一样，从宝剑迅速变成了一把浓郁的树冠，看起来就像在树屋的身上长出了一只巨大的绿蘑菇。它甚至已经长出了气根，有一条气根一直拖到地上，又重新钻进了泥土里，于是，树屋以一种神奇的方式又返回了故乡，它其实已经变成了一个流动的环形，横跨在天地之间。再仔细一看，那条气根上还挂着一只旧毛绒玩具，一只脏兮兮的小猴子，见我看那只猴子，阿梁在我身后不紧不慢地说，这猴子是我捡来的，不过这道景致我也给它起了个名字，叫猴子捞月。

等到我下次再去的时候，发现水塘边又多出了两间小屋，一间是用竹篾做骨架，做成鸟笼状，又种了些攀爬类的植物攀附在竹架上，有紫藤、茑萝、山菊、使君子、落葵、百香果和火龙果夹杂其中，同是攀爬者，百香果和火龙果的身姿却一者婀娜一者刚硬，掏出的果实也气质迥异，一者莹白如玉一者艳丽夺目，二者配合在一起竟似一种奇妙的舞蹈。另一间是用土坯搭起来的，以茅草做屋顶，但是土坯里埋有花籽，只要勤于浇水，那些花草便可发芽直至开花。我仔细辨认，都是些草药花，有罗勒、小叶冷水花、良姜、山香、五爪金龙、龙吐珠、春花、龙船花、红丝绒、夜香木兰，毛茸茸地覆盖了四面墙壁，有风吹过的时候，整座小屋摇曳生姿，药香清冽扑鼻，竟似一座药屋。

走进药屋，满屋的药香顿时让我觉得神清气爽，我忍不住赞叹道，阿梁，你都是怎么想出来的？阿梁站在我身后，并不说话，只是一边抽烟一边得意地欣赏着自己的作品。我心里忽然明白了，他其实是想向我证明点什么，证明这样的边缘之地恰恰最有精灵的气质，证明他这样一个从未出过远门的人其实并不比我差多少。

此后，一有机会，我就向那些来投宿的外地人推荐阿梁的树屋和花屋，并带他们过去参观。结果，这些外地人无不惊叹于阿梁那些奇妙的建筑，由植物，而且是活着的植物搭建而成的建筑，他们都能看到那些房屋在呼吸在生长在变换颜色。他们对阿梁本人也充满兴趣，一个皮肤黢黑打着赤脚的乡村野夫，竟有这样玲珑奇妙的心思，还能写一手飘逸的书法，这种奇特的组合让他们充满了猎奇的欲望，他们认为自己是遇到了藏匿在大陆边缘的逸人隐士。隐士的形象中本身就凝聚着一个诗意的乌托邦，甚至有些隐士隐居在峭壁的山洞里、古墓里、树洞里，他们以野果和野菜为生，像植物一样度过了漫漫时间，到最后，已经很难分清他们到底是人还是植物了。而阿梁正具备了这样的魅力，似一个隐士，又似一个孤独的浪漫主义英雄。一时间，凡来游玩的外地人必涌向阿梁的水塘边，争相要看看现形的隐士，要体验一下那些神奇的树屋和花屋。出现这样的盛况，是连我都没有想到的。

渐渐地，阿梁在外地人当中开始名声大噪，成为传奇人物，他那水塘边简直成了木瓜镇一个新的旅游景点。他显然也受到了鼓励，能忽然被这么多外地人关注，先不说挣不挣钱，光是被人瞩目，就已经是一件荣耀的事情了，说到底，人不就是为一点尊严活着？于是他又造出了两座神奇的屋子，一座建在水塘上，他在水塘里种上王莲，又在王莲巨大的叶子上用香蕉叶和散尾葵搭起一座凉棚，周围点缀着大大小小的睡莲，晚上月光铺满水面，银光粼粼中沉着一轮宝石般的明月，睡莲在夜色中闭拢的动作幽静美好，王莲似船舶，又似彼岸，隐藏在现实与梦幻的交界处。另一座屋子建在一棵巨大的榄仁树上，那棵老树身上本来就有一个树洞，他把那个树洞挖大，又在上面挖了个小一点的树洞，中间以楼梯相连，竟像是上下楼结构。

来木瓜镇旅游的外地人本来就有限，需要抢客人，而阿梁的崛起使珊瑚民宿一时风光不再，至于其他那些民宿，什么望海民宿、听涛民宿、南极民宿、椰风民宿，则更是黯淡。它们本来就不是独立的存在，是从珊瑚民宿身上繁衍出来或复制出来的，从这个意义上讲，珊瑚民宿和镜子有些类似，都具有一种复制功能，能复制出比自身大得多的世界，但这个世界毕竟是镜中之像，带有梦幻感，而且一碰即碎。而阿梁的树屋则不同，它们不是从珊瑚民宿身上复制出来的，它们是独自野生出来的，又与现实世界完全分离，仿佛真的得到了丛林中的那些木精灵的帮助，天生带有一种植物才有的魅气，气质则介于花园和坟墓之间，缤纷绚烂而又诡异莫测。

那个黄昏，我独自在木瓜镇转了两圈之后，终于承认了一个事实，在这里，我真正的对手其实不是别人，而是阿梁。

舅舅赶海回来了。他每天黄昏时分出门赶海，带着吃食和水，对于这一点，我是一直觉得有些奇怪，因为他可以在家里吃过晚饭再去赶海，但他偏要带到海边去吃，又觉得这不过是个人的习惯而已。外婆喝了酒，自己爬到吊床上睡着了，泊在晚风中的吊床安静极了，与挂在树上的波罗蜜和龙眼成了同一物种，都散发着果实质朴的清香，都透着收获渐近的安宁与餍足。舅舅把赶海得来的螺贝虾蟹在锅里焯了，又切了一碟腌木瓜，淋上酱油，然后拿出自己泡的牡山羊酒，光着膀子，开始一个人喝小酒。

我凑过去坐下，他说，鲁加。我便也喝了两杯，两杯酒下肚之后，我开始发牢骚，说最近生意不是很好，又和他说起了阿梁的那些树屋花屋。舅舅一边喝酒，一边用一只手在身上搓着泥条，搓长了就从身上摘下来，从容扔掉。半瓶酒喝下去了他才说，无用理，伊厶哇古（他们都不会长久的）。我心想，和你说也是白说。

第二天晚上，赶海归来的舅舅放下水桶和斗笠，并没有急着脱掉上半身的衣服，而是在灯光下呆立了一会儿，忽然，他转过身，神情异样地看着我，用普通话说了一句，食物是大地上长出来的诗。说完他便不再言语，脱掉上衣，蹲到水龙头下，又开始清洗他带回来的那点收成。我愣了半天才小心翼翼问了一句，舅，你刚才说什么？谁讲给你的？他抬起头，有些迷惑地看着我，说，做好加得嘞，鲁幼度（年轻），方法比瓦多喽。

我越发肯定，在那一个瞬间里，舅舅的精神一定是被什么占据了，也就是民间所谓的被什么附体了，其实不一定是鬼神，有时候，执念、渴望与恐惧本身就等同于鬼神。不过，他的话倒是提醒了我，食物是大地上长出来的诗。从当地美食入手。美食本身就是很重要的地域文化，当然可以变成旅游资源。

5

我开始搜肠刮肚地罗列当地的美食。这大陆最南端本身就具有岛屿的气质，如一只带锁的匣子，可以把一些东西封存几百年甚至几千年，依然完好无损。匣子里装着散发文身的古越人、侏罗纪时代留下的动物、恐龙吃过的植物、带着唐宋遗音的黎话、长满青苔的骑楼，还有一样很重要的东西，当地吃食。因为紧靠大海，所以吃食基本都是围绕着海洋来的，很多渔民一顿都离不了鱼，离了鱼简直会疯掉，没有鱼就是没有吃到饭。但吃鱼又讲究"逢春"，正月、二月、三月逢春的是马友、西刀、马鲛、黄花，四月、五月品味最高的是石斑。不同的鱼好吃的部位也不同，蒙鱼是鱼鼻好，鲳鱼和马友是鱼头好，黄花最好吃的部位是鱼鳔，西刀鱼至美的则是鱼卵。且鱼的美味与大小无关，有一种小鱼叫薄脊，用小火温油煎到鱼色金黄，既可下酒，也可送粥，美味异常。此外，像煎焖马友鱼、土煲槽白、酒焗土龙、清蒸白鲳都是当地人的挚爱，还有大名鼎鼎的白切鸡，过年例的时候每个村都要摆出气势宏大的百鸡宴，每家要抬出一只大阉鸡，阉鸡嘴里还要叼一枝火焰花。做白切鸡最重要的是材质，必须用放养的走地鸡，煮到七八成熟，全熟则会失掉筋骨，吃的时候还必须有专门的蘸料，即把沙姜和蒜切碎，拌上盐和香油。除了鱼，像白灼海虾、黑山羊煲、虾汁腌薯苗、生蚝炒蛋也都是当地人的日常吃食。至于汤，那就更是千奇百怪了，白螺冬瓜汤、鲨鱼皮炖汤、木棉大骨汤、木瓜海参汤、椰子鸡汤、黄皮排骨汤……

我又搜罗了一些地方小吃，比如腌粉，正宗的腌粉定要装在公鸡碗里，吃完再配一碗甜醋。比如打葱，就是把洗净的红葱放在案板上，然后抡起沉香木棍敲打红葱，多数东西是不能打的，一打就死，有个别却在敲打中被打成了美味，打毕，再淋上炮制的酱油。做打葱有一个秘诀，必须由半老徐娘操沉香棒，使出风骚女子和相好的调情时的分寸，娇嗔着假打，力度要恰如其分，轻了不够味，重了就变成了无趣。再就是鱼露，做鱼露要选青鳞鱼最肥的二月，用粗盐把鱼搓腌，放到瓦罐中，用黄泥密封，再埋到地下发酵，三个月后就成了鱼露。鱼露也像红酒一样讲究年份，七八年的鱼露，八三年的鱼露，只是卖不出红酒的价格。另外还有像烤生蚝、炸沙虫、螃蜞汁、腌橄榄、树叶饼、罗勒饭、益智子馅的粽子都是特色小吃。我母亲做的罗勒饭特别好吃，因为除了罗勒的嫩叶，她还会在饭里加些别的，像鹌鹑蛋、咸肉、腊肠、叉烧、芸豆。

我把客人们的晚饭就安排在院子里，因为人在星空下就餐的时候，会觉得自己正处在人类世界和非人类世界之间，自己像中介一样把星空和大地连接在了一起。我在夜香木兰树下砌了一口土灶，土灶里塞的是荔枝木，因为荔枝木在燃烧的时候没有烟，还有一种特别的清香。灶上架着一口铁锅，我让客人们自己煮饭，用朱槿花、罗勒叶和鸡肉或鱼肉煮一锅米饭，做汤则更是简单到了原始的地步，又有点像带有艺术气质的游戏，可以把材料随意搭配组合，一种组合会发明一种独特的美味。而有些食材的组合简直是上天赐予人类的礼物，比如椰子和鸡，就是天生的绝配，杀几只青椰，把椰汁倒进锅里煮开，再把一只土鸡斩块扔进去，其他什么都不放，就成了清雅的椰子鸡。或是煮些海边捡来的虾蟹贝壳，再扔一把黄皮一块姜母（当地人对姜的尊称）进去，连盐都不放。有时候正在锅里煮羊骨的时候，树上的木兰花正好掉进了锅里，索性再从地上捡一些木兰花扔进锅里，一锅汤立刻变得花香四溢，连羊骨的膻味都被盖住了，落花的美丽与哀愁竟在瞬间转化成了一种可见的食物。

这样的吃食朴素明净，又因为有了植物的参与，简单的饭食变成了一种奇异的盛宴，好像人与植物共同围绕着一堆古老的篝火坐着，院子里的波罗蜜、杨桃、椰子、芒果、人面子、橄榄、朱槿、木兰，纷纷从树上跳下来，和人们一起坐到了篝火边。边缘之地的精灵们再次从丛林中走出来，加入了人类的生活。因为时空隐退，暂时脱离了社会属性，吃饭的人也感受到了某种稀有的轻松和愉悦，所以一时间珊瑚民宿又有了魅力，我心里很是得意。

镇上的那些民宿又赶紧仿效，纷纷在门口挂出各种特色菜，以招揽客人，却也只是依葫芦画瓢，做些简单的模仿，并没有在吃食上下功夫，所以并没有太多起色，如此一来二去，生意实在维持不下去了，于是又有一部分民宿不得不关门，另谋他路。我淡然看着那些惨遭淘汰的民宿。其实我早已料到，那些渔民最多跟风个几天，到最后还是得回到大海里打鱼去。我心里从来没有真正把他们当成过对手，真正让我从心里有些戒备和畏惧的，是阿梁。他那块水塘边的领地，即使一段时间我故意不过去，依然能感到它带着魅气正游荡在木瓜镇的上空。

这天，趁着有空闲，我决定再去阿梁的水塘边看看。一段时日没去，去了一看，只见水塘周围已经长出了一圈奇形怪状的树屋和花屋，有点像大雨过后忽然涌出来的毒蘑菇，色彩绚烂，千姿百态，带着致幻的魔力。猛地看到这些房子，简直感觉像闯进了童话世界里。走近才发现，在房前屋后，在那些大树的间隙里，还多了一些盆景，这些盆景多养在坛子里、破瓦罐里、咸菜缸里、木箱里、鱼筐里、老石臼里，估计都是他从海边或没人住的老屋里捡来的。这些盆景，个个身材矮小袖珍，却又都老态龙钟，像侏儒一般站在大树旁边，使这水塘边有了一种诙谐的戏剧感。那棵从树屋里长出来的榕树已经繁衍出众多气根，如吐丝结茧一般把整个树屋包裹了进去，看上去又温柔又阴森。果树们纷纷从囊中掏出了自己的果实，面包树和馒头果实现了把粮食长在树上的神话。波罗蜜和百香果成熟了会自己从树上跳下去，只是体积上的悬殊太大，一起往下跳的时候如同大象和蚂蚁在做比赛。荔枝刚刚谢幕，荔枝奴紧跟着就出场了，荔枝奴是龙眼的小名，因为它总是紧跟在荔枝的后面成熟，才得了这么个绰号。

我环顾着四周，忽然有一种感觉，这里越发像一个神秘的岛屿了，远离人类社会，正滋生和繁衍着它独立的生态和秩序，而阿梁就是这个岛上的岛主或国王。

正胡乱想着，忽听有人在我身后说，有段时间没见你来了，估计你是太忙了，正好，我最近在玩盆景，来看看吧。是阿梁的声音。我扭头一看，他倒没什么变化，依然赤着脚，头发乱蓬蓬的，嘴角叼着一根烟，很有兴致地向我介绍他那些盆景作品。这些盆景基本上都是他从山上或树林里找来的老树根，有博兰、绿梅、香兰、九里香、金蛇、山石榴、红果、红牛、五色梅、东风橘、相思、金弹子、黑骨茶、雀梅、牡荆、石画、春花、黑檀、赤楠、两面针、铁包金等树种，造型上有的险峻，有的自在，有的真有"清泉石上流"的幽静，还有的无拘无束，如酒后行草，有一枝篱杜鹃的老枝上没有一片叶子，却轰然开出了一树粉色的杜鹃花，像一个头上插满鲜花的老人，散发着一种阴沉腐朽的烂漫。

我俯身朝那杜鹃观赏了半天，说，真不错，阿梁，你怎么忽然玩起盆景来了？阿梁一边抽烟，一边微微笑着说，盆景是植物家族里的宠物嘛，宠物是可以帮助人们分忧的。好玩是好玩，但有的时候，我又觉得它们很可怜，像中国古代那些缠足的女子们，为了一双小脚，受了很多苦，我想把它们从盆里赶出去，解放它们，让它们回到树林里生活，在树林里多自在哪，可是盆景盆景，已经离不了盆啦。不过养盆景的过程也很有趣，是一种家养的野趣，不是养小猫小狗的感觉，是养了一只小老虎或小狮子的感觉，你要不停地驯化它，还不能让它彻底没有了野性。但盆景也不是人人都能养得了的，你要养盆景，总要先懂些书法吧，总要会几笔水墨丹青吧，不懂书法和美术的人，估计养出的盆景也平庸。

我半天没说话，一方面是惊讶于阿梁逐渐显露出来的艺术天分，另一方面，我也听出了阿梁想告诉我什么，一个从未出过远门的人，未必比那些出去又回来的人差。没想到，看似与世无争的阿梁竟有着这般要强的心性。我有一种被挑衅了的感觉，便故意指着那些树屋问，听说现在来你这里的客人很多，但好像也没看见几个啊。阿梁笑着递给我一根烟，说，白天这么热，谁出门啊？他们一般都要到傍晚时分才来，来了不想走，就找间屋子住下，反正我这里随便住。我也笑了笑，抽了几口烟，用很不经意的语气问了一句，在你这里住一晚得多少钱？他摆摆手，无所谓地说，我没那么多要求，有点买烟买茶的钱就够了，就是白住也没关系，想住随便住。他说话的腔调让我忽然有些愤怒，我冷笑一声，说，原来木瓜镇只有你一个人是搞艺术的，我们其他人全是只知道挣钱的俗物。

阿梁拿起一把剪刀，一边修剪着手边的一盆博兰，一边云淡风轻地说，你说到艺术家，我还真见过一个艺术家，虽然我没出过远门，但别人可以过来啊，那是几年前了，有个艺术家就来过我们镇上，一住住了好几个月，那人个子高高的，长头发，有时候扎个辫子，他还来我这里喝过茶，说是喜欢这海边的珊瑚屋，想在镇上搞个珊瑚民宿，但后来这个人忽然就不见了。

不知为什么，听到这里，我心里莫名地咯噔了一下，我感觉这和舅舅说起的那个艺术家应该是同一个人。但我还是假装第一次听说这个人的样子，好奇地问，还有艺术家来我们这种偏僻的地方？他嘴角挂着一抹神秘的笑容，只是专心修剪博兰。见他不说话，我心里更加不安了，便又凑过去问道，那这人后来去哪儿了？是不是去海南了？很多人只是去海南的时候从这里经过一下，谁会在一个小镇上长待呢。

我盯着他那抹笑容，居然还挂在嘴角，分明带着示威的意思。修剪了半天，他收了剪刀，像个裁缝一样，左右打量着那棵博兰，好半天才说了一句，那谁知道呢，反正后来是不见了。

我们正说话的时候，涌进来一群人，有男有女，都是老年人，一看就是从北方过来旅游的退休老人。他们在北方的时候应该并不认识，但一到了这陌生的地方却忽然全成了兄弟姐妹，而且，他们好像连年龄也一并丢掉了，个个又蹦又跳又唱，甚至在地上打滚，好像逆着时光，不小心又回到了自己的童年。我想，原因可能是，这些用植物造成的房子与那些砖石水泥蚝壳甚至珊瑚造成的房子都不同，它们是活的，住在它们的身体里，本身就是一种童话。其实除了孩子，成年人甚至老人都是需要童话的。

回到珊瑚民宿，我呆坐了半日，心里很不是滋味。当初，是我帮着阿梁把客人们介绍过去的，可如今，我看着阿梁，就像看着自己亲手从瓶子里放出来的一个巨人，他正越长越大，越长越魔幻，我却无法再把他装回到瓶子里了。无论如何，我绝不能让自己比他差，不然我这么多年在城市里的打拼岂不是都成了云烟？连城市文明带给我的那点优越感也开始变得稀薄脆弱了，就好像，一觉醒来，发现自己其实一直就待在这个海边小镇上，从来没有离开过。

月亮升起来了，院子里的池水和树叶都闪着银光，外婆正坐在扑通树下吃饭喝酒。扑通是莲雾的小名，因为莲雾树喜欢长在水边，果实成熟的时候会掉进水里，发出扑通扑通的声音，所以当地人就叫它们扑通。外婆的晚饭就是一碗番薯粥，关键是喝酒，她开始是坐着喝，后来又爬到吊床上躺着喝，一边喝一边让我给她摇吊床，还真是会享受。摇着摇着她就睡着了，酒坛还抱在怀里，阿橘抱着外婆的头，也呼呼睡着了。它真是爱极了外婆的这颗头，一头乱蓬蓬的白发，不知道有什么好，但阿橘就是喜欢把外婆这头乱糟糟的白发当成它的窝，白天蹲在她头上，晚上再用花白的头发给自己铺一个舒服的猫窝，趁人不注意还偷喝一点外婆的酒。

我看着眼前这酣睡的一人一猫，静谧美好，人和猫都散发着淡淡的米酒香。我忽然想到，每个地方酿出的酒都有自己的灵魂，不同的水土养育出不同的酒香，清香型、浓香型、酱香型，只有甜烧村能酿出甜烧酒。酒可算是一个地方最古老最传统的文化了，木瓜镇的土著们多喜欢喝自己泡的药酒，五光十色的药酒本身就带有梦幻色彩，对于外地人来说，应该也是新奇而陌生的。

我尝试用甜烧村最古老的方法酿酒，在米粉里掺上各种草叶，加入葛汁使米粉发酵，再把米粉团成鸡蛋大小，放在草丛阴凉处静置一段时间做成草曲，再用这草曲和糯米酿成米酒。在从前，若是家中有女儿的，女儿才几岁大时就要为女儿酿一坛酒，在冬天水塘水浅的时候，把酒坛密封埋在水塘底，直到女儿即将出嫁时才挖出来，款待客人，这种酒称女儿酒，味道极好。有些水果也可以酿酒，比如用杨梅酿的梅香酎就十分珍贵，像杨桃、黄皮、木瓜、桑葚都可以酿果酒，甚至仙人掌的果实都可以酿酒，味道独特，且色泽呈玫瑰红，十分妩媚。

米酒酿好只能算半成品，还要在里面泡制各种水果花草飞禽走兽，从森林到海底，从地上跑的到天上飞的，无一不被我们当地人捉住再封到酒坛子里去。飞龙、老虎、黑熊、毒蛇、蜈蚣、野鸟、山羊、蟾蜍、蜜蜂、鲨鱼、鲎、海马、海参、海龟、龙虾、章鱼、五指毛桃、鸡血藤、木香子、海金沙、悬铃花、高良姜、相思子、青梅、苞萝、荔枝、五味子、木瓜、桑葚、杨桃。种类之齐全，使酒坛子里就能自成一个大世界。小时候，每次看见母亲泡酒的时候我都分外高兴，因为觉得带有游戏的性质。如今到了我手里，我不仅想让它像游戏，更想让这件事变得像魔法一般神奇。舅舅最爱喝的牡山羊酒是把老山羊和毛鸡放在一起泡成的酒。我做了各种尝试，把五指毛桃和朱槿泡在一起，把党参和龙吐珠泡在一起，把高良姜和土龙泡在一起。在做这些尝试的时候，感觉自己就像一个坐在地上搭积木的小孩子，所有的积木都摆在面前，可以随意搭建，城堡、大桥、飞船、花园，无所不至。后来我又想到，在这个过程中，我感到很愉悦，那么换了别人，和我的感受也差不多。于是，我决定把泡酒这件事情变成一种世外的游戏，那些来住宿的客人可以自己随心所欲地泡酒，就像随心所欲地搭一种成人积木。

一时间，院子里摆满了大大小小的酒坛子，最高兴的是外婆，好像每天都在过年例，趁我不注意就打开酒坛子偷喝两口，过一会儿再偷喝两口，恨不得能住进酒坛子里再不出来。阿橘跟外婆久了，酒瘾也越来越大，一天晚上它趴到坛子口偷酒喝，不小心掉进了坛子里。我把它从酒里拎出来一顿数落，你这是急着要泡猫酒是吧？

舅舅正坐在龙眼树下，就着生蚝喝他的牡山羊酒，见状便替阿橘解围，伊就是个猫喽，鲁无共伊讲得过，鲁过黎和瓦加两嘴酒（过来和我喝两杯酒）。正好投宿下来的一对小情侣去海边玩了，我便坐过去陪他喝酒。喝了几杯酒，便又发起牢骚，和他说起阿梁正在捣鼓盆景，我不甘心地说，这个阿梁的花样还真不少啊。他喝下去一口酒，满意地眯起了眼睛，搓了搓两只手，拿起一只生蚝撬开，一滋溜吸进了嘴里，只是细细品味，并不说话。

看着舅舅一副满足的样子，我简直有些恨铁不成钢，这时候我忽然想起那天阿梁说的话，便对舅舅说，舅，你提到过的那个艺术家，就是那个帮你开珊瑚民宿的艺术家，真的在镇上住了很久？舅舅撬生蚝的那只手忽然一抖，脸色也随之暗了一下，我怀疑是不是灯光让我产生了错觉，只见他放下生蚝，抹了抹嘴，说，唔记得，加酒啊。我端起酒杯，并没有喝下去，犹豫了片刻，还是追问了一句，舅，那人后来到底去哪儿了？舅舅忽然抬起头看了我一眼，这一眼直让我觉得脊背发凉，我本能地往后躲了躲，但他很快又低下了头，重新拿起一只蚝，一边撬，一边慢条斯理地说，海南喽，伊棹船往海南岛嘞。

但我心里到底是存了个疑惑，此后便有意无意地向村民们打听那个艺术家的消息。我发现，在小小的木瓜镇上，其实很多人都见过这个艺术家，奇怪的是，他们的口径居然很一致，都说后来不知道那人去了哪里。难道说，他忽然就从镇上消失了？难不成凭空飞走了？但后来一天，我在一个亲戚家里喝茶的时候，又意外地听到了另一个消息，那个艺术家在镇上的时候，曾和阿梁的女朋友好过，阿梁的女朋友喜欢上了那个外来的艺术家，为此要和阿梁分手。后来那艺术家忽然不见了，但阿梁女朋友也没有和阿梁再和好，据说她一个人跑到外地打工去了。

6

我又向阿梁的水塘边走去。这段时间没去，一来是因为要费尽心思地吸引客人，总想着如何在一堆民宿中出奇制胜，成为当之无愧的民宿领袖；二来是因为，我其实有点怕见到阿梁，从某种程度上讲，他已经不大像人类了，更接近于鬼魅或精灵。而他那个王国，那个水塘边的世界，更是散发着难以言说的气息，这种气息介于废墟、坟墓、荒野、花园、城市和乌托邦之间，在植物筑成的绚烂与缤纷中，总让人感觉其中还流淌着一丝恐怖的东西。

离水塘越来越近的时候，我竟然开始有点紧张，因为不知道自己又会看到什么。我便不停地提醒自己，不管阿梁又使出什么招数来，都要有风度一点，有时候，厌恶的真实原因其实是嫉妒。

阿梁从不肯轻易离开他的领地，无论我什么时候来他都在，这么一想，越发觉出了他身上的植物属性，好像他是长在这里的。我远远就看到他正打着赤脚，蹲在地上摆弄一棵什么植物。为了掩饰自己的紧张，隔着老远，我就大声向他打招呼，阿梁，你又在忙什么？我最近都没空过来，一天到晚瞎忙，今天得闲，过来找你喝茶。阿梁没说话，也没抬头看我，好像没听见，等我走近了，他才伸出一个指头嘘了一声，小声说，它正在睡眠期间，不要吵。我笑道，植物也怕吵？他认真地说，当然，我刚刚给它做过嫁接手术，刚做完手术的病人不怕吵吗？

我看着眼前这棵植物，一时认不出来，便问他，这又是什么植物？他说，苹果树。我说，苹果树不是北方的树种吗？在这南方如何能成活？他退到旁边，点了一根烟，抽了两口，得意地说，这是我从网上买的树苗，正因为咱们这里没有苹果树，所以要给它做嫁接啊，让它能更好地在南方活下去。我说，嫁接完的苹果树能长出什么稀奇的苹果？就像早有准备一样，他立刻熟练地说，经过嫁接，苹果会出现很多神奇的变种呢，比如说，有一种苹果叫白色阿斯特拉肯，它在成熟时会变得透明，连里面的核都能看到，就像水晶苹果一样；有一种苹果叫明星苹果，会长出五个明显的棱角；黑苹果真的就是黑色的，好像巫婆给白雪公主准备的毒苹果。还有很多奇奇怪怪的苹果，比如，双生苹果结的果实是成对的，午餐苹果在刚刚结果的时候，几乎不长叶子，鸽子苹果只有四个种子室，而不像普通苹果那样有五个种子室。还有一种叫圣瓦雷瑞的苹果，又叫少女苹果，它没有雄蕊或花冠，果实的中央部分很狭窄，有五个种子室，由于没有雄蕊，所以必须经过人工授粉，在圣瓦雷瑞那个地方，少女们每年都去为苹果授粉，如果使用的花粉不同，造出的果实就不同，比如，草莓味的苹果，芒果味的苹果。所以少女们每年都会制造出属于她们自己的苹果，她们每个人的苹果都是独特的，一个苹果只属于一个少女。

我故作惊讶地说，难道你去过圣瓦雷瑞？他安静地注视着我的眼睛说，只有去过才能知道吗？我自觉无趣，便又转移话题，那你这苹果将来是什么味道的？他微笑着说，这是个秘密，不过，我已经给它想好了一个好听的名字，就叫：水边的阿狄丽娜。我说，好听。

他又带我去看一株白色的草莓，说，你看，我培育出的草莓新品种，它也有个好听的名字，叫卡洛琳娜。草莓旁边的那棵醋栗，也有名字，叫"河东狮吼"，因为自从用别的花粉给它授粉之后，它的果实越长越大，像巨人一般，所以不得不给它起了这样一个霸气的名字。听到这里，我忍不住插了一句嘴，发现没？你这里的植物好像都是女性啊。

他似乎愣了一下，并没有接我的话，而是继续向我展示他最近的实验，多少带一点炫耀的意味。他在波罗蜜树上嫁接了一枝榴莲的树枝，期待它长出榴莲波罗蜜，在青枣树上嫁接了一枝雪梨的树枝，想让它长出南北合璧的梨枣。蔷薇开满了粉色的花朵，只有一枝树枝上忽然开出了白色的蔷薇，他说他想办法让它返祖了，它的祖先正是这样纯白色的花朵，粉色是后来进化来的。他把蓝花水仙和白花水仙的球茎各切了一半，又合在一起，结果，这株水仙开出的花有两种颜色，有的蓝色，有的白色，有的一半蓝色一半白色。他用柠檬的花粉给娘柑受精，结果结出的娘柑带有柠檬的风味和颜色。他让同一棵李子树上结出了五颜六色的果实，亮黄、翠绿、雪白、青、蓝、紫、红、黑，简直热闹得像棵圣诞树。只见一棵人参果树上挂满了各种形状的人参果，圆形、椭圆形、心形、肾形、圆柱形，居然还有手指形的人参果，着实把我吓了一跳。我叹道，是不是所有的植物都可以嫁接啊？他站在李子树下，仰头望着宝石般的李子，有些傲慢地说，你不懂，有些植物根本不能做嫁接，因为它们很讨厌刀子，比如天竺葵。

他继续往前走，我跟在他后面。很快，他又在一株不起眼的植物前停下，这植物的叶子多少有点像芋艿，他摸了摸这植物，笑着对我说，你摸摸看。我伸手一摸，又吓一跳，这植物居然有体温。阿梁介绍道，这是他种的一棵喜林芋，这种植物不但会制造热量，还会随着外界温度的变化调解自身的体温，它产生的热量和一只睡觉的猫产生的热量差不多，所以被称为长在枝头上的猫。

我忍不住又摸了摸喜林芋带体温的叶子，心想，原来这是一只被变成了植物的动物，就像青蛙王子一样，它其实是一只猫，只是中了巫婆的魔咒。正在我发呆的工夫，阿梁又在不远处招呼我，声音响亮，听上去愈发得意。我跑过去一看，倒吸了一口凉气，前方轰然站着一朵紫黑色的大花，绝对是花中巨人，看上去又彪悍又邪恶，这样的霸王花，只有恐龙才配和它生活在同一个时代，我们站在它面前就像小矮人，明显有错入时空的感觉。我说话都有点结巴了，阿梁，这，这又是什么花？阿梁抽着烟，欣赏着比房屋还要高的花朵，微微笑着说，这是我种的蒟蒻，当初还怕它活不了呢，如今终于开花了，正好请你一起赏花，有些花的盛开绝对可以算一件大事，从前的墨西哥，仙人柱开花都是要登报的。哦，你不要问我有没有去过墨西哥，去没去过并不重要，总之我就是知道。

他这点孩子气倒也不失可爱，我笑而不语，听他继续往下说，这种巨型花，霸气倒是霸气，不过授粉是个问题，花太大了，蜜蜂们累死也忙不过来，所以非洲的蒟蒻都是靠大象来传粉的。我由衷赞叹道，这花和大象倒是挺般配的。阿梁说，那是你不知道而已，其实古代的花都很大的，像远古时代的风信子、矢车菊、洋蓍草比这蒟蒻还要大，花里装几个人都不成问题，有些地方用来埋葬死人的棺材就是一整朵花。

我仰望着那朵巨型蒟蒻，心里又是快乐又是沮丧，快乐的是，来到阿梁这里真像来到一个魔幻的游乐场，植物和动物相互变形，侏罗纪时代和现在相互交错，一不小心就遇到了几百万年前的植物，面对这样古老的植物，真的应该向它们脱帽致敬；沮丧的是，阿梁摆弄这些植物几乎到了走火入魔的地步，已远离人境，而我只是个俗人，看来无论如何都不是他的对手了。只是，他这样千方百计地折腾，也并没有挣到几个钱，他的那些树屋花屋基本上都是让游人们白住白玩，他这里几乎要变成一个免费公园了。他图的又是什么？

等我回过神来，只见阿梁背对着我，又在认真欣赏着什么花。我战战兢兢地走过去一看，是一种造型很奇特的花，像极了一只彩色的鸟正停在枝头。我说，这又是什么花啊，倒好像是鸟变成的？阿梁温柔地端详着花瓣说，这叫鹤望兰，你看它多优雅啊，像不像一只鹤立在叶子上？我感叹道，这些花我以前连听说都没有听说过，阿梁你真厉害。他有点羞涩地笑了笑，说，和你不一样，我没出过远门，是没见过什么世面的人，但我信仰土地的力量，你种下去什么，就会收获什么，所以在种这棵鹤望兰的时候，我把一只死去的小鸟和它的种子埋在了一起，我相信，这样小鸟就能把自己的灵魂转移到花上。你看，正因为花有了鸟的灵魂，才能长得这般美丽。

我暗想，阿梁说的这些话看似平静，实则内里都较着劲，还是要和我一争高下。显然，就因为我是一个出去了又回来的人，而他从未离开过这里。

他伸手从竹篾上摘下一束干花，说，进去喝茶去，今天给你尝尝我新研制出的花草茶。只见他把腌橄榄、黄皮干、使君子、柑橘花苞、单枞茶、柠檬叶泡在了一起，在他泡茶的时候，我想起了今天来的另一个目的，便犹豫着问了一句，阿梁，你上次说的那个艺术家，就是那个在镇上住了好几个月的艺术家，你知道他最后去哪儿了吗？他把茶放到我面前，笑着说，你好像对这个人挺有兴趣嘛。我说，我舅舅开珊瑚民宿，最早就是他的主意，那珊瑚民宿也算他的作品吧，你说他为什么不回来再看看呢？也不知道这人后来到底去了哪里，镇上人都说不知道，只有我舅舅说他去了海南岛。

　　树屋里的光线被染成了绿色，有一种山洞里才有的幽静与阴凉。阿梁好像没听见我说的话，倒好茶之后，又拿出人面子做的蜜饯请我吃，我捏起一颗蜜饯，却没有送到嘴里，只是在手里把玩着，蜜饯已经腌得晶莹剔透，状如玻璃球。他也不说话，只是轻声喝茶，沉默了半天，我把那颗蜜饯放进嘴里，嚼碎了，慢慢咽了下去。做完这一系列无聊的动作，我这才抬起头看着阿梁的眼睛说，阿梁，其实你知道这人最后去了哪儿，是吗？

　　说这句话的时候，我那只握茶杯的手居然在微微发抖。阿梁也紧盯着我的眼睛，我迎着他的目光，只见他忽然又笑了，熟练地点上一根烟，说，你想听实话吗？我觉得这个艺术家还在我们镇上。我的手猛一抖，杯子里的茶几乎倒了出去，只见他抽了一大口烟，徐徐吐出去，然后淡淡地说，刚才不和你说了嘛，我信仰土地的力量，土地的神奇在于，埋进去什么就能长出什么，并且，所有长在土地里的植物都有它独特的气味，就连生活在土地上的人们也都是有气味的，因为人的根其实也在土地里，人和植物有很多相似的地方，只是植物不会走路，不会挪动地方。所以，只要一个人还生活在木瓜镇这块土地上，我就能闻到他的气味。这可能是因为我喜欢种花的缘故，我能轻易辨别出不同的花香，自然也能辨别出其他气味。

　　他顿了顿，又不紧不慢地补充了一句，在木瓜镇，我还能闻到那个艺术家的气味。

　　我呆呆看了他半响才问出一句，你的意思是，他现在还在木瓜镇？他抽了一口烟，喷出几个烟圈，把自己藏在青烟后面，笑容越发诡异。我听见他说，那我就真不知道了。

7

回到珊瑚民宿的时候，夕阳已经入海，海天交界处燃烧着一大堆金红色的火烧云，半个天空被烧得通红，海水也被烧成了金色的岩浆，出海的渔船星星点点地缀在海面上，一艘汽艇快速从海面上滑过，身后拖着雪白的浪花，一个人蜻蜓一般轻盈立于船头。

舅舅提着水桶，带着吃食和水，正准备去海边，我便在他面前发了几句牢骚，说阿梁最近又培植出一些奇奇怪怪的植物，他那里简直已经成为一个旅游胜地了。说完这话，我意识到自己确实是在嫉妒阿梁了，忽然间又为自己感到羞愧，嫉妒本身就是一种无能的表现。但舅舅好像压根儿没听见我说的话，径直出了门，像往常一样朝海边走去。

我一边做晚饭一边琢磨着阿梁层出不穷的招数，我有一种感觉，他并不是简单地在种几棵花花草草，相反，我感觉他充满野心，他其实是在构造一座建筑，一座由植物筑成的奇特建筑，而且，他现在还在继续往高处建，像建塔一样，一层一层地往上垒。他的树屋、花屋、盆景、从实验中得来的异形植物、荒僻处的奇花异草、恐龙时代的孑遗物种，全是建这座塔的材料。这样一座塔，周身覆盖着珍奇繁复的植物，豪奢浪漫，简直有点近于巴洛克风格了，但如果他就这么一直建下去，一层一层地往上垒，像巴别塔一样垒到高耸入云的那天，恐怕又有点哥特式的阴森了。

不行，我不能就这么输给他，一个从文明社会返回的人输给一个从未出过远门的人？可是，接下来我又能做什么呢？一段时间的尝试之后，我已经发现，本地的美酒美食未必合北方人的口味，他们天然地对海鲜缺乏鉴赏力，一千块一斤的鱼和十块钱一斤的鱼对他们来说竟然没有多少区别，七成熟的白切鸡明明最是鲜美，但他们认为没煮熟，说是咬都咬不动，把当地最珍贵的牡山羊酒捧给他们，他们又惊骇地盯着瓶子里泡着的山鸡。他们更愿意吃面条，或吃那种巨大的馒头，里面还什么馅都没有。木瓜镇毕竟只是一个小镇，旅游配套设施很有限，若是打出坐船的招牌，恐怕坐一两次船也就没有兴趣了，若再遇上风浪晕船，恐怕一辈子都不想再坐船了。

因为住着一对北方来的老夫妻，又因为最近生意不景气，雇的那两个帮工也辞退了，我只得自己下厨做饭。一共做了三个菜，一个韭菜鲜蚝仔，一个香煎软唇，一个白灼海虾，煲了一个凉瓜排骨汤，又用朱槿花蒸了米饭。外婆的饭仍是一碗番薯粥，阿橘的饭则是几条小杂鱼，人和猫一起坐在波罗蜜树下，围着桌子吃饭喝酒。我认为民宿就应该这样，主人和客人一起吃饭，才有家的感觉。吃饭的时候，一只熟透的波罗蜜从树上落了下来，扑通一声砸在地上。那老太太吓了一跳，我说，阿姨别怕，波罗蜜就这样，有点人来疯，一看人多就想过来凑热闹。老太太是个退休老教师，她笑道，你们这里的植物都特别有意思，听说这镇上还有一个神奇的植物园，我们过来主要是想看看这个植物园，不知道好不好找。我一听就知道她说的是阿梁的水塘边，心里顿时很不是滋味。

直到晚上十一点多，舅舅才回来，他放下水桶，忽然站直，用普通话对我庄严地说，无形之物，镜花水月。我很是诧异，正想问问他说的到底是什么，他已经脱掉上衣，光着膀子，把头伸到水龙头下冲了冲，说了一句，做乜都半日啦，鲁还唔睡觉？我说，舅，你刚才说的是什么？他有点困惑地看着我，好像听不懂我的话，又指了指水桶，说，治个蟹去，京蟹多，瓦无掠得动。

我在厨房里一边蒸螃蟹一边想着舅舅的异样。有时候，当他从海边回来的时候，我感觉他好像不是去赶海了，而是刚从一重神秘的空间里出来，但这重神秘的空间能藏在哪儿呢？我想起了吊床，在吊床周围，时间的熵会发生变化，导致吊床周围的时间会变慢，所以躺在吊床里的人会感到一种奇异的闲适和轻盈。这重神秘的空间也应该是这样，应该就隐藏在周围，看似平常，实则是其内部时间的熵发生了变化，所以变成了三维空间之外的另一维。那舅舅能去哪儿呢？莫非他游到海底，那里有一个类似于龙宫一样的水下城邦？还是他偷偷钻进了一座巨大的珊瑚礁，那里有一个隐秘的山洞，有桌子有床有古老的秘密，桌子上还点着一根前人留下的蜡烛？再或者，难道海上有一座隐形的飞来岛，退潮时出现涨潮时消失，而舅舅每次都是乘着鳐鱼去往这座飞来岛了？

然后，连我自己都笑了，这些都不过是海上童话，事实上，我明白，舅舅只有两个地方可去，要么是白沙滩，要么是海边的红树林。沙滩是裸露的，人人可以去得，红树林则不同了，那片红树林里长着各种不同品种的红树，白骨壤、海柔、桐花、秋茄、海加丁、海榄等等，一些老红树已经有几百年了，光是错综复杂的根须就能繁衍出一个庞大的家族，越是往红树林深处走，越是藤萝纠缠，蓊郁阴森。而且红树林一般都生长在海边的沼泽里或盐水滩中，水中生活着鱼虾蟹龟还有剧毒的水蛇，一般人没事不会进去玩。况且，那片红树林里还包裹着一座可怖的灯塔，估计当年法国人建那座灯塔的时候，周围的红树还很少，自从废弃之后，便慢慢被红树林包围和吞噬了，再加上闹鬼的传说，谁没事敢往那里去？忽然，我一怔，准备揭锅盖的那只手停在了半空中，这片几乎没有人敢进去的红树林，不正是一重被包裹在空间里的空间吗？匣子里套着匣子，一层一层静静地摆放在海边。

第二天，老夫妻退了房，打听了一下方向，便朝着阿梁的水塘边走去。我洗了床单被罩，晾在院子旁边的空地上，那里有几棵椰子树，树中间架着晾衣绳，还架着几张吊床。下午去收床单的时候，忽然起风了，白色的床单被风装得满满的，变成了一个大白胖子，我连抱都抱不住。站在这床单下，竟然生出一种错觉来，觉得自己正在船上，船帆已经扬起来了，船正被风推着往前走。风势小了，床单徒然瘦了下来，我刚想把它拽下来，风势再次变大，床单又一下被吹成了一只大白气球，气球向天上飞去，几乎把我一起拽向空中。我摸着那鼓鼓的气球，感觉自己摸到了风的形状。我又想到那些掠过树梢的风，吹落一地花瓣的风，摇响古塔上风铃的风，和吊床嬉戏玩耍的风，那摇曳的树枝，那满地的落花，其实都是风的形状。

我忽然想起昨晚，舅舅赶海回来对我说的那八个字，无形之物，镜花水月。

风不就是无形之物吗？海边生活着形形色色的风，风是水上之灵，晨风、夜风、清风、煦风、微风、狂风、飓风、土台风、海龙卷，还有一些从远方迁徙而来的风，像季风、信风、反信风、超级台风。海龙卷是最有趣的，有时候成群出现，真有九龙戏水的壮观，有时候就孤零零一只，悬挂于海天之间，好像要把海水统统都吸到天上去。海龙卷会吸水，自然会把鱼虾一起吸入其中，大的海龙卷还会把小船也吸进去，仰头一看，海龙卷成了一只杵在天地间的透明鱼缸，里面有鱼有虾有海龟，还有大大小小的船，甚至还有渔民和水手。

风的同类还有云、虹和闪电。在海边看云起云落也绝对是一种享受，它们升起的地方不能用遥远来形容，而是一个属于出生前和死亡后的地方。被夕阳染红的大云恢宏壮丽，如一座远古的城堡屹立在海天交界处，里面住着国王、王后和骑士。没有落日的时候，云在海上嬉戏玩耍，无拘无束，时刻变幻着颜色和形状，有时候是动物园，各种动物奔跑在天空里，有时候又成了纺织厂，全世界的棉花都赶到这里来赴约。雨前的云会变成青色，所有的云揉到一起变成长长一条，长城一般伫立在海上，而暴雨前的积雨云则漆黑似铁，如深井倒悬在头顶，里面还蛰伏着幽灵一般的红色闪电，浓积云云底则往往携带着两条海龙卷。云实在属于这世上最自在之物。

不知道雷州半岛的得名是否与此地多雷有关，这里的雷也和别处不同，很多时候它们都没有声音，只有转瞬即逝的身形和光亮。入夜，海和天不再有边界，一起被装进了一只巨大的水晶瓶里，水晶瓶里有宝石般的星光，有银色的月光，还有神秘诡异的闪电。那些闪电多生活在遥远的海面上，有的像匕首一样锋利短促，闪着寒光。有的长得足以把整个夜空撕成两半。有的闪电躲在云层背后，在它亮起的那一瞬间里，云层变成了巨型的灯笼悬挂在夜空里，又飞快地熄灭下去。有的徒然从云层里钻出来，长满金色鳞片，亮着獠牙，如史前的怪兽。有时候你正在海边坐着，对着黢黑的海面发呆，对面的天幕忽然无声被闪电点亮了，如一出盛大辉煌的歌剧即将上演，而这种辉煌，居然只有你一个人看到了，这种孤独与荣耀，成了你和天地间的一个秘密。

这海天交界处也是彩虹经常出没的地方，雷雨之后必有彩虹降临，有时候即使没有雨只有雷和闪电，彩虹居然也会如约而来，好像它们之间有什么接头暗语似的。有时候来的还不止一道，会有两道彩虹同时来到，一高一低，一雌一雄。巨大的彩桥架在陆地与海洋之间，会让人觉得，只要走上那座桥，就能从海洋走到陆地，或者从陆地走到海洋。

我明白了，带着客人们去看云听风观虹，在一个过于现实和坚硬的世界中去寻找这些渺茫的无形之物，本身就是一件浪漫的事情。至于水月镜花，那些沉在水底的古城，亚特兰蒂斯、希拉克莱奥、帕夫洛彼特里、贝亚城，还有那些水底的沉船，水底的珊瑚礁帝国，不都是吗？我曾在潜水的时候遇见过一艘水底的沉船，因为是浅海，阳光充足，适合珊瑚生长，所以那沉船已经完全被珊瑚所覆盖了，甚至桅杆上都长满珊瑚，猛一看，那简直是一座长成了船形的巨大珊瑚礁，沉船腐朽的骸骨与五光十色的珊瑚长成了一体，好像那些珊瑚是从枯骨与尸骸上开出来的花，美艳而阴森。只要船行到准确的水域，海水也足够清澈，就能看到水下的珊瑚帝国甚至沉船的影子，其实一艘沉船也是一个水下帝国。

我忽然又想到，风云雷电其实并不是彻底的无形，在它们后面，还有更深的无形，就是那些在木瓜镇已经栖息了几百年的神和精灵。从来没有人真的看到过它们，但木瓜镇上的每一个人，无论男女老少，都相信它们的存在，所以它们的庙宇无处不在，有的恢宏壮观，有的小巧如火柴盒，它们的生日就是全镇人最盛大的节日，那些古老诡谲的仪式，游神、选僮、穿令、过火山，无一不是人神之间对话的奇特方式。而木瓜镇能繁衍出这么多的神，可能与它的偏远有关，极南之地，单纯朴素的人，地域的岛屿性，蛮荒与淳朴并存，这些正是神得以产生的条件，所以那些繁华的大城市里根本不可能产生神。而这些神秘的与信仰有关的仪式也是一种场所精神吧，对外地人尤其是城里人也应该是充满吸引力的。

以前怎么没想到呢？在一个万物并存的时空里，只要有适合的条件，万物皆可复活，皆可能拥有生命。我坐在海边的礁石上，看着已堕入黑暗的大海，心中涌起一种难言的喜悦，还有一种破解了谜题之后的轻松。解谜的过程有通灵之感，似在与天地对话，只是，这谜题，究竟从何而来？舅舅到底是从哪里拾得的呢？一定是有人告诉他的。举目望去，只有大海、天空、沙滩，还有旁边的红树林。我忍不住向那片红树林望了又望，那片神秘的树林在夜晚看上去黢黑如铁，而且密不透风。那里确实适合盛放秘密。

我在珊瑚民宿的门口挂了一块日历板，每天写上不同的内容，看云，听风，看珊瑚，看晚霞，观雷电，看沉船。但一段时间之后，我发现这一招只对年轻人有些吸引力，而来木瓜镇度假的北方人基本以退休老人为主。眼看收效甚微，我决定再去看看阿梁，说是去看，不如说，实在是好奇，想知道阿梁最近又使出了什么新招，有时候他的招数奇特幽僻又炫目，有点像武林秘籍中的独孤九剑或菩提刀法。我已经明白了一个事实，阿梁也绝不想输给我，那他又为何定要和我一争高下呢？我看他对挣钱其实并没有太多的兴趣，真的如他所说，有点买烟买茶的小钱就够了。那他又是为什么呢？也许是因为，他内心里从来就是高傲的，只是从前，连他自己都不确定自己是否可以高傲。我们俩之间的较量一步步发展到今天，其实与挣不挣钱已经没有多少关系了，而是事关尊严。

在去水塘的路上，我猜测着阿梁不知又培育出了什么新的植物品种，上次已经见过蒟蒻那样巨型的花，这次会不会看到比蒟蒻还要恐怖的花？就像花中恐龙？我又怕他那些嫁接和授粉的实验会导致植物基因突变，哪天忽然长出一株外星人一般的植物，那植物长着眼睛和嘴巴，甚至还能开口说话。

正胡思乱想着，已经快走到水塘边了。我远远就闻到了一股异香，正是从阿梁的水塘边散发出来的，我心里纳罕，这又是什么可怕的花朵，简直在十里之外就能闻到它的香味。后来仔细一闻，又觉得不像是花香，倒像是香料散发出来的味道。我心里不由得一紧，阿梁果然又出新招了。这么想着便快步走到了水塘边，越往里走，香味越重，而且不是单调的香味，是那种混杂的复调的熙熙攘攘的香味，简直像走进了一大片旗袍女人中间，周围摩肩接踵的全是施了脂粉撒了香水的旗袍女人，连道路都被淹没了。

阿梁正蹲在花丛中收集花瓣，看见我来，很高兴的样子，起身一把拉住我，倒好像生怕我跑了，他拉着我就走，我心里不由得一阵恐慌，感觉他像只蜘蛛一样，在这里结了网专门等我。我们走到一棵古老的蜜香树前，那棵蜜香树很是粗大，两三个人都抱不过来，在木瓜镇，过节祭祀的香材多是从这样的老蜜香树上提取。我仰脸一看，树上居然搭了一座小屋。

阿梁说，你可算来了，我一直等你来呢，你来看，这棵蜜香树多神奇呀，它根茎和枝节的颜色各不相同，我发现它每个部位都可生出不同的香料，树心和树枝坚硬发黑的部位放到水中就会下沉，是沉香，如果是半沉不沉的，那就是鸡骨香，用它的树根可以制成黄熟香，树干可以制栈香，细枝可以制青桂香，用它那些又大又轻的根节可以制成马蹄香，用它的果实则制成鸡舌香。你看，为了和它匹配，我在树上搭了座香料屋，是用桂木和熏陆香搭起来的，有风吹过的时候，桂木就会飘出香气，屋顶是用紫藤和木香覆盖的，还有开花的丁香缠绕在紫藤上，木香闻起来像花蜜一样，紫藤的茎干放久了就是紫香，而丁香的花蕾是一种古老的香料，人睡在里面会觉得心旷神怡，连头痛脑热都治好了，我就想着等你过来了，赶紧让你上去感受一下。

望着树上那座香料屋，我心里不由得生出一股敬意，在这小镇上，阿梁才他妈是真正的艺术家，再这么和他比下去，我迟早要黔驴技穷，而他则像热带植物一样，在这红土地上越发生长得狂野妖娆，不可一世。我心里又是感动又是沮丧，想掉头回去，但阿梁哪里肯放我，他不由分说，拽着我的胳膊把我拖到树屋里，只见屋里新钉了几排架子，架子上摆满了瓶瓶罐罐。他打开一瓶，轻手轻脚取出一饼香，焚上了，微微把青烟往我鼻子底下扇了扇，得意地说，你来闻闻，这香味如何？这是我前几天刚制出来的香，叫熏华香，是把降真香的树枝切成薄片，放在坛子里，用蔷薇水浸泡，再把坛子放在炉上，用小火慢慢蒸干，就制成了熏华香，这种香味很是清扬。

怕我跑掉，他又把我摁在凳子上，打开那些瓶瓶罐罐一一向我介绍。这是荔枝香，是用荔枝的壳制成的合香，香气很是清新。这是孩儿香，专等蔷薇开花的时候，又碰巧下了雨，被雨水淋湿，花香滴到土上，再经过风干变成的土香就叫孩儿香。这个香叫瑞球香，是把白檀香、降香、马牙香、甘松、山奈、香白芷、云母石、小儿胎毛，研成细末，用白芨水调和制成。这个叫引路香，是把檀香、芸香、速香、黑香、大黄、甘松、炭末，放在一起研磨后用荔枝蜜调和。这个叫御衣香，把檀香切成片，用茶水煮过，沉香切片，用蜜水煮过，茅香用酒煮过，炒至黄色，再加入玫瑰花、木香花、茴香、丁香、白芷、藿香叶、橄榄油，一起研磨，制成香饼。这个是专门为女人们制作的香粉，叫八白香，是把白丁香、白僵蚕、白附子、白牵牛、白茯苓、白芨、白芷、白莲，一起研成粉末后再加入绿豆粉，用了可使女人们面色如玉。这是为女人们制作的唇膏，叫留兰香，是把鸡舌香、藿香、苜蓿、兰香四种香料，用棉纱包裹，放入酒中浸泡一夜，再把茶花油和猪胆放入坛中，倒入浸过香的酒，煮沸后加入浸过的香料，用文火一直煎煮到水干时分，再加入丹砂，就制成了这种留兰香，用了可以使女人们唇色红润。

他滔滔不绝地往下讲，那饼熏华香燃尽了，他又取出一饼香焚上，我分辨不出这是什么香，只觉得闻了以后有些微醺的感觉，整个人飘了起来，好像来到了一个陌生的时空里，在我的周围，飘摇着很多幽灵般的植物，我看不见它们，但是分明可以感觉到它们的存在。我忽然明白了，前几次来，我都是站在外部观看着那些植物，而这次，我是走进了它们的内部。阿梁这次不再是用种植、扦插、嫁接、授粉的方式，他舍弃了它们的形状、颜色、芬芳，改用招魂的方式把植物们的魂魄收集了起来，有些花魂放在一起时产生了奇妙的化学反应，有些花魂在经过了火烤和熏蒸的度化之后，转世投胎为另一种存在。这简直是与中世纪炼金术相似的巫术，他通过这种巫术，让植物从有形化为无形，同时却成为他那座巴别塔上最坚固最璀璨的材料。而他自己的格位，也从一个花匠、园艺师上升为巫师、魔术师。

阿梁又熏上了一炷卧香，请我品鉴这种香味如何，他自己则开始动手沏茶。

看得出，他心情很好，只是在我面前强忍着，以示对我的尊重。我也不能让自己拔腿就跑，显得太没有风度了，我便干脆闭上眼睛，细细品起香来。只听阿梁在我耳边悠然说，香与花最是相配，对花焚香是这世上最美妙的事情，我一一试过了，木樨与龙脑香最匹配，茶？与沉水香最为匹配，郁金香与檀香最是匹配，兰花与四绝香最是匹配，含笑与麝香最是匹配，现在焚的就是四绝香，因为今日桌上摆的是兰花。我这才发现，桌上摆的果然是一盆兰花。

我心中感慨万千，都说把无形之物变成有形之物是件艰苦卓绝的事情，这种事情一般是由发明家和科学家来完成的，而事实上，世人不知，把有形之物化为无形之物也许更为卓绝。想到这里，我心里忽然猛地跳了一下，无形之物，我们都想到了无形之物，也就是说，阿梁的招数居然和我是同步的。我们貌似走在两条不同的路上，走着走着却发现，我们竟然是朝着同一方向而去的。

8

黄昏，舅舅带上吃食和水桶，照例出去赶海。我悄悄跟在了他后面。我想看看，舅舅到底在和什么人对话，难不成他真的是在和某种神灵对话？他并没有绕着红树林边缘向白沙滩走去，而是走到红树林边上的时候，他忽然停住了。他朝周围看了看，看可有人注意他，然后，趁着暮色，他倏地钻进了红树林。穿过红树林也可以到达白沙滩，但很少会有人这么走。我心里又是紧张又是兴奋，果然是那片红树林，一个岛屿中的岛屿，一个最适合盛放秘密的匣子。

我也跟着进了红树林，没走两步，水就淹到了小腿肚上，因为怕发出响动，我只好轻轻把一只脚拔出来，再缓缓把另一只脚踩进水里，舅舅走得也很艰难，所以他的背影还在树枝间依稀可见。红树林里的光线要比外面幽暗得多，红树的根盘根错节，几乎全都裸露在外面，就好像它们长了无数的脚，它们是可以走路的，能从村口一直走到白沙滩，最后织成了一张巨大的蛛网，要把所有的闯入者都网罗其中并消化掉。但红树林也是无数海边动植物赖以栖息的家园，所以，红树林不能碰，一碰就会像放烟花一样，惊起无数栖息在这里的水鸟。因为树和鸟都是红树林的肢体，二者相依为命。在我经过的地方，时不时会飞起一簇水鸟，防不胜防，幸而舅舅经过的地方也是如此，头顶不时升起鸟的烟花，所以他并没有多回头张望。

舅舅并没有横穿过红树林，当他走到红树林中央的那座灯塔前的时候，再次停住了，在红树林即将被夜色淹没的那一瞬间，我看到他从身上掏出一把钥匙，打开了灯塔下面那扇腐朽的门，然后，他推门进去了。黑暗开始降临，慢慢淹没了红树林，那座废弃的灯塔站在黑暗深处，静默不语，神秘极了。我开始往回返，我能看到的唯一光亮，是星光透过树枝落在水中的倒影，我每走一步，这倒影就会碎成一片，而在我经过的地方，银色的碎片又重新缝合于红树的脚下。

第二天上午，舅舅骑着摩托车，去县城采购东西去了。我安顿好外婆，塞给她一坛酒，让她慢慢喝去，自己则在身上带了一把钳子一把水果刀，再次走进了那片红树林。一直走到灯塔跟前我才看清楚，这座站在水中的灯塔，已经很难辨认出原来的材质，因为，整座灯塔都被绿色的植物所覆盖，靠近水面的地方还长出一层厚厚的生蚝，盔甲一般坚硬，猛一看，都不会以为这是座灯塔，倒更像是从阿梁那个魔幻乐园里跑出来的树屋。那些树屋，会吃会喝会呼吸，还会不停地长高，真跑出来也不算稀奇。我看到门上挂着一把生锈的铁锁，但毕竟已经腐朽，我用钳子使劲一钳，那锁就坏掉了。

我推门进去，一股潮湿浓重的霉味扑面而来，借着从窗洞透进来的光线，我看到，灯塔内的墙上也长满了毛茸茸的青苔，还有蘑菇木耳类的菌子，摸上去冰凉滑腻，好像摸到了一只沉睡中的大型动物的皮毛，我不敢多加触碰，唯恐这大型动物会忽然睁开眼睛看到我。灯塔中央有一架螺旋形的梯子，也锈迹斑斑了，一直通往灯塔的顶部，上面应该是仓库或是守塔人住的寝室。我屏息听了片刻，听不到任何声音，犹豫一番之后，我最终还是下了决心，沿着楼梯盘旋而上，在楼梯的尽头，也就是在灯座的下面有间小屋，门也是锁着的。我趴在门上听了听，里面没有任何动静，我在用钳子钳掉锁的一瞬间，使劲踹开了门。

果然是守塔人的寝室。圆形的屋里有两扇窄小的窗户，光线能透进来，可以看到，屋里有一张窄窄的单人床，一只木箱子，一把破椅子，墙角有一堆修理灯塔的工具，早已锈迹斑斑，地上还摆着两只塑料桶，站在门口都能闻到桶里散发出的难闻气味。有一个人正在屋里很缓慢地转圈，听到踹门声，居然连头都没回一下，还在慢慢地挪动。只见这个人拖着一头长长的头发，可能是很久没有洗过了，头发锈在一起，像一团杂乱的水草，身上破败的衣服和墙上的青苔融为一体，猛一看，竟以为他是这灯塔里长出来的一株人形植物。但我还是很快就明白了过来，悬人，头毛长长，尼官显，伊后来棹船过海往海南岛去了。他应该就是那个从木瓜镇忽然失踪的艺术家。

因为已经被舅舅在这里囚禁了两年，他说话有些说不利索，和我说话的时候也像是在自言自语，大概是因为，他在灯塔里的大部分时间都是靠自己和自己说话打发过来的。舅舅每天天黑前会来灯塔一趟，给他送吃的送水，给他倒便桶，但也很少和他说话，就是说也只说些关于珊瑚民宿的事，舅舅会让他帮忙出主意。这也是舅舅当初把他囚禁起来的原因。舅舅不想让他走，要他一直陪着自己，可能因为心里认定，只靠自己，是根本无法把珊瑚民宿经营下去的，而这是留住艺术家的唯一办法。

奇怪的是，他并不和我说让我救他之类的话，而是像只钟表一样，围着圆形的房间，只是不停地转圈，一边转圈一边自言自语，珊瑚屋，珊瑚，来自大海的艺术品，从海洋走向陆地的艺术品，就是艺术，我第一眼看到珊瑚屋，就知道，它们，是艺术，艺术。

他说的是字正腔圆的普通话。我想起在那么几个瞬间，舅舅也会操起这样字正腔圆的普通话，神秘地、诡异地，对我说几句天书一般的呓语。我忽然明白了，那些话其实出自这位艺术家之口，而舅舅只是模仿。准确地说，那并不是一个真实的舅舅,而只是一个被他自己分裂出去的人格分身。因为恐惧,还因为仰慕,还有淳朴和野蛮搅在一起时发生的剧烈的化学反应,那个分裂出去的舅舅和眼前的艺术家会忽然重叠在一起,他们会在瞬间变成一个人,继而又很快分离。

我坐在椅子上,他则一刻不停地转圈,好像他变成了我的一颗卫星。可以想象,在长达两年的幽闭式的生活当中,他每天都是沿着这样的轨道在自转,显然,他已经演化出了某种接近于天体的气质,可以无限地这样运转下去。我问他,你在镇上一共待了多长时间?他一边自转一边用梦境般的语言说,那时候,我每天去看海,海龟从南太平洋赶来,鲸鱼从南极赶来,我在看鲸,鲸也在看我,水鸟从水下起飞,海豚在捕捉沙丁鱼,珊瑚比云霞更灿烂。我又问,除了我舅舅和我,这两年你还见过谁?他一边继续转动一边说,园艺艺术家,他的花园,种了很多很多花,珍奇的花,植物的艺术,大地上的艺术,有一棵丝兰开花了,它等待着访客的到来,然而没有,没有客人来访,一个植物里的作家,孤独的作家,孤独,没有一种艺术可以脱离孤独,那些花,颜色和香味在风中摇摆,植物的诗歌,花园是很快凋零的聚会,散了,都散了。

我一听就知道,他说的园艺艺术家是阿梁。难怪我和阿梁同时想到了无形之物,可见阿梁不仅知道艺术家被囚禁在这里,甚至还可能来灯塔看过他。这时候我忽然又想到,我之所以能在这里找到被囚禁的艺术家,根本原因还是在于阿梁,现在回头想想,他其实一直在给我一些暗示,正是有了这些暗示,我才跟着舅舅一路找到了这里。可是,他为什么要给我这些暗示呢?希望我找到这个艺术家?我又想起那天在亲戚家喝茶的时候,曾听亲戚说起过,阿梁的女朋友是因为喜欢上了那个艺术家,才要和阿梁分手的。如果真是这样的话,阿梁应该恨眼前这个人才对。于是我便又试探着问,你说的那个园艺艺术家是阿梁吧?听说他女朋友爱上你了,所以才要和阿梁分手,真有这回事吗?

他还在自己的轨道上旁若无人地转动着,但说话慢慢变得流利了些,可能还是因为平时根本没有和人说话的机会,所以在正式说话之前,必须得经过一定的演习和排练。只听他说,塔希提岛上的高更,他画的《塔希提岛上的牧歌》,画得多好,只有野蛮的地方才会有牧歌性,高更在塔希提岛上的情人叫泰阿曼娜,土著少女喜欢外来的艺术家,是因为她们喜欢外面的世界,但高更不会带着泰阿曼娜去巴黎,因为他知道,去了连原始美都毁灭了。

我叹息道,你们这些搞艺术的,原来你是木瓜镇上的高更啊。我听说,在你失踪之后,那女孩和阿梁也没能复合,而是独自出去打工了,她到底还是去了外面的世界,也不知道现在在哪里。

他的自转戛然停住,他微微侧过头,似乎朝我看了一眼,然后,自转再次继续。我猜测,他必须在这个熟悉的轨道上转动的时候,他说话和思考的能力才会恢复,一旦停住,他就会化为一棵人形的植物,与这灯塔的墙上、缝隙里长出来的苔藓和蘑菇没有两样。他又转了一圈之后,忽然说了几句很诡异的话,他带我来红树林,说去看一座老灯塔,法国人建的灯塔,我来了,从此以后我就失踪了,而那女孩比我失踪得更早,那一天,我在镇上到处看不到她的身影,我就知道她失踪了。

我愣住了,一阵阴凉的感觉嗖地蹿到了头顶,我问他,你在说什么?他很笨重很干枯地笑了一声,一边转动一边说,我进来灯塔多久了?我早已经忘记了时间,我在这里已经几百年了吧,这几百年里我一直在想一个问题,什么是失踪,失踪的人是介于活人和死人之间、神灵和鬼魂之间的一种人,有时候这个人其实已经死了,别人却还可以当他活着,无限地活着,比所有的活人活得都长久;有时候,这个人本来还活着,别人却都以为他已经死了,把他的遗像挂在墙上,从此以后他就只活在了墙上,把他写进书里,从此以后他就活在书里,而那个真实的他反倒变得像鬼魂。而且,失踪的人是可以变形的,你永远不知道他会变成什么。把我藏在红树林里,我就迟早会变成一棵红树,和这周围的树木没有任何区别;如果把我埋在泥土里,我可能就会变成一颗种子,这种子有一天要是发芽了,开花了,那朵花其实还是我,就算没有人能认出我来,那也还是我,这世上不会有干干净净的失踪,只有形式间的转化。

我猛地想到了阿梁种的那些妖魅奇异的花，还有那天在水塘边阿梁对我说过的话，我信仰土地的力量，你种下去什么，就会收获什么，所以在种这棵鹤望兰的时候，我把一只死去的小鸟和它的种子埋在了一起，这样小鸟就能把自己的灵魂转移到花上，可能因为花有了鸟的灵魂，才长得这般美丽。

我带着艺术家离开了灯塔，去县里帮他理了发，换了衣服，又把他送上了去海南的船上。两年前，他的目的地其实就是海南，只是路过木瓜镇的时候被珊瑚屋吸引，便多待了几个月，结果被舅舅囚禁在灯塔里。临上船前，我给了他一笔钱，恳求他不要报案。我说，我那舅舅年龄也大了，又无儿无女，也是个可怜人，他强制性地把你留在木瓜镇，其实也是出于对你的仰慕。仰慕的方式有很多种，这是最极端的一种，他心里自卑得很，不想让你走，想把你留下来。艺术家把钱收下，一只手捋了捋被海风吹起来的头发，张了几次嘴，似乎想对我说点什么，但最后一句话都没有说，便头也不回地上了船。

9

这个黄昏，我又来到了阿梁的水塘边。

远远就看见他正低头摆弄着什么植物，但我已经不再关心他又培育出了什么惊艳的品种。我在他身后默默站了许久都不知道该说什么，这时候阿梁一抬头，看见我站在后面，便笑着招呼道，快来看，你赶上了最隆重的花事，运气真好。我走上前去一看，是一株又像牡丹又像芍药的花，长着几个珊瑚红的花蕾，有一朵半开的花却是粉色的，还有一朵已经全开的居然是无瑕的象牙白。我说，这又是你的实验？他嘘了一声，指指花蕾，不再让我说话，我们便屏息观看着那几个花蕾。

只见其中一个最大的花蕾已经慢慢张开了，开放的过程宁静优美，像一种空寂缥缈的舞蹈，又像一个梦境忽然走出了黑暗，静静地站在你面前。但你知道，它仍然是个梦，并不是真实的存在。太阳已经开始西沉，天地间的光线变得低沉柔和，而这朵花竟像一只烛台一样，把周围一圈都照亮了。更神奇的是，它的颜色像用画笔渲染的一样，一直在变化，开到一半的时候，珊瑚红变成了粉色，再开又成了淡黄色，到最后完全盛开的时候居然蜕变成了纯洁的象牙白，纤尘不染。我有一种错觉，觉得自己正站在变幻着光线的晚霞面前，每一个瞬间都转瞬即逝，却又美得惊心动魄。半晌，我才问了一句，这叫什么花？阿梁的声音飘了过来，平静到了骄傲的地步，它叫落日珊瑚。

这朵花像一个巨大的黑洞，把一切都吸附进去了，晚霞、夕照、时光、珊瑚、民宿、艺术家、舅舅、梦幻、外婆、阿橘、海天线、梦与醒的交界线，全都吸进去了，几乎优美到了邪恶的地步。站在那朵花前，我忽然想流泪，那艺术家说得不错，阿梁是能称得上园艺艺术家的，他们其实是有惺惺相惜在里面的。

阿梁凝视着那落日珊瑚说，如果你经常看着花朵盛开再凋零，你就能感觉到，花朵会让时间加快转动，花朵周围的空间是弯曲的，是有弧度的，如果把一个人长期放在这个空间里，你会发现，他老得很快，比周围的人要快得多。

在那一瞬间，我有些想逃走，但还是忍住了。我望着海天交界处金红色的晚霞说，其实你早就知道那个艺术家被关在灯塔里，你让我找到他，只是为了让我把他救出来，对不对？

他也抬头看着晚霞，霞光铺满了整个大海，也落在了我们身上、脸上，像给我们镀上了一层古老的釉色。他嘴角还挂着那抹满不在乎的微笑，掏出一根烟来点上，一边抽烟一边看着霞光落满大海，久久不说话。我又说，你女朋友当年就是因为喜欢上他了才要和你分手的，你不恨他？一根烟抽完了，他把烟头掐灭，两只手插在裤兜里，平静地说，他可以去做我做不成的事情。

最后一块晚霞也燃尽了，烧红的天空和大海逐渐冷却，变成了灰烬一般的炭灰色，这炭灰色又迅速变成了深青色，然后是蓝黑色，再然后便是吞噬一切的乌黑色。璀璨的繁星从黑暗最深处涌起，然而海天已经连在了一起，所以很难分清楚那些星光到底是来自夜空还是大海深处。就在我们身边，我忽然发现，有些植物在黑暗中居然是会发光的，那些明明灭灭的花朵，像星辰一样围绕在我们身边。我想到了那只和望鹤兰埋在一起的小鸟，它给了望鹤兰一个灵魂，一个属于鸟的灵魂，所以望鹤兰看上去优雅极了。而在这些花朵的下面，在它们的根部，也许还埋藏着更多秘密，这些秘密赐予它们可怕的美丽甚至是魅气。我又想到，如果一个男人失去了心爱的姑娘，她却最终化作无数美丽的花朵盛开在他的身边，不管是白天还是晚上，也不管世事和光阴如何流转，那也算一种陪伴吧。

　　我终于下定了决心，我在黑暗中看着他的背影，低声说，你不怕有一天警察还是会找到你这里吗？他没有任何反应，没说话，甚至也没有扭脸看我一眼，只是静静地站在一棵仙人柱面前，那仙人柱在这个夜晚开花了，它的花到天亮就会凋谢，只开一夜，所以它几乎用尽了所有的力气。我也走到仙人柱旁边，摘下了一朵黄色的花朵，我以前不知道，仙人柱的花朵在晚上居然是会发光的，一种很柔和很静穆的光，像深海的夜光螺发出来的。我把它捧在手心里，它居然把我的手心照亮了，我又把这朵花举起来，它竟把我和阿梁的脸都照亮了。在照亮的那一瞬间，我对他说出了我最后想说的话，你还是要早些为自己做好打算的，究竟该何去何从。

　　阿梁忽然笑了，说，你晚上从没来过我这里吧，走，跟我看看夜晚的花园，其实比白天还要美丽。

　　于是，我们在夜色中开始游园，原来，在夜晚发光的植物不止有仙人柱花，还有九里香、黑色郁金香、欧洛佩、迷谷、荧光草、灯笼树、月亮树、蜡烛树，还有一棵夜光树，通体闪亮，那是真正的火树银花。我惊叹道，好神奇的树啊。阿梁说，它的根部有大量磷，磷从树的身体里跑出来，一碰到氧气，就能放出一种没有热度也不能燃烧的冷光，而且树越大，发出的光就越明亮。

　　又是一个关于根部的秘密。邪恶而温柔。

　　站在那棵亮晶晶的树下，我忽然有一种错觉，好像我和阿梁又回到了童年，我们正在元宵节的夜晚逛花灯。

从种种奇花异草中穿行而过的时候，我还发现，夜晚的花香竟然比白天还要浓烈幽深，走着走着，我感觉我们已经被花香托起来了，我们像羽毛一般飘浮在了夜空中。这时候，阿梁回过头来，庄重地对我说，阿胜，谢谢你，其实我早就想好了，我哪里都不去，就在这里种花种树，我还要种更多的花，比落日珊瑚还要美的花，然后，花又生花，树又生树，当这些花和树壮丽到一定程度的时候，那就是我该去的地方。

夜色中，我恍惚又看到了阿梁建造的那座巴别塔，那座活着的不停生长的塔。这些花草树木，这些树屋、花屋，还有他制作的那些香料，它们其实都不过是他手中的建筑材料，他用它们一层一层地往上垒，他自己也随之一层一层地往上爬，到最后，在塔到达了它所能到达的极限的时候，它会变成一个城邦，或者，一个王国。而就在那塔的最顶端，阿梁像个尊贵的国王一样，消隐于自己的王国当中。

2023年选系列封面绘图画家介绍

黄少鹏 中国油画学会学术委员会委员、广西美术家协会油画艺委会主任、漓江画派促进会副会长、国家一级美术师、硕士生导师。

《耕乐堂的黄昏》 黄少鹏 80 cm×240 cm 布面综合材料 2019 年

黄少鹏画作短评

  如果说印象派的条件色体系关注的是物象的光色变化,少鹏在意的则是色彩的文化属性。这种属性是古迹在岁月浸润过程中残留下来的永恒色泽。少鹏崇尚魏碑的雄强古拙,这铸就了其艺术强悍的风貌,具有表现主义的性质,又因为书法运笔入画而兼有写意的蕴含。油画讲究画面的结构性和层次感,中国画则以骨法用笔见长。他汲取两者所长,兼具表现主义的强烈情感表达和中国传统写意画的文人内蕴,呈现出一种既粗犷又含蓄温润的个人风格。

——汪鹏飞(油画家)

落日珊瑚

2023
中国年度中篇小说 下

中国作协《小说选刊》 ■ 选编

LUO RI SHAN HU

漓江出版社
·桂林·

海边的向日葵

肖 勤[*]

1

那天凌晨的事情其实很简单，就是一个干瘦的修车仔抱着个婴儿来看急诊，说换尿布着了凉，么么咳了一整天，刚睡着，他怕半夜醒了再咳，抱来让青玉给开点药。

不咳的药就行。满身机油渍的修车仔表情焦灼不安，说到么么刚睡着时，下垂的眼皮不停抖动，他伸出手抹了抹眼角，那是一双与他年龄完全不相符的手，异常干瘦，骨节凸出，指甲漆黑，指缝中也全是黑色的机油渍。青玉有些心疼，但她还是带着职业性的不满询问——白天就咳为什么半夜才送来？宝贝妈妈呢？

他妈……跑了，我白天忙修车。修车仔说着眼圈红了，抱紧怀里毯子裹着的婴儿，毯子很旧，已经洗得半掉毛，上面的粉色猪小胖图案脏得不行，像极

---

[*] 肖勤，女，仡佬族，1976年生，贵州遵义人。代表作有《暖》《所有的星星都有秘密》《丹砂》等，已创作两百多万字小说，作品多见于《人民文学》《十月》《民族文学》《芳草》《山花》等刊，多部作品被《小说选刊》《新华文摘》《中篇小说选刊》《小说月报》选载，并入选各年度选本。根据小说改编的电影有《小等》《碧血丹砂》。曾获第十届全国少数民族文学创作骏马奖，贵州省第十四、十五届"五个一工程"奖，十月文学奖，《小说选刊》年度大奖，《民族文学》年度小说奖等。有作品被译为英、韩、法、蒙古、哈萨克斯坦等文字在海外出版。

了一只被人遗弃的小脏猪。

那时候青玉压根没想到这个生病的婴儿有问题，她只觉得眼前是个可怜的打工妹，没承想遇到的会是狼。还好，职业使然，她绝不可能不看病人情况就乱开药——必定是要看一眼孩子的。

你把毯子揭开我看看。她搓了搓手，让即将接触婴儿的手指变得温暖些，春夜的诊室有点寒凉。

修车仔却慌乱挪开，哀求说，不看了吧，一动他就醒，又得咳，下午咳得都吐奶了，奶粉贵。

青玉心头一软。

她和于合结婚快十年了，还没有孩子，于合说不急，可每次看到软软糯糯的奶娃她总会心颤。

于是她用羽毛般细柔的声音说，还是要看看的，我动作轻一点。

不看了，你就开点药吧。修车仔坚持，开点止咳糖浆什么的，么么不娇气，喝点糖水就好了。

青玉温和地笑了，说，你大半夜跑来看急诊就为了开一瓶止咳糖浆？什么止咳糖浆管用？你要自己会开方子还来医院做什么，对吧？说话间，修车仔紧张的表情和他那头枯黄的头发让青玉的脑子莫名响起警报，心头没来由地咯噔一下，总觉得有什么不对劲。

于是，趁修车仔不注意，她迅捷伸出手，一把掀开虚掩在婴儿脸上的毯子，手指不经意间触摸到一片冰凉。

只瞥了一眼，青玉顿时全身发麻。

那是个死婴，面色乌青。

之后的事青玉记不太全了，她当时实在吓坏了，满脑子都是小婴儿，恍惚间那小婴儿竟睁开眼，死死盯着她，小眼睛血红……再一转那血红的眼珠又变成了修车仔的，他像一匹顶着秋天草垛的疯狂的狼，眼里长出獠牙，死死咬着她，然后大声狂吼——害死人了！医生害死人了！

午夜时分的医院顿时像涨潮的海水一样翻涌起来，杂乱紧张的脚步声纷至沓来。医院这种地方向来是不缺人的，不到两分钟，整个走廊和大厅便挤满了，连送外卖的小哥也丢下摩托不甘落后地挤到人群前面来。人人皆媒体的时代，无须提醒，有人录像有人拍照，兴奋成一团。

惨白的灯光下，年轻人抱着死婴在大厅里狂声嘶吼——就是她！就是她！大半夜的，我来了一个多小时，她却在睡觉！就是她耽搁时间，害死了我娃！

青玉无辜茫然地呆站在大厅导诊台前，完全傻了，眼前白晃晃全是手机，都对准着她，她下意识挡了一下脸，但这个动作让她显得很心虚，混乱中她大脑一片空白麻木，又仿佛塞满了东西，婴儿死亡的气息和那青紫色的嘴唇，像福尔马林液体一样湿答答包裹着她，人们在说什么、吼叫什么、对着她照什么，她完全不知道……她只看到院办张主任和院纪检室的李主任火冒三丈地冲将进来，铁青着脸，他们没有跟她说话，甚至青黑的眼眶和白冷的眼仁中还带着划清界限的生冷和戒备。

查监控。主任皱着眉，冷静地控制住局面。

青玉长长松了口气，回头间却看到满脸泪水的修车仔站在人群中，嘴角闪过一丝不易察觉却又如释重负的表情。青玉来不及思考，只觉得很快事情就会水落石出。

电脑屏幕上，凌晨一点二十一分，修车仔抱着婴儿冲进大厅，步伐零乱，他挂了急诊，然后跑到她诊室门口。画面里，修车仔伸出手，明显有敲门的动作，然后他停下来，探了探头，缓缓坐到旁边的候诊椅上，过了一会儿，他又抱着婴儿到门口停顿张望，再次敲门，最后又退回来坐下。直到凌晨两点二十九分，他才再次走到门前，推门而入……

她值夜班睡着了，就是她耽搁了我家么么，么么才八个月啊！修车仔紧抱着死婴，动作夸张地跪在地上，号啕大哭。

青玉怔怔地看着屏幕。

现在她全身是嘴也说不清。

她哪里睡觉了？算算她已经失眠好几天了，修车仔只是做了个敲门的假动作——他知道医院有监控，他的敲门和等待都是圈套，婴儿早在来医院前就死了，否则半夜三更来挂急诊的，谁会老老实实抱着病娃坐在那里等一个多钟头？

　　但她说不清楚，场面太混乱，死婴又明明白白摆在那儿，惨白的小脸，青紫色的小嘴唇，细得像小猫爪一样的小手指，它们无助地蜷曲着，像要抓住什么，让人不忍目睹。

　　尸检！尸检可以查出死亡时间和这婴儿的死因……青玉步伐零乱，追着一言不发的李主任匆匆走出监控室，在拥堵的人群中挣扎出一句。

　　尸检？人群立即炸开了锅。

　　青玉忘记了，筑城是一个有着诸多独特风俗的西南边地，比如放在山洞里不埋不弃的棺材，比如幼儿出门必须系在衣襟上的剪刀……这个充满现代工业气息的城市，内里依然是神秘古老的纹理，有些习惯是天长日久不容更改的，在这里，惊扰年幼死亡的孩子是最大的忌讳，就连安葬和悼念也必须秘而不宣。

　　朴素的人群显然被激怒了，他们义愤填膺七嘴八舌地凑上来。

　　当保安把青玉从挤搡推打中解救出来时，青玉的眼镜已经给打没了，马尾散落，白大褂还被扯掉了扣子，这些都不算，不知挨了谁耳光，脸上火辣辣一片。

　　快走啊！保安狼狈地躲避着挥舞的拳头，狠推了她一把——你快走。

　　青玉这才回过神来，惊魂未定地逃出急诊大楼，跑上平安大街，失去扣子牵绊的白大褂像一对白色的蝴蝶翅膀，悲凉地颤动着。一辆辆夜车从她身边拐着弯惊险万分地驶过，她一边狼狈不堪地闪躲，一边回望身后那闪着巨大红十字光芒的急诊大楼。

　　卖甜酒汤圆的女摊主愕然地看着她，手里的勺子高高举起，在青玉看来，这女人也是要攻击她的，全世界都在攻击她。

　　她慌张惧怕地看着微胖的女人，往后退了两步，差点被马路牙子绊倒，仓皇间,什么东西从她眼里淌下来,滚烫。她抹一把湿痛的脸,胡乱脱掉白大褂,摔在湿漉漉的地上,转身跑向车流。

2

青玉并不喜欢这个城市,这个城市四面都是山,又常不见太阳。连绵的群山间,巨大的银色输送管将矿石从山上运到城里,像一条盘在天地间的贪吃蛇,城里到处是巨大的烟囱,它们向城市输送着复杂的气体,除了这令人呛咳的气体,街上到处充斥着汽车尾气、火锅、烧烤和烈酒的味道,浑浊混乱。不像家乡那座临江的小县城,四季温润,干净得像幅画,春雨季节,雾雨笼着青葱的茶山连绵入云端,不是江南胜似江南。可是她有什么办法呢?这座野蛮生长的城市里有于合,这是她执着地留在这个地方的全部勇气和理由。

雨丝细柔如绒毛,夜半的城市灯火迷离,她的照片在医院门口的宣传栏里闪着朦胧的光芒——那是个知性又冷静的女人,位居筑城十佳最美医生榜首,她目光安然,正对着诗和远方微笑。

然而此时此刻,和那张照片同样面孔的女人却成了一只惊慌失措的过街老鼠,只能且必须在一盏盏窥探的夜灯下扑向滚滚车流。

紧急刹车的出租车司机没有生气,这是医院门口,半夜从医院里飞奔出来的都是需要天使拯救的人。

需要帮什么忙?人到中年锋芒过去,司机声音温和如天使。

她说不出话,握着车门把手的手不停发抖,眼泪成串滴落。

司机收回眼神,缓缓把车驶出平安大街,到了红绿灯才问,走哪儿?

煤、煤矿村。青玉好不容易说出这几个字,喉咙里有温热的液体淌过,是的,煤矿村,那里是她的家,她和于合的家。

出租车绕行而上,爬上筑城唯一的城中山,这里是老矿区,曾经繁华喧闹,

海边的向日葵 | 383

是筑城最热闹的所在，如今黯淡在岁月的褶皱里。

青玉在半山腰五道拐下车。

司机看一眼黑麻麻的楼栋，突然问她，家里有人吗？

刚逃出劫难的青玉全身一抖，赶紧答，有啊，有。然后跳下车飞奔向院门。

其实家里根本没人，怎么会有人呢？于合已经离家多日不归。

打开门，一股寒湿扑面而来，这个春天总是阴雨不断，墙壁是冰的，空气也是。青玉没开灯，蜷缩进沙发，目光呆滞，脑子里放电影一样不断闪回医院的一幕幕。

从小到大她一直是个温纯老实的好孩子，成绩好，但不够机灵，所以当不了班长，永远当学习委员。高中班主任常说，这孩子就是太老实，以后成事成在这个上，败事也要败在这个上。这话今天是应验了——现在回想起来，她在候诊大厅里失控地大喊尸检，简直就是作死。

挂钟已指向凌晨四点，于合又不回来了吧？自从她在他手机里翻到那些照片后于合便避而不见，这在以往的生活中是不曾有的，于合是一只洒脱顽皮的金毛，阳光大男孩那种类型；又有点像拉布拉多，见到陌生人比见到亲妈还亲，总之从来就不是沉默倔强的类型，一个人突然间变成这样，情况显然比青玉想象中的严峻。想到这里青玉有些惊慌，什么东西正在迅捷地从她手心消失，她即将一无所有——在这个她抛弃全世界换来的城市。

那些鬼照片眼下完全不重要，重要的是于合回来，这城市除了于合她什么也没有。

青玉摸出手机，翻看于合数日前发过来的旧信息——那个纪录片快播了，改片、加班、不回。

青玉不知道"那个"纪录片到底是"哪个"，仔细想来，这些年两个人各自忙着，在一起说话的时间并不多。她在急诊，每天看得最多的除了鲜血就是濒危病人，这样的事回来不想说也不便说，吃饭时不行，睡觉时更不行，那就是没时间了。于合则是忙拍片子，经常一出门就是个把月。二人一个经常上夜班，一个整天不是出了门就是准备要出门,要凑一起吃个饭都有点难。因为作息时间不同,不到三十五岁他俩已经分房睡了,偶尔于合会半夜摸过来,轻车熟路却又匆匆了事,青玉高兴又生气,觉得他不像是来亲热,倒像是半夜起床上厕所,这话说出来恶心的到底是自己,只有不说,但情绪憋着,久而久之她就不愿意了,于合只好黑着脸又钻回他那边睡去。

除非咱们要个孩子。早晨起来,有时青玉会主动撒娇以示妥协。

于合不买账,才华横溢的他对他们现在的房子、车子、位置都不太满意,尤其是房子,这是他父母当年房改时买的厂区房,三十年河东,三十年河西,以前最热闹最俏式的地方,现在成了筑城最旧最老的地方,在山上不说,住的人还鱼龙混杂。

我要让宝宝住在观山湖看风景。于合骄傲地梳理着他桀骜不驯的卷发,亲爱的,革命尚未成功,同志们还须努力。

没想到革命道路走到一半,宝宝还没要成,于合却把初心弄丢了。那啥,就像科里组织学习时大家哄笑成一团的段子,说老王死了一条狗,他伤心得不行,想给它留个坟,于是跑到山上生了堆火想先把它火化,结果烧着烧着味儿挺香,最后老王忍不住,就把狗肉给吃了。主任老鼎慢条斯理说完,环视了会场一周严肃地说,你们不要笑,这个段子是告诉你们,"不忘初心"四个字说出来容易,要坚持下去是很难的,很多人走着走着,就把初心给丢了。

老鼎就是个乌鸦嘴。

握在手里的手机从未如此灼热过,犯错的是于合,可他至今都没有主动打过一个电话,她确定要打过去吗,告诉他她需要他?

需要他——这样脆弱又卑怜的话青玉说不出口。自尊心卡着她的喉咙,最终她选择了放弃。

微雨不知何时已停,天快亮时,山顶墨色的树梢影间竟然升起一弯残月,是下弦。月光透过窗帘浅浅淌满屋,如忧郁行走的挽歌,她看着那缕月华,鬼使神差地缓步走上阳台——后来想起这一刻,就跟撞了邪似的。

从七楼向下望，弯曲向上的盘山水泥路像古老致幻的魔法符号，一束车灯沿着它诡异地驶上山，最后绕进楼下的院子。那是一辆白色宝马，它小心翼翼驶过寂静的夜，如划过水波的幽灵，无声地停在单元楼下。

天都快亮了啊，原来世上还有这么多人，和她一样煎熬在所有人都安然沉睡的夜里。

一个高大的身影从副驾驶位走出来，洒脱地甩了甩卷发，带点慵懒、带点狂放，正是令她沉醉多年的模样。

是于合。

青玉的心漏跳了半拍后，然后剧烈地跳动起来，像当年初恋时一样，她快乐得变成一只鸽子，伸开白色的翅膀扑棱扑棱想要飞下阳台去。可她还没来得及探出身子欢声低唤他的名字，紧接着又一个纤细的人影从驾驶位钻出来，追上前紧扑向于合。

于合被她扑得急冲了两步才停住，他有点紧张地左右张望，拿手去掰那双手。

那双手却肆无忌惮地紧箍着不放。

青玉愕然张大嘴，仿佛被箍的不是于合，而是她，窒息的感觉一浪接一浪朝她打过来，她紧张的喉咙发出临近死亡的人才会发出的暗哑的嚯嚯声。

好半天，于合转回头用力地推了超短裙一把，好像是生气了、拒绝了，然后眨眼间他又突然把她搂回来，就像歌剧里的演出，生离死别的两个爱人，推开抱紧，诉尽万般离别苦，破除万般世间障，最后生死相许——于合最后决定返回去，打开车门那一刻，他下意识抬头朝楼上望了望。青玉吓了一跳，赶紧缩回脖子，把自己潜藏在黑暗里，心脏咚咚乱跳着，好像偷情的人是自己。

……

上午十点多，青玉在清脆的鸟鸣声中昏昏沉沉醒来，正是红嘴蓝鹊喂育幼鸟的季节，煤矿村后山树林里的鸟鸣声一天比一天嘈杂。

她从沙发上挣扎起身，蓬头垢面地走向卧室。卧室空荡荡的，没人。

客房、卫生间、书房都没有人，她神经质地翻找床脚，甚至打开所有的抽屉，都没有人。

滞后的记忆终于苏醒过来，是了，于合并没有上楼，他被超短裙牵回了车里。

"大师兄，师父被妖怪捉走了。"不合时宜地，她脑子里突然冒出这么一句话。

咯咯咯，她被自己逗笑了，声音沙哑，鬼似的，仿佛不见的真是唐僧。

青玉边笑边打开水龙头，捧起水胡乱泼洒，湿答答的头发贴在惨白的脸上。镜子里有个女人在说话——于合，你不回来，我本来想跟你讲的，我看到了一个死婴，好吓人。

屋子沉静如深海，除了涓细的水流声，无人回答，也无人安慰。

老鼎来电话。

院里的意思，你先在家休息，等网上风头过了再说。老鼎闷声闷气地说。

哭了一早上的青玉这才意识到昨晚的事没完，也就是说，昨天晚上她的天塌了两次，然而这并不是最糟的——最糟的是现在她还被压在废墟里，却无人营救。青玉颓然打开手机微博，果然在网上看到了陌生的自己，表情惊恐狰狞，下面的跟帖铺天盖地，问候全家的、祝早升极乐的、送她癌细胞免费三件套的……青玉按捺着性子往下翻，到最后实在看不下去，手指哆嗦，眼前发黑，胸口越来越紧硬。凭着医生的本能，青玉强迫自己放下手机镇静下来，走进厨房，她得吃点东西才能撑住。打开冰箱，拿出几个鸡蛋，她想煎荷包蛋，结果接连打四个蛋都掉到了地上。青玉索性将空碗狠摔到地上，胡乱披了件开衫下楼去吃东西——网友都在咒她死，可她要死也得当个饱死鬼。

煤矿村听起来是村，其实是座矿山，二十世纪八十年代，筑城最老最早的一批厂区房就建在这里，顺着狭窄的山路从山脚到山顶，一路蜿蜒向上全是房子，后来矿没了，厂也没了，煤矿村成了三不管地带，到处是农民、工厂职工和外来务工人员乱搭的违建房，密密麻麻的鸽子房和厂区房交错在一起，彼此见缝插针，如同天作之合，容纳三教九流，于是整座山成了一个混乱怪诞又充满烟火气的所在，有租房的有吸粉的，有正经开美术音乐培训班的，也有卖臭豆腐卤菜的，当然，还有贩假货和搞手机贴膜批发生意的。

于合不愿要孩子的原因，是担心这里环境不好——孟母三迁那是亡羊补牢，我们先完成硬件条件这叫未雨绸缪。

厂区房值班室斜坡上有棵经年的老槐树，树皮斑驳，枝条如魔。楼下的老青砖围墙被包装厂的老保卫科科长抠开了个洞，一对来自乌江渡的中年夫妻从他手里租过来，螺蛳壳里做道场，竟在小小的洞子里支了个棚架卖起了豆浆和油条。

熟悉的香气扑面而来，热腾腾的大油锅刺刺刺发出面条膨胀满足的响声。一旁的长条案板上，一大竹筛油条金黄灿烂地围绕摆放着，像朵喜庆的葵花。再往边上是个小铁炉，上面烧着锅豆浆，汤浓，香气浓郁。

这对夫妇青玉已经很熟了，去年疫情防控期间两口子没抢到口罩，青玉还把家里仅有的一包口罩分了他们一半。

老槐树花期刚至，垂下累累白玉籽般将开未开的花串，在阳光下闪着晶莹光泽，见有人走过来，树下的女人笑得和花一样香甜，美女，几根油条？

她摘下脸上的口罩，清了清干涩的嗓子，说，一根油条，切四刀，一杯豆浆，不加糖。

好脾气的老板娘看清是她，笑容顿时僵在脸上，舔了舔细薄的上唇，尴尬地扭过头，动作飞快地夹了根油条，敷衍了事地切了四刀麻利地装进袋子，然后有意无意半勾着滑润的手指。

袋子便缓缓滑坠在常年浸满油的木案上。

青玉伸出的手在空气中尴尬地停留了半秒，最后，她缓缓拾起油条袋，沉默地转身。

还出来晃啥子嘛，身后传来女人压低嗓子的嘀咕声，换成我就不出来了。

谁？咋个了？坐在油条摊旁剥毛豆的老奶立马凑上来。

那个医生，昨天半夜把一个奶娃耽搁死了不认账，还嚷嚷要尸检，唉，巴掌大个娃，尸检这样的话她也敢讲！老板娘叹气，平时看上去多好的人，去年还送口罩给我家。

喊，送个口罩就是好人？老奶故意提高嗓门说，现在的医院和医生惹不起，我屋头老汉住个院，就花了不少冤枉钱。

没完了是吧？青玉愤然回过头，身后的声音戛然而止，再看几张脸，各看一边，仿佛刚才的聒噪根本不存在，只有脸上冷然的笑意和不屑在太阳的斜光中显得十分真切。

记住，你给我装孙子。老鼎的忠告响起在耳边，不要去跟帖，不要去辩解，要懂策略，一定要降热度，你一个人吵不赢全世界，更何况他们根本不在乎真相，他们只相信他们认定的东西。

老鼎说得对，青玉强忍怒火，把油条和豆浆扔进身旁的绿色垃圾桶，大步流星地走了。

一整天青玉没有吃东西，阳光照进屋又退出去，云朵在窗外的天空飞逝，最后归于夜色，她还是没开灯，房间里只有笔记本电脑在漆黑中闪着诡异的蓝光，魔鬼一样吐出一条又一条跟帖，句句是利剑，条条都诛心。

二十四小时过去，她已经成了网络红人。呵呵，人生何其有幸，她居然以这样的方式"名满江湖"。

门锁咔嗒一声响，于合进屋来，齐肩的卷发有点乱，神情也是。

青玉一阵狂喜，于合是特意赶回来安慰她的吧？青玉按捺着激动的心情，佯装镇静地扣上笔记本电脑，端坐在沙发上，身体却微微发颤。

然而于合径直去了卫生间，青玉听见里面响起懒散的刷牙声、水声，然后洗衣机嗡嗡响起来……不知过了多久，于合打着哈欠，提着昨晚和女妖怪离去时穿的那件风衣走向阳台。

他沉默地穿过客厅，仿佛她是个透明体，他完全看不见。

但她却看得见，她看到他跟往常一样，仗着人高马大，懒得用晾衣竿，踮起脚去够晾的衣服，没想到脚下一个趔趄差点摔倒，他吓得不轻，狼狈万分地抓住洗衣机边框轻骂了一句我操。

以往这种时候，青玉肯定会扑哧一声笑起来。但现在她笑不出来，她感觉自己正一寸寸淹没在无边的海水中，委屈、绝望，统统涌上来，她挣扎着试探——你没看热搜？

于合停下脚步，表情有点愕然，也许他已经做好了犯忌桃花被兴师问罪的准备，不想青玉另起一行，问的话也无头无脑，搞得他脑子一时转不过来，略显迟滞地反问，忙片子，什么热搜？

没什么，青玉彻底失望——照片的事，你不准备解释点什么吗？

于合歪歪头，无情且残酷地展开一个洒脱的笑容，道，青玉，我们都是骄傲的人，不是吗？

青玉听不明白，她骄傲过吗？她一心都是他和工作。

你是挺骄傲，也很辛苦，不是在拍片就是在拍片路上，或者说，不是在某些人床上就是在去往床上的路上。青玉冷冷说完，转头看向阳台。

阳台上，那件卡其色风衣正刺眼地高高悬挂着，像战袍、像盔甲、像插到她阵地上的胜利旗帜。还好老天有眼，此时无风，否则它一定会猎猎飘扬给她看。

哪儿来的？青玉故作平静。

于合回头看一眼，不自然地说，自己买的。

你从头到脚连袜子都是我买，什么时候自己买过衣服？青玉冷笑。

那你还问什么？你觉得这样子有意思吗？于合取了根棉签掏耳朵，嘴角扬起，带点痞味，一股破罐子破摔的味道。

青玉难以置信地看着眼前这个男人，她正身陷沼泽，一点点被吞噬，他却无视她的生死，甚至还要补上一脚。青玉咬紧牙关，进行最后妥协和争取——于合，我们聊聊好吗？我遇到……

于合霍然起身，声音冰冷，打断她说，我累了，想休息。

3

于合意外坠楼的位置正好是被女妖怪箍住时站的那一块地砖的位置。

那块砖挺倒霉,它和其他砖不一样,因为以前坏过,物业重新安装时找不到同款,只好随便用了一块灰黑色的代替,像死神的路引。现在这块砖很快又将被物业换掉,不是因为它坏了,而是因为上面有血。

宿醉乍醒的青玉一路狂奔到楼下,看到那一摊红红白白的零碎和冷润,青玉顿时瘫跪在地。

于合。她把残破的于合抱在怀里,用大腿撑起他绵软得怪异的脖子——于合。

人群围上来,米粉裹卷一样层层叠叠,有人打电话给社区,有人打110和120。

青玉放下按在于合颈动脉上的手,抬起头用死鱼样的眼神看向人群——不用打了,他走了。

你怎么能确定他……那个了?人们急切地追问,万一能救活呢?

我是医生,网上那个急诊科医生。她看向众人,神情古怪,你们这几天不都在骂吗?

众人你看我我看你,窘然不语。群体的清算也好,隐秘的进攻也罢,一旦面对面,难免让人尴尬。

一滴泪水滴落在于合尚有余温的脸上,她迟钝地低下头,亲吻于合的脸颊,又将他纤长的手臂归拢在胸前,让他显得像安详入睡的过客,抑或是一个虔诚的教徒。可她这一动,于合的血便又从破碎的脑后涌出,红红白白糊了她一身,再洇漫到地面。

有谁看到什么情况没?匆匆赶来的女社区主任拨开人群挤进来,又差点吓退回去，强忍着胃里的翻腾慌乱发问。

我看到了。香樟树下、远离人群的地方，一个水滴般的声音回答——我住对面楼，这个人在阳台上踮脚取衣服，没站稳，就摔下来了。

那是个二十出头的年轻人，长得像电视剧《知否知否应是绿肥红瘦》里头那个小公爷，温润清秀，也许因为是第一目击者，他边说话边喘息，紧张得满额头冒汗。

死亡对于事不关己的人来说根本无关悲伤，只添热闹。

不到半个钟头楼前的空地和楼梯间里便塞满了人，警车一来，亢奋的人群像潮水一样分开。车上先下来两个警察，一胖一瘦，都长着一张国字脸，像两个葫芦娃，看着里三层外三层密密麻麻的老头老太太小媳妇大爷们，二人顿时露出一脸生无可恋的表情。紧接着车上又下来两个，皱起眉头二话不说直接开始拉警戒线。

你俩楼下，我和匡容楼上。瘦警察一边安排一边左右张望着什么，然后朝胖警察挥手示意。

于是人群又随着两个葫芦娃警察哗啦啦合涌奔流而上到七楼 701 室，有的站在门口窃窃私语，有的自来熟地钻进卫生间端来热水帮失魂落魄的青玉洗去满手血迹，有的显然见过世面正来回踱步焦急地打电话联系殡仪馆——尸体还在下面用白布单盖着，瘆人得慌。

有什么好看的？一点常识都没有，现场全被破坏了，现在又都堵人家里来。胖警察抱怨，又十分专业地高声问——目击者在哪儿？

人们左右张望，不见那个小公爷。

刚才还在呢。有人好奇地说，接着有人趴在灰尘遍布的过道窗户大声往下喊——喂，树下那个谁，叫你呢。

让人都先散了吧。瘦警察比较精干，皱着眉交代社区主任——下去尽量不要再接近现场，都绕开点。

主任忙不迭地摆着手说，贺警官，你不用那么紧张，啥子现场不现场，有人看到了是意外，请你们来就是完成个手续，得开死亡证明，不然送不去殡仪馆，这么摆楼下再耽搁下去拍视频的一来网上一发，咱煤矿村要出大名。

瘦警察叹口气说，我知道，你先疏散人，再下去把目击者叫上来吧。

小公爷像是只蜗牛，楼道里安静得完全听不到声响了，他才出现在701门口，神色苍白，眼神忧伤。

也许是嫌他来得太慢，瘦警察沉着脸瞪了他一眼，凶巴巴地说，你看到的？

小公爷有点惧怕地往后缩了缩，点点头。

瘦警察本来还想说两句，见他那发蔫的样子，打住了，胖警察打岔说，你把你看到的情况再说一遍。

小公爷站在门口，指着阳台说——那个人去取衣服，就是那件卡其色的，太高，他跳了一下没够着，然后好像脚滑一下，一歪身子就跌下去了。

胖警察飞快记录完，如释重负地扣上本子。还好是意外，否则又没得闲。

瘦警察显然是个心眼子多的，他眯着眼转头看向青玉，你说说。

青玉摊着湿答答的手，呆滞地看着他。

你说说。瘦警察重复。

说……什么？青玉茫然地眨眼。

你喝酒了？

啊。青玉木然地点点头，指指茶几上散乱的酒瓶和酒杯。

好家伙。瘦警察皱眉，这是开酒吧还是怎么着，雪花啤酒、佰草香、珍十五、汾酒、梦之蓝……牌子真不少，天南地北的，喝遍长城内外了都。

为什么喝酒？喝了多少酒？在哪儿喝的酒？瘦警察一句紧接一句。

青玉有点蒙，就在这里喝啊。她脑子昏沉，说，还能去哪儿？上个街人人喊打……突然，青玉像是想到了什么，惊惧地瞪大眼，霍然转身看向阳台，面色发青。

怎么了？瘦警察敏感地盯住她。

他摔下去了。青玉目光乱闪，指着阳台叫，快，他摔下去了！

你们是不是吵架了？瘦警察不管，继续刨根问底。

好脾气的胖警察一把抓住情绪混乱的青玉，又侧过身凑在瘦警察耳朵边嘀咕了几句。

瘦警察眼神锐利，边听边上下打量歇斯底里的青玉，网暴？难怪喝成这样。

但总有什么东西不太对劲，瘦警察沉思片刻，问，他坠楼时你在做什么？

小公爷的声音清脆地插进来——她在喝酒。

正巧青玉打了个酒嗝，喷在胖警察脸上，胖警察顿时脸都绿了。

青玉晃晃沉重的脑袋，是的，她在喝酒，从昨晚喝到天亮，醉了醒，醒了又醉。

屋子变得很安静，看着她的几双目光都充满了无声的悲悯，青玉咧嘴想笑，眼泪却滚落下来，她转过头，失神地看向阳台。明亮的光束从晾晒的衣服间射进来，像电影里去往天堂的光，那件卡其色风衣正在光影中轻轻摇晃。

年轻人不自然地咳嗽了一下，瘦警察看他一眼，又顺着他的眼神看向青玉的脚——她没穿鞋。

给她找双鞋。瘦警察叹口气，叮嘱刚从楼下处理事务回来的社区主任——120先出个死亡证明，我们这边才能出。说完顿了顿，不满地说，阳台隐患，不是一直让你们社区组织整改吗？

你帮帮忙！这里是煤矿村。主任忙进忙出还讨批评，火气上来没控制住——这么个小山包塞了整整一万多人，破房子今天这个住明天那个住，我找谁收费搞整改？上面年年都说纳入棚户区改造，五六年了，可只见楼梯响，不见人下来。再说了，你们派出所管流动人口要是抵事，煤矿村能乱成这样子？

瘦警察语塞，两人正大眼瞪小眼要杠上，楼下有人兴奋地大喊——车来了！

社区主任弹簧一样跳起来，也不抬杠了，搀扶着青玉出门，快快快，殡仪馆的车到了。

她才不想再配合警察调查些啥子鬼呢，只要确定不是凶杀她就心安，不然年终社会治安综合考核又要扣分。再说了，所有人都希望是意外，都觉得当务之急是把楼下的尸体运走，然后让物业抓紧清扫现场，那些红红白白的……社区主任也不敢细想，头皮直发麻。

走吧走吧，下楼吧。她回头催促着警察还有门口的年轻人。

小公爷回过头，犹豫地朝屋子里望了望，深嗅了一口气。

正是万物生长的季节，穿堂风吹过客厅，传来隐约的青草香和花树香，煤矿村的后山是一片茂密的树林，正盛开各种野花。此刻，春天和死亡两种截然不同的气味充溢了这个不寻常的清晨。

晚上，于合的同事和朋友陆续来到殡仪馆，青玉呆坐在灵堂前，盯着那具冰棺，她有点困惑——生和死到底哪个更好？于合死了，可大家都陪着他念叨着他，她明明还活着，却在网上被一刀刀凌迟，无人管无人问。

于合躲了她半个月，现在总算如愿以偿，再不用面对她的质问或控诉，他是个骄傲的人，骄傲到既不跟她讲道德，也不讲责任，只一意孤行。现在好了，把自己孤行到冰棺里。真有意思。

走路带风的女副台长走过来，淡定地提醒青玉，要不单位安排个人回去找张于合的照片？挽联中间还空着呢。

青玉缓缓抬头，这才发现冰棺上面的黑边相框还空着。

也……行。她转动酸涩的眼睛，看向副台长背后那个面色发青的女子，正是掳走唐僧的女妖怪，于是青玉朝她扬扬下巴，你跑一趟吧。

女妖怪挂着两行泪，失魂落魄却没忘撇清关系——我……也不知道你们家在哪儿啊。

你怎么会不知道？青玉意味深长地笑，目光像在挑逗一只走投无路的小老鼠，半夜你不还送于合回家了吗？去取照片时，记得把阳台上那件风衣拿来给他烧过去，他就是取风衣时摔下楼的，有意思吧？

副台长明显咀嚼出某种味道，脸上乌云渐起，正是风雨欲来的架势。这时灵堂的灯突然炸出一股青烟，熄了，厅里漆黑一片，短暂的惊诧后，一抹暗蓝的月光从玻璃窗外透进来，隐约映着灵堂白色的纸花和飘飞的挽带，还有森冷的冰棺。气氛显得有点诡异，灵堂里的人一个个吓得汗毛直竖，不敢动弹，有稍微大胆的轻声嘀咕了一句，日了鬼了，什么年头，居然还有灯会坏，是不是人走得冤？

青玉的声音突兀响起——看，是于合在催，他想穿的衣服没穿上。青玉说完将钥匙朝女妖怪站立的方向递过去，眼底浮起一丝不易察觉的笑意，狰狞、决绝。

谁心里没一把刀子呢？善不善良而已，递不递出来而已。

从火葬场出来，骄傲的于合变成了一罐子沉寂的骨灰。

青玉没有给他下葬，凭什么给一个负心汉买墓地？墓地那么贵，每平方米比于合打算在观山湖买房子的价还要高。青玉抱着罐子回了家——有些事不是一死就能了之的，这是她和他的家，他不想回也得回，哪怕将两个人的灵魂都囚禁在这里，总归是在一起。

彪悍肥胖的女楼长堵在楼门口，两道文过的眉毛紧揪在一起，你哪个能把这个东西拿回来呢？她焦躁不安，这哪个行？

青玉面无表情。

妹子，你何必嘛，我晓得你最近不太好过，我是大姐，理解的，但是现在网上那么多说你坏话的人，你何苦再把一栋楼一个院子一座山的人都得罪进来？这日子总还是要过的，抬头不见低头见。

谁稀罕见？青玉身体里有一团炸药被徐徐点燃，眼前的女人不打自招，就算参与网暴和跟帖的人里面没有她，但天天兴趣盎然盯着守着等待更新的必然有她，不然能知道得这么详细？

嗐！怎么说你呢妹子，你一个女子家性格也太……不然人家也不会专门攻击你，你放那……那啥子在屋头，终归是不好的嘛，莫非你就不害怕？

医院里那么多大体老师我都不怕，一罐骨灰我怕什么？青玉长长地吸一口气,把冒着烟的火气压下去,恶作剧地、慢吞吞地答。

女楼长有点蒙,她不知道大体老师是什么老师。大体老师是教什么的?她问。

遗体捐赠者,就是你们说的尸体。青玉痛快地吐出一句话。

天爷!女楼长发出一声高亢浑厚的惨叫,你疯了吗?

青玉毫不客气地推开她,啪一声关上门。

骨灰罐子让青玉成了众矢之的,楼下几个老奶一大早买完菜就坐在楼下院子里,边择菜边骂个不停,晚上,不下雨的夜,她们也凑在院子里抱怨个不停。青玉听完楼下的骂声又接着看网上的骂帖,二十四小时倒还一点都不寂寞。

这天夜里,老奶们又搬了椅子坐在树下愤愤不平地唠叨——楼道灯老坏,以前不坏的,都是楼上闹妖,吓人不是。正细数各种异常,社区主任过来了,把几个老奶教育了一顿,从移风易俗讲到个人人权,从选择自由讲到人民群众内部矛盾,再讲到民主团结法制,毋庸置疑,社区主任讲话还是很有格局的,大格局一摆,老奶们的格局就显得小了,声音也小下去。

人家工作上的事,官网上没定论,大家不要传谣信谣!骨灰盒的事呢,我觉得大家要换个角度想。社区主任故意把声音提得很响亮,让楼上楼下阳台上支棱着耳朵的人们听到——要是咱们哪天走了,子女愿意把骨灰放在家里,你想想美不美?不用在荒郊野外淋雨受冻,子女吃糖醋排骨,你能闻到香,家里添子添孙,你能看到他们换尿布,多好的事。

老奶们埋头不说话,人少常提死,因为不怕死,人老不敢提,因为怕离别,社区主任这一说,个个觉得楼上那个摔死的男人真是福气,一番叹息后,老奶们各自提着小板凳散了。

夜终于安静下来,青玉想,社区主任还真是有心,今天是于合头七,她过来先挡一挡,是帮青玉清理障碍,让她有工夫下楼找个地方烧纸。一个多星期过去,青玉到底看到了一丝暖阳。可这温暖来得太迟,迟到的很多东西已经无法挽回,比如现在,青玉除了无所谓,还是无所谓,看一眼于合的遗像,青玉上了三炷香,算是把头七敬了。按民间的说法,头七过后于合的三魂七魄就真的散了。可散不散的,青玉还是无所谓,人间已如此狰狞,一捧骨灰、一个于合完全不足为惧。

点完香,青玉换了身暗紫色的瑜伽服,戴了黑色棒球帽和口罩,把自己缩成一个影子静悄悄出门下了楼。

冰箱空了,面也没了,她总不能让自己就这么不明不白饿死,尽管网上那些人巴不得她死掉,但青玉单薄的身体里倔强地生长起一根森白的骨头,细长尖瘦、狰狞锋利,以刺痛维持生的意志。

路灯从山脚亮到山上,像一串绵延入天宫的宫灯。那个经常来卖棉花糖的小摊贩站在一盏路灯下,独自踩着自行车转轮,摇出一束膨胀又虚无、一抿即逝却又可捕捉的巨大的棉花糖,然后自己对着路灯昏黄的光,伸出舌头一口一口快乐地舔……这么一个春风沉醉的夜晚,却和青玉无关。

青玉把自己隐身在香樟树阴影下,撑着和棉花糖一样不太真实存在的双腿往前挪——网上的攻击让她吐了整整七天,森白的骨头撑起了心脏,撑不起虚弱的胃。

四道拐二十四小时超市门口竖着一把红色大遮阳伞,伞下嘤嘤嗡嗡飞满了蠓子和飞蛾,它们义无反顾地扑向黄色的灯光,发出细小又凄美的吱吱声,青玉觉得自己就是那些蛾子。进了店,老板胖子用探究和狐疑的目光盯着她,青玉只有顺手抓了两瓶酒、几盒方便面便匆匆离开。

寂静的深夜,半山腰偶尔传来几声狗吠,青玉沿着墙根树影一路跑回院子上到七楼,一抬头,人便呆了。

出门时她没注意,这会儿才发现,门上贴着张照片,正是她评选最美医生那一张,被翻拍成黑白照,脸上用红笔打了个叉,眼珠被戳穿,下面粗暴地写着两个字——去死。

黑暗里,穿越楼道的风如同飞机的轰鸣声掠过,震撼、猛烈。青玉在巨大的声响中缓缓晕厥在地。不知道过了多久,恍惚中有人说话拾级而上的声音,青玉苏醒过来，惊慌失措地撑起身子，小偷一样无声地打开门，迅速逃回屋子。

那晚以后青玉基本上就不出门了，每天，清晨镜子中的女人都在消瘦变样，越来越像行走人间的女鬼。

方便面吃到最后一盒时，不吃狗肉的老鼎终于来了。青玉蓬头垢面地看着老鼎，鼻子一酸——干脆晚来几天，收尸算了。

闻着满屋子的酒味，老鼎也心酸，这个温顺又爱干净的女徒弟，莫说酒，连科里开会有点烟味她都受不了，谁想到现在竟在家里憋屈成了个不修边幅的女酒鬼。老鼎嘴拙，不知说什么安慰的话才好，只有推开阳台玻璃门，扯开厚重的窗帘。

蓬勃的光线和空气顿时清鲜地扑进来。

青玉举起布满青筋的手挡住阳光，眯着眼嚷嚷，关上。

老鼎这才看仔细青玉瘦得皮包骨的模样。要死咯，他忧心忡忡地看她一眼，从随行的大包里一一拿出葡萄糖、诺氟沙星、复合维生素片、火腿肠、茶叶、曲奇饼干、巧克力，甚至还有一瓶阿道夫洗发液和玉兰沐浴乳。

看着老鼎变魔术似的掏出一大堆东西，像是探监，青玉终于忍不住，双手捂着脸，不肯让老鼎看到她哭。

我知道你不愿出门……再忍忍就过去了。老鼎想半天，终于说出一句颇有诗意的话——互联网就像一条鱼，只有七秒的记忆。新的一来，旧的就冲下去了。

所以你是来告诉我，七秒已经过去了，是吧？青玉抹掉眼泪，吸吸鼻子问。

那个……迟早会过去的嘛。老鼎顿了顿，困难地表述——小婴儿还在医院太平间存着。那个修车仔不肯火化也不肯尸检。网上舆情又凶，市里要求医院必须拿个态度出来。昨天院里开了个会，院里的意思，公家出十万，你个人承担两万——也不是叫你现在拿钱出来，只是到年底从年终绩效里扣就行，也不是真扣，就是说法上要这么过，其实是从我们科里扣。另外，要压住网上的事，院里还得有个正面回应，所以——出了个通告。

说完，老鼎带着被逼良为娼的表情，慢腾腾地从包里拿出一份文件，言不由衷地劝，青玉，干急诊被打被骂都习惯了，你也别往心里去，我挨过处分，也挨过踹，你都看到的。

老鼎卖惨青玉没话说，前年老鼎被踹破了脾脏。

青玉拿起文件，薄薄一页，却沉如陨石——

筑城市云月区人民医院关于对我院医生青玉医患矛盾调查处理的通告：2022年4月7日凌晨两点半左右，我院急诊科医生青玉与病人家属秦长命发生医疗纠纷，我院高度重视，第一时间成立调查组对此事进行调查处理。经初步调查，当值医生青玉当天夜班接班后，一直在诊室内未外出，其间，病人家属秦长命于凌晨一时二十一分抱着患儿（秦安，八个月）跑入急诊大楼，挂号后到青玉诊室门口候诊。据秦长命陈述，他敲诊室门后，未听到室内有医生回应，等候十几分钟后，未见有病人进出，便再次走到诊室门口，见医生趴在桌上睡觉，秦长命担心叫醒医生会激怒医生，从而导致医生不给孩子好好看病，便一直等到凌晨二时二十九分左右，这才推门而入，其时患者秦安已经去世。凌晨二时三十七分，医生青玉与秦长命发生激烈争执并揪扯到大厅，双方对婴儿死因各执一词，医生青玉在情绪失控的情况下，要求对死亡病儿秦安进行尸检，激起现场围观群众不满。

现因秦长命及其家人拒绝尸检，婴儿死因至今无法查明。然而当天经网民在网络发布后，引起了社会广泛关注，并造成了一定的不良影响，对此我们深表歉意。现经医院专题会议研究决定：暂停青玉处方权及临床诊疗行为，待进一步调查核实后，我院将及时向社会公布调查结果。欢迎广大群众和广大网民监督。

这什么意思？青玉晃动文件，纸张发出生硬的声响。

老鼎垂着头，尴尬地搓搓鼻尖，就那意思。

就那意思是什么意思？真相呢？不查了？凭什么停我的处方权？

现在哪有真相？现在只有满世界的火药！老鼎愁眉紧锁，再说了，你还要什么处方权？先躲着吧！照片都贴到门口了。现在你叫尸检那段视频传得到处都是，院里很为难。

我那句话说错了吗？青玉感觉自己像只等待宰杀的困兽，绝望而无助——那个婴儿来医院前就死了，老鼎，咱们学过的！人体死亡身体变化——死亡一到四小时，肌肉僵硬，死亡四到六小时，尸僵扩散、血液凝结！那个婴儿在来之前就死了，而且至少死了半天，那个人是故意的！他深更半夜抱着孩子就是来医院讹钱！

可是谁会相信一个做爹的会抱着死去的孩子到医院去讹人？天打五雷轰的事。老鼎说，没人信。

天打五雷轰的事我们在急诊科见得还少吗？让公安查那个人啊！青玉感觉自己要爆炸了——他是不是很缺钱？他是不是吸毒？他是不是赌博？人为财死，鸟为食亡，只要有动机就可以解释。还有尸检，只要尸检什么都清楚了，当时如果有法医来，不用开肠破肚也能基本判断死亡时间，可是你们一上来就只知道查我有没有睡觉！要知道这根本就不是睡觉的问题！

是的是的，不是睡觉的问题，我完全相信你，你就算睡觉也容易惊醒，你是个负责任的医生。老鼎心痛地看着这个他一手带过来的徒弟。

惊醒？青玉彻底爆发了，她霍地从沙发里蹦起来，嘶吼——我没有睡觉！还要说多少遍我没有睡觉！他也没有敲门，他只是做了个动作！这个人太可怕，他一切都是计划好的！那天晚上我怎么可能睡得着？那之前我就已经好多天没睡好觉了，于合外头有了人，他手机里有照片！我看到了，你说，我怎么可能睡得着！

吼完两人都愣住了。老的愕然看着发疯般的小的，小的冤出生天看着悲天悯地的老的。

他们到底还要怎样？要逼死几个才肯罢休？青玉哭起来，回头指着洒满阳光的阳台——要是没有那晚的事，于合就不会从那里摔下去。

老式水磨石地板在阳光下灼灼反射着光，耀眼而刺目。

为什么？老鼎捕捉住什么，沉声问。

祸不单行，福无双至。青玉抹一把眼泪，咬牙切齿地说，不是吗？我不出事，于合就不会出事。

4

晚归的商陆打开房门便瘫倒在地，汗水像泉水一样涌出来，进门镜里，那张比小公爷还要俊秀的脸惨白如纸。他强撑着走到沙发边，又再次跌倒，阿戈美拉汀片和其他药就放在茶几上，他颤抖着手想去够，却够不着。

他没想到夜深人静的巷子里会突然冒出个人来，当她凑到他面前将一张照片摔在他脸上时，他差点晕了过去——除了表哥他已经很久没有和人有身体上的接触了，在画室教画他也只是一对一单带，不上大课。

表哥的电话打了进来，高亢的语音中带着烟火与鲜腾，那是他向往却永不会有的气息——交给你个神圣的任务，没事帮我留意下你对面那个女医生，最近网上骂得凶，我怕出事，再摔死一个就芭比Q了。

嗯。汗水贴在身上，商陆打了个冷战。

怎么了？表哥听出异常，紧张起来，干吗了？

没。商陆再次支起身子去够药，上完课有点累。

这段时间你给我注意点，煤矿村住的人太复杂。还有，那天你去凑什么热闹？一个死人有什么好看的？你看你那天出一身的汗。表哥声音凶巴巴的——好不容易救活你一回，莫给我又整出事来。药吃没？

就吃。商陆温顺地答，心里却说，怎么可能不去，是她啊，是她的事。

回来住行不行？别在煤矿村租房，留点钱养病要紧。表哥碎碎念，我这操心的命……好好来了来了就来了。后面半句已经离话筒远了。

表哥是个好警察，可惜摊到煤矿村这个片区，整天没得闲。煤矿村社情太复杂，它夹杂在新老城区之间，是这个城市最大的一块补丁，因为改造成本太大，政府不敢动，四处寻找便宜租房的打工人家更不想它动，老年月的老树老房老营生便几十年如一日容颜不改地停驻在这个山包上，从没有谁碍着谁，也没有谁瞧不起谁。

商陆租住在煤矿村，是因为山下左侧曾是筑城大学的美术学院，至今仍有不少画室开在山脚，他任教的画室在二道拐，每天朝十晚十，正好避开上下班的人群，方便他独自来去。他不住表哥家的另一个原因，是他发现自己越来越没有活着的勇气，既然如此，他就不能将消极的阴影留在表哥和姨妈家里。

何况这里有他的药，支撑他活下去的药。

端午到了，雨水又多起来。窗外，雨又开始下，细，像雾，把整个煤矿村笼罩得像一部黑白老电影。

二十二岁的商陆裹着薄毯躺在沙发上，失神地看着对面的楼栋。虽然两栋楼各在山路两侧，相隔十来米，中间还夹杂着巨大的香樟树、林立的电线杆和乱七八糟的网线，但这并不妨碍他的视线。

对面七楼的窗户依然一片漆黑，但他知道，她在家。

两个多星期了，漂亮的女医生一直没上班，白天她通常呆坐在客厅靠左的沙发上，斜倚着扶手，木偶一样。晚上商陆看不到她在做什么，因为她从不开灯，但屋里会若有若无地映出隐约的蓝色荧光，他想她一定在上网。

网上骂她和声讨她的那些成千上万的留言，她一定都看到了。

她其实不该看的，那些东西太可怕，是人都受不了。每每想到这里商陆心里就生出一阵疼痛。

时间一点点流逝，守着一个不开灯的房间到底是枯燥的，吃了药，商陆不知不觉睡了过去，直到从噩梦中惊醒。梦里他正游向茫茫大海，无边无岸，他累了，渐渐沉下去……醒来的商陆惊魂未定，他剧烈喘息着，痛苦地望向对面。

山上山下都是万家灯火，只有701依然黑洞洞一片，商陆一颗心不停地往下沉，就像在梦中一样，沉向深不见底的恐惧的海沟，那里有无边无际的黑和寂静，然后那些无边的寂静又变成巨大的可怕的吞咽声，从遥远的脑海深处游来，世界变成一张巨大的嘴，黑森森的，他像一条无助的小鱼，眼睁睁看着自己游进那张嘴里……

对面那么黑，他什么也看不到；世界那么黑，他什么光亮都看不到，以前对面那盏灯是他活着的意义，现在这灯却熄了。记忆里，她的手机号像印记一样刻在他脑海里，可这个号码注定打不出去，对她来说，他完全是一个陌生人。

衣服口袋里有什么东西硌痛了腰，他掏出来，是那张照片。商陆失神地看着照片里那片通红的天空，许久，他放下照片，起身打开门朝楼顶走去。

就在他关上门的那一刻，701 的灯亮了。

5

突然忘了挥别的手，含着笑的两行泪，像一个绝望的孩子，独自站在悬崖边……

听着电台音乐，青玉眼湿了，无边的黑夜，是谁站在悬崖边唱挽歌？

路灯的灯光从蓝色天鹅绒窗帘边上泻进来一道鹅黄——于合死后，她一直不愿意打开门窗，这套房子到处弥漫着于合的气息，她恐惧这气息，又无比依恋它，她怕开了窗，风吹进来，把于合的气味吹散。

这些日子她总感到口渴，总觉得屋子里有一种甘美带甜却又恐怖的气味，像寒风中的铁锈味，这气味在死婴事件那天夜里就开始有了，她只有拼命喝酒，因为每喝一口酒，那气味就冲淡一点。于合去世后它变得越发强烈，它一缕缕一丝丝地从于合的骨灰罐子里生发出来，无处不在地包裹住她，蛇一样越缠越紧。

山下指月街上远远又传来救护车的鸣笛声，是谁又去往往生之地了？或者说是极乐之地？这也许是一件美好的事，爱憎痛、怨恨痴，统统一了百了。

白天她回医院去闹了一趟，没错，是闹。趁着酒劲砸了副院长办公桌上所有的东西，包括他闺女的相框。副院长气急败坏叫来老鼎，五十七岁的老鼎垂着头，一句话也没有讲。望着老鼎颓然无力的双肩，青玉满腔的怒火瞬间被浇灭。都是豆，相煎何太急？副院长真是个狠人。

青玉走出院办，走出大门，最后回过头，看到巨大的玻璃门里映出一个身着黑衣的女人。

不是白大褂，她的白大褂在办公室里。

青玉呆呆地看着那道黑色的影子，说不出话。

老鼎站在大厅里，玻璃上，他的白大褂和她黑色的影子重叠在一起，仿佛前世今生，然后，小老头伤感地隔着玻璃朝她挥挥手，意思是回去吧。

回去？

她徐徐转身，向前走。回不去了。

一切都回不去了。青玉摇了摇茶几上的酒瓶，空的，再摇一瓶还是空的，她踉跄几步，打开灯，然后用力推开阳台门。

刹那间，昏黄灿烂的路灯光芒如同饱满的花洒一样倾洒而来，将她温柔包裹，像于合初恋拥抱她时的温度。她笑了，抬头迎向夜风，风是湿润的，像爱人的吻。

我爱谁，跨不过，从来也不觉得错。自以为，抓着痛，就能往回忆里躲。她抓着栏杆，昂起头摇摇晃晃地哼唱。

风中有什么声音在呼应着她，令她亢奋——是于合，说不定黄泉路上于合和死婴都在等着她，等着就好，做人时大家没能算的账，做了鬼慢慢算……想想那情形，三人行，彼此是因互相是果，到时候有冤报冤有仇报仇，多痛快！

睡裙口袋里的手机响了。

她不接，都要死了，还接个屁。青玉抬起左脚，醉醺醺骑坐在栏杆上，任风吹动睡裙——我身骑白马啊，走三关，我改换素衣哟，回中原。放下西凉啊，无人管……

手机还在固执地响。

也好，接个电话留个遗言。青玉晃晃悠悠掏出手机。

那边响起一个年轻干净好听却又寂绝的声音——你说，一个人在世上的最后一秒，最想做的事是什么？

她有点晕——既然……是活在世上的最后一秒，最想做的事当然是死。

刚说完，医生的职业惯性突然在她身体深处挣脱出来，将她涣散的意识强烈地聚拢，尽管她神志不清，尽管她想要寻死，但骨子里她依然是个好医生——这人要自杀，她得管。

青玉跳回阳台地面，喷着满嘴酒气对着阑珊夜色严肃认真地追问，你是谁？在哪里？

我？对方迟疑了一下，你会在乎一个陌生人吗？

开玩笑，我他妈当了十年急诊科医生，救的都是陌生人，老娘是最好的医生，最好的，没有之一！那些骂我的都不是东西！他们知道个屁。她看着眼前摇晃变形的一切，破口大骂。

你喝酒了？那边说。

你管我，我问你在哪里？她凶巴巴的。

我在楼顶。

哪个楼顶？

全世界所有的楼顶。对方说完，居然笑了。

你要跳楼？

是想，还没准备好跳还是不跳。

呼呼的风声从手机里传过来，听得人腿脚发软。青玉按着疼痛的头，哄对方道，好巧，我也正想跳楼，要不，咱们先见一面再跳？

你开玩笑吧？哪有那么巧，你也要跳楼，你不是说你是医生吗？

医生就不是人？就不能跳楼？你爱信不信。她索性坐在冰凉的地砖上，胡乱挥舞着手，口齿不清地说，要不是因为这是我在人间的最后一通电话，你觉得我会接一个陌生电话？我管你是人是鬼。

好吧，我信了，姐，我不是陌生人，也不是鬼，我叫商陆。对方轻声说，现在你知道我名字了。

商陆，青玉昏沉沉念叨，你别死，别死。

这话她一直想说给于合听，你别死，你别……作死……

不会死了，我刚刚跟自己打了个赌，在我跳楼之前，如果陌生人愿意接我的电话，我就继续活下去，要是不接我就跳。

接电话和自杀有什么关系？青玉听到这里突然炸毛了，你想死干吗非要把锅甩给陌生人背？要是我不接你就是因为我死的对吧？然后警察拿着你的手机来找我，录口供，铐手铐，警笛呜啦呜啦把我拉走，再然后全世界都来唾骂我害死了人是吧？

商陆没有生气，也没有辩解，声音轻柔委屈，姐，我错了。

你错个屁！青玉意犹未尽，满嘴喷火。

我真错了，我好好活着，你也好好活着，行不？

不行！青玉气恼地答，你死你的，我死我的。

商陆突然笑起来，姐，你这语气，像跟人谈恋爱赌气一样。

耍流氓是吧？要死了都要先耍一把流氓是不是？青玉骂。

我没有。商陆好脾气地答，姐，我才二十二，没谈过恋爱，但我偷偷喜欢一个女生，她大我十岁，我喜欢她五年了，可她不知道。

青玉听到这儿卡住了，这个百来万人口的城市，说大不大说小不小，两个想要自杀的人，居然以百万分之一的概率通上电话，夜这么深，还刮着风，下着雨，山上的树都被吹得东摇西晃，但凡商陆打来的信号被吹偏一点点、被夜色吞噬一点点，或者拨错一个号码，她和他都碰不上。

就这样子碰上了，他居然和她谈爱情。

姐，我能不能把你当成她？我不敢说给她的话，都说给你听。

我当你个毛线！青玉刚生出的怜惜消散不见——老娘最不想谈的就是感情。

商陆笑声清朗——姐，我真想见你一面，你撒泼的样子一定很好看。

青玉有些羞愤，这破小孩哪里是寻死的样子，分明句句话都在撩她好不好？她没好气地说，你不是要死吗？笑成这个样子做什么？

不死了，姐，有你骂我，我不想死。商陆停顿了几秒，突然用充满磁性的低沉声音说，我爱你。

青玉一愣，她明白商陆嘴里说的是她，心里是另外的人，但这魅惑又年轻的声音却是实实在在对着她讲出"我爱你"来。一时间，青玉麻木冰凉已久的躯体像有一道热腾腾的暖流流淌而过，从头到脚，从额头到四肢到每一个细胞，全都沐浴在那份温暖里。

一句陌生人的"我爱你"。

她终于活了过来。

6

互联网七秒的记忆，终于被一个拿着假绿码的人成功覆盖，一位四十九岁的马拉松健将，为了给女友过生日，竟然穿越疫情防控区长跑三天，跑到筑城来。一夜之间，筑城所有的街道和小区到处是忙碌的基层工作人员和提着小喇叭吆喝的大妈大爷。骂青玉的那些键盘侠终于找到了新对象，苍蝇一样嗡嗡嗡飞到另一边去了。

商陆打电话来，让青玉注意安全，这段时间，青玉已经习惯了这个"熟悉的陌生人"，习惯了听他泉水一样轻细却清澈的声音。

青玉以酒当水，不在乎地答，死就死呗，那晚不接电话咱俩都早死透了。

商陆笑，说，情字不灭，命不该绝，姐不可以死。

这孩子总拿谈恋爱的事情跟她开玩笑，年轻人嘴真贫。放下电话，青玉看一眼墙上于合的照片，于合的笑容仿佛显得有点怨怼，青玉表情冷硬，挑衅地再倒杯酒朝于合致敬，然后一饮而尽。

这张照片青玉手机、电脑里都没有，那个女妖怪从哪里弄来的她不知道，也不想知道。

是你欠我的。青玉盯着墙上的于合，目光狂野。

周三一大早，院里急火三丈地来电话通知青玉上班，美其名曰事情处理完毕，其实是缺人手。青玉也不戳穿，放下酒杯发了个信息告诉商陆，要上战场了。

商陆快乐地提醒，你要打扮得漂漂亮亮地去哦，姐。

白大褂一穿上谁管你是男是女？还打扮，辛苦一天全是汗，老娘就是个倒霉鬼。青玉闻了闻自己身上，皱眉，酒味很重。

哪里，你是最善良最美丽的天使。

我不善良，也不想善良。青玉抬头望一眼墙上的于合，冷冷答。

为什么？

这个世界已经坏掉了，爱情、道德，还有人心，都坏了，每个人脸上都戴着一副面具，好像全世界最高的道德标准就在他们那里，暗地里他们却以阉割和摧残别人为乐，他们面对比自己强大的人，总是抱怨什么世界不公平啥啥啥，然后鹦嘴学舌地说什么石头和鸡蛋他选择站在鸡蛋一边。但是你一旦给他机会让他当石头时，他们砸起鸡蛋来比谁都狠。所以，永远不要做善良的人，那等于把石头交到他们手上。

姐……商陆的声音有点难过。

每个善良的人都是可怜的鸡蛋。青玉沉沉地说，缓缓打开于合的骨灰罐盖子，从罐里捏了一小撮骨灰在手指间，捻了又捻，仿佛那只是一撮灰色的面粉，或是时光燃尽的烟灰。

才不是呢，商陆深情款款，你是花。

好吧，我是铁线莲。青玉凄然冷笑。

世事无常，二十多天前，她还是一名尽职尽责的好医生，穿着浆洗后直挺挺的白大褂，在每一个匆忙又紧张的晨昏和同事们一起，救人于死神之手。

今天她却只能捧着于合的骨灰生死相依。

如果没有那个婴儿、那个女妖怪和风衣，她的人生该是多么完美。

7

青玉一到医院，南京路的一起车祸就送来五个伤员，几个小护士急着腾床位做创面处理，小李几个则赶紧打电话约骨科……

都忙着，青玉却摘下口罩跑到一边干呕去了。护士长胖姐小跑着忙进忙出，没头没脑甩下一句不知是劝慰还是补刀的话——是不是怀孕了？遗腹子？

青玉恶狠狠横了眼过去，于合每次都上措施，她哪儿来的孩子？要有也在别人肚子里。青玉直起腰抹抹嘴，洗手换了口罩做好防护，这才再次走进治疗室。

病床前的地面上淌了一大摊血，伤者伤口还在往外渗。青玉看着那红彤彤一片，脑子一阵眩晕，转身跑出去又是一阵猛吐。

惊险万状地折腾完一上午，众人都发现了一个严峻的问题——青玉见不得血。

是不是因为于合？护士长暗中拐了拐老鼎。

在一旁吐得面如纸色的青玉突然止住，她转头四顾，眼珠血红，如同从地狱归来。

原来是这样。

她咧嘴一笑，眼泪淌下来。

那她以后再也当不成医生了是吧？难怪于合那么安静，连个梦都不来，原来在这儿等着呢。

　　青玉在老鼎和同事惊诧的目光中庄重又缓慢地脱下白大褂，再仔细叠好放在桌子上，像在向遗体进行告别仪式。

　　这是她一个月来第二次脱下它——她曾视若珍宝的身份和荣誉。

　　我辞职。青玉郑重地望向急诊室里一张张关切又困惑的熟悉面孔，语气淡定——救死扶伤，我不配，全世界不都是这么骂的吗？我配不上这身白大褂。

　　走出医院已是正午，一股热浪扑面而来，白花花的太阳照耀着白花花的大马路，青玉已经许久不曾在阳光下行走，耀眼的光线晃得她迟疑又胆怯，她像个初涉人世的小女孩，站在斑马线旁半天不敢移动。马路对面，炫目的阳光中，一个戴浅色口罩、身着白色衬衣的高个子男孩静静地注视着她。

　　人潮汹涌，切割着视线，她看不清他的脸，但她知道，他一定就是商陆。

　　商陆站在人群中，强忍着那熟悉的可怕的窒息感，人太多，世界太闷，空气越来越稀薄，让他无法呼吸，但他没有退却，他牢牢地、牢牢地将自己钉在人海中，勇敢地望向青玉。

8

　　患抑郁症这么多年，商陆是第一次能够站在熙熙攘攘的人群中而没有晕倒。

　　和青玉不同，商陆的不幸比她更早，是从童年就开始的，十岁那年他眼睁睁看着最要好的小姐姐英夏从酱醋厂家属院六楼屋顶掉下去，水泥地上到处是血。

　　没人知道十二岁的英夏是怎么跌下去的，那天有罕见的火烧云，老县城半个天空都烧红了，老人们都躲在屋里不出来，说要躲凶焰。

　　公安来了，没查出什么问题，十来岁的孩子正是皮的时候，天花板上都能蹬出脚板印，上房爬树下河洗澡，县城里一年总要死上十来个，大家也都习惯了,何况楼顶本就是孩子们玩耍的乐园。

那以后,我就得了这个病。商陆回忆起来,身体依然微微颤抖。

恁胆小。她坐在水泥楼梯上,一口一口抿着酒说,有什么好怕的,死人就只比活人少口气而已。

姐,你好傻,我都说了,我是眼睁睁看着她掉下去的,不是掉下来的。商陆叹息,把"去"和"来"字咬得很重。

她全身的血液顿时凝固,商陆……他,杀过人?

他告诉她这些做什么?而且是坠楼,难道他知道些什么?

她警惕地瞪着他,微抬下巴,全身戒备。

煤矿村山腰这片林地,以前属于筑城大学美术学院雕塑系,筑城大学搬到大学城去后,这里便荒芜了,他俩身后是废弃的库房和手工制作大棚,四周的树林里,几乎每棵树下都有两三组石膏断臂断脚断脑袋,胆小的人很少来这里,因为这些废弃的艺术品像旧时光一样矗立在林子里,实在过于诡异,当然,也令青玉充满莫名的刺激和亢奋。正是草木茂盛的春末,枝条细小的野山茶树、青冈和女贞,还有巨大的香樟都在尽情生长,树下有绞股蓝、蛇参、千里瓜的细藤盘绕,除了她和商陆坐的这一片静隅明显是经过商陆长期清扫打理而显得干净整洁神圣之外,整个油绿色的丛林像一个巨大的怪兽,所有长满青苔的石膏眼珠、鼻子、嘴仿佛正窥探并滋养着一个不可告人的秘密。

商陆也看着她,他好看的双眼像春雨后的沼泽,微湿,露着青色的细芒,他一直没有取下口罩,这细芒便有点隐蔽的气息。

不错,青玉想,认得又不认得,以后出什么事,也好撇清,无论是对她还是对他。

我听不懂你在说什么。青玉语气冰冷。

那天英夏姐姐把我叫到楼顶看火烧云,云把她的脸映得红通通的,她抿着嘴不说话。我看着英夏姐姐,觉得她好好看,心怦怦跳个不停,我想那是我的初恋吧?尽管我才十岁。当时她转过头,长长的马尾扫过我的脸,还没等我闻出是什么洗发水的味道,她却开口说,她喜欢上了她班上的体育委员。我看着她的笑,还有她比火烧云还红的脸,突然就很想哭,我也不知道自己怎么了,就呛了她一句,说人家跑得那么快,沙坑跳能跳一米八,你追都追不上。英夏姐姐顿时就生气了,说她的沙坑跳也很厉害,她能跳到对面楼顶上去——我也相信她能跳过去,那两栋楼隔得不远,我偷偷跳过,我能行,英夏姐姐比我大两岁,当然更行。但那时候我们都小,忘记了那会儿正是春天。

春天怎么了?青玉不明白。

春天雨水多啊,沉沉春昼斜飞雨,寂寂闲门乱点苔,那楼沿上有青苔……商陆的目光在一只长满青苔的石膏断臂上停顿数秒,才缓缓吐出四个字——她脚滑了。

青玉半个身子顿时麻了,就像那夜掀开毯子看到死婴时一样。

楼下全是尖叫声,我趁大人们都跑到楼下去,飞快逃回家里,吓得全身打战,我妈特聪明,她正要出门看热闹,见我那样子脸唰就白了,然后她一声不吭,端了把椅子守在门口,不让我出去。我看到火烧云的红光从窗外照在她脸上,她就像被火烧着似的,汗水浸湿了她的裙子,浸透了她的头发,我也是……天黑了,她不去开灯,不去做饭,也不上厕所,我们就那样呆呆对坐着。

后来我们就搬了家,搬到了市里来,住在姨妈家,我妈帮着姨妈在市西路做批发。我高二那年,我妈心肌梗死走了——逃到市里来后,她每天都在担心英夏的爸妈会突然冒出来,走了也好……我也是,一直害怕——就在我给你打电话那天晚上,英夏姐姐的妈妈秀云阿姨果然找来了,她把我堵在山下黑乎乎的豆腐巷,像个幽灵一样,掐住我脖子说,是我害死了英夏。

她怎么知道?青玉听到这里手一抖,啤酒瓶倒了,泡沫洒了一地。

有个老摄影家在省美术馆办了个个人摄影展,叫"弹指一挥间"。火烧云那天,他爬到我们县城百货公司楼顶选镜头,正好对准酱醋厂——我们厂房都是火砖砌的,不要说火烧云,就是夕阳照在上面,房子红彤彤一片都像着了火,抢眼。然后……他的照片里有我，还有正摔出去的英夏姐姐。其实我们在镜头里小得像蚂蚁，但是秀云阿姨认得出两只小蚂蚁是谁，因为她记得英夏姐姐死去那天的火烧云，还有她蓝色的衣裳。

就算看出了英夏，可另一只蚂蚁那么小，怎么就能判定是你？青玉抢白，仿佛迫切需要辩解和澄清的人不是商陆，而是她。

这世上没有真正的秘密，蛛丝马迹，只要有心，总能找得到。商陆的语气里，莫名带点天知地知的意味深长。

青玉再次警惕起来，商陆这话是什么意思？嘴里继续抢白，你又没推她，是她自己摔下去的。

心有魔障，如何自清？商陆轻轻摇头，明明如阳光般清朗的年纪，说起话来却老态龙钟，看来读了不少不该读的书。你知道英夏姐姐起跳的时候我在想什么吗？我希望她跳不过去……所以秀云阿姨拿着那张照片说，我伸出手正在推英夏姐姐，我没有辩解。

你是想拉她吧？青玉叹息。

推和拉有什么区别？所以打你电话那天晚上，我真是想一了百了，十多年，像活了一百年，每天晚上我都梦见英夏姐姐，我不敢睡觉，醒着是煎熬，睡着了更是，我经常想，不如也像英夏姐姐那样飞下去算了。姐，那种感觉你能体会吗？

她没吱声。

她岂止是体会，她简直就是感同身受，死去的人不会说话，但他会让风来邀请，让夜来诱惑，说，跟我走吧。

浅黄的夕阳正从那棵长满藤蔓的乌桕树梢落下去，林子突然跌入昏暗。一阵无边的沉默后，半山上，层层叠叠的违建老木房深处传来寥落的吉他声，是生涩的单弦，《爱的罗曼史》。

姐。商陆的声音干净细软，像夜晚小心吹奏的短笛。

什么？青玉防备地抱紧双臂。

你爱他吗？商陆微转过头，看向青玉。

青玉咧嘴笑，她有点醉了，今天真是遇到鬼了，竟然和一个电话相识的大男孩来到这么个阴森的林子里，坐在一堆石膏人体断肢中间，谈论死亡和爱情。

她确定要和这个突然闯入的陌生人讨论吗？

爱。青玉伸出手，抚摸身旁石膏头像那张性感厚实又巨大的唇，喃喃道，很爱。

唉……商陆将头靠在墙上，眼神邈远，你说，爱是毁灭，还是重生？

青玉的手轻微抖了一下，夜色一寸寸从林子外面爬进来，很缓慢，时间也爬得很缓慢，许久，青玉才徐徐说，不是你想的那样子。

什么什么样子？商陆问。

青玉没有回答这个问题，只是牢牢盯着他那双睫毛长长的大眼睛——我想起你是谁了，好几年前——时间我不记得了，我在急诊室给一个高中生输过血，他是B型，当时割腕自杀，失血过多，他有一双和你一样好看的大眼睛。

商陆脸红了，不安地低下头。

青玉又说，你在我家对面山坡租房子住，对吗？经常在阳台上画画的那个人是你。

商陆抬起头，眼睛好看地弯起来，闪着快乐的星星，姐，你看到我了？

青玉却不快乐，她眯起眼，充满敌意地盯着他，你故意告诉我这些，是觉得于合死时，我和当年的你一样，也在心里想着要他摔下去，对吗？你在阳台上画画，其实是在盯我梢，对不对？青玉一句接一句追问着，不再有醉意，端坐的样子似一尊冰冷的石膏像。

商陆怔住了，笑容消失，他明明不是这个意思，他只是想让她知道，爱可以困住他们，也可以拯救他们。他想说他比她更悲惨，但他都在努力活着，姐也可以。

你把口罩摘下来吧，我都想起来了，于合出事那天，看到他的人就是你，真是要谢谢你，要不是你老盯着我家看，于合的死亡证明都开不了。那天你在我家好像闻出什么香味了，对吧？青玉的眼睛迸出一丝细小的光芒，像小蛇的芯子。

春天了，你家屋子里有野花香。商陆毫不犹豫地答。

青玉昂头喝干半瓶啤酒，幽幽地答，不，不是野花香，那是我家洗衣液的味道——我把它倒在那件风衣下面的位置，如果于合不去取风衣，就什么事都没有。但是他偏偏要去取，头天洗，第二天皱巴巴的都要穿，你说，这算报应还是谋杀？我心里的魔障，跟你心里的，是一样的，对吗？

商陆愕然看着青玉，眼神闪烁不安。

你都看到了，是不是？你说你喜欢了五年的那个人就是我吧？

商陆噎住了，白净的脸再次变得通红，连耳朵也红了，他没想到温柔的女人一旦锐利精明起来，竟然发起这样咄咄逼人的攻势。

是的，他喜欢她，英夏死去后，他整日活在梦魇里，每晚入睡前脑子里都是英夏跌落下去的情形，像朵蓝色的花飘在血红的天空。他患了严重的抑郁症，妈妈下葬后第二天半夜他选择了自杀，一直盯着他的表哥砸门进来救了他，到医院时他已经快不行了，是她二话不说献血给了他，他记得他揪住她白大褂的衣角失声痛哭，她心疼地伏下身子，将他拥抱在怀里，那个温暖的拥抱让他冰凉到海底的心活了过来，他感受到了她胸脯的温软，听到了她有力的心跳声，那温软像母亲、像情人、像姐姐，是世间最恬静的港湾，那有力的心跳声则是支撑着他活到今天最好的药。

因为抑郁，他无法再回到学校，无法和多人共享同一个空间，人一多他就会恐惧出汗，直至晕厥。失去学业后他选择了自修油画，只为了画她。

他的每张油画里永远有一个身着白衣的姑娘，却没有面孔。

表哥不止一次劝他，把她画出来吧，或许画出来病就好了——表哥以为他画的是英夏。

他不敢，这畸形又隐秘的爱情让他卑微到尘埃里，他渴望被她再次拥抱在怀里，感受她胸脯的温软，可这愿望藏在心里叫美好，说出来就是耍流氓，他只有绝望地把她珍藏在心底，直到在医院问到她的号码、找到她的家，然后住到她家对面来，他才有了继续活下去的意愿，每天早晚看她一眼，就是最好的药。

既然都看到了，那就叫人来抓我吧。青玉站起身，摊开手，慷慨就义的样子——黄泉有路，早迟皆往，于合在前我在后，挺好。

商陆抬起头，看着亭亭玉立的青玉，她好看的胸、纤细的腰、白皙的脸。他跟着站起来，突兀地拥抱住她，当年他是个孩子，现在他已成年，高她整整一个头，他紧紧抱住她，拼命摇头，我不知道你在说什么。

你费这么大劲绕那么大弯接近我，不就是想要我自首吗？青玉靠在他肩上，轻声回答。不知为什么，她没有推开他，商陆的身体带着树叶的清香，好闻的味道，那是再也回不去的青葱岁月，她的、于合的。

不、不是，什么倒洗衣液，我没看见，你只是喝醉了，把心里想的事当成了真。商陆用力地拥抱着她，头埋进她的脖颈，那里有一段美丽的弧线，属于她、属于他的梦境——姐，你没谋害谁，我找你是因为那天晚上要是没有我你就死了，没有你我也死了。世界那么大，没有人能懂我们，姐，我们在一起好吗？没有你，世界对我来说没有意义。

青玉惨然一笑，眼泪流下来，来不及了，全都来不及了。一念成魔，她本是个好医生好妻子，谁料到一个死去的小婴儿，将她的人生逼到悬崖边，谁又料到这世界有那么多人，站在悬崖旁，等着推着叫嚣着逼着她跳下去……从于合半夜归家又离去开始，她就失去了理智，全身只剩下冰凉，行尸走肉游走了这么久，直到现在，商陆年轻的怀抱才终于让她感受到温暖，像长眠如死的公主，在王子的亲吻中苏醒。

可是城堡不见了，人生不能重来。

洗衣液的味道是铁线莲香，那香是死亡的魂引，带走了于合。从此，她所有完美的爱情和美好的人生也再不会回来。

她谋杀了于合。

9

月华如洗，青玉和商陆并排躺在出租房的小床上，像两条濒死的鱼。青玉收治的病人，患抑郁症的并不多，和商陆在一起，她才知道抑郁症有多可怕，它会让商陆四肢剧烈疼痛，失眠亢奋，拒绝和人接触，商陆每次都很努力地和青玉拥抱，但他的身体会冒汗，像是从水里捞出来一样。看着他撑得脸色发青、不断颤抖却又咬牙坚持的样子，青玉的心碎裂开来，有些东西与爱情无关，却在情感最隐秘的地方开出一朵花，绽放的每一瓣都像是用刀锋割裂出来的。

她是商陆唯一可以亲近的人。

数日来，她和他像恋人一样住在一起，做饭、洗碗、拥抱、哼唱、打闹。青玉感觉自己像个魔鬼，又像是天使，她做这一切到底是在帮商陆战胜病魔还是引他去更黑暗的深渊？

她在商陆年轻、绝望又喜悦的目光中看到了自己的结局——声名狼藉、锒铛入狱。

但她已经成了一只扑火的飞蛾，义无反顾。

姐，商陆伸出手捞一把虚无的月光，说，我们结婚好吗？

夜风吹拂着商陆柔软青黑的头发，这真是个好看的大男孩。

想清楚哦。她笑，拍拍他的脑袋，我老你十岁。

商陆不肯示弱，拉下她的手反手拥抱她，她没有拒绝，温和地依偎在他怀里——很快她就要进监狱了，这之前放纵一点又如何，世界欠她一个交代，她欠商陆一场恋爱。只是她并不想让商陆知道，所谓恋爱只是她与人世间的道别，与真正的爱情无关。

商量个事，她在他怀里，轻声说，我们找个海岛，我想出去散散心。

然后呢？商陆忧伤地问。

青玉愣了，原来这聪明的孩子全知道，知道她这些日子所做的一切，都是告别前的放纵。

然后……再说吧。她闭上眼，轻拍商陆的背。

从筑城去海岛意味着一路往南，无论如何出行，他们都不可能避开人群，不管是飞机、高铁还是轮船。这其实也是青玉的目的，商陆的广场恐惧症很严重，他不敢到商场和所有人群拥挤的地方，通过这些日子的相处，商陆已经可以和她牵手、拥抱，还成功地在人流最多的中午到半山腰超市帮她买回了酱油，那天商陆举着酱油瓶开心地站在门口冲她笑时，她觉得心都融化了。

这是个身体里流着自己血的年轻人，也将是自己医生生涯救治的最后一个病人。如果她在自首前能帮助商陆走出来，是不是最大的福报？

一路向南，这是万山渔场远离陆地的一个小海岛，相比其他岛屿来说，这里显得冷清寂寥，没有喧闹的游人，没有灯红酒绿的酒吧，只有沉默的钓鱼人、勤劳出海又安然归来的渔船，还有山顶上茂密生长的芦苇和杂草。岛上有百来户人家，早出晚归都在海上忙，只有他俩是悠闲的。每天清晨，青玉和商陆像世间所有的情人一样手牵着手漫步在海岛边，听海浪拍打海岸，噗噗噗……海风会卷来一阵阵隐约的海腥味，蓬勃而生动。每次海浪涌来时，商陆都会更紧地握着她的手，紧张又内疚地朝她笑。傍晚，为了挽回男子汉的尊严，他又会故作洒脱地带她去港口的小酒馆吃饭。商陆的丙烯画画得很棒，酒馆那个皮肤黝黑的中年老板索性放弃了自己一手蹩脚的创作，把三面墙都交给了商陆，商陆画出第一面墙时，老板沉默了许久，那是一片幽蓝色的天空，在遥远的角落闪烁着一星微光，远看是宁静安详的，近看每一抹天空的色带都不尽相同，如同撕裂的锦帛。

加棵向日葵吧。沉思半天，男人指着天空下面的正中央仿佛透着一丝曙光的位置——这儿。

商陆眨眨眼，开心地笑了，青玉从未见过商陆这么单纯又敞亮的笑容，有点看呆了。

男人白她一眼，说，笨啊，你就是那株向日葵！

这是个五十出头的男人，有着帅气的五官和慵懒的气质，一看就不是本地人。每天傍晚，他把并不热闹的两三桌简餐上完，就会一个人坐在馆子外面蓝色条纹的遮阳棚下，抱一把吉他弹唱。海岛上人并不多，偶尔经过一两个，也是提着渔具或骑着小电驴，听他弹唱的狗们显得比人还要真诚热情，趴在他脚下，时不时抬头发出一声赞美的长调，他便懒洋洋地笑，露出洁白的牙。

青玉同样慵懒地拖了把椅子坐到他身边，跟着他有一搭没一搭地唱。调弦的时候，他转头看一眼在店里认真描画的商陆，朝青玉神秘地眨巴眼，说，这是你拐来的小情人吧？青玉放肆地笑起来，海风吹乱了她的长发，也吹起了她的裙子，我可没祸祸他！她认真表白，声音清朗，眼神圣洁。

那可惜了。男人哈哈大笑，你骨相很好，是个好人，祸祸了他他也不亏。说完，男人高声弹唱起来——姑娘姑娘，漂亮漂亮，警察警察，你拿着手枪……

青玉的笑声戛然而止，她拢一把纷乱的头发，回过头目光灼然地盯着男人，用比海浪更大的声音问，喂，你相信我们的眼睛吗？

男人出神地歪歪头，在唱歌间隙回答，你愿意信就信。

我不信。青玉说，世间所有的眼睛，都只看到自己愿意看到的，人们并不在乎真相。

男人有片刻的迟疑，显然他并不懂青玉要表达的是什么，于是他接着唱他的歌。人类的悲欢并不相通，这话谁说的？青玉无声浅笑，看夕阳洒满海面，海像是醉了，绯红一片。

男人弹唱片刻，举起啤酒瓶，问青玉，来一口？

我戒了。青玉神色端庄地看向酒瓶，夕阳映在她脸上，像撒了一层金粉，四大皆空。

是的，她早该戒，倘若那些天没喝那么多酒，于合不会死。

男人率性干掉半瓶啤酒，转头冲商陆喊，《往后余生》，献给你们。

商陆在酒馆里举起画笔表示接受，他好看的笑容是青春的模样。

嗯哼，青玉懒散地将身子往椅子里靠了靠，往后余生，她已没有，且听听吧。

在没风的地方找太阳，在你冷的地方做暖阳，人事纷纷，你总是太天真……往后余生，风雪是你……目光所至，也是你……歌声飘扬到海里，从小小的海岛望出去，玫瑰色的海面上，有晚归的渔船远远驶入夕阳与海平面之间，像一把安静的剑，无声出鞘——

警察警察，你拿着手枪……

10

尽管已近四十，青玉依然保持着良好的体态，坐在宝蓝色的椅子上，她的头始终保持着微微向上倾斜的姿态，修长的脖子由此显得更加庄肃，不可冒犯。但她的眼神出卖了她的镇静，那黑色的瞳孔里写满慌乱和恐惧，还有痛，比黑色还要深的痛。

于合摔下去是因为我在他取衣服的地方倒了洗衣液。青玉面无表情地陈述完，伸出手——抓我吧。

瘦警察贺云舒不动，默默看着青玉，他不知道该对这女医生说什么。他一直觉得辖区那桩坠楼事件有些古怪，毕竟是在女医生被网暴期间出的事，他有理由怀疑和担心女医生因心理失常做出什么过激的行为，如果不是表弟商陆目睹那场意外，他不会轻易做出死者是意外坠楼的结论。

商陆……是我小表弟。贺云舒换了个姿势，长长地叹了口气，只觉得头大如斗，女医生倒是投案自首了，他和同事还有若干程序等着呢，没准还包括处分。这些不是大事，大事是商陆，这家伙现在正爱得死去活来，女医生要是进了牢房,他还活得下去?

青玉心虚地转过脸,这警察和她年纪差不多,小表弟却被她这个女犯人拐走了初恋,他要不要一巴掌打死她?

贺云舒的确想搞死她——这事早翻篇了,再说于合自己不过去拿衣服也摔不着他,女医生只要自己闭嘴,谁会知道其中真相?既然都和商陆恋爱了,干吗又要来自首,丢下商陆怎么办?害死个老男人不够,还要害死个小的?

商陆前些日子打电话说是去什么万山渔场,他不信,商陆活到现在从没出过远门,他有广场恐惧症。结果谁知道还真走了,害得贺云舒整天提心吊胆,手机一响就担心是谁谁谁通知他商陆在哪里自杀了如何如何……还好商陆第二天就发来了微信照片,照片里有个女人,他认出来了,就是女医生青玉。

要命,表弟爱的人为什么偏偏是她?

这下贺云舒总算明白为什么商陆一回来就病倒了,反复发烧,不吃不喝,是心病——一个谋杀亲夫的女医生,加上一个突然冒出来的英夏妈妈,他该拿什么拯救表弟?

前面就是家,贺云舒在楼下已经抽了半包烟,嘴巴都抽木了。他实在不想上楼,天天看着老妈哭肿的眼,他不知该怎么劝。下午在所里他起了好几回念头,想撕掉笔录,劝女医生忘掉这次谈话放弃自首,反正只有他和她知道,反正于合也已经死了。只要她不进监狱,他不介意这个女人和表弟在一起,有她,表弟就能在她的鼓励和陪伴下活下去。若不是警服在身,他真不想管这事——没有那些网暴,女医生就不会失控醉酒、蓄意杀人。

打开门照样是老妈哽咽的声音——大姐,他真没推英夏,他就是太善良太内疚,然后得了抑郁症,自杀过多少回,才刚刚好两年,你拿着张照片就来兴师问罪,这照片上他是在拉英夏啊,不是推!

又来了,英夏妈妈一天来一趟,商陆在医院躺着,她非要去见,是逼人死啊?

昏暗的客厅里,老妈和英夏妈妈相对而坐,像一对老桩,茶几上摆着厚厚一摞笔记本，那是表弟的日记。

贺云舒把钥匙扔桌上，心头烦躁得不行，这日子没法过了。

你说是拉，我看到的明明是推！善良？谁信？他没推英夏会严重到得抑郁症？日记有什么用，也许你们从一开始就编造它，不管你们怎么说，这张照片，铁证如山！英夏妈妈声音沙哑。

铁证如山？女医生的事不就是被"铁证如山"冤枉的吗？那个在网上传疯了的视频、不断被剪辑放大的敲门细节……若非她投案自首向他倾诉，贺云舒也以为那就是真相。听完女医生平静决然的陈述后，他有些冲动，很想也在微博上发发帖，问问那些跟帖愤骂的人，知不知道他们惹下的滔天大祸，他们断送了一个叫于合的人，也断送了一名优秀的女医生。

现在表弟也要冤死在一张所谓真相的照片上。

满世界的人都在自作聪明地当判官，他实在不知道自己穿着这一身警服到底该怎样匡扶正义。

按你的意思，我弟弟的善良反而成了你判他死罪的理由是吗？贺云舒戳在屋子中央，看着英夏妈妈，心情复杂，不知该冲她发火还是恳求，说到底她也是个可怜人。

我不知道，我只知道我姑娘没了！英夏妈妈失神地看着眼前俊朗高大的贺云舒，目光空洞。她想起了女儿英夏，英夏从小喜欢体育，她说长大了要当女警察……英夏妈妈想着，缓缓抬起右手，伸向头顶取下假发，露出光溜溜的头。

英夏没了，我的头发全脱光了。她低下头，看一眼茶几上堆得高高的日记本，声音如深井传来的微响——我就是恨，这孩子，哪怕他跟我说一声。

贺云舒沉默了。

说一声有用吗？每个人心里都住着魔鬼，他们选择自己喜欢的经纬和细节，编织出自己喜欢的真相。

11

  站在病房门口，贺云舒再次陷入纠结，不管是家还是病房，他都不想进去，可他是唯一无法回避的人，因为他是警察、是哥哥。

  他就要结婚了，虽然单身狗当得有点久，同事的孩子都会打酱油了，但这并不妨碍他从恋爱到现在所享有的幸福和甜蜜。从小到大，在学校他是好班长，在警校他是优秀毕业生，在派出所他是基层先进工作者，一路顺风顺水，要说这世间唯一的烦恼就只有表弟商陆。商陆从十岁起就跟他住一个屋子，瘦削胆小的商陆每个夜晚都要拉着他的胳膊才能入睡，有时候他很烦商陆，因为商陆太黏人，可每当他想甩开商陆时，商陆那张苍白的小脸和深凹的大眼睛就会巴巴看着他，像受伤的小狗，看得他心痛。这么多年，他眼睁睁看着表弟不断在自杀和活着之间挣扎，在病痛和理智之间挣扎。现在终于像正常人一样打工恋爱了，遇到的却是个谋杀亲夫的罪犯。

  商陆的高烧一直退不下去，他心里藏着事，惊天动地的大事，这是一桩命案，和英夏当年的坠楼不同，女医生不是想了，而是做了。

  为什么天底下所有倒霉事都摊在商陆身上。爱情是最好的药，它能治好商陆的病，能让商陆穿越人海坐上飞机和轮船去遥远的海岛。可现在女医生自首了，药没了，商陆以后怎么办？

  推开门，病床上的商陆正眼巴巴看着他，贺云舒的心顿时碎了一地。

  从小到大商陆就是这个样子，他晚自习回家，商陆就这样守在门口，他洗完脸回房间，商陆也这样守在床边。

  哥，商陆烧得满唇开裂，看到他，渴望的笑容像花儿一样怯然绽放，商陆弓起身子，凑近他耳朵，语气神秘紧张——我一直等你，我跟你说，出租房我安了摄像头……对着701，你帮我取下来，不能让人知道。

床旁的监测仪突然嘀嘀嘀炸响，贺云舒吓得不行，手忙脚乱，又是按铃又是叫医生。

先听我说！商陆不知哪儿来的力气，一把揪住他，额头青筋直暴——那个房子……我可能……回不去了。商陆瞪大眼，喘息声沉重。

贺云舒哽咽骂他，放什么屁，什么叫回不去，很快我们就回家。

不！商陆眼神发直，用细小的声音催促他，快去取摄像头，删掉电脑里所有的数据，哥，你帮帮我们……删掉，就没有证据。

可是……贺云舒犯难。

见他不应，商陆绝望地狂叫起来，疯狂扯下输液针，血顿时飙了一线。

好好好，我去。贺云舒按住针眼忙不迭地大叫，你他妈疯了吗？我去我去！

贺云舒气喘吁吁赶到煤矿村，冲进出租房，毫无悬念地在正对女医生家阳台的客厅角落找到了摄像头。

打开商陆的电脑，贺云舒坐立不安——表弟不是警察，但他是。他到底是帮商陆完成心愿，删掉女医生倒洗衣液那段摄像记录还是保留证据？如果删掉，没了证据，可以说是女医生喝醉酒意识不清，将幻觉当成了事实。这样女医生不用坐牢，商陆的病还有的救。如果不删，女医生一坐牢，商陆肯定就完了。

放在鼠标上的右手沉如千斤，汗水从贺云舒背上浸出来，他从未觉得人生的选择如此艰难过。

时间像只背着重壳的蜗牛，艰难痛苦地一秒秒流逝，画面则在快进中不断往前推送，突然，电脑中的一幕让贺云舒愣住了。

那是喝得酩酊大醉的青玉一步一晃往阳台上倒了洗衣液四个多小时后的画面，凌晨三点多，就着路灯的灯光清晰可见——画面里，青玉又出现了，这一回她拿的是毛巾，照样是酒醉的样子，只见她从客厅跌跌撞撞扑到阳台，蹲下去，在她早先倾倒洗衣液的位置埋头擦拭着，然后站起身又跌跌撞撞回到屋里，提了拖把出来反反复复拖着阳台，最后她干脆扔掉拖把，胡乱脱下睡衣，上身只剩下一件蕾丝内衣,蹲下去继续搓擦着地面……

我操!贺云舒兴奋得骂出声,一拳头捶在书桌上,又痛得甩手原地直转圈。就说嘛!就说嘛!那么个端庄沉静的女医生怎么可能是杀人犯?喝断片的女医生只记得自己倒过洗衣液的事,却完全不知道自己又擦拭过。善良的人啊,就算心因为受伤而蜷缩躲藏在了最深处,却依然在最关键的时刻绽放出微光。

只是世间就有那么巧的事,商陆和青玉都遇到了——本来只是心有所想,却没料到一念天堂、一念地狱。英夏掉下去了,于合也掉下去了。

商陆这傻瓜,他一定没有查看过半夜的视频,所以才一直背负着沉重的包袱,这个善良的小可怜,他连英夏的死都能自责到今天,女医生谋害丈夫的事他怎么可能视若无睹?痛苦在他心里翻涌绞杀、发酵沸腾,他不高烧才怪呢。

贺云舒拿出手机和商陆通视频——你确定要我全部删掉吗?

我……商陆像犯错的孩子,低下头。

所有监控画面你都看了吗?

大多数……都看了。商陆咳嗽两声,不好意思地答,在画室期间没看到的,回来我会补看。

她没有杀人,你知道吗?贺云舒不再绕弯。

你轻点……商陆吓坏了,环顾左右,然后突然怔住——你说什么?

贺云舒开心坏了,笑骂,你这个鬼娃!净干些丢人的事,居然租了个房子安摄像头偷窥人家。

哥,你刚才说什么杀不杀的……商陆紧张地捂住手机话筒,嘴巴凑到镜头前——你是不是都删了?

删什么删!怎么可能删?现在有图又有真相。贺云舒笑声清朗,他踩着美好的月光往山下走,车也不要了,今晚的月色真好,风也刚刚好。

商陆那边哑了,好半天才出声,那声音像从井底传来,遥远、绝望而哀伤,我就知道,你是警察,你不会帮我们的。

你个猪脑袋。贺云舒停下脚步,将手机对着月亮和星空说,好好养病,快点出院，世界这么美好，赶紧出来好好谈一场恋爱，你的女神没谋杀人，我看到了，那天半夜她又跑到阳台上，把洗衣液全部擦干净了，拿毛巾擦，拿拖把擦，脱了衣服擦，脱得只剩下胸罩，不不不，她差点把胸罩也脱了，你要不要看那一段？

贺云舒你给我闭嘴！商陆在那边气急败坏地吼叫起来，流氓，你闭嘴！臭嘴！

贺云舒开心地奔跑在山路上，仿佛山脚下有他就要迎娶的新娘——骂吧，我就喜欢看你想搞我又搞不死我的样子。

12

天晴了，喝饱水的山野一片青绿，青玉独自站在墓园，风很大，刮过她的脸，但并不冰冷。夏季已到，山下的石榴园火红一片，是生命蓬勃的气息。

她面前有两个墓碑，一个写着于合的名字，一个名字那个位置用白胶纸蒙着，是她为自己选的生墓和生碑。不过，只有她和那个警察知道，生墓旁的树下已经埋下了一个小小的空罐子，那是商陆的，她答应他，哪一天他死了，要和姐姐埋在一起，不为爱情，只为孤独和善良。

青玉将商陆写给她的诗烧成灰，放在了罐子里。

姐姐今夜我不在德令哈

也不在天涯

我在172病房想你

今夜没有画家也没有最后一片叶子

空气是死神般的钢琴师在弹奏

生命薄如蝉翼

很多年前

姐姐你在朝东的窗前为我忧郁

你的拥抱如同繁盛的季节花香遍地

我看到窗外群山饱满阳光圣洁

我突然渴望吃糖

并且怀想我的墓地必然就是这样饱满的山丘

我必然将自己埋成两座坟墓

一座用来想你

另一座也用来想你

姐姐今夜我不在德令哈

我在天涯

我看着大海

想念那朝东的窗朝东的你

商陆走得很意外，没有跟任何人告别。

那天夜里她离开医院之前，商陆要她像五年前那样拥他在怀里，她笑着同意了，商陆也笑，半躺在她怀里抱怨说，姐，你笑得像姐，不像女朋友。

青玉有些尴尬，这孩子啊，他什么都知道。

我比你老嘛。青玉厚着脸皮哄他，太像女朋友，人家要笑的。

嗯，商陆不反驳，微笑着闭上眼睛，说，终于可以安心睡觉了，你知道吗姐，现在我睡觉，梦里没有英夏了，只有你。

青玉听得心都揪紧了，日日噩梦，十多年，商陆到底是怎么扛过来的？

姐。商陆像是入睡前的呢喃，声音轻柔沙哑。什么？她低下头，用下巴轻轻抵住他的额头。出院了，我想去万山渔场，那里有你和向日葵。

好呀，我陪你，我们再去一次万山渔场。

你不用去，我一个人去。商陆轻笑起来，带点忧郁、带点宽容——姐，我知道，你只是在帮我治病。

青玉顿住了，心思被揭穿，到底是件难堪的事，商陆是真的在爱，她却不是。

我走了，你要听话，要放下。商陆的声音越来越低，均匀的呼吸伴着轻微的鼾声，他是真睡了，没有用药，自然入睡。

看着商陆年轻的脸庞，青玉感动地微笑，窗外新月如钩、星河灿烂，恍若她青春年少时所见所拥，没想到多少年过去，居然还会有人在如此迷人的夜里对她说，你要听话。

好，我听话。青玉深情地吻了吻他的额头，像真正的恋人。想着许多年后，病愈后的商陆和妻子一起在某个街头与她邂逅时，她和他该是怎样的美好和尴尬。

时间是个神奇的东西，以为过不去的坎、活不下去的日子，渐渐却被它抚平了。互联网只有七秒记忆——今天的人们已经忘记了那个一周前被警方抓获的黄头发吸毒仔正是两个多月前抱着死婴去医院讹钱的秦长命，他们更不知道，他们在键盘上随意打出的文字是一把把抛向尘世的尖刀，多少鲜活的理想和美好成了无辜的亡魂。

喝一口普洱，老鼎苦哈着脸说，回来吧，于合的事弄清楚了，你也不晕血了，都放下吧。

青玉苦笑，哪有那么多放下？要是可以，或许于合也不会死。

于合自己走错了路。老鼎替她打抱不平，种什么因，结什么果。

种什么因，结什么果，青玉想起了万山渔场的商陆，他在小酒馆里画下的那株向日葵会结出什么样的果呢？替老鼎倒掉普洱，青玉重新换了一泡蜜兰香的单丛，她要在离开前给师父泡一壶口感更香的茶，不要苦的，这老头都苦一辈子了。都是善良的人，都吃了那么多苦。

不许走，跟我回去！老鼎凶巴巴说。

回不去了，我是不晕血了，但我还是不能再当医生，医生是度人的，我却想着要杀人。青玉坦然地答。

那你以后怎么办？

回老家。青玉望向茶室外缥缈入云的山色，轻声答，老家有一块地，我想在那里种一片向日葵，还有商陆。商陆发给她的最后一条信息还在手机里——住到你家对面后，我到派出所改了名字，叫商陆，那是一种植物，别名夜呼。

青玉泪流满面，每个人心里都藏着一个有所期待的夜晚，还好，茫茫大海，茫茫人间，还有一株向日葵向上生长。

人间世

古　宇[*]

"无门无毒，一宅而寓于不得已，则几矣。"

——《庄子·人间世》

1

"这是新来的，樊斯如。"

周颂一路笑眯眯的，逢人便这样介绍，樊斯如也笑，却隐隐觉得哪儿不大对劲，直到碰上了南凯风。

南凯风说："小樊怎么成了新来的了？跟我们比，你才是新来的呢，信诚主营业务分立前我们就来了。我没记错的话，你是并购 TP 时整建制过来的吧？那会儿集团公司都成立了。"

"南总说得是。这么算，你们都是公司前辈。"

周颂满眼笑意如初，没有丝毫尴尬之情。

南凯风一摆手："也赖我，没交代清楚，小樊是我专门请来的。总部去机关

---

[*] 古宇，女，1969 年生，毕业于北京大学，先后在大学及企业工作，业余从事文学创作，在《中国作家》《十月》《北京文学》《山花》等刊物上发表作品，有部分作品被《小说选刊》《小说月报》等转载，出版小说集《流年》。

化，不能光说不练，人力资源部需要小樊这样的业务一线人才……"

"了解。斯如来了就好了，加强我们的力量。"

周颂说话慢条斯理，自带一种催眠的力量，南凯风满意地走开了，他不知道，那之后周颂再介绍樊斯如，就变成了"业务一线来的老大姐"。生平第一次被人亲切称为"老大姐"，樊斯如有些蒙，互联网大厂有三十五岁魔咒之说，而樊斯如刚好三十五岁，相对于每年不断涌入的年轻面孔，周颂的叫法似也不无道理。

周颂比樊斯如大不过十岁，正临时主持人力资源部工作。关于总经理人选，坊间有各种传闻，其一说是会从业务部门调人担任。周颂带樊斯如"认门"到财务部时，有人冒冒失失地问樊斯如是不是在等任命？樊斯如这才如梦方醒，连忙摆手否认，并自我调侃道："上岁数了，干不动业务了……"

回到人力资源部的大办公室，周颂当众把浇花的任务指派给樊斯如时，再次用了"老大姐"这个叫法："斯如，这些绿植是咱部门自己买的，物业不管浇水，王采苓刚刚的建议倒是提醒我了，以后就你负责吧。虽说综合事务该采苓管，但她小年青儿忘性大，这种事儿还得是老大姐才能上心，你就管起来吧。"

周颂说话韵律平均，很容易让人丧失思考和反驳的力量，"小年青儿"王采苓垂手站在旁边，她身材高挑丰腴，脸形小而上镜，似一颗刚刚剥开的熟鹅蛋，很漂亮，樊斯如一下就记住了她的名字。樊斯如不愿当众驳周颂的面子，只淡淡一笑，没说什么。周颂也不追问，这事儿似乎就定了。

2

只是，樊斯如的记性也是差的，那些绿植终究半死不活了。

窗外的老银杏树叶渐黄，樊斯如坐在这个田字格工位上快两个月了，第一天报到的情景已恍如隔世。

"早。"

陈素衣一声绵软的问候打破了静寂,樊斯如没吭声,坐在十人的大办公室,大多数时候只要不是叫着她的名字跟她说话,她都不搭茬儿。樊斯如从窗外收回目光,凝神看了一眼正在运算着的程序,进度条已近半程。

实习生陈素衣二十三岁,她的导师是王采苓。令人诧异的是,王采苓也没理她,王采苓纤细的手指悬在饱和度很高的彩色键盘上方,仿佛在思考着什么。她指甲涂成了月魄色,和那个浮夸的彩色键盘形成鲜明的对比。陈素衣昨天还欢天喜地地夸王采苓的指甲油好看,是"延禧莫兰迪色系",樊斯如默默检索了一下,烟灰粉、灰豆绿、淡漠裸、静谧蓝……名字个个冷清,和那股流行的热浪很不相宜。

"我去,都十点了,还早?"

整个办公室就耿思博应了这一声,他冲陈素衣一笑,又迅速转回来,继续举着手机看网文,时不时啃一下手指甲。耿思博自己还像个孩子,女儿却都一岁了。周颂把他分给樊斯如打下手:"你好好带带他,都是关系户,资质太差也分不下去,只能咱自己抱着,不过,这孩子挺善良。"可是,"这孩子"却难带,简单的事儿都错得离谱,说他吧,又特无辜,三下两下就躺平了:"樊姐,我这人没追求,六十分万岁,您标准太高,我真心达不到啊。"王采苓也跟着敲锣边儿:"樊姐姐,学霸,清华标准,一般人可达不到。"过后却又悄悄劝樊斯如"不必跟耿思博认真,历任领导都把他当宠物养着"。也不知耿思博对"宠物"的说法做何感想?他平日里手和眼睛像是粘在手机上了,即便是在马路上走着也不肯离开,让人担心他会掉到沟里去,樊斯如忍不住提醒他,换来的却是他嘿嘿一笑:"没事儿,没事儿,樊姐,我余光在看路呢,从小就这么着,我早练出来了。"

耿思博话音未落,陈素衣就连忙解释起来:"今儿早起上班,我手机在地铁上被人偷了,我一分钱没带,只好坐回我上车那站,回家拿了钱赶紧打车过来的。"

王采苓这才抬眼看她:"哦。可怜的素素宝宝。我还以为,你是因为我派给你的活儿多,吓着了,不来了呢。"

"那不能够,采苓姐。能来咱们大厂实习,多少人的梦想啊,我来的这两天学到了好多,好开心!"

"什么姐呀姐的,把人家都叫老了。我说了,叫采采。"王采苓嗔怪着抄起一面盆大的圆镜,左右照了照又放回去,晃到了樊斯如的眼睛,樊斯如调整了一下桌上富贵竹的位置把反光遮住。王采苓歪头从镜子里看着身后:"我告诉你,素素啊,下回,遇到什么事儿记得先打个电话。职场第一信条,事先告知叫沟通,事后就是狡辩了,再充足的理由也打折扣。"

"采姐,您这要求显然有点儿高,您的电话号准存她手机里呢,估计还没来得及背下来。"耿思博嘿嘿笑着,瞅了一眼陈素衣,"你手机是苹果的?可以定位找找,我上次也丢了,一直跟踪到团结湖,估计是被捡到的人扔湖里了。"

樊斯如很纳闷耿思博居然也能把手机丢了,正想听个究竟,王采苓忽然椅子一转,紧盯着陈素衣:"素素,帮我复印一下,双面印。"她一本正经地竖起两根玉指:"两份。别错了页码。哦,对了,昨天那个表做好了吗?发我。还有那个招聘流程,赶紧整理出来,我的校园招聘面试手册可都写到绩效任务书里了,眼瞅着一面二面也要开始了,要用呢,就等你那个流程了,做漂亮点儿,上午能完成吧?"

王采苓语速越来越快,报菜名一样一气呵成,那姿态不像在工作,而是在演工作。陈素衣接过材料,有点儿不知所措,她卡住了,嘴唇不自觉地嘟起来。

樊斯如忽然说:"她不是手机丢了嘛,你让她先处理一下再干活吧。"

王采苓将身子轻轻一扭,清了一下嗓子:"嗯,是这样,我劝你呀,素素,拼命干上三个月,挣出六千块,再买一个新的才是正道,比在这儿纠结个没完强多了。现在,还是麻利儿去干活儿吧。"

"她不得挂失一下?身份信息什么的别泄露了。"

王采苓这才看樊斯如:"姐,您自个儿就是学CS的,这年头儿,咱们哪个的信息不是泄露状态的？谁又不是在裸奔呢？"

樊斯如刚要再开口，陈素衣已经回过神儿来，她忙赔着笑摆手："没事儿，范姐，我没事儿的，我刚才回家，已经让我妈去挂失了。"

"是——樊姐。"耿思博头也不抬地提示道，重音落在"樊"字上面，"fán 樊，二声。"

"哦，对不起，樊姐。"

没等樊斯如回应，就听见有人高声招呼："哎，小樊，你来一下，咱们聊聊。"

说话的是新任人力总经理贾茂行，他没理会众人的问候，高大的身躯在前门闪了一下就不见了。贾茂行是从海外事业部调来的，周颂"转正"的希望还是破灭了。贾茂行新官上任要求部门每个人暂时都直接向他汇报，便于他尽快熟悉工作。另外他还要找每个人单独聊聊，没人想到，樊斯如会是第一个，众人好奇心骤起，樊斯如起身慢慢走出办公室，她能感觉到人们闪烁不已的余光。

3

樊斯如刚在贾茂行的办公室坐定，王采苓就从虚掩着的门挤进一张笑脸来，见贾茂行背对着门站在窗前，略显讶异，瞥了一眼樊斯如，嘻嘻笑着："对不起啊，樊姐姐，就打扰一秒钟。找贾总签个字。"

"不急吧？"贾茂行虽然这么说，还是签了。

王采苓穿一件紧身裹臀小裙，大长腿，脚蹬十厘米的高跟鞋，她蹦跳着进来又出去，步伐如梅花鹿一样轻盈，临了还不忘懂事儿地把门关严。

贾茂行继续面对窗外沉默，樊斯如等得都倦怠了，才听他咬牙切齿说："早知今日，何必当初。你没想到今天吧？到底还是落到我手里了。哼，想当年，请你来海外部不来，看不起贾某？"

樊斯如一时语塞，当年集团成立海外事业部，贾茂行任总经理，樊斯如拒绝了他几次三番的加盟邀请，樊斯如是被贾茂行的话吓着了——"你来，我带你出差，去国外，法国，去过吗？你喜欢什么？大名牌？我给你买。"他没有半点儿开玩笑的意思，理直气壮的态度比出格的话语本身还要令樊斯如惊异。

"没有没有，贾总，您误会了。我外语不好，当初是怕做不好工作，拖海外部后腿。"

"学嘛。没魄力。"贾茂行这才踱步过来，忽地仰叉着坐到对面的沙发上，很自在地把双手放在头后，"小樊啊，还是那句话，好好跟着我干，回头我提拔你。周颂，她，太老了。"

"周总是中层领导，正当年。"

"你别老替她说话，多维护自己的利益才是正解。她对你又不好，真虚伪。"

"您一说老，我都怕了，咱们这个行业，难逃三十五岁魔咒。"

"你不是成功转型了嘛。你这个生涯设计是对的，别听牟枝忽悠，在她手底下就算提拔了又有什么好？还不是拼死拼活，完成一年比一年高的经营指标？"

牟枝是樊斯如所在业务部的主管副总裁，当初她虽然不情愿樊斯如离开但最后还是放行了。贾茂行说得对，如果樊斯如还在业务部一定在为业绩拼命。

见樊斯如不说话，贾茂行继续说："不过，我听说，你来两个月了，周颂还让你干些打杂的活儿？"

"我主要负责报表统计和数据分析，还有……"樊斯如感到一股无形压力，她努力保持中正，"我其实挺喜欢跟数字打交道，多少年没这么省心过了。"

"省心？那都是些最容易被AI替代的工作，还你喜欢？借口。没出息。不担当。"

"人各有志。"

樊斯如忍不住反驳。

"你那算什么志？当一辈子小职员？将来真成了老大姐，人人可欺？"

"总得有人干活儿吧，还能都当领导？"

樊斯如虽然嘴硬，却被戳到了痛处。

"妹妹哎，您到底怎么想的啊？是，不能人人都当领导，但眼见着比你晚来，比你年轻，甚至比你蠢的都成了你领导，你还在吭哧吭哧 day to day 地干具体活儿？有你哭的时候。"贾茂行语气缓和了一下，"实话实说，我在这方面是吃过亏的，那个南凯风哪点儿就比我强了？要不是公司收缩海外业务，哪儿就轮到他管我？……不是我说你，你就是太清高了，最难搞的就是你这样的下属，领导完全不知道你要什么，怎么激励你啊？在我这里，还是要 ego 低一点儿。"

"所以啊，我当不了领导。"樊斯如生生咽下去了后半句，"我至少知道自己不要什么。"

"还挺执拗，看来我还真是不太了解你啊，妹妹。不过，没关系，以后我们有的是机会，在一起哈，啊，工作。"

贾茂行暧昧不清的话让樊斯如沮丧，樊斯如努力保持着微笑，心里盘算着怎么抵挡回去，忽然灵光一现："贾总，您还记得被猎头猎去蜜蜂金融的陈耀辉吗？"

"记得，那个娘娘腔的家伙，怎么了？"

"我打过他一个嘴巴。"

贾茂行一下子坐直了，一脸吃惊。

"什么？为什么？我怎么不知道？怎么回事儿？你说说。"

"他没事儿总是缠着我，每天一大早就到我工位来报到，天天扯闲篇，不理他，就拿着报纸给我读，字正腔圆的，特别做作，还说自己学过朗诵，每读一段就问我一句，怎么样？还行吧？不等回答又继续读，我听得很恶心，忍不住告诉他实话，轰他走，他说我是泼妇，我没压住火，给了他一个嘴巴。"

"这就给人一个嘴巴？小樊，你跟我说实话，他是不是对你做什么？骚扰什么的？"

"没有。"

"那，你可不应该打人家，人家那是喜欢你。就为这，居然扇丫一大嘴巴？"贾茂行摸着下巴笑着直摇头，"没想到啊，你挺文静一人，这么彪悍。不过，谁还没年轻气盛过啊……哈哈哈哈……我说小樊啊，你可不能再来这一手了，那样一来，你在信诚可就干不下去喽。"

"是吗？"

"怎么？你不这么想？"樊斯如的态度让贾茂行困惑，"如果，再发生这样的事儿，你还打？"

"打呀。"樊斯如认真地回答。

贾茂行忽然哈哈大笑："啊哈。明白了。"

他大步走到办公桌后面，正襟危坐。

"来吧，说工作。"

4

樊斯如终于松了口气，她没想到自己突发奇想，拿陈耀辉说事儿收到了效果。

"说说吧，来快两个月了，对哪个模块工作感兴趣？"

"嗯，我是外行，有很多东西要学习。"

"什么内行外行，难道我贾某人也是个外行？HR就是个工具，看怎么用。咱们在业务一线打拼，哪天不是跟人打交道？还有谁比咱们更内行吗？公司体量大了，人力资源专业化是对的，但这几年矫枉过正，大企业病严重，改革势在必行，这也是集团任命贾某的原因，我可是要动真格的，你也得想着把在业务部的积累用起来。"

"好的，贾总，我记下来了。"

樊斯如低头在笔记本上写着。

"光记下来还远远不够，要思考，好好想想你的定位。不是我说你，你就是成就动机太低，瞅瞅人家王采苓。我布置的思考题，她已经交作业了，不光招聘这块工作，还对 HR 部门建制特别有想法，她建议打破按业务模块分工的传统做法，把主要精力放在 level 11 以上干部身上，建立 HRBP 制度，事务性的工作进一步外包，毕竟百分之八十的公司效益是百分之二十的人创造出来的，关键少数嘛，要拿住！这倒是提醒我了，后生可畏啊……"

"嗯，王采苓成就动机强，她经常说自己是牟枝的小迷妹，梦想就是成为牟枝那样的女性领导者。"樊斯如停了一下问，"她，要求负责这些关键少数吧？"

"嗯，我会考虑重新分工的。"贾茂行又若有所思，"不过，你说，会不会是有人给她支招？我听说她有些来头……"

"可能吧，她教育背景很一般，应该是有其他过人之处。"

"小樊啊，你这可是精英病啊，信诚可不唯学历。"贾茂行讪笑着，"不过，你的话也提醒我了，我得有个小本本画一个汇报关系之外的人际关系图，比如你是牟枝的人，王采苓，有传闻她是南凯风的关系……"

"我怎么成了牟枝的人了？"樊斯如哭笑不得。

5

回到自己的工位，樊斯如想想贾茂行把自己归为牟枝副总裁的人倒也不无道理。两个月前，樊斯如调动工作是请牟枝帮的忙。

樊斯如执意要离开业务部是因为丈夫梁正则。那天早上，梁正则送女儿上幼儿园之后没去上班，他回家径直躺到床上，大睁着眼睛瞪视前方，樊斯如追问再三，却见他一大滴眼泪滑落下来："我要瞎了。我右眼看不见了。"

医生诊断是眼球毛细血管破裂，血遮住了视网膜。匆匆应对的同时，樊斯如做了打持久战的准备，要换一个不常出差不那么忙的工作。她找牟枝帮忙。

牟枝第一反应是:"你得让老梁独立!而不是为他牺牲。"

话虽这么说,牟枝还是找南凯风托情,把樊斯如调到他主管的人力资源部。

樊斯如当然也可以自己找南凯风,早年他们一起参加公司团建,曾抽到一组做游戏,游戏规则是用一种动物形容你的同伴,再请对方猜出理由。南凯风说樊斯如像长颈鹿,樊斯如给出的理由是长颈鹿没有声带,天性沉默……虽然两人渊源较早,樊斯如觉得还是请牟枝出面比较好。

南凯风一开始也不赞同:"放着大好前程不要?我实在理解不了。"

不理解的一定还有人在,觊觎总经理位置,才成了人们想象力所能及的最佳动机吧?因此,报到那天被周颂称作"老大姐"大概也在情理之中了。

除了牟枝,樊斯如跟谁也没有说梁正则生病的事儿,她的自尊不允许她接受别人的同情,哪怕是南凯风。

好在"兵荒马乱"总算过去,梁正则做了眼部激光手术,毛细血管被"焊死",瘀血慢慢吸收后,他右眼重见了光明……

樊斯如庆幸自己没有直接找南凯风帮忙调动工作是做对了,不然在贾茂行的人际关系图中她也要被归为南凯风的人吧?

樊斯如记得,被南凯风比作"长颈鹿"的游戏之后,培训师又要求他们假设一个工作之外的问题,并进行三分钟的讨论。南凯风的问题是:"如果你烧伤毁容了,你先生还会对你好吗?"樊斯如说"会"。南凯风唏嘘:"你要这么自信,就跟他好好过吧。"他们没有用满那三分钟就沉默了。如今想来,樊斯如的快速反应,其实是对自己的信心。

6

王采苓哼着歌儿进到办公室:"哎呀,樊姐姐,您回来了,领导谈话要这么久啊?您跟我们也透露透露,我们也好有个准备。"她停在陈素衣身边,轻轻拍拍她的椅背,"素素宝宝,我让你复印的东西印好了吗?"

"好了,好了。"陈素衣连忙站起来,"我给你放桌上吧。"

"不用,我给茂茂总拿过去。"

耿思博扑哧笑出了声:"还茂茂总,您可真敢开牙,不把自己当外人儿。"

"讨厌,思思哥哥。"王采苓来了个京剧练眼法,眼睛虚了一下,紧接着又一明,她本来就生得一双微吊的凤眼,两眼一开光,那机灵劲儿特别有范儿。

"我去,票友?哦,我错了,是祥云社当家花旦。"

王采苓嫣然一笑。

陈素衣跟着笑:"采苓姐,要不我直接给贾总送过去吧?"

"又姐啊姐的。"王采苓假装嗔怪着一瞪眼,"不用你,来,给我。"

王采苓的兰花指还没完全打开,陈素衣眼里忽然闪过一抹粉红色的光,并朝王采苓身后方向一指:"咦,贾总来了!"几乎同时,陈素衣已笑着快步过去:"贾总,材料复印好了。"

王采苓凤眼一暗,收回手来,低低哼了一声:"这小蹄子。"

樊斯如想起怡红院里的小丫头们。

贾茂行接过材料却看也没看陈素衣一眼,远远喊了一句:"采苓儿,我去财务开个会,有事儿微信我。"

"哎,好嘞,领导……"

王采苓还想说什么,贾茂行已经大步流星走了,王采苓咣当一下坐到座位上:"哎呀妈呀,累死宝宝了。"然后,拿起镜子照起来。

樊斯如又被晃了眼睛,这次她不想再忍了,轻轻叫了一声:"采苓。"

"啊?樊姐。"王采苓把镜子举得更高些,头也没回,继续整理着头发,从镜子里面翻眼看着樊斯如笑,"什么事儿?您说。"

"麻烦你移步过来一下好吗?"

"哎!来了。"

王采苓立马放下镜子,轻盈地跳了起来,紧接着几个横向大跨步跳到樊斯

人间世 | 441

如身边，双手顺势欲搭住樊斯如的上臂，仿佛那是舞蹈教室的把杆，樊斯如稍稍侧身躲开，一指王采苓的座位。

"你看，你的镜子总是晃我的眼睛，麻烦你收一下。"

王采苓噘着嘴做撒娇状："人家不就是喜欢臭美嘛，镜子摆在桌子上看着方便。"

"你用的时候再拿出来。"

"好说，小事一桩，晃了您眼睛，您也不早说一声，姐，对不起啊，我马上办。"

王采苓咧嘴笑了，扭动着腰肢过去把镜子倒扣在桌面上。

樊斯如轻叹了一口气，大概是被耗费了太多的能量，她觉得特别累，而此刻她绝想不到，王采苓的圆镜很快将以其他形式卷土重来。

7

贾茂行上任的大事儿之一是人力资源研讨会，大家一起头脑风暴，讨论人力资源变革方案。王采苓被指定牵头负责会务工作，贾茂行吩咐："疫情，大家不要都集中到会议室了，采苓儿你安排一下，一半人留在办公室线上参会。还有，PPT事先汇总一下。"

贾茂行前脚离开，耿思博跟着就说："开会人不能太多，平时办公密度也应该调整一下才好。不过，我情愿留办公室。"他笑着举起右手："采姐儿，我报名远程参会……"

"想得美，你。别想逃，在办公室你也必须开着摄像头，所以，你还是去现场吧。另外，樊姐姐您也到现场，我们请了业务一线的同事代表参会，您人头熟，帮照应一下。"

樊斯如讨厌王采苓这种"低调的"颐指气使，却又一时找不到理由回绝，看着她忙进忙出的阵仗，心里说不出的滋味，正郁闷呢，忽然发现王采苓办公桌上多了一台小电扇，就在原来放圆镜的位置，正对着自己。樊斯如纳闷，入秋多时了，摆上电扇为什么啊？回家后樊斯如跟梁正则提起，梁正则立刻说："那是个照妖镜，电扇和圆镜的功能是一样的，都是向外发散的，又摆在同一个位置，看来王采苓是把你当假想敌了。"樊斯如被"照妖镜"这词儿吓了一跳，嘴上说梁正则夸张，心里却也犯嘀咕。

研讨会如期举行，耿思博和樊斯如都来到会议现场，临开会前樊斯如才知道确定的发言顺序，自己在王采苓之后，贾茂行开场要求每人发言不能超过十五分钟，多留时间给讨论环节，但前面发言的几个同事都有不同程度的拖延，轮到王采苓，她更是滔滔不绝，樊斯如听不太懂却又觉得很炫。

"我们的目标是解决差异化竞争的问题。输出强化认知和协同颗粒度是达成持久收益的主要路径，如果能做到落地生命周期，那么还会助力全面性方面的提升。真正的联动战役其实是在让结果可量化的愿景下通过串联形态来克服行业束缚等障碍，把每一次复用去中心化和加持脑暴都落实到位。亮点是完成率，优势是拆解载体能力，面临的挑战是信息茧房。达成品效合一和核心方式是打透认知、开拓结果导向和梳理漏斗，但是打通资源倾斜只是手段，抽象完善逻辑才是目的。站在体系的角度上，要通过赋能耦合性来发挥撬动产业的作用。因为要占据用户心智，促使我们需要用拉齐感知来解决构建生态问题，以及整合标准域和领域。当然，不要忘了降低用户门槛。"

一番高瞻远瞩之后，王采苓终于降维至具体业务了，她说到招聘："为使我们的产品最大限度商业化，我们目前急需招聘一批对裂变增长有较完整的方法论及实战经验的人……"

可樊斯如还是听不懂，看了一眼与自己比邻而坐的耿思博，耿思博一笑，发微信过来："翻译成北京话，就是多招有销售经验的人。"

"我们要以招聘为抓手，为品牌赋能，"王采苓继续，"这需要我们HR打通信息屏障。"

"这么高级。"樊斯如笑着回复，心里却说，需要这么复杂的描述吗？这样的"词语通胀"分明是一种心理防御机制，背后是对于创造力和生产力不足的掩饰和焦虑，这不正应该是贾茂行大力改革的吗？樊斯如偷眼看到贾茂行却频频点头，周颂则面带谜一样的微笑，只有南凯风微皱着眉头。

"我们需要创建行业新生态，对此我们已经有了聚焦用户感知赛道（即顶层设计），这个目前还是商业机密，我们力争通过差异化和颗粒度达到引爆点，形成我们的核武器，让竞争对手无还手之力，在垂直领域采用复合打法达到持久收益（即交付价值），抽离透传归因分析作为抓手为产品赋能，体验度量作为闭环的评价标准。总之，亮点是载体，优势是链路，我们要按照贾总的布置，思考整个生命周期，完善逻辑考虑资源倾斜，组合拳达到平台化标准……"

紧接着，王采苓轻描淡写地来了一句："说到平台化标准，即方法论，这部分内容一会儿会由樊姐给大家具体介绍，在这里我就不多说了。"

樊斯如心里咯噔一下，自己的PPT正是关于底层思维和方法论的，王采苓没有事先沟通，只用一句话，就轻易地把樊斯如网罗进她的管辖之下，意识到这一点，樊斯如面红耳热，嘴唇竟哆嗦起来，想象自己即将站到台上，磕磕绊绊分享王采苓指定的方法论……樊斯如忽然怒不可遏，她没有试图去压抑这股愤怒的力量，她听到内心有一个声音说，绝不能成为王采苓话语体系中的一个章节。樊斯如迅速思考着，要另辟蹊径，她拿起铅笔重写发言大纲。

轮到樊斯如上台时，贾茂行特意向她举了一下手腕，意思非常明确："注意时间。"

樊斯如点头笑了笑，环视会场一圈，声音不大开始发言。

"大家听了这么多头脑风暴，估计有些疲劳了，我只说五分钟，一千零五十个字。"

樊斯如的开场白让听众为之一振，人们纷纷从各自的手机上抬起头来。

"信诚今天的状况，早在五年前的夏天就见端倪了……"

8

樊斯如的临时发言出乎所有人的意料，让人刮目相看，她自己也很满意，力量感从心而起，樊斯如觉得自己终于在这个初来乍到之地站稳一点儿了，却不知更大的考验在等着她。

"行啊，小樊。"贾茂行会后就把樊斯如叫到自己的办公室，"我看，就你发言时，南凯风在狂记。"

"南总哪里会记我的发言？估计是在写自己的提纲，或许我那个以终为始的想法给了他启发，他不是要求咱们想象一下五年后信诚的业态，倒推现在要做的事吗？"

"嗯，我们已经有核武器了，今年校招就会发挥威力。"

贾茂行神秘兮兮又志在必得的样子，引起了樊斯如的好奇心。

"核武器？刚刚研讨会上王采苓提到的商业机密？已经不是务虚了？"

贾茂行对于樊斯如的疑问却避而不答，他忽然转移了话题："对了，斯如，我那天都忘了问了，你打人的事儿后来是怎么处理的？快说说，这个念头盘旋我脑子里好久了，我一直想问你，都没找到合适机会。"

樊斯如很吃惊贾茂行的脑回路拐到这事儿上，见他执着的样子，想了想回答道："后来，陈耀辉捂着脸到处说我打他，牟枝那会儿是我们经理，陈耀辉跟牟枝提条件，第一全公司通报批评我，第二给他道歉，第三给他调换工作。"

"还一套一套的，不过肯定没得逞，要不我就知道了。"贾茂行笑嘻嘻地拿出电子烟抽上，靠住窗台，眯着眼看着樊斯如说下文。

"嗯，他早就想换岗位了，所以才借此提条件，牟枝说他这是扯远了，想压下这事儿，让我私下给他道个歉算了，我不同意，我说我跟这个人就不会有什么私下关系。我可以在部门会上给他公开道歉，牟枝也只得当众批我，这儿是职场，不是生产大队，她还说信诚历史上就没有发生过打人的事儿，她大概是说给陈耀辉听的吧，最后她要求大家到此为止，谁也不要再提此事，更不要外传。"

"什么没有打人的？满地打滚儿的都有。早年间，还有一位大姐对绩效考核结果不满，拿着大剪子把领导办公室的绿植都给剃秃了。"贾茂行说着看了一眼办公桌旁的发财树，哈哈一笑，"那，你们后来还怎么在一起工作啊？你和陈耀辉，谁也不理谁？"

"那倒没有，该合作合作啊，反正我道歉了，在我这儿是翻篇了。"

"你翻篇了，人家的自尊都掉地上了，是个男人都没法原地混下去了，丫肯定是为这才离开的。"

"没有。是猎头挖他，那边给了他一个资深高级经理。他临走还到我办公室告别，问我对他有什么意见，他可以改。"

"哇噻，看来是真喜欢你。你咋说？"

"我说，我对你没意见。"

"太冷酷了。看不出来，你还真有点儿小脾气。"贾茂行看了樊斯如一会儿，忽然收住了笑，"斯如，这样吧，你不是喜欢跟数据打交道吗，王采苓这边的招聘策略革新需要进一步的数据测算，你支持一下吧。"

没等樊斯如反应过来，贾茂行已经回手按电话叫来了王采苓，等王采苓坐定，贾茂行说："从现在开始，咱们就是一个 team 了，采苓儿，给斯如说说需要她测算的内容。"

"樊姐，是这样，"王采苓拿出笔记本来，"您需要帮我测算一下，如果将应届生员工薪水较往年提高百分之五十，招聘人数提高百分之一百五十，三个月试用期，消耗的人工成本是多少？预计试用期过后，留用的应届生人数与往年基本持平，嗯，不，略有增加吧，这取决于有多少近几年入职的老员工会低于这些新员工薪酬的水平，您算一下，做个薪酬倒挂差异分析。比如他们分别在什么岗位，可能被新员工替代多少，我预判这帮人多半会扛不住自动离职……这样的迭代发生之后，总体上人工成本与上年的差异是不是在预算范围内？我心里大概有数，投入产出比应该是非常划算的，但需要一个专业测算，才能让领导拍板。我们想看看如果启动新的招聘策略，需要公司承受多少代价。"

9

樊斯如已顾不上自己的感受，脑子飞快地运转着，大体勾画出王采苓的招聘策略，果然是"核武器"，但真金白银之外的代价显然没在考虑之列。

"嗯，我先来确认一下，你们是想以高于市场水平百分之五十的薪酬为诱饵，增量百分之一百五十扩招应届毕业生，试用期内再淘汰掉大部分，留用的新员工继续支付高薪，倒挤近几年入职的没有加薪晋级的老员工？"

"樊姐就是聪明啊，只这一点信息就把我们的核心机密都推导出来了，诱饵这词儿太那个了，不过就是这个意思，您可要保密啊……"王采苓信心满满，"我估计成本完全可控，我们将以少量成本碾压竞争对手，让他们招不到有竞争力的人才……"

"采苓儿这才叫真正的脑暴，我们就是需要这样的创新。"贾茂行喜形于色，"即使是付出多一些成本也是划算的，我们可以将技术好、肯听话、能吃苦、肯加班的新员工统统留下来，其他人开掉。同时，那些止步不前的老员工自然会感到压力，别以为自己是媳妇熬成了婆，后浪等着呢，不进则退……完美！"

樊斯如着急说："可那些没过试用期就被淘汰的孩子怎么办啊？丢掉了应届生的身份，错过了别的大厂的招聘，又留下了工作不到三个月就跳槽的履历，以后别家公司的HR一看他们的简历，肯定会想他们能力不够，才会在试用期被辞退，他们入职别家公司的机会就会大大减少，甚至可能会影响到一生的前途啊……"

"那我可管不了这么多，我给了他们机会啊，公平竞争啊，我们信诚的工作标准就是这么高啊，没有金刚钻你别来揽这瓷器活儿啊……"

贾茂行话音未落，王采苓无声地做使劲鼓掌状。

樊斯如继续争辩："这些孩子还没法成熟到有这样的自我认知吧？而且，从整个社会层面，这种招聘策略是对人才的粗暴浪费，我们只要稍微精准一点儿来招聘，这些应届生和我们都会各得其所。"

王采苓说："樊姐，现在是人才抢滩的关键时刻，先下手为强，我们必须为企业发展抢夺和储备人才啊。"

"咱俩说的不矛盾啊，目前供给端是充足的，二〇二二届高校毕业生规模预计一千零七十六万人，同比增加一百六十七万，规模和增量均创历史新高。我们完全可以从容地选拔优秀的人才。"

王采苓不易察觉地白了樊斯如一眼："姐啊，可我们对标的是985、211以及海外名校生，一千万总量对我们又有什么意义？不管怎么说，今年裂变式扩招应届生是划算的，本来普通层级，我们的流动率一般也在百分之二十左右，与其费劲巴拉去裁人，还不如多招些新人倒逼一下，一个薪资一般不高不低的老员工辞退需要赔付多少？N+1吧？一个薪资很高，但是刚过试用期或者一年不到的新员工配多少合适？对企业有没有好处，其实不用等您精算出来，结论都不言而喻。姐，您没做过招聘工作，您不知道员工层级太精准招聘不划算，而且到底能不能拼命加班，光靠面试可刷不出来。我们要是用这个新策略，把及格线以上的统统先收了再说，通过试用期慢慢考查，不满意就解聘。"

"那咱们人力资源部不光要有招聘专员，还要设立辞退专员了……"

王采苓脸色一沉，想反驳樊斯如又一时找不到合适的词。

贾茂行大手一挥："斯如啊，你先去算算，增量是百分之一百五十还是多少，先算个账。时间紧迫，我主张今年校招就用上这个撒手锏。等有数据了，让领导决策，你们这个层面就不要争论不休了，got it？另外，让耿思博给你打下手，那小子得好好干活儿，别整天拿着个手机不撒手，楼道里见到我都顾不上打招呼，我都担心他掉沟里，告诉他我这儿可不养闲人，你好好带他，对下属要严管厚爱，不能图省事儿，自己干完就完。"

"严管厚爱"是集团新任董事长方大有提出来的，最近成了贾茂行的口头禅，樊斯如还没回过味儿来，王采苓已经起身，步履轻盈地往外走："那我们回去干活了哈，贾总。"

樊斯如还想说话，又被贾茂行制止了："你先带着耿思博算算，我还有个会，你们拿数据来说话。"

樊斯如想说，即使没有数据也道理明显，薪酬倒挂不公平，会打破基层员工心理平衡，到时候挤走的是有本事的，能力差的想开掉还得给 N+1……对企业文化的影响难以衡量。而且，竞争对手也不是傻子，或许不等到明年就跟着"卷"起来……但贾茂行已起身送客。

10

樊斯如和王采苓分别从大办公室的前后门进屋，周颂已经等在樊斯如的座位旁了。

"斯如，你在研讨会上发言里有个细节我想跟你讨论一下。"

樊斯如正意难平，又很好奇，跟着到了周颂办公室。

原来，周颂也是赞赏樊斯如在研讨会上的发言，但没等樊斯如谦虚一下，周颂忽然话锋一转，说到了王采苓那句让樊斯如心里咯噔一下的话。

"斯如啊，我不知道你听了什么感受，反正我当时就觉得不对劲，她资历和职级都不如你，凭什么把你包含在她的工作范围之下呀？"

樊斯如没想到周颂如此敏感，并主动挑破这层窗户纸，于是，她承认自己当时心里的确不舒服，所以才会临时改变发言内容。

"这丫头太有心计了，而且越来越狂妄，连我也都不放在眼里了，凡事绕过我直接找贾茂行，你可要提防她些。"

樊斯如第一反应却是，贾茂行要求大家向他直接汇报工作的，也不能怪王采苓，不过也并非完全没有办法，自己应对这种尴尬局面是同样的事情汇报两遍，但为避免交浅言深，樊斯如谨慎地沉默着。

周颂意犹未尽，又说到之前王采苓不想干综合杂事，竟然威胁周颂不给她调整工作就去找南凯风，周颂让她去干招聘，但同时也动了把她调离的心："我其实早就觉得王采苓不适合做 HR，跟南凯风去聊轮岗的事情，顺便推荐王采苓，南凯风第一句话却是，本人的意愿如何？我一听就不能再说下去了，她本人热爱人力资源工作啊，崇拜的偶像是牟枝，她当然是愿意留在权力部门了……"

樊斯如努力克制自己想跟周颂一起说王采苓坏话的冲动，趁周颂停顿的空隙迅速转移了话题，说到刚刚领到的测算任务，并且是按周颂早知此事的预设来讲的。

从周颂的微表情看，她多半并不太清楚新的招聘策略，但樊斯如决定将错就错，周颂也恰到好处地配合着："这个策略，肯定要把信诚的最佳雇主形象砸了。"

听周颂如此表态，樊斯如长舒一口气，原来自己并非异类。

"这个招聘玩法可真够缺德啊。"周颂摇头叹气，"我有个侄子，是我嫂子的骄傲，前脚她在我们家族群里还吹她宝贝儿，名校计算机毕业被字某跳大厂录用，自豪得不得了，后脚没俩月又说在家复习考研了，我当时就觉得时间上不对啊，现在想来，一定是被套路了。"

"裂变式增量扩招，"樊斯如不自觉地用起了王采苓的浮夸话术，"又在试用期内恶意裁员，对应届生杀伤性太大了。"

"贾茂行新官上任，太想表现了，又不尊重专业，才会听那丫头的疯话。"

"贾总布置给我的测算任务怎么办？周姐，您有什么建议吗？"

"嗯，领导交办你不得不办，不过，贾茂行不是说让你带耿思博做吗？你把重点放在教耿思博数据分析上面呗，你有什么意见也交代他去说，反正这小子本来就爱说怪话,没人会跟他计较,你犯不着自己直接得罪人……"

樊斯如想不出这对遏制事态发展有什么用,又不便深究,于是说:"耿思博实在难带啊,估计还不如我自己算省力气……"

11

耿思博实在难带,樊斯如软硬兼施也不见成效,她感到很挫败。樊斯如判断耿思博主要是缺乏内在努力意愿,正如他自己说的,"我这个人也没什么追求。"当樊斯如反复修正他的工作方法和思维方式的时候,他又端出了这番托词。当时办公室恰好没别人,樊斯如特别想发火,又忍住了,耿思博以为自己的话再次奏效,把小手指放到嘴边啃起了倒刺儿,等着樊斯如像以往那样放过他,但这次显然不同。

"嗯,你没什么追求。"樊斯如点点头重复了一遍耿思博的话,然后,忽然很轻地问了一句,"那你,对女儿有什么期许吗?"

耿思博一愣,似乎没想过这个问题,更没想到樊斯如会来问他。

"比如,她长大了,上学了,你希望她学习成绩好吗?"

"那当然希望了。"

"哦,这么说,你还是有点儿追求的。"樊斯如看着耿思博停了停,"想过吗?如果她学习不好会怎么样?你会生气吗?你管教她,而她会不会说,你整天看手机,凭什么管我?我就听到我们院一个七八岁的小男孩儿冲他妈喊,你每天看电视凭什么让我多看书……"

耿思博沉默着,他不自觉地收起了漫不经心的表情。

"女儿未来学习好不好,是没法保证的,对不对?"

耿思博一个劲儿点头。

"只有一个办法概率大些,你想不想知道?"

"想啊。"

"就是你自己努力，为她做榜样。"

耿思博起初的表情似乎觉得樊斯如在耍他，但细想之下，又不由得点了点头。

"所以，转回来，你要对自己有要求……"

耿思博又低头沉默了。

"我猜你有一个很能干很强势的妈妈，你只能通过消极抵抗才能获得自己的一点儿自由和空间，所以你非常反感领导和同事告诉你该如何工作……"

耿思博露出难得一见的严肃表情。

"是，只要有人督促我，跟我说工作，我就头疼……"

"嗯，你不容易。而且，你们的家庭关系很复杂……"

耿思博本能地想否认，却没有力气了似的。

"你从小生活在里面，很不容易，太累了，你总算可以自己做主了，你想躺平。"

"樊姐，你会算命吧？"

耿思博声音温柔。

樊斯如笑了。"我猜的。"她没告诉耿思博，是他自己平时说话透露了蛛丝马迹，"其实你是可以躺平的，你运气好，家里面有资源可以帮到你，有家长的护佑……可是，未来，你还有能力，给女儿这样的安排吗？"

耿思博又不说话了。

"你一定希望，未来，在女儿眼里，你是一位令她尊敬的父亲。"

"嗯。"

"所以，你现在需要为此做哪些准备呢？努力工作，是最基本的吧？我可以帮助你，我来带你。好不好？"

樊斯如一直看着耿思博的眼睛，看着他眼睛里的光一点点亮起来，脸跟着有点儿红，他不好意思地点点头。

12

王采苓最早感觉到耿思博的变化:"思思哥哥,加入我们的测算团队,你像变了个人一样。"

"我去,明明是采姐你变了,女一号啊……嘿嘿……"

"讨厌。"王采苓并不理会耿思博的调侃,"素素,来,赶紧帮我把校园面试手册发给大家征求意见,明天下午汇总给我哈。"

大概为了证明自己没变,耿思博没等陈素衣答应就接茬儿道:"一天?就够征求表扬的。我估摸没人会看。反正我没空看,我还得帮着樊姐算数儿呢。"

"看不看在你,反正我征求你们意见了。"

樊斯如却认真看了,自从王采苓抛出那个招聘"原子弹"后,樊斯如就特别想了解王采苓的底层思维逻辑,樊斯如自己可能也没有意识到她在努力寻找着"拆弹"路径。

樊斯如发现那个面试手册就是各种工作流程以及专业词汇的堆砌,厚厚一册漂漂亮亮的,可要是给非人力资源专业经理们用,估计还是让人一头雾水。她边看脑子里边习惯性地有了改进建议,又不吐不快,她也希望通过跟王采苓的交流去了解对方。当然得先表扬,樊斯如试着用"专业性强"这一路的同义词来起头:"全面、资料翔实、内容丰富……"

王采苓听得眼里有了光:"谢谢樊姐,您一直在业务一线,您多提宝贵意见和建议。"

"嗯嗯,我确实有两个小的想法。"

王采苓使劲点点头,上身又往前倾斜了一下,给了樊斯如一个露齿的笑:"您说。"

樊斯如这才进入正题:"第一部分,提前三十分钟看简历,我觉得,就这一句话，要求太低了，大家都会看简历的……"

"他们不看。您可不知道，有人是真不看啊。"

"个别现象吧？我的意思是说，你可以教大家怎么看简历，要关注哪些信息点，比如能够对应岗位所需核心能力和品质的，让人产生疑问或者特别感兴趣的，都事先圈出来，等到面试时进一步核实或深入了解……"

"这个啊，我培训时都说了。"

樊斯如犹豫了，她探究地望了王采苓一眼。

"没事儿，您说，您接着说，第二？"

"第二，面试环节，难点和重点是如何提问，通过有效的问题，最大限度地获取有用的真实信息。手册要让非人力专业的经理看得懂，用得顺手，当然这种整体定位问题应该在计划阶段讨论，现在谈有点儿晚了，不过你的手册也不用大改，多加些例句就行，你里面有不错的例子，但有些是无效问题，比如，说说你的性格……"

"哟，这您都嫌无效，您知道阿里巴巴第一道题是啥吗？说说你多长时间吃一回肉……"

耿思博忽然插进话来："我去，我八天才吃一回肉，嘿嘿。"眼睛却还盯着电脑屏幕。

樊斯如说："这是一个有效的问题。"

王采苓微微一怔，撇撇嘴："愿洗耳恭听。"

耿思博似乎感到了空气中隐隐的张力，也转过脸看。

樊斯如深吸了一口气，让自己的心安定下来，尽量就事论事："因为它具有多重功能，首先，是破冰，活跃现场气氛，让应聘者放松，有助于真实表达。同时它也出其不意，让人没法事先准备，这就可以考查应聘者随机应变能力、现场组织语言、逻辑自洽能力，顺带可以了解他们的生活习惯、性格、沟通互动风格等，能够获得多维的信息，所以有效。而无效问题，应聘者可以事先准备，千篇一律，占用面试时间多，却收获不了什么有效信息。"樊斯如看了一眼耿思博，又对王采苓微微一笑："我知道事到如今时间不充裕了，但你可以有针对性地深入改一两个地方，手册这种东西可以不断修订，今年先从无到有，很棒了……"

"不是的。不是从无到有。"王采苓摇着头，口气坚决，"这儿您可能理解有误了，我们是反复修订了好多遍，并不是您说的从无到有这个层次。"

"哦，"樊斯如再次犹豫，却没忍住说出了真实想法，"那我倒没看出来。"

"您没看出来，那是因为，我们还没达到您的标准，您的标准高。"

王采苓又提到"您的标准高"这个梗儿，樊斯如有些不快，同时意识到，自己提意见本身对王采苓可能就是一个冒犯。"嗯，我就是提供一个外行视角，抛砖引玉。"

耿思博忽然嘿嘿笑了："您这已经是玉了，我们以前征求意见，就是走走过场儿，我估摸着，除了您，没人会搭理采姐。"

"耿思博你闭嘴，我可是真心诚意征求意见，就你懒，还以己度人。"

王采苓口气马上又婉转娇嗔起来。

"樊姐对我最好啦，谢谢樊姐姐，您费心啦。我跟您汇报一下哈，其实发邮件之前，我跟领导们都反复沟通过好几回了，面试也马上要开始了，你判断得没错，我也估计大改的空间不大。我下回提前跟您汇报哈，一定赶在计划阶段请您帮忙提提意见。"

王采苓越说态度越诚恳，最后不忘又给了樊斯如一个甜美热情的笑容。

果然，后生可畏。

13

当晚，贾茂行在微信工作群里@所有人："校招在即，大家赶紧提意见啊，今后咱们部门里要形成畅所欲言的氛围。"

王采苓马上回应，欢迎大家"拍砖"。

周颂则说："对不起，给大家留的时间不多，主要是征求业务领导们意见耗时有点儿多。"

王采苓跟了一句："跟业务部门打磨用的时间多了点儿。"

工作群随后一片沉寂。

贾茂行私信鼓动樊斯如去提建议，显然他对现有的手册不满意。

樊斯如有些心烦意乱，问梁正则该怎么办。

"如果你不吐不快就在群里提呗，毕竟也是你刷一下存在感的机会。更重要的是呼应一下老贾，你们俩同是天涯沦落新人……嘿嘿嘿，都不容易。"

"他才不沦落呢。他手里有核武器呢。唉，没想到职能比业务还累，累心！要不为了你……"

"唉，你别说是为了我，你做选择一定要为你自己，不然的话，将来你会怨恨我的。嗯，你现在就已经开始怨我了，这不好。"

梁正则的过分理性让樊斯如如鲠在喉，为了不跟他吵架，樊斯如坐到书桌前，强迫自己转移注意力，思考怎么把面试手册修改得更有效。

关于如何看简历，樊斯如已当面跟王采苓沟通过了，她拿出纸和铅笔，追忆出几条要点。重点是在面试环节，樊斯如想把"说说你的性格"改为："说说你遇到过的最困难的一件事，你是怎么克服的？反映了你怎样的性格？"虽然这也可以事先准备，但问题已经比较具象，可以通过追问细节，测出事件的真实性，解决方案的有效性，以及面试者所能达到的边界……樊斯如开始奋笔疾书。

这时，女儿跑过来喊樊斯如跟她玩儿，梁正则追着抱起女儿："妈妈在工作，来跟爸爸玩。你看妈妈多棒，妈妈好厉害！"

樊斯如知道梁正则在借机示好求和，她没有回头，故意大声笑道："谢谢爸爸鼓励。"

放下心里的较劲之后，樊斯如倍感轻松，脑子里又冒出一句话："保持中立态度，不要激发对方防御，才能有效沟通。"她欣喜地把它们加到"注意礼仪，着装表达对应聘者的尊重以及反映我们的企业文化；面带微笑给予面试者鼓励和信心；少说多听，便于观察；随时记录要点，便于打分"这些注意事项之前。她反复看了看很满意，一时兴起，她在旁边画了两个笑眯眯的半身像。

樊斯如笔锋刚收，女儿拍手笑道："妈妈画的结婚的小人儿真好看。"

梁正则抱着女儿说："这不是结婚小人儿，我猜这两位是面试官。"

女儿追问什么是面试官，樊斯如接过女儿让她坐在自己腿上，在和女儿一问一答的过程中，樊斯如想面试官也是人啊，难免会有各种弱点和偏见，如果能够先与他们共情，再提出建议或许更容易被接受。于是，樊斯如决定用拉家常的形式表达，来代替那些冰冷的定义。她把女儿还给梁正则，自己一边写一边念给他听。

"先入为主是人之常情，但请记得深入全面考查。

"喜欢自己的同类可以理解，但请聚焦团队人才多样性和互补性。

"偏见是人性弱点，但走出刻板印象误区才能为组织挑选有用之才。

"识人亦是识己，在面试过程中完成个人与组织的共同成长。"

樊斯如问梁正则："怎么样？"

"不错，不错。这文案做得入情入理。"

"真的？"

"当然。很有参考价值，我觉得，可以发。"

"还没完呢。录用后要总结比对复盘，总结出信诚的人才识别方法和优秀因子。"

"真心不错，嗯，事前准备，事中把控，事后复盘，三段论，思路清晰，实用亲切。"

受了梁正则的鼓励，樊斯如趁热打铁拍照发到了工作群里面。只一会儿工夫，贾茂行就私信樊斯如："斯如行啊，我以前没见过你的字啊，好字！像男的写的！内容也好！太用心了。"但贾茂行在群里只是点了个赞，王采苓倒是大大方方地夸赞樊斯如："谢谢樊姐，棒棒的！"耿思博随了个赞，工作群就一片寂静了。

樊斯如敝帚自珍，也是因为不太甘心，她把建议发给了牟枝。牟枝觉得专业又实用，还有感而发："现在的孩子们太精明了，再加上受过市面上泛滥成灾的应聘辅导，企业想透过现象看本质，实属不易啊！"樊斯如这才又找回一些满足感。

然而，樊斯如的自我感觉良好并没有维持多久。第二天一早，周颂貌似不经意地说樊斯如："没想到，你还真是个认真的人，唉，其实你多干一阵子就知道了，这招聘啊，经常是这个递个条子，那个打个电话的，好多关系都没办法拒绝，更何况贾茂行他们要弄什么招聘核武器，跟对手抢人，上及格线的都先划拉进来再说，什么手册不手册的，就更是表面文章，有就行，大家心照不宣。"樊斯如听了顿感挫败。周颂后面的话更直白扎心："小樊，我看啊，你这个工作态度，就像是刚毕业一年的小孩儿似的，要不就是带着尚方宝剑来的。"

樊斯如脑子一时断片了，不知道怎么接这个话茬儿，她感觉到自己进入一片无物之区，亦如她最近经常做的梦，在那些梦境里，她即便是张嘴，也说不出话来，因为所有的语言都破碎了……

王采芩也来凑热闹："斯如小姐姐，你发群里的建议，每个字儿我都改到面试手册里了，不信您可以对照着检查，大家的反馈好是好，只可惜也派不上什么用场了。"

王采芩一定是在暗示有"核武器"了，这些常规工具就用不上了，樊斯如真讨厌她那种自鸣得意的样子。

14

樊斯如只有在教耿思博做数据分析时才有了一点点成就感，她的内心自动将工作的意义转换到帮助耿思博个人成长上，接到测算任务之初那种强烈的无奈感才暂时消失了一些。而耿思博也的确经历着他的成长之痛。

"樊姐，我被你骂的时候，真是生不如死，但回家想想您说得都对。"

樊斯如对此"铁石心肠"，她告诉耿思博："你必须死而后生。"

樊斯如这样的话也是说给自己听的，毕竟，说到底，帮人成长的意义感，并不足以让她完全心安，该面对的还是要面对。测算数据出来了，樊斯如知道，以信诚的财力肯定能承受招聘变革，但如何让他们看到金钱之外的得失呢？樊斯如恨自己人微言轻，同时，那种被王采苓纳入"麾下"的不平衡感又卷土重来。

樊斯如因此跟梁正则抱怨："没想到研讨会发言那次没有被王采苓忽悠进去，测算工作还是被卷进去了。"

梁正则以他一贯的理性帮樊斯如分析："你不用这么想问题啊，今天你给她的项目作技术支持，明天又可能是别人的项目，从汇报关系和职级上看，你并不归她管辖，你有这样的感觉只是你的心理投射。"

"逻辑上通顺，感觉上别扭。"

梁正则沉默了一下，像是下了很大的决心才开口："有一句话我一直想说却没敢说，你觉不觉得是你自己让出了领地，你不愿出头，王采苓这样的人早晚上位，你又不能事不关己高高挂起，就只有痛苦和被动，其实是你拱手相让的结果。"

樊斯如知道梁正则说得对，可还是嘴硬："还不是因为你，我要顾家啊。"

"这话只是你的借口，其实，是你自己害怕。樊斯如，你一定要想好了，别到最后后悔，发现考上清华大学竟然是人生的顶点……清华的女生应该当仁不让啊，可是你却一直在退让。"梁正则忽然语气温柔，"不要让你的害怕挡在你的路上。"

樊斯如一下子哭了，梁正则句句扎心却又在理，他把樊斯如看透了，尤其是她的害怕，她害怕与人冲突，她害怕可能的挫败，她不愿承担可能的责任，她害怕失败，甚至根本就害怕走入"社会"，它是一个太抽象太大的词，让她无以应对。现实的社会生活没有标准答案，她的学习能力再也无法帮她十拿九稳，于是，樊斯如启动清高的姿态保护自己……

梁正则让樊斯如哭个够，然后才说："其实你也不甘心，否则你也不会那么在意王采苓占上风。"

樊斯如知道他说得都对，她不光在意，甚至有些羡慕王采苓身上那种勇往直前的劲头，她不得不承认，对贾茂行而言，王采苓这样积极进取的下属是极具价值的。

15

不出所料，贾茂行让王采苓作为主讲人给南凯风汇报招聘变革方案，樊斯如见识了王采苓的巧舌如簧。王采苓从"国家层面稳就业，尤其是保证应届生就业"起，承以南凯风在研讨会对人力资源五年规划的要求，转到竞争对手的步步紧逼，合于她的人才抢滩方案，她特别强调，公司虽然在人才成本上多花了一点儿钱，但是效率会比同行高出不少，这样做性价比更高。

眼瞅着南凯风微皱的眉头逐渐舒展开了，王采苓拿出了手机："素素，你来一下第六会议室。"大家面面相觑，樊斯如忽然意识到，王采苓大概是吸取了上次被樊斯如质疑的教训，叫来陈素衣这个应届毕业生代表站台，正想着陈素衣怯生生敲门进来了。

"素素，我问你一个问题，你要诚实地回答。如果给你一个机会入职咱们信诚，但可能的风险是试用期淘汰率非常高，你可能会因此失去应届生身份，错过去其他大厂工作的机会，你愿意接受挑战吗？"

"当然愿意，能来咱们信诚是多少应届毕业生梦寐以求的，就算有可能无法转正，我也愿意。认赌服输。"

陈素衣双眼闪耀着粉红色的光芒，她的决绝混合着幸福的表情打动了在场的许多人。

谁也没想到耿思博忽然插了一嘴："你是留学英国的，毕业两年内都算应届，你的回答不具代表性啊。"他继续嬉皮笑脸地说："你凭什么代表国内社畜们表态呢？"

陈素衣有些尴尬，落了个大红脸。

王采苓小脸一沉："耿思博你说什么怪话啊？"

耿思博并不买账，他略带讥讽地看着王采苓："采姐，您这哪儿是稳就业啊，妥妥的是在制造失业、延迟就业，而且还……还是断子绝孙式的，这帮985和211，天之骄子，初入职场，哪里受得了您这通折腾啊，试用期没过就被开了，太伤自尊了，脆弱点儿的，没准儿从此就萎啦。这招可有点儿缺德，不，是太缺德了……"

虽然对耿思博的想法有所了解，但他主动跳出来说这番"怪话"还是超出了樊斯如的预期，她不由得肃然起敬，觉得自己不能不出头，于是没等王采苓发飙，就把话头接过来："我来说几点个人意见。"紧跟着就把先前说过的和没说出来的想法统统倒了出来。

贾茂行眼睁睁看着自己团队的两个"叛徒"，大概很后悔让他们参加汇报。

王采苓已经开始反驳："樊姐、思博，说实话事情没你们说的那么夸张，你们以前没干过招聘工作，不了解情况，业务部门成天嚷嚷着缺人，缺干活儿的人，今年报需求就比往年多好多，我们不能总是被动跟在后面，要主动出击，超配应届生是必要的。再说了，应届生处处都是亲儿子，越来越抢手，各大厂的招聘方式也逐渐从'挖人'转向培养大量校招人才。二〇二一年春招时，不同规模企业的应届生同比增幅均超过百分之四十，其中万人以上规模的大型企业同比达到百分之五十九点六。我们的竞争对手有从夏季实习生就放开提前批，已经锁定了很多优秀人才，我们也揽住了一些，但政策不定也不能最后算数。我们面临的形势严峻啊……"

看来王采苓做足了功课，势在必得。

贾茂行面色缓和下来，紧跟着逼迫南凯风表态："凯风，时间紧迫，领导一定要果断拍板，我们好去替公司抢人，优秀的应届毕业生可塑性强、忠诚度高，作为一张白纸更容易接受团队的价值观，同时也对未知的专业领域充满拼劲和潜力。董事长不是也说了，要重视培养自己的干部嘛，什么是自己的？应届生才是，采苓儿用词贴切，亲儿子。"

眼见着贾茂行也在冠冕堂皇地偷换概念，樊斯如心里堵得慌，想起了昨晚在家里和梁正则的对话，她决心奋起一搏："各企业春招增幅再大也没有超过百分之六十的，而信诚却要百分之一百五十，关键是其中大部分人我们根本就没打算留用，这一多半应届生连备胎都算不上，太把人当儿戏了，这种招聘策略无异于杀鸡取卵。思博刚才说的，话糙理不糙，明年怎么办？一旦我们在招聘市场树立了这种不负责的形象，明年应届生就会对我们望而却步……"

南凯风眉头又皱起来。

王采苓却哼了一声，鹅蛋脸上显出不屑的表情："这怎么成了不负责了？抢人大战，愿赌服输，我就不信了，后疫情时代好工作会越来越难找啊，咱们这儿凤凰台搭着，优秀的应届生会望而却步？"

王采苓说完一脸无辜地望着南凯风，显然，她根本就不认为试用期大量恶意解雇应届生是什么不得了的问题，在她的价值判断中，带给每一个具体的人的伤害大概不值一提。眼看南凯风就要被说服了，王采苓用余光扫着贾茂行，暗示他赶紧再助力一把。

樊斯如心急如焚，她要换个角度再战，没等贾茂行开口增援，就抢着说："试用期内裁掉一多半应届生，很多善后工作会后移到业务部门，要跟业务领导商量。"

樊斯如一句话提醒了南凯风，这是王采苓方案里没考虑到的，他眉头又紧锁起来，人们都盯着他看，等他表态。

贾茂行却等不及了："只要最终留用人数和成本不超预算，过程中的问题都是方法之争，用不着兴师动众，人力资源管理权限在我们，到时候我们会辅导业务经理做好选人留用工作的。"又转向樊斯如："小樊，你又不是学 HR 的，又不是专家，不要总急于发表个人意见。"

南凯风却开口了："小樊提醒得对，测算材料要送牟总一份，听听她的意见。"

王采苓不甘心："兵贵神速，南总，我们先按这个思路干起来？"

"哦。嗯……"

南凯风态度含糊，沉吟不语。

王采苓还想追问，被贾茂行一把拉住。

"领导都说了，回去干活！"

众人离开会议室，贾茂行没等到办公室就低声数落王采苓："南凯风的风格就那样，煤球是黑的，煤球也是白的……你逼他干吗？赶紧带人发布数据就行了，问多了，到时候，你是干还是不干啊？"

"明白了，领导。"王采苓心领神会，"素素帮我，叫上智聘公司的人一起，咱们连夜加班，走起。"

贾茂行扭头看着樊斯如："那你就把测算数据知会一下牟枝吧。"

樊斯如觉得，贾茂行应该亲自去找牟枝汇报才合适，不过她不愿错失机会，所以她不仅马上知会了牟枝，还约牟枝见面详谈。

16

牟枝出差回京就把樊斯如叫到自己办公室，没等樊斯如说完，牟枝就已明白了大半，她抄起电话："凯风，我看到测算数据了，什么时候信诚要变成劳动密集型企业了？你们这 HR 也太没技术含量了，自己偷懒，不好好选人，到时候让我们断舍离？这不是掣肘业务吗？这么大的事儿，肯定得上薪酬福利委员会、过职代会、上办公会啊……"

牟枝很快放下电话，对樊斯如说："他马上过来，你不用走。"

南凯风推门看到樊斯如在并不吃惊，说话也不避讳她："牟总，您别急啊，这不是跟你商量呢吗？我们哪敢掣肘业务啊……贾茂行他们这个方案，我感觉符合董事长的战略意图，咱们让老贾挂帅人力不就是想让他领导变革吗？他这一招就见响，没增加多少人工成本，又断了竞争对手后路……"

牟枝打断南凯风："董事长的意思是加强培养信诚特质的干部队伍，适当增加应届生，你们这么干可不成，萝卜多了不洗泥，太粗放了，后面怎么弄啊？谁留下谁被开啊？什么标准？能加班？听话？拍经理马屁？业绩？三个月能有什么业绩？这么多具体的事儿怎么搞？三个月一晃就到了，到时候鸡飞狗跳的谁收拾？是没多增加人工成本，但增加了人的时间成本怎么算账啊？把该你人力干的事儿都转嫁给我了，想得倒美。"

"不敢转嫁给您牟总，您忘了，平时这人员去留也是业务经理们说了算，老贾说他们会出一个指引，辅导经理们严格考核试用期学生……"

"说得容易。这可跟平时的绩效考核淘汰不一样，一下子裁掉一多半应届生，容易出现群体事件，到时候行动指引能管屁用……你已经同意了？"

"那倒还没有，后续需要业务经理们配合，这不得请示一下您牟总嘛。"

"什么请示我，要不是斯如提醒，你们谁想着问问我来？"

南凯风略显尴尬，看了一眼樊斯如："还是你们姐儿俩亲啊……"

樊斯如一下子脸红了，马上转移话题："贾总已经让王采苓发布招聘信息了。"

牟枝略显同情地看着南凯风："这是要先斩后奏啊，贾茂行一向强势我倒是知道……不过到底是谁说了算啊？"

南凯风脸色一下子难看起来，他掏出手机："老贾啊，我想了想今年还是要稳妥一些，扩招不要超过百分之六十吧，前期你们好好把关，绝对不能萝卜多了不洗泥……对，没有讨论余地。发布了？我没同意啊……那也要撤回来……

那更得撤回来。"

樊斯如能感觉到贾茂行在电话那头的火气,南凯风收起电话看着牟枝,那神气似乎在说:"看,到底谁说了算?"

牟枝不动声色,等南凯风离开了,才说:"你看,你不用跟他们讲道理,你的道理都对,但对他们没用。他们真不知道吗?不一定,他们只是不认同你的价值观。我才不跟他们讲道理呢,直接制服。"

樊斯如却觉得这种各让半步的处理办法没有治本,她犹豫着说:"增幅百分之六十,还是会有好多应届生被恶意淘汰啊……"

牟枝表情复杂地看了樊斯如一眼:"斯如,你可真是妇人之仁啊……你要学会妥协,跟他们找到最大交集。这个清奇的招聘思路,没准儿正是方大有的意思呢,你以为就凭王采苓这些小职员就能自下而上翻出大浪来啊?不过是变革万一不成功的替罪羊而已……"

"你是说,方董事长的授意?你们早都心知肚明?真的只是贾茂行说的工作方法之争?大家一起演戏?"

"我可没这么说……"

牟枝陷入沉默,樊斯如也无意多问。

17

"有些人啊,就是喜欢背后嘀嘀咕咕捣捣鼓鼓……"

樊斯如刚走进办公室,就听到王采苓甩出这句片儿汤话来。樊斯如当然不允许自己对号入座。

王采苓侧身抓起电话:"亲爱的,你给我把认知能力测试上五十五分的都挑进来,多点没事儿……"王采苓在给中介公司的招聘客服打电话,这个数据樊斯如是知道的,985院校均分是六十一点八,海外留学六十一点三,一本五十五，专科四十六，京东产品经理六十七以上，王采苓以五十五分初筛入围的应届生一定人数众多。王采苓语气里不无得意："这也没什么，增量百分之六十本来就是我的底线，百分之一百五十是给领导留的砍价的余量。"

樊斯如感到一阵寒意，原来正对着她座位的门开着，风从紧挨着的楼梯灌入，樊斯如准备去关门，王采苓也放下电话起身，和樊斯如擦肩而过，噔噔走出屋去，风砰一声把门带上。

樊斯如刚想回座位去，看见门又开了，王采苓手握着门把手，冷冷地与她眼神交错。长长的一秒钟，王采苓才松手离去。樊斯如走过去正欲关门，王采苓又旋即转身站下。

"我还回来呢。"

王采苓踩在十厘米高跟鞋上，气势压人。

樊斯如不觉深吸了一口气，挺拔了一下身子。

"你回来再开。"

门果断关上，两个女人被隔在两边，看不到彼此的表情。

樊斯如内心充满了无力以及荒凉之感，脑子里浮现了但丁《神曲》的开篇语："在我们人生的中途，我发现自己正在黑暗森林……"樊斯如觉得自己也正置身"黑暗森林"，她知道自己是遇到人生中途的一道大坎儿了，是否能突破困境重获新生？还是只得将错就错，得过且过？没有答案。

18

周颂刚好看到了这一幕，她把樊斯如叫到自己办公室，却并不提王采苓。

"斯如，你可再不能给贾茂行拼命干活了。"

樊斯如困惑不已。

"是这样，最近我们班子开会，我跟贾茂行建议要重用你，说你是不可多得的人才，应该好好激励，你猜他怎么说？"

樊斯如好奇心起，他会不会又说，不知道怎么激励自己这类人呢？抑或也像王采苓那样生自己的气，要报复自己？

"贾茂行说：什么都不用给她，不用管她，她干得欢实着呢。"

周颂观察樊斯如的表情。

"小樊啊，这可不行啊，你可不能给他这么拼命干活儿了。"

樊斯如保持着自尊，她避开周颂因努力掩饰而愈发明显的同情目光。

"颂姐，我不是给贾总拼命，我要养家糊口啊。"

周颂有些尴尬。

"贾总这是在夸我有职业操守，不用扬鞭自奋蹄哈。"

樊斯如试图开个玩笑。

"哦，要是这样，那你可就得往开了想，要不你可就难受了，你什么好处也别想从贾茂行那儿得着，王采苓又那么张狂，你要是还在这儿干下去，你必须得想开了，要不你该心理不平衡了。"

"我想得挺开的。"樊斯如笑笑，"谢谢颂姐关心。"

"我是说得真的想开。"周颂的重音落在"真的"上，"比如我吧，我知道所有人的薪酬信息，明明有些人只是跟对了领导进对了团队，自己也没什么本事，却跟着拿那么高的奖金，我太了解他们几斤几两了，你说我心里得多不平衡啊，但没办法必须得真的自己想开了。"

周颂很有耐心。

"我告诉你一个我的法儿，我要是不开心了就给客服打电话，银行或者什么客服都行，找个碴儿训他们一顿，他们有规定是不能回嘴的，这样就把你的负能量发泄出去了，也省得你在职场生气发脾气得罪人，你可以试试。"

樊斯如惊愕无语，周颂却把这理解为叹服，脸上不由得显露几分得意，以及"拿去用不谢"的表情。

樊斯如回过神儿来："可那些客服受的气再往哪里出呢？他们在社会生活的

最底层，只能再发泄给家人孩子，或者自己忍着，可能生病。"

"那我不管，该忍着他就得忍着。"周颂依然笑眯眯的，"你试试，管用的。"

樊斯如忽然醒悟，周颂之所以这么说，一定是觉得自己在做着最对的事情，并指望樊斯如和她行为一致。"我们在各自的世界，做最佳的选择。"在这一点上，樊斯如和周颂也没什么两样，只是她们所在的世界以及世界观不同。樊斯如决定不再跟周颂争辩了。

周颂却不死心，她更加语重心长：

"这办法总强过你跟王采苓正面冲突啊。我都看见了，刚才那一幕，你们俩的对峙，我几乎都能听见冷兵器相撞的声音了。我怕你吃亏，王采苓背后有贾茂行撑腰，这回我们班子会上，贾茂行还提议给王采苓提职加薪呢，所以我才提醒他要对你好。我可真想不到他会说，什么都不用给你，你干得欢着呢！你听听，你可别太傻了……"

樊斯如已经心不在焉，她想象着，如果梁正则知道了她和周颂的对话，一定会说："你不必介意，也不能上当。周颂传闲话是她自己被权力边缘化以及要跟贾茂行作对的心理投射，是不是贾茂行说的话都未可知呢。"

樊斯如相信贾茂行说得出这样的话，就像他曾扬言就是要"雪葬周颂，偏不给她分配事儿做，让她难受"一样，看来，周颂是真的难受了。牟枝曾说过她不能接受现世的平庸，一天也不能，周颂也大概如此吧？女性同样可以是雄心勃勃的。樊斯如想，如果她处在周颂的状态会怎么行事呢？她不知道，但单单这么想着，她对周颂就多了几分同情。

19

恍惚中，樊斯如不记得自己是怎么退出周颂办公室的了，回到大办公室，她发现屋里竟无一人，角落里的绿植蔫头耷脑的，落满了灰尘，想起初来乍到时周颂分配给自己的任务，樊斯如已经没有了当初那种抵触的心态，只觉得是自己辜负了这些绿植，于是她连忙去接水来浇灌它们。

闻到清水浸湿泥土的味道，樊斯如高兴起来。

这时，陈素衣进来看见樊斯如浇水，急忙过来抢水瓶："樊老师，我来。"

樊斯如松了手，笑着说："差不多了。"

陈素衣又浇了一些水，便跟着樊斯如挨个擦拭那些久蒙灰尘的叶子。

"樊老师，我一直想问问您，您觉得作为女人，哪个阶段最美好啊？"

樊斯如一愣，难道自己作为女人已经可以开始总结了？樊斯如看看陈素衣，她可真是年轻啊，正真诚又困惑地等着樊斯如这个"过来人"回答……

"我觉得，现在最好。"

陈素衣显然非常吃惊："为什么啊？"

樊斯如不说话，继续欣赏着绿叶洗尽铅华的样子。

陈素衣禁不住这样的沉默，用很小的声音说："您还觉得现在最好？您……您都不知道采苓姐她……们把你说成什么样子了，我在一边都听不下去……可，您还觉得自己挺好的，心里还挺美？"

"素衣，你不用告诉我这些，我不想知道。"

"对不起，樊老师，我不是故意要传闲话，我只是很不明白您，怎么能那么淡定呢？要我，早哭死了。对不起，樊姐。"

"没事儿。你不用抱歉。"樊斯如看着陈素衣青涩的脸庞笑着安慰她，"你看过《坏话一条街》吗？一个很老的话剧，你肯定没看过。"

"嗯，我听都没听过。"陈素衣捂嘴一笑。

"你真是太小了，那会儿你还没出生呢吧。你可以找来看看，挺有意思的。这世上，谁又不说谁坏话呀？但是，不管她们把我说成什么样，我的确觉得我挺好的。我心里头确实还挺美的。现在是我这一生中最年轻的一天，又是我积累了所有过往的日子而成就的时刻，我有什么理由不觉得现在好呢？不管别人把我说成什么样子，我知道我是怎样的，我知道我是好的。"

这些话一出口，樊斯如自己也很吃惊，她感觉心被一束光照亮似的，她依稀看见了"黑暗森林"的出口。她作为一个独特的普通人的价值，是由她自己认定的，她本来就有安定自身的力量，她只需要自我摸索去发现这种力量，并让它流动起来，自给自足就好了。

"谢谢你帮我……擦这些叶子。"樊斯如忍不住对懵懵懂懂的陈素衣说，几乎同时，她们彼此内心都感到一种柔软的联结。

"您客气了，谢谢樊老师，您对我好，我知道。我丢手机那天你替我说话，护着我，我都知道。"陈素衣眼圈红了，但马上收住，"听您说现在最好，我还是挺高兴的，我总算觉得有希望了似的，好像也没那么害怕了。说实话我现在这会儿，完全摸黑的状态，没有方向感，整个身子和头脑都像是锁在一个大大的迷宫里面……"

"我懂。"樊斯如明白陈素衣当下的感受，青葱年华，本值得赞美和羡慕，但樊斯如心里清楚，青年时代的美好是被夸大了，更为真实的青春是稚嫩和轻浮被包裹在巨大的黑暗力量中，对世界无知盲目。相比较，中年要好很多，尘埃落定，内心大体安宁下来。

"其实，我一直想跟您聊聊天儿，请您给我一些指点。"陈素衣的声音由远而近，樊斯如慢慢回过神来，她仔细聆听："我妈有一个朋友说，只要我们拿出一笔钱，可以保我进一个跟信诚规模相当的大厂，具体数我不能告诉您，不过这个数值了，我在网上搜过，这个数也就够保进二面的。您说我去吗？"

年纪轻轻啊，所有的前程都在，但心灵却是无比动荡的，樊斯如想起那个年纪还是心有余悸，太多步可能走入绝境的臭棋，如今回过味儿来吓得一身冷汗，当年完全是凭运气和直觉才躲过。樊斯如突然特别想帮助眼前这个女孩子，于是说："给钱就能进的企业最好别去，长远看，早晚树倒猢狲散。"

"我也这么想，可又觉得机会难得，我妈说，也不是谁都能给钱就进的。"

"只要存在这种可能性，就说明它的机制出问题了，烂掉是早晚的事儿，你这么年轻没必要跟着烂，你的职业生涯是有机会成本的。"

樊斯如并不指望陈素衣能听懂或听进她的话。

"嗯，我其实也想等等，如果能来咱们信诚就好了。要是能来我就肯定不去那边了，只是，也不知道能不能进来，好在今年扩招，采苓姐倒是说没太大问题……您觉得呢？"

"找工作就像找对象，适合才好。"樊斯如沉吟半晌，"按理说我不该告诉你的，你的行测排名在最后，你也大概知道信诚今年的招聘策略，你觉得你能挺过试用期吗？到时候鸡飞蛋打怎么办……"

樊斯如打住了，她忽然意识到，其实年轻时代曾经的那些险境，恰恰是自己体验与命运相遇的生命高潮时刻，如果再来一遍自己可能还是听不进指导，还是会无知无畏，还是会轻松愉快地拿自己的前途去冒险，在外人看来还是一副兴高采烈的样子。樊斯如看着眼前这个二十三岁的姑娘，想着当年真正帮自己跨越困境走出迷宫的，是她自己内心的指引，不是别人的劝谏，所以，为什么不闭嘴呢？让年轻人自己去闯荡经历。樊斯如克制住传授经验的冲动，放弃了指导陈素衣的念头。

"你自己考虑吧。"

就在此时，王采苓推门而入。

"哎哟哎，素素，帮你老大姐浇花呢？"

王采苓说这话时，看也没看樊斯如一眼，没事儿人似的坐到自己工位上，抄起电话，她独特的声音占满了整个办公室空间，忽高忽低，煞有介事，她在挨个儿通知各下属企业二面名单的筛选原则。

"对，对，女生不能进，除非是名校或者笔试前两名，极特殊情况可以酌情放宽……那没办法，工程师岗位女生干不了要男生，其他辅助岗女生太多了要男生……最终你们用人单位不是也这么做决定吗？……那倒是，我也是女生，我来得早啊……那没办法……"

陈素衣听了，还有些婴儿肥的脸蛋一下子耷拉了，眼中流露出备受打击的神情。

樊斯如又轻声说了一遍："你自己考虑吧。"

20

王采芩与樊斯如的公开冲突，发生在周末培训课堂上。

培训师引导大家讨论那个著名的海因茨困境，樊斯如举手发言，她分享了自己近期陷入两难境地的内心感受，对于海因茨偷药困境感同身受，觉得心理学家编这个故事可能是想说明思考能力和道德存在密切的关系，道德水平的高低可以左右人的思考和判断力的高低……樊斯如话音未落，坐在前排的王采芩突然眼睛闪闪，回头激烈地反驳："好像就您一个人有道德似的。照您这个观点，企业都别赚钱了，干脆就变成养老院、福利院得了。"

培训教室气氛瞬间石化。樊斯如从来没这么被人当众怼过，她异常尴尬，感到自己脸上在发烧，也真想当场发作。但忽然想到无求名相争之心的颜回，出于不忍请行游事卫君，都可能会被误解为炫耀道德而以之为"灾"，自己因此被王采芩诘问也在所难免吧，于是她默默深呼吸让自己保持心境清虚。美丽的女老师到底见多识广，笑盈盈问过两人的名字，而后对樊斯如轻语道："你们课下可以交流一下，看看为什么你能引起她这么高水平的情绪反应。"又转向王采芩，和蔼地说："你要学习如何控制情绪表达自己的观点。"樊斯如和王采芩无语，其他人都微笑了……

耿思博始终坐在最后一排正中间，他本来就特别爱插话，插得还挺有水平，这会儿更是仿佛人来疯一般开始插科打诨，给老师弄烦了，老师笑曰："你要是再这么插话，下午我就拿你做分析，把你分析得一塌糊涂。"耿思博一下子收敛了，大概想起了被樊斯如分析的情景。其实，他装扮成小丑，只是想掩护樊斯如的尴尬，但他不知道，樊斯如已经不怕了。

21

午餐时间，众目睽睽之下，樊斯如端着餐盘走向王采芩。

王采芩没等樊斯如坐下就先发制人："樊姐，您觉不觉得其实咱俩挺像的。"

"这，我倒没想过……嗯，也许吧，人和人之间相像处可能比我们想象的多。"樊斯如思忖了一会儿，想开个玩笑，"所以，我才引发了你高水平的情绪反应？"

"那倒不是。我只是讨厌有些人处处炫耀自己道德高尚的样子。"

樊斯如觉得自己没必要为"有些人"向王采芩去解释，估计王采芩也没打算听。

"您能保持高水平的道德，是因为您一路太顺了，本质上就没真吃过苦，生活对您来说太容易了……"

樊斯如依然不辩解。

"您以为就您同情那些应届生吗？其实，我给他们的才是更大的同情，我给他们的是机会啊，进入大厂工作的机会。我们这些人对于机会的渴望，是您这种从名校到名校的天之骄子理解不了的。"

樊斯如忽然有了想了解王采芩这个人的愿望。

"你一定经历了很多，很不容易，走到今天。"

王采芩以为樊斯如会反击，却没想到她这么说。

"您理解不了的。"

樊斯如准备倾听。

"嗯，您理解不了的。"王采芩又重复了一遍，"您既然这么想了解，我就说一个事儿吧。当初，我能上本校高中完全是因为我是校排球队的，但校队是有身高要求的，每年都量，我那时个子已经长足了，就差一厘米不再够条件，

人间世 | 473

就要被淘汰了。我听说脚高头低睡一晚能多出这一厘米，我晚上没睡觉，就生生这么控了一夜，第二天早上都不敢动，让队友把我平抬着到体育馆，才脚着地立起来，一量，过了，我这才留在了校队里，有了校队这个平台，我才能继续上那个重点高中，才能免学费，才能考大学，才能来信诚工作，才有今天……"

"太不容易了，走到今天，你。"

"我真讨厌您身上那种优越感。一开始就讨厌，尤其是您不说话的时候。"

"彼此彼此，所有的感觉都是相互的。我也讨厌你。"

樊斯如说着笑了，忽然觉得自己也没有那么讨厌王采苓了。

"说实话啊，说实话，我也挺佩服您身上那股怎么打击也打不倒的劲头的。"

"你都怎么打击我了？"樊斯如笑着望着她，"其实，我也挺佩服你身上那种勇往直前的拼劲的。"

"所以，您理解我说咱们俩很像了吧？"

"到底哪儿像啊？"

"有一条，咱们都挺执着的。"王采苓又开始试图要说服樊斯如，"樊姐，企业要发展就是要盈利的，资本无错，钱是中性的、不讲道德的：我的招聘策略符合公司利益最大化原则，您不要总和我过不去。"

"我没和你过不去。好，我们不进行价值判断方面的讨论了。来，咱俩找找交集吧。"

"什么交集？"

"把可能的伤害降到最低，力争软着陆，别出事儿。"樊斯如想到牟枝说的寻找最大交集的原则，"既然信诚今年准备裂变式扩招，这些应届生中有许多人注定过不了试用期，那就一定要把心理风险偏高的候选人拿掉，避免极端事件发生。"

"怎么拿掉？"

"我建议给所有最终入选人做 GPI 个性测试。"

"我觉得没什么用啊,看看那些问题吧,什么……如果没有我的存在周围别人会很糟;别人的赞扬对我很重要;在人多的场合我渴望成为焦点……谁会傻到向别人承认这些呢?"

"嗯,常人不会那么傻,这些问题一般人都会觉得不妥,就是要检出那些不自知的人、明知不可为而为的人。大概在百分之五到百分之八,这些有人格障碍的一定要尽量排除掉,否则,到时候被解雇,容易有应激反应,受打击不容易恢复,再遇到个别执拗的,很可能还会给信诚带来法律纠纷或者其他风险……"

说话间,樊斯如看着王采苓的面部表情在不屑、固执、疑惑、争强之间不易察觉地错综转换,然后幻化成她固有的一本正经的自负。

"樊姐我明白您的意思,我也是这么考虑的,我正打算安排中介给所有人做GPI呢。"

王采苓言辞凿凿,对自己的前后矛盾视而不见,或者她根本无法察觉自己的矛盾,因为,每一个时刻她都是最对的那一个。想到这一层,樊斯如不由得暗笑,典型的王采苓回归了,樊斯如不再想去戳破她。

"那就好了。把偏离正常值的人检出来,降低风险。"

樊斯如不确定王采苓会不会真的去做这些预防工作,但樊斯如已经不再纠结了,她决定顺其自然。樊斯如内心松弛下来,安静地等待入冬后第一场暴雪的到来,她准备一大早就出门,去看没有被人踩过的洁白雪地。

22

王采苓被评为年度先进员工在樊斯如预料之中,快雪初晴。每个人都忙碌不停,王采苓无疑是最忙的那个。招聘本来就是个体力活儿,裂变式扩招更是让她的工作量加倍。面试进行到最后几乎是走过场了,二十个人一拨,一拨二十分钟，无领导小组情景测试中根本没有抢到一次说话机会的人也收到了offer，只是他们不知道惊喜之后，等待他们的将是无尽的"内卷"。

到了签订三方协议的阶段，奇怪的事情发生了，有一些拿到了录用通知书的应届生没有来签三方，一开始王采苓以为是正常的取舍，那些同时拿了其他大厂offer的学生放了信诚的鸽子。但后来网上就出现了几篇暗示信诚搞"断子绝孙式招聘"的文章，王采苓这才觉出事态的严重，马上报告了贾茂行，贾茂行火冒三丈扬言要追查泄密者。被怀疑的对象连陈素衣都包括在内，从一开始就持反对意见的樊斯如和耿思博更是在劫难逃，贾茂行分别找这些"嫌疑犯"谈话，耿思博首当其冲。

大约十分钟后，耿思博回到大屋，一如既往地松弛。"素素，轮到你过堂了。"他冲着陈素衣嘻嘻地说，"哎呀，真是人生如戏，全凭演技。"

陈素衣非常紧张，觉得好像真的就是自己泄密一样心虚。她想起她刚来的时候，有一天下班，她戴着耳机听音乐在公司门口的马路边等网约车，结果王采苓打电话让她别站在那儿，说她旁边站的两个人是集团领导。她那会儿还不认识牟枝和南凯风，王采苓让她别站得离领导那么近听领导说话，还说是贾茂行打来电话让她来提醒的。原来贾茂行的窗子对着公司大门，他站在窗口抽烟正好看到。陈素衣特别无语，她觉得自己傻了吧唧的，不明白他们怎么会把她想得那么复杂。这会儿马上要去和贾茂行单独面对面接受质疑，她不知道怎么自证清白，冷汗都渗了出来。

樊斯如看在眼里，冲陈素衣笑笑，安慰她："没事儿，你有什么说什么，贾总就是例行公事。"

樊斯如自己是最后一个被问询的，她一进贾茂行的办公室，贾茂行就说："我知道不是你泄密。能打人一个嘴巴的姑娘，肯定是明人不做暗事的。但你肯定知道是谁干的，你得告诉我实话。"

"的确不是我。"樊斯如看着贾茂行的眼睛，"我也不知道是谁干的，可我觉得他们这么做也无可厚非。我们做得，怎么别人就说不得呢？"

"什么无可厚非，这是泄露企业机密。大家可都是跟公司签了保密协议的。"

正说着，周颂敲门进来，她看了一眼樊斯如，对贾茂行说："贾总，不好意思，打扰了，我刚刚知道你在调查网上那个文章，那是我家那个不懂事的侄子写的，他自己就是在试用期内被解雇的，考研又失败了，至今在家待着，那天听我无意说起咱们的招聘改革，瞒着我写了那个文章泄私愤，我已经让他删了那条微博了。"

贾茂行脸立马就黑了，他没好气地说："什么招聘改革，不过是扩招一些应届生，家家不都如此嘛。应届生是亲儿子，多招点儿培养自己的人才队伍而已，你侄子那么写是不实之词，要不是看在你面子上，我们会起诉他侵权的。删了就删了吧，删了就好。没事儿了。解散吧。"

贾茂行显然不想留下什么口实在周颂那里，樊斯如立刻跟周颂一起退出贾茂行的办公室。她想出现这种情况，可能也未必不是好事儿，希望贾茂行会采取更为折中的录取方案。

23

泄密事件尘埃落定，扩招人数终究没有形成爆炸式增长，工作上的事情陆续走入正轨，和各位新同事的关系似乎也都理顺了，樊斯如真觉得自己时来运转了，内心也安定下来。樊斯如每天都会腾出一些时间照顾办公室的绿植，眼见着它们枝繁叶茂心情也很愉悦，不仅如此，她还做了很多折纸放在窗台上，艾绿、鹅黄、辰砂、钴蓝……净是些旁人叫不出名字的好颜色，樊斯如喜欢时不时把它们重新组合一下，变换出别致的造型和颜色搭配，在这样的转换中，她内心的空间不再拘泥于这个小小的工位，变得辽阔了。

让樊斯如没想到的是，临近春节猎头找上门来，说蜜蜂金融想挖她过去，有一个副总的位置给她，薪酬至少涨百分之五十，请她考虑。

周颂不知怎么也听说了，她鼓动樊斯如接受。

"你应该走，给贾茂行撂挑子。"

"唉，老了，不想来回跳槽，不想折腾了。"

"涨薪百分之五十呢，你不动心？"

"给资本家干活儿，您还不知道，涨那点儿钱你得拼命三十倍五十倍地挣出来，太累，女儿马上要上小学了。"

"你可想好了，这个年龄大概是最后的发展机会，过了这村就没这店了……"

樊斯如说自己想好了，并谢过周颂。

樊斯如刚回到工位，就接到牟枝的电话，约她中午到公司下面星巴克见面，说有重要的事情找她。

牟枝听说樊斯如不打算离开信诚，松了一口气。

"你选择留下是对的。"

"陈耀辉去的就是蜜蜂金融，我可不想跟他共事。"

"他早不在蜜蜂了，他没干到一个月，还在试用期就走了。"

"他这么快又跳槽了？为什么啊？"

"被开了呗，还能为什么。他那样的人，谁会多花百分之五十薪水请呢？他自己也不想想。"

"你是说，从一开始蜜蜂就没打算用他？"

"信诚都不想要的人，蜜蜂会用？倒是给信诚省下了 N+1 的辞退费。"

"你是说，这是一个局？"

樊斯如下巴都要掉在咖啡杯里了，她盯着牟枝看，想起她在网上看到的所谓"挖角式裁员"的文章，说是猎头来挖员工说工资加百分之五十，员工心动辞职了，然后在新公司干不到一个月就被炒鱿鱼。一查，发现是原来的公司因裁他要出 N+1 不划算，于是设计骗他去别的公司，随后马上裁掉，达到了少出钱的目的。难道当年陈耀辉是被"挖角式裁员"裁掉的？

"我可没这么说。"

牟枝脸上水波不惊。

"你当年的感觉真对，他特招人烦，我开会批评你，他好像觉得我给了他脸了一样。后来几乎每天中午都赖在我办公室，说是陪我聊天，省得我寂寞，简直岂有此理，一点点自知之明都没有，把我烦透了，我完全理解了你给他一个大嘴巴的冲动。"

听牟枝这么说，樊斯如觉得挺搞笑，但想到自己竟然有遭遇"挖角式裁员"的可能，她笑不出来了。

"你决定不去蜜蜂金融是明智的选择，那儿不适合你。"

牟枝言简意赅，樊斯如默默点头，心里五味杂陈，如果自己也是遭到这个套路，会是谁干的？谁这么想让她走呢？

"你不必多想，到什么时候，公司都要能干活的。"

牟枝劝她。

当天晚上，梁正则也劝樊斯如不必多想，不得已而安之若素，最好。

"对，想也没用，我就在信诚工作，想让我走，拿 N+1 赔偿来。"

樊斯如笑着紧紧挽住梁正则的胳膊，觉得有他在很踏实。

"今天是情人节。"

樊斯如好像刚刚想起来似的。

"你怎么什么节都过？"

"我是给你一个机会说你爱我。"

"那我请你出去吃饭吧？"

"好啊，吃什么呢？"

"我考虑一下。"

樊斯如看着梁正则认真思考的样子就乐，早年和南凯风分在一组的那次团建，南凯风问了那个工作之外的问题之后，他们还讨论过三句话。

南凯风说："老梁能找到你很幸运。"

"嗯,我找到老梁也很幸运。"

"对,你也幸运。"

他们没用满那三分钟就沉默了。

樊斯如的确幸运,她安心地笑了。

月光草原

杨　方[*]

西西弗斯不见了。

我坐在阳台的松树墩子上,发愁该如何跟何时了交代的时候,何时了的电话打了过来,问我西西弗斯的状况,我支吾了一下,觉得还是实言相告的好。

我已经十几个小时没看见那家伙了。我说。

十几个小时? 也就是说,你早上起来的时候都没有去关心一下西西弗斯? 何时了的语气听上去有些不满。

早上我睡过了头,老哈打电话让我去他办公室,我蓬头垢面就往单位跑,哪有时间关心西西弗斯?

我的声音有点大,何时了可能感觉到了我的火气,闭嘴了几秒,然后他说,你肯定把西西弗斯给饿着了。如果有吃的,西西弗斯是不会乱跑的。免提里何时了的声音听起来瓮声瓮气,像是蜜蜂家族的一员。

你自己看。我打开视频通话,把镜头对准阳台一角的纸箱子。

何时了隔着几千公里,利用手机摄像头光电转换原理认真看了会儿纸箱子里的情况。

还是我从那拉提带回来的那些牛粪吧? 西西弗斯肯定是嫌牛粪不够新鲜,你应该给它换一些新鲜的牛粪。何时了说。

---

[*] 杨方,女,1975年出生于新疆,现居浙江。作品发表于《人民文学》《十月》《当代》《诗刊》等刊物。首都师范大学2013—2014年驻校诗人。

何时了如果在跟前，我肯定会拿起纸箱子，把里面的牛粪扣到他头上。他以为牛粪和蛋糕一样，有新鲜之说？不过，在西西弗斯看来也许是有的。西西弗斯是一只草原屎壳郎，半个月前，我们去那拉提种羊场查看澳大利亚美利奴羊种羊和本地羊配种情况，回来的时候，何时了逮了只屎壳郎要带回来，他对这个"滚动世界的小东西"极感兴趣，一有空，就撅着臀部近距离地观察它们如何滚牛粪蛋子。估计何时了在江苏就没怎么见过屎壳郎。江苏是伊犁的对口援疆省份，每年都有一批江苏人来伊犁援疆，何时了是其中一名。何时了的面相颇有欺骗性，初来时，我们都以为他是个刚毕业的大学生，其实人家研究生毕业都好几年了，援疆伊犁前，江苏那边还专门派他去澳大利亚学习了一年。何时了所学专业跟畜牧有关，但据我们看，他更像是个学昆虫专业的，来伊宁后，一门心思扑在研究昆虫上，有几次，他追着长翅膀的小东西跑过好几条街，差点撞上行人和汽车，有一次一头栽进了林荫道旁窄窄的小沟渠里，他努力挣扎着想要爬出来的时候，几个喝得醉醺醺的过路人把他拉了上来，他们以为何时了和他们一样喝多了酒，出于好意，他们执意把脸上带着擦伤、浑身湿淋淋的何时了强行送回了家，直到把他塞进一扇门里，才安心离去。他们敲开的那扇门，其实是一个陌生女人的家，这个彪悍的女人，愤怒地把一群醉鬼莫名其妙塞给她的"丈夫"一顿暴打，然后，何时了被赶到了大街上。他发现他所处的位置，和他住的地方，简直就是南辕北辙。他花了二十多块钱的打的费，才回到自己的家里。这件事成了我们在老哈家喝啤酒吃烤肉时谈论的中心话题，大家关心那个女的漂不漂亮、年不年轻。何时了回答不了这个问题，他当时被雨点一样的拳头打得晕头转向，根本没能顾上看一眼女人的长相和年龄。我们哈哈大笑，忙着吃喝的时候，何时了撅着屁股，在老哈家的蔷薇树篱和苹果树以及围墙下的洞穴里，发现了十几种昆虫和一只气鼓鼓的癞蛤蟆。何时了把这些长相难看的昆虫，包括癞蛤蟆，与蝴蝶蜜蜂小蠓虫一起统称为精灵。他感叹内地因为城市扩建，因为农村大量使用农药，因为各种工业污染，几乎无可寻觅的昆虫精灵，在伊宁这个地方却随处可见，看来伊犁河谷还是个生态完好的地方，草原也应该还保持着原始的绿色状态。

这个对草原充满理想化的年轻人，给他逮的屎壳郎取名西西弗斯，为了不让西西弗斯饿死，何时了捡了几坨牛粪和西西弗斯放在一起。当他抱着装有西西弗斯和牛粪的纸箱子爬上我的车的时候，我真想一脚把他踹下去，让他自个儿抱着这些臭烘烘的东西走回伊宁去。坐在副驾座的老哈洞悉了我的心理活动，赶紧咳嗽几声，以示制止。我咬牙切齿了一会儿，只能作罢。老哈也太惯着何时了了，不管何时了多不着边，老哈都不觉得为过。上次我们在马场跟几个养马人喝酒，平时只有一杯酒量的何时了，逞英雄地灌下去半瓶子伊力特，之后就跟喝了鹤顶红一样一头栽倒在地，吓得我们赶紧找车把他往医院送。司机说从马场到医院，路途遥远，等到了，估计人已经塔西浪了（完蛋了）。老哈骂司机乌鸦嘴，人又不是癞蛤蟆，哪那么容易死掉。他拿了个碗，跑去弄了碗马尿，要给何时了灌下去催吐。我好奇老哈马尿是怎么弄来的，马尿不是啤酒，想要的时候就可以来上一杯。老哈虽然是畜牧局局长，整个伊犁州的牲畜都归他管，但他说话对那些马可能没那么管用，他不可能让马撒尿马就听话地给他撒尿。老哈对此不做解释，他让我帮忙端着马尿，我乘机闻了下，还真是马尿，臊臭气冲得我差点呕吐。老哈说要的就是这个效果，马尿是牲口尿液里面最臊臭的尿，灌下去，能恶心得人把胃都吐出来。老哈用筷子撬开何时了的嘴，让我帮着往里灌，我下不了手，觉得这也太那啥了。再说等明天何时了酒醒，知道我给他灌马尿，肯定会找我算账。老哈说那也不能看着他塔西浪啊。老哈一个人操作有点困难，好在何时了还挺配合，他可能以为老哈给他灌的是啤酒，不是马尿。老哈不得不一边灌，一边提醒何时了喝下去的液体是马尿，不是大乌苏。何时了喉咙里发出呕吐声，但是吐不出来。一碗马尿全灌下去了，也没吐出什么来。我们只能把何时了往医院送，路上车颠得厉害，何时了被颠得吐了一车子。车里酒味马尿味混杂，熏得人几乎背过气去。第二天何时了酒醒，对喝马尿的事难以释怀，觉得这也太丢人了。老哈提出要不他也喝上一碗，陪何时了一起丢人。反正自己经常喝大，何时了早晚会找机会报仇，给自己也灌上一碗马尿，不如现在自觉喝了，了了这段恩仇。我觉得喝马尿太那啥了，提议两个人不如打上一架的好。老哈不同意打架，打架何时了明显不是他对手，他不能胜之不武。我也觉得打架的话，何时了恐怕连招架之力都没有，我们把老哈叫老哈，老哈其实也就四十来岁，而且他也不姓哈，叫爱什么什么提，老长的名字，不好记。老哈是哈萨克人，我们就把他叫老哈了。哈萨克人擅长摔跤，何时了斯文得像个书生，体重不及老哈三分之二，有次老哈酒喝多了，何时了去扶老哈，老哈在何时了背上拍了一巴掌，直接把何时了拍得跌跌撞撞扑到了我的怀里。如此悬殊的较量，我看还是算了。

我弄了碗啤酒端给老哈，老哈喝完咂吧嘴巴，问我马尿怎么跟啤酒一个味，我含糊其词。何时了说，马尿可能本来就和啤酒一个味吧。我不知道何时了是故意这样说，还是昨晚亲尝之后得出的人生经验。

事后我问老哈，如果真是碗马尿，你也喝吗？老哈说我知道你不会真弄碗马尿让我喝的。我又跑去问何时了，如果真是马尿，你忍心看老哈喝吗？何时了的回答和老哈如出一辙，除了把后面的第一人称改成第三人称。

何时了把西西弗斯带回伊宁，养了没几天就回江苏了。他妈住院了，一天数个电话，十万火急地催他回去，那情形，大有回去晚了可能连人都见不着了的架势。何时了不急，他太了解他妈了。他来伊犁援疆，他妈极力阻止，苦肉计美人计釜底抽薪计（薪水的薪），各种计谋都用上了，最后全白搭，何时了还是一意孤行地来了伊犁，来后他妈连同他两个姐每天电话不断，从头问到脚，间杂着提醒何时了无论如何不能在伊犁找女朋友，援疆一年结束，就赶紧地回江苏去。何时了每接家人电话，都要哀叹，要是在古代就好了，古代通信不便，来了伊犁这样边远的地方，大可以杳无音信，不受这几个女人的遥控。我们由此猜测何时了他妈可能是个控制欲极强的人，喜欢左右何时了。他的两个姐，可能一个叫何春花，一个叫何秋月，性格方面也遗传了他妈的成分，爱对何时了管头管脚。何时了到伊犁来，就是为了逃避她们，或者说，是为了逃避现实。何时了是那种不好好工作，就得回去继承家业的人，他们家有着一个不小的企业，援疆伊犁，是他最后的倔强。

我对何时了的状况深表同情，我提示何时了，以前新疆有些地方信号不好，偏远牧区没有网络。何时了一点即通，把我说的以前替换成现在。他妈及两个姐对此深信不疑，可能在她们的感觉里，新疆就应该是个落后得连网络都没有的地方才对。

何时了回江苏，老哈让我开车送他去机场，下车时何时了将装在纸箱子里的西西弗斯郑重其事地托付给我，我原本打算拿去扔掉，等他回来，再抓一只给他，反正屎壳郎都长一个样，何时了肯定认不出。何时了预料到我会有此操作，警告我屎壳郎在古埃及可是神灵的象征，这位神灵每天在地平线上推出太阳，给古埃及人带来光亮。如果扔掉神灵，我将会受到来自金字塔里死去法老的诅咒，不停地长胖长胖，胖成块状物一样的屎壳郎。胖我倒不怕，反正我从来就没有瘦过。我担心与这样一个吃牛粪的家伙朝夕相伴，某天早上醒来，真的就发现自己也变成了一只黑不溜秋的甲壳虫。

何时了飞走后，我将西西弗斯拎回家安置在阳台上，晚上何时了从江苏打来电话，让我拍张西西弗斯的照片，以证实我没把它扔掉。我拍了张照片发过去，顺带发了个翻白眼的表情。

第二天，我完全忘了西西弗斯的存在，到了晚上才猛然想起，我跑到阳台，看见西西弗斯底朝天仰躺着，所有的细腿一起挣扎，也翻不过身来。不知道它这样子挣扎了多长时间，如果一直翻不过身来，是不是就变成甲壳虫标本了。我找了个东西，扒拉了下西西弗斯，它翻过身来后，立马投入到滚牛粪蛋子的运动中，好像滚牛粪蛋子是它毕生的事业，一刻也不能懈怠。

第三天我回来得有点早，黄昏的时候，我想坐在阳台的松树墩子上看一会儿落日，我的阳台正对伊犁河，可以一览无余地看见伊犁河上的落日。伊宁这座城市，有比任何一座城市都令人惊讶的落日，尤其是夏天，落日耀眼得像是天体坠毁，人们几乎可以用肉眼看见火焰从球体里掉下来，落进伊犁河里，河面被大面积点燃，金光一片。伊犁河上乘坐汽艇的人，乘风破浪地迎着金光驶去,像是驶入了世界末日。我经常坐在阳台上,让自己包裹在金光中。等落日沉落下去后,我感觉自己像燃烧过一样,皮肤上带着灰烬的颜色。

现在阳台成了西西弗斯的卧室兼餐厅,因为担心西西弗斯从窗子爬出去,我得关紧每一扇玻璃。牛粪的臭气在阳台弥漫,我不可能坐在牛粪的味道中安然地欣赏落日。我放弃阳台,回到房间,发现刚才忘了关阳台门,牛粪味飘进了房间,我用餐的时候,我的嗅觉闻到的,是西西弗斯正在享用的东西,这让我产生一种错觉,以为自己嘴里咀嚼的也是牛粪。这个念头一经出现,就挥之不去,使得我再也咽不下去任何东西。我跑到阳台,打开窗子,风带着伊犁河水的气息涌进来,这样感觉好多了。我本想着睡觉前把窗子关上,但是后来我完全忘记了关窗子的事。半夜我被何时了打来的电话吵醒,何时了没头没脑地问我,援疆结束,如果他留在伊犁不回江苏,我怎么想。我最恨别人吵醒我睡觉,我咕哝了句神经病,挂掉电话继续蒙头大睡。

第四天,我回来后例行公事地去阳台看了眼西西弗斯,它一如既往地在纸箱子里忙着滚牛粪蛋子。牛粪蛋子太大,滚不动,它就掉转身,用后腿蹬。我用手机拍了张西西弗斯滚牛粪蛋子的照片,本来想发给何时了,想想又没发。谁知道他这两天在忙啥,可能早忘记了西西弗斯的存在。

晚上我躺在床上,听见西西弗斯在纸箱子里疯狂地滚牛粪球,难道它不需要睡觉吗?同时我怀疑自己的听觉出了问题,西西弗斯好像不是在阳台滚牛粪蛋子,而是在我的枕头边,它众多的细腿一起发出窸窸窣窣的声音,每一下,都挠在我的耳膜上。这有点烦人。我给何时了打电话,何时了很快就接了,但是任凭我怎么"喂"他都不出声。我想起昨晚挂掉他电话的事,调侃他跟伊犁的大尾巴羊一样记仇。何时了来伊犁后发现伊犁的大尾巴羊羊毛不及澳大利亚的美利奴羊好,建议从澳大利亚引进美利奴羊种羊来改变伊犁羊的品种。美利奴羊种羊的引进,后来成了江苏援疆的一个重点项目。老哈很高兴,他早就有改良伊犁羊的打算。伊犁的大尾巴羊,羊毛粗、短、硬,能提取的羊绒比较少,有些品种的羊,还会出现花羔,比如巴里坤羊,喜欢在脖子那里长一圈黑毛,看上去像是打了个漂亮的领结，新疆人把巴里坤羊叫绅士羊，这类羊的羊毛只能生产挂毯地毯之类的东西，如果能引进澳大利亚美利奴羊，对伊犁的畜牧业将会是一场改良。不过，牧民对这个改变不怎么高兴，他们对自己养习惯了的羊有深厚的感情，不太愿意接受长相陌生的外国羊。外国羊理解不了他们的吆喝是个啥意思，也听不懂牧羊犬的吠叫是个啥意思。牧民问老哈，是不是他们的牧羊犬从此都得用英语汪汪叫。如果一定要他们接受这些外国羊，那么，老哈就得给这些外国羊弄个翻译来。对这个改变，母羊也很不高兴，母羊不肯配合外国羊的亲热，各种的抗拒，脾气变得古怪不堪，有一次何时了采用跪、卧、蹲、趴等多种姿势，拍摄草原落日的时候，一只有大弯角的羊远远地看了一会儿，突然毫无征兆地奔过来，狠狠顶在何时了的某个部位上，痛得何时了嗷嗷叫。后来何时了见了羊就往我身后躲，他分明感受到了母羊对他的敌意。这种偶蹄瓣动物，看着温顺，其实挺记仇的。

我翻出下午拍的照片发过去，让何时了看看西西弗斯滚的牛粪蛋子有多大。看见西西弗斯，何时了终于开口了，像个看见玩具的孩子。何时了说他看见西西弗斯举着一个梨子那么大的牛粪球在广阔的草原上移动的时候，惊讶得不得了，他立刻对这个大力士心生敬意，在下手逮西西弗斯之前，他先向它认认真真行了个皇家宫廷礼。我对何时了诸如此类的行为一点也不奇怪，他在帕姑娘家挤牛奶，要先跑去采一把野花献给母牛。

我告诉何时了，我小时候住的羊毛胡同是平房区，有的人家会在院子里养上一头奶牛，奶牛拴在苹果树下，嘴里反刍着树上掉下来的苹果，屎壳郎家族则在由苹果演变出来的牛粪堆里热火朝天地滚着牛粪蛋子。我曾好奇地追踪屎壳郎的移动轨迹，想看看它们究竟把牛粪球滚到哪儿去了。

羊毛胡同现在还能看见屎壳郎吗？何时了问我。

应该没有了吧。我说。过去那种似乎不可改变的许多东西都在消失。羊毛胡同虽然还保留着伊宁的老样子，但是，很多年前就不许养牛了，加之后来下水道的铺设，地面上不可能再有牛粪和其他粪便的存在，屎壳郎没有了生存环境，在城市已经完全灭绝。西西弗斯可能是城市里唯一的、最后的一只屎壳郎。

这听起来有点悲壮。何时了说。他断定西西弗斯是一只雄性屎壳郎。据他观察，雄性屎壳郎喜欢把牛粪球滚得像个梨子，这是雌性屎壳郎最喜欢的形状，便于它们产卵。何时了计划回伊宁后就把西西弗斯送回草原去，完美的现代城市，对西西弗斯来说是个生存绝地。只有草原上才有西西弗斯最不可辜负的牛粪球和雌性屎壳郎的爱情。西西弗斯滚牛粪球的技术算得上高超，一定能吸引众多雌性屎壳郎的注意力。从某些方面来说，牛粪球等同于人类的钻石，人类寻找爱情喜欢用足够大的钻石，屎壳郎则用足够大的牛粪球。

何时了问我有没有发现西西弗斯晚上也不停嘴地吃牛粪，这个家伙能利用月光偏振现象进行定位，帮助自己取食。我是第一次听见月光偏振这个词，我好奇没有月亮的晚上，西西弗斯是不是就只能抱着牛粪球原地打转了。我爬起来，跑到阳台，看见西西弗斯在灯光下忙着用铲状的头和桨状的触角把牛粪滚成一个球。西西弗斯在草原上滚牛粪球是为了便于运输，在纸箱子里也滚牛粪球，就不太好理解了。我怀疑西西弗斯有滚牛粪球的强迫症。我问何时了，西西弗斯为什么非要把牛粪滚成球才吃，难道就这样吃，味道和滚成球吃有差别吗？何时了说，西西弗斯还奇怪人为什么非要把饭装在碗里吃呢。大多数时候，人的行为其实并不比一只屎壳郎更高明。人制造出废物、废气、废水。屎壳郎是地球的清道夫，负有拯救人类的使命。

你赶紧变成一只屎壳郎，拯救人类去吧。我说。挂掉电话后，我看了下时间，我和何时了竟然聊了将近两个小时。

第五天，也就是今天早上，我被手机铃声吵醒，老哈让我去他办公室一下，马上就去。老哈总是提早半小时到单位，有时候神经兴奋，或者刚好相反，比如在家挨了老婆大人的骂，他会提早一个小时到单位上班。这位哈局长只要到了单位，就理所当然地以为别人这个点也和他一样坐在办公室里上班了。我看了下时间，离上班足足还有十几分钟。为了不让老哈知道我还躺在床上，我爬起来就往单位跑，一边跑一边穿衣服。伊宁这座城市，街道边的行道树全是苹果树，树上结着还没有长熟的苹果，空气里尽是苹果青涩的味道，我畅快地呼吸着，跑过英阿亚提街、斯大林街，跑过青年广场，我虽然有点胖，但奔跑起来速度不慢。十点还差几秒的时候，我完美地站在了老哈面前。

半小时后我从老哈办公室里出来，立刻掏出手机给何时了打电话，我告诉何时了我无法继续帮他养西西弗斯了，我要去牧区一段时间，老哈派我去调研草原上牛粪的情况，草原并不是这个江苏人想象中的童话世界，近两年伊犁草原不是蝗灾就是毒草遍布，现在又面临着一场牛粪灾难，牛粪在草原上的分布，已经堪比天上繁星。文旅局的那个白局长，前两天来找老哈。大家对这个长得不赖的年轻局长一点不陌生，她经常出现在一些短视频中，刷手机的时候可以刷到她，要么穿着飘飘白裙，从一大片紫色薰衣草中款款走过，打出的字幕是：普罗旺斯很远，伊犁很近。要么开着越野车，出现在拐弯连着拐弯的独库公路上。画外音是：今天你走完了人生所有的弯路，余下的尽是坦途。昭苏天马节，白局长亲自上阵，骑着马在马群中奔跑。她跟我们老哈诉苦，为了拍那个万马奔腾的镜头，她学了半个月的骑马，拍的时候还从马上摔下来，差点被后面的马蹄踩踏。如果牛粪问题不解决，她这一跤算是白摔了，煞费苦心做的旅游宣传也都白做了。没有谁愿意跑几千公里，坐飞机坐火车地来到伊犁大草原看臭气熏天的牛粪。老哈是个好说话的人，白局长都这样说了，他能不帮忙吗？只是，这个忙不太好帮，老哈可以打报告给伊犁州州长，让州长下文件，发动州直机关单位到草原清除毒草，但是，他不能要求州长让大家去草原捡牛粪。就算人多势众把牛粪捡干净了，牛还会继续拉。牛和马和驴不一样，牛有两个胃，这两个胃像两个牛粪加工厂，吃得多，拉得也多，伊犁的大草原上，每天有成百上千万头牛在同时制造着牛粪，这岂是靠人力能解决的？白局长不管这么多，她对老哈说，伊犁旅游如果上不去，我找你是问。这是句威胁语气的句子，白局长把它表达成了撒娇语气的句式，这个在老哈这里很管用。

何时了问我，以前牛也是两个胃，也是吃得多拉得多，不停地制造牛粪，为什么以前没有发生牛粪灾难？是牛的数量急剧增多了，还是草原面积缩小了？

何时了来伊犁不过半年，他完全不了解以前牧区是个什么状况。没有电，没有煤气，牧民烧火做饭基本靠牛粪，冬天取暖也靠牛粪。牛粪才拉下来，就被捡走了。勤快的牧民家，院子里的干牛粪堆得像座金字塔，有的人家房子的外墙上，贴饼子一样整齐地贴着一整面墙的牛粪饼，这样壮观的牛粪景象，何时了没机会看到。现在牧区有电有煤气，住在现代化的房子里，牧民觉得用牛粪烧火做饭太不卫生了。他们以前可没觉得那东西不卫生。

应该杜绝现代化对草原的侵入。何时了说。

我真想把这家伙扔到哪个旮旯子里去，让他好好体验一下没有现代化是个啥滋味。他根本不知道原始之类的东西，给生活在草原上的人带来多少不便。何况，现代文明对原始草原的侵入，不是谁阻挡得了的。我告诉何时了，去草原调研牛粪刻不容缓，明天，最迟后天，我就到牧区去了。等我回来，估计西西弗斯已经变成了甲壳虫标本。我建议何时了，如果找不到其他人帮他养西西弗斯，老哈可以养，谁让他极力支持何时了带回它来。老哈对西西弗斯负有不可推卸的养育责任。

何时了有点担心老哈家的大鹅会把西西弗斯当葡萄粒给吃了。老哈家的院子里养了两只鹅，什么都吃，老哈手里冒着烟的香烟都抢着吞进肚子里去。我不管鹅不鹅的，那是老哈操心的事，反正我是解脱了。

我跑回家，打算把西西弗斯给老哈送去。打开纸箱子，我没在牛粪中发现西西弗斯的身影。我以为它钻到牛粪下面去了，倒腾了一番纸箱子，还是没有发现。我离开阳台，隔着门悄悄观察，屎壳郎这种块状生物，看着没长脑子，实则聪明得很，一有什么风吹草动，就一动不动地装死。等没动静了，再继续滚牛粪蛋子。我观察了好一会儿，没有听见西西弗斯平时发出的滚牛粪蛋子的声音。我跑到楼下，劈了根树枝，将纸箱子里的牛粪翻了个底朝天，还是一无所获。

看着敞开的窗子，我觉得找回西西弗斯有些渺茫。西西弗斯长着一对透明的翅膀，平时收拢来隐藏在黑色甲壳里，这让我忽略了它是个会飞的东西。

西西弗斯飞得远吗？我问何时了。

和鸟类比不算远，最多可以飞一两公里。

半径一两公里，那是多大的搜寻范围？我伸头看了看窗外，打消了下楼去寻找西西弗斯的念头。

你不会是开着窗子的吧？何时了警惕起来。见我不吭声，这家伙嘴里发出一声哀叹：看来西西弗斯是找不回来了。

在完全确定了西西弗斯失踪后，我将纸箱子拿到楼下，扔进了垃圾桶。我准备第二天就去那拉提。我在那拉提有几个关系不错的哈萨克朋友，帕姑娘是其中一个。

第六天早上，我正吃早饭，接到何时了电话，说他人已经在南京机场了，即将乘坐九点三十分的飞机，于下午三点三十分到达伊宁机场。何时了让我准时去机场接他。

我有点意外，告诉何时了我已经跟帕姑娘说好了，中午赶到那拉提吃午饭，她专门杀了只羊，我不能对不起那只为我赴死的羊，要不它的死就变得毫无意义了。

可不可以让别人去接一下你？我用商量的口气问何时了。

我好不容易抢到最后一张南京飞伊宁的机票，还是头等舱，多花了我好多钱。何时了有点不高兴。

你还是让其他人接一下吧，老哈一定会安排人接你的。我说。

让你接一下我有这么难吗？何时了的不高兴陡然增加了两倍。

我不得不留下来接何时了。下午，飞机准点降落伊宁机场。从南京直飞伊宁的这趟航班，是为方便江苏援疆伊犁人员专门开通的，大多援疆的江苏人，差不多一个月回一次江苏。何时了来伊宁后，一次也没有回去过。这次回去，

| 月光草原 | 491

老哈让他多待几天，不用急着回来。但是，何时了似乎很急着地跑回来了。他妈根本没病，他是被骗回去相亲的，一天相好几个，相得他眼花缭乱，审美疲劳。他此番是偷跑回来的，为了麻痹他妈，他趿拉着拖鞋出的门，行李箱也没敢拿。

上了车，何时了问我，现在赶去那拉提，吃那只为你赴死的羊，还来得及吗？

我告诉何时了，这个点去那拉提，晚饭还是赶得上的。

那就现在去。何时了说。

从伊宁到那拉提，三百多公里。高速上车不多，路也笔直，沿途经过喀什山脚下的薰衣草花田，广阔的风里挟带着浓郁的花香，之后是遍地石头的白石礅，这里应该是最不像地球的地方，大大小小的石头，有着奇特的形状和烧焦的颜色，地表没有任何植被，就连骆驼刺和风滚草都没有，坚硬的石头的尽头，绿色柔软的草原毫无过渡地扑面而来。新疆的地貌就是这样，反差巨大，总是给人视觉上强烈的冲击。

我们到达那拉提小镇的时候，时间不早也不晚，落日刚好卡在那拉提山锯齿一样的山峰上。

像不像牛粪球？何时了问我。

我知道他指的是落日。我示意何时了别出声。那拉提小镇在这个时间点有着令人惊讶的安静，似乎所有的车辆都停止了行驶。

我将车停在帕姑娘家附近，下了车，我和何时了沿街穿过小镇往东走。小镇居民的房子各不相同又很相似，都有雪白的墙壁和红色的屋顶，屋顶上落着灰鸽子。空气中有股马车的气味，估计有辆马车刚从小镇跑过。我对马车比较熟悉，这东西即使跑过去半天了，所经过的地方，还会有特殊的气味留下来。现在也只有那拉提这样的地方，还会有马车跑过。

我们慢吞吞地走着，三个人快步从后面赶上来，两个男的，一个女的。光看走路的速度，就知道这三个人不是小镇上的人，小镇上的人走路不慌不忙，我和何时了一到小镇就传染上了这种不慌不忙，在高速上的时候，我们还有点急死忙活的味道，好像那拉提小镇会跑掉。现在，就算帕姑娘在等我们吃羊肉，我们也要保持不慌不忙的节奏，这是小镇惯有的风格。

但是那三个人走得很快，他们本来走在我们后头，赶上我们之后，很快就走到了我们的前头去了。他们破坏了小镇一种惯有的东西。

何时了在一家超市门口停下，买了一双帆布球鞋，换下脚上的拖鞋。之后我们继续往东走，一根面拉条子面馆在这条街的最东头。这里是我们蹲点牧区时定点吃饭的地方。帕姑娘已经煮好了羊，帕老爹熬了浓砖茶。这两个人，单从长相上看就知道是一对父女，不过帕姑娘很幸运地没有遗传帕老爹马鞍一样的大鼻子。帕老爹的大鼻子很碍事，总是碰到这碰到那，尤其是喝醉酒的时候，大鼻子没有一次不受伤，不是贴着创可贴，就是抹着红药水紫药水，这使得鼻子更加显眼，惹人注目。帕姑娘碍事的部位是胸，她的胸跟博格达峰一样高耸。小镇的人都知道帕姑娘的人和她的胸一样不好惹，隔壁烤肉店的亚孜巴郎经常被她欺负得扁扁的。有次两人发生了点口角，帕姑娘直接用胸把亚孜巴郎怼得落荒而逃。当事情有可能触及女人的胸部时，亚孜巴郎也只能落荒而逃。这个好脾气的巴郎子每天站在烤肉店门口，卷着舌头喊烤肉烤肉，正宗的没有谈过恋爱没有结过婚的羊娃子肉。帕姑娘觉得亚孜巴郎是在内涵她，她这个年龄的哈萨克姑娘，早就结婚生子了，她连一次像样的恋爱都没有谈过。也不是没有谈过，她和一个经常来店里吃拉条子的卖蜂蜜的小伙子，有过一段类似恋爱的交往。这些年那拉提小镇冒出来很多卖蜂蜜的人，他们形象邋遢，嘴上抹蜜，但那个卖蜂蜜的小伙嘴上没有抹过蜜，他来到帕姑娘的店里，除了点一份过油肉拌面，从来不多说一句话。某一天，卖蜂蜜的小伙突然就不来吃过油肉拌面了，自此以后也没再出现过。帕姑娘失魂落魄了好长一段时间才从失恋中缓过神来。但据亚孜巴郎说，那个人对帕姑娘压根就没那意思，他从来不坐在帕姑娘的店里吃拉条子，而是把面端到烤肉店里吃，顺带吃几串烤肉，来两瓶啤酒，在酒喝多了的情况下,会吐槽帕姑娘老是在过油肉拌面里放太多的肉,他实际上更喜欢吃皮牙子。他不喜欢胸太大的女人,这让人联想到产奶量很大的荷兰奶牛。亚孜巴郎不敢把这些告诉帕姑娘。其实以前亚孜巴郎喊烤肉烤肉的时候,帕姑娘并没觉得是在内涵她,自从卖蜂蜜的小伙消失之后,只要亚孜巴郎喊烤肉烤肉,帕姑娘就会冲出去威胁亚孜巴郎,要是老是在她旁边汪汪叫个不停,她会把他扔到烤肉架子上去,让他变成一只烤全羊。帕姑娘说到做到,在亚孜巴郎再次开口喊的时候,帕姑娘开足马力扇了他一耳光,这一耳光直接把亚孜巴郎扇倒在冒着烟的烤肉架子上。亚孜巴郎爬起来后,宣称跟帕姑娘吵架还不如对着一堵墙吹口哨,因此我看见他的时候,他基本上都是在吹口哨。

好着呢吗你?亚孜巴郎停下吹口哨问候我。

好着呢吗你?帕老爹也迎上来问候我。

好着呢我。我用亚孜巴郎和帕老爹的语法回答他们。

我们家的马向你问好,我们家的牛向你问好,我们家的羊向你问好,我们家的小羊羔子向你问好,我们家的狗向你问好,我们家的十只鸽子向你问好。帕老爹以哈萨克人特有的方式问候了我。

感谢你们家的马,感谢你们家的牛,感谢你们家的大羊和小羊,感谢你们家的狗,感谢你们家的十只鸽子。我右手捂心坎,表达谢意。

问候完我,帕老爹问何时了,上海回来了吗你?

这个帕老爹,老是把何时了当成上海人。这不奇怪,上了点年纪的伊犁人,大多会像帕老爹这样,把援疆的江苏人跟当年支边的上海人混淆不清。上世纪七八十年代,伊宁市汉人街卖杏子的卖桃子的卖葡萄的那些维吾尔老汉,全都会说阿拉、侬、小赤佬。维吾尔腔调说出来的上海话充满喜感,那是那个年代独有的记忆。九十年代末,不再年轻的知青陆续返回上海,对口援疆的江苏人开始一批一批来到伊犁,江苏紧挨上海,在新疆人看来,江苏人和上海人口音接近,高矮接近,皮肤白皙的程度也接近。性格上,江苏人没有上海人细腻,但也绝不粗糙，大致上跟他们的园林风格有点相似。这一点，在何时了身上充分体现。我们下牧区蹲点，住的地方离吃饭的地方往往有一段距离，我和何时了一起出门，我老早到了，何时了还在后头婉约地走着。等走到了，先用纸巾把鞋子上的灰擦干净，把手认真洗过，才坐下吃饭。这时候揪面片子早就坨了，手抓肉也凉凉了。我跟老哈抱怨，如果一头和田驴子跟一匹昭苏马一起拉车，昭苏马肯定不是累死的，是被急死的。当着何时了的面，老哈说你还嫌人家走路婉约，有几个人像你，走个路都飞沙走石的。何时了不在场的时候，老哈对我说，你劈根树条子，他走路婉约了，你就拿树条子抽他。这个老哈，也太那啥了。

我让帕姑娘把饭桌摆在门口，门口沿街的绿化带一律种着波斯菊，那拉提小镇随便哪块能种东西的地方，都种着这种颇具异域风情的植物。晚风吹拂着波斯菊和桌布的一角，落日的一点余晖照在饭菜上，让人感觉饭菜美味无比。但是，很快我们就不得不撤进店里。没头没脑的苍蝇，毫无章法地在食物上乱飞，弄得我们无法进食。想不到小镇会有这么多苍蝇，尽管门窗严严实实地挂着防蝇纱网，但是店里似乎也不能完全幸免，我们得一边吃，一边忙着对付围着我们乱转的苍蝇。帕姑娘对此毫无办法，以前小镇一个苍蝇都见不着，干净得跟月球一样，人们弄不懂这些讨厌的东西是从哪来的。

还好隔壁烤肉店飘荡着浓郁的孜然香味，这种西域特有的香料弥漫了整个小镇，这多少抵消了苍蝇给人带来的不快。烤肉店门口，几个赶马车的老汉像核桃一样聚在一块儿。我没看见斯大爷，平时斯大爷就坐在他们中间，因为个头格外高大，一眼看去，像是一只骆驼坐在一群羊中间。不过，我好像从来没看清楚过斯大爷的脸，他脸上笼罩着一层往事的浮影，致使他的面目看上去有些模糊不清。但是他坐在那里的姿势让人记忆深刻，他的身上仿佛有一种摄取时光的能力。

何时了向帕姑娘打听斯大爷，帕姑娘表示她从不关心隔壁的事。据我看，她其实关心得很。烤肉店的桌子油腻腻的，帕姑娘骂亚孜巴郎，这个样子别人咋进来吃烤肉呢嘛。她跑去把桌子上的方格子塑料布全掀了扔到垃圾桶里，亚孜巴郎不敢阻拦，只能去买了新的换上。亚孜巴郎有一件牛屎黄的粗羊毛外套，帕姑娘一见他穿，就用苍蝇拍子噼里啪啦地打他，这种颜色让她联想到牛屎。于是即便是冻得瑟瑟发抖，亚孜巴郎也只能身着衬衣，绝不敢穿上那件牛屎黄的羊毛外套给自己惹麻烦。我毫不怀疑帕姑娘喜欢亚孜巴郎，看来她已经过了那个卖蜂蜜小伙的坎，不过亚孜巴郎明显惧怕她。她是个能吃掉男人的女人。亚孜巴郎这样说帕姑娘。我把这话告诉了帕姑娘，结果她在端给我的拉条子里下毒般放了半盘子的红辣椒。

　　我让何时了去问烤肉店门口那几个赶马车的人，他们每天赶着马车响着铃铛跑遍整个小镇，理应知道小镇所有大大小小的事情。何时了以为赶马车的人不懂汉话，用肢体比画了半天，所有的脑袋都转过来，费解地盯着他看了半天，最后终于长吐出一口气，明白过来何时了那些眼花缭乱的手势原来跟斯大爷有关。有个说话喜欢咂吧嘴巴的老汉，用流利的汉语告诉何时了斯大爷死了，他在某个清晨看见斯大爷被七八个人抬到墓地去了。一般人被抬去墓地，三四个人就够了。斯大爷块头实在太大了，得多出一倍的人来抬。老汉就是根据这个来判定抬去墓地的人是斯大爷的，这也太不靠谱了。老汉本身就是个不靠谱的人，一天到晚喝得醉醺醺的，坐马车的人要去小镇的东头，他把人拉到西头。要么就是赶着马车拉着客人在小镇转圈圈，为此他经常收不到钱，还会挨一顿骂。

　　另一个抽莫合烟的老汉否定了前一个老汉的说法，他很肯定地告诉何时了，斯大爷被他儿子接走了，他儿子到新疆找他来了。那拉提的人都知道斯大爷的故事，斯大爷年轻的时候是个帅气的放马人，两米多高的个头，加之粗大的骨骼和宽阔的肩膀，使得他看上去像个草原上的巨人。一个上海女知青爱上了他，两人结婚后，小镇的人不由得替女知青担忧，斯大爷骑在马上，让人以为马会被他压趴下，女知青显然不比马更禁压。小镇人的担心纯属多余，女知青不仅没被压趴，还生出来一个和斯大爷一样高个头的儿子。一九八几年的时候，女知青带着儿子回了上海，斯大爷后来一直一个人生活，他仿佛独自生活在一个遥远的地方，大热的夏天，也穿着很长的羊皮大衣，戴着厚厚的皮帽子。女知青带着儿子离开那拉提的时候是冬天，斯大爷穿着羊皮大衣，戴着皮帽子，赶着马车把他们送到车站，看着他们离开，之后斯大爷就一直穿着冬天的衣服，他永远地停留在了那个时间里。很多人都劝斯大爷脱下这身蠢得要死的衣服，大夏天的也这样穿，简直像个乞丐或者傻子。

　　何时了不这样认为，他觉得草原上最初的神大概就是斯大爷这个样子的，高大如巨人，穿着类似远古的衣服，眼神茫然地走在人群中。有关斯大爷的两种消息，何时了相信后一种说法，他认为等人的人，心里有个念想支撑着，是不会那么随便就死掉的，也许斯大爷真的被儿子接到上海去了也说不定。我提醒何时了，斯大爷是蒙古人，他是不会离开草原去上海的，要去的话八几年就去了。生活在草原的人，适应不了城市硬邦邦的水泥地面。他们担心在城市摔上一跤，会比在草原摔跤痛得多。那拉提草原生活的大多是哈萨克人，蒙古人占少数，但那拉提这个地名是蒙古语，翻译成汉语，是最先看见太阳的地方。何时了觉得这个地名太富有寓意了，如果那拉提是地球上最先看见太阳的地方，那么，这个太阳一定是草原上的西西弗斯推送出来的。何时了让帕姑娘明天早上早点叫醒他，他要起来看草原日出。帕姑娘拿出一件帕老爹的旧大衣扔给何时了，让他看日出的时候穿上，即便是夏天，太阳升起来之前草原上的气温还是有点低的，一件衬衣根本抵挡不了早晨的冷风。

　　第二天早上，何时了看日出的时候踩到了一泡稀牛屎，他刚用湿纸巾把鞋子擦干净，紧接着又踩到了一泡，这次更糟糕，就是用一整包湿纸巾也休想弄干净鞋子。何时了只能把鞋脱了，光着脚走回来。他手提沾满牛粪的鞋子，穿着帕老爹的长大衣，光脚穿过整条街，小镇的人以为那拉提又出现了一个斯大爷。

　　何时了在看日出回来的路上，再次遇见了那三个人，他们跟上次一样走得很快，像是急着要去什么地方。接下来的几天，我们又看见过那三个人两次。

一次在阿尔善村附近的草原公路上，他们的绿色皮卡停在路边，两个男的站在车尾抽烟，女的在打电话，我们的车经过的时候，他们像三只食草动物那样一起转头看向我们。再一次，他们走进一根面拉条子面馆，在我们对面的桌子边坐下来。他们进来的时候看了我们一眼，我们也看了他们一眼。菜上来后他们边吃东西边说话，说着一种我们听不懂的方言。他们知道我们听不懂，说的时候很大声，毫无顾忌。那个女的，坐姿很别扭，穿丝袜的两条腿在桌子下面扭麻花一样拧在一起，这让人感觉她正用两条腿在绞杀着什么。我稀里哗啦吃拉条子，迸起的汤汁溅到了何时了的眼睛里，何时了使劲眨眼睛。他的位置正好对着那个女的，致使她以为何时了是在对她眨眼睛，于是以星星眨眼的方式热烈地回应了何时了。我在一旁乐不可支。

三个人吃完饭走出去后，何时了向帕姑娘打听他们的来历。帕姑娘说这三个人刚来小镇的时候自称是来看草原的，他们生活在海边，从没有看见过草原。

但是他们看过草原后一直不走，小镇的人问起来，他们改口称自己是买卖人，来小镇收奶子的。也有可能说的是麦子，他们的普通话很糟糕，没人能听懂他们说的到底是奶子还是麦子。小镇人没有看见过大海，对大海边来的人很好奇，那个女的，裙摆上宽宽的白色花边，像是从大海海岸线上剪下来的一截浪花的花边。大家猜测那两个男的，到底哪个是女人的丈夫或男友。帕姑娘认为可能是年纪大一点的那个，她看见年纪大一点的走路的时候把手搭在女人的屁股上。不过年纪轻一点的看着跟女人也很亲密，他们经常打打闹闹，甚至勾肩搭背。大海边的人也太那啥了，帕姑娘压着嗓子却还是很大声。

何时了说这三个人从我们身边经过的时候，他闻到那个女人身上有股子海草的味道，这让他感觉那个女的像是从海里爬上陆地的一种生物。我生长在新疆，从没有见过大海，我连海草都没有吃过，无从知道海草的味道是怎样的。就像何时了，完全感知不到马车的味道。我有点生何时了的气，我还有点生我自己的气，我觉得我们像两个傻子，对彼此的一切浑然不觉。

我花了十来天的时间，跑遍了那拉提草原的每一片草地，弄出一份众多数据堆积的报告。何时了说是从江苏赶回来帮我，实际上大多时间都在逮屎壳郎。他按照屎壳郎的嗅觉习惯，逆风而行，说是这样更容易找到它们的踪迹，好像他和它们是一伙的。他还知道屎壳郎在粪便和栖息地之间，总是走最聪明的直线。我记得以前草原上经常可以看见一堆一堆类似虚土的东西，那是屎壳郎家族光顾过的牛粪残羹，现在得大面积搜索，才能找到一处有屎壳郎的牛粪堆。何时了哀叹没想到草原上的屎壳郎都快成稀有物种了。我告诉何时了，屎壳郎减少有几个原因，牧民给牛治疗肠道寄生虫使用的药物残留在排泄出的牛粪中，这些化学残留物会杀死吞食牛粪的屎壳郎，另外，去年伊犁草原遭受蝗灾，从印度和巴基斯坦边境飞来的蝗虫铺天盖地地啃啮草原，最后不得已动用直升机喷药，才制止了蝗害，屎壳郎也因此殃及。牛粪靠自己分解，需要半年一年的时间，屎壳郎可以大口大口地吃掉它们。如果屎壳郎灭绝了，估计伊犁草原会被牛粪覆盖，草原上的小镇也会随之消失。

我和何时了还发现了一个奇怪的现象，草原上大量牛粪被翻动过，我们百思不得其解，想不出是什么动物干的。每年夏天，会有一群蓑羽鹤飞来伊犁草原短暂停留，之后它们越过喜马拉雅山，飞往印度和尼泊尔。据说这是地球上最艰难的迁徙，蓑羽鹤要飞越八千多米的珠峰，才能到达目的地。今年蓑羽鹤还没有在伊犁草原出现，而且，从往年的情形看，这些有蓝灰色羽毛的漂亮鹤群，对牛粪并不感兴趣。

何时了晒得黑亮黑亮，已经成功地和屎壳郎属于同一个色系了。他举着两只刚逮到的屎壳郎，研究了漫长的五分钟，最后确定它们不属于同一类屎壳郎。伊犁草原有六十多种屎壳郎，加上这两只，何时了已经逮到了三十三种。他将屎壳郎分别放进两只透明的塑料盒子里，用笔在盒子上标上号：蒙娜丽莎三十二号，月亮神三十三号。每一只装有屎壳郎的盒子，都被他这样标了号。蒙娜丽莎三十二号搬运牛粪的能力非常强，据何时了观察，一对这样的屎壳郎，在一天里面，可以将一百克左右的牛粪搓成球，埋到地下。月亮神三十三号，这种体型小一点的屎壳郎，不像其他屎壳郎那样费力地搬运牛粪球，而是就地打洞，将牛粪球直接埋进土里储藏起来。苍蝇在牛粪里下的卵，一般需要四五天的时间才能孵化出来，也就是说，月亮神三十三号是苍蝇杀手，苍蝇还没有来得及孵化出来，就被它埋到了地下。

我从车里拿出一瓶水扔给何时了，何时了接住，用抓过屎壳郎的手拧开瓶盖一气灌下去大半瓶，我示意水是给他洗手的，不是给他喝的。何时了看看自己的手，用剩下的一点水象征性地洗了洗。他现在变得不那么注重卫生了。

一只骆驼在离我们不远的地方吃草。

那是只野骆驼吗？背上只有一个驼峰。何时了问我。

不知道。我说。

何时了翻我一眼，他不信我不知道。

我别过脸去，懒得跟他说话。这几天何时了他妈以及两个姐轮番打来电话，让何时了在相过亲的女孩中挑一个，挑花眼的话抓阄也可以，反正这些女孩家境都不赖，随便抓到哪个，都门当户对。何时了接电话接烦了，告诉她们自己在伊犁找了个女朋友，已经私订了终身。他妈他姐不信，何时了把手机朝向我，让她们看。我吓得一蹦老高，我啥时候成他女朋友了？他也太能瞎编乱造了。那边他妈他姐蹦得比我还高，她们要何时了立刻和我分手，伊犁姑娘都长得高鼻子大眼睛，视频里看见的我既不高鼻子也不大眼睛，而且胖。何时了解释说胖是因为我怀孕了，如果他现在和我分手，我肯定会杀了他。

不信你们就等着看。何时了对他妈他姐说。

我气得头顶唰唰往出长羊角，冲过去，把何时了顶了个四脚朝天。何时了躺在草地上，举着手机跟他妈他姐说，你们看见了吧，我没骗你们，伊犁姑娘凶悍得很，你们不是她的对手。

挂断视频，何时了捂着胸爬起来冲我喊，你也不用这么狠吧，我的肋骨被你至少顶断了三根。话音未落，他脸上立马挨了一坨干牛粪。有一部分牛粪碎末飞进了他张开的嘴里，何时了"呸"了半天，用光了两瓶水漱口。之后我们好几天互不搭理。

何时了自个儿远远地看了一会儿可能是野骆驼的骆驼，然后举着手机朝骆驼走去。我提醒何时了，如果是野骆驼的话，最好不要去招惹它，被骆驼蹄子踏上一脚，弄不好会丢掉性命。何时了不听，举着手机一边录一边朝骆驼靠近。这无疑是一种危险的行为。果不出所料，何时了踩了一脚的牛屎，他跑到一片草势良好的草地上使劲蹭鞋子，这个动作我们已经熟练无比。这些天我们在遍地牛粪中每走一步都下脚谨慎，经过多次踩中牛屎的惨痛教训，我们最终得出了一套出牛屎而不染的经验，除了要单脚跳，还要会使用脚尖落地，并且落地时要准确，脚尖站立不稳，或落地有偏差，都有可能踩上一脚的牛屎。不过，牛屎还算不上我们最大的困扰，让我们头痛的是苍蝇。我们被这些没头没脑的家伙侵扰得苦不堪言，它们随时从我们经过的地方一哄而起，乌云一样在头顶翻滚。估计只有在美国的大片里才会看见这种世界末日般的灾难场景。小镇上的苍蝇相对来说会少一点，但也少不到哪去，我们用餐的时候，上演人蝇大战成了必不可少的内容。苍蝇防不胜防地突袭我们的饭菜，冷不丁地叮一下我们的筷子或是即将送到嘴里的食物，一想到它们的细腿有可能刚刚在牛粪上爬过，我们就觉得什么都变了味。我们每天的饭菜由帕姑娘安排，早饭一般是奶茶、馕和几个凉菜，中午是拉条子拌面，晚上比较丰富，有时候吃烤肉，有时候吃手抓肉，偶尔吃那仁或者抓饭。晚饭后帕姑娘会给我们端上一碗她自己做的酸奶子，以帮助我们消化掉那些吃下去的过量的肉。酸奶子这东西比较招苍蝇，往往我们还没有吃到一半，就有苍蝇掉进了碗里。这还不算什么，更可恶的是，我们经常在快喝完一碗羊肉汤的时候，突然发现，香菜叶子的下边粘着一粒苍蝇，这时候，我们真想把自己的内脏都呕吐出来。本来我们计划在小镇多待几天，但是后来，我们恨不能马上逃离小镇，回到没有牛粪也没有苍蝇的城市里去。我们多少有点理解那位白局长了。和往年比，小镇明显地冷清，甚至可以说是冷寂，开满波斯菊的街上几乎看不见一个游客。居民也开始嫌弃这个曾经像月亮一般干净的草原小镇，许多人逃到城里生活，走不了的人，只能寄希望于天冷了，从西伯利亚来的寒流把苍蝇给冻死。

何时了蹭干净鞋子上的牛粪，在草地上盘腿坐下，他手托下巴，眼望远方，做出一副无限惆怅的模样。这家伙声称因为我对他的态度，他觉得自己像城市里的西西弗斯一样孤独。

我又好气又好笑。

如果你真是西西弗斯，那么，此刻，你应该为拯救草原大口大口地吃掉牛粪，而不是坐在这里多愁善感。我说。

你说得对，如果不是西西弗斯固执地重复着滚牛粪蛋子的运动，人类恐怕早就走到了世界的尽头。知道恐龙是怎么灭绝的吗？何时了问我。

大陆漂移？气候变化？火山爆发？我想起白石礅的石头，遍地的黑色石头中突然出现一两块恐龙蛋化石一样的白石头，里面似乎住着没来得及孵化出来的恐龙婴儿。

据我推测，恐龙是被自己的粪便熏死的，何时了说，上亿年前屎壳郎就在地球上出现了，屎壳郎的始祖担负着清理恐龙粪便的使命，估计在某个时期，它们遭受了一场灭绝性的灾难，没有了这些铲屎官，巨大的恐龙粪便被留了下来，在上亿年前的阳光下发酵，噗噗地冒气泡，产生出的二氧化碳、甲烷、氨气和硫化氢，乌云一样聚集在地球的大气层，当这些气体达到一定浓度的时候，足以让恐龙毙命。

这些毫无根据的说法看似不无道理。何时了这次回江苏，心血来潮地剃了个新发型，从视觉效果上看，两边头发因为过短，致使他的两只耳朵支棱着，像是能探听到一些史前的声音。

我跳着脚用脚尖落地，避开一坨坨牛粪，跑到一片开蓝花的马莲草中，拔了些马莲草编了个草环戴在何时了头上，草环上竖着两朵马莲花，像屎壳郎头顶桨状的触角。几朵棉桃似的云低低地悬浮着。接近黄昏的草原，各种气息开始凝聚。野花的气息，青草的气息，露水的气息，牲畜的气息，牛粪的气息。

我能感觉到清淡的气息在上，浓重的气息在下。

远处几个人在草地上寻找什么。可能是在捡蘑菇。草原上这个季节只要下一场雨，蘑菇就会争先恐后地冒出来。我叫何时了和我一起去买点蘑菇，晚上让帕姑娘给我们做蘑菇揪面片子。何时了不去，表示要坐在满地的牛粪中间思考一些和地球命运有关的问题。

我独自朝捡蘑菇的人走去。走了好一会儿，他们好像一点也没有变近。草原上的距离具有视觉欺骗性，看起来不远，走起来好像永远也到达不了。

终于走到了。

哎，巴郎。我朝一个小巴郎喊。他停下来，梗着脖子，像动物幼崽那样看着我。

巴郎，买蘑菇我。

我自认为哈萨话说得还算流利，但是小巴郎像是完全听不懂。他瞪着眼睛，像看一头会说话的母牛。

我察觉他袋子里装的像是一些有生命的东西，凭借成年人的优势，我抢过袋子，将东西倒在地上。眼前的一幕让我震惊不已，一堆挤作一团的屎壳郎，惊慌失措地四散着爬开去。

小巴郎见我倒掉了他的屎壳郎，放声哭起来，骂我是吃牛粪的屎壳郎，是公路上被汽车压扁的癞蛤蟆。几个妇女见状，跑过来七手八脚把地上的屎壳郎抓回袋子里。我试图让她们明白屎壳郎对草原很重要，不能抓。她们觉得我简直是在说笑话，在她们看来，这些吃牛粪的家伙，除了吃牛粪，还能有什么用呢？

既然没有什么用，那你们抓它干吗呢？

卖钱。大海边的人吃猫，吃狗。蛇，蝎子，其他许多恶心的虫子也吃。不过，吃屎壳郎，也太那啥了吧。她们摇晃脑袋表示不敢想象。

我不知道该怎么跟她们说才好，如果草原上的屎壳郎被她们抓光了，牛粪会淹没草原，那拉提小镇也将成为苍蝇的领地。

说到苍蝇，妇女们大声感叹这些没头没脑的东西现在已经弄得她们没办法生活了。再这样下去，苍蝇会把大家统统吃掉。

她们说归说，麻利地捡豆子一样捡起屎壳郎放进麻袋里。我挡在一个包头巾的妇女面前不让她抓，她一把扒拉开我，她的力气可真够大的，我被扒拉得一头栽倒在一堆湿牛粪上。我爬起来，发现自己糊了一身的牛屎。这些该死的牛，草原满怀善意地养育了它们，它们还草原以满地的牛屎。

何时了从远处跑来，他跑步的样子也太难看了，像一只狂奔的屎壳郎。

我挥舞沾着牛屎的手臂朝何时了喊：那啥，那三个人，不是收奶子的，也不是收麦子的。他们是收屎壳郎的。

何时了跑到跟前，看见我糟糕的样子，差点笑出内伤。

你简直就是一坨大牛屎。何时了说。他问我听没听说过上世纪六十年代澳大利亚发生的一场牛粪灾难，澳大利亚的土著屎壳郎很挑食，喜欢吃袋鼠和考拉的粪便，对黏糊糊的牛粪比较嫌弃，牛粪被留了下来，厚厚地覆盖住草原，影响了牧草的生长，并因此引起了一系列的生态问题。澳大利亚不得不紧急从其他国家，包括中国，引进喜食牛粪的外来屎壳郎，来解决牛粪灾难。屎壳郎在澳大利亚的售价高达每公斤五千美金。

没想到这么贵。我说。

地球上的每一样东西，都很贵。何时了说。我懂他指的是什么。

我和何时了看着捡屎壳郎的人以极快的速度四散而去，眨眼消失在草原的边缘地带，他们像是被一阵风吹到那里的。我们开车回到那拉提小镇，天还没有黑，这是一天里小镇最绚丽的时刻，天上的云彩和地上的波斯菊发出同样的色彩，马车一辆接一辆在街上响着铃铛跑过。整个小镇，回荡着铃铛清脆的声音。

经过一个路口的时候，我们看见那辆绿色皮卡速度极快地迎面驶来，看来那三个人的车和他们的人具有同样的德行。我猛打方向，将皮卡截停在路中间。

三个人从车上下来，一副来者不善的架势，朝我们走来。我和何时了也下车，迎着他们走去。我提醒何时了，他们三个，我们两个。何时了让我不用怕，他练过跆拳道，那次老哈不和他打架，是明智之举。

鬼才信。我说。

到时候你就信了。何时了说。

就在双方马上就要动嘴甚或动手之际，有人喊了声："吁——！"来过草原的人都知道，那是赶马人让马停止前进时发出的声音。我和何时了停了下来，那三个人也停了下来。大家面面相觑了一阵，然后，五个人同时惊讶地看见了斯大爷，这个苍老的草原巨人，手里拄着根粗一点的杨树枝，树枝上银色的杨树叶子，神的旗帜一样被风吹得哗啦哗啦响。

"吁——！"斯大爷又喊了一声。

大家都被威慑住了，谁也没有再朝前走。

在小镇派出所做笔录的时候，几个警察不加掩饰地捂着鼻子，最后他们把笔录远远地扔给我，让我签上自己的名字。有个年轻警察质问我，《草原法》为什么不把屎壳郎列入保护行列。现在，除了罚款、没收屎壳郎放回草原，他们一点也不能把那三个人怎么样。要不是自己是个警察，他真想揍他们一顿。他们把大海弄脏了，又跑来弄脏草原。我心平气和地告诉他，屎壳郎列入保护行列是迟早的事，至于那三个人，估计小镇上的人会用牛粪砸他们的脑袋，把他们赶出小镇，永远不许他们再来。

签完字后警察晃动脑袋示意我赶紧离开，在我走出去后，他们才终于把手从鼻子上拿开，大松了一口气。我们经过院子，看见那三个人蹲在墙边，从背后看就像三只没有翅膀的苍蝇。

走出派出所，月亮已经爬上了那拉提山，月光清晰地勾勒出山脉起伏的轮廓，我和何时了走过花园广场，走过漂亮的民宿，走过停在路边的马车。波斯菊随时随地出现，在月光下梦幻般地摇曳着。小镇的安静给人一种奇异的感觉，仿佛除了天空高挂的明月之外，还有另一束光，把小镇照耀得闪闪发亮。这样的情景，很容易让人产生出一些错觉来。何时了转过头朝我深嗅，赞美我头发上的月光散发着牛奶的香味。我怀疑何时了的鼻子出了问题，要不怎么会把牛屎闻成了牛奶。当他继续朝我探过头来的时候，我的头一偏，他的嘴唇从我的唇上掠过。我警告他千万别啃我，要不我会给他套上个马嚼子。

几天后，回到伊宁的某个早晨，我刚醒来，就听见西西弗斯在阳台敲门，它的细腿敲打在门上发出的声音和手敲打门发出的声音明显不同。我跑去开门，发现西西弗斯变得巨大无比，比一头牛还大。我打开阳台门，但是西西弗斯没有要进来的意思，它看了我一眼，然后笨拙地转过身，纵身一跃，从阳台飞了下去。然后，西西弗斯出现在地平线上，它用后腿蹬着，费力地一点一点，把火球一样的太阳推了出来，刚才还缭绕在烟岚和大气层中的城市，一下子明亮起来。

接下来的真实情况是，我被骤然响起的手机闹钟吵醒，我猛地坐起身，蒙了好一阵之后才彻底清醒过来。这个过程浪费了几分钟的时间。我顾不上洗漱，跳下床，抓起一块干馕就往单位跑。早晨的空气中尽是苹果的味道，悬挂枝头的果子正在成熟，闻起来让人心情愉悦。我穿过一条又一条飘荡着苹果味的大街，一路狂奔跑到办公室，看见老哈举着手机站在门口，我们不约而同地看了下时间，刚好十点。老哈面露失望，踩着点一路狂奔的上班方式，已经成了我的风格。老哈多次打算逮我个正着，以正视听，但是我没给他这样的机会，我总是能掐着点地跑到办公室，不早一分钟，也不晚一分钟。当我生气勃勃，又有点洋洋得意地站在老哈面前，老哈只能懊恼地摆摆脑袋，他示意我去他办公室，他有工作要交代。

我跟在老哈后面往他办公室走，老哈穿了件牛屎黄的夹克衫，真弄不懂边境小城的男人们是个什么心理，他们今年似乎集体爱上了这种从草原上流行过来的不可名状的颜色，最初应该是从亚孜巴郎这样的人身上开始的，而亚孜巴郎明显是从牛的排泄物上找到的审美灵感。早上我在狂奔而过的几条大街上，先后看见好几个男人穿着这种颜色的上衣，有个男的穿了条这种颜色的裤子，还有一个穿了件干牛屎颜色的马甲，同时戴了顶湿牛屎颜色的帽子。我脑子里闪过一个念头，以为牛屎长了脚，跟在我和何时了身后，从草原跑到城市里来了，继而我马上醒悟过来，自己有可能在那拉提草原看牛屎看多了，看出了眼幻。更为糟糕的是，回到伊宁的头几天，我走路老是习惯性地东一下西一下地跳着脚走，仿佛生怕踩到了什么。这种走路姿势看上去很滑稽。何时了也是如此，走在路上的时候，前面明明什么都没有，他也要莫名其妙地跳一下，只有我知道他跳过去的是一坨看不见的牛屎。我们彼此笑话对方得了牛屎后遗症。如果在草原再多待几天，恐怕我们连正常走路都不会了。

我刚踏进老哈办公室，老哈就冷不丁地回转身来盯着我看，他脱发严重的后脑勺特别敏感，似乎有某种特异功能，能感知到我刚才在脑子里把他想象成了一坨牛屎。我赶紧把目光越过他，投向窗子。我们这座办公楼的窗外，无一例外种着苹果树，老哈不让修剪掉挡住他办公室光线的树枝，他让那些枝条为所欲为地伸过来，紧贴着玻璃，枝条上的苹果像一些好奇的小仙女，趴在窗子上盯着老哈的后脑勺看。老哈转过身推开窗子，她们就会猛地弹跳到老哈面前，有的直接调皮地给老哈献上一吻。我曾经偷吃了老哈窗外一个妖娆的红苹果，那简直跟吃了老哈的爱情一样，害得老哈叨咕了一个夏天。自此之后，我再没敢打过那些苹果的主意。

老哈发现我在看他窗外的苹果，马上神情警惕，他闪开庞大的躯体，示意我看他贴在玻璃上的一张A4纸，纸上是他手写的告示，分别用了维汉两种语言，告示有点长，大概意思可以浓缩为两句话：他刚给那些即将成熟的苹果打过药，对苹果心生邪念的人后果请自负。

这招分明是用来对付我的。我假装不明所以，一脸无辜地看着老哈。老哈赶紧清了下喉咙。

一头和田驴子和一匹昭苏马一起拉车，如果和田驴子死了，一定是累死的，因为和田驴子拉车的时候，昭苏马在睡大觉。老哈努努嘴，隔壁办公室，何时了已经上班两个小时了。他一直按江苏时间上班。江苏和伊犁有两个小时的时差。前两天江苏设立了一个"援疆屎壳郎计划",打算从其他国家引进屎壳郎来解决伊犁草原的牛粪灾难。地球上有两万多种屎壳郎,它们分布在除了南极洲之外的任何一个洲上。非洲靠近沙漠的地带,有一种巨型屎壳郎,长达十厘米,这种屎壳郎吃起骆驼粪来食量惊人。

且慢。我打断老哈,在脑子里飞快地计算了一番,屎壳郎可以滚动自身体重一千一百四十一倍的牛粪球,根据这个数据,一个十厘米长的屎壳郎,大概可以滚动一个足球那么大的牛粪球。我试想了一下,一群十厘米长的玩粪球高手,在草原上滚着足球那么大的牛粪蛋子,这场景多少有点吊诡,容易让人联想到足球队员高超的运球技术。

这是何时了的主意?我问老哈。其实不用问也知道是他。

这个办法真够愚蠢的。谁能保证爱好骆驼粪的屎壳郎,也会爱好牛粪。我的口气有点那啥,我本来想把话说得委婉一点,但是因为生气,加上天性使然,我委婉不了。还好何时了不在现场,要不,我肯定会开足马力和他大吵一架。这不像是他想出来的主意。

这其实也是我的想法。老哈说。他总是想着法子维护何时了。

我告诉老哈,引进外来屎壳郎,对整个地球来说,属于拆东墙补西墙的愚蠢行为。

老哈没想到我会这样说。他用食指和中指一下一下敲打着桌子的边缘。我感觉他其实想敲打的是我的脑袋。我把头朝右偏了偏,老哈愣了一下,看看自己的两根手指,随即停止了对桌子的敲打。

巨型屎壳郎吞食牛粪的速度明显强于其他屎壳郎,引进之后,伊犁草原的牛粪灾难很快就会得到缓解,旅游业也能得以恢复。老哈说。

看来老哈的急于求成,和那句撒娇语气的"找你是问"有关。这想法有点尖酸,我没把它说出来,估计说出来,老哈会忍痛摘一个毒苹果给我吃。

我撇下老哈，跑去找何时了，和老哈不同，何时了办公室窗外的苹果，手臂能够到的地方，果子一个不剩地都被他揪下来吃到了肚子里。

何时了正趴在桌子上画图，这个理想型的年轻人设想在那拉提小镇的广场上立一座屎壳郎的雕塑，画纸上的屎壳郎是金色的，屎壳郎用后腿滚动着一个巨大的牛粪球，牛粪球也是金色的，跟卡在那拉提山锯齿上的落日一样。

我夺过何时了的画笔扔到一边。

你不可能不知道，引进巨型的外来屎壳郎，会对伊犁草原上的土著屎壳郎带来怎么样的生存危害。屎壳郎不是小龙虾，中国人能把泛滥的小龙虾吃掉，但是，屎壳郎那东西，怎么吃？

我把何时了跟他妈他姐描述的伊犁姑娘的凶悍，表现得名不虚传。何时了有点慌乱，结结巴巴地向我解释，其实不管引进哪一种屎壳郎，都有可能带来不可预料的后果。

既然你知道，还出这馊主意。我说。

牛粪灾难怎么解决？你来吃掉那些牛粪吗？何时了脸上带着一抹微笑地看着我，他这表情让我火冒三丈。

去你的吧，你才吃牛粪。我把手里的干馕朝他扔去，何时了一把接住干馕，塞进嘴里大吃起来。

我有时候真恨不能自己去吃掉那些牛粪。何时了说。

我没法跟他这样一个人生气。我也没法跟老哈生气，下班的时候，老哈叫我和何时了去他家吃抓饭，他洋杠子（老婆）做的抓饭比娜孜古丽饭馆做得好吃多了。老哈让我和何时了先去他家，他要骑上他的破电驴子，去伊犁河边一个宰羊的朋友家拿点羊杂碎回来给藏獒吃，他家新近养了只藏獒，吃东西比他洋杠子还麻烦事情多。

我和何时了到了老哈家，想到那只藏獒，我们在他家门口徘徊了半天不敢进去，其间何时了还费劲地劈了根树枝，以防藏獒突然冲出来。老哈骑着电驴子回来后，问我们怎么不进去，我们小心翼翼跟在他身后往里走，进了院子，并没有看见藏獒，我们问老哈他养的藏獒呢，老哈指指苹果树下一只瘦小的小土狗，这就是，老哈说。他给小土狗取的名字叫藏獒。这也太幽默了吧，简直就是个笑话。老哈说这算什么，他那个宰羊的朋友才逗，别人把羊送去宰，总是会少一只羊腰子。问他要，他理直气壮地说，这只羊只长了一个羊腰子，他能有什么办法呢嘛。有一次，别人发现让他宰的羊少了羊心，他竟然也是这样回答人家的。天底下恐怕再找不出哪个民族比哈萨克人更幽默了。

吃饭的时候我们说到"援疆屎壳郎计划"，其实餐桌上说这些和牛粪有关的东西有点不合时宜，但我们都不是些能把事情高高挂起来的人。老哈在草原长大，他和那些牧民一样，不怎么愿意接受外来事物，他担心巨型屎壳郎的出现，会让草原居民感到恐慌，他们会以为屎壳郎发生了基因变异。我觉得既然是这样，那就应该尊重草原，我们可以考虑对伊犁草原本土屎壳郎进行人工养殖，然后再投放草原，这远比引进外来屎壳郎可靠。何时了认为养殖屎壳郎投放草原效率太慢，要比引进屎壳郎多花很多的时间。草原没有时间去等，他也没有时间。他来的时候是春天，山上的雪还没有化完，草原上的草也还没有绿，算起来他来伊犁已经过去了半年多，再有小半年他的援疆就结束了，他不能无功而返。他希望在他援疆期间，就算不能从根本上解决草原牛粪灾难，但至少要让大家看见草原上的牛粪在减少。

何时了这样说，让我有些吃惊。他是想在援疆期间，做出点所谓的成绩让大家有目共睹吗？哪怕这个成绩的背后是对草原更为严重的、不可救药的破坏。还有，那天晚上他打电话问我，如果援疆结束，他留在伊犁不回江苏，我怎么看，看样子那只是一句随口一说的玩笑话，我没想到这一点可真是够迟钝的。他不过就是那么一说，不过就是心血来潮。若果真如此，那我再也不想和他说话了。

你大可以一拍屁股就走人。我说。

我没说一拍屁股就走人。何时了说。

你差不多就是那个意思。我端起杯子，一口气把里面的啤酒喝干。

老哈赶紧用他肉肉的手掌拍拍我肩膀,他总是怕何时了吃亏。好吧,我现在有点小情绪,我不说话,我埋头吃东西。我用手把抓饭捏成一个团往嘴里送。为了尊重抓饭,我们都没有用筷子,而是采用这种传统的名副其实的方法来吃它。老哈可能是想缓解一下气氛,开玩笑说我们用手捏成团的抓饭,和屎壳郎滚的牛粪蛋子有点相似。老哈洋杠子听老哈这样说,觉得老哈把她做的香喷喷的抓饭与牛粪相提并论,是对她做的抓饭的侮辱,她把碗重重蹾在桌子上,发出的响声吓了我一跳,我嘴里正往下咽的一块包尔萨克(哈萨克的糕点)噎在了喉咙里,喝了一碗奶茶才咽下去。我想把碗里的东西继续吃完,结果发现那碗酸奶子刚才受到了惊吓,变得酸不拉叽了。

晚上回去后我感觉胃很不舒服,可能是吃得太饱,也可能是带着情绪吃下去的东西不怎么好消化。第二天上班,我让门一直开着,这样何时了一经过我办公室,我就能看见他。后来,我看见他手里拿着一沓东西,经过我办公室,去了老哈办公室。

何时了从老哈办公室出来后,趴在我办公室门口,问我想不想知道他和老哈说了些啥。他昨天晚上回去加班写了份报告,他觉得引进屎壳郎可能有欠考虑,我们的地球有自我修复功能,消失了很多年的一些物种,白喉秧鸡、袋狼、草原野猪,又开始出现。这说明地球一直在进行着自我修复,我们要做的,是保护地球的这种自我修复功能,而不是横加干涉。引进屎壳郎,可能一时半会儿解决了伊犁草原的牛粪灾难,但是,对输出屎壳郎的地方,会造成新的伤害。地球如果无休止地在人类的干预下恶性循环下去,迟早有一天会丧失掉自我修复功能。

我没想到他转变得这么快。但是,出于一些东西作祟的原因,我没有回应他。何时了像一只试图进入帐篷的骆驼一样,把半个身子探进来,嬉皮笑脸地问我,下了班,他是不是可以去我的阳台看落日,阳台上的那个松树墩子,可是他弄回来的,他有权利天长日久地坐在上面看落日。我拉着脸,不想和他说话。说什么天长日久，再过小半年援疆结束，他也许就回到江苏去，想到那里的女人都一副长生不老的样子，我就心烦意乱。

我扔下何时了，跑到老哈办公室，打算跟他请半天假，我想去伊犁河边散散心，迎着伊犁河吹来的风，呼吸一下伊犁河上清凉的空气。我还想让那拉提草原上的牛粪成为离我遥远的事情，还有月光下那个闪闪发光的小镇，有时候，我觉得它可能并不真实存在。

老哈不说准假，也不说不准假，他问我对养殖屎壳郎的事怎么看。我告诉他中药里面活血化瘀的土元是养殖的，那东西和屎壳郎长得有点像。如果养殖屎壳郎，月亮神三十三号考虑首选，还有蒙娜丽莎三十二号，它们虽不及非洲巨型屎壳郎食量大，但不用担心它们挑食，本地的牛粪很适合它们的胃口。

好吧，如果出了什么问题，那么，草原上的那些牛粪，就得我们自己去吃掉。老哈说。

放心，我们用不着吃牛粪。我说。

这时候我改变了主意，不打算请假去散心了。我原谅了老哈那件牛屎黄的外套。

老哈笑吟吟地看着我，他露出这种笑容的时候绝对没什么好事。果然，老哈说，那么，这个人工养殖屎壳郎的事情，就由你负责吧。老哈的理由是，我养过西西弗斯，有养殖经验。

老哈也太那啥了，我就养了几天的西西弗斯，而且还把西西弗斯给养丢了。我极力推辞，我可不想一天到晚跟一群吃牛粪的东西打交道。

老哈告诉我，让我负责人工养殖屎壳郎其实是何时了的意思。

我正待发作，大骂何时了，何时了走了进来，他跟老哈说，同时也是跟我说，他的某个姐打来电话，说他妈被车撞了，正紧急送往医院。他跟我们说的时候，他的另一个姐也打了相同的电话过来，听起来，伤势比较严重，情况十分紧急，甚至可以说是危急。何时了表情淡定，说他妈被撞可能是假，但不管怎样，他总得回去看看。

我问何时了,如果他以后留在伊宁,是不是他妈都会这样那样,不停地出现各种状况。

何时了想了一会儿,抬起头看着我说,完全有这种可能。他的样子很坦诚,他不想对我撒谎。

老哈让我开车送何时了去机场,我让老哈派别人去送。我可不想像斯大爷,穿着羊皮大衣,永远留在寒冷的冬天。

何时了有点难过,他上车的时候,回头看了我一眼,我猛然记起梦里西西弗斯纵身跃下阳台前看我的那一眼,眼神何其相似。

那啥……我叫住何时了。

何时了停下,等了半天,不见我往下说。

我想知道,你们伊宁人说的那啥,到底是个啥意思?何时了说。

你自己想去。我说。

这家伙低头想了一会儿。那啥,我懂了。他说。然后朝我眨眨眼睛,钻进车里,一溜烟地走了。

那天下班路上,我走得凄凄惨惨。跑步十几分钟就能到的路程,我走了一个小时才走完。回到家后,我一点也不想吃晚饭,一个人百无聊赖地躺在床上发了会儿呆,然后跳起来,乒乒乓乓对房间进行大扫除,我期待在大扫除的过程中能意外地发现西西弗斯的踪迹,哪怕是标本也行。但是,什么都没有找到。

天晚一些的时候,我坐在阳台的松树墩子上看落日,这个松树墩子是何时了从果子沟弄回来的,当时一个哈萨克人正准备用一把笨重的斧头,把它劈了当柴烧奶茶,何时了觉得可惜,就把它弄回来放在了我的阳台上,他说,他要天长日久地坐在这个松树墩子上看落日。但是现在,只有我坐在松树墩子上。我有点黯然神伤。耀眼的落日给我浑身镀上了一层金甲,一切都在闪闪发光。某个时刻,我无意中转动了一下视线,这时候,我惊讶地看见了西西弗斯,它正披着和我一样的金甲,趴在玻璃窗上,无限迷醉地欣赏着伊宁的黄昏。

穿越夜晚的宁静

刘建东[*]

摩托车几乎占据了宿舍一半的地方。隔着一张桌子，我小心地站在另一边，悠闲地打量着魏老师摆弄着那些工具。他的手上沾满了油渍，一边修理一边不停地抱怨："这哪儿是摩托，纯粹是一堆废铁。"摩托车是常见的嘉陵牌，车身上的黑色油漆已经变成了浅灰色。右边的车把上，系着一截红布条，魏老师说，那是他老婆逼他系上的，说是能辟邪。

屋子里很快就充斥着机油和汽油混杂的味道。我用书挡着鼻子，尽量不让他看出我对这股味道的拒绝和抵抗。我劝魏老师："你每天都要回家，早该换一辆新的。"

魏老师从摩托后面抬起头，盯着我，像是看一个怪物："你倒是站着说话不腰疼，钱呢？钱又不是大风刮来的。我想换，钱得答应啊。它根本就不在我身边，听不到我的心声。"

他一下子就把我的话堵了回去。我默不作声。他继续专注地修理摩托，但并没有停止表达怨气。他不停地看着窗外渐渐变了颜色的天空，他说，如果摩托不出问题，天黑前，他就能踏上归途了。他又说嘉陵摩托车就是一个捣乱的

---

[*] 刘建东，男，1967年生，河北省作家协会副主席。1989年毕业于兰州大学中文系，1995年起在《人民文学》《收获》等刊物发表小说。著有长篇小说《全家福》、小说集《黑眼睛》等。曾获鲁迅文学奖、《人民文学》奖、十月文学奖、《小说选刊》奖、《小说月报》百花奖、曹雪芹华语文学大奖、孙犁文学奖等。

学生，专门找他的麻烦，三天两头地罢课。他说："有时候真想踢它两脚解解气，可又怕它'病情'加重。或者干脆把它扔到荒郊野地里，任雨打风吹，自生自灭吧，可谁来载我回家呢？"这种爱恨交织的矛盾心态，始终伴随在修理摩托车的过程中。时间在难闻的气味和他唠叨的怨声之中很快地流逝，夜晚悄悄地把窗户涂上了浓浓的黑色。屋内的灯光亮了。终于听到了摩托喘息的声音。我惊呼道："好了好了。"我的欢呼是发自肺腑的，因为我知道，此时，他要披着夜色出发了。

等魏老师走后，宿舍里宽敞了许多。我打开窗子和门，让屋内几乎静止的空气活跃起来，屋内的气味开始流动，纷纷涌向窗外。我似乎能感觉到，我头发里机油、汽油的味道，正在欢快地从密集的黑发中钻出来，一缕缕，一束束，在空气中与其他味道汇合，然后，毫不犹豫地随着气流，冲出窗户，奔向更广阔的夜空中。我顿时感觉呼吸顺畅了，坐在床上，裹紧了大衣。

单身宿舍的日子。我大学刚毕业，分配到炼油厂子弟学校教书。魏老师和我一个宿舍。他比我大十五岁，是河北大学中文系83届的毕业生。他的家在距离炼油厂二十公里之外的一个村子里，每一天，妻子和两个未成年的孩子在家里眼巴巴地等待着他，等待着他穿越白昼和夜晚，带给他们温暖。回家的交通工具就是那辆伤痕累累的嘉陵摩托。虽然破旧，却又相伴始终。每天早晨，当他抖落雾气或者露水，来到单身宿舍楼下，他都会小心而吃力地把它搬上二楼我们共同的宿舍里。它在宿舍里出现的时间比魏老师更长，从风尘仆仆的早晨到仓皇失落的傍晚，整整一个白天，静静的宿舍和静静的嘉陵摩托，是两个沉默的伴侣。有时候，宿舍里会飘起比较丰富复杂的味道，混合着汽油、机油还有泥土的味道，按魏老师的说法，那说明嘉陵发了脾气，魏老师在忙碌地修理着。那股味道经常会在宿舍里停留一天，甚至更长的时间，说实话，即使这股味道已经伴随我有两个月的时间了，也丝毫没有培养起我对这股味道的喜欢，甚至还有一些憎恶。这股味道是属于魏老师的，而不属于我。我曾经无数次地问过魏老师，你没闻到宿舍里的怪味吗？魏老师坚定地回答："没有，啥怪味也没有。"我不能公开表达我的情绪和感受，我想是源于对魏老师的同情。

我和魏老师虽然住在一间宿舍里，刚开始时，我们的交流并不多，毕竟我们不是一代人。直到有一天早晨，当第一节课的铃声响过，他仍然没有在语文组办公室出现。组长杨老师焦急万分，在办公室里一边转圈一边甩手："这可怎么办，这可怎么办？"我拿起魏老师的课本，说："我替他去吧。"从那之后，我便时不时地成了他的义务代课老师。开始时是偶尔有一次，后来慢慢地增加。我并没觉得有什么问题，反而是魏老师过意不去，内心愧疚不已。除了时常从家里给我带些花生、红枣之类，还渐渐地向我敞开了心扉。

"你知道为什么不管多晚，不管天多黑，我都要赶回家的原因吗？"自从我开始替他代课后，魏老师对我说话的口气都变得诚恳。

我摇摇头："我哪里知道！"

魏老师表情变得严峻，脸色阴沉："谁愿意这么辛苦，每天奔波在路上。可是，仙生啊，我是没有办法呀。我和你不一样，你单身一人，无牵无挂。而我，却不得不接受命运的安排，和上苍的考验。"

他所说的命运的安排和上苍的考验，是他乡下的妻子。"她卧床不起，生活不能自理。我每天要照顾她的起居，可为了这个家，我又不能丢下工作，失去这份可观的工资保障。我就只能认命，只能每天奔波在路上。"

对于一个三十多岁的男人来说，人生路还很漫长，更大的考验还在后面。我不禁心生怜悯。我信誓旦旦地说："只要你没按时回来，不管什么情况，我都可以替你代课。"

他有些动容，哽咽着说："你是个好人，不像某些人。"

他所说的某些人，是指宋校长。宋校长早就掌握了他经常迟到的事实，他曾经把我叫到校长办公室，询问我一些情况。我替魏老师打圆场："他家里确实是有病人需要照顾，他妻子的情况您也了解……再者说，路上经常会遇到一些不可预测的情况，不是天气不好，就是交通工具出现一些状况。没关系，反正我年轻，多代课有利于我尽早地成长……"

宋校长打断我，他严肃而愤怒："你不用替他说话，也轮不到你背这个黑锅。无论什么情况，都不能作为迟到的借口。这是纪律，如果一个单位，没有一点约束，没有规矩，那不乱套了。"

吓得我不敢再说话。

校长对我是这个态度，对魏老师，只能更坏更糟糕。每一次，从校长办公室出来的魏老师都表现得比校长更愤怒，而且更郁闷。那天黄昏，他居然破天荒地从床下面的箱子里，翻出一瓶石家庄大曲，把从楼下小店买的熟食摆到桌子上，非要和我痛痛快快地喝一场。我犹豫不决："魏老师，你回家的路还那么远，要骑摩托车。喝酒不能骑摩托的。"

魏老师却不以为意："没事没事，太稀松平常了。过年走亲戚时，通常都是喝了一家又一家，哪次不是喝得东倒西歪的？照样骑摩托奔向下一家？又不是你要骑摩托赶路，你怕啥！"

我没法驳他的面子。

我们面对面喝酒。他酒量惊人，我是小口小口地抿，而他喝一口便下去小半杯。喝酒时的魏老师完全不像在课堂上的样子，显得放纵而无所顾忌。他指着我的酒杯说："你这哪是喝酒，喝药呢？"

他说归说，并不在意我喝多少酒。一口酒下肚，他兴致盎然，嚼着生花生，对我说："你听说没，我们藁城人都能喝酒。这可不是传说，是实情。早年间，藁城人喝酒不是从上菜开始的，经常是上菜后，酒已经喝大了，酒席也快散了。"

当然，他喝酒的目的，不是要讲藁城人的酒文化，而是要发泄一下胸中的郁闷和愤怒。他先是吐槽宋校长。他说："不管你怎么看待宋校长，反正我是超级讨厌他。我就是看不起他，给我提鞋都不够资格。你别看他衣冠楚楚、人模人样的，其实就是草包一个，肚子里没有一点墨水，还天天对别人说，自己是名校毕业的。全厂谁不知道，要不是他的挑担是副厂长，校长的位置哪能轮得到他？咱们学校有那么多优秀的老师，那么多正儿八经大学毕业的。他一个工农兵大学生，素质还那么差，满嘴脏话粗话，爱给人穿小鞋，背后玩阴的，这就是现实，血淋淋的现实。"

我刚刚步入社会，十分腼腆，不大习惯这种说话的方式。他背后说别人的短处，尤其议论的是校长，让我尴尬不已，我心怦怦跳，坐立不安，可又没勇气离开，也不知道该不该答他的话。好在他也没有让我表明态度，而只是逞一时的口舌之快。很快，他就把话题转移到自己身上，痛说自己无奈的境遇。他说毕业时，有机会留校当老师，他的成绩优秀，又是班长，系领导把唯一的一个留校名额给了他。可他顾念家乡的妻子，顾念家庭，所以把名额让给了同宿舍的同学，来到了这个离家近一点的工厂，当一个中学语文老师。他当时就想，在哪里都能实现自己的梦想，大学里当一个老师能有所作为，中学老师不也一样吗？可是现实真的很残酷。

"如果我现在是一个大学老师，校长能用这样的语气对我说话吗？"他眼望着窗外，愤愤不平地说，"即使如此，我还是个理想主义者，我远大的抱负从来没有消失过，我想成为一个对单位、对社会、对国家有用的人，不仅仅是对家庭。可惜啊，可惜我怀才不遇，可惜我生不逢时，可惜我命运不济，不像你这样，无牵无挂，可以轻松上阵。"

面对一个年长我十几岁、阅历更加丰富却自以为辜负了自己才华的人，我不知道如何去宽慰他，我的语言显得贫乏而无力，我只能听他诉说，看他把酒当水一样喝，听他把自己的命运怪罪在校长和时运之上。即使愤慨占据了他的全部情绪，他仍然没有忘记自己的使命，唯一能让他激情饱满的理由——回家。他抬腕看了看表，表情瞬间就转换成慌张，他把杯中的酒一饮而尽，拧紧盖子，把剩下的酒重新塞回到床底下的箱子里，说道："太晚了太晚了，我得马上走。家里还有病人等着我，还有一大家子在等着我。"

他带着醉意冲进沉沉的黑暗之中，对于他来说，可能是一个必须要克服的艰难路程，而我，却辗转难眠，闭上眼，我头脑中的魏老师是一个东倒西歪的人，在漫长而幽深的黑暗中，踽踽前行。

他和校长的关系越僵，他迟到的频率就越高，而我给他代课的次数也在相应增加。他迟到的理由多半是要照顾瘫痪在床的妻子。这个理由正当而且能引起共情，让我夹着课本走进他的教室时，有一种崇高的意念支撑着。魏老师也越来越焦虑不安。他乡下的妻子，除了身体上的疾病，似乎还正经历着心理的折磨。他说，轻生的念头像霉菌一样在她的身体里滋生着，顺着她的头发、眼睛、嘴巴、鼻孔和皮肤疯狂地向外生长，猛烈地撞击着魏老师脆弱的神经。他说，有一天早晨，他发现身边的妻子不见了。他疯了似的到处找她，堂屋、西屋、厨房里都没有，最后是在院子外的草垛旁找到的。他不知道妻子哪里来的力气，竟然爬行了那么远的距离。他发现她时，她的身上覆盖着一些稀疏的干草，手里握着一盒火柴，正拼命地尝试着，想把火柴点着，以便来点着她身上的干草。可她手上一点劲也没有，她满头大汗，身上的衣服湿漉漉的，不管她多么努力，她都无法让火柴头冒出一星的火花。魏老师说，他看着妻子绝望的表情、绝望的手，顿时觉得生命好像在那一瞬间停滞了。

可他并没有被击倒，他苦涩地笑着说："就像是一个不可预测的泥淖，她陷得越深，我身体里的力量就越强大，拼命地要把她拉上来。"

在同情之外，我油然生出了深深的敬意。

他和校长的关系，是横亘在我面前的一堵高墙。每当我夹着书去替他代课时，都唯恐在楼道里碰到校长。事情就是这样蹊跷，心里怕什么就偏偏会遇到什么。我不知道校长是刻意还是无意，有一段时间，我经常在魏老师教室门口偶遇宋校长，他像是随意从楼上下来，拐了过来，迎面而来。我心头一紧，脸上有股热辣辣的感觉，慌乱地说："校长好。"宋校长面色凝重道："又没来呀？"然后目送我仓皇地逃进教室。站在讲台上，我仍然心有余悸，气息不稳。

年底，透窗而进的冬日暖阳极其罕见，映得我心里亮堂堂的，这是我工作的第一年，也是我初次拿到半年的年终奖。而刚刚从财务室回来的魏老师，却没有我这样幸运，坐在我对面的他脸色铁青，一句话也不说。我低下头，其他的老师也装作没有留意他气鼓鼓的表情。但我们明显能感觉到办公室内紧张而压抑的气氛,感觉到他内心快速累积的愤怒,然后,他心中的火山爆发了。我们听到椅子挪动,与地面快速摩擦的声音,然后,他站起来,旋风般冲出了办公室。杨组长从学生们的作业本上抬起头,忧心忡忡地对我说:"小董,你去看看。别出什么事。"

怒气冲冲的魏老师冲进了校长办公室。我没敢进去,站在门口,听着他对校长咆哮,语言粗俗不堪,攻击性和侮辱性极强,指责校长取消他的年终奖是打击报复,是人身伤害。我几乎没有听到校长说什么,我只听到校长打了个电话。过了一会儿,有两个保安慌慌张张地跑上来,敲门进去,然后把魏老师拖了出来。魏老师仍在气头上,他几乎没有看到我,任凭保安把他拽回到办公室,死死地摁到椅子上。两个人就站在他旁边,一边一个,寸步不离。魏老师余怒未消,嘴里嘟嘟囔囔。两个保安的存在扰乱了语文组正常的工作秩序,我们都觉得很不自在,包括魏老师自己。后来还是杨组长好说歹说,把保安劝走了,她保证,如果出了什么事由她负责。

在我的印象中,魏老师和校长之间的角力从来没有停止过。两人互不相让,互相敌视,谁也不想表现出软弱的一面。魏老师无数次地威胁校长说,他要调走,调到一个更能充分展示他的才华、他的能力、他的远大抱负的部门去。他特意隐去了意向的调动单位,好让校长能够浮想联翩。可校长根本不吃这一套。校长无情地回应他:"赶紧的,调令一来我就签字。"而且校长还追加了一句:"如果你真能调走,我给你烧高香,祝福你能高升。"他这句话让魏老师咬牙切齿,却只能咬碎了牙往肚里咽。

有关魏老师调动的消息,在老师们中间悄悄地传开,但是没有一个人找他本人求证。而他自己,仿佛也沉浸在大家的猜测之中,保持着一种故作神秘的姿态。但是他终究还是没让这个秘密烂在自己的心里,而是全盘托给了我。我觉得他有好几次想要说什么,但是都没有张开口。有一天中午,他翻来覆去地睡不着午觉,弄得钢架木板床吱扭扭响,害得我也睡不着。他突然开口道:"仙生，我告诉你一件事，你可不能告诉别人啊。你首先得保证，即使烂在肚子里也不能透露给别人，我才会告诉你。"

他这么神秘而严肃，弄得我都怀疑自己的人品了，我发誓说："我保证。"

"你知道我要调走的消息吧？"他说。

即使我闭着眼睛，仍能感觉到摩托车的存在，它横在我们俩之间，我能闻到汽油、泥土、青草的味道。那些味道是从油箱、轮胎、车身各个角落缝隙钻出来的。我应付道："你真的要调走啊？"

他稍微停顿了一下："人往高处走，水往低处流。你看看中学糟糕的氛围，让人喘不过气来。你没觉得吗？"

我推脱说："没有，可能是我，没有那么敏感。"

"你刚来，有很多事你还不清楚，不明白。等你待久了，就会醒悟。我必须走，必须毫不犹豫地告别，不需要任何的留恋。"魏老师加重了语气，"我要调到党办去。党办的王主任已经找了我多次，非常诚恳地问我愿不愿意调到他那里，他那里急需一个写材料的秘书。到现在，我还没有答应他呢。"

我说："党办肯定比学校好啊。"

魏老师说："是啊，王主任也这么说，直接和厂领导接触，上升的机会多。他还给我举例子，说咱们党委江书记以前就是党办秘书出身。"

我鼓励他，还是抓紧调到党办吧。实际上我是觉得他和校长的关系已经到了水火不相容的地步，我是真心希望他能换个好的环境，以便能调整好心态，全身心地投入到工作当中，像这样三天打鱼两天晒网的也不是长久之计。我说："祝你也有个江书记这样的好前程……"便沉沉地睡着了。

随着冬天温度的降低，我对嘉陵摩托散发出来的味道越来越无法忍受。即使对魏老师的同情还在，那辆残破的摩托在我的心里也渐渐失去了它的地位。有那么几次，我试探着向魏老师建议，是不是可以把摩托移出宿舍，就放在楼下。魏老师断然拒绝了，他的理由仅仅是怕摩托车被人偷走。我心里说，这么破的摩托车，别人偷走有什么用呢？

他依旧迟到，依旧有着同样的原因。而我，则依旧替他上课，站在他的课堂之上，我甚至产生了某种错觉，这就是我的班级、我的学生。

　　这年冬季，大雾是常客，密集而令人惶恐，尤其是在夜晚。而魏老师，骑着那个有点残废的嘉陵摩托，每天破雾而来。我仿佛觉得，他的人生就是行走在磅礴的雾气之中，看不到尽头的天光。

　　可他仍在拼命地挣扎着。

　　他大学同窗要来的消息，他早早就迫不及待地透露给我。他说他要好好地请同学吃一顿饭，让同窗感受到自己的热情。他盛情邀请我作陪："你一定要答应啊。"

　　他说的同学就是因为他舍弃名额而留校的那位，姓金，已经是中文系的副教授。我觉得，金教授专程来看他，显然是还念着他的善意，所以大老远地背着一箱保定的特产——酱菜。魏老师拿出一篓酱菜，感慨地说，还是老同学知道他想要啥，这是他上大学时最爱吃的。金教授笑着说："你家里人多，够你吃一阵的。吃完了我再给你买。"金教授比魏老师年轻，他告诉我，魏老师是他们宿舍最大的，而他是最小的。魏老师上大学时都有孩子了，让他羡慕不已。

　　魏老师特地在生活区最豪华的饭店订了一个包间，买了一瓶五粮液。买回来后他把五粮液摆在桌子上，盯着看了半天，问我："你说这瓶酒咋就这么贵？"

　　我说："十大名酒，当然贵呀。你喝过吗？"

　　他直摇头："别说喝了，这是我头一次摸。"

　　魏老师下了血本来招待同学金教授，自然是想让同学看到他混得还不错，前程似锦。他虽然没有向我明说，但我心知肚明，知道他让我参加同学宴的目的。席间，当他借着五粮液的酒劲，兴致勃勃地告诉同学金教授，他要调到党办，开启一段新的美好前途时，我频频点头，附和着说："我们现在的党委书记以前就当过党办秘书。"以此向金教授暗示，党办秘书岗位的重要性和重要意义。魏老师赞赏地看着我，催促我也多喝两杯。

　　我们仨并没喝完那瓶五粮液。金教授和我都不胜酒力，我们俩才喝了二两，平日里嗜酒的魏老师也没舍得把酒喝完，他只喝了三两，剩下的半斤酒，他小心地拧紧盖子，揣进了怀里。当天晚上，金教授下榻在厂招待所，魏老师提前就订好了房间。金教授执意要自己结账，被魏老师硬生生地拒绝了。他们俩，两个大学同窗，在招待所的房间里聊了许久。

我独自躺在宿舍中，夜晚如此的幽静。那一两酒开始起了化学反应，热流在我的身体里乱窜。我的目光陷在黑暗的深渊中，却能真切地看到那辆摩托车的存在，它似乎正张着血盆大口，痛快淋漓地呼吸着。冬天里，温暖的屋子里，异样的味道生长得茂盛而汹涌，直扑过来，压得我喘不过气。床板变得滚烫，让我辗转反侧，烦躁不安。我从床上跳下来，走到窗户边，把窗户开到最大。路过嘉陵摩托时，我摸黑踢了它一脚，摩托没吭一声，我的脚反倒疼得钻心。我回到床上，重新躺下来。味道并没有丝毫的减弱，没有像往日那样欢快地冲出宿舍，拥抱茫茫的黑夜。相反，它似乎更加留恋暖意融融的屋内。那股味道更加丰富复杂，仿佛充斥着人世间所有令人讨厌的味道，在我的身体里翻江倒海。我终于到达了忍耐的极限，怒不可遏地从床上再次起来，打开灯，对摩托怒目而视。摩托并没有上锁。我尝试着挪动它。还好，摩托虽然笨重，但我还能艰难地把它挪出宿舍。楼道的灯光昏暗，把我笨拙的身影歪歪斜斜地映在斑驳的墙壁上。本来我是想学学魏老师，把摩托搬到楼下，可是看看伸向楼下的楼梯，我放弃了。熄火的摩托就是一个大大的铁疙瘩，我根本没有能力把它弄下去。我只好把它一点点地挪到了二楼的厕所里，让它和厕所里的味道做伴。没有了摩托的干扰，宿舍里的味道仿佛一下子友好起来，轻柔了许多。我盖好被子，终于可以踏实地进入睡眠。

我听到了开门的声音，魏老师回到宿舍时已经是凌晨两点。他悄悄地进来，摸着黑躺下。我听到他的床板响动了两下，之后就归于平静。但是没过五分钟，我又听到床板的声响，他起床，打开门，走了出去。他是不是发现摩托不在了，他是不是出去寻找他的摩托了？在我的胡思乱想中，时间又过去了一个多小时。我脑海里全是他在生活区里孤独寻找的身影。我再也无法忍受猜测的痛苦，从床上下来，打开门，从厕所里把摩托重新挪回到宿舍里，放的位置都和之前一样。味道重新回到我的身体里。我无可奈何地承受着，直到天光抹去了窗玻璃上的黑暗，直到他的脚步声慢慢地接近宿舍。

我装作什么也没有发生，说："你起得好早啊。"

他含糊其词地说："是啊是啊。"

就好像，他只是晨练刚刚从学校的操场上归来；就好像，并没有发生过摩托车曾经消失的事情。

金教授离去后的一段日子，魏老师情绪低落。他和校长的关系仍旧剑拔弩张，校长有时候会故意制造两人邂逅的机会，然后像是很随意地问那么一句："魏老师，调动的事办得怎么样了？"魏老师也没有怒目而视，而是保持着微笑，说："放心吧，踏踏实实等着好消息吧。"

虽然他夸下了海口，调动的信息却迟迟没有到来。他那辆老迈的嘉陵摩托车，却似乎已经无法承受每天的劳作和颠簸，不断发泄着自己的不满。宿舍里，机油、汽油、泥土混合的味道就更频繁地光顾，我感觉自己是待在一个机修厂里。我劝魏老师："该换就换一个吧，哪天真把你撂到半路上，前不着村后不着店的，看你怎么办。"

他对自己的伙伴充满信心："我了解它的脾气秉性，这么多年了，它几乎和我合体了。又不是没有发生过这样的事。这是家常便饭。我常常被它扔在半路上，可不管它怎么闹脾气，最后都会被我制服。"

受伤的摩托、不平静的夜晚、落魄的语文教师，是叠加在我心头的一份重量，那重量时轻时重，却阴魂不散。我多么盼望那辆满身伤痕的摩托能够移出我们的宿舍；多么盼望夜晚能晚一点到来，好让魏老师回家的路更加光明；多么盼望，魏老师能够回到正常的教书生涯中。我渐渐地感觉到，带两个班的语文课的压力，以及其他人异样的目光……

魏老师最后的时间，停止在一场冬雪的夜晚。

雪是临近夜晚才开始飘落的。我告诫魏老师，今晚就不要回家了，天气预报说这场雪来得很凶猛,会让他回家的路十分艰难。魏老师笑着说:"前两年的冬天,你还没来。那场雪是我这一生中见过最大的一次,铺天盖地,暴风雪级别的。根本看不到路,我几乎是推着摩托车在走,一直走到下半夜,还不是照样回到了家。"

我说:"不在乎这么一晚。"

"不,我老婆可不这么想。如果我一天不回去,她都会胡思乱想,不吃不喝,整晚上不睡,盯着无尽的黑暗,把眼睛熬干。"魏老师悲伤地说。

我的劝说没有阻止他回家的决心。我看着他把嘉陵推出宿舍,我说:"一路平安啊!"

魏老师说:"明天早晨……"

我急忙说:"我知道我知道。"

第二天,他没有准时来,和我预测的基本一致,我夹着课本,准备去替魏老师上课,桌子上的电话响了。

我和校长、办公室主任赶到十几里地之外的乡镇医院时,雪已经停了。在拐向乡镇医院的路口,我看到了魏老师那辆摩托车,埋在积雪中,厚厚的雪覆盖着它,露出来的车把上,飘着那根不屈的红布条。

从医院里出来,我们直接去了魏老师的家。一夜的暴雪,让通向魏老师家的乡村公路寸步难行,轿车小心翼翼地向前移动。我坐在后排,翻看着医生交给我的魏老师的遗物。其实也没什么,一支笔,一条手帕,令我意外的是有一张名片,名片已经打湿,但上面的字还能看得清。我从来没有见到过这张名片,他也从来没有给人发过,名片上印着魏老师的大名,后面是:党办室副主任。我惊讶地看着那几个刺眼的字,眼睛渐渐地模糊了。

魏老师的家终于到了。在颠簸和寒冷的双重作用下,每个人都疲惫不堪,脸色蜡黄。问过村民后,轿车试探着在魏老师家院子前停下来,司机摁了几声喇叭。我们下了车,松了松麻木而僵硬的腿脚。听到喇叭声,院门打开了,走出来一个三十多岁的女人,后面跟着两个孩子,男孩七八岁,女孩五六岁。女人惊惧而慌张地看着我们。我上前一步,疑惑地看着健康的女人,问:"这是魏老师家吗?"

女人说:"是啊。我是他媳妇。他昨天没回来,是不是出什么事了?"她慌张地看着我们,没等我回答,便泪流满面。

把自己折叠起来

杨　遥*

腊月二十九，坐绿皮火车的人真多！

近几年私家车越来越多，拼车也越来越盛行，动车还在阳关县设了一站，舒文以为回老家坐绿皮火车的人不多了，当看到长长的队伍时，他发现自己以为的现实和真正的现实不一样。

舒文选择坐绿皮火车，是因为他喜欢绿皮火车上的自由，而且在绿皮火车上能见到许多和他父亲母亲一样生活在农村里的人，这些人让他感觉亲切。随着长长的队伍缓缓往前走，舒文想到春节过后就要到数千里之外的异地谋生了。那也是一座二三线城市，并不比他现在所在的城市发达和繁华，反而有更多的山，更大的山。他去那里只是为了摆脱折磨了他十多年的事务性工作，去搞专业，心里萧瑟起来。本来，前几年有些发达的沿海城市想把舒文调过去搞专业，他甚至还有去北京的机会，但他感觉待在本省挺好的，不喜欢事务性工作，忍一忍熬一熬，有年轻人顶上来就可以专心搞专业了，但忍了，也熬了，就是无法摆脱。眼看着和他同龄的其他省的朋友们一个个都早已专门搞专业了，而他年龄渐长，头发少了，眼睛花了，还在做事务性的工作。他现在的工作，衡量

---

* 杨遥，男，1975年生，山西省作协副主席，文学硕士。出版有《二弟的碉堡》《硬起来的刀子》《我们迅速老去》《流年》《村逝》《柔软的佛光》《闪亮的铁轨》等小说集和长篇小说《大地》。曾获赵树理文学奖、山西省"五个一工程"奖、第九届十月文学奖、第十届《上海文学》奖、第四届"中骏杯"《小说选刊》奖和《山西文学》《黄河》优秀作品奖等奖项。

标准一致，人们才不管你是搞事务的还是搞专业的。舒文经常产生篮球业余队和职业队比赛的无力感，感觉岁月在蹉跎。舒文不想一辈子等下去了，他意识到一个地方落后必定有落后的原因，不是谁能随便改变得了的，可是即将要去的地方那么偏远……

想到以前因为所谓的"忙"，离老家不到二百公里，回去看望父母的时候竟很少，这几年又出现了疫情……这次走后，恐怕回老家时间更少了，舒文的情绪越来越低落。

火车终于开动，一排排楼房渐渐往后退去，舒文在火车上没有找到那种久违的亲切感，却闻到呛人的劣质烟草味儿和长久不洗澡的浑浊气息。出了市区，驶进河谷地带，灰色的没有生气的山峦一座接一座飞速闪过，过了很久，还是那样苍茫而荒凉。河面白色的冰闪着寒光，把大地切开几部分，树林和田野泾渭分明。农民收割后的玉米地里很多玉米秆子没有收拾，在地里挺立着，上面落着薄薄的积雪。有个稻草人，穿着褴褛的衣服，孤独极了。舒文想到未来，一阵恍惚，拍下几张照片，想了想，发到微信朋友圈，权作这次回乡的纪念。

途中到了一个小站，上来几位农民，走进舒文这节车厢。他们身上带着寒气，看起来十分疲惫，每个人都是一手拎着装过油漆的空塑料桶，一手拎着脏兮兮的铺盖，衣服皱巴巴的，上面沾满泥点子和淤结的水泥斑。他们边走边用目光扫视，铺盖和塑料桶不时蹭到过道两旁的椅子和人身上，他们笨拙地咧开嘴笑笑，连声"对不起"都不会说。

没有找到空座位，他们又转头走出去，他们的眼神略带失望，又因为习惯了失望而显得有些无所谓，舒文一下在他们的眼神里看到了父亲母亲和自己。火车驶过一排灰白色的水泥电线杆，长长的电线像绳子似的紧绷着。舒文站起来，出去看那几位农民在别处找到座位没有。

在连接车厢的过道里看到了那几位农民。他们的铺盖堆在过道角落，桶反扣过来，几个人坐在上面吸烟。车门缝隙不断吹进冷风，他们吐出来的烟被吹得一缕一缕的，像撕烂了的旗帜。这时过来一位乘警，看见他们抽烟，大声说：

"没有听到疫情期间,为了安全,必须戴口罩吗?"这几位农民马上敛了头脸,惶恐地把手中的烟在桶上摁灭。有个光头手中的烟还剩小半截儿,赶忙小心地装进了口袋里,然后他们把口罩戴上。乘警走了,他们还像做错事的孩子,低着头。舒文看着他们惶恐的样子,又想起父亲母亲和自己。

终于到站了,人们照例挤成一团。

下车后,舒文望着人流中一张张陌生的面孔,意识到其实不去异地,在家乡也成陌生人了!

顺着人流往前走,在出站口的铁栅栏前,舒文竟意外地看见了一个熟人——李老虎——两只脚站在栅栏上,手抓着栏杆,朝里边张望,在人群中格外显眼。

舒文想打招呼,忍了忍又憋回去。

上次见李老虎大概是六七年前,那时舒文调到省城五年了。调他的时候舒文的专业水平在省里已经出类拔萃,在全国也小有影响。当时的领导说,单位缺人才,你暂时顶一顶,物色到新人你就好好搞专业去吧。舒文以为过上一年半载就会有人顶替他,可是一晃就是五年,自己从新人变成了旧人,新的新人还没有影儿。

那是大年初五,舒文和妻子、孩子一起回省城,害怕春运期间客流量大,他们提前一小时就到了车站。在候车室挂钟的那面墙下面,看到了李老虎。李老虎拉着一个几乎到他胸口的黑色行李箱,穿着崭新的羽绒服,牛仔裤上的裤线十分明显,脚下穿着阿迪达斯的仿制鞋,整个行头像刚从生产线上取下来的——他的那个大行李箱特别显眼。

李老虎发觉有人看他,眼光朝这边扫过来,看见是舒文,惊喜地喊了一声,拖着箱子要过来。舒文赶忙制止他,带着妻子和孩子走过去。

李老虎还是那么瘦,他旁边站着一个更瘦的人,是他的妻子。

李老虎是舒文小时候的朋友,属虎,却长得很是瘦弱,大概家里人希望他像老虎一样勇猛,给他起了这样的名字。李老虎身体长得不像老虎,性格却很像,凶猛,甚至有些暴戾,爱冲动,学生时代隔三岔五就和别人打架。三年级时他值日生炉子,烟囱满了,炉子生不着,李老虎拆下烟囱,用砸炭的手榴弹把烟囱砸了个稀巴烂。班长说了他一句,他把手榴弹照准班长的脑袋就扔了过去,幸亏班长躲得快,否则可能会死人。他对舒文却很好,两个人关系不错,所以,虽然舒文身体性格都文弱,但在学校没有受过谁的欺负。初中毕业后,李老虎早早和社会上的人混在一起,还是爱打架。有次打台球,突然生气了,拿起台球就照别人的脑袋上扔去。据说还跑到少林寺练过一段时间武术。舒文一直读书,后来参加了工作,两人联系越来越少。

在此看见李老虎,舒文有些意外的惊喜,刚想问他去哪里,李老虎却指着舒文的爱人抢先问:"这是你老婆?"没等舒文回答,又问:"你孩子都这么大了?"然后一股脑儿地说:"你现在有出息,到省城了!当啥级别的领导了?咱们村那拨年龄差不多的人就数你有出息。小时候一起玩儿,就觉得你特别聪明,啥东西一学就会!学习也不见你特别用功,考试每次都是第一名,人和人就是不一样!买房子了吧?大家都羡慕你……"

李老虎的话一句接一句,声音又高,周围好几个人看他们。舒文尴尬,忙问:"你这是去哪里呀?带这么大的行李箱。"

"省城!赶庙会去。"李老虎有点自豪地说,"咱现在不打架了,年轻的时候不懂事,老墩炉子,把我爸气死了,老婆跟着也没少担惊害怕。"

李老虎说话竟然一副老成持重的样子。舒文惊讶地问:"赶庙会,干啥呢?"

"套圈圈。你不知道,这些年我一直在赶庙会,起先是耍把式卖艺,我不是在少林寺学过吗?"

"你真的去过少林寺?"舒文惊讶地问。

"这算啥?我现在套圈圈。一年三百六十五天,我最少有三百天在赶庙会。不是走了正道,咱也不敢和你搭话呀。"

"说啥呢,有那么多庙会吗?"

"这你就外行了，不清楚吧？"李老虎得意地掏出一本小册子。

舒文接过来一看，上面是山西、内蒙古、河北、河南、陕西几个省（自治区）的庙会路线图，真是一个接一个。他没想到世界上真有这么多庙会，好奇地问："这些地方你都去过？"

"不敢说都去过，但离咱比较近的地方都去过。"李老虎一五一十地讲哪里的钱最好挣，好的时候一天能挣七八百；哪里的民风淳朴，不欺负外地人；哪里的小吃好吃，价钱还不贵。讲着，他从手腕上摘下一个磨得油光铮亮的手串说："降龙木你听过吧，穆桂英破天门阵时用的降龙木，这个手串就是降龙木做的，我在五台山五郎庙赶庙会时买的，送给你，辟邪用。"

舒文忙推托说："我不玩这个。"

李老虎不由分说把手串塞到舒文手里说："瞧不起我？不值钱的玩意儿，图个稀罕。"

舒文只好接住端详起来，滑溜溜的手串上有六道清晰的纹理。

"降龙木又叫六道木，它的枝干有六道纹路，切开横截面像雪花一样。"听着李老虎的讲解，舒文觉得这个手串神奇起来。

李老虎接着讲了几个别人欺负他，他怎样还击的事。

舒文想李老虎毕竟是李老虎，一个人走江湖敢跑这么远，说起哪个地方都头头是道。他想起自己每天在办公室伏案劳作，抬头低头都是巴掌大的一块地方，每天从家到单位，从单位到家，过着钟摆一样的枯燥生活，竟有些羡慕起李老虎来。

忽然有人喊："老虎！"

舒文循着声音一望，是村里比他们小几岁的陈奇发。

"老奇，快过来！"李老虎跳起来招呼。

"我还没买票呢！"陈奇发排队去买票了。

李老虎对妻子说："这下你回去吧，让老奇帮我把箱子弄上车就行了。"

舒文吃惊地问："你妻子不和你一起去省城赶庙会？"

李老虎摇摇头说："她不去，她得在家照顾孩子，要上初中了。"

"那你，那你为啥刚才不让她回去？我和你把箱子弄上去就行了。"舒文纳闷地问。

"哪好意思劳驾你。我们是受苦人，你是城市人，领导了。"李老虎认真地说，没有半点讽刺挖苦的意思。

舒文心里一阵难受，小时候他们多亲密啊，刚才李老虎给他珠子的时候也丝毫没有芥蒂。他带着好意问："你的票有座位吗？"

"没有，今天来刚买的，没有买下座位。"

"那你和我们挤一挤吧，我们的三张票都是坐票。"舒文希望李老虎点头答应他。

没想到李老虎说："不了，和你们坐一起说不到一块儿，我找老奇去。"说着李老虎就拖着行李箱找陈奇发去了。

舒文心里一阵酸涩，这就是他从小的玩伴儿？他想再说点儿什么，李老虎已经挤进人群里。舒文看见一个大行李箱在艰难移动。

舒文正想着以前的事情……"舒文！舒文！"李老虎看见了他，大声喊着，从栅栏上跳下来，朝出站口挤去，边走边示意舒文出站。

舒文一出出站口，李老虎就来接他手中的行李箱。舒文忙说不沉。李老虎还是抢了过去。

舒文问："你是来接人的吧？"

"我专门来接你的。"李老虎满脸堆着笑容问，"累了吧？我的车在前边停着。"

"接我？"舒文有些诧异地问，他又想起以前的事情，不由问道，"你怎么知道我坐这趟车？"

李老虎得意地说："我经常看你的微信朋友圈，看到你今天发的那些照片，就知道你坐火车回来了，我就想来车站等你吧。这么多年没见，你还是没有变，回家还是坐绿皮火车，现在领导们没有坐绿皮火车的了。"

"我，我没有变。"舒文苦笑了一下。

李老虎说："上次咱们见面就是在车站。你爱人和孩子没回来？"

舒文说："孩子明年高考，在家复习；妻子陪他，不回来了。"

"哦，你家孩子学习一定好，有你的熏陶。"李老虎说，"有个好消息告诉你，我儿子读警校了！"

"什么时候？"

"今年九月。本来孩子想当老师或医生，我觉得还是当警察好，挣警衔工资收入高，而且家里有个人当警察安全。"李老虎呵呵地笑。

李老虎一说"安全"，舒文不由想起他当年打架的事情。

不停地有人和李老虎打招呼，李老虎总是笑嘻嘻回答："我接舒文。"每次说这话的时候，他总是腰杆一挺，好像挺骄傲。舒文感觉不自在起来。

舒文终于看到了李老虎的车，他竟然开着一辆厢式货车来接他。这是一辆改装过的白色货车，车厢加工过，比一般的货车要高些。

李老虎打开车厢，里面上下两层，一辆挨一辆摆满了碰碰车。李老虎把行李箱放到一辆碰碰车上面，然后打开驾驶室的门，让舒文坐上去。

好多年没有坐货车了，舒文坐上去，这么高让他有些不适应，他调整了几下姿势，才舒服了些。

李老虎在发动车之前，掏出一包烟和一只 Zippo 打火机说："来一根？"

舒文说："享受不了这个好东西。"

李老虎说："你们领导都爱惜身体。"点着了烟。

舒文忙解释说："我不是领导。"然后问："你现在开碰碰车？"

"是啊，还是赶庙会，哪里有庙会我就拉着碰碰车去哪里。"李老虎得意地回答。

"这比套圈圈好吧？"

"当然了，赶庙会也得紧跟时代、与时俱进。现在人们生活水平高了，不稀罕圈圈套的那些烟啦、酒啦、小玩具了，喜欢坐碰碰车的人却不少，刺激。每次我摆开碰碰车，马上就能把人聚起来，周围干其他的都跟着沾光。"

"那你发财了吧？"舒文笑嘻嘻地问。

李老虎沉默了，眼睛里的光渐渐黯淡下来。

周围那些接站的车开始蠕动，一些家住得不远的旅客拉着行李箱往车站外边走，一些没拉上人的出租车司机还不死心地在等候。

舒文叹口气，想起半辈子已经过去了，说："咱们回吧。"

"回吧！"李老虎抹了把脸，振作了一些，"刚开始那些年真不错，不瞒你说，我这些碰碰车是贷款买的，一年就回本了，接下来连续几年也不错。可惜疫情暴发了，哪儿都不让人群聚集，谁敢组织庙会？本来以为疫情会很快过去，没想到此起彼伏没完没了，还是你们上班好。"

火车站的工作人员关上出站口的那道铁栅门，站台上再没有旅客了，那些没拉上人的司机也开始发动车。

李老虎发动了车，把车开得很快，一路按喇叭，超过了那些拉行李箱走路的人，超过了其他那些接站的车。一段时间没有回老家，舒文看见路两边的房子矮小了，也更加破旧了，许多院门锁着锁子，屋顶上长着枯黄的茅草，在寒风中晃来晃去。

他好奇地问："这些人过春节也不回来住？"

李老虎说："不了，这些人好多全家住进了县城，也有的去了市里、省里。你看以前多少人想到咱们这平川地方住，想办法托人下户批宅基地，现在又往城里拥，条件好的甚至想办法让孩子留在北京。一家人都不回来了，这就是中国的城镇化进程。"

舒文从李老虎嘴里听到"中国的城镇化进程"几个字，感觉怪新鲜的。他眼前出现正在建设的雄安新区，已经成为一线城市的深圳，想人会老去，村庄也会老去，但一些地方老去，另一些新生的地方出来了。

到了岔路口，李老虎在一家副食店门口把车停下来。舒文问："干什么？"

李老虎说："你在车上等等，我去去就来。"很快他怀里抱着一堆东西回来，打开车厢门一股脑儿放到后边去。

李老虎上了车，舒文问："你买这些东西干什么？"

李老虎又是满脸堆笑地回答："给你爸买的，都是些不值钱的土特产，我的个心意。"

舒文说："你拿回家自己用吧，我给我爸带东西了。"

李老虎不应答，而是小心翼翼地问："听说咱们镇的孙林书记是你高中同学，是吗？"

"我们以前还是同桌呢，好久没有联系了。"舒文幽幽地说。他不久前才知道孙林到他们镇当了书记，没想到李老虎已经打听出了他们的关系。孙林确实是他高中同学，他们同一年读大学，毕业后又同一年当了乡村教师，舒文先改行来了省城。舒文刚到省城的第二年，孙林专门来找他，希望他能找个关系帮助他大学即将毕业的妹妹留在省城。舒文还没站稳脚跟，自顾不暇，哪里能帮这个忙？舒文请孙林吃了顿饭，吃饭期间两人不停感慨世事的艰难。孙林回去之后不久，也改了行，选择了从政。几年以前孙林到省城办事，那会儿他刚到另一个乡镇当了乡长，吃饭时间打电话。舒文正忙得焦头烂额，领导下午要开汇报会，他在准备一份讲话稿。孙林说咱们弟兄们好久没有见面了。舒文解释说他实在走不开。大概孙林觉得舒文在找借口搪塞他，从那之后他们再没有联系过。舒文想过，孙林不会因为这件事真正计较，他不是也没再找过孙林？他们后来不再联系的主要原因是意识到双方选择的路不一样。

"是你同学就好了，"李老虎直截了当地说，"我想请你帮我说说，明年村里要换届，我想竞选村委会主任，请孙书记到时候帮帮我。"

"这，当村委会主任得村里人选举吧？"

"是得选，自由竞选我谁都不怕，就怕人家内定了人，要是孙书记支持我就没问题了。"李老虎认真地解释。

在舒文的印象中，以前村里的干部谁都不想当，都得镇上的领导动员，现在李老虎竟然想办法在争取,他疑惑地问:"你开碰碰车不好吗,为啥要当村委会主任?"

"要是没有疫情,开碰碰车也不错,可是疫情不知道啥时候过去……孩子读大学费钱,啥都要和别人比,我不能让人小瞧他……而且当了村委会主任,更能实现我的人生价值,这几年我在社会上闯荡,我想……"

李老虎述说着车速慢下来,几次堵住了别人的路,别人按喇叭他才反应过来。

车到了舒文家门口,下车前,李老虎说:"这几天你一定要找机会帮我打个招呼。"李老虎帮舒文把行李箱拿下来,然后把刚才买的一大堆东西抱下来。舒文不要,李老虎已经把东西抱进了屋子。

中午吃饭的时候,舒文和家里人聊起了李老虎。父亲惊讶地问:"李老虎为啥要去车站接你,还给你带这么多东西?人家现在混得不错,还买了车。"父亲一副羡慕的样子。

舒文讲了李老虎托他办的事情。

弟弟说:"要是你同学真帮他,非常有可能。李老虎脑子灵活,胆子大,很多人佩服他。再说他儿子读了警校,人们也给点面子。"

舒文点点头说:"我印象中以前谁都不想当村干部。"

父亲喝了一口酒说:"以前村里要啥没啥,都是麻烦事,'收摊派''计划生育罚款'都惹人,确实谁也不想当。现在搞脱贫攻坚、乡村振兴,政府不仅不向老百姓收粮收税了,还经常给大家发东西,给村里上项目,当干部既能为村人,还能给自己办事。再说,当村干部现在挣工资,一个月几千块钱,村里机灵点儿的人每天都削尖脑袋往镇政府钻,就想引起领导们的注意。"

舒文问:"那你们赞成不赞成李老虎当村委会主任?"

弟弟说:"他挺能折腾的,总比啥事也不干的人强。"

舒文想自己和孙林说说,孙林可能会帮忙,但这么多年没联系,一联系就托人家办事,有些太那个了。

舒文本来想把准备调工作的事情和家里人说说，但想到以前每逢人生的十字路口，家里人知道了根本帮不上忙，只是徒增压力，便打消了这个念头，想先斩后奏，到了那边再和他们说。那个省是个著名的旅游大省，有条全国著名的瀑布，小时候在课本里学到过，也在香烟盒上见过，到时候领上家里人一起去旅游一番。搞专业，自己的时间会多些。

除夕夜到了，舒文的各个微信群都非常热闹，这是联络感情的好时候。舒文没有想到，小学同学微信群里李老虎最活跃，不断地发红包，不停地说话，很多人居然围着他转，俨然是中心人物。高中同学微信群里孙林最活跃，发的红包也最大，同学们不停地称呼他孙书记，有几个不停地发恭维孙林的表情包。舒文因为平时很少在这些群里说话，此时也不知道说什么好，索性继续不吭声，但他看着热闹的微信群，想李老虎和孙林还真有了些关联。

大年初一，李老虎来了。他一见面就给舒文的父母亲拜年，拜完年后对舒文说："今天迎喜神的方位是正北，我陪你去吧？"

舒文下意识地说："我从来不迎接喜神。"说完想到李老虎托他办的事，不知道怎样跟孙林开口，跟着李老虎出来。

村庄里冷飕飕的，天空格外的蓝，好像换了一层新的似的。很多人穿着簇新的衣服，影影绰绰往北走。

路过村口的木材加工厂，昔日这个热闹的地方，现在鸦雀无声，大门紧闭着，越过墙头，伐木的电锯上搭着几条破尼龙袋子，落满尘土。院子里拉着根铁丝，上面挂着些冻得硬邦邦的抹布。

李老虎说："唉，木材加工厂倒闭了！没人做家具了，也没人盖木头房了！"说着话锋一转问："舒文，你没帮我说吧？"

"什么？哦，还没说，我正在想怎么说。"舒文一脚把块小石子踢到远处。

继续往北走是青龙泉水库，通往水库的路两边长满了荒草，还没看见水库，便闻到一股恶臭。

舒文说:"咱们回去吧?"

李老虎说:"再往前走走,看看现在的水库。"

偌大的一座水库,倒满了垃圾,不规则地形成了一座座小山,好多地方已经超过了水库平面。塑料袋、破衣服、死猪死鸡、泡沫塑料、建筑垃圾等啥都有。有个地方还冒着黑烟。风吹过来,臭味更浓了。垃圾微微摆动,像水波一样荡漾起来。一只流浪狗跳进垃圾堆,刨了一会儿脚下的东西,跑向垃圾堆深处。

舒文知道青龙泉水库这些年没水了,但不知道被倒了这么多的垃圾。小时候,他们夏天几乎每一个中午都在这里度过,游泳、抓田螺、踩河蚌,有时运气好,还能抓到大鱼或乌龟,这个水库给了他们数不尽的快乐时光。

李老虎喃喃地说:"多么好的一个水库,变成了垃圾堆,即使没水了,也不该糟蹋它。"接着他叹了口气,盯着舒文问:"还记得你第一次下水库游泳吗?"

"第一次?"

"对,第一次!"

那是夏天的一个傍晚,太阳亮堂堂地挂在半空,仿佛白天被定住了。舒文和一群同学来到水库,一些红尾巴的蜻蜓在水面上飞来飞去。大家脱了衣服"扑通扑通"跳下去。舒文第一次来,望着水里自由自在游泳的同学一阵阵羡慕。大家招呼他:"快下来!快下来!"同学们弄起的水珠溅到舒文皮肤上,散发出一阵阵凉意。舒文脱了衣服,学着别人猛地向前扑去,他没有踩到预想中的地面,脚下似乎是个无底洞,身子不由自主往下坠去!舒文拼命地大喊,喝了几口水,身子更重了,好像无数双手往下拉他。舒文感觉无数的蜻蜓擦着头顶飞过,耳朵嗡嗡直响,什么也听不清……

同学们看见舒文跳进水里就不见了,惊呆了,谁也不知道他不会游泳。舒文不知道岸边的水就这么深。这时李老虎呼喊着舒文的名字,拼命朝他游过去,他在水下摸到舒文,把他顶在脑袋上,一步步推到岸上。

那件事情只发生在一瞬间,又过去了好多年,李老虎不提起,舒文几乎要忘记了。

舒文不好意思地说:"感谢你当年救了我。"

李老虎问:"舒文你知道我为啥想当村干部吗?前几年水库没水了,我想承包下养鸡。水库底下都是草,草里面都是虫子,弄一张大网,从上面罩住,里面放上小鸡,这样绿色散养长大的鸡一定值钱。"

"为啥没弄呢?"

"人家不承包给我,他们说村里的垃圾没地方倒。当年我要是养了鸡,也不一定去开碰碰车,你知道我在外面赶庙会吃了多少苦吗?有一次别人坐了碰碰车不给钱,还使劲儿踢我的车,我给人家说好话,人家要收保护费,我不给,被捅了一刀子。我这还算好的,我朋友遇到一件类似的事,被一刀子捅在脾脏上,差点儿丢了小命。我要是村委会主任,就不出去乱跑了,好好经营咱们这个村。这几年国家搞脱贫攻坚、乡村振兴,我会把这些政策实施得好好的,把这儿弄得青山绿水的,哪里会有这么多垃圾?"李老虎握了握拳头说,"人只有掌握了权力才能掌握自己的命运。"

垃圾堆上的枯草在风中摇晃,几条破地膜被吹得飘了起来,像在水中漂浮的海带。刚才那条野狗跑了回来,嘴里咬着块什么东西。

舒文咀嚼着李老虎说的"人只有掌握了权力才能掌握自己的命运",想起这些年的奔波,心里有些难受。他说:"我现在就给孙林打电话,看他啥时有时间,咱们见个面。这事电话里不好讲,但不一定管用。"

李老虎说:"只要你能把他约出来,别的我来做。"

第二天晚上,舒文和李老虎提前来到预订好的酒店。请的人除了孙林,还有舒文和孙林的几位同学。

安排主位时,舒文让孙林坐,孙林呵呵笑着说:"舒文你现在到省城了,回家乡是客人,当然你来坐。"舒文推辞不过,坐在了主位上。酒过三巡之后,舒文想敬大家酒，孙林抢先举起杯子说："我先转一圈，从舒文开始，尽地主之谊。"孙林一只手举起酒杯，一只手搭在舒文肩膀上，他嘴里呼出的气热乎乎的带着点蔗糖般的甜味儿，舒文一下子觉得他不再是书记了，是他高中时的同桌。

敬完舒文，孙林挨个儿敬其他同学。不知道是由于这么多年的历练，还是刚当了书记，孙林变得特别谦虚，还不时蹦出句粗话，气氛很轻松快乐。敬到李老虎时，舒文重点介绍说："今天聚会的都是同学，咱们其他人是高中同学，只有李老虎是我的小学同学！"李老虎看到孙林主动敬他酒，有些激动，端起足有二两的一大杯酒说："孙书记是我们的父母官，感谢孙书记能看得起我，我喝一大杯。"孙林忙说："咱们坐到这个酒桌上，都是同学，不提官职。同学讲究平等，你喝一大杯我可喝不了。"说完把杯中的酒喝了。李老虎要喝手中的酒，舒文忙制止，让他喝了一小杯。

很快大家回忆起学生时代，感慨一眨眼就奔五的人了。同学们谈起年轻时的理想，孙林说："我那时真傻，想当个电影放映员，觉得每天能看电影就满足了。"另一位同学说："我才傻呢，想当宇航员！""我才傻呢，我想当演员，专门演小丑。"同学们呵呵笑着，嘲笑着自己当年的理想。一位同学说："我记得舒文在我的毕业纪念册上写的理想是当一名作家，现在终于实现了，真了不起！""我——"舒文叹口气，想告诉大家，过了春节他就要到异地去，搞喜欢的专业，但觉得机会还不合适。

谈论这些的时候，李老虎嘿嘿笑着，弓着腰，看见谁的杯中没酒了，赶快倒上；看见谁的杯中没水了，也赶快倒上。看到大家都转了一轮了，他拿起酒瓶，脸上堆着笑说："我走一圈。"李老虎先把孙林杯子里的酒倒满，又给自己倒了一大杯说："孙书记，我先敬您。我干了，您随意。"孙林说："咱们喝得太快了，放慢点儿节奏吧，都少喝点儿。"舒文也说："慢点儿喝吧，不要用那么大的杯子。"话音未落，李老虎已经一仰头喝完一大杯酒。孙林端起杯子来苦笑着说："这么一大杯喝下去，马上就把我放倒了，我可不敢喝。"说着喝完小杯里的酒。

舒文害怕李老虎把控不住，忙问："李老虎，你小时候的理想呢？"

李老虎喝上酒，人像大了一圈，脸上泛着油光，说话声音也高了。他说："我小时候有两个理想，一个是当英雄，另一个是当村长。为了当英雄，我还专门到少林寺练过武术，但是差点儿当了坏人。"

舒文瞟了李老虎一眼。李老虎冲他眨了眨眼睛继续说："咱们生在太平盛世，很难当英雄，我就剩下一个理想了，当村长，也就是现在的村委会主任，我觉得这是个很大的官，在这个职位上可以做很多事情。"

同学们都哈哈笑了起来，有人说："你想当村长还不赶紧敬孙书记，他是你们的父母官。"

李老虎拿起酒瓶说："我这人别的没有，就是胆子大，敢担当，你们说怎样敬孙书记？"

孙林忙站起来拦住李老虎说："酒咱慢点喝，现在正缺乏有担当有魄力的干部。"

李老虎说："请孙书记考验我。"没有等孙林拦，又喝了一大杯酒。

酒局的气氛越来越热烈，李老虎完全融入舒文和同学们中间，惟妙惟肖地模仿起了他在各地听到的方言，逗得大家哈哈大笑。

喝到后来，大家都嗨了，孙林要求每人表演个节目，大家一致鼓掌同意。

孙林带头，唱了一首《向天再借五百年》，气势恢宏，赢得一片掌声。其余的同学有的唱歌，有的朗诵，有个别不会表演的，主动认罚，喝一杯酒。轮到李老虎时，他摇摇晃晃站起来说："你们都是文化人，有水平，我是个粗人，不会表演啥。"

舒文说："你刚才模仿那些方言就挺好，再模仿一个吧。"

李老虎摇摇头说："这次我换一个，不能让孙书记老看重复的。我表演个少林绝技，把两只脚勾到脖子上，能算节目吗？"

大家纷纷说算，兴奋地让李老虎赶快表演。

李老虎把椅子拉开，脱掉外套，卷起袖子，盘腿坐到椅子上，脸肃穆下来。

大家也都安静下来。李老虎用两手抓住两只脚,缓缓把脚抬起来,他的骨头啪啪地响。周围发出轻微的惊叹声。李老虎的脸马上涨得通红,像在刚才喝酒涨红的脸上又涂了层漆。他加快速度,两只脚一点点往上提,抬到肩膀处时,裤子口袋里忽然掉出一堆东西,打火机、两张银行卡、身份证、一串钥匙,还有一沓钱。舒文心里一颤。李老虎看了一眼,继续往上抬,为了让脚勾到脖子上,他把头低了下来,脸涨得通红,猛地咳嗽起来。

舒文喊道:"好了,好了,可以了,咱们都快五十岁的人了!"

李老虎不听,继续往上抬脚,骨头响得更厉害了,像年久失修的零件要散掉。

孙林的手机忽然响起来,他拿起手机一看,忙做了个噤声的手势说:"张县长的。"马上站起来,伏着腰,边往外走边说:"张县长……"他脸上都是笑,走路的时候两条腿夹着,屁股往下坠,裤子褶了起来,像那儿有条尾巴似的。舒文听到电话里传出个威严而又柔和的声音。

李老虎看见孙林出去,脸上现出失望的神色,犹豫了一下,把脚放下来。

舒文松了口气说:"点到为止就好,咱们这年纪能举到这么高了不起了,不愧是去过少林寺的。"

李老虎却一副意犹未尽的样子,低下头去捡刚才掉在地上的东西。

孙林接完电话,李老虎刚把东西拾起来。舒文看见孙林一脸愉快的表情,不由问:"有好事?"

孙林说:"张县长让我明天陪他一起去省城办点事。"

舒文不好意思地说:"我明天还回不去,不能招呼你们了。"

孙林说:"明天我们有特殊安排,下次去了专门找你!"舒文感觉他们之间的一点儿芥蒂完全消失了。

李老虎等他们说完话,脸上漾着笑容说:"孙书记,刚才差点儿就成功了,我再来。"说罢,他又用两只手抓着两只脚,往上抬。大概怕再有什么事情打扰,这次他的动作比上次快,骨头"啪啪"响得更厉害。可是,就在李老虎把头低下来，脚就要勾到脖子上时，孙林的电话又响了。

孙林拿起手机一看，身子一挺，脸色有些紧张，又有些激动，下意识地掸了掸很干净的衣服，仿佛上面有灰尘，小跑着走了出去。

李老虎很自然地把脚放了下来。

孙林这次出去的时间比较长，回来时脸上带着凝重的神情。有位同学问："有事情？"

孙林说："明天市里检查组要下来明察暗访春节期间纪律问题，还有个森林防火督察组也要下来，刘书记叮嘱我哪个乡镇是重点。"

舒文想起孙林明天还要陪县长去省城，为他头疼起来。

孙林却不愿意再谈这件事，他问："刚才勾上去了吗？"

李老虎说："孙书记，刚才应该没问题了，但为了等您我放下来了，这次绝对没问题。"话说完，他直接低下头，把脚抬起来。舒文想要阻止，但看到李老虎一副倔强的样子，话到嘴边又吞了回去。大概是有了前两次的练习，李老虎这次熟练多了，但骨头还是在响，好像警示李老虎他已不再年轻。李老虎不管这个警示，继续往上抬，好像要把自己折叠起来。终于李老虎成功地把两只脚勾到了脖子上，团成一个球状的样子，翻出来的脚掌上穿着白袜子，白得耀眼。

四周传来阵阵掌声和喝彩声。李老虎松开手，把胳膊展开，好让大家看明白他把这个高难度动作完成了。正在他得意时，忽然椅子被压塌了。随着惊叫声，李老虎摔倒在地上。同学们惊叫着围过去，李老虎的一条腿还在脖子上，舒文帮忙把它放下来。孙林带点紧张地说："赶紧去医院吧，检查检查有没有事情，我医院有熟人。"其他同学附和，让孙林帮着找个熟悉的医生。李老虎摆着手站起来说："孙书记，我没事。"他说话的时候，一只手扶着腰。舒文说："去医院拍个片子吧。"李老虎再次拒绝，他左右拍了两下胸脯，说自己练过，没事情。舒文看见李老虎坚持不去医院，便说："咱们今天尽兴了，就到此为止吧，以后多联系！"

同学们散去之后，漆黑的天空中有几个礼花升起来，发出绚烂的光。有几粒凉丝丝的东西落到舒文脸上，像雪，又像雨。远处一声长鸣，传来夜火车进站的声音。舒文打了辆车，和李老虎回了家。

回到家里不久，孙林打来电话问："你那个同学没事情吧？"

舒文说："应该没事情，我把他送回了家。"

第二天一早，舒文去看李老虎，屋门锁着，没有人在。舒文担心，给李老虎打电话，李老虎接了，很大声地说："哈哈，老同学，我没事情，昨天就是把腰摔了一下，按摩按摩就没事情了。"舒文略略放了心。

初五，舒文收拾好东西，叫了网约车，准备去车站。这时门口响起汽车喇叭声，"砰"的一声车门响以后，李老虎走了进来，一只手扶着腰。舒文打量着李老虎问："你的腰还疼吗？"李老虎说："真没啥大问题，再按两次就没事了。孙书记真关心人，还惦记我，问过我一次。看来你们俩真是好同学，就像咱们俩。"李老虎脸上浮现出幸福的样子。舒文说："那就好。你忙吧，我叫了车，马上就过来。"李老虎说："舒文你和我见外，我都说好要送你，还叫车？"

门口停的还是那辆改装过的货车，李老虎刚刚洗过，上面没擦干净的地方结了冰花。李老虎打开车厢，帮舒文把行李放进去，招呼他上车。

正月的街道没有腊月拥挤，每家店铺门前挂着大红的灯笼和大红的对联，出了街道，那些没人住的房子也贴着红色的春联。

李老虎要帮舒文提行李进候车室，舒文忙说："我来提，老虎你回吧，谢谢你！"李老虎没有坚持，但跟在舒文后面说："时间还早，我陪陪你。"舒文抬起头，发现他们正站在候车室的挂钟下面。几年时间过了，挂钟还是老样子，不紧不慢地走着，只是墙刚刚刷过，比以前白。

很快四五十平方米的候车室里挤满了人，一片嗡嗡的声音。两个人已经没有什么话谈了，舒文只希望开车的时间快点到，但时间好像过得特别慢，李老虎一手扶着腰站着，就笑眯眯地看着他。实在忍不住了，舒文说："老虎，你回吧。回去好好休息一下。"李老虎立刻把扶着腰的手拿开，双手做了一个扩胸的动作，说："我没事，我等你进站。"

舒文听见时间在滴滴答答地走，好像衣服洗了后往下掉水珠。在家待着没劲，而离开的时候又总是有点伤感，他又想起要去的异乡，一时迷茫起来，竟意识不到自己去那里到底要干什么了，只想到那是一个旅游大省，可以让父母见识一下全国有名的瀑布。

终于开始检票了，李老虎说："这下你进站吧，我不陪你了，一路顺风。"说完他像城里人那样拥抱了舒文一下——不是"一下"，是紧紧地抱住了舒文不放。舒文觉得耳朵一热，听到李老虎说："老同学，我就靠你了，这是我唯一的机会了。"

舒文随着人流进了站台，耳郭那里一直热乎乎的。正月初五，坐绿皮火车的人还是这么多，但和几年前不一样的是，每个人都戴着口罩，看不清他们的表情。

我找绿豆子

林那北 [*]

1

　　安新民搬进牡丹小区七个月零八天。小区建在温泉地脉上，前面有河，后面有公园，位置好自然空气就好。这是二〇二二年八月二十五日，处暑都过去两天了，气温仍在四十度上下摇摆，不过上午十点以前太阳光还不至于剧烈，似乎它有点迷糊，正在发威与不发威之间犹豫。吃过早饭，安新民照例要到大门口取报纸，虽路程不足百米，他还是戴上口罩和鸭舌帽。快三年了，每次一跨出家门，他就要让脑袋与外界尽可能隔开。肉眼未必都能见得着的唾沫星子，据说可以喷出七米远，它们像子弹一样，每一星都带着疑似能杀人的病菌，他不得不把自己团团围住。其实他身体还行，血压血脂胆固醇都正常，无非最近膝盖疼，核磁共振查过，是退行性病变，这就没什么好法子，只能慢慢养着。医生给他开了钙片，建议多晒太阳。年纪越大越重视医嘱，从一百句顶半句到一句顶一万句的过程，人也就渐渐老了。阿桂跟他说："你要习惯做个老人。"可安新民已经退休一年零五个月了，还是什么都习惯不了。从二十三岁进县委办，到六十岁退休，他花了整整三十七年的时间上下班，即使是一颗小螺丝，都已经适应了那个细微的螺旋节奏，不可能在短短的一年多就转变过来。何况

---

[*] 林那北，女，1961年生，现居福州。已出版长篇小说《锦衣玉食》、长篇散文《宣传队，运动队》等三十部著作及九卷本《林那北文集》。部分作品入选多种权威年选。

人生的所有阶段中，再没有比老年更丑陋绝望的，他排斥都来不及，怎么可能主动去习惯它？

保安室位于小区大门的右侧，十平方米出头，安有空调，一大早就门窗紧闭，挂在墙外的主机呼呼响着。穿藏蓝色制服的保安姓郭，三十多岁，高个儿，瘦，说话有股一时辨不清哪里的口音。保安室架子上空荡荡的，这年头大家都有手机，整个世界的消息可以从四面八方聚到屏幕上，看都看不过来，整个小区只剩下安新民一个人还花钱订报纸，所以每次他推门进来，小郭总是用看某件文物正破土而出的眼神打量他。对此安新民宽容地怜悯着。他当然也有手机，但那是用来通话的，联系某件事或交流某种看法。字不是应该用油墨规规矩矩印到纸上才算字吗？对墨香的坚守，是文化人的骄傲，隔着一块屏幕，他觉得看什么都是假的。刚才从家里出来时，他并没有带上手机。以前他是县委办副主任，副科级，分管后勤保障这一块，领导行程、会议议程、迎来送往……事都不大，但非常琐碎，每个环节稍不仔细推敲，就可能出纰漏。在那个位置上，他真是把一辈子的忙都忙够了，每天还得把那些事情通过话筒贯彻N遍，交代落实N遍，手机动不动就打到发烫，充电宝随身带，没电就是事故，就是暗无天日。从普通科员到副主任，几十年里他已经把上万吨话都说掉了，退休后一下子唇舌安静下来，除了阿桂，谁会找他呢？找了也没什么可说，谁还稀罕他贯彻落实？反过来，他也没有谁可找，手机于是闲置了，可有可无。

取了报纸，以往他会夹到腋下，转身回家，然后泡一壶茶，把身子折到沙发上，摊开报纸，从第一版翻到最后一版，包括广告在内，每一条都不漏掉，大半天的时光也就这样打发掉了。但今天走到半路，他的视线却突然落到路边芒果树旁一张石凳上，石凳是最廉价的那种浅褐色大理石做的，近两米长，半米宽，弧形靠背。他盯着它看了两秒，走过去，立住，从裤兜里掏出半掌长的酒精瓶，将凳面喷过，过几秒，坐下。

从什么时候起每天会随身带酒精出门已经记不太清了，至少近两年都这样吧，液体不方便带时，他就会带上几块酒精棉片。坐公交车他要擦椅子，上街买东西他得消毒货物，取快递他必须把包装全部喷杀一遍。所有别人触碰过的，都如此不可靠，不洁感明明看不见摸不着，却实实在在地罩下，每一秒都提着矛举着枪瞪着满满两眶红眼，要杀过来。现在他已经是高危人群，事实就是这样，如同一出生他就饿过，青春时终于不饿了，却不能多生几个子女一样，就是命，没什么可抱怨的。

这座城遍种芒果树是哪一年的事呢？他不太清楚，但县城也有样学样在主干道两旁种起这个热带树种是九十年代中期。叶终年茂盛，秋季又多少结些果，可惜都是当地的土芒果，果实又窄又小。如果能种泰国的金煌芒，果子肥嘟嘟的，那股人寿果丰的喜气就会更浓郁地在头顶弥漫开。

牡丹小区是九十年代末建的，也就是说安新民买的其实是二手房。这里种的也是土芒果，树龄应该有二十多年了，据说以前备有专门的花匠伺候，曾用以色列磷肥催过，还从养鸡场买来有机肥，所以长得既茂又盛，树身已经有碗口粗，虽说果挂得稀松，树叶却格外肥厚壮硕，密实地遮出一大片阴影，把石凳婴儿般呵护住。反正还不太热，在此坐坐，吸收点紫外线，好歹补补钙。报纸在哪看不是看呢？他把手抖了抖张开，这个动作他太熟练了，在办公室里曾每天重复着，抖着抖着，几十年就过去了。日子原来就是这么轻易被他自己一天天抖掉的。

头顶有树枝垂下来，离发根还有半米远，阴影却落到报纸上，让报纸成了阴阳脸。风刮左边，影子跟到左，还未停稳，马上又拂到右。在南方，冬季仿佛越来越蜷缩起身子了，狂躁的夏天先把秋天挤得不成样子，然后再和秋天联起手，把冬天弄得灰溜溜的，溃不成军。不过报纸上说，有一个叫"马鞍"的台风前两天就已经生成了，将在数小时内在邻省登陆，离这里还有上千公里吧，但风已经开始狠了，眼见着雨也该来了。快来吧，再不降降温，整个地球怕转瞬就要烧起来了。

一部黑色奔驰车停到旁边，门开了，下来一个瘦高男人，接着从另一边门又下来一个年纪相仿的胖子，肚子鼓起，皮带扣在腹部下方。他们都没戴口罩，这不好。小车没有开窗，算是密闭空间，唾沫在里头飞来飞去有害彼此。

安新民手指捏住口罩的鼻梁条往上提，这样口罩就与帽檐几乎连到一起了。他眼细耳小嘴唇大，牙齿还微微往外凸，五官毁了四官，整张脸可圈可点的只剩下鼻子了。其实无论男人还是女人，鼻子都事关大局，它位于中央，领袖般居高临下俯视四周，鼻子一挺脸就立体了。如今被口罩一遮，一层无纺布就像幕布把他鼻子掩盖住，如同一个旗杆倒了，他顿时一无是处了。能不戴口罩吗？不能，嘴和鼻孔这三个洞，像三个豁开的弹孔，时刻提醒他正处于一场伏兵百万的疫战中。其实退休后这一年多，家里需要经常出门的人只剩下阿桂了，他能躲就躲，不到万不得已，都缩在家里。阿桂脸大，嫌挂绳勒得耳疼，一直讨厌口罩。但很多事是你讨厌就避免得了的？所以阿桂出门时他都盯住，万一阿桂出事，就不是阿桂一个人的问题。

"哎，今晚啊，就今晚！"胖子从车尾部绕过来，走到瘦高男人身后，用手指捅捅他背，口气很硬，还有点不耐烦，他们肯定只是把车内的话题延续到车外。瘦高男人不置可否，回过头瞥一眼，边掏出烟递过去，又凑头点上火。烟气很快传来，慢吞吞地浮动，绕住树叶，有一种要找几个叶片撒撒娇的媚气。

瘦高男人含混不清地笑了一下。"你自己去吧，我不是昨天刚从深圳回来吗？真的有点累。"话说得犹豫，不太坚决。

这两个男人看来目标不一致。

安新民打算站起。这两三年他对露出嘴鼻的人一直下意识躲开，现在两个不戴口罩的人就站在不远处说话，等于有两个悬崖嶙峋夹击，他浑身一紧。深圳这些天不平静，报纸上可没少登那边的疫情。但还不等他两腿用上劲，马上又坐稳了，支棱起两耳。

胖子说："喂，累了不是更应该出去放松一下吗？"

瘦男人手在腹上揉两下，说："可是你看我鼻塞了，还咳嗽，肚子也不太好，一直咕嘟咕嘟的。"

胖子打断他："唉，别神经病了好不好？从小到大我们谁不是鼻塞、咳嗽、拉肚子几百回？又怎么样呢，不也活到这么大？我跟你说啊，金花俏得很，不是谁想去都能去的。经理是我同学，他只给我两张票。真的得去，非常美，一流的，包你过瘾。我是把你当哥们儿，才喊上你。"

摊开的报纸立在安新民面前，把他大半张脸都吞了进去。他眼睛盯着报纸，脸却往旁边侧去。有一股烟又横着飘过来了，这次它们不是找树叶，而是降低身姿一路冲安新民口罩来，看着软绵绵的，马上却坚硬地穿透无纺布，进入他鼻腔。好烟，一包不下五十元的档次。那一瞬他几乎动了要猜一猜香烟牌子的念头，马上又罢了。曾经他也是烟民，一天至少一包，抽到嗓子干，天天咳，在阿桂的长吼短斥中才咬牙戒掉，一戒二十年。这二十年新品牌的烟，比身边新长大的美女还多，乱花迷眼，他已经没资格辨识它们了。但有一点可以肯定，烟这会儿让安新民顿时精神起来，似乎二十年的时光嗖地退回去，他一下子年轻了，正沉浸在烟草味中急切地对前程做五光十色的眺望。用力吸两口，他噘起嘴，微微做出吐烟的动作。吐烟是件惬意的事，比吸更撩人，以前他总是习惯地闭起眼，这会儿眼却是睁的，眼角瞥向旁边的两个男人。他们的裤腿干净整洁，布料不错。再往下，黑皮鞋闪着文明的亮光，显然都勤于擦揩。他继续翻动报纸，从这一版看到那一版，纸张清脆的嘎嘎声同烟气混在一起，顺着树枝向空中飘去。

"可是，绿豆子……"这话是瘦高男人说的。

胖子马上打断他："为什么要让你老婆知道呢？你不会找个理由出门？"

"可是……"

"唉，可是什么呀？你他妈倒是像个男人好吗？这么没出息！"

瘦高男人半晌不吭声。

胖子说："好了，就这么定了！"

瘦高男人还是有心事："你觉得有问题吗？"

"有什么问题？"胖子似乎不高兴，"有问题我会叫你一起去？我傻啊？"

瘦高男人支吾着："我还是有点担心，万一……"

胖子不耐烦了："哎呀神经病啊，哪有那么多万一的。"

安新民觉得自己至少已经听明白了一点。瘦高男人到了人生一个重要的关口，换成安新民会怎么办呢？不好办。静默片刻，瘦高男人说："好吧……"好像怕自己悔改，又说："那就听你的，去就去吧。"

安新民喉咙一阵痒，他压抑地咳一声。这下糟了，两个男人听到咳，会吓一跳，会收回话，会走掉吧？

结果并没有，他们似乎根本不知道旁边还有一个人。安新民心紧了一下，他六十一岁，刚刚退休一年多，头发只是微微花白，头顶有点稀疏，腹部还只是稍稍隆起，比胖子小多了，还不至于老到被人如此无视啊，无视让他心里蹿上一股火。他又咳一声，这次是故意咳，用上了劲，手上动作也加重了，报纸像是给咳嗽伴奏，哗啦哗啦地响。

那两人停顿了一下，但仅一下，很快胖子又开口了，说："那就这样吧，晚上六点我再开车来接你。"

"六点？"瘦高男人又犹豫了，"这么早？"

"那就六点半吧。七点半开始，也来得及。"胖子看样子已下决心不再纠缠这事，他快步向奔驰车走去，坐进驾驶座，重重关上门，发动了车，然后降下车窗冲瘦高男人摆摆手，"罗兵，说好了六点半啊，六点半见！"

车很快就掉过头开出小区。瘦高男人在原地站了一会儿，继续抽烟，眼不怎么转动，愣愣地想着什么。然后扔掉烟蒂，用脚尖发狠地拧一下，向几米外的楼房走去。

他是 B 座的。

小区每幢都是八层楼，几年前就说要加建电梯，但有几户低层的不愿意窗户的光线被电梯挡住，不出钱也不签字同意，还不停上告，反复纠纷，就拖下来了，大家都只能走楼梯。楼梯间刚好跟芒果树下的石凳相对，瘦高男人绕来绕去，一点点升高，然后进了 205 的铁门。门是墨绿色的，上面贴着一张菱形的福字。

安新民把报纸叠起，心里有点躁动或者激动，总之是动了，像一筐霉透的干豆荚端到阳光下，稍一拨弄，霉雾就腾腾升起。这个场面说欢快不准确，说悲恸也不对头，究竟是什么呢？他没有答案，他只知道自己现在的心情跟这场面很像，横七竖八地乱。想一想，他做了一个归纳：那个瘦高男人叫罗兵，他老婆叫绿豆子。晚上六点半，罗兵要去一个叫金花的地方，金花里有一流的女人，非常美。干什么呢？还能干什么？如今社会真是不一样了，连这种事都敢在光天化日下放肆说，根本不管有陌生人在旁。安新民就坐在路边的石凳上，他们竟视而不见，不当一回事，不当人看。

这让安新民不舒服了一下，非常不舒服。他把右手举到腹前，伸出食指和中指晃了晃。那年他烟说戒就戒了，从来没反复过，周围的人都将此归为意志坚定，不时慷慨赞许。

但这时候要是有烟，安新民非得狠狠吸上一支不可。

2

牡丹小区总共只有六幢八层高的楼房，从大门向内一条大路，右侧种些花草树木，安几个简陋的健身器材，楼房则在左侧，从 A 开始按顺序排列，安新民家在 C 座，跟罗兵家那一幢挨着，中间隔着二三十米的楼间距，而 DEF 三幢侧在它们背后，列队整齐。县委办副主任，在偌大的官职序列中，论级别不过一只小蚊子，但在那个地处山区的小县城拥有一套住房还不是问题。安新民老家在离县城有八十多公里的更偏僻小村，饥一顿饱一顿拼死读书，侥幸考上大学，已经算走一次狗屎运了，毕业后恰巧分配进县委办，更是祖坟冒了青烟。阿桂跟他是同村的，师范毕业后在县实验小学当老师，对寒门女子来说，这也是摸到人生天花板了，但阿桂嫌弃县城，十几年前不事先跟安新民商量，就突然辞了职，一个人跑到市里，开起一家厨具批发店，生意做进全市各家灯红酒绿的大小饭店，顺带也把老家的笋干、野生菌菇以及土鸡土鸭推销出去。不过做得都不大，大需要有雄厚的资金做支撑，他们没有资金，连一开始创业的那一笔钱都是私自找安新民的朋友借的——这事安新民知道后非常生气，吼得嗓子都开裂了，怕会致他仕途于死地。阿桂勾着头再三保证，都写了借条，万无一失。

前些年中国人民空前物质丰盛，也空前有好胃口，阿桂在这样的时运中果然挣到一些钱，债一一还了，有了一些积蓄。可惜这两三年有疫情，店门开开关关地折腾过几次，但阿桂还是不肯放弃，万一明天疫情就风一样走了呢？已经憋了这么久，就别倒在黎明前，疫情一结束，大家不是都要报复性大吃大喝一场吗？有酒楼，厨具就有需求，阿桂说过，全市酒楼都倒光了，最后才会轮到厨具店关。就是用卖锅盘盆勺换来的钱，阿桂先是把儿子送国外读书，等儿子自己在墨尔本找到工作，她钱包也瘪了。牡丹小区这套二手房一百二十六平方米，每平方两万三，算一下钱不够，阿桂就逼安新民把县城的房子卖掉，钱凑到一起才拿下这房子的首付。已经是这么多年的老建筑了，水电都已经有问题，墙壁更是千疮百孔，总得稍微重新装修一下吧？可是二〇二〇年初购售房手续刚办好，疫情就像把刀二话不说切断生活。这边装修无法开工，那边安新民只能赖在县城房子里，主动提出自己要暂时从业主变成租户，就是住一个月就付一个月房租。好在买他房的人暂时也不急，就拖下来了，拖到去年初，阿桂终于请来装修队进场，打了墙挖了地，重新布过水管、电线，刷了油漆，铺了地板，买了些简单的橱柜桌椅，再透半年的气，终于在元旦过后搬了进来。市里很好吗，究竟哪里好？县城到市区将近四十公里，以前去市里开会根本轮不到安新民，所以他其实很少进城。不进就不进，他无所谓，但县里像阿桂一样渴望到市里生活的人不计其数，似乎都有进城就是进步的共识。安新民如果不是长期被这样的环境所熏陶，某一瞬虚荣心也蠕动了，那么无论阿桂怎么吵闹，他都不会放弃县城那套房子的。他在那里生活了几十年，街上每一棵树都是他看着长大的，出门抬个头就能见到一大片机关内外的熟人，眼睛根本不够用，对每个人淡淡问一句"你好，吃了吗？"就足以把嘴唇磨薄。可是到了牡丹小区这里，每一张脸上也都工整摆着五官，一样不多，一个没少，看上去却全是正忙着倒春寒的冷，每一户门紧闭得更冷，出来进去都急匆匆闭拢，透着贼样和被追杀的惊慌。住进来这么久，安新民都点不出几个自己真正认识的邻居，别人反正也没有认识他的意思，这样一天天的，明明住的是自己的房，他心里却一直荒着，长满杂草。还好有报纸，每天他通过它跟社会勾连住，知道什么在发生，什么在逝去，他爱报纸。

关于这个小区，他知道的其实并不多，只听说ACDEF几幢都是零星出售的，住着五花八门的人。B座却不一样，当时被市教委整幢买走，住的都是教委机关的干部。那么罗兵或者绿豆子就是教委的干部或干部家属？现在干部或干部家属罗兵晚上六点半就要出点事了。

这座城做黑茶的历史已经有三四百年了，虽无法跟广西、湖南、安徽那些地方的黑茶比，但发酵工艺一绝，除了与别处一样有十来种磷、钾、镁、硒等矿物质，还因为所处的海拔和经纬度独特，恰如其分的气温及湿度使茶上生长出非常多的酵素类菌群，外观上密布一层金色或米黄色，被称为金花。这种菌群能催化茶叶中的蛋白质和淀粉转化为单糖，也可以促进多酚类化合物氧化——这个说法显然有些枯燥，有人提出索性直接说能壮阳滋阴美容防疫强身健体之类，果然一下子知名度就上去了，销量自然也跟进，谁不喝就亏了几个亿似的，到处金花长金花短地叫。

前些年另一个金花也出名了，全称叫"金花国际夜总会"，后来改过几次名，"金花盛开歌舞厅""金花相逢""金花丛林""金色花海""金花银花""金酒吧"，诸如此类，直至现在，它的名字改成了"金色乡村"。这么不停地改名，当然是因为它不停地被人告，于是被查被停业整顿，屡查屡犯，数次换了新老板，问题还是老问题，这都是上过报纸的。安新民从来没去过那里，他也是从报纸上知道这是全市最大的综合性娱乐场所，一楼酒吧，二楼茶室，三楼足浴和养生浴，四楼歌厅。楼不仅四层，五层以上就比较复杂了，出问题的都在上面，问题出多了,"金花"二字就变味了,人们说起它,往往第一个反应并不是茶。

要说这座城确实挺有福气的,这几年其他地方疫情弄得那么凶,这里居然从未有一个本土病例,零星有几个被隔离的外来人员发病,都可防可控,大家把至少一半的功劳归于喝茶,和茶上那层"金花"。风声最紧时,全市的娱乐场所也曾关过一阵,但时间都不长,像一场夏季的雷阵雨,眨眼就过去了。前几个月有个次密接的外省人去过"金花乡村"足浴,楼因此又被封,闹腾了一阵,报纸做过几天报道。今晚六点半,既然罗兵和那个瘦高男人要去,可见那里已经解封了。

安新民站在B座楼梯口,头仰起望了会儿,又退回,重新掏出酒精喷石凳,等几秒,坐下。那一瞬他重重叹口气,不是为自己,而是替酒精。酒精肯定不会想到有一天自己会被提升到这么重要的地位吧?它们以身扑菌,喷出去,就是转瞬即逝的死。人命短,跟酒精相比,却是万寿无疆。二楼墨绿色的铁门只剩下上半截从敞开的楼梯间露出来,仍然非常结实地闭,像一片倔强的大菜叶,直直地挺立着。太阳开始燥热起来,射在裸露出来的胳膊上,都有几分鞭子的力道。该回家了,但现在安新民不回家,他觉得不能回。望着205的门,他在等着那扇门打开。

快十一点,接近中午了,门始终不动。

阿桂可能往家里打过电话了。厨具店离这里只有八九百米,最多时店里曾雇了十几个人,这两年每个月都减员,不减维持不下去。员工少了,阿桂就自己顶上去。以前其实阿桂也都在店里,晚上员工下班走光了,她没走,打开折叠床,独自一人直接睡里头,倒相安无事。每天店里不留现金,所以劫不了财。至于劫色,谁眼瞎呢?村里出来的女人能吃苦,但十几年这么吃下来,也够够了。这事安新民以前很少想,不想就仿佛路不通,车习惯性不会往那边开,连阿桂的长相也总是从他眼眶里快速滑走。可是阿桂好像为了提示他重视,故意让自己迅猛地衰老,超过他遗忘的速度。有一天安新民突然被阿桂越来越趋于正方形的身材一惊,细看一下,脸上居然还有那么多"八"字形的皱纹,脖子却没有了，像枚大螺丝被旋进身体里去。算了算，她已经五十八岁，这辈子也过了大半。那天一股不安春笋般从安新民心底尖尖地突然冒出。他从来没出过轨，但不等于就对得起这个女人。这也是他最终同意在牡丹小区买这套房子的原因。有了房子，阿桂晚上就可以回家舒展开身子睡到床上，只是他却必须离开县城，到城里来。他不习惯城里，阿桂知道他不习惯，所以就是再忙，时不时地她仍会打电话到家里，问他正忙什么。安新民如今还有什么可忙？早上阿桂走的时候，已经帮他把中午的饭菜都做好了，他只要放进微波炉热一热就行。看上去安新民像个吃软饭的，但安新民心安理得。开店是他朋友借的钱，买房的钱是卖掉他在县城的房子凑上的，没有他哪有店？哪有这套房？所以即使真算软饭，他也硬吃了。

想到吃，安新民肚子咕噜了几声，饿了。要回家去，把饭热过吃下，然后安稳睡个午觉吗？爱睡多久就多久，这是他在县委办神往几十年始终不敢实现的奢侈享受，可现在安新民不回去，不回去意味着他必须忍住饥肠，他忍得住。

F座有家由杂物间改成的小卖部，里头有食品出售，某一瞬安新民动了去买块面包的念头，他已经站起了，马上又坐下。这两年他从未在外吃过饭，不敢，吃不下。即使小卖部老板是安全的，怎么知道面包店老板、员工以及货运员带不带病毒？饿一阵没事，但被感染一次就麻烦了。热，阳光已渐渐移到顶上，他眼微眯起，头一直仰着，盯住205。此情此景竟有点回到从前的恍惚感。所谓从前，指的当然是大学时代，那是安新民这辈子最好的时光。三四十年前在大学里还根本吃不到面包矿泉水，有的只是咸菜、硬馒头和白开水。人稍上了年纪，只要碰到形式上哪怕仅有一丁点相似的东西，回忆就很容易水一样漫延开来。大学时代安新民也曾以这样的执着等待过心爱的女孩，那女孩不是阿桂。那时是为了爱而等待，现在呢？这么一问，他就把自己问住了。

在这之前他从来没见过罗兵，更不用说绿豆子了。很奇怪，县城小，却感觉世界大得无边无际，城里明明大了好几十倍，他却仿佛被一下子扔进幽暗逼仄的小角落，四处无人，转身都局促。搬进小区时间不算短，但小区业主间没有交流往来，连C座楼里的三十二户人家，安新民也认不得几个，何况B座？为根本不认识的人，竟有家不回，独自忍饥坐到石凳上被太阳晒，是不是荒唐？

安新民一开始也不知道自己要干什么。等着墨绿色的门打开，可开了又怎么样？确实弄不清。但很快，安新民的想法就明确清晰了，一清晰，他就不觉得荒唐。一点都不荒唐。

一个人在什么时候要干什么事，其实未必都受脑子的理性指挥，许多事是下意识的，很感性，是在冥冥之中某种神秘力量的召唤下做出来的。以理性控制自己的行为其实是件痛苦的事，惊喜少了，快意少了，活着的趣味丧失大半。以前几十年安新民从来都是按照别人的需要和吩咐去刻板地完成一件又一件事，算起来他甚至从来没有按自己的心意做过什么，从来没有。现在，他突然有一种新鲜又快乐的感觉涌起来。他六十一岁了，退休了，他再也不用上班，一层层领导一下子散去，他终于可以听从自己了。

他捏住口罩中央往外提了提。无纺布透气性差，捂得他额上都起了一层汗。他把腮帮鼓起，重重吸一口，又长长吐掉。他看不见自己的样子，但想象一下不由得笑起来。小时候他在村里小溪上用自制的网抓过鲶鱼，它们上了岸后，对自己小命将逝的愤怒，通常都是以一下一下鼓起两鳃来表达。而安新民这会儿并不愤怒，正相反，退休这一年多以来，他每天惶惶惴惴，心里老是空得像站在楼顶。他一直恐高，就是类似的感觉，现在突然像一个漫长冬季之后的万物复苏，春天一下子回来了，花红柳绿。

3

原本安新民不应该只是以副科级别退休的，四十三岁那年他就提到副主任这个位置上了，排在上面的三个副主任年纪都比他大，主任更大。两年后主任退了，排第一位的副主任顶上去，他的位置也跟着往前靠一步。乡下出来的人，没有任何背景，他很清楚自己唯有靠力气，所以他一直吃最多的苦，做最累的活儿，对领导比对爷爷还恭敬，对同事比对爹娘还关心，从不公开说一句怨言，更没跟谁顶过任何嘴。几十年里他的前景百分之九十都处于乐观状态中，好消息似乎第二天就可能当头落下——是啊，在机关里就靠熬，轮也该轮到了。可最后却没有。从四十三岁到退休，这十七年的时间里发生过很多事，比如又一个主任退休了，另一个副主任提拔到乡镇当书记去了，还有一个调教育局当局长了等等，升迁的事就在眼皮底下剥洋葱似的一层层发生，被辣得泪水暗盈的那个人却总是他。好像是命定的，每次眼看着就该是他了，却总会突然新冒出来什么规定把他拦下，比如教育局那次史无前例地需要女局长，而乡镇书记规定必须在基层干过几年，总之他条件都不符合。最后一次这些要求都没有，但一算年纪，已经超龄了，这是硬性规定，他一下子就排除在被考核之列。别人来安慰他，他呵呵呵笑着，无所谓的样子，但鬼才无所谓。

  阿桂辞职就是在他失去提拔当教育局局长机会的时候，那年安新民四十八岁，留给他的时间已经不多了。教育局局长对于实验小学教师阿桂来说，其分量不言而喻，因此阿桂比安新民更期待数倍，最终的失望和沮丧自然也更大。无论安新民怎么化解，阿桂死活都认定这是上面故意的，既然故意一次，以后还会有无数次。她一气之下就辞了职，独自一人去城里。刚好那时儿子也在城里读寄宿高中，马上就要高考了，白天见不着但毕竟离得近。她说自己要发财去，就不信不能争口气活出人模狗样来。事实说明赌气容易，实现很难。撑死了阿桂供个留学的儿子，再买了一套牡丹小区的房子，都很局促，并没有大富大贵，该是人还是人，该是狗还是狗。唯一值得一说的是，那个排位明明在安新民之后的女副主任，在教育局局长位置上只坐到第三年，就因为下属几个中学新校舍建设拨款审批中的猫腻进去了，判了刑，明年才能出狱。

  天网恢恢，你以为报应永远不会在前方等着？

  女局长倒下后，报纸把她的犯罪事实陈列了一些出来，除了多次受贿外，居然还曾跑去深圳整过几次脸，面部提拉、去皱、垫鼻、瘦脸、隆下巴之类，钱当然也是建筑公司帮她转账的。安新民倒吸几口冷气，女局长明明跟他共事过，四十五六岁吧，个子不高，微胖，大头，短发总是吹得高高的，印象中从认识的第一天起她就长那样，一直到她被抓，都经常在不同场合碰到过，一点都没看出她整过容，甚至也没觉得比以前好看了，那她那么伤筋动骨地折腾，不但白费了力气，还生生给自己增加了刑期。安新民含义不明地叹口气，心里暗暗盘算了一下：换了他，那么一大笔钱数频繁从自己手里过，对方那么殷勤地想方设法温暖他，掏心掏肺地竭力提高他的生存质量，他会怎么样？不知道，他对自己也没有把握。他花了好几天时间庆幸，后怕总是冷不丁冒上来，但很快失去当局长机会的疼痛又卷土重来了，非常痛，胸口一阵缩紧，天地昏黄。如果那次是他当局长，阿桂就不会辞职，不会到城里开厨具店，不会在牡丹小区买房子，那么他也不会在八月二十五日这天早上，听到两个男人说今晚六点半要结伴一起去金花。

安新民吸吸鼻子，非常清晰地感觉到自己的身体在一点点扩大，像一只气球，被人捏住命门使劲吹气。"使命与责任"，他突然想到以前上班曾经会用到的这个说法，它们现在那么结实地立在面前，像一堵无边无际的墙，眨眼又化开，雾一样被鼻孔吸进，潜入身体，在五脏六腑间龙游鼠窜。当初虽然嫉妒过女局长，但如果看出她乱来，他提个醒，阻止一下，她还会一滑到底吗？肯定不至于。所以细究起来，她身边的亲人、朋友、同事哪个都脱不了干系，至少良心上都有欠缺的。

他抬起手腕看了看表，这是他身上迄今唯一算得上奢侈品的东西了，是儿子前几年回国休假时给他带的，浪琴博雅系列，黑色表盘，精钢表带，十二粒碎钻时标。他当时还担心了一下，怕哪天不小心被人拍下，也在网上成为"表哥"。儿子大笑，笑他土："这充其量算块干部表哩，也吓成这样？"那次之后，儿子被疫情阻隔，再没回来过，他有时一恍惚，都忘了儿子长什么模样了。

精白的阳光已经把整个世界都笼罩住了，地也开始发烫，灼热穿透鞋底箭一般往上蹿。就在这时，他听到咚的一声，墨绿色的门终于开了，只开一半，罗兵身子贴在上面，探出上半身，可能是把一个垃圾袋搁到外面，马上又缩回去，关上门。安新民以前视力非常好，对数视力表一查居然是5.2，据说可以做飞行员，目力所及，整个世界都一览无余，但十年前眼开始不管用，花了。视力越好越早花，这似乎是个规律，近视过的反而渐渐正常。一个人一辈子反正或迟或早都得依赖眼镜，这个他能接受。近处的字他得靠戴花镜，远处则仍然能看个大概。他注意到整个开门关门的过程，罗兵的眼睑都是低垂着的，脸上没有表情，哪里都不看，仍然把站在楼底下正仰头张望的安新民给忽略掉了。

他该吃午饭了吧？这个叫罗兵的人跟安新民年轻时一样瘦，五官却比安新民像样，清晰的双眼皮，嘴唇丰厚，看上去年龄也不大，接近四十岁吧？比安新民当上副主任时还小几岁。这种年纪的在社会混几年，开始油了，修炼又不够到家，属于转型期，往往最危险。有子女了吗？安新民二十九岁时儿子出生了，如今儿子三十二岁，独自在墨尔本一家玻璃公司上班，拿到了绿卡，不想回国，恋爱也不谈。阿桂托人介绍了一大堆，女孩子鱼贯出现，转瞬又次第消失，都没被儿子瞧上眼。是性向有问题吗？儿子铿锵地答不是。那究竟要找什么样的？儿子说我也不知道。少年维特十七岁就烦恼了，可儿子三十多岁了还是一张白纸。从小学起儿子一直轻松成学霸，智力不低，荷尔蒙却不高？就是阿桂急疯了，儿子仍然不听不听和尚念经。这一代前无古人地无兄无弟无姐无妹，一出生地位就从儿子直接跳成老子，被全家层层环绕，一肚子都装满宇宙中心的膨胀感，反正只听自己的。回顾自己当父亲的过程，安新民沮丧与无奈交错。儿子学习好，不需要他管，那时他也没时间管，终于闲下来想管了，却发现那个儿子完全是陌生人。这是奇怪的一代人，但无论哪一代，道德底线不都应该是一成不变的吗？该恋爱得恋爱，该结婚得结婚，而罗兵已经结婚，有老婆，有绿豆子，就不该去金花。

罗兵收拾垃圾，可见罗兵还肯为绿豆子分担些家务，也许他跟绿豆子边吃饭还边有说有笑。接下去，他应该要睡午觉吧？虽然刚从深圳回，咳嗽了，人有点不舒服，但也完全可能跟绿豆子躺到一张床上，耳鬓厮磨，甜言蜜语。但是，晚上六点半，他就去金花。

安新民吸吸鼻子。平日里他经常做的梦是跑不动。前面有路，路又宽又大，尽头有个物体，金光闪闪充满诱惑，他拔腿想奔过去，似乎挺容易的，腿却被捆住了，使出浑身的劲迈了一次又一次，偏偏就是迈不动。当然这都是以前，是他还在上班期间，退休后倒是梦少了，主要是他睡得少，怎么都不困，晚上躺床上开着电视，其实什么都没看进去，无非催个眠，但眠变得非常难伺候，根本催不动，明明眼睛困了，又酸又胀，哈欠一个接一个，脑子却安静不下来，没具体想什么，就是像喝下几大壶咖啡，吃粒安眠药也还得辗转了好一阵才终于睡着了，第二天五点多又毫不含糊地醒过来，睁大眼等太阳爬起。

所以他中午本来是需要躺一会儿的，睡不着也雷打不动地在床上闭一阵眼，像完成上级布置的一个仪式。今天他不闭，不想闭。站了这么久，膝盖那里居然也不痛了。他后退几步，退到马路对面的树荫下，重新坐到石凳上，双掌放到两膝上缓缓揉着。几十年里他每天上班下班，从家里往返办公室不过五六百米的路，似乎也没太劳驾双膝使劲，没磕没碰没伤，几乎一直忽略它们的存在，可它们还是说退行性就退行性，说病就病了。人老腿先老，而膝之于整条腿而言，其重要性堪比县委办之于整个县委机关。这是不是一种警示呢？接下去他越来越老，行动就会越来越僵硬，坐轮椅、挂拐杖的那一天已经赫然摆在前方了，一生将萎成一个无足轻重的句号。

鼻孔微痒，是一口气从腹部毫无征兆地悄然叹出。

这时候他看到了物业主任老何。老何是退伍军人，宽脸，皮肤黑红，只有四十岁出头，但小区里的人无论大小都称他"老何"。这会儿老何正站在办公室门口，口罩卸到下颌，眉头微微拧着，果断看过来。发现他也看过去了，老何没有躲闪，继续打量他，胸挺得很高，背非常直，一副若发现敌情，随时会豹一样扑过来的样子。很快他真的走过来了，边走边把口罩往上拉，步子迈得大且快,眨眼就立在安新民对面了。"请问您有事吗?"

安新民马上后退两步。老何站太近了,虽然隔着两张口罩,他还是觉得这样不好。

老何提高了嗓音,又问一句:"请问您有什么事吗?"

安新民双手下意识地摊了摊,又退一步,说:"没有。"

老何脑袋往旁歪一下,他比安新民高近一个头,也壮一圈。安新民根据自己的身高目测了一下,他一米七三,那么这个老何应该超过一米八吧?已经听出来了,老何口气里有狐疑和不友好。安新民笑起,主任也算官,几乎是下意识的,他立即像以前上班时在单位里那样嘴角上翘,露出两排长势非常混乱的牙。他五十岁一过牙周就出问题了,接着后槽牙断裂,侧牙又蛀,反复去医院又拔又补又治根管,反正没少受罪。土里挖出来的骷髅,往往牙都还在,向外夸张地龇着,看上去牙质理应与骨头一样,都比肉体更坚固才是,为什么现在的人却早早就落牙如落叶呢?这是他不明白的。从进县委办第一天起,他就一有空儿就对着镜子练习上下嘴唇拉窗帘般咧开,把躲在两唇间的牙尽量推出来,让它们白花花地打动人。从"小安"到"老安"和"安主任",眨眼就走到了今天,只剩下笑容没老,虽然牙们已经残缺或发黄,但嘴一咧他就立马显得和善温暖,人畜无害。

他说:"我是C座的……"

"我知道。"老何打断他,"C座503的,年初才搬进来。"

安新民点头,唇咧得更大了。"我姓安。"

老何说:"知道,您是安新民老师,您夫人是陈桂老师。"

安新民一时接不上话。物业对每个业主都喊老师,这是他一住进来就觉得奇怪的。阿桂读过师范,又在实验小学教过书,被称老师很正常,他大学文秘专业毕业,一辈子都没对任何人传道授业,到老了竟平白无故在牡丹小区获得这个称谓,想想都觉得古里古怪。

老何仰头往天上瞄一眼,说:"哎呀这台风到底来不来啊?安老师,您已经在这里站很久了。天气太热，小心中暑。来，到我办公室坐坐，喝口茶，里头有空调哩。走吧，走。"

安新民脱口问："你今天核酸了吗？"

老何说："当然当然，我们每天都要核酸，否则怎么上班？"

安新民还是犹豫，最终他跟上老何。有些事他恰好想问问老何。

他抬眼又往二楼瞥了瞥，脑中突然浮起女局长那张整过形，却没有任何改善的脸。罗兵不是女局长，但罗兵可能会在其他方面跌一跤。再过几个小时，罗兵要同他那个胖子一起去金花了，在这之前，安新民决定要找到绿豆子，把情况告诉她，让她阻止罗兵。

罗兵正处于人生的十字街头，只有绿豆子才能阻止罗兵。

4

小区物业办公室设在 C 座旁一幢很简陋的单层建筑里，一共四间，其中一间是单独属于老何的。老何前面走，安新民后面跟着，刚进门，老何手机响了，他接起，嗯嗯嗯地答着，突然不耐烦地嚷道："知道了知道了，就这样吧！"然后用中指往屏幕上重重一戳就把手机扔桌上。安新民觉得这个动作有点眼熟，似乎是哪部电影里日本鬼子做过的，但鬼子那时用的肯定是手枪，不是手机。老何笑笑，说："不好意思，我老婆以前开一家小吃店，上个月关门了，亏了一大堆钱，整天哭哭啼啼地唠叨。"

安新民点点头，马上又摇头。今天真是麻烦，仿佛齿轮错位了，什么都不对头。

老何说："唉，都是那些话，我耳朵都听出老茧，烦死了。快更年期了，别管她。安老师，来，坐下坐下，我烧水泡茶。"

安新民手伸进裤兜，握住酒精瓶，却不敢取出来喷一喷椅子，只好站着。

进了门后，老何就重新把口罩拉到下颌了。安新民没有，这是一个不安全的空间，他必须捂紧嘴鼻。"老何，"他说，"我有一件事得麻烦你。B座205的业主是罗兵吧？你能不能把他家爱人的电话号码告诉我？"

老何像听到"向右看齐"的口令，马上侧过脸，盯着安新民，问："您认识罗兵？噢，认识罗兵的爱人？"

安新民犹豫一下，笑了笑。此时他的笑被挡在口罩之内，但脸上的肌肉群还是向太阳穴方向拉扯去，眼角密布皱纹。但凡碰到不好答或不便说的，都以微笑一笔带过，这是他几十年在职场练出来的。要不要对老何说真话？当然不能。但老何肯定有绿豆子的手机号。新业主入住，物业这里得报备。安新民记得搬来第一天，老何就带手下人敲开他家门，让他填一大堆表格，包括手机号，还加了微信。罗兵他们应该是老住户了，越老越得跟物业打交道。

安新民说："老何，我有急事找罗兵老婆，她叫绿豆子是不是？对，是绿豆子，我得尽快找到她，你把她手机号告诉我。"

水开了，老何熟练地浇茶洗茶分杯，然后把小盏递过来。"什么事啊安老师？"老何问得很客气。

安新民迟疑一下，接过茶盏，低头往杯里瞥一眼，舔了舔嘴唇。茶不错，从味和色上看应该就是金花满满的老黑茶，但他只是托在掌心，还是站着。以前上班没空儿，茶大多像老何这样，用开水泡泡就喝，这两三年他宁可不喝，要喝就一定得煮透。病毒到处四伏，茶能独善其身？何况这没煮过的茶，还是装在老何的杯子里，他怎么敢喝？他张张嘴，又笑了一下。"你告诉我就好了，我也是这里的业主，房子是刚买刚装修的，您就放心吧。"

老何也给自己倒杯茶，喝下，才说："安老师不好意思，手机号我们倒是有，但不方便告诉你啊，我们得替每个业主负责。您说您的电话号码如果我也随便给人，您高兴吗？"

是这个理，安新民点头。可是，他要找绿豆子，他是为了绿豆子好也是为罗兵好，才急着找他们。

"安老师您究竟有什么事？"看样子老何是好奇了，"您找罗兵老婆？找他老婆什么事？"

"没有没有，没事！"安新民摇头，同时摆手。说或不说，他这几十年早就练出分寸了，嘴巴收放自如。老何在部队时据说当过连长，退伍后自主就业，聘到物业公司，物业公司又把他派到这里当主任。他管得不错，一切井然有序，保安一个个都被他训练得跟军人似的，一是一二是二，站立挺拔有范儿，眼神炯炯闪亮。并不是只有当总统才能拥有成就感，老何昂着头在牡丹小区走来走去，眼光射向四面八方，步子也迈得雄壮坚定，这是他的地盘，他派头一点不比市长书记小。

"我只是有点急事找她。"安新民说着声音都虚下去了，边说边后退两步。他已经沮丧了，这期间B座205那扇墨绿色门又在自己的视线之外。既然问不出什么，别两头误，只能告辞。

但老何叫住了他，老何说："有急事您找我们就行，我们都会帮忙的。或者您直接上门，他们中午应该在家，我刚才看到罗兵从外面回来了。"

安新民心里咯噔了一下。老何刚才也看到罗兵坐着那个胖子的奔驰车回来？可老何即使看到了，却隔得远，未必听到他们说的六点半要去金花这件事吧？

老何上前一步，说："安老师，您说吧，只要我们物业能做的，就一定帮到，不要客气。"

安新民连忙摆手，身子向后仰去。"没事没事。"他说。话出口后，他一下子就无声骂了句自己。没事他何必这么瞎折腾？他有事，有急事找绿豆子，为了找到绿豆子他才向老何要手机号码，结果什么也没得到，反而惹出一身不痛快。那一瞬间，他都想算了，回家吧。他午饭还没吃，肚子饿了，一场午睡还等在那里，并且万一阿桂打电话回来却找不到他呢？

当初安新民大学毕业不久，得养父母供弟妹，穷得片瓦寸土都缺，本来并不急着成家，但介绍人把阿桂引到他面前，虽之前不太熟，但两人同村，同在县城工作，都当婚当嫁，那好吧好吧，很自然成了，有没恋爱不好说，最终毕竟结婚生子了。长相上阿桂乏善可陈，大脸、小眼、瘦削、矮个儿，总之集很多缺点于一身。安新民也半斤八两，一米七刚过点，瘦，背微驼，脸上除了鼻子，其余四官都糊成一团，倒是七横八竖的乱牙格外醒目，唇掩不住它们向外扩张的企图，零星的白扣在猩红的唇边，像血泊中浮动的几块小骨头。另外跟阿桂一样，任何衣服套到身上，他也马上就横溢田头村尾的浓郁气味。不过在那个不大的县城，县委办每个人身上都自动生成官中大臣般的光环，头顶金光，步步生辉，所以在他面前，阿桂一开始很低眉，神经质地老担心被甩，从查传呼机到查手机，恨不得每天拿二十三小时盯紧他，一见他在家沉着脸就小猫般贴过来，轻声问为什么为什么。阿桂这样，安新民真是又烦又心疼，相比较，烦当然更多些。上班时得那么辛苦地对领导和同事笑，回家都不能让脸部自在地松懈一下？每次如果他因此发火，阿桂都吓得面无人色，如同举着一个大白盘子立在他面前，连声道歉，各种迁就。

在实验小学阿桂差不多年年被评为优秀教师，安新民对此心里曾一闪而过地诧异了一下。让儿子进城读高中，再坚持送去澳大利亚留学，也都是阿桂的主意，当然最意外的是她辞职进了城开店，像中了蛊，突然执意要去。安新民这才回过神来，原来那个小心翼翼的阿桂，根本不是真实的阿桂。那些年他每天只顾着看领导眼色，一直忽略身边的阿桂，真实的阿桂他可能到现在都没弄明白，他看到的只是表面：五十岁一过，瘦小的阿桂像一株从枯萎到吸足水分的植物，身板霎时就挺直粗壮，扩大好几圈。以前只会说"嗯""好的""行"，后来却缓缓变出很多反问句："什么意思？""你怎么这样？""你这都不懂？"

有时他会羡慕阿桂，每天迟一点去店里，手下人电话就会追来，问她这个那个。按县委办里的行话说，就是请示，而她也会梗着脖子，舞着手，大声指出应该这样这样、那样那样，口气也与安新民以前所见的县领导非常相似。有权很重要，有钱也很重要，虽然阿桂现在惨淡经营，却总有比她更惨更淡的，至少只要愿意，她还可以再干上二三十年，甚至一直干至完全走不动。她是老板，没有谁会逼她退休离岗。

所以他相信，阿桂永远不会理解他现在的心境。他离开办公室，就一下子退出曾经的全部，所有的一切像被人在根茎处重重砍一刀，谁也不再需要他。

突然罗兵需要他，绿豆子更需要他。

出了物业办公室的门，他的腿自作主张又迈向B座楼对面那张已完全摊在阳光中的石凳。重新坐下时，他没有再拿酒精，屁股触到石面的那一瞬，他一下子跳起来。烫，被太阳烤过的石头，居然能有如此高的温度。但像是故意的，他很快又再次坐下，头仰着，盯着205那扇墨绿色的门。身体的中段顿时沸了，屁股像两片搁到炭烧板上的肥牛片，似乎都听得到嗞嗞嗞的炸响声。他忍着，这是他此时需要的燃烧。

是门总有开的时候，可是，这个时候到底是在什么时候呢？

他突然想起那个周日，就是在教育局局长位置揭晓前，他好不容易打听到宣传部部长的家，一路找去，找到了，却不敢上楼，在楼道下的寒风中缩起身子打转两个多小时，一心等着部长从外面回来，或者下楼来跟他邂逅一下。他开始对自己恼火起来，阿桂说得对，他确实没用，这个性格只能是这种命运。心里横七竖八的，烦躁长出腿伸进各个内脏，像一条条布在建筑物内的钢筋。但很奇怪，这些烦恼竟让他生出新生活从天而降的快乐。

他猛地站起。他不能再重复当年空等一场的际遇了。绿豆子，他必须找到绿豆子。

几乎是以跑的姿势，他向前冲出几步。

但他的路被老何挡住了。老何脸上没有了刚才的笑意，而是板起来，有几分冷，嘴角向下撇。"安老师，您得告诉我，到底发生了什么？您不要为难我，您要是发生了什么意外，我饭碗可就没了啊。"

安新民注意到老何的口罩戴得很潦草，两只鼻孔完全裸露在外。而且老何摊开的双臂碰到他的胳膊，他触电般向后一跳，脸整个儿拉垮下来。

老何问："怎么了，这么慌张？"

"慌张？"安新民很意外。他只是恼火，恼火不是紧张，但不知怎么了，舌头竟有点打结。"我，我没有慌张……"

老何微微俯下身子，双掌按在双膝上，头侧着打量过来，半晌不说话。

场面有点僵了。早上钙片吃过了吗？安新民突然狐疑起来。钙一天一片，多吃也不行，他都安排在早饭时一起吞服，可今天早饭时他是不是忘了吃？这时候他看到大门外走进一个女人，居然是阿桂。虽然离家近，但太忙了，阿桂一般不会中途回来。

阿桂走近，说："客户订货，急着催送去。店里的皮卡车已经给其他客人送货去了，我回家取车。"说着她把手往上举了举，手心握着车钥匙。

车停在地下车库。安新民不会开车，但阿桂会，她八年前就买了一部SUV，安新民还没退休时，她会每周开回县城一两次。

"老何，怎么了？"看上去阿桂跟老何很熟，她问出这句时，还顺手在老何肩上拍了一下。

老何直起身，整个人也松弛了下来。"你老公是不是有事？"

阿桂说："什么事？"

老何狡黠地笑起，右掌的拇指和食指叉开，呈手枪状，指着安新民说："陈老师您问他，我也不知道安老师有什么事。"

阿桂看着老何，问："今天小区杀蟑螂？"

老何说："不是，安老师要找205的业主。"

"噢。"阿桂在这一声短暂的语气词后，转过身瞄了安新民一眼。安新民已经站起来了，此地不宜久留。"回家吧，"他说着抬手在额头上捋了捋，"太热了，快中暑了。"

老何好像等这句话已经很久，连连点头。"台风前有副热带高压，到处跟烤箱似的。你们快回去吧。"

"谢谢啊。"阿桂说着又在老何肩头拍一下。

以前在村子里，阿桂是个羞涩的女孩，在县实验小学则是个勤勉且拘谨的老师，然后到了城里，开了厨具店，她一点一点变成谈笑风生的开朗女强人，迅速认识人，又迅速忘记人，一切都在她掌控之中。另外，最让安新民不解的是，以前他甚至从未听过阿桂唱歌，跳舞演戏更不可能，可是一进城，阿桂就突然痴迷起艺术。白天再忙，晚上哪里有演出，无论什么戏什么剧什么舞蹈什么演唱会，只要走得开，她都想尽办法去，弄不到赠票，花钱买也毫不含糊。据她自己说，坐在剧院里大多时候其实是睡着的，但去不去是不一样的，舞台上的灯光、幕布和那些化着俊俏妆的人儿，都让她快活。这两三年什么演出都没了，阿桂的夜晚就真正暗下来，时不时她会咒骂几句，骂的不是病毒，而是剧院那扇不再打开的门。也许她骨子里本来就具备收放自如的本事，也潜藏有诸多艺术细胞。不是也有不少长得丑，却照样大放光芒的艺人吗？阿桂只是生错了地方，白白在那个穷得直到五年前才通公路的村子里耽误了大把时光，还好用知识改变自己的命运，终于一步步把老家抛得远远的，进了城，城里才有机会看到舞台上的人。她体重比先前几乎增加了一倍，背厚了，脖子前倾，腹部微隆，即将进入暮年的女人所有毛病她都不缺，她那被知识改变的命运其实最终也没有闪出更大的光。但够了，自己有能耐，老公有公职，生了儿子，儿子还留了洋，这一桩桩叠加起来，至少在老家，已经算得上全村有史以来活得最风光的女人，她已经不是过去那个阿桂了。

5

安新民跟在阿桂背后进了家门，一脚跨进来时愣了一下，那一瞬他有点恍惚，觉得走错了。他没介入装修，家具的购买也不过问，屋里每一样东西都是在他不知不觉之间逐一抵达的。没有用汗水换来的，彼此都难以生出水乳交融的深情，即使住进来已经几个月了，仍然它们是它们，安新民是安新民。阿桂说过几次："怎么退个休，退得这么神魂颠倒？"她不是嘲讽，是真实的惊诧。

安新民其实自己心里更惊。五十六至六十岁，真是所有前程绝望的人最尴尬的时光，周围全是踌躇满志的家伙，大把的未来握在手心，划根火柴他们的雄心就可以燃起弥天大火，他却是一轮即将沉入西山的日头，暮色隆隆，连落霞与孤鹜都离心离德。一开始安新民心里的念想还没死绝，谁知道奇迹会不会在明天乍现呢？至少给他个副处调，好歹有个副处级待遇，最终却什么都没有。也不是没挣扎，该找的领导都找过了，每个领导都在非常感人的热情中徐徐散发出深切同情，又一致便秘般面有难色。职数不够啊。可职数是个屁，其他人不是都解决了吗？只有他始终焊在原先的位子上，无丝毫改观。最后一年，最后半年，他心绪烦乱，开始急切眺望终点。罢了罢了，退了就一了百了，不再受这鸟气，哪想到真退下来，他竟一下子失重，老觉得胸有乱草疯长，气都喘不匀，路边每一棵树都在嘲笑他的无能，连那么忙的阿桂，即使早出晚归，大部分时间蹲在店里，居然也能看出他的"神魂颠倒"。

洗手，上两次肥皂冲两次水，裤子和上衣也换了一套。"外面的世界很精彩"，这是他以前特别喜欢的一首歌的歌词，但现在的世界已经不是以前的世界。

早上留的炖排骨还搁在桌上，阿桂先把它热好，再烧了水放下线面。她自己在店里已经吃过外卖了。面端上来，她坐到饭桌对面，安静地看着安新民。线面很细，每根都只有一号电线大小，却长得仿佛可以绕住地球。安新民拿起筷子前先愣片刻，一直到记起阿桂进门后确实也洗过手，才用筷子挑起面，举高，面们于是就在他脸前竖出一道白色的窄墙。他从墙的缝隙中瞥出去，看到阿桂的眼神又幽深又游移。

"不饿？"她问。

安新民笑笑，摇头。其实怎么可能不饿？他只是忘了饿。

"今天不午睡了？"阿桂说着扭过头看了看墙上的钟。

安新民把面吸溜进嘴。午睡一直对他至关重要，以前办公室里也要放张小折叠床，别人有时见领导都外出了，午饭后会偷偷聚起来打八十分，他却必须把自己横下来，躺一分钟两分钟都行，眼若是不完成闭一闭这个程序，他都活不到见黄昏似的。退休后就可以尽情午睡，这居然是唯一鼓舞过他的事情，所以难怪阿桂不解。

　　线面已经吃光了，安新民端起碗，把汤也倒进嘴。放下碗，再放下筷，然后他打个惬意的嗝，接着像是被什么呛了，又猛地打个喷嚏，一浪高过一浪。他记得刚考上大学时，曾听一位女老师柔声细气地说："我们每个人体内发出的声音越小，文明程度就越高。"忘了这话出现在什么语境里，却居然一下子就记住了。村里从来没人提出过类似的要求，一个人身体里透出来的那点声音，放在田野密林间，能算什么事？青蛙随便喊一声都比人粗犷放肆。但在办公室里，他不敢。其实别人屁眼儿或喉管里冷不丁响一下，也不至于怎样，他却一直每每在紧要关头管住自己，连在机关食堂吃饭，也是最安静的那个，唇齿之间都和风细雨。但回到家，他就会报复性地这响那响，屁眼儿都像安装有麦克风，噗噗噗的响声从肠子深处千回百转一路推出，有重型拖拉机驰过良田的酣畅。阿桂对此早就习惯，安新民也没打算用打嗝来掩饰，那一瞬间他只是有点犹豫，不知该不该说出真相。

　　他说："台风要来了。"

　　阿桂打断他："离得十万八千里，到不了我们这里。"

　　安新民多少有些失望："到不了吗？那这天还凉不下来。四十多度这么久了，真受不了。"

　　空调遥控器就放在饭桌上，阿桂抓起，嘀的一声打开。"你是心热吧？"说着阿桂头一侧，笑起。

　　安新民举手在额上抹一下，微汗是有的，但这不能证明他心没热。"老何还是很负责的，他今天问我们家阳台上的花盆是不是都收下来了。"

　　阿桂看往阳台方向，马上又转回来，盯着他问："我们家种过花？"

　　安新民"噢"了一声，眼皮往上抬起，看到车钥匙正横在离他面碗两尺外的桌子上。他补上一句:"老何只是问问。"

阿桂说:"他不会问的,他检查过阳台。"

安新民开始后悔,他忘了老何确实来过几次。对新住户,物业像对刚出生的婴儿,反正有一百个不放心。隔壁邻居墙纸皱了,楼下邻居卫生间渗水了,楼道空调下水口堵了,诸如此类,人家一投诉,老何就找上门来查。空调下水口就在阳台上,所以老何对那里不陌生。为什么非要说花盆呢?太蠢了。哪怕在县实验小学当教师时,别的同事还会在办公室种种绿萝、吊兰、发财树之类的,阿桂却从来不种。从地里长出来的东西有什么可稀罕?几辈子都是侍弄那玩意儿的,稀罕就没必要千辛万苦读书考出去,离开那个睁开眼就看到草木堆满眼眶的村子。房子装修前,阿桂给物业缴过一笔押金,旨在保证装修过程不违规,建筑垃圾能自己及时清理。刚搬进来,老何就主动上门办理退还押金的手续。当时安新民也在,看出老何有点好奇,睁着大眼在屋里四处走动,说:"你们家片草不生啊,可以栽几盆绿色植物吸吸甲醛。"安新民明白人家是好心,指了指阿桂说:"不啦不啦,她最讨厌绿色了。"阿桂那天心情很好,仿佛被挠了胳肢窝,顿时哈哈笑起,说:"就是嘛,绿衣绿裙绿帽子,没一个好东西!"

花盆的事显然说歪了,得修正一下。但安新民脑子雾蒙蒙的,一时找不出其他话题。他站起,举起双臂拔了拔腰,做出要马上补午觉的样子。

阿桂问:"205业主,什么意思?"

安新民装傻,摇了摇头。

阿桂说:"老何刚才不是说你找205业主吗?我们这幢楼205住的是七十多岁老夫妻,大学教授退休的,儿子在北京工作,疫情前他们去北京过年,到现在都没回来过。听说男的病了,住在北医三院。你找他们?"

安新民还是摇头。

阿桂说:"那么是A座205?"

安新民不置可否,喉咙里咕噜一声。

阿桂马上说："那套房根本没人住，已经搬走一年多了，房子早就挂在中介卖了。你干吗，买房？"

安新民连忙否认："我买房干吗？"

阿桂问："那你找的是B座205？那家老公自己开服装厂，当老板，前些年赚了不少钱，这两年不行了，没订单，工厂都开不了工，工人快跑光了。他老婆以前学服装设计的，在厂里负责设计和打板。都没订单了，还设什么计？打什么板？女的父母以前在教委工作，房子是她父母的。"

安新民安静听着，脸上无所谓，心里还是惊到了：阿桂居然对邻居了如指掌啊。

阿桂问："就是B座205吧，嗯？"

安新民本能地想摇头，一犹豫，头却点下去了。

阿桂说："你对他们有兴趣？是对男的还是女的？"

安新民一惊。他瞥一眼阿桂，确实在她脸上看到几丝嫉妒，这是在县实验小学当老师时阿桂经常有的。那时安新民身边出现任何一个女人，她都会像猫遇敌那样竖起脊毛，来城里开店当老板后，这神情才渐渐少了。被老婆太在乎是件心烦的事，可太不在乎了，又渐渐显出无趣。武士只有在丢盔甲时才不会被人提防，不提防多少包含着蔑视和轻慢。这辈子他从没在风花雪月中踩过一脚，连与金花类似的地方都从未去过。太忙了，脑子被公事塞满。某一瞬可能也暗想："以后吧。"可是没有以后，还来不及有绯闻，他就老了。如今难道阿桂又重新把他推进有艳遇的可能性中？

安新民垂下眼睑，看了看桌上的车钥匙。阿桂不是急着要给客户送货吗，怎么不走呢？

"安，"从认识的第一天起，她就这么叫安新民，她说这个姓特别难得，可遇不可求，"这两人结婚好多年了，就是怀不上孩子，女的卵巢功能紊乱，排不出卵。没卵怎么生？听说他们已经做过试管了，还是没成。你是找老板还是找设计师？噢，男的叫罗兵，女的叫阎虹，小名绿豆子。"

安新民嘴呵开，又马上闭拢。他把碗筷收起，进了厨房，放到水槽里冲洗干净。这个过程他脑子比手还忙，他想到的答案如下：一、找罗兵，问问县委办如果要订制服装是什么价格；二、找绿豆子，问问她县委办干部适合什么款式服装……可是，他紧了紧身子，现在不是以前，以前他可以问一或者二，现在作为退休人员，这些事哪里轮得到他出面？他叹口气，沮丧与恼火相加。本来他早就练就了面对任何一个领导，也绝不会有窘迫得哑口无语的时候，随便搜一搜肠就能找出一堆光滑的借口，哪知仅仅退休一年多，居然连找一找借口的能力都丧失了。

他决定主动出击。转身走几步，他迎向阿桂，说："我不知道他们是开服装厂的，我只是随口问一问。今天我还向老何打听过305、405、605。你也知道我在县委办是干什么的，统筹、协调、分工、组织，哪一项不是我擅长的？店里需要我吗？你不需要。我闲着也是闲着，我觉得应该像你一样，对这个小区里的每家每户都熟悉起来，有机会的话出出力，发挥余热，做点贡献，帮助物业把工作做得更好。这样不行吗？呃，为什么不行？"

他有点惊愕，这些话自己居然说得非常顺滑，一丝磕巴都没有，宛若曾经的大会小会发言或总结。六十岁不是男人生命力的终点，它只是人为画出来的一条经不起推敲的退休线，线的这一头与那一边看上去一刀两断，其实明明无绝期。

他看到阿桂怔怔地，一脸狐疑。

这时铃声响了，是阿桂一直握在巴掌里的手机。她接起，噢噢两声，说："知道了，马上。"

安新民松口气，他知道有人催了。果然，挂掉手机，阿桂抓过车钥匙反身往外走。"我去送货了啊。"说这句话时，她已经站在门口换好鞋子了，然后开门，出去，关门。

安新民抬眼看了看墙上的钟，一点十八分。

6

从朝北的窗口可以完整看到从大门口保安室延伸进来的水泥路面，芒果树在路的北侧，楼房在南侧。阿桂踏下楼梯的脚步声一消失，安新民就立即通电般小跑到窗前，伸着头往下看。可惜路虽在下方清晰呈现，却只有一小段，窗上安着钢筋防盗网，他没法把头伸出去，而地下车库出口靠近小区大门，阿桂车开上来时，直接就拐出去了，并不从窗子下经过。

他在沙发上坐下，重新打开报纸，却看不进去。一首老歌开始在肚子里回旋："我踩着不变的步伐，是为了配合你到来。在慌张迟疑的时候，请跟我来……"晚上六点半，罗兵跟着那个胖子去金花，而他呢？他所有的慌张迟疑早就习惯靠报纸打发了，各国各界各种杂碎消息扑面而来，宛若一双双手从脸上抚过，渐渐就让他心绪安定下来。

可是今天却不能。

站起，手背着，横竖走几个来回，上了两趟卫生间，又坐到沙发上发会儿呆，最后还是下楼了。出楼梯口，他左右看看。没有风，阳光精白，整个天空像扣着一个大火炉，每个人和物都装在里头烤，地面的热气如同千万只钢针嗖嗖穿过鞋底向上钻。四下无人，也没车，地面像条刚被煮熟的鱼，燥热且无奈地静谧着。远远看去，物业办公室的门紧闭，另一头保安室的门也关着。安新民低头片刻，转身去了小超市。店主躺在电风扇旁的折叠椅上，戴着淡蓝色口罩，一张脸就清晰隔成两半，上半截只剩两只闭紧的眼。他睡着了。安新民手指在柜子上叩了叩。换了平时，他会转身出去，另找时间来买东西，现在不行。见店主睁开眼，他怕人家重新睡去似的，立即大声说："买一包'蓝七'。"

然后他用食指和拇指捏紧烟推开保安室的门。

"小郭。"他一脸是笑,看到小郭低垂着眼皮,瞄了他手里的烟一眼,也笑了,"你看,'蓝七',别人给我的,我不抽烟,给你啊。"

小郭把褪在下巴上的口罩拉上,罩住嘴,摆两下手,马上又不摆了,接过。"蓝七"指的是外包装蓝色的七匹狼,一包七块多,很廉价,焦油量低,才八克,烟鬼应该没有谁看得上它,但小郭好像也不抽烟,至少没见过他上班时抽过,这并不重要。他问:"小郭啊,你哪里人?"

小郭说:"江西瑞昌。"

安新民说:"瑞昌?是瑞金吧?"

小郭把烟揣进裤袋,嘴角动了动,轻轻笑了:"怎么这么多人都这么说啊?不是瑞金,瑞金在赣南。我是赣北的,九江瑞昌夏畈村,那里是剪纸之乡,您到网上搜一下就知道了。"

"噢。"安新民有点尴尬。不过看来把瑞昌当瑞金的也不是只他一人。他做了个手势:"红土地,好地方啊。你成家了吗?"

小郭说:"孩子都两个了。"

"一男一女?"

小郭嘬一嘬嘴,情绪明显低下去,说:"都是女的。"

"女的好。"安新民说得很认真,"没有女的哪有我们?不是说女儿是父亲上辈子的小情人吗?我一个都没有,你居然有两个,太赚了!"

小郭还是笑,脸上布着一层不明所以的茫然。确实有点突兀了,看来以后得不时来跟小郭聊聊天,混得更熟点。"小郭,我老婆刚才开车出去了吧?"

小郭好像一下子踏实了,连连点头,说:"出去了出去了。"

"那……"安新民斟酌了一下,"B座205那个叫……对,那个绿豆子,你今天看到她吗?"

小郭没反应过来,问:"绿豆子?谁是绿豆子?"

安新民手在大腿上一拍,说:"噢,是阎虹,她名字叫阎虹。你看见她了吗?"

"她刚才出去了。她开的是红色奥迪,很好认。"说着小郭眼皮一垂,把桌上的大本子拿过来,食指在上面划了一下,"你看,上午十一点四十八分出去的,我都登记了。"

上午十一点四十八分?大约就是去老何办公室那会儿吧?安新民身子前探,很快又收回。他没戴老花镜,看不清上面的字。不过小郭既然白纸黑字登记了,那么服装厂设计师绿豆子就一定真的出去了。厂子是罗兵开的,一个小厂,地址不详,她去哪里了?"你有她手机号吗?"他脱口问。

小郭说:"我没有。在物业那边。"

安新民点头,他知道物业有,老何有,但他拿不到。脑子有点空,他重重地呼吸几口,肚子在白 T 恤下鼓起又息下,弄出一层层波浪,像给自己打气。然后他对小郭摆摆手,很决然地出保安室,直接大步向 B 座走去。楼道口安有一扇安全门,已经脱漆,零星起了锈,但看上去又厚又结实,侧面安有门铃键。他按下 205,一串叮咚声后跟着响起音乐,叮叮当叮叮当铃儿响叮当,是首外国曲子。绿豆子出去了,罗兵肯定留在家里,一直等到六点半,那个矮胖子才会开车来接,他必须正面迎敌。叮咚叮咚叮咚,这声音听起来又近又远,或者说时近时远,楼道有回音,每一个台阶琴键似的放大了响声,但门铃的另一头,却始终没有反应。

他想干什么?既然绿豆子不在家,他就打算直接找罗兵。不到四十岁,人生还长着呢,有没孩子虽然很重要,但更重要的是别跌下深渊。这是一件严肃的事情,他作为岁数多出近一倍的人,伸出手拉一下,是应该的。万一哪天儿子也有类似的事发生呢?只要想一想,他都会对阻拦的人感激不尽。

可是 205 无人回应。

他向大门口保安室走去。跟小郭毕竟有一包烟之谊,这次他就不再客气,推门进去,直接问:"小郭,那个阎虹家的座机你总有吧?"

小郭从椅子上站起,后退一步,看上去有点紧张。"你干吗?"他的声音在口罩背后弥散,碎成粉末,混沌着,含糊中又带着结结实实的重量。

"没事没事。"安新民意识到自己刚才进门动作偏剧烈了，他应该松弛点，连忙咧开嘴，做出一种类似喜悦的模样，"阎虹的老公不是叫罗兵吗？跟我熟，很熟。找他问一件事，有点急哩。"

小郭说："他们家没有座机。现在谁还那么土安装座机啊？不是都有手机了吗？"

安新民心里别扭了一下：土的人在此。房子装修时，阿桂问他有什么要求，这显然是对他家庭地位的肯定，他想了想，只提出必须安装电话机。这几十年他整天泡在办公室，话机跟一块定舱石似的摆在桌子上，有它的存在，日子才显得有棱有角实实在在。阿桂劝过他，说什么已记不起了，反正是反对，他记住的只是对方气得有点变形的脸盘。

"或者，你平时如果有事，怎么联系他们？"安新民觉得这应该是个好问题，保安还能不跟业主打交道的？

小郭说："有事我找物业啊，他们会联系。"

安新民悄然吸一口气，又缓缓吐掉。

小郭上前半步，不笑了，认真问："你有什么事？"

"没有！"安新民答得很脆，理智上他是想按下恼怒的，可是他真的很恼火，按不住。白白送出一包烟不说，还浪费了时间。他转身向外走，跨出去那一瞬，浑身一麻，眼睛眯起。外面太亮了与太热了混合在一起，阳光像一把剑迎面劈来。从前没有空调，也没电风扇，古人是怎么度过这么尖刻且漫长得没完没了的夏季呢？按说为了保持室内的冷气，他得顺手把门关上，这在机关里是最基本的礼节，但现在他不关，他故意不关。

他走得很快，头顶毛发稀疏的那一圈有股灼热感，恍惚间甚至能闻到几丝焦味。刚才他忘了戴帽子了。如今他记性越来越不好，今天尤其差。

路边那张石凳上有很多光斑，正午这么锐利的阳光下，芒果树已经自身难保，它哪里还能舍命把石凳完全笼罩住？其实就是罩了，此时也像块烙红的铁板完全无法坐人了。那么现在他该待在哪里？他只能回家了。他向楼梯口走去，停下来时才发现，是B座而不是C座，他又走到绿豆子家的楼道前了。

既然来了，那就再按门铃。

叮咚，叮咚，叮咚。叮叮当叮叮当铃儿响叮当。

开门声。安新民整个人往上一拔。楼梯上有脚步声，先是一个七八岁的小女孩，接着是个三十多岁的女人。小女孩正为什么事兴奋，边说边仰头大声问女人："妈，你听到了吗？"女人应付性地答："听到了听到了，我女儿最聪明了。"她们开了安全门，出来。小女孩说："妈，快点，要迟到了。"女人边说好的好的，边迅速打量一眼安新民。

安新民侧身站着，犹豫要不要趁门还没关上，一头钻进去。

女人立住，问："你找谁？"

安新民笑起，指了指自己家那个方向，说："我也是业主。我找205的罗兵。"

女人不再紧张，说："刚才我看到罗兵出去了。"

安新民一怔，说："不会吧？他不是在家吗？"

保安室左前方有一个专门停放电动车的大棚子，小女孩拖住女人的手往那边拉。"妈，快点快点！"

女人把揪住安全门的手一松，砰，铁门重重关上了。"我就住他家对门呀，刚才真的看到罗兵出去了，他和绿豆子一起出去的。"

安新民脱口问："去哪里？"

女人摇摇头，急急向车棚小跑去。她女儿已经抢先到达那里，对母亲的迟缓很不满，急得背弓起，双脚细碎地快速踩。儿子以后如果肯结婚，有了女儿或儿子后，安新民想，他肯定舍不得让他们这样开始人生，这么小的身子，却上下都透着对刻板规则的惧怕与臣服，看着真心疼。可不这样又能哪样呢？他脑子里乱糟糟的，算了，现在反正也没必要想。

7

三十分钟后安新民重新走到保安室。小郭正低头，揪着那包"蓝七"翻来翻去地看，似乎在检查是不是假烟。见他进来，小郭把烟搁桌上，站起。"安老师，"他叫，"您还有事吗？"

安新民就说起罗兵，他的意思是罗兵是否真的坐在绿豆子车上一起出去了？

小郭歪头，拧眉，一副很认真思索的样子，甚至侧过身把桌上的登记簿打开，伸头看上面的记录。"安老师，"然后他回过身，带着一丝歉意笑着，"我当时只看到阎虹老师，真的没看到罗兵老师。或者当时罗兵老师是坐在后座上？他们车玻璃贴膜了，我看不清。"

安新民长吸一口气，抿抿嘴。他对小郭很不满。他对所有不敬业的人都不满。每个人守土有责，都能在各自岗位上把工作做透做满，这世界一定就美好了。不过小郭如果每一件事都能做得丝丝入扣，他还能在这里做保安吗？

桌上有笔，安新民把登记簿翻到背面，在上面把自己的手机号写下，然后用中指的指节在上面叩了叩。"小郭，罗兵回来时，麻烦你给我打个电话，拜托了啊。"

小郭盯着登记簿，看上去对安新民擅自在上面写字既意外又不满，不过他只是轻轻皱了皱眉，吸吸鼻子。

安新民重复一遍："麻烦你等会儿看到罗兵回来，给我打个电话啊。对了，绿豆子回来也行，我要找绿豆子，噢，绿豆子就是阎虹。"

小郭有点心不在焉，眼瞥到窗外，有一部车正要出去。小郭拿起遥控器摁一下，把横在大门上的栏杆抬起，俯身记下车牌，边写边说："好的好的。"

安新民看着小郭，他现在只能看到小郭撅起来的屁股。刚才他根本没过脑，就想到了烟。现在看来那包"蓝七"确实买得很对，求人办事送点烟，理所当然，他是见多了。但他没把握，一个用屁股对着他说"好的"的人，真的会听他的？一会儿小郭立起，转过身，好像对他还未离去有点意外，眼里都是问号。安新民笑笑，他手指了指外面，说："太热了。"小郭也看了一眼窗外，没点头也没摇头，只是拖过一张椅子让他坐下。安新民坐下了，正盘算着要跟小郭聊点什么，小郭却径自拿起手机，很嘈杂的声音响起，一会儿笑一会儿叫的。安新民问："你喜欢看抖音啊？"小郭有点意外，侧过脸打量了一下："你怎么知道啊？"安新民连忙说："我老婆也整天看这些视频，听起来声音差不多。"小郭"噢"了一声，好像就看得更名正言顺了，不时跟着笑，再有车进出，他快速地往窗外看看，在登记本上记下车号，马上又把脸对准手机屏幕。

每一辆车进来，安新民都比小郭看得更认真，没有红色的车，没有奥迪。

"小郭，"他小心地叫着，"205业主家里还有其他车吗？"

小郭半晌才摇摇头。

他又问："是没有还是不知道？"

这下子小郭抬起头了，眉头微微皱着，唇动了动，又抿住，然后重新低头看手机。

安新民无声地叹了口气。场面已经越来越尴尬，他不能在这里再待下去。他从椅子上站起，盯着小郭说："罗兵他们回来时，你一定要记着给我打个电话啊，行不行啊小郭？"

小郭忽获大赦，脸上一下子轻松了，连声说："行行行，您放心，放心。"

安新民又叹了口气，但他还是以一副感激的表情对小郭摇摇手，才转身出门。接下去他能去哪里？总不能一直站在大门口等着绿豆子和罗兵的车吧？只能先回家等了，六点半胖子说要来接罗兵，只要来这里接，罗兵就一定会在六点半之前回来。

但万一呢，万一不是到这里接呢？罗兵出去了，虽然他可能坐绿豆子的车出去，但他也可以找个借口，随时在其他地方下车，然后联系胖子，跟对方约好，车开过去，停下，接上罗兵，去了金花。安新民越想越觉得这个可能性很大，越想越大。他已经走上一小段路，走得很慢，走两步就停下来几秒，仿佛忘了怎么抬腿，忘了家在哪个方向。已经浑身是汗了，汗水甚至从眉毛上穿过，试图入侵他眼眶。他举手恼火地重重擦掉。这样不行，万一病倒了怎么办？病倒就可能发烧，现在谁敢发烧？回家，先回家。他经过芒果树下那张石凳，上了C座楼梯，进了门立即打开空调，又觉得不妥，转身去衣柜里取出一套衣裤，进卫生间冲洗一番，再出来时空调冷气嗖嗖扑来，可他还是清凉不下来。

他在沙发上坐下，边烧水，边取出黑茶，用茶刀撬下一块，放入玻璃煮壶里，煮沸一会儿陆续冲进一旁的紫砂壶里，然后再一盏盏倒进小杯，送入嘴。这把扁平大口的紫砂壶是二十多年前别人送的，究竟是谁、为什么送，他已经忘了，壶好不好他也不知道，反正一直用下来，壶身越来越细腻，微微泛出光泽，看上去比阿桂的脸滋润光滑，用起来也顺手，所以搬离办公室时，他什么都扔掉，只带走这把壶。办公室不是他的，桌椅、电脑也转身都跟他无关，壶像一根绳索，还能把过去的日子牵引住。

口渴了，他得尽快补充点水分，然后再下楼，待哪儿无所谓，总之得守着。从上午至现在他茶都喝得少，肯定是几十年中最少的一天。这不行，所有反常规的事都是不科学的，对身体不利，对情绪更不利。水开了，他把水浇进壶，洗茶，淋壶，然后再浇水，醒茶几秒才倒进白瓷小盏，拎起，轻轻摇动，盏内琥珀色的茶水边沿，一圈细密的金环跟着晃。他是在办公室里学会这么细致地喝茶的，同事都说，喝茶喝的就是茶文化。那好吧，他早就能接受跟茶有关的这些文化了，毕竟活着需要各种仪式感哄哄自己，每次见阿桂撬一撮茶扔进保温壶，开水一冲提着就走，他总觉得别扭，反复更正，阿桂不听，他就更别扭。可是现在这些文化有用吗？他喝了这么多茶，却仍不知今晚该怎样才能把罗兵拦住。

门铃响了，居然是老何。

上午老何戴的是淡蓝色口罩，这会儿换成白色的，脸大部分都遮掉了，留一对乏善可陈的三角眯缝眼。他站门外先按惯例穿上鞋套，然后一进门马上脱掉口罩，把两根挂耳绳拢到一起，套在小臂上，坐下。安新民正相反，他原先没戴口罩，家里又没外人，谁还戴啊？可是外人说来就来了，还这么不见外，他得保护一下自己。

现在老何坐着，他站着。站片刻，他俯身从茶几上抽出个一次性手套，套好，去消毒柜取出一个杯子，放老何跟前，又指了指刚煮好的茶。"喝点吧。"他说。

物业跟业主间有点像军队和老百姓的关系，秋毫无犯这个纪律至少明文摆在那里。不过茶而已，这里的人肯喝口对方的茶，事关情义，情义比生硬的纪律无价。但老何还是摆摆手，身子往前伸，头俯在打开的茶砖前。"你这茶至少二十年了吧？这一层金花，啧啧，好东西！"

安新民晃了晃头，觉得老何在危言耸听。县委办很多同事都对茶精得要死，看一眼，拿鼻子底下嗅一嗅，就知道是出自哪个山头的，大约陈了多少年。他却不行，要说这几十年他也真没少把好茶吞进肚子里，却都穿肠过了，始终没有真正弄清门道，最多看懂是否细叶制的，金花多不多，所以他也没法知道老何是真懂还是在瞎蒙他。

他看着老何，多年培养的职业敏感让他隐约感到来者不善。

老何是主任，但这个小区的物业连股级都够不着，根本被排斥在所有行政序列之外，而他虽多年只是副主任，好歹是正儿八经的副科级。他咳一声，把口罩往上提了提。老何而已，难道他怕？他说："老何抱歉，我有点事，得出去一趟。"

老何仰着脸，一副如梦初醒的憨样，却没站起。

安新民加重了语气说："老何，不好意思啊，我真的得出去一下。"

老何没有马上答，似乎斟酌了一下才侧过脸说："出去吗？太阳这么毒，安老师要注意身体。"

| 我找绿豆子 | 583

安新民悄然长吸一口气，又缓缓吐掉。瞥一眼挂墙上的钟，已经下午四点零十五分了。他走到靠路的窗前看了看，阳光软下去了，明显已无心恋战。无论谁跟太阳斗，都要败下阵来的，它每天眼见着气息奄奄归山，却永远不死，第二天再冒出来时又勇猛得如同提刀握棍的蛮横少年，眉宇间都是搏杀的气焰。人能一样吗？人退休就是退休，然后迈着越来越僵硬的腿一步步向火葬场去，下辈子是否真能投胎，缥缈得想一想都绝望。他从窗口转过身，一只手叉到腰间，远远看着坐在茶几前的老何。不敢肯定自己眼里是否有不满，几十年里他早就学会让不满滴水不漏。

老何左右挪挪身子，屁股像被粘住了，就是不站起。"安老师，您是去找绿豆子的吧？绿豆子已经开车出去了，您还是要急着找她吗？"他问得很轻，像说抚慰人心的悄悄话。

安新民张张嘴，半晌答不出。他当然急着找绿豆子，可他想归想，老何是怎么知道的？而且老何居然也知道绿豆子已经开车出去了？他心里的不满潮水般上涨，涨着涨着还掺进了恼火。所有物业的工作人员，包括这个狗屁主任，都是业主用物业费养着的，每个业主都算他们的衣食父母，可现在这算他妈的什么父子关系？姓何的不请自到，然后赖着不走。安新民急迈几步，从茶几上抓起空调遥控器，连按几下，嘀嘀响两声，冷气霎时没了。"老何，"他声音硬起来，"我得出去了，你以后再来坐吧。"

老何非常明确地摇摇头，他说："安老师，我不建议您出去。或者您先告诉我为什么要这么急着找绿豆子？"

"你什么意思？"安新民一下子提高声音，他意识到再不把生气表达出来，老何都要骑到自己头上了。

老何笑了笑，露出很多牙，好像忽逢什么特别高兴的事。"安老师您是我们业主，阎虹老师，噢，就是那个绿豆子，她也是我们业主，你们哪个人的安全都跟我们有关。您工作年限比我长，见的世面比我多，思想觉悟更比我高，您想想是不是我说的这个理？"

不等安新民开口，老何又说："从前年春节后到现在，我哪天敢松一口气？都累成狗了，整天提心吊胆。你们任何人出事，我都吃不了兜着走。安老师您得体谅一下，现在就业这么难，我老婆店都关门了，还欠着一屁股债，我要是再下岗了，那我一家人怎么办？我们有两个儿子还在上小学哩。"

安新民反问："出什么事？"

老何应该没想到安新民会这么问，他愣着，眉心皱了皱，说："您找绿豆子什么事？她跟您熟吗？不熟，可您一个上午都在找她。她开车出去了，您还要找，她老公罗兵可能一起出去了，您还要跑人家家门口找。连你们家陈老师都担心了，她刚才特地去找我，问您怎么了。唉，我怎么知道您怎么了？到底有什么事啊，您能告诉我吗？"

安新民脑子嗡嗡响了几秒，他是个有逻辑的人，没逻辑怎么可能一直在县委办站住脚？现在的逻辑是，刚才阿桂开车去送货前，肯定先拐去物业办公室找老何了，他们围绕着他讨论过，说了什么不知道，不过还能说什么呢？另外虽然他给小郭送了一包蓝七匹狼烟，小郭还是把他出卖给老何了。他做错什么了？他只是想找绿豆子，拦住罗兵今晚六点半去金花。他在救罗兵，也等于救了绿豆子，救下他们已经因为不能生育而生隙的婚姻，他是高尚纯粹的——对，他突然浑身一震，从早上坐在芒果树下那张石凳上，听到罗兵跟那个胖子说话起，他就一直在找一个能说服自己的理由，就是这个词，这是全部的答案。以前每年写个人年终总结，他都会写上"品德高尚"，生活不腐化，也没贪污受贿，他觉得不写上这个词都对不起自己。现在退休了，世界开始抛弃他，他却必须稳住脚步，仍然继续做个有用的人，活到老，高尚纯粹到死。他又抬头瞥一眼墙上的钟，时间不等人，他不能再拖下去了。

"罗兵刚从深圳回来，你知道吗？"他加快了语速。

老何摇头，有点不明所以。

"罗兵鼻塞咳嗽，肚子还咕噜噜的，你知道吗？"安新民说得更快了，每一个字吐出时，两脚前掌还一耸一耸的，整个身子于是就往上一顿一顿地提起放下。

老何像慢镜头播放，缓缓站起，但没站直，微弓着身子，皱起眉看向安新民。

安新民脑子嗡嗡的，什么都没想，但嘴替他想了，他说："你怕下岗？你根本就不怕，怕你就不会在我这里坐这么稳！"

"安老师，您是说……"

安新民打断他："我什么都没说。"

这时门开了，阿桂满头大汗地进来，背上已湿了大半。

8

阿桂显然没想到老何在，张大嘴，重重"噢"了一声。这个细节安新民看进眼里了，如此说来刚才她开车送货前到物业办公室，只是找老何问安新民怎么了，却并没让老何到家里来。老何来了，坐着不走，这会儿正勾着头掏出手机，食指在屏幕上快速划动着，然后把手机搁耳边，一会儿又取下，重新划动屏幕，再放耳旁。嘟嘟嘟声音传出，反复响，终于他像被针刺了，整个人向上一拔，冲着手机大喊："阎老师好，我刚才打罗老师电话他没接。你们在哪里？啊，哪里？医院？哪个医院？"

阿桂眉皱着，唇噘起向前努，愣愣地看着，她肯定还一头雾水。"出什么事了？"她靠过来，问安新民。安新民没答，他见老何刚才脸都木了，不过很快又松下来，说："好，好，好，知道了，我明白明白。不好意思打扰您了，阎老师，对不起了啊。"

老何把手机从耳旁取下，长吁一口气，转瞬又迟疑起来，转过头看着安新民，唇先动几下，才说："阎虹老师说，他们在妇幼保健院。"

"妇幼保健院？"阿桂大声问，"他们去那里干什么？咦，绿豆子怀孕了吗？"

安新民垂下眼皮看着老何右手掌，那里正攥着手机。老何手机里存有罗兵的号码，也有绿豆子的，却死活不肯告诉他。他心里扭了一下，一口气重重堵在那里。"老何，你别忘了，市肺科医院就在妇幼保健院的隔壁，大门紧挨着的。他们结婚这么久，一直不孕不育，难道出一次差回来就怀上了？能怀上当然好，可出差回来的罗兵明明咳嗽、肚子不好，可能还有拉肚子、没有味觉之类的，甚至发烧。老何，之前我们小区可是一直很安全，一例阳性都没有过。真有一例，我们小区马上出名了你信不信？小区一出名老何你也肯定要出大名了。"

这一串话他说得很快，流畅得仿佛有秘书提前给他写好了发言稿，所有疑难字都在旁边标了同音字。其实并没有，在开口的前一秒他都没想到要说什么，甚至没有提前动过一丝念头，结果嘴一张，话就一句接一句自动编排有序地铿锵出来，而且像一个个巴掌，啪啪打到老何脸颊上。老何蒙住了，更准确地说是吓住了，眼珠子定定地立在眼眶正中央，嘴呵大，紧着身子，像刚打过一个大哈欠后，来不及收回去的姿势。

安新民胸口霎时舒畅了。口语表达严密，是脑子运转灵光的证明——脑子还这么好使就退休了，真是一种浪费。他突然觉得还不够，应该再加一锤，又说："老何，我们小区会不会被封控啊？"

老何眉头又拧一下，扭身就往外走。经过阿桂身边时，阿桂手一伸拦住他："怎么啦，小区有疫情？谁呀？"

"没有没有。"老何摆手，"这可不能乱说的。安老师，我有事先走啊，再见再见。"

他消失在门外后，阿桂走过来。她因急速肥胖而迅猛肿胀起来的圆脸闪着油光，皱纹居然都被脂肪撑得不知去向。没皱纹应该显年轻才是，可她看着还是老了。她问："安，到底怎么回事？"

安新民也摆手，说："没事，老何大惊小怪。"

阿桂说:"看上去不像没事。是跟罗兵和绿豆子有关吧?中午你也问到他们了,他们去妇幼保健院有什么问题吗?为什么小区要封控?啊,安,是不是?"

安新民抿紧嘴。几十年里他早就练就了守口如瓶,刚才为了让老何走,一急之下才胡扯一气,现在他可不能再乱说。

阿桂眼眯着,看上去像要说什么难听的话,突然又改变了主意,转身向门外走去。

她的背影敦实宽厚,树桩般移向铁门。门开了,合上了,重重地"咚"了一声。不知道她要去哪,随便吧,这正合安新民的意。时间不等人,他得马上找到绿豆子,找到罗兵更好。从前每每碰到阻碍,他总会迅速气馁,在心里先说算了算了,于是现实真的就算了,他只能被死死停在副主任这个位置上。退休后第一天,他曾整整一天不出门,脑子都腾空了,变成一块大屏幕,快速倒带般把所有往事都过一遍,如同旧货收容时的盘点。怀疑有错,又过了几遍。时间真的不经花啊,几十年嗖的一下,就没了,都没了。如果重新开始,他会把几个关键节点另样处理,那应该就会有完全不一样的人生。那句话说得对,性格就是命运,骨子里他是懦弱的,太弱了,为什么要算了算了?他现在不能算!

有嘈杂声传来,他站起,又走到临路的那扇窗前,看到几个物业人员正从办公室匆匆往外涌,都穿着白色防护服,口罩,护脸罩,背着蓝色消杀喷雾器匆匆向 B 幢楼去。没看到老何,再看,也没看到阿桂。安新民定定地愣了一会儿,脑子里嗡嗡嗡响。事情怎么会一步步成这样了?本来他只是想找到绿豆子,告诉她今晚要把罗兵拦住,不要去金花。现在该如何是好?他长吸一口气,往门外走去。

楼下已经有很多人,多少都有点不安,都戴着口罩。小区所有的保安都出来了,沿着路两旁零星站开,小郭也站到保安室外,垂着双臂往这边眺望。安新民向 B 楼走去,他已经看到那里拦起黄线,他不管,但刚走几步就被拦住了。那人个子不高,瘦削,也穿白色防护服,脸上口罩、护脸罩一样不少,只剩下两只模糊不清的眼睛。没认出是谁，甚至看不出男女，本来物业的人安新民认识得就不多。他说："我找老何，麻烦你把他喊来。"

对方立即后退一步，说："安老师，您把口罩戴上吧。"是个女人的声音。

安新民才发现刚才下来得匆忙，自己居然没戴口罩。他在口袋里摸摸，也没有。他说："我找老何，何主任。"

女人说："不好意思，主任出去了，不在这里。您回头再找他可以吗？"

"不可以！"这句话他是被不知哪里冒出来的火推出嗓门子。喊过，安新民吸吸鼻子，他提醒自己还是冷静一下。"你叫什么名字？"他口气温和下来了。

女人应该没料到安新民会这样，怔怔站着，透明的护脸罩表面已经起了一层薄薄的雾气。

安新民降下声调，但口气仍然很强硬："快去叫老何，我有急事。"

女人咕噜了一句什么，安新民没听清，身子一提，就要往前走。女人一跳，张大两臂又把他拦住了。"安老师安老师，您不能过去，楼道正在消毒哩。"

安新民说："没必要消毒。"

女人摇头："有必要，要消。"

安新民伸手想拉她，她触电般往旁一扭身闪开了。

安新民说："别消了，你让老何来一下。"

女人说："主任真的出去了，他交代必须消，这幢楼每一层都要消。噢不对，是整个小区每户都要消毒了。您先回去吧，一会儿要去你们那幢楼了。"

各个楼道的安全门不断响，东一个西一个人走出，都捂得结实，疾步向这边走来。一个瘦削的中年男人问："我们这里有人阳了吗？谁呀？"

女人扭头往上瞥一眼，摇了摇头。"回吧回吧，麻烦你们先回去，好吗？"

安新民又把手一甩，吼得更大声了："不好！你们主任到底去哪儿了？你把他叫来，马上，立即，快点！"

中年男人插嘴说："刚才我看到老何开车出去了。"

安新民不信，瞪着物业的女人。

| 我找绿豆子 | 589

女人摊摊手说:"是出去了,主任去医院找罗老师和阎老师了。"

"找罗兵和绿豆子?"安新民很意外。

女人点点头。

安新民眉头微皱想了想,说:"你能把老何的手机号告诉我吗?"

女人摇头。

中年男人马上说:"我有。"

安新民说:"你告诉我。"

中年男人已经把手机握住,开始划拉屏幕了,说:"我直接拨他——噢,你找他干吗?"

手机嘟嘟嘟地叫着,直至传出大家都熟悉的嗲嗲女声:"对不起,您拨的电话无人接听,请稍后再拨。"

中年男人又问:"你找他干什么?"

安新民知道自己要干什么,却无法解释。他转身问物业的女人:"你打他电话可以吗?他打老何不接,你打老何应该就接了。"

"有急事?"物业的女人说着把面罩摘下,接着又扯下口罩。原来是个年轻的女孩,额上全是汗,刘海已经弄湿。像一只被捞上岸的鱼,她噘着嘴唇大口呼吸。

中年男人认识她,叫道:"是你啊,小余。"

安新民这一刻才知道她姓余,他说:"小余,打吧打吧,很急。"

小余说:"安老师,主任刚才更急,一路跑着找车。您有什么事,可以告诉我,我来帮您。"

"跟你说什么说,你根本帮不了!"安新民脱口嚷起,话音未落他看到小余脸色都变了,连忙又说,"对不起,真的太急了。小余,麻烦你给老何打个电话,快点,否则误了事,你可担不起责。快,快点!"话未说完,有人重重拍了下他肩臂,回头看,阿桂不知从哪里冒出来了,圆滚滚的大脸几乎一把糊到安新民胸前。"到底什么意思啊?你今天真是太不正常了,一会儿找绿豆子,一会儿找罗兵,一会儿找老何,怎么回事?神经病啊。"

小余手往大门方向一指,喊起:"哎,主任回来了。"

安新民扭身看去,两辆小车相继开进来,前面是红色的,后面是灰色的。地下车库入口就在保安室左侧,红车停住,想左拐,后面灰车连按几个喇叭,开红车的人探出头向后看,垂到背上的一束头发狗尾巴般甩来甩去,是个女人。

阿桂叫起:"绿豆子,她就是绿豆子。"

红车最终还是拐入地下车库,灰车也跟上。过了一会儿,楼道口走出三个人:老何、绿豆子、罗兵。小余紧走两步,迎向老何。老何不耐烦地扬扬手说:"去叫他们下来,不用了。"

小余像是怕自己听错,问:"不用消毒?您刚才不是让我们去?"

老何很恼火的样子,眉皱着,嗓门儿一粗,吼起:"刚才是刚才!快去,让他们马上撤了,消什么毒,毒个屁!"

小余被吓着了,转身急跑,但显然防护服和宽大鞋套阻碍了她,每一步都左右摇晃,像一只拉不起来的风筝,窸窸作响。

老何在人群里扫一眼,一个大步迈向安新民。"安老师。"他唇动了动,又用力抿住。片刻,转身摆摆手说:"没事了,我们小区没事,大家都回去吧。聚集不好,回去回去,都回去。"

这时绿豆子拉下口罩,静静看着安新民。"我就是绿豆子,你找我?"

安新民连忙摇头摆手,嘴里嗞嗞响着,后退几步。

阿桂问:"怎么啦,怎么回事啊?"

老何又瞥了一眼安新民,重重吸口气吐掉。他明显有沮丧几分,一直挺拔着的身子松了,向下软去。

围拢近的人越来越多,也有人向外撤,却也没走远,站到树下看着,心事重重。

B楼的安全门开了,十几个穿着防护服的人像一串鱼从里头陆续出来。看上去他们好像有点犹豫,站住,怔怔看老何。老何就拨开挡在前面的人,向

| 我找绿豆子 | 591 |

他们走去,被阿桂拦住:"老何,我们小区到底有没有人阳,你得给我们有个交代。"

老何低头片刻,再抬起来时似乎下了决心,转过脸看着罗兵,问:"罗老师,您觉得呢?"

绿豆子嘴角一扯,从包里掏出一张纸,抖了抖,说:"我来说吧。我老公刚从深圳回来,他人是有点不舒服了,但所有的不舒服都是阳吗?"说到这里她顿了顿,看着安新民。"万一阳了我们自己不怕吗?当然怕!所以我拉他去医院做了加急核酸。你们看,报告都出来了,阴,什么都没有!你说,你到底什么意思?这么大年纪的人了,怎么还这么见风就是雨的?"

罗兵嘟囔一句:"简直莫名其妙!"

老何竖起巴掌在两人脸前摆了摆:"算了算了,罗老师阎老师别生气。算我的,怪我怪我。"

绿豆子还要再说点什么,老何又摆手,笑声从口罩后面很用力地推出来。"阎老师您听我的,罗老师没事,我们小区没事,就是万幸了。大家都放心,我刚才特地赶去肺科医院,我表哥在那里当主任,就是管核酸的。罗老师的报告是我取出来的,我用性命担保,绝对没事,有事我们到现在还能这么安宁?早被封上了,是不是?回去吧,大家互相多理解。小心点总是好的是不是?都注意防范,多吃鱼肉多喝茶,我们小区肯定可以阴上一万年,这个包在我身上。回吧回吧,都回吧。"说着老何走向那群穿防护服的物业人员跟前,低声说了什么,然后那些人就跟着他走向物业办公室。他穿的是黑T恤,被跟在后面的一队白色衬得瘦了一大圈。

很多人都看着安新民,安新民怔着,好像也在看谁,其实眼前全是虚的。他转身钻出人群,向C楼走去。他听老何的,回去吧。

过一会儿阿桂回来时,安新民已坐到沙发上把茶重新煮过,开始喝了。阿桂走近,半晌不开腔。安新民不看她,但他知道阿桂这会儿正盯着他。阿桂很少这样。最后阿桂叹口气,像自言自语,说:"你怎么这样了?"

安新民一盏茶刚往唇边端，顿住了，猛地把杯子往茶几一摔，茶水溅开。

"什么样？"他吼起，"我什么样，啊？什么样？"

阿桂双臂抱在腹前，眼斜过来，冷冷地看他。这姿势太居高临下了，从认识第一天起阿桂什么时候敢这样对他？他一下子站起，手臂像把剑指向阿桂。"你懂什么？我告诉你罗兵今晚要出事！"

阿桂问："什么事？"

安新民脱口喊起："他要去夜总会。那个金花夜总会是什么地方你知道吗？男人进去了，能清白出来？不清白他人生就毁了，我这是为他好——不行，我还是得去拦住他，我得找绿豆子。"说着他绕过阿桂，向门口疾步走去。

阿桂安静了片刻，突然在后面喊起："神经病啊，人家今晚是去看歌舞团演出，跟夜总会什么关系？"

安新民手已经握住门把了，一下子停住了，回过头瞪着阿桂。

阿桂懒懒的，白了他一眼，说："刚才我听罗兵自己跟绿豆子说的，他拉绿豆子回去，说今晚朋友要他一起去看演出。大型舞剧《金花》啊，讲的就是我们这里黑茶的故事，你没听说过？歌舞团四年多以前开始排的，跳舞的人能有几个四年青春？人家都憋着，今晚是第一次演出。我还四处托人要票哩，可是上面有规定，观众人数有限制，买都买不到。罗兵的朋友只多出一张票，刚才他还问绿豆子要不要去，绿豆子去他就不去了。绿豆子不去。我差点说我想去哩。"

阿桂径自进了卫生间，洗手和撒尿的声音持久且洪亮地传出来。

安新民在门后站着不动，手也仍然停在门把上。过一会儿他推开门，还是出去了。太阳早已下山，头顶布着层层叠叠羽毛或马尾状的铅色云，压得很低。很早以前安新民就知道这是台风云，可是台风呢？一切都是安静的，地面温良贤淑得仿佛从未狂暴地燥热过。他走到对面，缓缓坐到芒果树下的石凳上。

刚才这里聚了很多人。

刚才他看到物业人员穿起防护服，背着消毒器。

再往前推,他曾去小卖部买一包"蓝七"给保安小郭。他从小郭那里知道绿豆子开车出去了。

而更早,他就是从小郭那里拿了报纸,然后坐在这张石凳上,看到罗兵坐胖子的车进来,他们说今晚要去金花。

金花不是人,不是夜总会,而是大型舞剧?

安新民抬手看看表,六点二十八分。车不时从前面经过,可能扬起灰尘了,无所谓。刚才下楼时他没戴口罩,已经有多长时间,他整张脸都没有这么无遮无拦地袒露在家门外过,也无所谓。这时他看到早上胖子开进来的那部黑色奔驰车了。车停下,靠楼房那边的车窗落下。很快B楼楼道口那扇安全门开了,罗兵和绿豆子一起出来。他们几乎同时看到安新民,对视一眼,然后没有后续,似乎很快就忘了。罗兵从车前绕过,上了副驾位。绿豆子居然也上车,坐到后排。车往前一段,掉头,重新从石凳前经过。胖子的车没有贴膜,安新民看到玻璃后的绿豆子了。刚才绿豆子在他面前站立过,可他慌得什么都没看清,这会儿也只能看个大概。马尾辫,头小肩细,背很薄,三十几岁的女人,如今保养得好,尚未生育,青春就被人为延长,母态偏少,更多停留在少女的模样。安新民身子挺直了。这一整天自己都做了什么?他在找绿豆子,找这个女人。此时如果绿豆子恰好转过脸来,他打算猛地站起,扬起手,打个招呼。她也去看《金花》吗?罗兵说金花是舞剧就是舞剧?疑点仍然在,而女人总是太轻信。上午,他明明亲耳听到胖子说票只有两张,现在却去三个人。

但绿豆子没有看过来,她身子微微向前趴,好像在跟前面的胖子说着什么,就这样一闪而过了。

安新民把手搁在膝上,重重用上劲,捏紧自己。

一片芒果叶飘下,晃晃悠悠地停在他鞋前,如同一只大眼愣愣盯住他,他猛一哆嗦。虽然树的品种不好,一年长不出几个果,但这毕竟还是挂果的季节,叶子得同心协力忙着光合作用才是,不该擅自离开岗位。它也退休了,被一脚踢出树叶界?

他低下头，眼光长久没离开那片叶。除了像眼睛，它是不是还很像一艘船？船啊！他猛地抬起头，眨几下眼。眼前都是虚的，路以及所有的房子、人、车突然对焦不准，退远，越来越远，而他像艘被甩到暗夜里的船，看上去无恙，但舵坏了，缆绳已被砍断，浪打来，他却无力挽住岸上的一切。

无名之地

卢一萍[*]

1

从往奇台达坂去的堆垄望下去,红柳滩像一坨风干的牛屎。一座兵站靠在新藏公路左侧,背后是一座秃山,秃山再往上就是金字塔似的无名冰峰,闪着银光的峰巅顶着无垠的苍穹和看不见的巨神屁股。

兵站对面,寄生着三家世界上最简陋的饭馆。一对四川夫妻卖川菜;一个甘肃嘉峪关的中年汉子卖兰州拉面;一个和田的小伙子卖馕和烤肉。靠北那家酒吧是最后才来的,搭了四顶白色的帐篷——一顶大帐,三顶围绕着大帐的小帐,它们在那个荒凉无比的地方,显得比宫殿还要耀眼,它有一个醒目的招牌:天堂酒吧。酒吧里卖啤酒、白酒和各种饮料,店主叫"黄毛金牙"。

其他三家饭馆原是没有名号的,一看那阵势,觉得也该有个店名。卖川菜的小店是土坯建的,店主叫刘大财,四川巴中人,上过初中,就赶紧在硬纸壳

---

[*] 卢一萍,男,1972 年 10 月生,四川南江县人,现居成都。毕业于解放军艺术学院文学系。曾任原成都军区文艺创作室副主任,2016 年退役。主要作品有长篇小说《白山》《激情王国》《我的绝代佳人》,小说集《帕米尔情歌》《天堂湾》《父亲的荒原》《银绳般的雪》《大震》《名叫月光的骏马》,长篇纪实文学《八千湘女上天山》《天堑》《祭奠阿里》《扶贫志》,随笔集《流浪生死书》等二十余部。作品曾获中宣部"五个一工程"奖、中国出版政府奖、中国人民解放军文艺奖、中国报告文学大奖等。《白山》获亚洲周刊 2017 年度全球中文十大小说,与《祭奠阿里》分别入选 2017 年、2019 年收获文学榜。

上自书了"四川酒楼",挂在了低矮的门楣上;卖拉面的馆子是石头垒的,店主马德小学毕业,也找了张三合板,自书了"兰州拉面店"的牌子,那些字看上去像一群蚯蚓;小伙子艾孜拜不会写汉字,但他的招牌最气派、最醒目,"888烤馕烤肉店",招牌把纸箱搭建的小店都快遮没了。

在这条公路上往返奔波的人,大多会在此停留,吃一顿热饭,然后就一头扎进天堂酒吧里,使这个原来只偶尔被盘羊、高原狼、雪豹、天上的乌鸦及秃鹫打量的地方,显出一番梦幻似的繁华来。红柳滩,这个寂寂无名之地的名气也越来越响亮了。

天空是高原的天空——无限深邃,无限蔚蓝,以至于让荒凉显出了生机,雪变成了蓝色,荒原笼罩了神圣的光芒。

叶尔羌河急切地流向自己的葬身之地——浩瀚的塔克拉玛干沙漠,太阳在天空无声地运行。看不见风,但可看到几丛红柳一次次被风粗暴地按倒在河床上,像在被强暴,又像在磕头。几只黄羊在河对岸一片金色的草地上吃草,一只鹰在天空无声地游弋。

黄毛金牙大概三十岁,那天他睡觉起来,洗漱好了,对着一面可能是喀喇昆仑山腹地最大的镶了廉价欧式花边的明镜,把自己的黄毛梳理好,看到染过的发根已经变黑,颇不满意地嘀咕了一句:"看来要去趟喀什噶尔了。"他的头发从不在叶尔羌的美发店里染,而是宁愿多跑两百多公里尘土飞扬的长路,去喀什噶尔一个名叫"魅发"的美发店去弄。

那三个女人来跟他交了账,她们把他当长兄一样尊敬,也像爱自己的情人一样爱他。他给予她们家人一般的关怀和体贴。一个女人伺候他喝了奶茶,就着熬了一夜的羊肉汤吃了一个馕,充满母爱地把他嘴巴周围的油渍用餐巾纸擦拭干净;另一个女人便把擦得锃亮的皮夹克和长筒皮鞋拿来,给他穿上,然后把双管猎枪交到他手里;那个长得最漂亮的女人到马棚里去给他那匹叫吉普的枣红色伊犁马上好鞍,牵到大帐门口等着。

他收拾停当,出了帐篷,跨上马,来到了公路上,开始溜达。他看了看四周的风景，感觉自己的确像这喀喇昆仑之王。

他朝奇台达坂的方向走去。路上没有一个人，也没有一辆车。他来到一处台地上，上了外星建筑似的堆垒，勒住马，俯瞰着河谷。他能看见叶尔羌河的河水反射着或明或暗的亮光，看不见的似乎都已融入喀喇昆仑荒凉的山体。

就在这时，一股烟尘从北面的公路升起，越来越高，很快，随着烟尘的移动，一辆轿车出现在了他的视野里，他不禁惊讶得张大了嘴巴："我的个天哟！"

吉普是他两个月前购买的退役军马，很是高大俊逸，他一骑上去，就觉得自己有了几分霸气。作为一匹退役军马，吉普已习惯高原气候，它在这里奔驰行走，颇为自如。它似乎也发现了那个拖着长长烟尘的新鲜玩意儿，激动得连打了几个响鼻。

"小轿车开上了昆仑山，这不稀奇得跟美国人上了月球一样吗？我的个老娘，他们是怎么把这玩意儿开上来的？不会是用火箭发射上来的吧！"

小轿车车背上顶着警灯，因为蒙了尘土，沾满了泥浆，已看不出是什么颜色。但它好像外星来物，在这荒芜之地，仍闪耀着异样的光芒。

"是警车啊，那就不奇怪了，警察是能把它开到这里来的。"黄毛金牙对胯下的吉普说。虽然他有三个塑料花似的女员工，但在喀喇昆仑山里面待了不到二十天，他就有了对自己、对帐篷、对石头、对天空说话的习惯。他意识到是警车后，一下担心起来："他妈的，不会是冲着老子的天堂酒吧来的吧？"最近风声较紧。这么说着，他勒了马缰赶紧往回走，但小轿车对红柳滩这个小地方似乎不屑一顾，它并没有停留，而是有些清高地、盛气凌人地只顾往前赶。

从叶城上来，要翻越阿卡子、库地、麻扎、黑卡四座达坂，经过三十里营房，到红柳滩的路虽难走，还是公路，但即使这样，也从来没人会想到要把小轿车这么个娇滴滴的东西开上喀喇昆仑山来。

红柳滩好像公路上最后一个伊甸园，由此直到多玛，已无严格意义上的公路，只有越野和卡车可以通行，很多路段要司机凭经验和胆识去闯。

黄毛金牙放心了，他有些好奇地伫立在原处。虽然是警车，他还是想等着看它的笑话。他把猎枪挂在马鞍上，点燃了一支雪莲牌香烟，深吸了一大口，悠然地吐了好几个烟圈。

引擎声近了，他听出那车爬得很吃力，歇斯底里的。

是一辆日产尼桑，在二十世纪九十年代很少见。在这只跑解放牌卡车和北京吉普的蛮荒大野之中，那车即使安着警灯，也没有一点英武之气，只显出一种做作的娇媚样子。

他看到车上的人都穿着警服，驾驶座上的人瞪着眼睛在开车，副驾上的人同样盯着前方，这路显然快把他们折磨疯了。

当两人看到他的时候，车停顿了一下，像受惊了似的。

四只眼睛透过蒙尘的挡风玻璃同时盯住了他，但又几乎同时迅速地收了回去。

"哎，这他妈的是国道吗？"副驾上的人摇下车窗，恼怒地质问黄毛金牙，好像这路是他修的。

"当然是啊，赫赫有名的219国道，地图上都标着呢，你们警察应该很清楚的。"他语气恭敬地回答。

"那为什么是这个鬼样子！这个鬼样子的路还叫他妈的什么鸟国道！"那人气急败坏，显然要崩溃了。

"你问我，我问谁去？"黄毛金牙干笑了两声，耸耸肩，"不过，这里又不是北京、上海，有这样的路就不错了。"

"地图上标的是国道，看着跟其他国道一个样子，都是一条红线，可开上来后却是这个鬼样子，这不明摆着害人吗？"

"你们是警察，该知道轿车是不能往这上面开的，从来没有人会开着轿车往喀喇昆仑山上跑。"

"我他妈的哪知道。"司机猛踩着油门，轿车嘶叫着往前冲。

"我还是第一次看到有轿车开上来，回来时欢迎到天堂酒吧来喝一杯！"他看着轿车屁股后面喷出的黑烟，捂住了鼻子。

"谨防老子给你端掉！"副驾上的人从车窗探出身子，回过头来吼叫。

"如此美好的地方，你会舍不得的。"

轿车继续往前开去，一副马上就要散架的样子。

黄毛金牙对着轿车后轮胎铲起来的泥巴和砾石，说："傻逼，还往前开，本大爷看你还能开多远！"

黄毛金牙骑马回到红柳滩时，有些车已经歇下来，不想再往前开了。他帐篷里的笑声和打情骂俏声已经响起，饭馆也开始忙碌，准备做饭，满足那些人的胃口。

刘大财问："黄毛金牙，你看到那辆轿车了吗？"

"我长着这样一双有神的眼睛，怎么会看不见呢。我不但看到了，还跟他们说话了。"他跳下马来，"那是一辆警车。"

艾孜拜撅着屁股从馕坑里把烤好的馕取出来，抬起胳膊抹了一把脸上的灰："小轿车往这山上跑，我就从来没有听说过。"

黄毛金牙说："人家可能是执行什么任务嘛。"

马德问："难道他们身为警察，不知道这条路轿车不能上来？"

黄毛金牙显然不想跟他们再闲扯，有些不耐烦地说："你们管那么多干啥？该炒菜的炒菜去，该拉面的拉面去，该烤肉的烤肉去！"

三人一听，一哈腰，把媚笑堆到粗糙的红黑脸庞上，各自忙碌去了。

红柳滩在太阳的影子往山上退去时，炊烟直直地升起，肉味弥漫开来，吆喝声此起彼伏，越来越显出了一副热气腾腾的人间景象。

2

东面雪山的影子填满了暗淡下来的叶尔羌河河谷，红柳滩的人们又度过了多半天的时光，离自己生命的终点又近了那么一点点。在四川酒楼喝酒的人已有些迷糊，在艾孜拜那里吃烤肉的人也打起了饱嗝，有人钻进了天堂酒吧，过不多久，又心满意足地钻了出来。

黄昏即将来临，河谷里起了风，白天阳光留下的一点温暖被风扫得一干二净。就在这时，一个人徒步从奇台达坂上走了下来。他被高原反应折磨得已没了人形，既沮丧又疲惫。待他的身影慢慢变大，大家看清他是一个警察。他径直走进旁边的拉面馆，脸朝公路坐下，要了一碗砖茶，"咕咚咕咚"灌进去，又倒了一碗，然后咽着唾沫，着急地说："老板，赶紧给我来一份过油肉拌面，多放点肉。"

"同志，车坏了吧？"马德像玩魔术似的把面块扯成面条，随口问。

"你咋知道呢？"那人警惕地飞快瞅了一眼四周，口气很生硬地问道。

"我刚才看你走路来的。如果车没坏，谁会在这鬼地方走路啊。"

"那你知道谁会修车？"

"敢开车跑这条路的，都会修。但你那是进口货，会修的人就少了。"

"那还麻达了。"那人有些绝望。

"听说黄毛金牙也会修车。"

"黄毛金牙？就是有马骑的那个人？"

"就是。"马德把拌面端上来，"但他一般不会去做这种粗活，他不屑挣那个钱。"

那人像饿鬼似的把一大口拉面胡噜进嘴里。

"这路上车一坏，就倒霉了，你得给钱才有人去帮你拖车。"马德说。

"多少？"

"一百，至少。"

"抢钱啊，一百块！"

"达坂上嘛，海拔高，有人愿意去就不错了。你是第一次走这条路吧？"

"以前从没来过，谁知道这路这么破，简直比机耕道还不如。"

那人说完，风卷残云般把一大盘拉面吸溜了一半，很惬意地舒展了一下身子。

"给我来一碗面汤。"

"好嘞。"马德把一大碗面汤端到他面前，没话找话，"你应该是今天上来的那辆警车里的警察吧？"

那人只顾往嘴里胡噜拉面。

"看来你们对这条路一点也不了解。小轿车怎么能往这上面开呢！你们能开到达坂上去，已经很不错了。你们的车修好了就开回去吧，前面是甜水海、死人沟、界山达坂，就是大车好多时候都开不过去，何况小轿车？"

"妈的，真没想到这路这么破。"那人恶狠狠地说。

"你们警察难道不知道这路难走？"

"我们是甘肃的。"

"难怪！"马德格外亲热了一些，"那我们是老乡，你甘肃哪搭的？"

那人想了想："酒泉。"

"我玉门，那我们是一个地方的。"马德他乡遇老乡，格外激动，赶紧给那人出主意，"你们如果想省钱，可以去兵站求助，他们会帮忙的。最主要的是他们会修车。"

那人吃完了面，装作无意地冒出一句话来："他们肯定有枪吧？"

"当然有枪了，他们晚上站岗还要带枪呢。"

"我也有枪，我们都带着家伙！"他拍了拍自己右腰。

"你们警察嘛，肯定有枪！这就像农民有锄头一样。黄毛金牙也有一杆双筒猎枪，不过，在这上面除了打狼，没啥用。"

"这个老板竟然有枪？"

"他就是装装样子，有事没事都拿着，唬人。去年冬天快封山的时候，河谷里来了一群狼，他骑着马去追，差点把马跑死了，一坨狼屎也没捞着。"

"钱都被黄毛金牙挣了。"

"是啊，挣上面这个嘴巴挣不到什么钱。黄赌毒，沾上就脱不了手，那个川耗子的钱被婆娘管着,还想方设法往黄毛金牙的帐篷里钻呢。"

"你的钱也填进去了吧?"

马德不说话了。

"肯定填进去了不少。"

"没有的事。"马德不想承认,顿了顿,又讪笑着说,"人啊,这个××最难管!"

"没有什么不好意思的,你到这里来挣钱是为啥,不就为了吃喝玩乐吗?"

"我们那地方出产不好,弄不上个钱,上有老下有小,我可玩不起。但每个月还是会去一两次。哦,对了,你们咋开着那么娇贵的车上山来了?"

"我们上来执行任务,没想到这鬼路这么难走,把老子害惨了!"

"本来就是牲口走的路嘛,千金小姐的三寸金莲怎么走得了呢。"

"有个杀人犯跑了。任务急,也不了解路况,开着这破车就上来了。"

"逃犯?他不会到红柳滩吧?"马德一下紧张起来。

那人很响亮地喝了一大口面汤,压低声音说:"那家伙杀了好几个人,逃到叶城后,又在那里抢了一个卡车司机,把人杀了,抢了钱,抢了车,然后把车开到西藏去销赃,现在应该快到阿里了。"

"那家伙说不定还在我这里吃过拉面呢。"

"那也可能。买单。"

马德想讨好他:"你们警察辛苦,为民除害,我们又是老乡,算我请客。"

"那不行,我们有纪律。"他说着,掏出一沓十元人民币,抽出一张,拍在了桌子上。

这时,帐篷里传来了喊叫声。

"那个酒吧热闹得很啊。"

"你是警察,你懂的。"他找了五块钱给那个人,"哎呀,受不了,搞得这里的石头都他妈的成天发情。"

那人嬉皮笑脸地说:"所以你每个月都会去一两回。"

"就是啊,受不了嘛。不过,有她们好,有了她们,这里就有人气了。"

"那个什么黄毛金牙不知道这是犯法的买卖吗?"

"这鬼地方有什么法哟,黄毛金牙就是法!"

"他是什么屌法?今天我就要让他知道,老子才是法!"他虚张声势把袖子撸起来,大声武气地喊叫道。

"你们都是法。"马德见他那个样子,声音低了下去。

"老子才是法!"他把自己的腰拍得嘭嘭响,拍得腰上的肥肉像触电一样乱颤。

马德不敢吭气了。

"老子这就过去拜会拜会他!"他把马德给他找的五块钱在桌子上猛地一拍,就手装进了裤兜里。

3

黄毛金牙的帐篷是哈萨克风格的,帐篷的材料用的是毛毡,能遮风挡雨。其中三顶是圆锥形的小毡房,是三位女神工作和睡觉的地方。他自己的大帐可谓豪华,能容纳二十多人在里面吃喝聚会。穹顶由六十根坚固又富有韧性的红柳木撑杆搭成,圆形墙围高约两米,外围加设一道彩色墙篱,墙篱是用芨芨草编织而成的有花纹的草帘。内围则用和田地毯装饰,朝向公路的门正对一个吧台,上面摆放着泸州老窖、尖庄、伊力特、古城老窖、奎屯特曲、昆仑大曲,西藏、青海产的青稞酒,俄罗斯的伏特加,以及吐鲁番、阿克苏产的葡萄酒,还有一些啤酒、饮料、香烟和十多种小吃。那把双管猎枪摆放在吧台上方最显眼的位置,像是镇店之宝,有一种很明显的威慑力。台面上摆着一台红灯牌双卡收录机。吧台两侧半圆状的地台上铺着毡子、地毯,上面各摆放了十张铺着艾德莱丝绸的桌几,每个桌几后面整齐地叠放着用花布盖着的被褥,供客人躺卧。中间的铁皮炉子里煤炭烧得"呼呼"响,炉子和挨近炉子的一截排烟管烧得通红,把帐篷烤得暖烘烘的,炉子上的大茶壶里装着砖茶,不停地冒着热气。

那人推开雕花木门,再撩开厚厚的棉毡门帘,走进了黄毛金牙的帐篷宫殿。他故意把头抬得很高,不去看里面的人,只看帐篷顶上天窗外的一小片天空——他从那里看到了一座雪山峰顶。

没有一个人睬他。当他意识到这一点,不得不把抬起的头低下来时,他的眼睛一时没能适应里面的环境,有十来秒的时间,他只看到了模糊的、粉红色的一片,只听到了邓丽君的《往事只能回味》。他揉了揉眼睛,看清了黄毛金牙,然后看清了十多个喝酒、喝茶的人,他们或盘腿坐着,或随意躺着,或靠在被褥上,面前的桌几上放着酒、花生米、怪味胡豆、牛肉干、葡萄干,也有从马德那里点来的烤肉和在四川酒楼点的炒菜。

那人径直走到黄毛金牙面前,语带愠怒地问道:"你这里有什么?"

黄毛金牙没有抬头,数着手里的钱:"你想要什么?"

"想要你把这个地方关了。"

黄毛金牙还是没有抬头:"你是今天开轿车上山的同志吧。"

"你原来是长了眼睛的啊?"

"在这个地方,眼睛只有两个用处,一个是用来看清楚钱的,一个是把自己的小命看好,这才上得了这山,也下得去叶城。"

那人的脸有些变形:"有人举报你这个地方胡整。"

"在这鬼地方,不胡整还怎么整?"

"你没有看到老子是警察吗?你整的这些东西都是违法的。"那人变得义正词严起来。

"警察?"黄毛金牙抬起了头,很潦草地瞅了他一眼,"我这里什么人都来。何况,这灯光把你身上染得红红绿绿的,哪能看清楚?"

"现在看清楚了吧?"

"可能是灯光的原因,还是不太清楚。"黄毛金牙把头像秃鹫似的往前伸了伸，盯着他的警服看了看，又把他的脸瞅了瞅，语带讥讽，"这下看清楚了，的确是把轿车开上喀喇昆仑山的英雄。"

"看清了就好。"

"看来警察同志出门很久了，头发太长了，胡子该剃了，这警服也至少一个月没有洗了。"

"是有些久了，我在外执行任务已一个多月。"

黄毛金牙给他递了一支雪莲烟："先喝一杯吧，要找乐子，得排队。"

"我还有任务，没时间排队。"那人望了一眼双管猎枪，"你有枪油吗？"他拍了拍肥胖的腰部，"我的五四式手枪好久没有擦过了。"

黄毛金牙听说他有枪，语气软了："同志，五四式手枪的枪油我这里没有，但你那个枪的枪油我免费提供，正宗的印度神油。"他停止了邓丽君正在唱的《何日君再来》，压低了声音："但你还是得稍等，得等人家完事儿吧。"

"我要最好的。"那人抬头看了一眼简易货架，"来两瓶乌苏。"

"最好的当然要给你。"黄毛金牙把收录机重新打开，邓丽君甜美的声音再次在这洪荒之地响起。他把啤酒打开，交到那人手上，又给了他一包雪莲烟、一袋花生米、一袋牛肉干："警察同志辛苦，这个，我请客。"

"这就对了。"那人接过东西，缓和了语气。

"听说你会修车？"

"以前我在塔尔巴哈台就是干这个活儿的。我以前喜欢车，现在喜欢马。"

"我们的车在达坂上抛锚了。"

"我就在想，你怎么没有驾驶着那个车往前飞，而是返回这里了，还有个同志呢？"

"他在达坂上守着，我下来找人帮忙。"

"你那个是日本进口的车，不好弄，得找兵站的同志帮忙。"

"这个时候去找，影响不好。"

"我看还真的只有去找他们，达坂上晚上会冻死人的，你得赶紧把车和人都弄下来。"

他又喝了一大口啤酒："我们是警察，能坚持住。"他说完，很舒服地卧下了，拿起一瓶啤酒，痛快地往肚子里灌了半瓶。

4

那一声狼嚎是在夜幕降临时传来的，天堂酒吧里的那人停止了在女人肚皮上的动作。但他只是稍作了停顿，就又折腾开了。一个多小时后，那人带着几分醉意从一号帐篷重新回到了大帐里。他对黄毛金牙说："我操，真他妈不错！我刚好今晚没地儿住，现在先跟你说好，等会儿包夜。"

"在这里包夜可不便宜。"

"不就是钱嘛！"那人不屑地撇了撇嘴，"刚才是狼在叫？"

"是，是狼嚎。"

"我还是第一次听见，挺瘆人的，你们不害怕？"

"我们听到狼嚎，就跟听见狗叫一样。"

"再给我开两瓶啤酒！"

"同志，你得先把刚才的钱付了。"

"多少？"

"一百，到处都是这个价。超半个小时是要另外收费的，你是警察，就算了，连同那些吃喝，都算我请客。"

"明早和包夜费一起算。"

黄毛金牙把啤酒开了："不行，本来是消费前买单的，这也是我们这一行的规矩，你走南闯北，见多识广，肯定知道。"

那人仰起脖子，灌了一大口啤酒，打了个酒嗝，有些生气地说："我是走南闯北，也的确见多识广。你知道不，我还从来没有在这种地方花过钱，都是别人求着老子，还倒给我钱的。你干这行，连这个规矩都不懂吗？我刚才说明早给你，是不想坏了我今晚的兴致，已经是给你脸面了。"

"我还真不懂这个规矩。"黄毛金牙一听，口气也变硬了。

"那我就告诉你，你这个什么鸟天堂酒吧能不能开，也就是老子一句话的事。"

"那我也告诉你，甘肃警察管不了我这事。"

那人愣了一下："老子多久说我是甘肃的警察了？谁说老子不能管了？"

"你一张嘴我就听出来了。不要总是老子老子的，你是警察，那样不文明。"

那人又灌下一大口啤酒，嚣张之气减弱了些："我不想破坏今晚的兴致，这个钱先给你，明天我们走着瞧！"他说着，从左边衣兜里摸出一个皮夹子，抽出几张百元钞票，"啪"地拍在了桌子上。

黄毛金牙撇了撇嘴，把钱收下，没再理他。

那人回到了自己先前的地方，气哼哼地卧下了。他一边嚼着牛肉干，补充刚刚耗去的精力；一边喝着啤酒，解着口渴，满怀激情地期待着夜晚降临，好重温鸳鸯梦，早把那个困在达坂上的同伴忘到九霄云外去了。

5

达坂上的那个人蜷缩在车里，他体形瘦小如猴，与酒吧里那人壮硕如熊的身板反差巨大。那声狼嚎让他的身体缩得更紧了些，成为瑟瑟发抖的一小团。随着夜晚的降临，高原上的气温直线下降，天地好像开启了速冻模式。他向红柳滩方向的来路望了无数次，想看到同伴带着人，至少是带着食物返回的身影，但他越来越失望，最后终于绝望了。他不停地咒骂那人挨枪子、遭天杀，最后也不想骂了，因为寒冷使他像打摆子似的不停颤抖，上牙床击打得下牙床"嘚嘚嘚"直响。

他们对山上的情况一无所知，上山时身上只穿着夏天的衣服。他把车上能御寒的东西——坐垫、靠垫，甚至擦车布都裹到了身上，但一点用处也没有。水喝光了，能吃的东西也没有了。四周山脊上的"U"形山口，像一柄柄刃口朝上的镰刀，锋利的刀刃闪着薄薄的寒光，准备随时收割贸然闯入的任何活物；车屁股对着的，是一列铁锈色的高山，前面的群山则是黑铁色的，山顶是似乎凝固了的白云和终年不化的积雪；轿车左侧，是坦阔的阿克赛钦荒原，分布着没有任何生命的戈壁和起伏的群山，一条灰白的路绕下奇台达坂后，直插天际。

车窗外只有又冷又硬的风在呜咽、尖啸、吼叫，粗暴地摇晃着轿车，击打得车身不断发出"嘭嘭"的声响，像无形的鬼魂在愤怒地拍打它。他感觉这个世界只剩下了他一个人，如此空旷、荒凉，像置身月球背面。他又渴又饿，高原反应折磨得他头疼欲裂，恐惧、饥寒、孤独一齐向他袭来。

他想搭一辆过路车离开这里，但附近连车的影子都没有。

"看来那个杂种已经把我忘掉了，无论如何，我也要下到红柳滩去，要到有人的地方去。"他把一把五四式手枪抓在手里，绝望地推开了车门。在他准备关上车门的时候，风像个强奸犯似的，猛地把他掀翻在地。寒风如刀，他感觉更冷了，又逃回到了车上。车里也像冰窖，但至少能挡一挡那要命的风。"我如果待在这里，明天早上肯定会成为一具僵尸。"他决定还是要往红柳滩走。

从车抛锚的地方爬上奇台达坂至少有五公里路，从奇台达坂到红柳滩还有四五十公里。他心里估算过这个距离，知道自己不可能走到红柳滩，但往那里走，是他可能活命的唯一希望。

夜幕已降下好久了，高原被笼罩其间，一切都变得缥缈、虚幻起来。直到一轮硕大的即将圆满的月亮猛地从山顶的白云后蹦跳出来，高原才又重新变得清晰、真实了一些。

月亮出来后，风在月光的照耀下，似乎不敢那么放肆了。风势小了些。他把轿车的座位套都扯下来，裹在自己身上，锁了车门，开始往达坂上爬。

身体只能感知三样东西：凌迟一样的寒意、斧劈一样的头痛和辘辘饥肠的撕扯，其他的感觉都已失去。这使他每迈动一步都异常吃力。

他看着自己被月光扯得变形的身影："这不是鬼吗？"他对自己恐惧起来。"这两年，我过的就是鬼一样的日子啊！"他感到悲哀，想哭，却哭不出声。

月光如雪。他跟跟跄跄地走着，不断跌倒，把路上的尘土砸得腾起老高。

狼嚎声再次传来，似乎比刚才近了些，他吓得一下停住了脚步。

他想返回车上，却迈不动步子；他想往前走，双脚却像定住了一样；他去摸枪，手却是僵硬的；他想喊叫，嗓子却哑了，喊不出来。他沉重的脑袋里冒出了一个血腥的场面——一头狼扑上来，咬住了他的脖子，其他狼围上来，撕咬他，他还没有断气，肉却已被撕扯光了。不要这样！等我冻死了你们再来吃吧。他在心里祈求。反正都是死，冻死也不一定比被狼撕咬好过啊。他琢磨着，做着人生最后的算计，狼吞得快，应该是速死了，而被冻死的过程肯定缓慢得多。如果我浑身冰冻、僵硬，脑袋却是清醒的，知道自己的身体被狼一口一口地撕扯掉，那不更痛苦吗？他这样想着，对狼嚎声也就不害怕了，他又吃力地迈动了脚步。

狼嚎声是奔跑的，不时变换着位置，一会儿在东边的山脊上，一会儿在阿克赛钦的旷野里，一会儿似乎就在离他不远的斜坡上，甚至就在公路的下一个拐弯处。但他只是往前走，什么都不管了，即使它们就在前面，他也会迎着它们走过去，直到走进一张张狼嘴里。无惧死亡之后，他的脚步走得顺溜了一些，力气增加了，身体也没有之前那么僵冷了。

当狼嚎再次响起，他拔出了枪，朝狼嚎所在的方向开了一枪。枪声那么清脆，把他自己吓了一跳。

好像是他那一枪打出来的，一束雪亮的光柱猛地在天上晃了一下，晃到了前面的一座雪山上，然后又不断地晃动着。"来车了！"他这次喊出了声，"老子不会喂狼了，老子不会冻死在这个鬼地方了！"泪水像决了堤，"哗"地淌了他一脸。

他站在路中间，一定要把这辆车拦住，即使被这辆车撞死，他也不会动一动。

车灯凌厉、雪亮的光柱在月夜里乱撞,把完好无损的月夜不时撞出一个大洞——他似乎可以听到古代攻城略地时,武士们扛着一头包了铁皮的木头,撞击城门的那种声音。他知道黑夜要在它该结束时才会结束,所以他知道那些光柱无论多么有力,夜晚还会在那里。但对他来说,他有活下去的希望了。

汽车颠簸着行驶在达坂的盘山公路上,小心地、不停地向他靠近,他已听到了引擎声——不是幻听,的确是汽车发动机发出来的声音;当汽车拐过弯道,车灯光柱先射向空洞的天空,然后一转,猛地打在对面的山体上,他看到了那辆真实的车。他看清了车灯照耀着的岩石,清晰得像白天看到的一样。

车灯的光圈越来越小,然后,它拐了过来,猛地照亮路面,"唰"地刺向他,他感觉那是世界上最神圣的光芒,他的眼睛一时没能适应。他本能地举起了双手,开始挥舞。因为双臂冻得僵硬,他更像是投降——现在,只要能获救,他愿意向任何东西屈服。

6

卡车上的司机是个老司机了,这条路他已跑过很多次,但一个人夜行高原,他还是得靠汽车的轰鸣声来给自己壮胆。他拉的是冻肉和蔬菜。冻肉没事,蔬菜不抓紧运到,损耗会很大,所以他要连夜赶路。他的车保养得很好,车况不错,能够顺利地跑到狮泉河,他心里是有底的。但他有些困了,下了达坂,到甜水海后,他想眯上个把钟头再往前走。

高原上主要的危险是狼。每年都有骑行客在露营时被狼吃掉。之前在死人沟,有个司机车坏后,被狼群围住。他没有吃的,没有水喝,也没法下车,最后被狼群活活困死在驾驶室里。想到这里,他不禁有些害怕,想起他上达坂时听到的狼嚎,浑身不禁哆嗦了一下。但只要车不坏掉,他就是安全的。他正准备舒一口气，突然看到了那个鬼一样的人。

老司机刚看到那个人的时候，由于车灯的照射，他显得像影子一样薄，真像一个在那里飘忽的鬼影。他吓得脑子一片空白。汽车猛地刹住，差点翻车，同时汽车喇叭也摁响了，在世界屋脊的无边寂寥中，像惊雷一样炸响。但那人一动未动，像一根铁桩，仿佛在大地还是一片洪荒之时，他就已在那里生根。

"妈的，今晚真撞到鬼了！"他惊魂未定，先骂了一句为自己壮胆。

那个东西还在那里，只不过比先前看到的要厚实些了，有了轮廓，还机械地挥动着手臂。"活鬼啊……"他大叫了一声，依然让车灯照射着他，随手把车窗关紧，似乎这样鬼魂就奈何不了他。念经都不管用，看来今天晚上遇到厉害的了，这一定是那个在达坂上被狼吃了的家伙的鬼魂吧……他不敢再去看他，只感到后背发冷，不由得浑身哆嗦起来。

他裹在皮大衣里的身体已变得冰冷僵硬，正当他恐惧不已的时候，耳边传来了敲击车窗的声音，他往前一看，那个影子没有了。冷汗一下把他贴身的衣服浸湿了。就在这时，他听到了同样是哆嗦着的声音："救……救……我，救……救……我……"

"操你老娘，是人是鬼？"

"救我……救救我……"

"是人！他娘的，是人在说话！"他抬起了头，嘴里先骂了一句，"操你老娘，吓死老子了！"虽然吼叫着，但他还是不敢侧脸去看那个人。

"我……我的车……车坏了……救我……"那个人继续拍打车窗，把脸贴在车窗上，用尽力气大声乞求。

他听清楚了，侧过脸去。他看到了那个人变形的脸，看到了一张因极度绝望后又重新找到了一丝希望的扭曲的面孔，然后长舒了一口气。"吓死老子了。"一边说，一边摇下车窗。用仍带惊恐的，但一下变得恭敬的口气说："我的个老娘啊，你这个同志难道不知道'人吓人，吓死人'吗？我十魂都被你吓掉九魂了，我可是知道什么叫魂飞魄散了。"

那个人似乎没有听见他说的话，只望着他，乞求道："老哥，救我！"

"咋搞的，同志？"他一边说着，一边打开了车门，"快到驾驶室里来。"

那个人一听，一边忙不迭地道谢，一边吃力地往车上爬。他送出半个身子，拉了他一把。

"太……太感谢你了。"

老司机看着他身上裹的东西，笑了。"你就差没有把小车壳子扒下来裹在身上了，你要不这么穿，还不会这么吓人。"

"驾驶室暖和多了。车坏了，差点把人搞死了。"他身体抖得像筛糠，上牙床猛烈地磕着下牙床。

"这上面，车坏了是最要命的，好多人就是因为车坏了，把命丢这里了。"司机又盯了他一眼，"你上高原，难道皮大衣都没带？"

"第一次走这条路，来之前看了地图，是219国道，以为好走。加之又是大热天，多的衣服都没有带。"

"你这不是找死吗？你们应该知道这里的路况啊！"

那个人不停地搓着手，拍打着手臂、双腿。"跟一个朋友趁休假，想开单位的车上来逛一圈，没想走到这里就趴窝了。"

老司机想把刚才受到惊吓的魂魄安顿妥当后再上路，连着呼出了好几口长气："你那个朋友呢？"

"到红柳滩找人修车去了。"

"应该是穿着警服的那人吧，我刚才在马德店里吃拉面的时候，刚好他也在那里吃饭。胖，蛮实，大个子，看起来凶巴巴的。"

"应该就是他。你说对了。"

"难怪，看来我看人还是很准啊！"老司机有些得意，"我听他倒是问了一下修车的事，但他吃完饭就钻进天堂酒吧乐呵去了。"

"他喜好那一口。"

"想想也是，他那个职业比我们跑长途线的压力还大，总得有个化解的门路。他说你们是去执行任务。"

"哦,其实是……执行任务,我刚才还想保密呢。"

"什么车?"

"蓝鸟。"

"日本车吧?进口货,那玩意儿我可修不了,金贵,不敢乱整。"

"那怎么办?"

老司机没有再接他的话,摇下他那边的车窗,往外看了看:"你刚才吓得我差点把车开到路下边去了。"

"真是对不住啊。"

老司机把车往后倒了倒,把悬在公路外的车头倒回公路上,才想起问那个人要到哪里去。"我是要到狮泉河,你如果去那里,我可以带上你。"

"我……你有吃的吗?还有水?我又渴又饿……"

"哎呀,忘了这茬事!"老司机有些抱歉,从座位后面提出一个5公升的白色塑料胶壶,递给那个人。那个人有些小心地喝了几口。老司机又从座椅后面扯出一个布袋子,拿了一个馕给他。

那个人眼睛潮湿,接过馕就咬了一大口。他这才似乎有力气继续说话:"我要回到那个鬼红柳滩去。"

"那我可帮不了你的忙,我说了,我是要去狮泉河的,车上拉的是肉和菜,耽误不得。"老司机感到很抱歉,"我车上还有一套棉衣,你如果要的话,可以便宜处理给你。"

"大哥,你留下我,我可能就活不成了。为了让那个刽子手找到修车的人,钱和车上的水、干粮都让他带走了。他说肯定能找到修车的人,天黑前肯定能赶回来。"

司机很是为难,他沉默了一会儿:"你们不是也到阿里吗?"

"车坏了,就不一定了。"

"没关系,我看你是个实诚人,我可以给你一点吃的喝的,那套棉衣你就穿着吧。二十块钱,我给你留个地址,你到时寄给我。"他说完,把自己的名片递给他。也不是啥名片,就是个联系卡片,上面写有寄信的地址。

那个人接过名片,上面满是污渍,司机名叫陈国富。

"你去的都是险地方啊!"

"跑这些地方不缺货源,运价高,跑一趟顶在下面跑好几趟呢。"

那个人把后面的地址看完,笑了:"我第一次见到这么长的地址。"

司机半开玩笑地说:"这个地址好,很多人就因为这个把我记住了,有些人正愁得不行,看到这个地址,也会咧开嘴巴呵呵笑。"

"大哥,我还是笑不出来。求你把我送回红柳滩,到时我给你钱,五十块,怎么样?"

"我得讲信誉,我车上拉的有蔬菜,我跟人家说了,明天晚饭前送到。"

"给你八十块!"

"我很想挣你的钱,但信誉至上,我不能违背。"

"国富大哥,来回也就两三个小时……"

那个人咬了咬牙:"那就一百块!"他说完,一只手摸到了别在裤腰带上的枪,心想,要是这个老家伙再不答应,我就要来硬的了。

"哎——"陈国富很是为难地叹息了一声,"我这是跑来回,又是世上最烂的路,最主要的是影响我的信誉,但看在你警察同志的面子上,就送你一趟吧。"

那个人把手从腰间拿开了,眼里泪花闪烁:"感谢大哥救命之恩!"

7

陈国富在一个稍微宽点的地方把车掉了头,开始往回开。

那个人放心了,紧张的身体放松了些。但没过五分钟,他想起那人,又变得愤怒起来。"看老子不杀了你!"他突然恶狠狠地说。

"你说什么?"汽车正往达坂上爬,开足了马力,陈国富更是两眼死盯前路,不敢有丝毫马虎,所以没有听清。

刚才的话一出口,那个人自己也吓了一跳:"没什么,我是说这路太他妈难走了。"

"我一年至少得跑二三十个来回,已经走惯了。"

那个人还是气哼哼的,表情不时会变得狰狞。那人让他差点死在奇台达坂,自己却在红柳滩吃饱喝足后寻欢作乐,早把他忘得一干二净。他咬牙切齿地在心里怒吼:"看我不杀了你个狗杂种!"

汽车越接近红柳滩,那个人心里的气就越大。

红柳滩很安静,月光遍洒,给这个破烂的地方镀上了一层圣洁的光芒。天堂酒吧的霓虹灯还妩媚、色情地闪烁着——黄毛金牙把发电机安放在一个角落里,可以听到声音,但并不怎么影响大家休息,它"突突突"的响声像人在吟唱情歌;对面雪山上传来几声狼嚎,不过大家早已习惯,只当它跟狗叫差不多。

汽车在天堂酒吧门口停下,陈国富把车倒过来,准备收了钱继续赶路。汽车没有熄火,他和那个人下了车,径直钻进了黄毛金牙的大帐里。

里面的灯光比先前要昏暗许多,由烟臭味、酒臭味、脚臭味、口臭味、羊膻味、卤牛肉味、机油味以及另一种难以说清道明的情欲的气味混合成的复杂味道,形成了一种令人窒息、难以忍受的污浊不堪的有力气团,差点把他们推出帐篷。他们的眼睛很快适应了里面昏暗暧昧的环境。过了夜里两点还要在大帐里睡觉的,给十块钱就行,睡这里肯定比睡车上舒服,所以帐篷里横七竖八地躺满了人,各种声调、风格的鼾声如雷霆般不断滚过,其间夹杂着粗野的梦呓声、放屁声以及咂巴嘴巴的声音,好像在进行一场重金属音乐演奏。

"在哪里能找到那个杂种?"那个人恨恨地低声问陈国富。

"跟我到吧台看看这里的老板在不在。"

他们跨过一个个躺卧的人体,来到吧台前,黄毛金牙没在那里。

"老板肯定搂着女人睡觉去了。你的同事可能在这些睡觉的人里头。"

那个人便凑近躺卧着的每张脸,一个个地看了,一摊手:"没有。"

"那就肯定在小帐篷里睡,就三顶小帐篷,很好找。黄毛金牙肯定会把他安排在一号帐篷,我带你去。"

"看来你对这里也很熟啊。"

陈国富呵呵笑了两声:"这人间天堂,跑这条线的哪个不熟!"

两人钻出了帐篷,从鹅卵石铺成的通道,来到了大帐后面,三顶小帐篷沐浴在月光里,远处雪山如梦,冰峰显得更为高拔,一侧的叶尔羌河的流水哗哗流淌着,寒冷的河水闪烁着银光。黄毛金牙的马打了个响鼻,在如此静谧的夜晚里,连陈国富的汽车发动机发出的声音都充满了诗意。"天堂一号"里传出了笑声和哼哼唧唧的声音。

那个人已听出笑声是那人的,嘴里骂了声"杂种",无名火起,故意把步子踏得很重,低着头,气冲冲地就往帐篷里钻。

帐篷里只有暗红的灯光,两个肉体在里面翻滚。

陈国富不便进去,只好站在帐篷门口,说:"同志,麻烦你稍微快点,我的车没有熄火。"

没有人回答他。帐篷里的灯猛地亮起,接着,便听见帐篷里传出那个人气愤至极的吼叫:"你个杂种!"接着便听到了女人的尖叫。

"嘿,朋友,咋了?"

"你说咋了?你差点让老子死在达坂上!"

"我不是还没找到修车的人嘛。"

"你他妈的找了吗?你可把老子害惨了!"

"你他妈的,谁害谁呀?以前老子做那么多回事,都是顺顺当当的,你这一入伙,就他妈成这样了。"

"你他妈的不拉我,我能成今天这个样子?"

"你他妈的不要用那个鬼东西指着我。"

无名之地 | 617

"枪！"那个女人大喊了一声。

"什么枪，他用小孩的玩具吓唬我呢。"那人对那女人说。

"老子没有吓唬你！"

"你他妈的不要命了？"那人显然被迫缓和了声调，"拿着那玩意儿干什么？"

"先给老子一百块。"

"你要钱干什么？"

"我拦了个师傅，让他把我拉下来的，我答应了给他一百块。"

"五十块！这么点路就五十块！"

"他不拉我下来，我今晚就死在达坂上了。"

"没有钱。"

"你不是还有一百多块钱吗？"

"花了。你把那个师傅叫进来。"

陈国富心里着急，一听那人的话，知道可以进去了，便说了声："我进来了。"

那人还半裸着卧躺在床上，旁边有个娇小的女人像被惊吓的羔羊，蜷缩在被子里不敢动。那个人用枪指着那人，但看上去，那人一点也不害怕，这使陈国富以为那真的是把假枪。那人眯着眼睛看了一眼陈国富，用轻蔑的口气问："你就是那个这么一点路，就敢收一百块钱的杂种？"

"同志，你怎么能这么说话呢，这个价钱是讲好了的。"

"你这是乘人之危，是敲诈！"

"你不能这样说。"

"我就这么说，怎么啦！"

陈国富显然有些害怕，他对那个人说："同志，我们可是说好了的，是你求我的。我也是担心你在上面出事才送你到这里来的，我可是一片好心。"

"你放心，我说出的话，一定会算数。"那个人本已把枪收起，现在又掏了出来，指着那人，"我不是蹲着拉尿的人，一百块是我答应了要给的。"

"你！"那人一生气，站了起来，也摸出了一把枪，指着那个人，"来，你他妈的有种就朝我来一枪！"

见两人真要干起来，那个女人裹着床单，想要溜走。那人一见，大声说："老子包夜，今天晚上你就是老子的女人，你现在敢走？"

女人一听，赶紧老实地蹲下了。

陈国富赶紧劝解："有话好好说，好好说！我看你们那是真家伙，赶紧收起来，不然，出了事可不好。"他说完，把脸转向那人，用商量的口气说："同志，你嫌一百块钱贵了，那你给个价。"

"我给价？那好，一分钱也没有！"

"哪有这么说话的呢？"

"我说了，一分钱都没有！"

"你总得讲点法理吧？"

"这个鬼地方，老子就是法理。"

陈国富又把脸转向了那个人："同志，你说说……"

"他肯定把钱花掉，拿不出来了。"

"那这样吧，这个钱我不要了，就当我做好事吧。"陈国富一见这个阵仗，只能自认倒霉，一边说着，一边往帐篷外面退。

"对不住了，感谢你救了我的命，我有你的地址。"他说着，把陈国富的名片掏出来，"这个我会好好收着，钱我一定会寄给你的。"

8

陈国富没想到帮忙会是这样的结果，很沮丧地从帐篷里钻出来。月光把他的影子拉长了，他抬头看月已偏西，不敢耽误，骂骂咧咧地开着车，颠簸着，重新独自上路了。

爬上达坂顶，他的气还没有平息下来，高原反应使他更加难受。"在这里，老子是在拿命救人呢，一百块钱还嫌贵！"他讨厌那个胖硕的家伙，"哪像个警察，简直跟地痞无赖差不多！"

他把车停在达坂顶上，摇下车窗，呼吸了一口寒冷的空气，然后把它呼出来，感觉心里的气也随之吐出来了，不那么堵了。他看了看远处被月光镀了银边的雪山和雪山上的云，又抬起头望了一眼无限深邃的夜空，合掌念了一句："保佑我平安顺利！"这是他每到一架达坂上都要做的功课。做了这件事，他心里有底了，心情也舒畅起来，开始往达坂下走。

到了昨晚那个人拦车的地方，他也没有怎么生气，但拐过那道弯，看到那辆停在路边的警车，他心里又堵上了。他想起了那个长了一身油腻肥肉的家伙，就停了车。把皮大衣一裹，下车围着那辆车转了一圈："开着这么好的车到这鬼地方来，可以去找婊子，却死活不给我那一百块，最后连一句好话都没有！"他越想越生气，拉了拉司机座位一边的车门，没有拉开。他捡起路边的石头，"哐"的一声，把副驾一侧的玻璃砸碎，打开了车门："你不仁，就不要怪老子不义！老子至少得拿上一百块的东西才划算。"他打开手电，翻找起来。

前排没有找到什么值钱的东西，后排也没有什么有用的物件。"啥东西也没有。"他失望地叹了一口气，觉得右手有点黏，用手电一照，是血！他以为是自己的手被划伤了，仔细看后，一双手好好的。"哪来的血呢？"他用手电又把后排座位照了照，手电晃到了脚垫旁一块拳头大小的血迹。"竟然有血！这是个什么鸟车？"他把脚垫拿开，脚垫黏在车底板上，扯开一看，是还没干透的血。他的身上立马起了一层鸡皮疙瘩，触电似的把手上的地垫扔掉了。

陈国富钻出轿车，看到了车顶的警灯，又看了看车牌，看上去的确是警车。"人家是警察，这些血可能是抓犯人受伤时留下的吧，也可能是哪个被抓的罪犯受伤留下的。"这么想着，他把轿车门关上，开车离开了。

在这座高原上，似乎只有陈国富这辆车在跑。东边的天空变得绚丽起来，晨光即将把高原从月夜切换过来，进入白日模式。左侧的荒原上，一群藏羚羊风一样奔驰而过；天上，一只鹰在展翅翱翔，高原又有了生机。陈国富看到这些景象，唱起了歌，似乎真的把昨晚的不快忘掉了。

过了甜水海，就是死人沟，那里的很多路段更难走。到了死人沟口，陈国富准备眯一会儿再往前赶。他把汽车停在路边，拿出馕，就着胶壶里已经冰凉的水，填着肚子。

就在这时，一辆北京吉普从死人沟里开了出来。他一看，知道是辆军车，再看车牌，知道那车是机务站的。他下了车，挥了挥手。常年在这条路上跑，他跟这条路上的人都认识了。吉普车停住，面色黑红的李勇排长下了车，很亲热地和他打招呼："陈师傅，这么早？"

"命苦啊，拉的有蔬菜，路上没法耽搁。李排长，你们也早得很。"

"通信线路出了问题，要巡查，急活儿，我们接到任务就出发了。"李排长给陈国富递了一支雪莲烟，又掏出打火机给他点上。车上的其他三个战士也下了车，跟他打招呼。

"多谢你的烟！"陈国富用力吸了一口，"我这一路过来，能看到的线路都没事。"

"那问题可能出在奇台达坂到康西瓦达坂之间了。"

"还得跑那么远啊，你们真是辛苦。"陈国富几口就把一支烟吸掉了一大半，听李排长说到奇台达坂，他又想起了那辆警车，"昨天遇到两个傻子，开着辆轿车，上这高原来了。"

"啥？不可能吧！什么轿车啊，能开到这里来。"

"好像是那个什么蓝鸟，进口货，开到奇台达坂下趴窝了，一个家伙昨晚困在车里，求我把他送到红柳滩，说好给一百块，最后一分钱没拿着。要不是因为这事耽误时间，我现在都过了死人沟了。"陈国富说起这个事，又生起气来。

"哪个警察这么傻啊，不晓得这里的路况？"开吉普车的老兵说，"警察怎么会不给你钱？"

"说是身上没现钱了，但却有钱在天堂酒吧里快活，一个警察说回头寄给我，我看悬。"他把烟吸得过滤嘴都着了，"两个糊涂警察，把车扔在达坂下，挨副驾那边的玻璃都被砸掉了。"他压低了声音，"我瞅了一眼，车上还有血迹呢。"

"哪来的血迹呢？"李排长问。

"鬼知道啊，我估摸是警察抓罪犯受了伤留下的，要么就是哪个被抓的罪犯受伤留下的，不过后排座位脚垫下的血还是新鲜的。"陈国富说着，掏出自己五毛钱一包的天池烟，给每人散了一支，"不好意思，我这是便宜烟。"

大家都把烟点上了。李排长问陈国富："你说血还是新鲜的？"

"是啊，黏手。两人都有枪。"

"长的，还是短的？"

"短的。"

李排长说："警察带枪，也属正常。他们的事，我们当兵的管不着，他们做的事，我们也不懂。不管他，陈师傅，我们得出发了，祝你路上顺利！"说完他就和战士们准备上车。

"你们也注意安全，甜水海那段路全是大坑，得走最右侧的道。"完了，陈国富又像突然想起来什么似的，对李排长说，"你们到奇台达坂后，如果那辆车还在那里，到了红柳滩可以告诉那两个警察，他们的车玻璃被石头砸烂了。"

"好的，放心吧！你真是好人哪，钱都没有拿到，还替别人着想。"

"人家毕竟是警察嘛。"

吉普车开动了，李排长笑着向他挥挥手，陈国富也转身爬上了自己的车。

9

李勇看到那辆娇滴滴的轿车是在他和陈国富分手的两小时零十九分钟之后。

大家下车围着它转了一圈，觉得它像个被强暴了的大家闺秀，已看不出本来的样子，感到很可惜。

看了车牌，的确是公安的，但李排长还是对它产生了怀疑。

他拍了拍车顶："这车很可疑啊！"

老兵问："有什么可疑的？"

"这样的进口车很少，公安很少装备，即使有那么几辆，也只会放在机关作为接待车用，不可能用这么好的车跑长途。陈国富送人去红柳滩，无疑是救命，竟然赖账不给钱，这也很少遇到。"

"难道……这会是一辆赃车？"另一个战士有些惊讶。

"现在还很难说，还是看一眼车里是不是有陈师傅说的血迹吧。"李排长说完，拉开了驾驶室一侧的车门，钻进了车里。

他撅着屁股把后座看了，座位上的确有血迹，脚垫下的血还没有干透，揭开另一个脚垫，下面也是。他感到有些恶心，抬起头，舒了一口气，把恶心感压下去后，又把手伸进前排座位下，竟摸出了一把沾血的菜刀、一个警官证，还有一副军车牌照。

他从车里出来，表情变得十分严肃："这辆车的确有问题。"

三个战士急切地想知道有什么问题。李排长跟他们说了他发现的东西，然后，他对驾驶员说："陈吉祥，你想办法把后备箱打开。"

"进口车不晓得好不好弄，我研究一下？"

陈吉祥到了车后面，不到三分钟，后备箱打开了。在打开后备箱的同时，一股血腥味扑面而来，陈吉祥像被谁捅了腰子，尖叫了一声，转过头说："你们还是不要看了，太恶心了。"

李勇看到，后备箱里血肉模糊，除了血糊糊的衣物，还有用塑料包裹着的一颗人头和一条人腿。

"他们肯定不是什么警察。"李勇把车上的冲锋枪交给一名战士，"武国庆，你在这里看护现场，不要让人再动这辆车。陈吉祥，我们走，以最快的速度赶

无名之地 | 623

往红柳滩！"

陈吉祥把这辆已在世界屋脊跑了十三万七千五百四十九公里的吉普车开得像赛车一样，车屁股后面的烟尘腾起至少有八丈高。

"看来是杀人分尸，怎么整？"陈吉祥问。

"得报案，但首先要想办法控制住他们，不要让他们再伤人。"李勇看了一眼已升起的日头，"好多司机都上路了，要防止他们找车逃跑，更要提防他们劫车、劫持人质。"

两人说着，车已翻过达坂，下行了三十七公里后，他们看到了第一辆开往阿里去的卡车。

"得让那辆车停下！"李勇对另一个战士说，"陈小双，你带上枪下车！"

陈吉祥刚把车停稳，李勇和陈小双已跳下了车。陈小双把那辆卡车挡停了，师傅把头伸出车窗，问道："同志，有啥事？"

李勇说："部队演习，可能要下午两点才能结束，你要在这里等着。"

"知道了。"

"多谢！"李勇转过头，"陈小双，你就在路中间站着，把往阿里去的车挡住。"

陈小双向李勇敬了个军礼："排长，您放心！"

陆续上来的车都被挡住了。

李勇到了红柳滩，跳下车后，他对陈吉祥说："你就不要下车了，继续前行到八号桥，把上阿里和下叶城去的车都拦住，就说部队演习！"

"决不拉稀摆带！"陈吉祥说了一句四川话。

李勇看到一些人还在兵站对面吃早饭。天堂酒吧像个还在睡懒觉的人，现在最安静。黄毛金牙拿着牙刷缸，从帐篷里钻出来，对着无名雪峰伸了个懒腰，然后开始刷牙。李勇和他认识，想去探个虚实，就快步穿过公路，半开玩笑地搭讪道："黄老板，早啊！"

黄毛金牙抬起头，一见是李排长，忙把一口牙膏泡沫吐出来："哇，李排长啊,你怎么到这里来了?"

"有点事。"李勇严肃地说。

黄毛金牙把嘴巴递到李排长耳边,压低了声音说:"还有两个人在挺尸,都是警察,都带着枪,有个昨晚包夜,半夜又来了一个,他俩就占了一顶帐篷!昨晚就想吃白食,我等会儿看他怎么跟我算昨天晚上的账。"

"这个账一定要算,一分钱也不能便宜他们。"

"听我们的小妹说,昨晚是陈国富师傅送他们中一人下来的,最后硬是一分钱没有要到。"

"陈师傅是好人,大家都认识的,把他的钱也要上。"

"人家是警察,钱可不好要啊。不过,你晓得我是江湖中人,义字在先,陈师傅那个钱我一定尽力!"

"那好,兵站开早饭了,不耽误你刷牙了,我走了。"

黄毛金牙嘿嘿地笑了。

10

帐篷里有电热毯,被窝里热烘烘的。陈国富走后,那个人本来要找那人算账的,但他实在太困了,倒头便打起鼾来。那人有些恨那个人坏了他的好事,让那个女人溜掉了。

他点了一支烟,慢慢抽起来。想起刚才和女人做的事,他扯着嘴笑了笑。他的笑不难看,他笑的时候,烟雾笼罩的面部表情显得很柔和,一点也不像个舔着刀刃上的血活命的人。他决定去把那个女人要回来,不然就亏待了这个夜晚。

他穿上衣服,披上黄毛金牙给他的皮大衣,钻出帐篷,在月光下撒了一泡有些疲软的夜尿。"看来今晚是不行了。是她跑掉的,明早那个黄毛跟我要钱,刚好有个不给的理由。"这么想着，他又缩进了帐篷里，听着叶尔羌河的流水声，没过多久，也沉沉地睡着了。醒来的时候，发现自己这一觉睡得不错，一夜无梦——好梦没有，噩梦也没有，感觉很是满意。看着那个人还睡得跟死猪一样，想起车还在达坂上，晚上没事，白天过往的人多，万一发现了什么异常，他这条贱命就玩儿完了，因此，一下子紧张起来。

那个人显然还记恨着昨晚的事，睡脸上依然带着恼怒，睡觉时都咬着牙。那人看着他的样子，轻蔑地一笑，踹了他一脚。那个人猛地坐起，一下站起来，惊慌失措地要逃跑。

"你看你那个×样！"

"我梦见警察追我。那些警察都长着翅膀，我逃到哪里他们都能追上。我也想飞，刚飞起来就被一个红脸警察踹了一脚，我从天上直往下掉，好半天才落到地上。"

"那是老子在踹你。"那人想把警服的风纪扣扣上，但脖子太粗，很费劲。"被警察追！记住，你我都是警察，走出去要有个警察的样子。"

那个人眼带仇恨地在背后盯着那人，不屑地撇了一下嘴："你昨晚至少应该给那个司机师傅一点钱，一分钱不给太过分了！"

那人转过身："老子这里没有'应该'这个词儿，也没有'过分'这个说法。我现在问你，你跑下来做什么？"

那个人像被点燃的钻天炮，一下蹿起老高："我跑下来做什么？你说我跑下来做什么！老子不跑下来，今天早上就死翘翘了，人都变硬了！"

"你看你，怎么跟我说话哪！"那人呵斥道，"一个晚上都坚持不了，出了事怎么办？"

"那你为什么不快点找人上去修车？却在这里吃喝胡搞。"

"这个鬼地方就指甲盖那么大个地方，修车的人想找就能找得上？何况那是进口货呢。我打听了，只有这个黄毛和兵站的人能修。兵站的人能去找吗？黄毛晚上要照顾酒吧的生意，能上去吗？我只有在这里等着，准备今天一早叫他上去。"

"那现在怎么办？"

"你赶紧到旁边去拿上十几个馕，带上水，搭一辆过路车上去。无论如何要赶紧回到车上，特别是后备箱里的东西要赶紧处理掉，扔到离公路越远的地方越好，让它尽快变成狼屎。"

"我不去。我在下面找人。"那个人赌气说。

那人很生气："你不去老子去，等货处理了，钱不再是四六开而是三七开。"

"给我一成都行，这次过后，老子再也不干了。我要活命。"

"一成，这可是你说的！"那人说完，气冲冲地要往帐篷外面钻。

"你得给我钱，我要吃饭，你昨天把所有的钱都拿走了。"

"自己去抢！"

"好，反正也不差这一次！老子先去抢馕，再抢一个女人。"说着，把枪从裤腰上拔了出来。

那人回过头，看到一把枪正指着他。

"你不是要去抢馕抢女人吗？"

"老子先把你一枪崩了，再抢也不迟。"

那人转过身，盯着那个人，指着自己的脑门说："来，有种你朝老子这里来。"

那个人"咔"地打开了保险："你他妈的不要逼我！"

"老子就逼你了！来，不开枪你他妈的是杂种！"

"老子说了，你不要逼我！"那个人提高了音调，声音一下变得尖细起来。

"老子今天就逼你了，有种你他妈的就开枪！"

那个人的脸愤怒到变形了。

就在这时，黄毛金牙撩开了帐篷门帘，那个人一分神，那人也掏出了枪。两人用枪相互指着对方，像枪战片里一个固定下来的镜头。两人僵持着，互不相让。黄毛金牙看着两人，被吓了一跳，但还是调侃道："哟嚯，两个警察同志在练枪法啊？"

那人把枪先放下了："你他妈有什么事？"

那个人也把枪放进了裤兜里。

"打扰了。"黄毛金牙拱了拱手，"我在大帐里等你们吃早饭。"说完赶紧退了出去。

"你先去饭馆买点吃的、喝的。"那人从裤兜里摸出几张十元的纸币，压低声音，咬着牙对那人说，"兄弟，我们不要闹了，把那车处理了，还是四六分成。但你现在必须赶到轿车那里去，不然，一旦露馅，你我都会被枪毙的。"

那个人软了口气："你今天上午必须找到修车的人，来把车修好。"

"我去填一填肚子，马上就带着刚才那个金毛上山修车。在我们上来前，你要把车收拾干净。"

那个人没有进大帐，而是到马德的饭馆要了一碗羊肉汤，两个肉馕，大口吃起来。他把馕泡进肉汤里，很快就填饱了肚子。

"再给我十个馕，再买你一个胶壶，给我灌上水。你跟过往的驾驶员熟，能帮我拦一辆车吗？我的车坏在达坂上了，我要去修。"

"没问题。可能得给点钱。"

"多少？"

"你自己去说，怎么着也得收你三十块。我去讲讲，二十块应该没问题。"

"那太感谢你了！"

马德走到一辆准备去阿里的卡车前，跟司机嘀咕了一阵子，然后走回来，对那人说："讲好了，二十块。那个师傅叫艾山，他马上走。"他把用塑料袋装好的馕和灌满了水的胶壶递给那个人："同志，我这羊肉汤和馕咋样？"

"好得很。"

"等你回来再尝尝我的烤肉，那更过瘾！"

"一定。"

那个人接过东西，赶紧往那辆车跟前走。到了车跟前，艾山伸出长满黑色汗毛的手，同他握了握，然后对自己的伙伴说："你嘛，先到大厢上看风景去，驾驶室这个座位嘛，要让警察同志坐。"

"谢谢艾山师傅！"

"现在嘛，二十块钱先拿来。"

"这就给你。"那人赶紧掏出两张十元纸币，递给艾山。

"现在嘛，请您上车。"

那个人爬上了车，艾山把车发动了。

公路两边的堆垄和寸草不生的砾石陡坡不断掠过，面目狰狞。对比之下，他更愿意去看喀喇昆仑山脉腹地碧蓝的天空，停滞不动，却在偷偷变化着形状的白云，远处或高拔或庸常的雪山，渐渐高升的日头，甚至在大地与天空之间无声掠过的疾风。他突然陷入一种悲哀，因为他意识到，他已不可能拥有天空中，甚至大地上的任何东西。他羡慕起每一粒砾石，每一棵无名的小草，叶尔羌河的每一滴水，甚至每一粒停留在高处的雪……他突然想大放悲声。他把头转向车窗外的方向，抑制住了想大哭的欲望。他看了看自己的那双手，它是完好的，手掌不大不小，手指甚至有些修长，但他突然觉得它不属于自己，觉得它很恶心。他发誓，这次如能侥幸无事，他一定洗心革面，改名换姓，找个地方重新生活。想到这里，他似乎觉得人生又有了一点希望，之后他便看到一些上下高原的车都停下不走了，他问艾山："朋友，这些车怎么都停下来了？"

"具体的情况我也不清楚。"艾山把车停靠在公路右侧，"可能有什么军事演习吧，要么就是出了车祸。"

"不会堵太久吧？"

"堵车很快就会处理，如果真是军事演习就不一定了。"

"哎，怎么这么倒霉！"

"这个地方，这样的事嘛，经常发生。你是第一次在这个路上走吗？"

"第一次走。"

"难怪。"

| 无名之地 | 629

"小轿车能开到那个什么狮泉河吗？"

"小轿车？"艾山露出夸张的、无比惊讶的表情。

"是的，小轿车。"

"朋友，这是什么路你不知道吗？你想把小轿车开到狮泉河，就相当于想骑着母鸡上天哪。"

"我不知道这条路会是这个样子，开着车子翻过这个达坂，车子就趴窝了。"

艾山再次露出惊讶的表情："你这是不要命啊！"

"那现在怎么办？"

"再不能往前走了，根据我的经验，你那个车嘛，能颠到这么个地方，已经是奇迹了，但它嘛也颠散架了，就像人一样，骨头嘛散开了，经脉嘛断掉了，心肝脾脏嘛颠坏了。"

那个人一下子绝望了："那怎么办啊？"

"把车扔了，赶紧回到氧气多的山下去；反正是公家的车嘛，找辆车，把它运下去，报废就是了。"

那个人觉得自己一下瘫软了，过了一会儿，像重新找回希望似的，对艾山说："我们那个车是进口货。"

"在这喀喇昆仑山上嘛，什么货都一样。"

那个人哀叹了一声："没想到会这样。"他彻底绝望了，不想再往前走了。但想起车里要处理的东西，他还得赶紧赶到那里去。

11

李勇来到兵站时，站长叶成福正准备起床。这个上尉到这里才两个月，已被高原折磨坏了。因为高原反应和失眠，他已从一个精壮干练的青年军官变成了一脸沧桑的老兵，他一边穿着军装，一边听李勇说事。李勇说完，他的身体一下挺直了，有了精气神："还有这事！"

"现在怎么办？"

通信员给站长和李排长端来了热水。"失眠使人口苦。"站长说着，端起水杯漱了口，把漱口水"噗"地用力喷射到门外，"抓起来！"

李勇说了他想好的处置方案。

"整得好，不让车走，他们就没法逃了。"

"需要报警和报告上级吗？"

"线路不通。"

"线路可能坏在奇台达坂和康西瓦达坂之间了。"

"发电报吧。"

"好。"站长已换上作训服，叫通信员把兵站在岗的干部和战士都叫过来。很快，大家小跑着到了站长跟前。站长概要地说明了情况，然后开始下达命令。

"袁排长，你带几个人立即备枪备弹，加强营区警戒，听候下一步命令；陈副站长，你带两个人，全副武装，去八号桥接替陈吉祥，在那里设检查站，就说部队演习，暂停车辆通行，让陈吉祥去把电话线路搞通。"

交代结束，叶成福来到话务室，左手叉腰，让报务员发报。报务员准备好后，他已想好电报内容："据红山河机务站李勇排长今日八点二十三分来报，其巡线时，在奇台达坂K545里程碑附近，发现一坏在路边的日产进口警车，人已离开，车后座有血迹，前排座椅下有沾血之菜刀及伪造证件，后备箱内有被肢解的人头和大腿，血迹甚多，可能为劫车杀人分尸。两嫌疑人持枪，现已派人去车辆现场进一步查证。目前嫌疑人滞留在红柳滩，为防其逃窜，我站已限制红柳滩至奇台达坂方向及红柳滩往三十里营房方向车辆上下通行，我站已做好准备，随时应对突发状况。下一步如何行动，请指示。鉴于部队无权抓人，请速向叶城县公安局报案。"

发完电报，他脱下军装，换了便服，对通信员说："你就守在这里，我要出去侦察一下，一刻钟后返回。"说完，他出了房间，从兵站侧门走了出去。

太阳还没有照进河谷，河谷仍有萧萧寒意。艾孜拜正撅着屁股把馕往馕坑里贴，馕坑里的炭火把他半个身子映照得通红。叶成福往他的屁股上拍了一巴掌，艾孜拜把上半身从馕坑里拔出来。

"是站长啊，你可是很少到外头吃早饭的。"

"给我来一个馕。"叶成福拿起一个馕，在靠近馕坑的地方坐下了。

艾孜拜拿了一个热的馕递到叶成福面前。

"那是。喔，对了，最近上阿里的人好像多了，你这里生意也应该好了吧？"

"现在是人最多的时候，生意还可以。你听说没有？有人都开着小轿车上山来了。"

"不可能吧。"叶成福假装不知道。

这时在旁边忙活的马德接过茬说："开车的还是警察呢！不过，车刚翻过奇台达坂就坏了，一个人昨天下来找修车的，他们开的是进口轿车，只有你们和黄毛金牙能修，我让他来找你们，但他没有来，而是大摇大摆地到天堂酒吧鬼混去了。但今天早上又冒出来了一个，说是那人的同伴，在我这里吃的早饭，吃完后让我帮他拦车，说要上奇台达坂。"

"已经走了？"

"走了一个，瘦的、矮的、小的，估计是昨天半夜下来的那个人，壮实的那个还没有走。"

"他坐的是谁的车？"

"艾山的，给了二十块钱。"

"你确定只走了一个？"

"当然确定了，另一个还在天堂酒吧。"

"帮我去把黄毛金牙叫出来，你晓得的，我们军人不方便到那个场所。"

"好的。"马德说完，小跑着钻进了天堂酒吧。

叶成福把馕撕成小块，泡进肉汤里，往口里填着。

马德进去时，大帐里已经空了，好像昨晚所有存在于那里的东西都只是一个纷乱的梦。一团光从帐篷顶上的天窗漏下来，凡尘在里面飞舞、上升。一个女人跪在地上收拾东西，但可能是被他们的动作吓住了，一动不动，马德也一下愣住了。

只见那人的手枪对着黄毛金牙的心口，黄毛金牙的双管猎枪也对着那人的脑袋。

马德的脑子似乎跑走了，里面是空的，不知该进还是该退，也变成了一尊雕像，半晌才冒出一句："你们……耍着咧……"

没人搭理他，帐篷里的空气似乎是凝固的。马德转身想走，那人低声吼叫："不要动，就站在那里。"

马德不敢动了："出门在外嘞，有话好好说，动刀动枪的，又不是演电影。"他劝解道："为啥吗？"

"这个警察睡了女人不给钱。"

"老子是包夜，但昨天半夜那个女人就跑了，老子为啥要给钱？"

"那是因为另一个男人钻了进去，女的肯定只能走开。"

"老子是包夜，就是十个男人钻进了帐篷里，她也不能走！"

听他们都说了话，马德松了一口气。"钱的事好说嘛，何况又不是成千上万的钱，莫要把命拿来耍。真要动了枪，近旁就是兵站，哪个也跑不脱。"

"这个人看来吃白食吃惯了，昨晚陈国富把他的人从奇台达坂上送下来，说好给一百块，最后一分钱没拿着。他今天不仅要付我的钱，还得把陈师傅的钱给付了。你在其他地方怎么横吃横喝都可以，但在红柳滩不行！"

"别人的钱关你鸟事？包夜的钱老子是不会给的，算我在你帐篷里睡了一宿，只给你住宿费，五十块，多一分钱没有！"那个人想息事宁人。

两人扯来扯去，显然都服了软。马德看出他们不敢来真的了，就说："你们都把枪收起，都是真家伙，可不好耍。不就是两三百块钱的事嘛，坐下来慢慢说咧。"他说着走了过去，把两人的枪口都朝下按着。

那人也不想再僵持下去，便说："我给你一百，给那个陈国富三十。"把

无名之地 | 633

一百三十块钱愤怒地拍在了桌子上。

马德一见,赶紧说:"这样就好了,都是久走四方的人,退一步海阔天空嘛。"

黄毛金牙把钱拿过来:"看在你是警察的分儿上,这次就便宜你了。"他把其中三十块递给马德:"这个你交给陈师傅。"

"好好好。"马德把钱捏在手里。"黄毛金牙,我是来喊你吃早饭咧,先吃饭咧嘛,汤熬得正好。"马德说完,赶紧往帐篷外退。

叶成福已经把馕和肉汤都填进了肚子里。马德脸色有些煞白地回来了。他的脚步有些飘,声音有些发虚:"那个胖子还在。要吃白食,黄毛金牙的白食岂是好吃的?都用枪指着对方咧,我如果不进去,如果不劝他们,他们可能都已经火拼上了。"他有些后怕地突然提高了嗓音:"你知道吗?那个杂种竟然用枪指着我。"

"哪个杂种?"

"就是那个胖子。那个杂种的枪口对准我的时候,我的腿一下就发软了。"

"黄毛金牙会出来吗?"

"我去喊他,估计会出来的,他逼着那个杂种给了一百三十块钱,其中三十块钱是帮陈国富要的。这就说明那个杂种也欠陈国富的钱,他怎么会欠陈国富的钱呢?"

"看来这里面越来越复杂了。"

两人正说着,黄毛金牙钻出帐篷,来到了马德的店前。他的脸色不好,怒气未消,看到叶成福坐在那里,赶紧把脸上的怒气抹掉,堆上了笑。

"大老板怎么了?你的哪个王妃又惹你生气了?"叶成福用玩笑的口气问道。

"首长,一个警察竟用枪顶着老子的头,要吃白食,你说丢人不?"

"马德跟我说了,你们是用枪互相顶着,有点像警匪片里的镜头,肯定是你先用枪顶着人家吧?"

"神了！你怎么知道？"

"你那个是猎枪，使用起来哪有手枪方便？如果人家先用手枪顶住你了，你哪还有机会去拿猎枪顶着人家呢？"

"厉害！"

"你觉得他拿的是真枪？"

"当然是真的。枪口发冷，有钢铁和枪油的味儿。"

"这个人很可疑，你要盯着他。"

"咋个盯？"

叶成福嘿嘿笑道："你都能在红柳滩弄家天堂酒吧，还没有办法把一个人盯住？"

"交给我好了。"黄毛金牙故作轻松地说。

"有什么情况，你告诉马德，他会随时到兵站报告。"叶成福把饭钱放在桌子上，转身大步朝兵站走去。

黄毛金牙和马德彼此望了一眼对方，觉得红柳滩的空气变得和雪线下的岩石一样沉重了。

12

一只鹰在天空盘旋，下面是它熟悉的大地——明亮的河流，斑斓的荒原，苍茫的褐色群山以及点缀在群山间的白色峰峦；雪兔小心地出没，羚羊跃过山岗，藏野驴在奔驰，野鸭和灰头雁在泪水般晶莹的高原湖里游弋，秃鹫在啄食一头死亡的野牦牛，一群狼正飞奔着去抢夺秃鹫的美食；公路像一根缠绕在高原上的细草绳，红柳滩像它打的一个结。靠近这个结的两边，各串着数十辆一动不动的汽车，不时有人烦躁地从车上跳下来又爬上去，而那辆不该出现在达坂下的小轿车，像个玩坏了的玩具被遗弃在那里。这片大地看似荒芜、大寂大静，但依然有欢乐，有绝望，有生老病死，悲欢离合，也依然充满勃勃生机。

那个人总觉得有一双眼睛在盯着他，要么在背后，要么在头顶。这让他头皮发凉，脊背发冷。他心里越来越慌乱，像跳鼠似的，不停地从驾驶室跳下去，看一看后路，望一望前程，又骂骂咧咧地跳进驾驶室，问艾山路多久能通。艾山开始还说，演习呢嘛，我咋知道？后来就说，你不要问我了，我说过我不知道，这里氧气少得很，我的头嘛被你问疼了。最后索性闭目养神，不再搭理他。

那个人也自觉没趣，坐在路边，绝望地看着排成长龙的各式车辆。然后望了望天空，他看到太阳是新的一轮，蓝天是昨晚才诞生的，白云是刚被蓝天分娩出来的，甚至那绵延逶迤的雪山上耀眼的积雪也是在他眨眼间覆盖上的。他很少往天上看，很少望过远处。他现在看到的世界竟然这么新，这么辽阔，这么不同。他不由想起了自己破烂的人生，眼睛突然又潮湿了。

自他有记忆起，母亲就卧病在床，九岁那年，母亲撒手人寰。考上高中那年，像一头老牛一样辛劳的父亲看到他的录取通知书，很高兴。刚要站起来出门去，突然大叫一声，捂住心口，靠在土墙上，身体顺墙滑坐在地上。他飞奔着去把医生叫来，父亲已经去世。读书成了泡影，他开始打工。

一年后，爷爷去世了，他到一个建筑工地干活，还没干到四个月，听说奶奶得病，他赶紧往家赶。老板恩赐似的甩给他二百块钱，让他不要再来了。想着这钱还得回去给奶奶治病，他捡了个塑料瓶在火车站接了一瓶自来水，花一块钱买了一个馍，又花一块钱买了一张站台票，挤进了沙丁鱼罐头般的火车里。

车刚过大河沿，挤上来一帮扛着一摞摞塑料小凳的人，十块钱一个，要没有座位的人每人买一把，不买就要挨打——他们就是那个年代的"车匪路霸"。但车上太挤，买了凳子的人根本没法坐下，只能把凳子举起。他身边的座位上就坐着那人，当时穿着公安的制服。他的二百块钱缝在内裤里。他说自己没有挣到钱，求那人帮帮他。那人说，你先在我的座位上坐下。那些人自然不敢让公安买那个破凳子。他感激不已，两人由此攀谈起来。最后那人给他留了一个地址，让他以后要做事就去找他。临分手时，那人还掏出一百块钱给他，非得让他给老人家买身衣服。

六个月后，他奶奶去世，安葬了老人，他就按照那人留给他的地址，找到了他。但他们见面时，那人已不是公安，而是一位有着少校军衔的军官，说是某团后勤处处长。那人直接告诉他，他有伪造的各种证件、各种身份，每个证件上的姓名都不一样，所以他不用知道他的姓名。

他犹豫是否要留下来。那人说，你现在不能走了，要走，也得等我换了新地址、新身份再说。不然，你带着警察来抓我怎么办？

他也无处可去，他叫对方老大，问："老大，那我们究竟做什么？"

"什么来钱容易就做什么。"

他只好留下来，跟着老大偷车。两人很少失手，开始紧张，后来慢慢就习惯了。那人开始也算他师傅，教他开锁、开车，管他吃喝；半年后，他手艺学成，即二八分成，再半年，就三七开了。他不再缺钱，觉得比他之前去仓库扛包、去荒野修路、去建筑工地码砖轻松多了。每单活儿只要做成，那人从不拖欠他的钱，这让他尤为感动。人一旦过上那样的日子，就不愿再改变，他也没再提起过离开的事。

本来一切都好好的。他甚至想过，等再干几单，挣够了"第一桶金"，就转行做正经事，按那人的说法，早晚得把自己洗白。

这单活是那人答应给他四六分成的第一单。

他们来到了喀什后，那人盯上了那辆蓝鸟，据说这种车大多是从巴基斯坦走私来的，所挂车牌非警即军，但绝大多数是假的，所以，被偷之后，很多人都不敢报案。两人从开锁到把车开出城，都很顺利。但出城不久，后座却有人放了一屁，两人相互看看，都以为是对方放的，没有在意，打开车窗，让风把臭气刮走了事。不想后座那人经夜风一吹，酒醒了，迷迷糊糊地坐起来，向两人要水喝。

"水！老子……渴死了！"

两人三魂被惊掉了两魂，都把脸尽量朝前。

那人应付说:"车上没有水,等会儿我给你买去。"

"你们又把老子灌醉了,这是……哪里?"

"回宾馆的路上。"他应付说。

"去宾馆……干什么?老子要回家!"

"好,回家。"

酒鬼想把头往前排座位间伸:"是他妈的谁……在跟我说话?你……他妈的是谁?"

他刹了一脚车,酒鬼往前伸的头又被顶了回去。

"我是你朋友的朋友,他们都喝醉了,叫我们来送你回去。"

"哪个朋友,叫什么名字?"酒鬼显然清醒了一些。

"你在后面好好休息,马上就到家了。"

酒鬼摇下了车窗:"这是什么鬼地方?黑灯瞎火的,你们是谁?"

他猛地刹了车,那人坐在副驾上,在车刚刹住时,已顺手摸起脚下的扳手,打开车门,钻出了车。随即把后车门打开,抓住酒鬼的衣服,将他从车上拖了出来。

酒鬼有些瘦小,一见这阵势,酒被吓醒了,爬起来拔腿就跑。那人将手里的扳手猛地朝酒鬼砸了过去。

他什么都没想,追了上去。没跑出几步,就看到酒鬼扑倒下去,消失了。

扳手正中酒鬼的后脑勺,像长在了脑袋里,他在地上无力地挣扎了一阵,断气了。

两人都傻了,最后,那人说:"活该他死!"

"我们可以不要这辆车,我们跑吧。"

"倒血霉了!谁想到,这上面还睡了个酒鬼,谁想到一扳手出去,就把他砸死了!"那个人也有些沮丧,"终于他娘的杀人了……"

"怎么办?"他害怕起来。

"销赃呗,怎么办?先把他弄到车上。"

"往哪里销？"

"这一单活既然这样，只能走趟远路了。走219国道，去拉萨。沿途人少，进了昆仑山，把这玩意卸成几块，喂狼，喂秃鹫，成了狼粪、秃鹫屎，哪里找去？我们把车拾掇干净，说不定在拉萨还能卖个好价钱。"

于是，两人给车加装了偷来的警灯，上好伪造的公安车牌，就连夜往喀喇昆仑山里开，过了阿卡孜达坂，两人趁天黑分了尸，然后每隔几十里就抛掉一块。到奇台达坂，抛掉剩下的头和半条人腿，就完事了——没想到，报应来了，车趴窝了。

13

阳光明澈，吹过的风却带着寒意。一声汽车的喇叭声惊得那个人猛地一跳。

是一辆部队的北京吉普，车头离他只有三尺远。玻璃的反光晃了他的眼睛，他赶紧跳到路边。他看见驾驶室里的两张脸很严肃地一晃而过。

那个人站在路边。"如果他们发现了车里的东西该咋办？"他心里想着，突然感到一阵害怕。他的头剧烈地疼痛起来，像有人在用铁锤砸着他的脑仁儿。他有些眩晕，不得不把双手撑在一块冰凉的石头上，使自己不倒下去。

"我得……离开这里！"他这么想着，就往车上爬。

"你这个朋友，好好坐着嘛！爬上爬下的，这是车，又不是女人。"艾山很不高兴地说。

"你他妈的屁话多，我忍你很久了。"那个人说着，突然掏出手枪，"咔"地打开保险，把枪口顶在了艾山右边的太阳穴上。

"干吗？哎，朋友……同志，我就抱怨了两句，也不至于这样子嘛。"

那个人把枪口移到了艾山的右腰上："把车掉头，往回开！"可能是高原反应的缘故，他说起话来一副咬牙切齿的样子。

"可我要去阿里啊！"

"别这么多废话！我一扣扳机，这颗子弹就会从你肋下穿过心脏再从你左边的颈项处飞出去。"

艾山哆嗦了一下："同……同志，我……我马上掉头。"

这段路不宽，掉头不易。但艾山是跑新藏线的老司机，还是把车头掉过来了。车上的同伴刚才裹在皮大衣里睡着了，现在醒了过来，问他掉头干什么。

"让他滚下来！"

艾山停了车，冲着车窗外，颤抖着声音喊叫道："你……你下来，我跟你说。"

"别胡说！"

"明……明白。"

一个人像一头熊似的滚下车来，在车下望着艾山。

"这个同志加了钱，要返回红柳滩，刚好堵在这里也不能走，你在这里等我一下，我把他送下去就返回来。"

同伴刚睡醒，没怎么想，就爽快地答应了。

汽车颠簸着向前开去，艾山的额头上冒出了细密的汗水，身上的狐臭味也随着汗腺分泌出来，在驾驶室里弥漫。那人的高原反应似乎更严重了，脸色发紫。

"同志，您……您拿枪对着我，我……我紧张得很，手发抖，心嘛也抖得很，感觉这个车嘛也抖得很。我开不好车，会……会很危险的。您……您不就是要回去嘛，我送您，哪怕送到叶城也麻达的没有。"艾山乞求道。

那个人的手腕也有些酸软了，把手臂往回收了收，但枪口还是对着艾山。"老实点！"然后骗艾山说，"你好好开车，你的损失我会一分不少地赔给你。"

艾山长舒了一口气，赶紧说："能给警察同志帮个忙，我高兴得很，你不用拿枪对着我。"

"那就好好开车。"

艾山的车技一流，却把汽车开得战战兢兢的。到了红柳滩，他小心地说："警察同志，到了。"

那人把红柳滩扫了一眼，咬了咬牙："我们下叶城。"

"可是……同志，我车上还拉着给人家的货物，我也是好不容易才开到这个地方的，现在我开下去还得开上来。"

"你不是说了把我拉到叶城也麻达的没有吗？"那个人又把枪口抵在了艾山的右腰上。

艾山觉得右边的腰子已被子弹击碎，右半个身子一下虚脱了，嘴唇不由得哆嗦起来："麻达……麻达的没有，麻……麻达的……没……有……"

"那就往前开。"那个人用枪口顶了顶他的腰。

艾山的额头冒出了汗，驾驶室里狐臭味一下变得浓烈起来，那个人不得不用另一只手摇下了车窗。

汽车开出不到十里路，就看到了从红柳滩往山下去的车被拦住了，而往阿里方向的车也没有一辆开上来。

"咋回事？"那个人有些慌张。

"那个嘛，肯定是在前面也设了关卡。"艾山心里不由得一阵高兴。

"咋办？"那个人更慌了。

"你是警察，你跟他们说一下，应该会让我们过去的。"

"平时当然可以，但人家如果是搞演习，谁说都没用。"

"那是往前走，还是退回去？"

那个人已感到绝望，但他没有流露出来："先往前开一段路再说。"

转过一个从荒凉山体伸出来的狗头似的堆垒，一辆吉普横在了八号桥上，吉普车的两边都是等待通行的车辆。几个战士，荷枪实弹地站在车前。

"退……退回去！"那个人一见那阵势，赶紧对艾山说。

"怎么退？这个路嘛这个鬼样子！"艾山见他那么胆小，说话的口气不由得重了。

"那也得退。"

"我嘛就不懂得很，你去跟他们说一声，说自己有事情，要过去一下，啥麻达事也不会有嘛。"

"你不要废话，我让你退后就退后！"那个人把枪口又顶到了艾山的腰上。

"我退，我退，你把那个东西拿开一点，不然嘛我这半个身子冷得很，右边的这个手嘛也没感觉，这个样子怎么倒车？"

那个人一听，把抵着艾山肋骨的枪口拿开了点。

车总算退回到了红柳滩。两头的路不通，一些人便在这里闲逛，也有人趁此空闲，钻进了天堂酒吧。有人在四川酒楼点了菜，喝上了。很多人都知道，在高原上活命，要像云中漫步，急不得，该干啥的时候就干啥，不让干啥千万莫要去勉强。就像现在，你咋整？着急上火，高原反应就可能要了自己的小命。

那个人把枪在艾山眼前晃了晃。"等会儿路通了，还坐你的车。"下车前，又吓唬艾山说，"这是执行任务，你不要胡说八道，不然，吃不了兜着走！"

艾山连忙说："您放心，我的嘴严得撬棍都撬不开的。我的车就停在这里，路通了，我来叫您。"

14

黄毛金牙回到大帐，见那人靠在一摞被子上，已经鼾声大作。他撑着一张略微有些发青的、纵欲过度的、疲惫不堪的脸，张着嘴，一挂哈喇子随着鼾声从嘴角淌出来半截，又吸进去小半截。这使他看上去更令人厌恶。

黄毛金牙看了那人一眼，那人竟马上就醒了，一只手撑起自己的身体，一只手摸向腰间。

"不愧是警察啊，这么警觉！"

"正他妈睡得香呢。"

"昨晚你肯定没有睡好，不打扰你了，我也要眯一会儿。"

那人的呼噜声随即响起。黄毛金牙不得不佩服他的这个能力，他瞟了一眼那人枪可能在的位置，也靠在那人斜对面的一摞被子上，假装睡起觉来。没想到没过多久，也真的睡着了。

那个人气冲冲地闯进来。那人在他掀开帐篷门帘的时候，一下睁开了眼睛，把枪握在了手上。

"你他妈的怎么还没有去那里？"

"这里在演习，所有的车都不让动，我只好退回来了。"

"这里在演习？"

"演习是常有的事。"黄毛金牙伸了个懒腰，带着惺忪的睡意说。

"真是撞到鬼了，这样的演习要多长时间？"

"大的演习十天半月都有可能，这次看来是小规模演习，最多半天就结束了。"

"真他妈的！"那人骂了一句，然后对那个人说，"那就没有办法了，总不可能走路去那里，等演习结束吧。"说完，他的倦意再次袭来，又把眼睛闭上了。

帐篷正中有好大一柱圆锥形的日光，干净得发蓝。那个人径直走到那人跟前，一看他那个样子，有些生气，踢了他一脚。

"你还真能睡得着。"

"那咋整？"那人把自己的身体往旁边挪了挪，"你也来躺一会儿吧。"

黄毛金牙说："先休息一会儿吧，在这高原上，海拔那么高，要走路去，恐怕还没走到，人就报销了。"

"老板说得对，高原上走上几步，气就喘不匀。"那个人说。

"我看你在女人肚皮上折腾的时候，气喘得很匀嘛。"那个人言语里带着酸味儿，在离那个人五尺远的地方躺下了。

"那个时候，咋可能把气喘匀？"那人用追忆春梦的口吻说。

| 无名之地 | 643

"现在没事，要不你也去折腾一盘？"黄毛金牙显然想诱惑那个人。

"青天白日的，做那龌龊事，老子还怕不吉利呢。"他打了一个长长的哈欠，哈出满腹淤积的恶气，用对人世充满极度厌倦的口气说，"老子……现在……只想睡觉……"

说完他又打了一个哈欠，把头搁在枕头上，一歪，便听到了他的鼾声。

"看来，这个同志的确累坏了。"黄毛金牙一边说着，一边很随意地退回到吧台里，用抹布抹着柜台。

那人没有回黄毛金牙的话，一看，他仰躺着，张着嘴，也睡着了。

黄毛金牙在心里不屑地冷笑了一声："看来，这高原是真他妈的令人困倦。"他说完，把猎枪小心地取下来，放在了自己顺手的地方。

15

一辆吉普车带着高原的尘土冲进了兵站的院子里，还没有停稳，李勇已跳下车来。他向叶成福报告了查证的情况。

叶成福说："两人携枪，红柳滩又聚集了这么多人，得尽快处理。"

"可我们没有权力抓人，叶城警方出动了吗？"

"叶城县公安局的人接到报案后，已经核实，这两人是近几年来流窜西北的盗车惯犯，并多次伪造证件、军警车牌，私藏枪支，冒充军人、警察，警方多次抓捕多次漏网。现在叶城警方已经马不停蹄地赶往红柳滩，但再快也要十三四个小时，堵了这么多车辆，其间很难保证不出问题。"

"那怎么办？"

"把警报器取下来。"

"那玩意儿有啥用？"

"等会儿你就知道了。"

李勇把警报器取下后，叶成福很利索地接好电源，然后拿出冲锋枪，把子弹推上膛，对李勇说："我要智取杀人狂魔。"

"怎么智取？"

"等会儿你就明白了。"叶成福说完，命令报务员，"你现在开始计时，二十分钟后把警报弄响，然后安排好进到营区里的人员，让他们不要乱跑。"

报务员看了看手表，说："好。"

叶成福对李勇说："你跟我走。"

两人出了营区。滞留的车辆挤满了红柳滩的空地，有些人困兽般来回闲逛，有些人聚在一起打扑克，有些人在车上昏睡，到处充满了一种无聊透顶的气息。这种气息与周围的荒凉糅合在一起，给人一种地狱般的虚无感。

"你我分头行动，你从东头开始，让红柳滩的司机锁好车，把他们都集中到兵站院子里，以免出现危险。我去西头，想办法把那四家店里的人也转移出来。"

叶成福来到马德的店里："已经确认那两个人有杀人嫌疑，你有什么办法把黄毛金牙弄出来？"

"我喊一嗓子就得了。"

"那两个人还在他帐篷里呢。"

"我喊他出来拿烤肉。"

"你试一下。"

马德就喊了一声："黄毛金牙，你要的烤肉烤好了——"

黄毛金牙听到喊声，心里狐疑道："老子多久叫烤肉了？"但还是从柜台后站起来，瞥了一眼那两个人，看他们睡得死人一样，便走了出来。

马德在自家的店门口朝他招手。他钻进门帘，看见叶成福站在里面。

"那两个人呢？"

"睡得像死人似的。"

"已经确认那两个人有杀人嫌疑，我们要采取行动，红柳滩所有人都要转移到兵站去，你店里那几个女的也要转移出来。"

"那好办，她们都在小帐篷里补觉哪。"

"赶快，不要惊动那两个人。"叶成福看了一眼表，"还有九分钟，你马上把她们带到兵站去。"

黄毛金牙说了声："麻达的没有。"一躬身出去了。

看见餐馆的人都跑进兵站后，叶成福把子弹推上膛，隐蔽在一辆解放牌汽车后面，然后着急地向天堂酒吧望去。四分钟过去了，他才看见三个花枝招展、衣衫不整的女人从帐篷里钻了出来，踩着碎步，向兵站方向去了。他没有看见黄毛金牙，正着急，却看见他牵着自己的马，从另一侧走了出来。叶成福示意他快点。

黄毛金牙到了叶成福身边，小声说："可不能让他们把我的爱马骑跑了。"

叶成福看了一眼表："你赶紧牵着马到兵站去。"

"你一个人？"

"足够了。"

"你抓他们的时候，可不要把我的帐篷弄坏了。"

"不要啰唆，根本就不会进你帐篷里去。"

话音刚落，警报响起，黄毛金牙愣了一下，他的马惊得前蹄腾空，长嘶了一声。

那人一听到警报声，立马翻身而起，把枪摸在手里。看那个人翻了一个身，还要睡去，便用力踢了他一脚："妈的，警察来了！"

那个人一听，吓得一个激灵，睡意全无，也把枪摸了出来，哀叹道："完了完了！我就晓得，久走夜路会碰到鬼！"

"莫要叨叨了！"那人一边说着，一边向帐篷后门跑去。

那个人也跟着那人出了帐篷，朝刮着无形冷风的荒野逃跑。

这时，叶成福对着天空，适时开了两枪。

两人一听枪声，更是不要命地朝前狂奔。叶成福和李勇的枪声再次响起。

那人朝后胡乱开了两枪，继续奔逃。跑了不到三百米，他们的脚步就变慢了，又踉跄着跑了几步，身影就开始发飘。快到叶尔羌河边的时候，那人嘴里"哇"地喷出一股黄黄绿绿的东西，然后人像是要飞起来，最终一头栽倒下去，啃了一嘴自己喷出的秽物和泥沙，不动弹了。

那个人没有回头看他一眼，跑到河边后，一看过不了河，又沿着河岸跑了约有一百多米，眼前一黑，手里的枪先飞了出去，在一块卵石上碰出几星火花后，枪口朝后，落在地上；几乎同时，他也一个扑趴，扑倒在了坚硬、冰凉的乱石堆上。

叶成福和李勇从汽车后面走出来，不慌不忙地朝两人走去，把枪捡了，然后反绑了他们的双手。

由于缺氧，两个人脸色发紫，仍然昏迷未醒。叶成福只好让李勇守着他们。李勇问："是不是叫几个兄弟来把他们抬到兵站去？"叶成福对李勇说："等他们苏醒后，让他们自己滚到兵站去。"

红柳滩的空气一下松弛了。

那人苏醒后，抬头望了望天空，寒意让他感到冷，他的上下牙床磕碰着，发出的声音令他厌烦。那个人不久也醒了过来，用满含怨气的目光死死盯着他，哀叹道："完了！"

那人说："早晚会有这一天。"

那个人问了一句："今天是几号？"

"十七号，一九九八年……十月十七日，你……你他妈的这都不知道了？"

那个人哭了："老子才二十七岁，再过五天就是我的生日。可等着我的，只有死期了。可我不想死啊！"

寒冷和饥饿逼迫两人爬起，一前一后，步履蹒跚地往兵站走来，走进了为他们准备好的、临时关押的房间里。

次日一大早，叶城警车的警报声打破了红柳滩的宁静，所有人都醒了，长舒了一口气，然后站在高原寒意萧萧的清晨里，袖着手，缩着脖子，眼看着两人被押上警车。

黄毛金牙和三个女人也站在天堂酒吧门口看热闹。

一个警察微笑着朝黄毛金牙招了招手。他一见，迈开长腿，朝警察走去。

"听叶站长说，抓捕这两个人，你出力了。"

黄毛金牙咧嘴一笑，金牙一闪，谦虚地说："没啥。"

"虽然你在这件事上有功，但你还得跟我们走一趟。"

那个警察说这句话时，另两个警察已站到了黄毛金牙身后。

"你知道你干的是啥营生吧，我们已注意很久了。你要明白，即使是这里，也没有法外之地。"

黄毛金牙有些意外，但他没有反抗，顺从地伸出了手，让警察给他戴上了手铐。

芳　邻

张　者*

天亮了，小区里的鸡叫了。

蓝家老太太起得早，她开始习惯了在鸡叫声中起床。相比来说她的女儿蓝清芳就不一样了。著名律师蓝清芳被鸡叫声吵醒，她愤怒地用被子蒙起了头，在迷蒙中恨恨地发誓，起床后就把鸡杀了。蓝老太太让保姆把鸡窝垒在一楼的窗外，鸡叫声顺墙爬上二楼，通过二楼卧室的窗户到床头，直击蓝清芳的耳膜。鸡叫声离蓝清芳太近了，简直就在耳边。蓝清芳有些抓狂，心里怨着老妈，谁让你养鸡的？这是别墅，又不是你的蓝家庄。

蓝老太太起来也没什么要紧的事，只是老年人睡不着罢了。她手里拿把修枝剪，开始在院子里溜达。见了有什么不顺眼的，咔嚓一下，将疯长的枝叶剪去，十分地爽，立刻就找到了生杀大权的感觉。她家的那些树呀、花呀、草呀、菜呀，闻风而低头，怕得要死。它们感知到老太太来了，煞气阵阵，本来正昂起头准备沐浴早晨第一缕阳光的，本能地就把头缩缩，做低眉顺眼状。

这是一个星期六的早晨，南郊别墅区里显得宁静。从每一家门口停着的车

---

*张者，本名张波，男，1967年生。毕业于北京大学法律系，硕士学位。中国作协小说委员会委员，重庆作协副主席，新疆兵团作协名誉主席，一级作家。作品发表于《收获》《十月》《当代》《人民文学》等刊，被各种文学选刊转载。出版长篇小说"大学三部曲"《桃李》《桃花》《桃夭》，长篇小说《零炮楼》《老风口》，中短篇小说集《山前该有一棵树》等多部，散文集《文化自白书》等。曾获第八届鲁迅文学奖等各类文学奖项，并多次入选文学年度排行榜。

来看，这个周末又回来了不少人。那些在城里上班的，奔忙了一周，累了、乏了，周末到郊区的第二居所享受一下清静。只是，这宁静被鸡鸣声打破，又被狗吠声搅乱。听到鸡叫声冰冰和豆豆这两条小泰迪再也按捺不住了，它们开始叫唤，闻声凑热闹。它们的妈妈刘姨，只有将其放出来，遛遛。蓝老太太见了刘姨，就喊："冰豆妈，这么早遛狗呀？"冰冰和豆豆就汪汪叫，算是答复。

　　两只小狗的叫声并不大，却惹得整个小区的狗都开始叫起来，成了大合唱。蓝老太太对于鸡鸣狗吠已经习以为常了。离开蓝家庄随女儿进城后，就没有了鸡鸣狗吠的日子，自然就没有了日落而息日出而作的日子。城里满耳的都是汽车喇叭声。那些汽车喇叭从早到晚没有停顿，没有节奏感，混沌无边，让人心慌。就像在声音的温水中煮，不知道什么时候才是个头。蓝老太太闹着要回老家蓝家庄，这时，蓝清芳的别墅刚好装修完毕，让老爸、老妈搬进了别墅住。蓝老太太住进别墅没有了汽车喇叭声，又觉得太寂静，好像少了点什么。于是，她到镇上赶集一下就买了十几只童子鸡，公母搭配。这些童子鸡本来是杀了吃的，蓝老太太却开始喂养，没多久公鸡就开始打鸣，母鸡就下蛋了。这下蓝老太太找到了感觉，那些乡村记忆伴随着鸡叫声像从一张旧唱片中播放了出来。蓝老太太心儿有了着落，也不慌了，过起了自己习惯的日子。

　　蓝老太太在自己家门前的那棵月季树前徜徉，这是一棵树状月季，叫安吉拉，开得水红盈盈，精灵乖巧。她又喊了一声："冰豆妈，你看这花开得多好。"

　　刘姨不太喜欢蓝老太太叫她冰豆妈，只是笑笑算是答复。冰冰、豆豆毕竟是两条狗，冰冰是一条白色的，豆豆是一条咖啡色的。平常自称两条狗为乖儿子，心肝宝贝样，可人家真叫她冰豆妈，她心里还是有些别扭。冰豆妈毕竟是某上市公司的财务总监，刘总监在公司牛着呢，总经理都让她三分，称她刘姨。

　　别扭归别扭，但毕竟是对门邻居，况且蓝清芳又是自己的好友，新闺蜜，听习惯了也就罢了。冰豆妈就问，你家清芳起床没有？蓝老太太回答，从美国回来，要倒时差，不睡几天才怪。她买了这别墅，就没怎么回来住，全世界到处跑，这儿成了我的养老院。蓝老太太话中含嗔，音中却有了傲娇。冰豆妈说，还是你好，能天天在这儿住，我们还要上班，周末才能来。明年退休了就在这儿养老了，种种花、种种菜，多好。蓝老太太说，我们家清芳负责种花，我负责种菜。她会悄悄在我的菜地里种花。冰豆妈说，清芳说你会偷偷把她的花移了，种菜。你们娘儿俩谁抢谁的地盘说不清楚。蓝老太太就哈哈大笑，种那么多花干什么？只开花不结果，又不能吃……

冰豆妈正和蓝老太太说着闲话，突然发现冰冰、豆豆不见了，这吓了冰豆妈一跳，连忙喊着冰豆、冰豆，跑着找狗去了。

这时，隔壁老王也被鸡鸣狗吠声吵醒了。王文元是一个编剧，写抗日神剧的，睡眠不好。最近刚接了一个活，这次是抗日谍战片。既然是谍战，那就要搞阴谋诡计。不能用手榴弹打飞机，也不能手撕鬼子了。老王心里的那点阴招和损招都用完了也才完成一半，接下来怎么编，让老王挠头。老王想着到郊外的别墅住，放松一下，睡个好觉，找找灵感。老王是周五下午来的，从沸腾的闹市区突然来到郊外，仿佛一切都尘埃落定了，心儿猛然落地了，这对一个靠写作为生的人来说无疑是好的。老王先在自己院子里浇花、浇菜、剪枝，在小区内遛了一圈。他先是被小区各家品种繁多的月季花激发了，然后又被那些散步的小媳妇触动了。特别是见到邻居蓝清芳，真的让他心中一颤。蓝清芳是标准的成熟知识女性，身高有一米七，白领丽人，打扮讲究入时，内敛、自信、独立，不卑不亢，比那些矫揉造作的二流女演员不知高级多少倍。那些女演员为了让老王在剧本里加戏都是直打直上的，害得老王妻离子散，家破人要活，成了没有钻石的王老五，嘿嘿。

老王见了邻居蓝清芳不由得上前打招呼，两个人立在门廊下聊了两句，话虽投机，却被蓝老太太打断了。蓝老太太大惊小怪地喊，蓝清芳呀，你怎么又把花种在我菜地了？蓝清芳去和老妈理论，王文元只得和蓝清芳告别。意犹未尽的老王回到家，坐在电脑前愣了一下神，居然就灵感大发，一口气干了一万多字，整整一集。老王在电视剧里加了个人物，一位代号"清风"的军统女特务打入到日军的特高课，这当然就有戏了。那清风就是"清芳"的谐音，就是以蓝清芳为模特的。老王凌晨三点上床，想着终于可以睡个踏实觉了，至少睡到中午十二点，没想到鸡叫声突然响起。那叫声开始仿佛很遥远，犹如梦中，有点像电视剧中鬼子进村前烘托的宁静。不久，鸡叫声越来越悠扬长久，越来越自信，越来越过分了，一下又一下地啄老王的太阳穴，老王不得不醒。

这是什么情况？谁家居然在别墅区养起鸡来，物业不管吗？

想起物业老王心中就有气，老王门前公共领域有一丛丁香，春天开得好，紫色花都挂在朱色的门楣之上了，香气宜人。只是花谢了，就成了繁茂的灌木，枝叶把门都封了。老王早就通知物业剪枝，可物业只答应却不见动静，上次来老王就自己动手了。那些枯枝败叶居然现在还堆在门口没人清理。还有后院的小溪，买别墅时老王就喜欢这种有水的户型，想着溪水清澈、鱼虾嬉戏、荷花绽放的情景，老王宁肯多掏十来万。没想到现在物业为了节约成本，放水越来越少，现在成了臭水沟，成了蚊虫的天堂。

老王在半睡半醒中恨着物业，又迷糊过去了。老王刚睡了一会儿，新的一轮鸡叫又开始了。这次鸡叫和上一轮不同，上一轮是公鸡打鸣的声音，高亢有力，雄鸡一唱天下白嘛。这次是母鸡叫，咯咯哒，咯咯哒……而且不是一只鸡，是多只鸡。叫声中有喊的成分，向蓝老太太邀功请赏，当然也有滥竽充数的。鸡叫声没完没了，其间还伴随着公鸡调戏母鸡的嬉笑声，小母鸡大惊小怪的撒娇声，叽哇乱喊，嘈杂混乱。

老王愤怒地看了一下表，才九点多，不得不起身去关窗户，没想到正和蓝清芳碰了一个照面。蓝清芳也迷迷瞪瞪起身关窗户。关窗户是两个人潜意识的事，目的都是想把鸡叫声关在窗外，再睡一会儿。关键是两个人都是从床上不情愿地起来，穿戴自然就不讲究了。老王裸着身子，这对男人来说太正常了，在风和日丽的五月，脱光了盖床薄被裸睡是人生之享受。关键是你男人要爽，人家女人也要舒服呀。平常只要出门蓝清芳穿戴都是一丝不苟的，怎么搭配，什么品牌都有讲究，可是睡觉时却和老王一样，也是裸睡。王文元家和蓝清芳家虽然隔着院子，中间还有围墙，可直线距离也就二十多米。两人临窗相望，一下都愣住了。蓝清芳那美丽的乳房在早晨八九点钟的阳光下明亮、精致、灿烂。蓝清芳家院墙边种着"欧月",那些叫"自由精神"的花朵开得轰轰烈烈,然后自由地翻越围墙在老王家的这边展示着美丽。老王被那些花朵刺激了,也被蓝清芳的乳房刺激了,总之眼睛一亮,被闪得眼前一片空白。

也就是一瞬间,两个人连忙关窗拉帘。老王猛地扑到床上,那美丽的画面定格在脑海里。花与乳房,在老王的脑海里染成了一派粉红。那些自由奔放的欧月开得大若乳房,那没有了束缚的乳房同样也自由奔放,灿若花朵。老王被鸡叫声弄坏了的心情,被花与乳房照亮了。

蓝清芳以同样的姿势扑到了床上,心里咯噔一下。完了,走光了,并非逆光,一切都暴露在光天化日之下。都怪这些该死的鸡。

这个隔壁的老王,蓝清芳其实并不了解,虽然是邻居,由于是第二居所,你来我往,难得碰面。蓝清芳只是从老妈那里听到一些,说隔壁老王是一个编电视剧的,经常有漂亮女演员来。蓝清芳没看过隔壁老王的抗日神剧,也不想看。蓝清芳觉得自己的经历比任何一部电视剧都精彩。蓝清芳未婚,却有一个儿子,八岁了,在英国留学,是名副其实的小留学生。这事也是蓝老太太的心病,这不是私生子吗,村里都叫野种的。蓝清芳对这种说法不屑一顾,什么私生子,什么野种,这是一种人格歧视。法律规定非婚生子女和婚生子女具有同等法律地位。女儿一谈绕口的法律,蓝老太太就不言语了,她知道女儿是大律师,你说不过她,甚至都听不懂她在说什么。不过,蓝老太太还是拎得清的,女儿的事和邻居闭口不谈。有人问到女儿婚姻,老太太就叹气,说追求清芳的优秀男人多了,人家一个都看不上,就是要单身。

蓝清芳和老王被这一折腾,弄得睡意全无。两人打开手机,发现在小区业主群里已经有上百条信息了,都是谈鸡论狗的。特别是关于对小区养鸡的议论都霸屏了。

小区有五百多户,由于入住率不高,业主群里也只有二百多人。一户中有的夫妻、子女都入群了,群里最多有一百多户主。这是一个独栋别墅项目,政府已经很难批别墅用地了，楼盘就成了稀缺产品。再加上四周是高尔夫球场和水系，风景优美，房子早就售罄。可是，这么个好地方入住率却不高，究其原因其中肯定有投资购房的，买了就放那儿了，等待升值；还有，就是买了为将来养老，等着退休；已经入住的应该属于会享受生活的那类人。冬季关门闭户，夏季来住，在院子里种花、种菜、栽果树。工作日老人守，周末了来度假。

二百多人的群算个小群，但群里却极为活跃。发言的人较多，说话充满了自信，都是直截了当的。能在这个小区买房的都是各行各业的精英，有大学教授，有企业高管，有著名律师，有媒体中人，还有政府官员……都算是成功人士了。不成功能买得起别墅嘛！当然，这个项目就是为中产阶层量身打造的，真正的富豪又看不上这里了。这样一群人暂时离开了原有的生活轨迹，没有了约束，一下就活泛起来。官员没有了上级领导，企业高管没有了公司员工，著名律师没有了当事人，大学教授没有了弟子爱徒，总之，没有什么好顾及的关系，也没有任何利益冲突。大部分业主都不曾碰面，更不了解各自的历史，只在业主群里认识。散步时碰面了也对不上号，在群里连网名都退居二线了，名字都成了房子的编号。这些人来到郊外好像一下就放开了，不再谨小慎微，无须藏着掖着，何必端着摆谱，解放了，展开了，性情中人了。大家只有一个身份，那就是业主、是邻居。

这个周末出现了新情况，本来是来找安静的，却被鸡鸣狗吠声骚扰。1501业主把小区的鸡叫命名为"半夜鸡叫"。1501的业主说是半夜鸡叫当然是有道理的，有的业主凌晨三点才睡下，周末要睡到中午十二点的。五点钟鸡就叫了，这样算来可不就相当于半夜鸡叫嘛。1501的命名遭到了1508业主的反对，认为这样的说法哗众取宠，半夜鸡叫是地主为了让长工起来干活，现在谁是长工、谁是地主？要说地主，大家都有院子，都算地主。1508和1501两家因狗生隙，曾有过节，无论谈什么问题，正确与否，在群里总是针锋相对的，见面就掐，没有什么客观性。

1616业主认为在小区养鸡是严重扰民行为，在市区谁家养鸡，肯定会被物业罚款。养鸡不但扰民，而且不卫生，臭气熏天的。如果染上了禽流感，直接威胁到每一个人的生命安全。

1616业主说话直来直去，绝不留情面，在小区属于著名人物。说她著名是因为她家不养鸡、不养狗，却养鹦鹉。她家那只鹦鹉，和人没学好，见了来人的问候语就是："傻逼，傻逼……"搞得邻居不好意思去她家串门。1616业主收拾了几次鹦鹉，没想到这鸟对着主人照样喊，"傻逼，傻逼"。鹦鹉可能不懂人话，却学了一句人话，只会说一句人话吧，却又不是人话。其实，在鹦鹉看来，"傻逼"和"你好"没有什么区别，只是人听了不舒服罢了。在鹦鹉不绝于耳的"傻逼，傻逼"中，邻居再谈到1616业主时就称呼她为"傻逼它妈"了。这称呼1616业主听到会不高兴，但称呼却好记也好玩，有笑点。"傻逼它妈"很快流传并演变成了绰号。不知道1616业主是否知道这个绰号，要是知道了，肯定会气疯，就她那火暴脾气，不找上门才怪呢。不过，这绰号只当代词，不作名词。见面可不敢这样叫，"傻逼它妈"姓王，陕西人，叫王西凤，业主都尊称她凤姐。只有谈到1616业主时，才会用"傻逼它妈"这绰号。

在一个新社区，用门牌号码代表每一户人家，这是业主群的基本要求。业主一入群，群主就发公告，其中一条就是"请备注房号"。其实，用房号代表每一个活生生的人既没有特征，也没有生命气息，而且数字容易混淆。可是，不备注房号你就更分不清楚谁是谁了。大家到了郊外，相互又叫不上来名字，按照郊外村里生活的习惯，往往会用孩子之名指代爹妈。可是，买别墅的60后比较多，孩子往往都大了，就像出窝的小鸟早飞了，60后又生不出二胎，年过半百又爱心泛滥，只能养宠物，邻居们就用宠物名指代户主。

这样，在群中用编号，在自己微信中就可以再备注，蓝清芳就是这样备注的。比方：1616（傻逼它妈）；对门邻居刘姨房号是2109，她就备注为：2109（冰豆妈）；1501（金莲妈），因为1501业主有一条狗叫潘金莲；1508（二流子爹），因为1508业主狗的名字叫二流子。

蓝清芳的房号是2112，蓝清芳又没有养宠物，却喜欢养花。王文元后来把蓝清芳备注为：2112（自由精神它妈），王文元觉得用"它妈""他妈""她妈""他妈的"备注都不妥，后改为"自由精神"。这个备注让老王在相当长一段时间都浮想联翩，这算是对那天早晨的纪念吗？蓝清芳把王文元备注为：2113（隔壁老王）。蓝清芳看到这个备注就想笑，"隔壁老王"这尊称属于网红名，含义深刻，耐人寻味，属于重点防御对象，哈。

王文元一看"傻逼它妈"业主的留言，觉得应该替"自由精神"说句话，省得其他业主也起哄，让蓝清芳下不了台。任何事情都是这样，要提前引导舆情，最后才能掌控舆情。当大部分业主都为"傻逼它妈"点赞时，你再跳出来反对，那时候必然会成为众矢之的。

王文元从内心中觉得应该帮蓝清芳，人家看都让你看了，你不能白看。无论是有意还是无心，看了这个事实无法改变。这世上有几个女人能让你看呀，而且那么好看。那些二流女演员可以和你上床却不让你看，因为身上假的东西太多。乳房是隆过的，屁股是垫高的……说不定一看就露馅，保不齐能发现刀口。王文元看了蓝清芳，或者说王文元和蓝清芳互相看了，这是两个人的秘密。有了共同秘密的男女同志，心自然也就拉近了。

王文元有了这种意识，在后来相当长一段时间，凡是反对蓝清芳的，就成了王文元的对手；凡是支持蓝清芳的，就成了他的朋友。具体到养鸡上，凡是反对养鸡的就站在了王文元的对立面，凡是赞成养鸡的就是他的朋友圈。王文元完全抛弃了原则和个人恩怨，放弃了自己，大搞"两个凡是"。一个被鸡叫骚扰的受害者，成了养鸡的支持者，这都是因为蓝清芳呀。

著名编剧王文元是一个文字工作者，靠卖文挣钱，属于专业写字的。文笔肯定是一般业主无法比拟的。他在群里发言往往声情并茂有煽动性，再加上幽默风趣，总是迎来点赞无数。王文元见傻逼它妈的留言上纲上线，已经不是扰民的问题了，养鸡直接威胁到了邻居的生命安全。这还得了，王文元就发文说养鸡没什么不好，也没觉得扰民。人在鸡叫声中会感到更安全，在鸡叫声中睡得更香，这就是一种意境。然后，王文元引用了王籍的诗"蝉噪林愈静，鸟鸣山更幽……"还嫌不够,他又引用了王维的诗:"人闲桂花落,夜静春山空。月出惊山鸟,时鸣春涧中。"王文元告诉业主们,此处有声胜无声,鸡叫比鸟叫更有人气。睡梦中的鸡叫声直接把自己送回了故乡,这才是安静的郊区生活。鸡叫声比汽车喇叭声美妙多了,让人能回忆过去美好的童年。我们要感谢养鸡的业主,给我们带来了睡回笼觉的美妙时刻。王文元这样说,也不是完全胡扯。王文元虽然被墙外的鸡叫声骚扰,然而确实也听到了远方若隐若现的鸡叫。那种鸡叫声当然就不是噪音了,真的是一种美妙的音乐。可见,小区内不止一家养鸡。

最后,王文元还确定了养鸡的合法性,认为业主养鸡是人家的自由,这就像合法的养宠物一样,这种自由不可侵犯和剥夺。

王文元的留言让人无法反驳。那些在业主群中比较活跃的人,多少都是些风雅之士。看了王文元的留言也觉得妙,把一个扰民的鸡叫声说成了"蝉噪林愈静,鸟鸣山更幽",真的会附庸风雅。

蓝清芳看了王文元的留言气不打一处来。既然鸡叫声那么好听,你在鸡叫声中能酣然入梦。你起来关窗户干什么?你不起来关窗户我怎么会走光?真是占便宜还卖乖。蓝清芳没能力和王文元谈意境,这不是她的强项。蓝清芳就谈法理。通常情况下谈法理比谈法律更难。谈法律只是对法条的解释,谈法理那就上升到法的哲学了。蓝清芳认为养鸡是你的自由,可是你的自由已经影响了他人的自由。你行使了自己的权利,却侵害了他人的权利。每一个人都是平等的,在行使合法权利时要达到一种平衡,就要有所为,有所不为。这样,大家才能和谐相处,才能建立和谐社会。

隔壁老王见了蓝清芳的留言,有点犯迷糊。明明是你家蓝老太太养的鸡,骚扰我睡不成。我替你站台说话,你却针对我。这不是胳膊肘往外拐嘛!王文元想想又暗笑了,蓝清芳可能还因为走光而气急败坏呢。她或许觉得吃亏了。看来蓝清芳真被那鸡叫声吵烦了,鸡叫声让蓝清芳抓狂。

事实证明王文元的判断是对的,在蓝清芳留言没过多久,隔壁院子里再一次传来鸡叫声。这次鸡叫和上两次都不同,这次鸡叫是一种惊慌失措,是一种鸡飞蛋打,是一种疲于奔命,只有鸡遭遇到了危险才会有这种叫法。王文元对这种鸡叫很熟悉,晚上鸡这样叫肯定是黄鼠狼扒鸡窝,白天这样叫那就是有人要杀鸡待客。

王文元小心翼翼地掀开了窗帘。有了走光的经历,王文元就没有那么孟浪了,连拉窗帘都小心谨慎了。这次隔壁老王又看到了蓝清芳的另外一面。蓝清芳穿了一身运动装,一手拿刀,一手举着捞水草的网兜,把鸡追得大惊失色,满院乱跑,有的已经飞墙上树。蓝清芳也把自己追得披头散发,像一个女疯子。王文元又是心中一动,暗暗喝彩,这个好,这个好看,有野性,极大地满足了他的窥探心理。蓝清芳的动作显得夸张,有些作秀的成分,仿佛做给隔壁老王看的。意思是说:我反对养鸡,就说到做到,绝不两面三刀。就从自己家的鸡杀起,杀鸡给猴看。王文元想到这个成语,连忙把窗帘放下了,咦,这不是在骂我嘛,我啥时成了猴了?

王文元刚放下窗帘又听到另一种声音,那就是蓝老太太的吆喝声:"蓝清芳呀,你不能杀我的鸡呀,都是下蛋鸡呀……"

王文元又看,发现蓝老太太手持竹竿在蓝清芳身后转悠。蓝清芳举刀撵鸡,要杀;蓝老太太举棍轰鸡,是救。蓝清芳追鸡,蓝老太太追蓝清芳,围绕着院内的花坛团团转。蓝老太太一边转圈,一边喊叫。

"蓝清芳你不能杀我的鸡,昨天晚上西红柿炒鸡蛋你没吃吗?你不是说比小时候的还香嘛,那蛋就是咱家的鸡下的呀!你个没良心的,吃了鸡蛋还要杀鸡,恩将仇报,就像你吃了我的奶,还要杀我一样。"

蓝清芳回嘴:"平常你把我种的花挖了种菜,我让着你,现在你养鸡我绝对不同意。这是别墅区,你知不知道这是违法的。"

"养鸡还违法,天下哪有这样的法?"

"扰民不违法吗?"

"扰什么民?蓝家庄家家都养鸡,谁说扰民了。"

"蓝家庄是蓝家庄，这是别墅区。"

"别墅区怎么了？又不是我们一家养鸡，法不责众。"

蓝老太太说出这句话，王文元一下愣了，没想到老太太还能冒出这句话，不愧是著名律师的妈。蓝清芳也愣了，停了下来望望老妈问："谁说的法不责众？"

"冰豆妈说的。小区养鸡的多了，物业没法管，法不责众。"

"你说的是小众不是大众。物业不管是他们失职，要从自己做起，人要有社会公德。"蓝清芳弯腰喘着，抬头望望老娘，说，"你是养鸡，还是养闺女？你要养鸡我就回城里住。"

"你不让我养鸡就是不想养老娘，我就回蓝家庄乡下住。"

两个人僵住了，有鸡从院墙上飞到了王文元院里，避难。王文元想着帮帮这娘儿俩，又不好亲自去劝，这种鸡毛事，你往往越劝越乱。唯一的办法是让物业出面，物业的人来了只要说小区不允许养鸡，蓝老太太就没话说了，蓝清芳也就下台阶了。

王文元还是坚定地站在了蓝清芳一边。这位群里公开支持养鸡的，又来了个大反转。凡是蓝清芳的主张就坚决支持。王文元拨通了物业的电话……

物业经理带着保安没多久就来了，电动摩托车多快呀。蓝老太太虽然对物业穿制服的保安有些惧，可还在争辩。说小区又不是我一家养鸡，为什么要我杀鸡？物业的保安告诉蓝老太太，不是他们要管闲事，是因为有业主举报。蓝老太太又道出了法不责众，物业保安却说民不举不究，现在有业主举报，作为物业我们不得不过问。蓝老太太一时语塞，求助地望望蓝清芳。没想到蓝清芳把手里的网兜递给了保安，说你帮我抓鸡，今天我就把鸡处理了。保安接过网兜，显然有些兴奋，他跃跃欲试准备扑向一只芦花鸡。蓝老太太大喝一声，向保安冲去。

"要杀鸡就先杀我！"

蓝老太太喊着，冲上去，夺保安手中的网兜，手一软突然向花坛倒去。蓝清芳见状一声惊叫，扑向老妈。蓝老太太已经倒在地上，口吐白沫，昏倒了。

王文元扇了自己一巴掌，我这是干的什么事呀，因为鸡可别闹出人命。王文元连忙冲下楼去。

王文元冲进蓝清芳的院子，发现蓝老爷子坐在轮椅上，微笑着望着老伴和女儿在院子里争执。保姆站在身后，扶着轮椅一动不动的。王文元对保姆喊着，还不快去照顾老太太！蓝老爷子平静地道，不必，不必。王文元定住了脚步。蓝老爷子又说，我和她战斗了一辈子，败下阵来，就看女儿能不能斗得过她了。王文元说，蓝老，你看老太太都晕过去了。蓝老爷子说，如果我的判断没错，她是装的，为了几只鸡够拼的。王文元听蓝老爷子这样说，无语了。

蓝老爷子是一个退役的老军人，参加过对印自卫反击战，在文工团说快书。部队前进的时候他打着快板鼓舞士气。退休后写了一本书叫《我的快书生涯》。蓝清芳自费给老爷子出版了。蓝清芳当然没告诉老爸是自费。蓝老爷子就觉得自己是作家了，说话文绉绉的。

其实，不是鸡鸣扰民，而是狗吠吵人。鸡鸣引起狗吠。

"睡狗醒来是非多。"怪不得英国诗人乔叟这样说。

最早是小泰迪冰冰和豆豆，它们的叫声引起了另一组团的狗高声喊了一嗓子。它这嗓子不得了呀，犹如一首歌的起声，悠扬高远，细腻明亮。这是一条妩媚的狗，媚眼如丝，长着一脸狐媚相，外号"潘金莲"。它是1501的爱犬，品种为日本柴犬。金莲的这一喊惹得一条外号叫"二流子"的公狗高昂地唱和。二流子属于中华田园犬，它的声音嘹亮夸张，在广袤的中国村庄，时刻都能听到它坏脾气的叫声。它的脾气要看主人在村里的地位，要是富人或者村主任家的狗，那必然是村里的老大，叫声也会狗仗人势，直冲云霄，气贯长虹。要是穷人家的狗，它基本上就是一条见谁都会摇尾乞食的赖皮。实在没有吃的，无奈中只能吃屎。中国有句俗话叫"狗改不了吃屎"，说的就是它可怜而又悲惨的生存史。

中华田园犬在中国的大地上已经生存了几千年。据说秦始皇一统中原牵着的就是这种狗。秦朝丞相李斯临刑时哀叹:"吾欲与若复牵黄犬俱出上蔡东门逐狡兔,岂可得乎!"苏东坡词云"老夫聊发少年狂,左牵黄,右擎苍"。这里的"黄"指的就是中华田园犬。

中华田园犬是一条真正崇尚自由的犬种,在中国的大地上自由地溜达。它们特别喜欢田园的生活,在一望无际初春的麦田里,经常会看到一群狗聚会,开 party,村里人称之为"狗恋蛋"。它们自由恋爱,婚姻自主,勇敢地当众交配,这意外地完成了村里半大小子的性启蒙教育。如今,中华田园犬也陆续从田园走进了城市。它们对城市生活很不习惯,出门时打死也不让主人牵,所谓遛狗对它来说是一种侮辱。每当 1508 业主出门散步打开院门时,这狗肯定先主人一步,冲出院门。别说用绳拴了,你连毛也挨不上。主人散步,它就在主人前面不远不近地走着。离远了就在林荫道旁撒一下尿,好像尿频似的,不多不少只有几滴。撒尿是象征性的,占地盘留下自己的气味才是真的。二流子痛苦地嗅到,小区里有各种洋狗留下的气味,这些气味在它的潜意识中都是不熟悉的,不是小花,也没有小白,尽是些异国母狗的骚情味。二流子在小区中独自遛着,为了表示自己温顺、服帖、不咬人,让迎面散步的业主放心,见了行人就躲到路边,做低眉顺眼状。如果见主人近了,它又向前奔跑一段,总之和主人保持距离,若即若离的。大家开始以为它是一条流浪狗,后来才发现 1508 业主跟在后面呢。它也是宠物狗,狗名:阿黄。就阿黄的状态,业主就给它起了个外号叫二流子,这样好记。好记是好记,1508 业主的备注名就成了:1508(二流子爹)。

二流子一直是金莲的追求者,只可惜金莲妈不同意这门亲事。二流子的心里苦呀,它的叫声带有一种无奈,一种忧伤,一种怒火。金莲当然能听懂其中的弦外之音,如此,它就越发得意了,叫声中就有了一种自恋和夸张还伴随着矫揉造作。这样一来,金莲和二流子就组成了男女声二重唱。

小区里有多少狗谁也说不清楚,反正周末会随主人入住。别墅区对这些狗来说也是第二居所,狗随主人来来往往,没有机会分出高下。这样,小区里暂时就群狗无首，没有主事的，混乱无序。狗们谁的话都听不进去，观点各异，产生争议和分歧是肯定的。无序的狗叫声就显得混乱了，成了一种真正的噪音。

由于金莲和二流子忧伤的二重唱，引起了群狗共鸣，大家纷纷唱和，并倾诉自己的衷肠：

"人类呀，他们真的不是东西，不懂狗的情感，还包办婚姻。这都什么年代了，狗还没有自己的婚姻自由。狗命咋这么苦呀……"

二流子甚至蛊惑群狗挣脱锁链，在小区内游行示威，向人类抗议，争取狗权。二流子的蛊惑没用，因为它当不了带头大哥。群狗都有些看不起它。虽然1508业主是群主，可群主无法和村主任相提并论，没有什么威望，在业主群更没有任何特权。见面了有业主也尊称一声田群主，不过业主群也不是他建的，前群主移民出国了，临行时把群主顺手转给了隔壁邻居1508业主。1508业主也无心当这个群主，疏于管理，群中也是无政府状态。

小区里群狗无首，人群里也是群龙无首。群狗无首，狗叫声就嘈杂混乱；群龙无首，却恰恰是百花齐放、百家争鸣了。

现在是讲身价的年代，二流子曾经是流浪狗，是田群主捡来的，没花一分钱。金莲就不一样了，主人花了好几万买来的，这种日本柴犬最高市价都有十几万的。中华田园犬本来是有历史渊源的犬种，有贵族血统，皇家鹰犬，应该世袭罔替。在别墅区却很少见其身影，唯有田群主养着。阿黄我行我素的样子，自有其落拓不羁的潇洒。可是，又有什么用呢？外国母狗不会欣赏，认为它是流浪汉。本地狗又不见身影。阿黄就成了孤家寡人。到了春天，阿黄连找对象都成了问题，这让田群主十分发愁。一天，田群主看到1501业主在群里晒了金莲的私家照片和视频。其中一张居然是金莲的私处特写，红肿湿润艳若桃花。还配有文字，说金莲发情了，需要找情哥哥了。田群主把手机里的照片给二流子看，还放了一段视频，不承想二流子看后仰天坏笑，十分中意。

正是黄昏小区散步的时候，田群主决定带二流子出门，让二流子和金莲在小区里来一次美艳的邂逅。二流子懂得，一跃而起，冲出院门，走先。

二流子和金莲在小区花园里相遇。当时正是春暖花开，夕阳西下，金辉染枝头，一个谈情说爱的良辰美景。这景色不要说狗了，连人都会情窦顿开。

　　金莲见了二流子就抛了个媚眼，并且摇动着尾巴。二流子欢欣鼓舞，直接上身。金莲本来要从的，没想到金莲妈一拉狗链，抬腿就是一脚，正踢到二流子的鼻子上。二流子"嗷"的一声败下阵来。金莲本来是一个中型犬，二流子和金莲个头差不多。在中华田园犬中二流子算是小个子，再加上又不爱打理，显得瘦三相。金莲就不一样了，干干净净，还扎蝴蝶结，一根精致的狗链牵着，显得人模狗样的。两狗相比，二流子确实不成样子。不过，金莲在发情期，要的是真情欲，并不以貌取之，不在乎二流子的颜值。

　　二流子最大的错误就是太性急了，自己的主人还没到，两家的亲事还没谈呢。两条狗八字也没合呢，是不是门当户对？是否要彩礼？是不是黄道吉日？办不办结婚仪式……这些人类的繁文缛节一项都没有进行，二流子就要急着进洞房，真是欲速则不达呀。

　　田群主见自己的爱犬被踢了一脚，也不恼。上前和金莲妈打招呼套近乎，说出了两层意思。第一层意思是，大家都是邻居，就撮合两条狗好了吧，成全了它们，这是顺应天理的美事。第二层意思是，二流子和潘金莲在一起，生了小狗送一个就成。其他的金莲妈可以自行处理，绝不干涉。金莲妈很不屑地瞥了一眼田群主，断然拒绝。当然，金莲妈还是向二流子爹耐心说明了原因。金莲已经许配给了赵家，就是养殖基地的赵总。两家人包办婚姻给狗做主，定了终身，金莲妈还收了聘礼。说白了金莲妈已经和养殖基地赵总签了合同，收了订金。金莲发情后要送到养殖基地去，生了孩子属于养殖基地的。养殖基地支付金莲妈报酬。金莲妈说出的这些理由还是比较中肯的。关键是田群主还不死心，希望让阿黄先试试，快活一下。金莲这么漂亮的狗，不能便宜了外人，咱们是邻居，这是亲上加亲呀。

　　金莲妈有些不快活了，反问田群主金莲是什么犬种。田群主当然说不出来，对狗没研究。金莲妈也不客气了，就有些夸张地介绍了金莲。说金莲属于日本

芳 邻

柴犬，血统高贵。柴犬是日本国宝，被政府指定为"天然纪念物"，属于日本的国犬。我这种赤色柴犬价格都是好几万，有些赛级柴犬的幼崽价格都有十几万的。

田群主不太懂狗，居然说柴狗和柴犬都是"柴"呀，难道不是一个意思吗？

金莲妈被二流子爹惹恼了。田群主完全是一个不懂犬的棒槌，简直了。怪不得整天和一条流浪狗散步呢，连绳都不拴。金莲妈年轻时曾经在文工团待过，据她说开始是台柱子，后来就当了导演。金莲妈说话就有说戏的成分，或者说有教导的口吻，不客气地给田群主上了一堂犬课：

"你那柴狗和柴犬不能相提并论，你那狗就是本地的'土狗'，南方被称为'草狗'，北方又叫'柴狗'和'笨狗'。在东北的朝鲜族同胞，就把它当'菜狗'，炖着吃的。到目前为止，中国的土狗都不是世界犬业联盟（FCI）认可的犬种，不能作为一个犬种存在。它不配做犬，只能是狗。"

田群主有些蒙，望着金莲妈不知道说什么好。这他妈的"犬"和"狗"有什么区别嘛，说一千道一万不还是狗嘛。你家的狗都不叫狗了，叫犬。叫犬就高级了，就高贵了，就比我家的高人一等了？说白了金莲妈就是看不起阿黄，认为二流子配不上金莲。看不起狗就是看不起人呀。田群主是一个退休的公务员，论级别也是司局级呢，想当年那是领导干部。田群主退下来后成了某个行业协会的副主席，现在老单位同事都尊称他田主席。他哪里受过这种气，也火了，大声呵斥金莲妈：

"狗不分贵贱，不要搞种族歧视，拟人化，无聊。"

金莲妈轻蔑地一笑，牵着金莲走了。当然，金莲还是有些不太情愿的，可也拗不过主人。走的时候还向阿黄抛了个媚眼。阿黄受不了了，围着田群主团团转，还用嘴拱主人的腿。意思是说，怎么办，怎么办，走了，走了。

金莲妈就是那种"寡妇"，她总是让自己处于扭捏作态的状态。老公离异走了，孩子正在读大学。半老徐娘的金莲妈也是一个人过，号称对臭男人不感兴趣了，连养狗都是母的。可是，她又是一个有激情的人，每天傍晚喜欢先遛狗再散步。这个丰腴的女人，在散步时却一脸严肃，视而不见。散步时喜欢做少女状，在腰上严肃地系着一件长袖衫。耳朵上挂着一个白色塑料纽扣，一根电线通向腰际的手机，不知道她在听什么重要的内容。遇到不喜欢的人了，人家给她打招呼，她也装着没听到。她喜欢快步从男人身边奋力超越，屁股扭成繁忙的石磨。

田群主被金莲妈怼得说不出话来，见她牵着金莲走了，就带着二流子跟在身后。田群主望着金莲妈扭动的屁股，在心里就冒出了一个绰号：磨面机。

田群主和金莲妈本来不远，属于近邻，不是说远亲不如近邻嘛。田群主怀着善意，希望两家结下秦晋之好，亲上加亲的，没想到碰了一鼻子灰，生了一肚子闷气。田群主带着阿黄回到家脸色难看，老伴见了，打招呼时不喊老田，也不喊田群主了，改喊田主席，也不敢问究竟。田主席实在咽不下这口气，认为自己吃亏就吃在不懂狗的专业知识上，上网查询。这一查询倒吸了口凉气，没想到关于狗的内容有这么多，成千上万条。当然，田主席最后关注的是日本柴犬和中华田园犬的内容，还进行了一番比较。

当田群主对比了两种狗后，不，是犬。田群主充满了自信。要论出身，中华田园犬出身高贵得多，连始皇帝统一中国时都牵着的。日本柴犬算个屁，不就是打柴人的狗嘛，身形小，好钻灌木丛，为打柴人抓兔子。那个磨面机说阿黄是土狗，上不了台面。要是说土狗特指中国本土犬，那应该指京巴、西施、藏獒、八哥犬。这类原产地在中国的犬，在所谓FCI和CKU中均可查到，有明确的指标信息。中华田园犬不被世界犬业联盟（FCI）认可，是他们瞎了狗眼。

了解一些犬的知识后，特别是了解到阿黄祖上的辉煌历史后，田群主在小区群里公开向金莲妈叫板了。田群主的发帖还是有杀伤力的，他毕竟是群主。

应该说田群主用心有些险恶，他上纲上线，扛着民族主义的大旗，打的是民粹主义的牌。田群主认为：

"狗与狗生来平等，狗格没有贵贱。"

芳 邻 665

这个说法没有问题，也被一些业主点了赞。

"打狗看主人，骂狗也要看主人。"

这个观念是中国人的传统文化。狗在中国不是什么宠物，但比宠物的地位更高，基本上就是一个家庭成员了。所以，狗和主人的命运及其社会地位是联系在一起的。养狗的业主自然也点赞。

"看不起中国的狗，就是看不起中国人。"

田群主开始上纲上线，把狗的地位步步拉高，把国狗和国人联系在了一起。这让一些业主困惑，这田群主要说什么呢？

"任何对中国犬的蔑视就是对中国人的蔑视。一个中国人养一条日本狗，就狗眼看人低了，这是犯贱。简直就是……"

田群主在这里用了省略号，就差直接用"汉奸"二字了。其实，在这里不用"汉奸"二字，此处无声胜有声。田群主在群中开始骂人了，这是很少见的事。田群主平常是温和的、谦恭的，这次是谁惹了他呢？大部分业主都不出声了，知道有好戏看了。

田群主把阿黄捡回家完全是一种爱心，就是觉得小阿黄可怜。他也没当宠物养，没觉得阿黄多么了不起，更没想到阿黄的祖上这么伟大。最后，田群主声情并茂地诉说了中华田园犬的好。在中国几千年的历史中，它们是中国人最忠诚的朋友。由于繁殖的群落太庞大，所谓物以稀为贵，人类就开始对它轻慢、不尊。过去，这种犬无论是地主还是贫农都可以养。夏季它可以看门，冬天它还能暖被窝。"狗不嫌家贫"就是对它最好的评价。在最冷的冬季，它还以身相许，宁愿牺牲自己的生命，成了人们锅里的肉。中华田园犬在和中国人的相处中，几千年来可谓无怨无悔、生死与共。

一夜之间，田群主成了中华田园犬的铁粉。

金莲妈看了田群主的发言，开始气得眼冒金星；然后，捂着胸口平静下来。金莲妈是上过台面的，还当过导演。她把田群主的发言复制在电脑上，细细地看了几遍，对整个文本进行了分析和研究。然后把中心思想、段落大意都总结了出来。金莲妈为了反驳田群主甚至又看了几遍鲁迅杂文。金莲妈认真进行了案头工作，把戏剧冲突的发展台本都梳理好了。然后，启用鲁迅杂文的语调、语气、语法、文风，把田群主骂得狗血喷头。当然，鲁迅先生的那句著名的骂狗格言是少不了的，那就是"痛打落水狗"。刘老师认为鲁迅先生要痛打的落水狗就是所谓的中华田园犬。这种狗没有教养，有人养没人管，像个二流子样在小区里溜达，从来不拴绳，四处拉屎撒尿，经常将玩耍的小朋友吓得大哭。这种狗我下次见了真的要一脚踢进水系中，然后痛打。

应该说金莲妈厉害呀，抓住了要害。田群主遛狗从来不拴，狗拉屎从来不铲，还吓哭了玩耍的小朋友，这都是不争的事实。这些二流子的罪状就摆在那儿呢，是赖不掉的。可是，二流子爹却要帮阿黄抵赖，这引起了广大业主的愤慨。一时，舆情大变，大家纷纷谴责养犬不拴、狗屎不铲的不文明行为。你瞧瞧，舆情就是这样，需要引导吧。田群主讨论的是中华田园犬和日本柴犬的对比，打的是民粹主义的牌，算是宏大叙事了。现在被金莲妈一引导，变成了遛狗不拴、狗屎不铲的鸡毛事。人们讨论宏大话题一般都是吃饱了撑的时候。宏大叙事面对个人日常生活，人们的兴趣往往会转移，因为鸡毛蒜皮才是真正的日子，触及个人的方方面面。

第一个跳出来的是"傻逼它妈"，也就是刘西凤。这可是一员悍将，她跳出来毫不留情地严厉谴责田群主，可谓火力全开。子不教父之过，狗不教爹之过。遛狗不拴是对邻居的不尊重，是一种不文明。狗屎不铲是一种可耻的行为，严重影响了和睦的邻里关系。凤姐在群里发了一段自己家的监控录像。小视频中有三条狗。一条是冰冰，一条是豆豆，另一条就是二流子。

冰冰、豆豆在凤姐门前的草坪上撒欢儿玩耍呢，二流子却在拉屎撒尿。然后是冰豆妈入画，连忙喊着冰豆、冰豆，去拉狗。二流子见了冰豆妈逃之夭夭。这时，凤姐从屋里出来，一脚踩到狗屎上。凤姐愤怒地一脚将冰冰踢翻在地。冰豆妈心疼极了，扑上去把冰冰抱在怀里。冰豆妈虽然看到是二流子干的坏事，却有口难辩。你难道把狗屎拿去化验来证明冰冰的清白？二流子跑了，让冰冰背锅。冰豆妈无奈，只能向凤姐道歉，泪都快下来了，心里十分郁闷。这样，冰豆妈对"傻逼它妈"心中就有了芥蒂，再见到了就不打招呼了，装着没看见。

冰冰和豆豆是贵宾犬，也称"贵妇犬"，是一种非常聪明活泼、擅长跳跃的水猎犬。贵宾犬被法国誉为国犬，不过却起源于德国。贵宾犬按体形大小一般可分为标准型贵宾、迷你型贵宾、玩具型贵宾。FCI甚至按体形将贵宾分为六种。我们所说的"泰迪"，其实就是贵宾犬。冰冰和豆豆属于迷你型贵宾犬，太小不好拴，也拴不住。无论冰豆妈买的拴狗绳多么精致，由于冰豆身形太小，皮毛光滑，它们总是能挣脱绳套。这样，冰豆妈遛狗就用了新的方法，那就是让老公顾工骑电动车遛狗。顾工叫顾长文，是一个工程师，大家没叫他冰豆爸，却叫他顾工。顾工骑着电动车，两只小狗就站在脚边，十分地神气。顾工骑车慢行，嘴里哼着京剧，把散步的业主都逗乐了，这成了小区一景。冰豆妈平常不拴冰豆只敢让它在自己家门前活动，不敢让冰豆离开自己一步。可是，这两条活泼的小狗，你一转眼就不见了踪影。

所以，那天冰冰和豆豆跑到凤姐家门前，正碰到了二流子，还被凤姐录了像。凤姐在群里说，小狗撒尿没什么的，那只是象征性的，为了占地盘走哪儿撒哪儿的。拉屎就不同了，清早起床，阳光明媚，鸟语花香，本来你心情大好，可是你出门就踩了一脚臭狗屎呢……凤姐在群里除了严厉谴责田群主外，还向冰豆妈道了歉，说那天冤枉冰冰了。

凤姐的监控录像，让冰冰的不白之冤终于昭雪，算真相大白了，这让冰豆妈很感动。可是，冰冰那一脚之仇呢，自然算到二流子身上了。所以，冰豆妈公开声援凤姐，甚至直截了当地指责二流子爹身为群主，却不能以身作则，不能起到模范带头作用，这样的群主不合格。冰豆妈的一席话直接动摇了1508业主的群主地位。本来冰豆妈也就是不吐不快，没想到这话让小区另外一个著名人物，外号"一枝花"的接上了话题。小区万物花开，能开的都开。在小区称之为一枝花的那自然是非等闲之辈。一枝花直接喊出了田群主下课的口号。这让田群主十分伤心，因为田群主是一枝花的粉丝。

一枝花叫念小思，是1008业主周教授的小夫人。因为是90后，年轻漂亮，是一个真正的美女。"年轻"和"漂亮"当然是关联在一起的，女人不年轻了，也就谈不上漂亮。如果长得好，又不年轻了，称之为气质优雅、美貌如初，这叫资深美女。比如蓝清芳那般。开始，小区里的业主都以为念小思是周教授的女儿。当周教授带着她和女儿肩并肩散步时，有好事的老太太就喊，周教授，你好福气，有两个如花似玉的女儿。周教授有些不好意思了，就指着念小思介绍，这是我夫人。哎呀哦，你夫人和女儿谁大呀？周教授的女儿周景白着眼说，我只比小妈妈大一岁，你看行吗？老太太都是比较传统的，周景一句话就把天聊死了。其实，周教授的女儿周景平常在家从来不叫念小思妈妈，她想叫姐。周教授不干了，认为乱了辈分。最后达成的共识是叫姨。但是念小思不喜欢周景叫姨，不伦不类的，有点姨太太的味道，比较腐朽。念小思希望周景叫自己小妈妈，可周景又不干了。没想到周景在外人面前叫出了小妈妈，念小思十分高兴，抱着周景的脸亲了一下，然后，在耳边说回去就把那条你喜欢的裙子送你。周景欢天喜地。两个人在林荫道上秀亲情，这让散步的老头儿十分羡慕。

念小思在小区出名最大的原因是她年轻。小区内退休的人多，准备退休的就更多，都是为了将来养老置业的。年轻人来的都是下一代，平常忙着呢，不愿意来郊区。正贪着大都市里的灯红酒绿，找各种理由推托。比方：没有WIFI呀，有了WIFI又嫌网速太慢呀之类的。好不容易来了，也不长住，陪老爸、老妈住一天算是给面子了。念小思不一样，她长住。

业主们都称念小思为周教授家的，念小思听了这称呼极为不爽。没想到一不留神居然生了一对龙凤胎，一个叫早早，一个叫点点，大家又叫她早点妈。念小思是一个文学硕士，对这称呼也不接受，认为没有美感，十分庸俗，仿佛是一个卖早点的。谁这样叫她，就采取不答应的方式，时间长了业主们觉得有换名的必要。念小思早、中、晚在小区散步都要换几套衣服，打扮得花枝招展的。小区里的老家伙就给她换了个名字，叫小区一枝花。这名字没有新意，一听就是失去才情的老同志所为。当然，这名字总比早点妈中听。给念小思起这

芳邻　669

么个绰号，也不仅仅是她年轻漂亮。田群主曾经说，起这个绰号是因为周教授家院子里种的花多，特别是各种品种的月季，把院子打理成了月季园，四季花开，成了小区公认的最美园子。

小区里的老家伙喜欢贼头贼脑地打望念小思，只要她散步身后必然跟着几个老不死的（注：小区大妈语）。田群主自然也在其中。念小思散步也不和孩子走在一起。孩子由保姆护着在前面蹬着滑板车滑行。她远远地跟着，不跑不奔，有条不紊，保持距离，走出了在园子里散步应有的节奏。这和田群主遛狗有异曲同工之妙。只不过二流子是往前跑，念小思却在身后跟，田群主他们又在念小思身后。这成了小区黄昏时散步的一景。二流子见了大人低眉顺眼的，见了小朋友却喜欢恶作剧。它其实是逗你玩呢，可小朋友天生就怕狗。二流子哪里懂得人之初之喜好，见了早早和点点就凑上去闻闻，再闻闻，特别是对裤裆感兴趣。这引起了早早、点点夸张的反应，扔了滑板车找保姆寻求庇护。不承想保姆也是一个怕狗的，就哇哇乱叫，听起来像被狗咬似的。念小思赶上来，二流子就躲到一边了，远远地望着，也不跑。

念小思恨死二流子了，可又逮不住它，不知道是谁家的狗。在群里喊了几次，说有一条野狗，把我家孩子吓哭了。大家就表示同情。田群主还在群里呼吁大家遛狗注意，别吓着小朋友。念小思声称，下次遇到了一定跟踪追击，谁也别拦着，我要打狗给主人看。我带孩子在小区散步，还要防着你家的野狗，狗主太不自觉，不拴。念小思在群里说不清楚是谁家的狗，就没人搭话了。关于对养狗的议论，已经是老生常谈了。王文元就放了一个吓人的视频，内容是两条大狼狗噬咬一个老人的，这让人不寒而栗，让一些业主愤怒。甚至有业主提出在小区内严禁养狗，这又遭到了爱狗人的反对。

当念小思看了凤姐的监控录像后，才知道原来是田群主家的二流子。所以，冰豆妈说田群主不合格时，念小思就直接喊出了田群主下课。念小思自己有一个网名，叫下课。意思是嫁人生孩子，博士也不读了，下课吧。念小思在群里也没有备注房号，虽然田群主吆喝了几次。念小思却极不耐烦，也不理会，觉得备注房号，就暴露了自己的居所，有一种不安全感。其实，谁都知道周教授家住哪儿。

念小思想把田群主拉下马完全是闲得无聊，好玩而已。二流子只不过是一个小理由。念小思觉得把田群主拉下马还是比较有意思的，平常敢把谁拉下马呀？这个世界结构完整，等级森严，层次分明，每一个人的位置都是确定的。要改变一个人的社会位置，不知道有多麻烦。你能把谁拉下马呀，你敢把领导拉下马吗？你敢把导师拉下马吗？群主就不一样了，群主好像是领导却没有领导的权力，拉下马没有后果，还找到了"敢把皇帝拉下马"的快感。念小思这次就主动备注了房号，但是不是备注自己家的，而是有些恶作剧地备注了田群主的房号，备注名就成了：1508（下课）。

这个似是而非的备注，当然引起了歧义。念小思在群里也不说话了，用各种表情图片表达对田群主下课的欢迎和认同，每隔一分钟就刷屏一次。当念小思不断刷屏后，王文元就认为"1508（下课）"应该是田群主的老伴，因为1508是田群主的房号嘛。谁不反对老伴当群主呢？放着好日子不过，熬眼遭罪地天天抱着手机守群，熬出病了咋办？所以，让田群主下课，老伴当然是第一个支持的。

念小思见2113业主这样说，便暗暗发笑，也不解释，继续刷屏。

蓝清芳见群里正轰田群主下课，觉得无聊。本来是讨论文明养犬问题的，怎么演变成换群主了呢？换了群主大家就能文明养犬了？莫名其妙。不过，蓝清芳还是站在了冰豆妈一边。蓝清芳什么也没说，只把《文明养犬管理细则》又发了一遍，其中有以下的内容：

第五条，养犬人应爱护公共区域环境卫生，文明遛犬并携带宠物粪便袋或垃圾袋，及时清除犬只所排泄的粪便。

第六条，遛犬时主动避让老年人、残疾人、孕妇和儿童，8:00—20:00不得在社区主路遛犬（导盲犬除外）。

违反条例规定，携犬出户不束犬链，携带导盲犬以外的犬只进入公共场所或者乘坐公共交通工具的，由公安机关或者其他行政主管部门处警告，并处五十元以上二百元以下罚款。携犬出户不及时清理犬只粪便的，由城市管理部门或者其他行政主管部门责令改正；拒不改正的，处五十元以上二百元以下罚款。

　　蓝清芳发出的这个《文明养犬管理细则》，成了压垮田群主的最后一根稻草。田群主悲愤地将群主甩锅给了蓝清芳。蓝清芳并不知情，发了《文明养犬管理细则》就睡午觉，醒来就"被群主"了。蓝清芳第一反应是把群主还给田群主，可是老群主愤怒地退群了。蓝清芳茫然四顾不知道把群主让给谁，在群里吆喝着当不了群主、当不了群主！大家却纷纷留言，坚决支持蓝清芳当群主，有著名律师当群主我们放心。念小思更是欢欣鼓舞，又不断刷屏：坚决支持美女姐姐当群主！坚决支持美女姐姐当群主！

　　王文元觉得奇怪，田群主的老伴居然叫蓝清芳美女姐姐？难道田群主老伴比蓝清芳还小？不可能呀，田群主老伴王文元是见过的。她已经退休，典型的中国老大妈，喜欢跳广场舞，经常在群里晒自己的照片。那些照片当然都是中国大妈典型的造型，背景是大山大水和大楼，张开双臂，举着纱巾。

　　王文元见田群主被赶下了台，哈哈大笑，还不嫌事大，煽风点火，居然把换群主事件说成"五朵金花逼宫，田姓群主下课"，很有些新闻点。还总结道：

　　三个女人一台戏，四个女人一桌牌，五朵金花能变天。

编后记

八年前，韩少功先生在《文艺报》发表一篇短文《想象一种批评》，他认为："我们已经告别信息稀缺的时代，进入了信息爆炸或信息过剩的时代。这是一个重要的历史拐点。……细节与叙事不再是文学的专利，段子、微博、博客、视频、报刊、电视剧等都充满细节并争相叙事。……文学当然还能继续提供信息增量，而且以其具象化、深度化、个性化的看家本领，成为全球信息产能中不可或缺的部分。但广大受众更迫切、更重要、更广泛的需求，似乎不再是这个世界再增加几本小说或诗歌，而是获得一种消化信息的能力……"

少功先生这个新颖的观点，给小说写作者、小说编辑、出版社提了个醒：新的时代，见多识广的读者对小说更加挑剔，选择的标准更高了。传统的叙事，凭借传递一些信息、讲述一个传奇、表达某种理念或态度而写成的小说，已经很难餍足读者的胃口，作者和作品也很难找到存在感。

当然，借助媒体进入公众视野的具有新闻特性的故事，与作家们创作小说故事，有着本质的区别。就像天然金沙与提炼之后的黄金相比，有着纯度的不同；与黄金打造的艺术品相比，更是价值不同，高下有别。这就是少功先生所说的"信息增量"。否则，我们就无法理解，年近九旬的老作家王蒙先生，在坚持文学创作七十年之后，还每年有多篇小说新作问世，引发文坛密切关注；也无法理解，离开战场四十年之后，徐贵祥先生的耳边还响着隆隆炮声，眼前还飘荡着硝烟，因此为当年浴血战斗的战友们写下感动众多读者的《丛林笔记》。

2023年度中国文学田园的中短篇小说，一如既往地高产，万紫千红争奇斗艳。丰盛与匮乏都会让选刊和年选产生选择的困难，但丰收的喜悦足以覆盖仓廪局促的为难。

关注年选的细心读者，会注意到本年选有几个往年不曾出现的名字，其实他们也都是卓有成就的小说作家，都是中国小说界的中坚力量。

作品的创新度、合理性和完成度，依旧是我们考量、甄选小说作品的三个维度。在品质优先的前提下，我们尽量考虑到作者、题材、原创期刊的均衡性，希望这是一桌各种风味的美食佳肴组合成的盛宴，希望今年入选的所有作品都带给读者别具一格的文学气息。

作为年选，遗珠之憾不是一个谦辞，是实实在在的常态。我们期待得到广大读者的反馈，提出批评和建议，俾使我们来年的工作不断改进。

《小说选刊》编辑部

2024年1月

附 录

［上］

季老六之梦 …………… 王蒙（2023年第8期《人民文学》2023年第10期《小说选刊》）

丛林笔记 …………… 徐贵祥（2023年第8期《广州文艺》2023年第9期《小说选刊》）

九重葛 …………… 邵丽［2023年第2期《十月》（双月刊）2023年第5期《小说选刊》］

宇宙里的昆城 …… 钟求是［2023年第1期《收获》（双月刊）2023年第3期《小说选刊》］

难言之隐 ………… 尹学芸［2023年第3期《花城》（双月刊）2023年第7期《小说选刊》］

两次别离 …………… 田耳［2023年第3期《野草》（双月刊）2023年第8期《小说选刊》］

落日珊瑚 …………… 孙频［2023年第1期《钟山》（双月刊）2023年第3期《小说选刊》］

［下］

海边的向日葵 ……… 肖勤［2023年第2期《芙蓉》（双月刊）2023年第4期《小说选刊》］

人间世 ………………… 古宇（2023年第2期《北京文学》2023年第4期《小说选刊》）

月光草原 …………… 杨方［2023年第3期《江南》（双月刊）2023年第6期《小说选刊》］

穿越夜晚的宁静 …… 刘建东［2023年第3期《绿洲》（双月刊）2023年第7期《小说选刊》］

把自己折叠起来 …… 杨遥［2023年第3期《收获》（双月刊）2023年第7期《小说选刊》］

我找绿豆子 ………… 林那北（2023年第7期《作家》2023年第9期《小说选刊》）

无名之地 ………… 卢一萍（2022年第6期《清明》（双月刊）2023年第1期《小说选刊》）

芳邻 ………………… 张者（2023年第11期《北京文学》2023年第12期《小说选刊》）

2023 年选系列封面绘图画家介绍

　　黄少鹏 中国油画学会学术委员会委员、广西美术家协会油画艺委会主任、漓江画派促进会副会长、国家一级美术师、硕士生导师。

《龙门港》 黄少鹏 80 cm×100 cm 布面丙烯

黄少鹏画作短评

  如果说印象派的条件色体系关注的是物象的光色变化，少鹏在意的则是色彩的文化属性。这种属性是古迹在岁月浸润过程中残留下来的永恒色泽。少鹏崇尚魏碑的雄强古拙，这铸就了其艺术强悍的风貌，具有表现主义的性质，又因为书法运笔入画而兼有写意的蕴含。油画讲究画面的结构性和层次感，中国画则以骨法用笔见长。他汲取两者所长，兼具表现主义的强烈情感表达和中国传统写意画的文人内蕴，呈现出一种既粗犷又含蓄温润的个人风格。

——汪鹏飞（油画家）